U0066451

臺文館叢刊　39

文學傳統與創作新變

新世紀以來兩岸長篇小說之觀察

2015 兩岸青年文學會議論文集

國立臺灣文學館◎出版

「臺文館叢刊」出版緣起

　　國立臺灣文學館典藏、研究及展示臺灣多元文學內涵，為兼具圖書館、博物館、研究機構等多重功能之國家級文學館，自 2003 年 10 月 17 日開館以來，在靜態的徵集、維護、典藏作家文學文物，蒐集、整理、出版作家全集之外，並且積極策劃、舉辦文學文物特展、文學學術研討會、文學講座、文學教室等具學術價值與教育意義之各類活動；近年來更加強「文學向下扎根」之館務推動，落實文學奠基、讓文學親近民眾，引導民眾認識臺灣文學，期能培養喜愛文學、具文學內涵之現代公民，共創臺灣文學之未來。

　　文學以文字為基本之表現媒介，臺灣文學館開館至 2011 年 6 月，已編輯、出版 288 種圖書，內容涵蓋作家全集、研究學報、文學年鑑、研討會論文集、特展專刊、館藏圖錄、活動紀實、台灣詩人選集、全台詩等，其中並包含報導館內各種活動訊息、展覽內容、出版概況，以之做為與社會大眾交流、對話之平台的《台灣文學館通訊》季刊、《國立台灣文學館年報》；2011 年 7 月起，並計畫出版「臺文館叢刊」系列圖書。

　　「臺文館叢刊」由館長、副館長擔任正、副召集人，館內同仁共組編輯委員會，研議、討論叢刊編輯內容方向、年度編輯計畫、審稿等事項，初步決定朝「臺灣文學史料」、「臺灣文學導讀」、「走進臺灣文學館」三方面來規劃。

　　臺灣文學館館員懷抱著文學理想與熱情，進入文學館工作，各依專長分擔不同職務，共同為臺灣文學之扎根、推廣而努力；「走進臺灣文學館」系列匯集館員研究成果、工作過程所累積之經驗與體悟，呈顯文學館之「場所」意義與本質；「臺灣文學導讀」系列為文學館如「府城講壇」、

「臺灣作家專題」、「行動博物館」等，各種「文學向下扎根」、「文學普及教育」活動之讀本化；「臺灣文學史料」系列蒐集、整理臺灣文學相關文獻、史料，彙編成書，內容包含文學文物之評述、重要文獻重刊及詮釋、版本校勘、文學憶述等。

　　不同於文學館過去之出版品大多委託學界或民間文學社團研究辦理，「臺文館叢刊」之編輯、策劃皆出自內部館員之手，集稿完成再委請專業印刷廠商美編、印製。除聚焦、彰顯文學館內部文學研究、文學推展之成果，亦可將分散之出版品予以書系化使具整體性。

　　期待「臺文館叢刊」之出版，能讓臺灣文學的內涵更豐厚，也讓臺灣文學館更接近民眾、民眾更親近文學。

臺文館叢刊

編輯委員會　　謹識

館長序

　　由國立臺灣文學館主辦的第三屆「兩岸青年文學會議」，於 2015 年五月下旬在北京隆重登場。這場會議由本館與中國作家協會港澳臺辦公室合作，委託文訊雜誌社承辦，並有中國現代文學館參與；我雖因公務不克親自出席，但透過蕭副館長與館員的回報以及這本論文集，得以瞭解此次會議成果的豐碩與美好。

　　近年來，已有越來越多中國大陸作家作品被擺放在臺灣書店架上，或者，在文學場域中經常可聽聞某些臺灣作家在對岸擁有超高人氣，他／她們往返海峽兩岸，出書、演講、新書座談……，相關活動不勝枚舉。這些現象一方面反映了兩岸交流的活絡，也讓我們靜下心來思考：倘若文化現象是真實的映照、社會的投影，那麼，要增進雙方對彼此深刻且常態的理解，或許文學文本就是適切的橋樑。

　　本著這樣的初衷，國立臺灣文學館自 2011 年李前館長瑞騰任內開始，每隔一年即於臺灣和中國大陸輪流舉辦「兩岸青年文學會議」，邀集兩岸青年作家、學者、文學評論者共聚一堂，針對當前值得關注的文學課題進行對話與討論。這其中，有創作者與評論者的交鋒（2011 年）、有文學工作者對誕生於生活土壤的「（新）鄉土文學」的再次眺望與回顧（2013 年）；2015 年則結合當前最熱議的「世代話題」與 21 世紀以來兩岸皆卓然有成的「長篇小說」創作成果，由臺灣的六、七年級和中國大陸 70、80 後世代作家、學者共同訴說、詮釋他／她們的文學書寫以及對這世界的思考與觀察。兩天的會議，總計發表 20 篇學術論文、四場兩岸作家座談，另有楊照先生與施戰軍先生的專題演講，以及中國大陸學者趙稀方、臺灣作家朱宥勳進行的觀察評論報

告。礙於時間有限，議程的安排豐富而緊湊，雖然不免讓參與者有意猶未盡之憾，但確實為兩岸的文學交流開啟了嶄新的視野，讓我們在長篇小說的世界裡優游逡巡，看見文學賦予人生的可能性與創作的力量和美好。

　　衷心期盼這個自由而開放的文學交流與學術平臺，在兩岸青年作家、學者的共同參與下，能讓兩岸的文學和文化發展產生正面而積極的影響與對話。

國立臺灣文學館館長

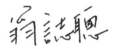

目次

大會演講

觀察報告

會議側記

附錄

第一場討論會

文體與敘事

盜火者的末日寓言
吳明益《複眼人》中的生態與記憶書寫

◎蔡佩均[*]

前言

　　吳明益在〈環境傾圮與美的廢棄：重詮宋澤萊《打牛湳村》到《廢墟臺灣》呈現的環境倫理觀〉一文中，以生態批評的方法解讀宋澤萊小說，指出《廢墟臺灣》藉由末世、人類大量死亡來批判資本主義與政治力對環境的剝削，警示拒絕傾聽自然聲音的人們將面臨之惡果，他將該作譽為「人與環境互動關係的觀察與預言書」，並如下詮釋宋澤萊小說所隱含的深層關懷：

> 當我們的社會已形成一種宰制型社會，並且已在過度使用科技下
> 形成一種「沉淪的倫理」（degenerate ethic），傲慢地認為可以全
> 面掌控自然與人心時，針對「人們該如何求生」所寫出的末世寓
> 言。[1]

在末世突圍以求生，在倫理沉淪的當世逆游苦尋出路，此番評論不啻是吳明益對於「反烏托邦」（Dystopia）小說《廢墟臺灣》之肯定，更可視為常年透過自然寫作針砭環境倫理的吳明益夫子自道。

　　自 1985 年宋澤萊寫作《廢墟臺灣》[2]，預告了 2015 年核災後的臺灣

---

[*] 成功大學臺灣文學系博士生。

[1] 吳明益〈環境傾圮與美的廢棄：重詮宋澤萊《打牛湳村》到《廢墟臺灣》呈現的環境倫理觀〉，《臺灣文學研究學報》7，2008 年 10 月，頁 205。

[2] 宋澤萊《廢墟臺灣》，臺北：前衛，1985 年。

社會腐敗、人地關係改變、住民滅絕，島嶼死滅成爲禁區。迄今 20 年間，臺灣文壇上預警公害與環境危機的同類呼告尚有許榮哲《漂泊的湖》[3]（2008），以九二一大地震爲主題，通過災區少年之眼凝視震後創傷；林宜澐《海嘯》[4]（2013），聚焦地震過後欲來未來的巨大海嘯，以及因此漫天發酵扭曲的人性海嘯；伊格言《零地點》[5]（2013），採取科幻推理形式，對比分述臺灣核災前後的日常／末世異境，疾呼人類爲了欲望而操縱「文明」的錯用必將引來滅頂之禍；葉淳之《冥核》[6]（2014）也屬反核系譜，利用連續殺人案件的偵探解謎過程對核能陷阱提出諍言。[7]

　　在數量有限的臺灣災難小說中，震災與核污染毋寧是其中最重要的主題，透過這些介入在地社會的文學作品，讀者得以知悉一個不論文明、自然、科技、生命、人性都可被置換成商品的時代早已悄然來臨。此類創作貼近臺灣社會現實，扮演了公眾議題的發聲媒介。在承擔社會論壇功能的作品中，吳明益於 2011 年出版的長篇《複眼人》[8]連獲海內外大獎，並售出英、美、法版權，就發表時間而言，這部圍繞太平洋垃圾渦流的關鍵意象、扣連臺灣與全球環境議題的生態寓言，可說具有承先啓後的意義。多位評論者指出，小說「拋出一個全新的面向與課題」[9]、「將日常的現實與環境結合，看見未來，並代替我們思索未來可能的變局」[10]、「擴大思索臺灣與世界的關係」[11]。筆者因而希望進一步釐清，引發廣泛回響與注目的《複眼人》採用何種獨特結構、敘述方式和環境意識？小

---

[3]　許榮哲《漂泊的湖》，臺北：聯經，2008 年 4 月。
[4]　林宜澐《海嘯》，臺北：二魚文化，2013 年 2 月。
[5]　伊格言《零地點》，臺北：麥田，2013 年 9 月。
[6]　葉淳之《冥核》，臺北：遠流，2014 年 6 月。
[7]　此處囿於篇幅，僅略舉臺灣的長篇災難小說加以說明，類似題材的短篇作品，如張大春〈天火備忘錄〉〈公寓導遊〉，臺北：時報，1986 年）、陳栢青〈空襲警報〉（《第 29 屆全國學生文學獎入選作品》，臺中：臺中圖書館，2010 年）⋯⋯等，有待其它專文討論。
[8]　吳明益《複眼人》，臺北：夏日出版社，2011 年 2 月。
[9]　郝譽翔〈大自然的交響詩：評吳明益《複眼人》〉，《文訊》308，2011 年 6 月，頁 100-101。
[10]　張瑞芬〈複眼與靈視：吳明益的複眼人〉，《聯合報》副刊，2011 年 4 月 2 日，D3 版。
[11]　林洋毅〈吳明益小說研究〉，成功大學中國文學系碩士論文，2013 年，頁 150。

說中虛構的「瓦憂瓦憂島」如何成爲批判臺灣的轉喻？不同的人物視角
分別呈顯了哪些生態觀？介於人及非人之間的「複眼人」一角，被作者
賦予何種象徵？作家對於記憶提出哪些辯證和詰問？人／物的記憶有何
分殊？本文將以吳明益的長篇小說《複眼人》（2011）爲討論主軸，旁及
同名短篇〈複眼人〉[12]（2002），對上述問題加以探討。

一、「複島」與「複眼」的重層敘事

> 每個人都像一座孤島，蘊藏著自己的故事與悲傷，我認爲每個人
> 也都需要一個機會，擱淺在另外一個島上。[13]

　　《複眼人》一書由三個不同場景揭開序幕：工程師李榮祥與外籍顧
問薄達夫查驗隧道時聽見莫名巨響、南太平洋島民阿特烈將依循傳統被
放逐出海、因喪夫之痛試圖輕生的文學教授兼小說家阿莉思在睡夢中迎
來強震。

　　三段時空不一的故事分別發生於 1997 年臺灣東部山脈、2030 年代
太平洋上與世隔絕的原始島嶼瓦憂瓦憂、2030 年代左右[14]的臺灣東部濱
海 H 市，故事間看似毫不相關，卻因「北太平洋垃圾渦流」席捲臺灣而
產生連結。駕舟漂流的阿特烈擱淺垃圾島後，隨著分裂後的巨大垃圾渦
流在臺灣撞擊靠岸，因緣際會被阿莉思救起，後來阿特烈爲了尋找情人，
再度駕舟航向未知的遠方。小說另一支線，垃圾渦流夾帶巨浪沖垮了東
海岸咖啡店，布農族嚮導達赫帶著咖啡店老闆娘哈凡、時隔 30 年重返臺

---

[12] 吳明益〈複眼人〉，收錄於《虎爺》，臺北：九歌，2003 年 2 月，頁 197-234。原載於
　　《中外文學》2002 年 9 月號。
[13] 此段引文來自吳明益的觀點，引自，〈擱淺在平行世界的真實之島：專訪《複眼人》吳
　　明益〉，「誠品站官方部落格」，網址：http://stn.eslite.com/Article.aspx?id=1196&page=2
　　，最後查詢日期爲 2015 年 4 月 23 日。
[14] 故事時間的推斷可參見，小說中描述薄達夫於 1997 年末來臺參與隧道貫通工程、三十
　　多年後舊地重遊的描述。吳明益〈通過山〉，《複眼人》，頁 238-253。

灣的薄達夫及友人莎拉，共同避居部落，繼而帶出國際生態保育組織的理念以及臺灣原住民族的山林信仰。

　　作品中最具特色的，首先便是小說家阿莉思創造出的兩部同名小說：長篇《複眼人》與短篇〈複眼人〉，這與吳明益自身的創作經歷完全相仿。當阿莉思為她的小說寫下這樣的開頭：「眼前所見的森林是前所未見的森林，就好像是被寫在書裡的森林，真正長成一片的樣子。」[15]吳明益小說在其後「複眼人」一節的起始處也出現了相同文句[16]，亦即吳明益《複眼人》中的「複眼人」章節，等同於阿莉思筆下的《複眼人》／〈複眼人〉，由此形成了小說中又有小說的雙重虛構。

　　其次，小說從全球垃圾處理問題切入，採取重層、多角的敘事模式。第一層由阿莉思、阿特烈、達赫、哈凡、薄達夫、莎拉、李榮祥等多位敘述者推動情節發展；第二層為阿莉思小說中的複眼人，與丈夫傑克森、兒子托托的靈魂進行對談。藉由阿莉思觀看阿特烈、阿特烈觀看阿莉思、達赫與哈凡與阿莉思相互觀看、外籍顧問觀看臺灣、擁有全知觀點的「複眼人」等多角、多線敘事，將不同國籍、族群、文化的價值觀和環境意識，巧妙交叉比對，解構了讀者在閱讀時慣有的線性思考。至於小說裡以對話形式大量出現的複眼人和傑克森辯證記憶與存在的段落，實為阿莉思歷經喪親之痛後為了「寫故事去救一個人」的療癒書寫，複眼人的塑造，也因而成了阿莉思與內在自我對話、歸檔記憶的心理救贖。

　　第三，創造出位於南太平洋上的小島瓦憂瓦憂，成為整部小說最主要的象徵。這座四面環海，島中央有山的島嶼，其地形如同臺灣縮影；而島嶼的神祕風俗、捕獵文化，恰與小說另一主線所述的布農狩獵祭儀、阿美族起源神話形成對照。由此來看，瓦憂瓦憂島可說是作家用以警醒臺灣的轉喻。

---

[15] 吳明益《複眼人》，頁148。
[16] 吳明益《複眼人》，頁266。此點先行研究者林洋毅已在論文中指出，參見，林洋毅〈吳明益小說研究〉，成功大學中國文學系碩士論文，2013年，頁203。

　　吳明益曾自白寫作此部小說的動機:「一是對於環境與這島嶼未來的諸般想法,一是我對寫作與生活的想法。」[17],也透由小說人物阿莉思表露:「試圖回想自己年輕的時候為什麼喜歡寫小說,卻怎麼樣也想不起來,也許那感覺已經像臺灣這幾年許多種候鳥一去不返。」[18]這個想著島嶼未來的想法,為找回寫作初衷的寫作,帶有追憶、營救難以復返的生態景觀的渴望。筆者認為,此部作品的主題除了多數評論指出的環境反思之外,更包含作者對創作理念的重新思考與特殊結構的嘗試,以及對創作熱情的再召喚。

　　小說第七章有四個饒富意味的小節標題:「阿特烈的島的故事」、「阿莉思的島的故事」、「達赫的島的故事」、「哈凡的島的故事」,依此標題分別以四位不同族群的主角作為敘事者,島嶼變成一個人的代稱,藉此道出四座島嶼的歷史變遷、四段人生履歷,建構「複眼」觀點下的「複島」故事。

　　以「阿莉思的島的故事」為例,在阿莉思的視角下,少年阿特烈「像是從書上走下來的」,「他的眼神、動作,和語調與音量,簡直就是天生說故事的人,⋯⋯,彷彿有一種魔術,讓人相信那個身體裡講出來的故事,無論多麼荒誕、離奇,不可思議,都必然是發生過的,活生生的。」阿莉思發現,即便無法辨識對方語言,也會漸漸產生對話性,甚至「語言不只是語言本身」,存在於語言之外的「其他的一些什麼」,逐漸被理解了。這同時也為虛構瓦憂瓦憂島、穿插詰屈聱牙的瓦憂瓦憂語等「陌生化」[19]的寫作手法作出註解。語言被解構的同時,故事誕生了,那些意在言外的對現實的批判與警示,因而能夠透過象徵被看見、被關注,即便再怪奇難解也不須質疑它發生的可能性。

---

[17] 吳明益〈給與我傾談向火的人〉,《複眼人》,頁 367。
[18] 吳明益《複眼人》,頁 146。張瑞芬在書評中指出,阿莉思的角色設定部分來自吳明益本人的寫照。參見,張瑞芬〈複眼與靈視:吳明益的複眼人〉。
[19] 參見,汪民安主編《文化研究關鍵詞》,南京:江蘇人民出版社,2007 年 1 月,頁 202-204。

　　承上所述，作者選擇複數主體的敘事結構，又在小說裡巧妙安排兩部同名小說，揭示小說的虛構本質，將故事由一增生爲多，寫臺灣的原住民文化，也寫南太平洋的海島傳說；省思臺灣生態浩劫，也憂心全球氣候異常。想像臺灣與瓦憂瓦憂島民的相遇，模糊虛實界線，使讀者在疑惑「這是哪座島的故事？」之餘，也因而能以瓦憂瓦憂的覆滅自我警策──臺灣島將迎向怎樣的未來？我們想要一個什麼樣的島？面對文明發展必然付出的成本，我們可以怎麼做？筆者認爲，虛設了瓦憂瓦憂島作爲批判臺灣的轉喻，以島喻島，應是吳明益寫作此書的真正意圖。

二、「不介入」的環境意識

　　吳明益筆下的複眼人一角，首度出現於 2002 年發表的短篇〈複眼人〉。敘述者「我」是在大學任教的昆蟲研究者，他一度沉迷追蹤玉帶鳳蝶渡海，卻又不解自問：「爲什麼一定要介入一個我不需要介入仍會不斷運作的現象？」隨後，他接受生態觀光公司委託，前往紫蝶保護區投入企畫工作。該公司主打「生態保育和地方觀光發展並行」，爲同時兼顧「不讓遊客忍受森林不適、人與自然既親近又不相妨礙」的理念，公司邀請敘述者在不干擾保護區生態的前提下，協助架設重現立體擬真視覺的「超微攝影機」，以便遊客付費在室內觀察生物活動情景。

　　當「我」似乎被這種「完美而不破壞」的觀光方式打動，但又感到莫名不安時，複眼人乍現。他的輪廓「有原住民高顴深膚的特徵，眼裡帶著憂愁的基調。」、他的眼「像是將許多不同生物的眼所集合起來組成的眼。」[20]彷彿回應敘述者的不安，他總是尖銳質問：「你爲什麼而來？」、「你叫這些蝶做樣本？」、「你沒嘗試過嗎？像蝶一樣，看。」複眼人現身時所有自然界的聲響暫停，說話時讓人看見他的萬千複眼變化不息、向人展示繁複世界，來去無蹤的他讓「我」身歷其境看見蝶的視野：

---

[20] 吳明益〈複眼人〉，收錄於《虎爺》，頁 222、227。

> 當蝶從薊香薊上飛的時候，牠的眼裡會出現一團紫色的漩渦，森林
> 會向下沉，雲會靠近，山會倒退，河流變成銀色的線，色彩變得單
> 純，世界被單眼分隔成一粒粒微米，然後在意識裡重新組合。[21]

但連敘述者都無法理解的是，複眼人的神情恆常流露著哀傷，最後留下
宛如天啟般的箴言消失在雨中：「世界並不是只為某種眼睛而反射顏色、
集聚或構造的。」、「如果生命看這世界的眼光不被理解，一切都會終止。」

　　作者有意透過此一獨特角色，反思生態觀光的消費趨勢與生物研究
的高蹈偽善，強調世界為萬物共生、共有、共享，人類的價值觀並非唯
一判準，倘若恣意用人為方式妄加征服生物圈，無異自取滅亡。人類應
轉換視角與思維，平等對待其他生命，看見其他生物眼中的風景，以理
解取代馴服，以環境倫理取代工具理性。

　　從上述挑戰人類中心主義（Anthropocentrism）的關懷出發，複眼人
再次現身吳明益的長篇作品。長篇裡的複眼人化身為遍知一切且任意穿
梭時空的神秘智者，出現在作中人物徬徨無助的時刻，卻從不參與人類
的生死苦樂，僅僅作為旁觀者為之提點，面對人類假文明發展之需對自
然環境的種種干預，他以自陳代替駁斥：

> 只能觀看無法介入，就是我存在的唯一理由。[22]

　　吳明益曾說明複眼人角色的塑造緣起來自野外經驗：「我一個人在野
外時，常會覺得旁邊似乎有個什麼在身邊，……我始終想要表現這種對
話的對象無所不在的感覺。他和人類的形象有點像，卻又不太相同。」[23]
與此相呼應的是小說敘述者的內在獨白：「我必須要讓蝶自己講述牠們遷

---

[21] 吳明益〈複眼人〉，收錄於《虎爺》，頁 222。
[22] 吳明益《複眼人》，頁 334。
[23] 引自〈擱淺在平行世界的真實之島：專訪《複眼人》吳明益〉，「誠品站官方部落格」，
　　網址：http://stn.eslite.com/Article.aspx?id=1196，最後查詢日期為 2015 年 4 月 23 日。

徙的故事，必須要自己走進那個傳說裡」[24]。因此，「複眼人」系列作品便是吳明益意圖引領讀者進入的生命傳說，憑藉展示多面向的自然以達成思辨性，同時賦予複眼人自然界造物主的化身，揭示「神性」的存在。除此之外，複眼人象徵的另一層涵義或許便在於警策讀者，人類既然無法為其他物種代言，那麼更應觀看而不干預不介入，謙卑以對。

小說裡相似的「不介入」的環境意識，又見於對挪威捕鯨傳統的探討。莎拉的父親阿蒙森曾以繼承傳統捕鯨術為傲，他曾認為適當的獵捕不會造成物種消失，但他目睹友人捕殺海豹的慘無人道後，隨即放棄海上獵人身分，畫下捕鯨生涯句點，投入反對商業捕鯨的行動。他質疑，非為生存的殺戮是否有其必要，「這或許不是一個物種活不活得下去的問題，而是我們為什麼總要在夠用以外，多取一份？」[25]莎拉受父親啟發成了海洋生物學家，她對海洋生態的關切更甚其父，當多數學者為政府背書時，「她成為抗議團體的『知識之矛』，總是銳利地刺穿了政府或資本家藉環境保護掩飾的罪刑，與偽知識的盾牌。」[26]其強悍尖銳從她的言談可見一斑：「人類何苦把自己生養得整個地球滿滿都是？」、「人太多了，其他生物怎麼活下去？如果人類的數量節制一點，就不用開採這麼多有的沒有的東西不是嗎？」[27]

如果說阿蒙森父女的抉擇，是《複眼人》用來批判商業漁獵行為的利益至上，那麼達赫參加射耳祭[28]失手導致終身無法成為優秀獵人的經歷，則可看作是與牢固的族群傳統進行對話。「對布農族獵人來說，沒有打獵技能的男人是不算男人的」，達赫因未能通過射耳祭考驗而喪失了成

---

[24] 吳明益〈複眼人〉，收錄於《虎爺》，頁202。
[25] 吳明益《複眼人》，頁285。
[26] 吳明益《複眼人》，頁317。
[27] 吳明益《複眼人》，頁242、240。
[28] 此習俗相當於布農族人的資格考試，應試者須射中箭靶上的鹿耳或獐耳才有資格成為獵人，若射中山豬者往後見到山豬會害怕，射中山羊耳的小孩則將如同山羊般老是走到懸崖峭壁邊，後兩種情況被認為狩獵時將遭遇噩運。參見，吳明益《複眼人》，頁224-225。

為獵人的條件。成年後的達赫彷彿一再兌現射耳祭失敗的噩運傳說，總在圍獵途中與獵隊走散，最後只能聽從父親叮囑放棄狩獵，做一個「懂山的人」──由衷喜歡山、解救山難、擁有豐富山林知識的優秀嚮導。吳明益通過布農獵人服順習俗傳統改變一生志業的例子，說的卻是服順自然呼喚的故事。無獨有偶，同樣由長子繼承家業、次子以某種形式「出走」的設定也發生在瓦憂瓦憂島。

根據瓦憂瓦憂的古老傳說，為了懲罰族人無所節制地繁衍、任意取食、擴建城市、將附近海域的水族趕盡殺絕，海神諭示：「族人人數不得超過島上的樹。……你們將體會被海所囚禁的孤獨、飽嚐溺死的恐懼。海將從盟友變成殺戮者，供給者變成仇敵。」[29]此後島民嚴守次子獻祭海神的習俗，年復一年送次子們出海赴死。次子們死後的亡靈化身抹香鯨在海上群聚游盪，然後跟蹤下一艘載著次子出航的舟船，用憂鬱歌聲撫慰即將殞落的年輕生命。這樣的責罰與囚禁，這般連死後也不得其所的天譴，彰顯了自然力量的勢不可擋。

回顧以上情節所透露的，不論是複眼人講述的隱語、阿蒙森父女提出的超越人類中心主義觀點、達赫從征服山林到懂山的轉變，抑或是瓦憂瓦憂島奉行的淘汰多餘人口的神諭，小說不斷宣示告誡的無非人對自然應有的理解與尊重，以及過度消耗生態資源的苦果。但即便小說最後以瓦憂瓦憂被垃圾渦流滅島告終，吳明益還是透過傑克森之口告訴我們：「其實自然並不殘酷，至少沒有對人類特別殘酷。自然也不反撲，因為沒有意志的東西是不會『反撲』的。自然只是在做它應該做的事而已。」[30]

三、從蝶道[31]至人生的記憶辯證

---

[29] 吳明益《複眼人》，頁202。
[30] 吳明益《複眼人》，頁71。
[31] 在生物學上，「蝶道」指蝶依循氣味或氣流，飛行經過的路徑。吳明益的寫作則將蝶道引申為對蝶的各種陳述方式與書寫題材。參見，吳明益〈後記：衰弱的逼視──關於

　　從自然經驗與生態議題出發，吳明益的自然寫作，包含了人對自然由研究到思辨、再到理解，而後在概念上「解放」自然等幾個階段的態度轉化。他曾在《迷蝶誌》中寫道：「人可以將蝴蝶視爲作物、獵物、研究物，人也可以將蝴蝶當作朋友、愛侶或陌生人，人也可以以觀賞者的姿態，將蝶看做玩賞物、理解對象。這些角色時常混雜，有時甚至共存而矛盾，因此充滿辯證。」[32]前行研究指出，引導讀者思考接觸自然的態度，進而轉變對「生命」的認知，是吳明益作品的要旨。[33]筆者認爲，吳明益小說中對於「生態記憶」的觀察、探索，亦可視爲上述思維的進一步展現，以下將對此進行探討。

　　短篇〈複眼人〉首先採倒敘方式，帶出鱗翅目專家的敘述者對北美大樺斑蝶遷徙的疑惑，「牠們在數千公里的旅途中繁殖了三到四個世代，才從伊利湖經過匹茲堡、休士頓到達墨西哥的歐亞梅爾松樹林。隔年逆著這個旅程回到的北美『故鄉』，其實是新生世代從來沒有到過的『異域』。」[34]爲了飛越北美洲，大樺斑蝶用世代接力完成長程遷徙，異域終成故鄉。令敘述者感到好奇的是，不會說話、沒有父輩帶領，也沒有旅行社安排行程的牠們究竟如何相互傳遞歸鄉信息，又或者「祖先的遷徙路線，難道已經化爲基因鏈鎖藏在每一粒卵粒之中了嗎？」

　　另一種異常的增殖現象發生在恆春半島，當地的玉帶鳳蝶每隔幾年就會大量繁殖，種群密度異常增高，「百萬隻的玉帶鳳蝶像從地面徐徐浮起的烏雲，循著蝶道，撞上疾駛而過的汽車擋風玻璃，像一群朝聖者向西固執的飛去。」[35]玉帶往海上飛的現象也令敘述者不解：難道週期性大量繁殖伴隨的大量遷移，就專爲了赴死？難道，蝶長記憶嗎？

　　對此，複眼人給了一個未必是答案的回答，他告訴敘述者那是一種

《蝶道》及其它〉，《蝶道》，臺北：二魚文化，2003年10月，頁276-283。
[32] 吳明益〈十塊鳳蝶〉，《迷蝶誌》，臺北：麥田，2000年8月，頁201-202。
[33] 林柳君〈吳明益作品中的文化轉譯、美學實踐與隱喻政治〉，清華大學臺文所碩士論文，2011年6月，頁57。
[34] 吳明益〈複眼人〉，收錄於《虎爺》，頁199。
[35] 吳明益〈複眼人〉，收錄於《虎爺》，頁200。

儀式,「所謂的儀式是沒有表象的理由與目的性的。」、「儀式就是存在自身。」換言之,生命的意義不只是市場上的價值交換,生命的價值有時在於沒有目的的目的,沒有理由也可以是理由。而小說也有意提出蝶類神秘的、不同於人的記憶型態,賦予牠更高於人的位階,透過獨特視角詮釋「生態記憶」,深化對自然的關懷。

〈複眼人〉尾聲,故事時間進入西元 2022 年,電視正轉播「月球死亡紀事」,科學家認為始於本世紀的全球氣候異常、地震、颶風、飛機失事、河水氾濫成災、人類情緒暴躁等等,都來自月球引力的影響,因此決議提出核彈摧毀月球的計畫。他們揣想,終結月球的行動一旦執行成功,「地球將成為更適合人類生存的美好星球。」[36]彼時鱗翅目專家已老,對著一名自稱是昆蟲迷的青年緩緩憶起蝶道的謎樣傳說,以及他年輕時進入森林採集蝴蝶樣本的不安。對於即將成為往事的月亮,老人語帶傷感:「鳥也會停止遷移,或在遷移中迷路,白帶魚不再躍出海面,紫斑蝶可能也會忘記從冬天裡醒來,回到北方。」[37]然而,電視上的月亮死亡倒數猶在繼續——

> 以後將沒有月亮。
> 希勒將失去神力,如果再發生大洪水,阿美族的兄妹將不曉得如何產下子女,地基諾族的年輕男性不再穿繡有月亮花飾的衣服,拉祜族不再對健壯的男性唱道:「你像一個月亮」。印加人的太陽喪了妻,滿天星斗成了孤兒;雅庫特人總在滿月舉行的婚禮要改期,根據月亮盈缺改變遊牧路徑的希伯來人將找不到歸鄉的道路。[38]

以上詩意的悼念文句,說明了生態記憶與自然價值取決於人類生存

---

[36] 吳明益〈複眼人〉,收錄於《虎爺》,頁 230。
[37] 吳明益〈複眼人〉,收錄於《虎爺》,頁 233。
[38] 吳明益〈複眼人〉,收錄於《虎爺》,頁 233。

利益的荒謬。此後，在那背離了生命意義的科技文明裡，吳明益繼續以長篇《複眼人》告訴我們，生態記憶的變改或消滅並非虛構的想像，早在多年前石化廠進駐雲林漁村開始，沿海養殖戶病症纏身，海域遭受汙染，候鳥因棲地破壞而改變了飛行方向。[39]風景與記憶經年變遷，物傷其類。小說裡雲林出身的阿莉思以「這裡是被人搶劫了」，為變異的漁村風景作出總結。無數生命的記憶被剝奪，常民生活因龐大的集體利益而崩解，我們或將成為失憶的一代。

> 沒有生命，能在缺乏其他生命或者生存環境的記憶而活下去的。人以為自己不用倚靠別種生命的記憶也能活下來，以為花朵是為了你們的眼睛而繽紛多彩，以為山豬是為了提供肉而存在，以為魚兒是為了人而上鉤，以為只有自己能夠哀傷，以為一枚石頭墜落山谷不帶任何意義，以為一頭水鹿低頭喝水沒有啟示……事實上，任何生物的任何細微動作，都是一個生態系的變動。[40]

　　針對記憶的書寫課題，吳明益一方面嘗試以未來寄寓當代，以生態記憶召喚環境意識，一方面又經由人物命運的安排探觸記憶本質。書中的最大懸念是阿莉思之子托托的生死／虛實之謎：倘若托托真實存在，為何父子兩人遭遇山難後，托托的屍體遲未尋獲，「阿莉思聽著達赫跟一些山友討論，不知為什麼，他們一點都沒有談論還未找到的托托，連登山背包也沒有找到」；若是虛構，那麼丈夫傑克森究竟與誰共同攀岩？「有時候，她會以為，托托在那個時候，真的已經死去。」阿莉思記憶中栩栩如生的托托是否全為幻影？這些謎題在小說末尾章節逐漸解開。

　　作者讓傑克森在墜崖之際遇見複眼人，故事主線中虛實難分的記憶，奇幻似地在兩者對談中進行辯證。複眼人直言傑克森已死，接著告

---

[39] 吳明益《複眼人》，頁 168-170。
[40] 吳明益《複眼人》，頁 334。

訴他，人跟其他動物的記憶在本質上是相同的，「候鳥記得海岸，鯨記得曾經給牠身上留下捕鯨叉的船，而被追殺的小海豹如果大難不死，牠也會記得那種穿著大衣，拿著根棍子的生物，不騙你，永誌不忘。」[41]唯一的差別是，只有人類發明了記錄記憶的工具，也就是文字書寫，但人類雖能以文字複述過去，有時卻刻意只記得想記的，乃至讓記憶摻雜虛構想像，讓不曾發生的物事在想像中甦生、存續。

複眼人藉此向傑克森揭露，托托早已在多年前夏天死於毒蛇咬傷，「你的兒子是靠你妻子的書寫活下來的。」因為哀傷與想念，阿莉思用記憶招魂，買下兒子每長大一點就會需要的東西，讀想像中兒子長大後會有興趣的圖鑑；周遭親友配合演出，附和她願意承認的記憶，托托因而能以某種形式，與阿莉思「共生」。原來，有些存在早已不在，記憶可以書寫，可以重現，可以虛構，但最後也會因為記憶歸檔而解構。「記憶跟想像要被歸檔」，便是獨有書寫記憶能力的人類，必須付出的相對代價。[42]

因此，那些試圖掩蓋的文明之惡，以為環境無情無心於是恣意濫用的傲慢，以為垃圾丟擲海中能夠自行分解的愚昧，以為人類不須倚靠其它生命的記憶也可存活的狂妄，當所有記憶與現實的整頓歸檔之日來臨，環境將逼使人類償還全數負債。就像故事裡因垃圾渦流侵蝕海域而失去出海權利的臺灣，就像被夾帶各種垃圾的巨大海嘯吞沒了的瓦憂瓦憂島，「一切一切島上關於海的故事瞬間湮滅」。這些站在 2030 年代廢墟窺見的壞毀斷片，正是吳明益小說從未來世界盜取火種後，奮力向世人傳遞的末日寓言／預言。

結論

本文以吳明益的「複眼人」系列小說為範疇，聚焦作品中的重層敘

---

[41] 吳明益《複眼人》，頁 330-331。
[42] 吳明益《複眼人》，頁 333。

事結構、環境意識、記憶辯證三方面，探索其中隱含的省思與關懷。首先，在小說結構上，吳明益安排作中人物阿莉思寫作《複眼人》／〈複眼人〉的長篇、短篇同名小說，產生雙重虛構的獨特型態，同時經由重層、多角的敘事模式，讓布農／阿美／丹麥／瑞典，以及小說家／工程師／環境運動者／一般大眾等不同地域和文化的觀點相繼登場。在視角轉換間，講述島嶼與海洋、救贖與創傷的故事，呈現多元的全球環境議題。作者匠心獨具地創造瓦憂瓦憂島作為警策臺灣的轉喻，抒發他對環境未來的剖析。其次，提出「不介入」的環境意識觀點，反思生態觀光、生物研究、工業文明的假面與弊端，呼籲人類尊重一切自然運行法則，與自然平等互動。第三，自蝴蝶世代接力的渡海遷徙中觀察牠們的記憶型態，賦予蝴蝶更高於人的位階；最後再以各種形式的記憶變遷為自然發聲，以瓦憂瓦憂覆滅的末日寓言／預言，對島嶼臺灣加以示警。

講評

◎李雲雷[*]

　　蔡佩均這篇文章是分析吳明益的《複眼人》，對我來說，最困難的一點是，我沒看過小說；不過讀完這篇文章之後，讓我特別想讀這篇小說，這可能是這篇文章給我帶來較深刻的印象。

　　不只是臺灣或大陸的問題，環境問題確實是全球性的問題，而我們的作家在面對這個問題的時候，怎麼將這樣的問題進行藝術化、提煉，並進行一個很好的藝術表達，這是很值得探討的問題。雖然我沒讀過這部小說，但透過蔡佩均這篇評論文章的分析，確實處理得很複雜、很深入，不論從敘事層面或是從環境意識的層面，都帶來了很值得我們思考的一些東西。這篇文章分成三個部分，第一部分從幾個角度去談小說敘事的問題；第二個則是談這當中環境意識的問題，由「介入」和「不介入」這兩方面從一些具體的細節舉例子，我覺得都特別好；第三個部分談記憶辯證的問題。我覺得這篇文章切入到小說的主題──「環境意識」和對我們現在的啟發，另外一方面，從它本身的敘事技巧，透過具體的文本分析來進入這個主題，所以我覺得文章是特別具有層次感的分析。就是說，它不只是從外部進入這部小說，而是從小說具體的敘述結構與人物的故事等各個層面去揭示。這確實是讓人很受啟發的一篇論文，並且我讀完之後，很希望能找吳明益《複眼人》這部書好好讀一下，這是關於這篇文章的評論。

（編按：本文依會議之評論記錄整理）

---

[*] 北京大學中國語言文學系博士，中國藝術研究院《文藝理論與批評》雜誌社副主編。

從何開始
當下長篇小說的開頭研究

◎岳雯*

　　開頭之於小說的意義往往在非常重要和重要的兩端來回擺動：對於有的讀者而言，開頭意味著他與作者締結了一份契約，是否能接受這一契約直接決定了他將看完全書還是把書扔在一邊；對於有的讀者而言，開頭似乎完全無關緊要，他急著略過開頭進入他的期待部分；然而，對於大部分作者而言，倘若找不到開頭，就意味著整部小說胎死腹中，開頭的語調、情境、人物等等直接決定了小說的全部走向。批評家如何看待這一問題，我們所知十分有限，除了以色列作家奧茲、英國作家大衛·洛奇等少數幾個人或多或少涉及開頭這一命題以外，只有美國文學批評家愛德華·薩義德對此作了充分的研究。在《開端：意圖與方法》一書中，他賦予了「開端」特殊的重要性——「開端就是意義產生意圖的第一步。」我得承認，對於新世紀長篇小說的開頭的矚目，是在薩義德頗為啓發性的論述下開始的，但這並不意味著就這一問題薩義德提供了一整套完整的理論框架。相反，對開頭的研究必須從頭開始。接下來，我將致力於論證新世紀，或者確切地說是近幾年中國大陸地區的長篇小說的開頭確實與之前有顯著不同。而這種不同，我們不能僅僅看作是小說家在形式上的創造。如我們所知道的，形式創新的動力來源於小說家對於世界、對於我們所處的這一時代的理解變化，而指出並闡釋這一變化，正是批評家的職責所在。

---

* 北京師範大學文藝學所博士，現爲中國作家協會創研部助理研究員。

一、虛構的危機

致網友

親們！本人前些日子接受一對母女的委託，為一位已過世的省長寫一部傳記。目前，素材收集階段已經結束，正式的傳記尚在寫作之中，預計兩月後即可完工。屆時，想借各位的微信平臺，將這部傳記傳給更多的人一讀。眼下，如果有哪位正巧在出版社工作，看了下邊我收集到的素材且又相信我撰寫傳記的能力，覺得這本傳記有出版紙質書的價值並有賣錢的可能，請與我聯繫。我的條件是，首印五萬冊，版稅百分之十二，裝幀典雅。我的電子郵箱為666666666@163.com，手機是19999999999。

先致謝意了！

周大新

乙未年早春

　　這是周大新在 2015 年第 4 期《人民文學》雜誌上發表的長篇小說《曲終人在》的開頭。這一開頭令我們聯想起近年來關注度較高的另一部長篇小說──閻連科的《炸裂志》（上海文藝出版社 2013 年 9 月）的開頭。《炸裂志》的開頭有一個「附篇」，說明了《炸裂志》這一部地方志是作家閻連科接受了炸裂市市長孔明亮的委託而編撰的，並說明了有巨額稿費，以及詳細的版權歸屬等問題。非但如此，他還煞有介事地列出了《炸裂志》編撰委員會名單，以及編撰大事記，透露了《炸裂志》所帶來的某種「後果」：《炸裂志》遭到炸裂市的全部拒絕認同，勒令其作者閻連科永無故鄉，再也不得回到他的生養之地。

　　《曲終人在》的開頭與《炸裂志》的開頭之間具有某種微妙的相似性，表現爲：第一，開頭與小說的主體部分構成套層結構，開頭更像是

對小說主體部分的一種說明性；第二，作家的名字以及出版的相關資訊都直接出現在開頭；第三，開頭將小說的主體部分定義爲非虛構──傳記或者地方志。事實上，這樣的開頭也不僅於此。這樣的例子還有很多。比如，寧肯的長篇小說《三個三重奏》的開頭也有一個「序曲」，也是寫作者本人書寫情境的再現。我無意於將之簡單地指認爲作家之間互相影響的結果。我傾向於認爲，隱藏在時代岩層深處的某種因素，讓小說家不約而同地選擇了在長篇小說裡如此開頭。

　　稍有閱讀經驗的讀者當然會發現，這樣的開頭，與經典長篇小說有很大的不同。以上個世紀 80 年代的長篇小說《平凡的世界》爲例。它是這樣開頭的：

> 1975 年二、三月間，一個平平常常的日子，細濛濛的雨絲夾著一星半點的雪花，正紛紛淋淋地向大地飄灑著。時令已快到驚蟄，雪當然再不會存留，往往還沒等落地，就已經消失得無蹤無影了。黃土高原嚴寒而漫長的冬天看來就要過去，但那真正溫暖的春天還遠遠地沒有到來。

這是巴爾札克、福樓拜們在 19 世紀處理過的開頭。開頭將故事鉚釘在一個具體的時間節點上，並通過細緻的描寫讓故事發生的環境真實可感，就像我們所處的真實世界。只有在足夠真實的世界中，想像的人物才得以怡然走上這一舞臺，在我們的注視下經歷他們所必然要經歷的一切。顯然，這樣的開頭讓我們篤定。與之相比，當下長篇小說的開頭則將我們置於真實與虛構的中間地帶。它更像一個暴露其內部裝置的建築，將原先隱藏的東西全部打開。可是，打開並不讓我們瞭解得更多，相反，我們陷入迷惑之中。我們知道周大新、閻連科是真的，那麼，他們關於傳記或地方志的說法值得信任嗎？關於這些書的一切附加資訊又該如何理解？真實與虛構，以一種悖論式的方式扭結在一起，讓讀者無從分辨。

　　這恰恰是時代的症候所在。如果我們還記得，在傳統文學理論中，虛構被當做小說最核心的要素，是「文學性」的主要來源。法國女作家斯達爾夫人就從虛構、想像的角度來定義文學。在韋勒克和沃倫合著的《文學理論》中提出，「『文學』一詞如果限指文學藝術，即想像性文學，似乎是最恰當的。」[1]他們進一步解釋說，「文學藝術的中心顯然是在抒情詩、史詩和戲劇等傳統的文學類型上。它們處理的都是一個虛構的世界、想像的世界。小說、詩歌或戲劇中所陳述的，從字面上說都不是真實的；它們不是邏輯上的命題。小說中的陳述，即使是一本歷史小說，或者一本巴爾札克的似乎記錄真事的小說，與歷史學或社會學書所載的同一事實之間仍有重大差別。……小說中的人物，不同於歷史人物或現實生活中的人物。小說人物不過是由作者描寫他的句子和讓他發表的言詞所塑造的。他沒有過去，沒有將來，有時也沒有生命的連續性。」[2]換句話說，現實世界與虛構世界涇渭分明，它們仿佛隔著深深的溝壑，沒有彼此交界的可能。然而，這一情形正在被打破。虛構正逐漸擴大地盤。它首先讓「歷史」發生變形。如果說，之前的人們相信，歷史是由真實的人物和真實的世界構成，「新歷史主義」的理論家說服我們相信，歷史是被編撰的，因而也是一種構造，充滿了虛構的可能。從這個意義上說，歷史與文學因為共用了一套語言符號系統，因而都是虛構。

　　這是「虛構」的一次攻城掠地。當「虛構」輕而易舉地佔領了歷史的堡壘之後，攻克現實世界指日可待。鮑德里亞將晚期資本主義社會指認為模擬的時代──「今天則是政治、社會、歷史、經濟等全部現實都吸收了超級現實主義的模擬維度：我們到處都已經生活在現實的『美學』幻覺中了。『現實勝於虛構』這個符合生活美學化的超級現實主義階段的

---

[1]（美）勒內韋‧勒克、奧斯丁‧沃倫：《文學理論》，江蘇教育出版社，2005年8月，第11頁。

[2]（美）勒內韋‧勒克、奧斯丁‧沃倫：《文學理論》，江蘇教育出版社，2005年8月，第15頁。

古老口號現在已經被超越了：不再有生活可以與之對照的虛構。」[3]是的，虛構正在慢慢吞噬我們所處的現實世界。我們對真實的追求愈烈，現實愈以虛構回饋於我們。比如，現在最讓觀眾著迷的節目莫過於「真人秀」了。他們一廂情願地相信那都是發生在真人身上的「真實」故事。只是，當你想到這些都是精心挑選過的參與者與被剪輯過的素材構成，所謂的「現實」就會碎成虛構。

　　現在，你大概能理解，為什麼周大新、閻連科等會選擇以這樣的方式開始他們的長篇小說。小說的開頭出現了作家的名字，這與 80 年代馬原在小說中說「我就是那個叫馬原的漢人」有著本質的不同。當時的馬原所面對的並不是今天虛構化了的現實，因而充其量不過是作家的文本試驗。但是，對今天的作家而言，創造一個足以逼真的生活情境已然成為了「影子的影子」。以周大新的《曲終人在》為例。在談到為什麼以「擬紀實文學」的方式展開小說的時候，周大新自己說，「讀者心裡會排斥虛構的樣式，覺得你編的還不如真實的精彩。」這番話透露出作家面對現實的焦慮感。他要寫的是一個省部級官員的人生。顯然，如果按照常規小說的方式開頭，從人物的出生徐徐寫來，不僅讀者會感到厭倦，作家本人也會面臨價值判斷的困境——你如何理解一個官員，是寫出好人身上的壞，還是壞人身上的好？周大新用這樣的方式巧妙地卸載了價值的重負。首先，這是一次「被動」的寫作，是受省長夫人的委託展開的創作，必然從有利於主人公的視角展開。其次，非虛構成為小說模仿的目標。周大新將小說的主體部分說成是「素材」，強調其原始性與真實性。另外，既然是素材，就有再加工的可能。最後，以這樣的方式開頭，表明了小說家無意與新聞展開競爭，某種程度上也與傳統的「官場小說」拉開界限，從而另闢蹊徑，實現小說的可能。

　　這當然只是一種可能——面對虛構化了的現實，以真實寫虛構。既然整個現實世界都擬真了，那麼，長篇小說又為何不可？有的作家則選

3　波德里亞：《象徵交換與死亡》，車槿山譯。南京：譯林出版社，2009 年，第 96 頁。

擇了另外一種方式。余華的《第七天》是這樣開頭的——

> 濃霧彌漫之時，我走出了出租屋，在空虛混沌的城市裡孑孓而行。
> 我要去的地方名叫殯儀館，這是它現在的名字，它過去的名字叫火
> 葬場。我得到一個通知，讓我早晨九點之前趕到殯儀館，我的火化
> 時間預約在九點半。

　　與周大新他們不同的是，余華徹底打破了現實主義小說所旨在建立
的幻覺。敘述者「我」是一個即將要被火化的死人。一個死人怎麼能開
口說話？！在讀者震驚於這一點之後，又會迅速地好奇，死人將會看到
哪些活人永遠看不到的景觀，死人又會經歷什麼。在關於現實這一維度
上，余華作出了與周大新類似的判斷——「中國現實太荒唐，你永遠趕
不上它，我妒忌現實！我們老說文學高於現實，那是騙人的，根本不可
能的。」（這仿佛已經成為小說家共同的心聲。）如果說，周大新是在「真」
的維度上同這個世界競爭，那麼，余華則一心作「假」，從一開始他就告
訴讀者這個長篇是徹頭徹尾的虛構，你沒辦法把它當真。有趣的是，但
凡接受了這一契約的讀者都在渴求更高的「真實」。所謂「假作真時真亦
假」，真真假假，本來就內化在中國人的思想深處，在今天又一次決定了
長篇小說開頭的走向。

二、講述高於一切

　　既然像老巴爾札克那樣營造真實環境的幻覺感已不再可能，換句話
說，這意味著，以描寫式的語言展開長篇小說可能無效，那麼，換一種
方式呢？

> 滬生經過靜安寺菜場，聽見有人招呼，滬生一看，是陶陶，前女朋
> 友梅瑞的鄰居。滬生說，陶陶賣大閘蟹了。陶陶說，長遠不見，進

來吃杯茶。滬生說，我有事體。陶陶說，進來嘛，進來看風景。滬生勉強走進攤位。……滬生覺得心煩，身體讓開一點。陶陶說，有意思吧。滬生說，七花八花，當心觸霉頭。陶陶說，女人是一朵花，男人是蜜蜂。滬生說，我走了。滬生拿過蒲包，朝陶陶手裡一送，立刻離開。

　　煌煌 35 萬字的長篇小說《繁花》就是以滬生和陶陶再家常不過的聊天方式開了頭。細察這開頭，確實與其他長篇小說不同。敘述語言儘量儉省，不加任何修飾，只有主謂賓構成。重心是在對話語言上，一會是陶陶說，一會是滬生說。在這段對話中，陶陶佔據了主體，他講出了各種各樣的故事，他與老婆芳妹的，滬生與白萍的，朋友玲子的，弄堂一枝花女律師的（被滬生打斷了），中間還穿插了陶陶與一個三十多歲女子的對話，而對話間隱約透露故事將會展開。當然，與所有的閒聊一樣，這些故事都是碎片化的，語言從故事上擦過，很快又略開，是無頭無腦，掐頭去尾的。所有的故事幾乎都是一個主題，那就是男女，或者說風情。這番對話的兩方也是不平衡的。陶陶滔滔不絕地說，滬生似乎意興闌珊，常常「不響」。當滬生「不響」的時候，陶陶很快又轉換了新的談資。如果按照長篇小說的一般寫法，大概會寫出兩個人對談時候的心理活動，怎麼說與怎麼想，往往會構成一種張力。可是，從《繁花》的開頭就能看出，心理活動一概省略，也許是因為金宇澄覺得那很「假」。這是一個精雕細刻的開頭。作為一個編輯，他對小說的開頭有十足的敏感──「小說的開頭，等於出門赴一個重要約會，會鄭重考慮穿什麼，不是馬馬虎虎就可以出門的，除非天才。」事實上，這樣一個開頭，包含了《繁花》的全部元素──這是一個由講述構成的小說。幾乎所有的故事都從講述裡來。講述高於一切。

　　講述自身獲得了蓬勃的生長的力量。金宇澄自己是這麼說《繁花》的──「放棄『心理層面的幽冥』，口語鋪陳，意氣漸平，如何說，如何

做，由一件事，帶出另一件事，講完張三，講李四，以各自語氣、行為、穿戴，劃分各自環境，過各自生活。」[4]講述，也就是批評家程德培所說的「講」或「聊」──「《繁花》立足一個『講』字，通過你講我講他講的方法試圖把兩者結合起來。客觀性並不意味著不帶立場的評判。相反，只有身處可能瞭解的局面，你才知道局面的真相。只有站在現象的某個角度，你才可能領悟現實。言談是一種真實的存在，它自身既不重也不輕，既不積極也不消極，它不僅僅是主體，還形成一種環境，它是真實的、可見的、可聞的，既是物質的又是歷史的，同時它又是打破一切障礙的想像。」[5]

如果我們還記得盧卡契曾經雄辯地對敘述和描寫進行對比分析，我們一定會贊同，選擇什麼樣的語言方式（比如敘述還是描寫）絕不僅僅文學技巧和風格的問題，它關乎作家的世界觀，關乎我們怎麼理解這個世界的問題。比如，左拉等自然主義作家之所以採用觀察和描寫的方法，正是因為頭腦中缺乏多姿多彩的生活情況──「採用描寫方法的作家們在世界觀和創作上的基本弱點就在於，他們毫不抵抗地屈服於既成的結局，屈服於資本主義現實的既成的表現形式」[6]，反映了「1848年以後資產階級知識分子的普遍的世界觀危機」。同樣的，《繁花》以講述開頭，並奠定了整部長篇小說的敘述基調，正是這部長篇最重要的意義所在。我們在《繁花》的講述中發現傳統的影子。這種姿態來源於說書人，說完這個說那個，每一個故事仿佛可以無限延展下去，是自動生成的。然而，《繁花》又是最最現代的。對於今天的讀者來說，豐盈充沛的資訊鋪天蓋地而來，他們什麼沒看過，什麼沒聽過。對於那些拙劣映照現實的小說，他們笑笑，這有什麼，我們早就知道了。因此，對於長篇小說而言，呈現了什麼已經變得無關緊要，重要的是用什麼樣的方式講述正在

[4] 金宇澄：〈《繁花》跋〉，《繁花》，上海文藝出版社，2014年1月。
[5] 程德培等：《批評史中的作家》，上海文藝出版社，第323頁。
[6] 盧卡契：《盧卡契文學論文集（一）》，中國社會科學出版社，1980年7月，第76頁、73頁。

發生的現實。講述讓不同的人物說話，將一件事情從不同的角度表現，臨了，我們會恍然，這所有的講述因爲籠罩在語言的穹廬之下無限地趨近虛構，也無限地趨近現實。這就是爲什麼金宇澄會在小說中引用穆旦的詩：「靜靜地，我們擁抱在／用言語所能照明的世界裡，／而那未成形的黑暗是可怕的，／那可能和不可能的使我們沉迷。／那窒息著我們的／是甜蜜的未生即死的言語／它底幽靈籠罩，使我們游離，／遊進混亂的愛底自由和美麗。」言語即是一切。

金宇澄自覺把自己放在說書人的位置，這姿態很重要，決定了他「不說教，沒主張；不美化也不補救人物形象，不提升『有意義』的內涵；位置放得很低，常常等於記錄，講口水故事、口水人——城市的另一個夾層，那些被疏忽的群落。」從這個意義上說，「講述」本身就具有了意識形態的性質。這並不是大多數中國作家在長篇小說中習慣的敘事姿態，哪怕是賈平凹，即使文人其表，決定他的精神質地的知識分子的話語體系。不妨看看他在《帶燈》中是如何開頭的：

> 高速路沒有修進秦嶺，秦嶺混沌著，雲遮霧罩。高速路修進秦嶺了，華陽坪那個小金窯就迅速地長，長成大礦區。大礦區現在熱鬧得很，有十萬人，每日裡仍還有勞力和資金往那裡潮。這年代人都發了瘋似的要富裕，這年代是開發的年代。

帶燈是小說中女主人公的名字。一本以《包法利夫人》爲題的小說，開篇卻是從包法利的少年時代寫起；同樣的，《帶燈》寫的是一位女性，卻從高速路、秦嶺、大礦區開始。賈平凹一開始就明確地告訴讀者，帶燈的故事絕對不是她個人的事，必然是與時代、社會的變化緊密聯繫起來。因此，賈平凹是現實主義精神的延續者，他的小說關注的是個人，比如帶燈這樣一個鄉鎮幹部，但是小說呼喚人們通過個人來理解變化中的社會。小說一開篇裡的秦嶺，是處於自然狀態的秦嶺，「混沌」、「雲遮

霧罩」，只有當高速路修進來之後，原始的自然狀態被一洗而空，自然迅速地人化了。高速公路帶來的一個顯著變化，是由於交通方便了，秦嶺的礦產資源有了往外運輸的可能，因而吸引了大量的勞動力和資金。賈平凹用三言兩語概括了當下鄉土文學的一個主題：即封閉的自然社會被打開之後帶來的種種變化。最後一句話，他用一個詞概括了這個時代──「開放」。這也不是傳統長篇小說的寫法。傳統意義上，小說家應該通過具體的描繪，喚起讀者心中浮現這個詞。而現在，小說家們直截了當地對一個時代進行命名。這樣一個開頭毫無疑問有提綱挈領的意義。接下來他所講述的帶燈的故事，是在「熱鬧的大礦區」之下展開──帶燈所面臨的上訪、環境破壞給人帶來的疾患與貧窮等等諸多事件，都與礦區的活動有或緊或疏的聯繫；同時，帶燈的故事，也佐證了賈平凹一開始對這個時代的判斷。但一定要如此斬釘截鐵地開頭嗎？畢竟，小說家在給出一個判斷的同時有可能削弱小說本身所蘊含的複雜性。但賈平凹們又不得不如此，或許，「開放」的時代已然接受不了含蓄蘊藉、九曲回腸式的開頭了吧。

三、結尾與開頭

　　開頭已經變得如此困難，以至於有的小說家甚至選擇讓「開頭」缺失。徐則臣的長篇小說《耶路撒冷》一開始就是小說人物之一初平陽的返鄉之行。小說細緻描寫了初平陽在火車上最真實的感官：

> 他的臉和身體貼在清涼平滑的擋板上，時間的速度突然降了下來，有種失重的平和，他真切地聽到了不再轉動的車輪摩擦鐵軌的淒厲之聲。那聲音讓他的牙齒緩慢地發酸，身上發癢，毛髮因此懶洋洋地豎起來。他在眼窩後面分明看見了摩擦綻放的火花連綿不絕，像雨天裡車輪甩帶起的一大片水珠，如同孔雀開屏。

　　格外細緻的描寫讓人有超現實主義的恐怖之感，仿佛一隻手輕輕拂過你的所有感官，所有在喧囂的現代社會沉睡了的器官──蘇醒過來，真實得有幾分虛幻。然後，徐則臣迅速回到了現實。火車暫停行駛，清晰地指向了停留在讀者記憶裡的新聞事件──2011 年 7 月 23 日晚上 8 點 30 分左右，甬溫線永嘉站至溫州南站間，北京南至福州 D301 次列車與杭州至福州南 D3115 次列車發生追尾事故，初步查明事故原因是 D3115 次列車遭到雷擊後失去動力停車，造成 D301 次列車追尾。此時，雖然小說中的人物尚且不明白發生了什麼，但已經有人預言說是故障，而且是為了慶祝大人物的多少年誕辰而提前通車造成的故障。於是，初平陽從車窗翻出了火車，徒步踏上了回家的路。

　　《耶路撒冷》的開頭也有幾分不同尋常。他從直接交代初平陽回家這件事切入敘述，精心賦予了這個開頭以現實主義、浪漫主義與現代主義的多重風格。從細節的精準以及對現實的指涉而言，這是現實主義式的；從人物內心充盈的感受而言，這是浪漫主義式的；回家的路被阻礙，這裡面有奧德賽式的激情，同時指向了現代主義的某個主題──從離開故鄉的那一天起，我們就失去了自己的故鄉。這一部分寫的是回故鄉，然而小標題是〈到世界去〉，正是回到故鄉之後，初平陽開始寫作他的專欄文章〈到世界去〉，兩者之間形成了奇怪的張力，「回」和「去」，在世界的某一個點上似乎達到了平衡。更有趣的是，事後現實再一次證明了有強大的力量。初平陽所乘坐的火車確實是因為遭到雷擊而停駛，而這一事實卻是率先從傻子口裡說出來。

　　到了小說的結尾，火車再一次出現了。這一次，他們是要去送押送長安的火車離開淮海。在那之前，初平陽一直在尋找一個開頭。「他想在格拉斯的文章裡找到一道閃電（唯有這一道閃電是他可以接受且願意尋找的），照亮他頭腦裡關於專欄『2019』的第一句話。對他來說，第一句話永遠是最重要的；這句話寫對了，文章就完成了一半。」我相信，這是對缺失的開頭的一次回顧。這個開頭只有到最後才出現。在睡著了的

孩子天送嘴裡，說了一句夢話「掉在地上的都要撿起來」。

　　「『2019』的第一句有了。」那只夜鳥聽見戴眼鏡的年輕人說，「沒
有比這更合適的開頭了。」他又把男孩的夢話重複了一遍。
　　──掉在地上的都要撿起來。

　　結尾指向了開頭，預示著一個新的開端的開始。於是，開頭與結尾，
以這種方式擁抱了彼此。

講評

◎李雲雷

　　我剛開始讀這篇文章的時候，覺得特別受吸引，因為我們以往大部分的評論文章，都是評論作家作品，很少談敘述問題。而岳雯好的一點是，在大家都習慣放棄的地方，她重新抓住了「開頭」這樣看似很平淡的題目入手，然後來分析新世紀以來長篇小說創作裡發生的一些問題。這個角度非常新穎，並且它雖然是一個形式的問題，但是透過她的分析，我們可以看到其實涉及到很多與我們時代相關的問題，比如說：她提到「虛構的危機」，和後面沒來得及展開的「講述、敘述和描寫」的問題。我覺得她透過一些形式的分析，切入到時代的問題，並且還有一些理論的分析與看法，像她引用盧卡奇的《關於敘述和描寫》、引用韋勒的《文學理論》，對於開頭的一些介紹和分析。

　　我覺得它第三部分談的「開頭」和「結尾」呼應的問題，這些都是特別好的，但可惜沒有展開；這篇文章的優點是它有新的問題意識——它從形式問題入手，然後有一個比較深入的理論思考。這一方面是把新的問題提供給我們，另一方面它對於我們以往一些老的理論問題有新的觸發，比如我們思考盧卡奇的時候，可以結合我們新的文學美學經驗，可能會對傳統的理論問題有些新的、不一樣的思考，所以我覺得岳雯這篇文章帶給我們一些比較新的衝擊。

（編按：本文依會議之評論記錄整理）

作為方法論原則的小說元語言

◎張元珂[*]

這裡的「元」（meta-）有「原初」、「在……後」或「超越……」之意。什麼是「元語言」？現在流行的說法：關於語言的語言。這也就涉及到了另一個概念：「物件語言」。

（1）雪是白的！

（2）「雪」是一個漢字，有11畫。

（1）描述的是語言符號以外的客觀世界中真實存在著的一種狀態，執行的是指稱、描述物件的功能，屬於「物件語言」；（2）並沒有指向詞語和概念以外的物件世界，而是語言自身，當符號（漢字）成了指涉物件時，就形成了元語言。有關這兩個概念的命名和內涵的闡釋，最早來源於、成熟於、也流行於西方哲學界、語言學界，後又廣泛波及其他人文社科領域，並越來越具有了方法論的意義。哲學家研究元語言，其志不在語言，而是以此為工具探索和解釋為他們所感興趣的真理命題；語言學家借鑒哲學家的經驗，關注語言現象、規則及其內部運行機制，永遠把語言作為最終目的，而不是手段；而作為語言學分支的文學語言，在小說家這裡，其對「元語言」的自覺或不自覺的理解、體驗及實踐，也是複雜而多元的。因此，要研究中國現代小說元語言，首先就很有必要做一個簡單的詞源學追溯，以從中提取適合於研究漢語小說的有益經驗或方法。

一、語言哲學家定義中的元語言

分析和歸納都是我們認知客觀世界的思維方式。前者試圖從外到內

* 山東師範大學文學院中國現當代文學博士，中國現代文學館助理研究員。

力求尋找世界的「根」，後者力圖從裡到外描繪世界的「形」。西方人長
於分析，故邏輯學、哲學源遠流長，對真理的探索嚴密、細緻；中國人
長於歸納，故不擅長科學分析，理念或口號甚多，但多經不住分析。「元
語言」是西方哲學家精於分析的產物，是他們在認知世界過程中爲了解
決語言哲學上的悖論問題而臨時提出了一個概念。語言之於他們，不是
目的，僅是工具。當真理明晰了，問題解決了，語言也就被冷落了。這
從普遍流行的工具書或權威的哲學家有關這一概念界定中就可以得到清
晰的證明：

> 第一種語言是「被談論」的語言，是整個討論的題材；我們所尋求
> 的真理定義是要應用到這種語言的語句上去的。第二種語言是用來
> 「談論」第一種語言的語言，我們尤其希望利用它來為第一種語言
> 構造真理定義。我們將第一種語言稱為「物件語言」，把第二種語言
> 稱為「元語言」。[1]
> 元語言：用來研究和講述物件語言的語言。與「物件語言」相對。
> 用漢語研究和講述英語時，英語是物件語言，漢語就是元語言。在
> 數理邏輯中，被討論的形式系統或邏輯演算是物件語言，而討論邏
> 輯演算時作用的語言就是元語言。物件語言是用來談論外界的物件
> 的性質及相互關係的語言，它的詞彙主要包括指稱外界對象的名稱
> 及指稱外界物件的性質和關係的謂詞，是第一層次的語言。元語言
> 是用來談論物件語言的語言，它的詞彙包括指稱物件語言的名稱以
> 及指稱物件性質的謂詞（「真」或「假」），是比物件語言高一層次的
> 語言……[2]
> 元語言：在形式語義學裡，用來描述另一種語言（物件語言）的語
> 言。物件語言是一種自然語言，後者是一種形式語言。形式語義學
> 理論的目標是為物件語言提供一個意義的公理或系統理論，元語言
> 用於闡述物件語言的符號及其構成規則，並將意義指派給由規則決

---

[1] 塔斯基：〈語義性真理概念和語義學的基礎〉，A.P.馬蒂尼奇編輯的《語言哲學》，第 93
頁，北京，商務印書館，1998 年版。
[2] 《哲學大詞典（修訂本）》，上海辭書出版社，2001 年版，第 1879 頁。

定的那些語法句子和具有良好構造的公式。[3]

上述三個界定及說明典型地體現了語言哲學家們對「元語言」和「物件語言」的認知態度，無論《哲學大辭典》將「元語言」被區分為「研究」和「講述」兩種風格，還是《劍橋哲學詞典》從語義學角度將之稱為「形式語言」，其根本目的都不在於研究元語言（人工語言、形式語言、科學語言）的本體特點，而是以此為工具探索並定義為他們感興趣的邏輯、真理命題。為什麼非如此不可呢？因為「尋求的真理定義是要應用到這種語言的語句上去」，並「希望利用它來為第一種語言構造真理定義」。也即，他們把語言僅僅當作探索哲學命題的工具，所不同的是，前兩者的指稱範圍相對寬泛一些，且正面提出了語言的分層次性，而後者的指稱範圍相對狹隘一些，且沒有提及語言的層次性問題。這也很好理解，語言哲學家對屬於語言本體特點的分層現象不感興趣，又因其和哲學命題的探索關係不大，他們也就沒必要考慮這些問題。

由此可見，語言哲學家希望找到一套邏輯清晰的、意義不模糊的元語言符號，用以探討和闡釋他們的真理問題。他們只關注語言在何種程度上助益於真理問題的解決，至於其內部規則、語義功能、表現形式，如果不與他們的哲學探索發生關聯，他們不感興趣。也就是說，語言哲學家關注語言，但絕不會以此為志業，「哲學家從理解語言的機制走向理解世界，他不打算製造任何東西，而是只期待一種更深形態的理解生成。語言的哲學分析得出的道理是世界的道理，不是語言的道理。」[4]儘管如此，哲學家做出「物件語言」和「元語言」的區分，並初步探討其意義，卻被語言學家廣為借鑒，從而助益現代語言學的研究。

二、語言學家定義中的元語言

---

[3]《劍橋哲學詞典》，劍橋大學出版社，1999 年版，第 560 頁。

[4]《語言哲學》，陳嘉映著，北京大學出版社 2003 年版，第 21 頁。

先看一組正統語言學定義中的「元語言」概念：

> 元語言，純理語言；人造語言。用來只分析和描寫另一種語言（被
> 觀察的語言或目的語的語言或一套符號，如用來解釋另一個詞或外
> 語教學中本族語言。可替換術語：second-order language（第二級語
> 言））[5]
> metalanguage[metalinguistic（s）]（1）語言學跟其他學科相似，也
> 用此術語指用以描寫研究物件的一種較高層次的語言──這裡研究
> 的物件是語言自身，即各種語言樣品、語感等，它構成了我們的語
> 言經驗。……（2）「元語言學」（meta-linguistics）這個術語在語言
> 學內還有一個較為專門的涵義，有些語言學家，特別在本世紀50年
> 代，用來指語言系統與相關文化中其他行為系統之間的總體關
> 係。……[6]

關於「物件語言」和「元語言」的劃分，語言學家借鑒語言哲學家的研
究方法，直接移植了相關術語，可以說是一勞永逸地從哲學界接過這份
遺產。但是，我們應該清晰地看到，語言學家和哲學家對之做出區分，
無論其出發點還是其研究路徑，都有很大的不同。上述界定體現了語言
學家們的認知思維、根本目的以及研究方法。一是，語言學家以具體的
語言現象，語言規則及與世界的關係為研究物件，而且，其出發點在語
言，終點也在語言。雖然也涉及到哲學界的一些命題，但目的終歸是為
了解決語言問題。二是，哲學家也對語言問題普遍產生濃厚興趣，但其
關注和研究語言往往有其先在的公理系統，理念或主題往往是預設性
的，即他們試圖通過對語言的解讀以達到回答、確證其命題探討的科學
性、合法性的目的。而語言學家則是經驗性的，以豐富的語言現象、繁
豐的語言材料及深刻的語法規則為研究物件，不但關注現實語言（即定

---

[5] R.R.K.哈特曼和F.C.斯托克：《語言與語言學詞典》，上海辭書出版社，1981年版，第213頁。
[6] 大衛・克里斯特爾編《現代語言學詞典》，商務印書館2000年版，第221頁。

義中的「各種語言樣品、語感」），而且從中分析、提取、歸納其統一的語言規則，從「個」上升到「類」的高度，必要時，還根據相關語法規則（比如，喬姆斯基的「轉換—生成」語法理論，S→NP+VP），創造新的語言。總之，語言學家區分「物件語言」和「元語言」，其目的在服務於語言學研究，而元語言就是用來「分析和描寫另一種語言」。

在國內漢語界，對「物件語言」和「元語言」相關理論的介紹、分析的文章也出現了不少，但多是知識性的紹介和理論移植，其中對「元語言」特性、功能的系統化研究，起步比較晚，真正突破性的成果並不多。能在前人研究成果基礎上有所開拓性發展的，當屬李子榮。他是國內漢語界首個從方法論角度，不僅全面梳理、評介元語言理論產生的歷史淵源、生成過程，闡釋元語言概念和內涵，提出元語言的三個特性（層次性、相對性、自反性），對葉爾姆斯列夫符號模型、格雷馬斯的語義學元語言和雅各森的元語言功能學說展開了富有創建性的闡釋，還涉及到了元語言的修辭功能、「元語言辭格說」等理論命題，並以此來分析日常語言中出現的元語言現象。最後，他將元語言上升為方法論的高度：

> 元語言為許多學科所接受，並非原原本本的移植，而是在方法論的意義上得到運用。正如塔斯基提出的「元語言」概念跟他受「元數學」思想的啟發有關。「元」在這一用法中顯示了它的方法論意義，對某一學科本身的研究都可稱為「元～」，推而廣之，返回物件或行為本身的研究或談論，無論物件大、小，都可產生「元～」，從大的方面來看，有「元數學」、「元邏輯學」、「元語言學」等；從小的面來看，有「元規則」、「元描述」、「元符號」等。那麼，事實上，任何事物都有其「元」的一面，「元」根植於人類思維和認知深處，這就是為何把元語言理論作為方法論原則來討論的根本原因。[7]

李子榮的研究的確是開創性的。他的研究理論性強，不僅始終著眼於語

---

[7] 李子榮：《作為方法論原則的元語言理論》，黑龍江人民出版社 2006 年版本，第 10 頁。

言學學科的規範化要求，而且還在方法和實踐方面對相鄰學科的研究產
生了影響。但他的研究也留下了遺憾，比如：其立足點始終沒有超出普
通語言學範疇，有些論析有以偏概全之嫌；語言材料基本是歐美語言學
中的現象、理論，對漢語言，特別是現代漢語少有取例；對中國文學語
言，特別是現代文學中的元語言幾乎沒有涉及。

　　元語言從哲學領域到語言學領域的移植，從最初在哲學領域只在「意
義層面」被關注到在語言學領域「意義」和「形式」都備受關注，正好
說明了「元語言」作爲一個概念並不是一成不變的，哲學家和語言學家
根據研究物件和目的的不同，總是不斷對元語言的表現形式及意義做出
調整。概念都是抽象的結果，有關元語言概念的界定最初就不規範，而
且物件語言和元語言的區分也是相對的，但這並沒有妨礙它在上述領域
內的廣泛應用，也就是說，它只有針對具體的哲學和語言學命題的分析
時才具有意義。可是，作爲一個非常具有活力和發展前景的概念，我們
還是要追問：元語言到底是什麼？「關於語言的語言」作爲流行的概念
界定，早已成爲語言學界的常識，但這種界定太籠統了，如此界定對文
學語言研究來說，還能有什麼大的價值？這一概念最初由哲學家界定
時，就起因於一種方法論的考量，即要服務於哲學問題的解決，後被語
言學家引入語言學領域，其出發點亦如此。盡然如此，筆者引入李子榮
從方法論角度上給出的定義──「元語言既是一種知識，又是個操作的
概念；既是一種功能，又是一種結構特徵；既可視爲一種不同於自然語
言並在層級上高於自然語言的人工語言，又可以是自然語言本身的部
分；既是一種語言現象，又是一種心理和認知現象。」[8]──也是想以此
給中國小說元語言的研究提供一種方法論上的支撐，以此打開研究的視
野和可能的路徑。梳理和探索這一概念的來源、原理、功能，不是該論
文的目的，這裡只是想借鑑前人的研究成果和有益的研究方法。

---

[8] 李子榮：《作爲方法論原則的元語言理論》，黑龍江人民出版社 2006 年版本，第 224 頁。

三、小說元語言

　　哲學界、語言學界對物件語言和元語言的區分、界定當然也適用於文學語言領域，但這也更多具有方法論意義上的應用。小說元語言也是文學語言，當然具有普通語言的一般特性，比如資訊交流、解釋、物件指稱等，但是，它與邏輯學家、哲學家、語言學家視域中的元語言，無論其特性、功能，還是具體的應用，都有很大的差異。而正是這些「差異」才是小說語言的特性，研究、應用這些特質，都是具有文學意義的。語言哲學和語言學對元語言都有一個共同的要求——都希望元語言是一套規範的、合乎邏輯，最好內部不能產生歧義的符號系統。很顯然，語言哲學家和語言學家都趨於命題研究的科學性、系統性，而小說元語言屬於文學語言範疇，文學語言追求個體化風格，兩者背道而馳。那麼，我們該如何看待這種差異性？其實，這也不難理解：哲學家和正統的語言學家素來對文學語言持有偏見。因為文學語言都是不規範、不標準的，既妨礙於語言哲學家的對於真理問題的求解，也不利於正統語言學家對語言科學的探索，所以，他們對語料的選擇多來自非文學領域。而且，在正統語言學家看來，即使針對文學語言的研究，他們也多不認可文學界的研究方法、思路及成果。如果再把小說元語言從文學語言範疇中分離出來，並結合中國小說語言史的實際，對之展開系統的梳理、研究，那就更沒什麼興趣了。然而，中國小說元語言的發生和演進，卻實實在在地存在著，它不但在古典小說語言體系中佔據顯耀地位，形成了漢語小說獨具審美價值和交流功能的文學傳統，而且在現代小說語言發展史上，也為更新小說家審美觀念的和創新小說文體打開了一個全新的路徑。這就不得不讓我們從理論與方法上的都要重視這一小說語言現象。那麼，在文學領域，特別是作為重要文類分支的小說，其元語言該表現為何種形式、功能呢？

　　目前，就筆者視野所及，對「小說元語言」作整體性、系統性研究

的文章還沒有出現，即使涉及到這方面的內容，也多是一些零散的印象式的隨談，或者單就其某一項功能展開論析。在國內，封宗信較早對「小說元語言功能」進行了初步研究，不僅注意到了元語言與敘事的關係，注意到了元語言的層次性，充分肯定了元語言手段在敘事小說中的作用。他選取歐美敘事文學經典中的語料，得出的一些觀點，也多具建設性，比如：

> 敘事學中的元語言評論僅僅是敘事行為層面上的隱含作者評論，而語言學的元語言所發揮的敘述與評論功能並沒有為敘事學家所重視。
>
> 大量使用元語言手段，可以使小說中人物話語的描述更為準確更為形象生動，也使得敘事過程中的解釋更為可信，評判更為客觀，也使得敘事者在讀者的心目中更加「可靠」，即評判貌似來自於權威的「可靠敘述者」。虛構小說中凝聚著強烈的元語言成分，既使文本中兩種敘事聲音有所差別，又沒有把敘事者與隱含作者完全割裂；既塑造了虛構，又把虛構的真實性和逼真性突出到最大限度。[9]

但是，封宗信的研究不成體系，僅限於一兩篇論文，且關注點在歐美敘事小說，對中國小說元語言隻字未提。

什麼是小說元語言？首先解詞：什麼是「小說」？「小說是指一種敘事性的文體，其通過人物的塑造和情節環境的描述來概括地反映社會生活的矛盾。」（《現代漢語詞典》）這樣的界定顯然是太籠統了，既不能有效區別於報告文學、敘事詩等文類特性，也不能清晰顯示其本體性的語言特點。

> 小說是在文藝語境類型決定下產生的一種語言功能變體，是在文藝語境中形成的，運用與該語境相適應的語言手段，以敘述和描寫為主並結合抒情、議論和說明等方式來反映生活世界的一種以審美為

---

[9] 封宗信：〈小說中的元語言手段：敘述與評述〉，《外語教學》，2007年第2期。

主要目的的言語功能變體集合。[10]

這個從語體角度做出的界定彌補了上個定義的缺陷——強調語境因素、敘述方式和「言語」特性。

> 只要我們同意，不能僅從實用的角度來孤立地看待語言，我們就會看到，小說語言同某一本小說的內部結構及形形色色的外部環境有著複雜的關係。假如我們從一部小說中抽出一頁，裡面包括人物的對話，事實的敘述和景物的描寫，在這短短的一頁中，作者就得運用幾種不同的語言。對話中所使用的語言可能是模仿某類說話人的特點，敘述事實的語言則完全是另一種類型的語言，而描繪性的語言則更加靈活，並能在很大程度上反映作家個人特有的風格。所以，如果我們要談小說語言，就必須認識到，小說裡包括一些或許多類型的語言，對每一種語言都需要用不同的標準來衡量，但同時他們又同小說的整體結構相關聯。[11]

小說語言具有綜合性特徵，兼收並蓄、融會貫通各種語言資源，執行表意、表象和表現三大基本功能。這表明，我們對小說語言的評定，不可執持單一標準。喬納森對小說語言特徵的論述只針對物件語言系統，而忽視了元語言系統，如果再加入元語言，小說語言系統就更為複雜了。回到段首的問題，所謂「小說元語言」，即關於「小說語言」的語言。它有時又被稱為「元敘述」、「元話語」、「元詞語」，以突出某一方面的功能。

什麼是元小說？中外學術界常把以「元（meta-）」字開頭加研究物件的理論稱謂「元理論」，比如元科學、元歷史、元哲學、元倫理、元戲劇、元電影。「元小說」最早由威廉・H・伽斯在〈小說與生活中的形象〉一文中提起，即關於小說的小說，強調小說形式意義，引領讀者關注小說本身，並以此達到文體重建的目的。語言之於文體的意義，前人早有

---

[10] 陳正勇：《論小說語言的特性》，2005 年碩士論文。
[11] （英）喬納森・雷班著：《現代小說寫作技巧》，戈木譯，陝西人民出版社，1984 年版，第 128 頁。

定論：「如果沒有一般語言學的全面的基礎訓練，文體學的探討就不可能取得成功」[12]。也就是說，作為一種文體的小說，其內在規定性必然首先是語言學的，即語言是顯示小說文體形式的核心要素。元語言之於元小說的意義，也可作如是觀。「元語言」在任何時候、任何情況下，都存在於語言中，運用於敘事小說，就形成了一種複雜的敘述文體，即元小說。因此，作為文體的元小說，其本體特徵及意義生成首先來自於元語言。我們很難想像，若沒有元語言的使用，還能有一種叫做元小說的文體存在。元語言在小說中的運用，就會形成一套複雜的敘述手段。之所以說其「複雜」，是因為在元小說中至少存在著三套語言系統：作用於他者，主要行使指稱或描述功能的物件語言系統；作用於自身，主要行使解釋、分析功能的元語言系統；由物件語言和元語言彼此映襯、指涉所生成的新的語言系統。這是以模仿型、表現型和象徵型為主要特徵的傳統小說語言所不具有的，所以，元小說遠非一個簡單的技術操作，也不是一種單純形式上的美學實驗，它賦予小說家以自由，也帶來前所未有的挑戰。然而，評定一部元小說有無較高的藝術價值，其評判標準主要不在「物件語言」和「元語言」系統表現如何，而是兩個體系彼此影響、融合和凝聚所生成的語言效果如何。這種互補互生而成的審美界是元小說語言所獨有的。不過，需要指出的是，普通語言學中的元語言與小說（文學）中的元語言既有相同性，也有其差異性。後者所發揮的作用要遠遠大於前者，所以，元語言作為小說語言的一個組成部分，其在句子、語段及篇章中的作用遠比普通語言學複雜得多，它不僅和小說句子的內指、外指等具體的形式建構緊密關聯，還和小說的敘述語調、語式、語體密不可分。

四、小說元語言的敘述學意義

　　「元語言」是一個現代人文科學概念，在國內，有關它的命名、使

---

[12]　韋勒克：《文學理論》三聯書店，1984年版，第189頁。

用和在學界的研究不過是近幾十年的事，但是，作爲一種語言現象，首先廣泛存在於日常語言交流中。從某種意義上講，只要存在「說」與「講」的話語行爲，就一定存在元語言生成的可能性。英語中 mean／speak／tell／understand／promise／agree 這類詞彙，漢語中「說」、「認爲」、「所說」、「所講」、「正如」這一類詞語，也具有形成元語言的可能性，然而帶有此類元語言標誌的話語遠不止於這些，其豐富和複雜也都遠遠超於我們的認知視野。元語言在古典小說小說語言體系中很早就出現了。中國古典小說中類似說書人口吻的「套語」、「套話」就是典型的例子。現代小說語言不論在文體上還是在語體上，都以開放而包容的姿態，吸納並實踐有關文學的和非文學的所有語言材料，形成豐富而多元的語言風格。作爲文學語言的「小說語言」，與普通交際語言的區別在於，它以文學性爲其根本性的追求。同時，小說既有敘述人的語言，也包括人物的語言，而且敘述人話語會在兩者之間頻繁轉換，從而形成了複雜的聲音特點。任何一部小說，都會有敘述人存在，而且，不論作爲作者的代言人，還是一個獨立個體，他都要面臨選擇何種話語和如何表述的問題。**「只要有敘述者在講話，就勢必要涉及到敘述話語中語言的選擇以及物件語言與元語言兩種類型的表述。」**[13]總之，不論在實際的語言交流中，還是在任何一種類型的小說文體中，元語言是普遍存在的。

在實際的語言實踐中，對小說敘述行爲的揭示，當然是典型的元語言，經由此而形成一套複雜的元敘述。但是，這種元語言不過是一種簡單的修辭方式，大都歸屬於作者或隱含作者的評論，而**「語言學的元語言所發揮的敘述與評論功能並沒有爲敘事學家所重視」**[14]。這表明，中外小說家對元語言功能的認知及具體實踐都是存在差異的，不但與哲學家、普通語言學家的理解有著很大的不同，而且其有意的研究成果也沒有引起小說家們的廣泛注意。其實，在歐美經典小說中，其對「元語言」

---

[13] 封宗信：〈小說中的元語言手段：敘述與評論〉，《外語教學》2007 年第 2 期。
[14] 封宗信：〈小說中的元語言手段：敘述與評論〉，《外語教學》2007 年第 2 期。

的運用不但在篇章的營構方面形成了一套複雜的敘述手段，而且即使在具體的語詞、句子實踐中也做出了卓越的成績。不妨摘引兩段：

> What do you think, Mrs Leslie? Cried the pale faced young Miabal, **in curiously resonant English, with a French accent**（D・H Lawrence《The Plumed Serpent》）
>
> 「Leslie 太太，你認為如何？」臉色煞白的年輕人 Miabal 喊叫道，他那奇特渾厚的英語，帶著一種法語口音。(勞倫斯《羽毛大毒蛇》)
>
> At this moment, the entire group of people broke into **a deep slow, rhythmical chant of 'B－B!……B－B!'** over and over agail, very slowly, **with a long pagse between the first B and the second** ── a henvy, **mumurous sound,**……（George Orwell《Nineteen Eighty-Nine》）
>
> 這時候，所有集會在一起的人都突然爆發出一陣低沉、緩慢、帶有節奏感的誦聲「老（大哥）──老！……老──老！……老──老！」，一遍遍地重複著，非常緩慢，在第一個「老」與第第二個「老」之間有個很長的停頓，那是一種很陰沉的低聲咕噥……」(喬治·奧威爾《一九八四》)

我們知道，英語是標音文字，以字母順序排列而成，不同於漢字的方塊形，而呈現爲次序上流動感，他們往往在從句中以狀語、直接引語或間接引語形式，彰顯元語言的評論功能。第一段由一個直接引語、附加說明和兩個介詞短語構成，特別是在介詞短語中，「**resonant English**」和「**French accent**」是兩個純粹語言學術語性的詞語，是敘述者對「Miabal」喊叫聲的評論，顯然是元語言層面的指稱。同樣，在二段中，加粗部分的「**rhythmical chant**」和「**murmurous sound**」都是普通語言學中的詞彙，而「**with a long pause between the first 'B'and the second**」像是語言學中的概念分析或句子闡釋，用這樣的詞語和句子來描寫「the entire group of people」的聲音，也屬於元語言層面。然而，這些近似專業語言學的語詞，一經作者的改造，並與具體的語境融爲一體時，讀者也覺不出其話語的刻意雕琢性，也沒有生硬感。無疑，這類元語言的運用爲刻

畫人物形象、展現生活場景和烘托主題氛圍提供了有益的支撐。

　　語言是工具性的，也是自主性的，由此延伸，小說元語言也具有這兩方面功能。從創作發生學來說，元語言的具體功能最終要附著於語言的細部，並從具體的篇、段落，特別是最爲微觀的句子和詞語的組合規則及功能上顯示出來。劉恪的研究尤具有正本清源和理論指導的價值，他在《中國現代小說語言史》、《中國現代小說美學》、《先鋒小說技巧講堂》等有關現代小說語言、語言史、語言美學的著作中，參照歐美語言學觀點，結合具體文本、現象，深入分析了「元語言」的生成原理、效果及發展可能性。劉恪曾經詳細概括了小說中的元語言在句子中的六個功能：

> 其一，元語言對語言起著解釋和說明的作用。其二，起著語言規則與結構的說明作用。其三，互文印證，主句表示含義，輔句補充注解。這有點類似主謂句的兩個部分，主語部分和謂語部分既構成相互解說，又是獨立地表示含義。其四，在深層語法和表層語法之間構成元語言關係，深層語法就是元語言性質的。其五，元語言同語言之間構成模仿與戲擬的關係。其六，元語言可以構成強大的評論語言，反思、嘲諷均可視為元語言和語言之間的張力。[15]

劉恪的概括是較爲充分的，但元語言在句子中的功能肯定還不止於此，語言的開放性和小說家的個性，使得我們對小說元語言功能的認識都不能固定某幾種認識。

　　「元」的引申義，表示爲一種次序，可引申爲對某個系統深層控制規律（語法，詞語，語意結構）的探討。[16]這和前述劉恪第四種元語言功能的界定是同一的。對此，也不妨稍作分析。我們知道，小說語言是綜合性的。無論是膚淺的日常生活語言還是深層的文化心理語言，只要合乎小說家的個性審美和話語需要，都可以被整合進小說語言體系中。文

---

[15] 劉恪：《現代小說語言學》，商務印書館 2013 年版，第 100 頁。
[16] 範昕：〈中國古典小說《紅樓夢》中的元語言〉，《安徽教育學報》，2007 年第 4 期。

化心理語言是深層的，因而是內語言；日常生活語言是表層的，因而是外語言。語言符號的組合在橫向上必然產生語言的分層現象。語言的內指與外指，能指與所指，深層語法與表層語法，都多少具有這方面的含義。所以，在漢語小說中，現代小說家對元語言的體認和實踐除了上述一般意義上的承繼之外，還在此啓發下，把「編外語言」也稱之爲「元語言」。在國內，作爲小說家和文藝理論家的劉恪教授率先做出了這樣的界定：

> 語言並沒有說出其語意而是留在詞語之外，讀者和作者的心理，我這裡正好把她要說的部分補出來，這是一種解釋，說破這種暗示的妙處。這些編外語言正好是元語言。這表明元語言是一套解釋語言。[17]

按照這種界定，也可表明，元語言就廣泛存在於古代漢語之中。我們知道，漢字的組合與漢語的傳統是一脈相承的。漢字是方塊字，象形文字，不但本身就有很強的象徵、指示功能，而且其單字成詞、獨立表意現象也是其他文字所不可比擬的。經由漢字組合排列而形成的片語、句群及篇章，常在漢語的「字本位」和「音本位」之間造成一種巨大的張力，不但言文不一致，而且語言的可說與不可說常含混不已。這就形成了語言表意上的分層，即在深層與表層上，總有不能被言說、不能被表達的內容隱匿於語詞背後，所謂「言有盡而意無窮」、「只可意會不可言傳」、「道可道，非常道」、「名可名，非常名」，以及詩語中的「意境」、「留白」，都與古漢語的特質密切相關。而這些特點在現代文學語言，特別是在新詩（比如李金髮的〈棄婦〉和戴望舒的〈雨巷〉）中，得到較爲完美的繼承和實踐。現代小說充分發揮了漢語言的暗示功能，常將人物能說但說不出、可說但不能表達的情緒、心理充分地展現出來。這些隱含在語言背後的意識或無意識內容，都是編外語言的，需要借助其他方式才能得

---

[17] 劉恪：《現代小說語言美學》，商務印書館 2013 年版，第 99 頁。

以呈現。

　　「注釋」作為一種元話語手段一直備受致力於文體探索的小說家們的喜愛，但多是一種局部性的應用，比如對某個詞、句子做出解釋，或對某一虛構內容做出補充，而在李馮的《唐朝》中，每一章節都有「注釋」，敘述人隨時評論正文中的情節、故事、人物，既和讀者展開交流，也和作者、隱含作者交談，更重要的是，「注釋」部分成為結構全篇、推進情節和深化主題的主要動力元素。如果將「注釋」擴充為與正文本等量齊觀、不分主次，甚至注釋部分壓過正文本（比如，寧肯的《三個三重奏》），則就具有了更為強大的敘述學功能。首先，由「注」組成的單元既是獨立的，也是關聯的，它與由正文組成的單元，不僅是補充說明的關係，而且是互文式關係。正文本的展開，要依賴「注」的存在；注的展開，要借助正文本的說明。兩個話語單位彼此互動，誰也離不開誰，失去其中任何一個，另一個也就無任何意義。其次，作為正文本的話語單位，與作為「注」的話語單位，不存在主客關係。它們彼此糾纏，你中有我，我中有你。如果把正文本看作「物件語言」，那麼，「注」文本就成為「元語言」；反過來，如果把「注」文本當成「物件語言」，那麼，正文本就是「元語言」。總之，兩個話語單位之間由於消融了主客關係，就形成了這種神奇的藝術效應。

　　注釋改變了小說的結構規則，不但面對讀者，打開了其封閉的內部，而且彰顯了這形式本身強大的話語功能。借助這一話語形式，語言生成了小說文體，形成了兩套相互關聯的語言系統。一般情況下，第一次序列語言是指向虛構世界中的物件及其相互關係的，第二次序語言是指向第一次序語言系統的（局部的或整體的），因而，可形成指向語言系統本身的元語言體系。但是，在寧肯的「注釋」中，除了一般常見的故事層面的解釋評論功能外，它更多具有話語層面上的敘述學功能。

　　注釋與正文的切換，有種奇妙的時光互換效果，如同將自己的童年

P在中年上，或者相反，將中年P在自己童年上。另外，正文是故事，是特定的具體的封閉的場景，注釋則是話語，是宏大是敞開的話語空間，是隨筆、議論、敘事、夾敘夾議的集裝箱。（寧肯《把小說內部打開》）

注釋與敘述時間發生了神奇的關聯效應，引發了作家的創作靈感，而「隨筆、議論、敘事、夾敘夾議」實則是針對正文語言系統的，是關於物件語言的語言。

五、古典小說元語言

　　古典小說元語言的表現形式主要有兩類：（1）帶有特稱標記語的元話語。因為有「只見」、「話說」、「只聽」、「閒言少敘」、「不必再說」、「話分兩頭，且說」等元話語標記語，所以，由此連接而成的句子或句群就組成了元話語。就其話語功能而論，首先，這些標記語一般在句首或句尾，主要起到連接上句，開啟下文，或收束話語的句法功能。比如：在「只見薛寶釵穿著家常的衣服，頭上只散挽著纂兒，……」中，「只見」作為標記語，位於句首，起領後面的內容，也就是說，「只見」統轄著後面的句子，構成一種解釋關係；在「且說黛玉，自那日棄舟登岸時，便有榮國府打發了轎子並拉行李的車輛久候了……」中，「且說」一詞承上所說，啟下將言，前邊引起話題，後邊給予補充、說明；而在「說了一會家務，打發他們回去，不必細說」中，「不必細說」則有收束話語，中止語流之功效。其次，結構語篇，推進情節，串聯整個話語體系。比如：在《初刻拍案驚奇》第20卷〈李克讓竟達空函，劉元普雙生貴子〉一章中，先以固定「詩曰：……」模式開題，接下來，「且說……」、「看官聽說……」、「這閒話且放過，如今再接前因。話說吳江有個秀才……」、「忽一夜……」、「隔了幾日……」、「再說那熊店主重夢見五顯靈官……」、「試看那拆人夫婦的……」、「這話文出在……」、「卻說……」、「話休絮

煩……」、「且說……」、「再表……」、「卻說……」等帶有元話語標記語領起每一段的敘述，最後又以常見的固定格式「這本話文，出在《空緘記》，如今依傳編成演義一回，所以奉勸世人為善，有詩偽證：……」結束全篇。這些帶有鮮明的傳統說書人印痕的元詞語位於每段的開頭，既統攝本段文意，又提領下文，或者同時上下互聯，循環往復，直到故事結束，結尾處勸勉性的話語更是古典小說普遍流行的元語言。（2）帶有元指稱詞的元話語。這些元指稱詞可以是通名指稱，也可以是專名指稱。比如：「後回再見」、「閒言不提，且說當下元宵已過」、「一宿無話」、「出處既明，且看石上是何故事」等句中的「回」、「言」、「話」、「故事」都是通名元指稱詞，而「空空道人聽如此說，思忖半晌，將《石頭記》再檢閱一遍」中的《石頭記》，以及上述「這本話文，出在《空緘記》，如今依傳編成演義一回」中的《空緘記》，都是專名元指稱詞，指向小說本身，引導讀者思考本體的意義。此外，有些指示地點，標舉方位的詞語也可以擔當元指稱功能。比如：像「這裡，鳳姐叫人抓些果子與板兒吃」、「當下劉元普又說起長公子求親之事」、「那真宗也是個仁君」等句中的「這裡」、「當下」、「那」具有指示空間方位的功能，他將讀者的注意力由虛構的空間引向非語言的現實空間。這種由「虛」到「實」的空間架構的轉移和想像也是元語言性的。這一類標記語在古典小說語言中出現頻率很高，分佈在不同時代的小說文本中，就形成了一種穩定的繼承性的元話語標記。

這些元詞語，連同上述標記語，都深深地刻印著說書人的口吻，清晰地表徵著中國古典小說由話本、擬話本向成熟的書面語體轉換的印痕。那麼，中國古典小說元語言有什麼話語功能呢？

首先是評論與敘述功能。敘述作為一種元語言手段所具有的敘述功能在前邊的分析中已經得到充分說明，而元語言評論功能更多表現為由敘述者或隱含作者代表作者所做出的介入性評論。中國古典小說的講述語式多是第三人稱全知全能式的，即作者（說書人）在講，讀書人（觀

眾）在聽，在簡單的直線式話語傳遞中，建立起一種自上而下的交流模式。在這一模式中，作者、隱含作者或敘述者會對虛構世界裡的人物、故事或理念隨時隨地展開評述，讀者被動地接受來自前者的說教。但這種評論不會影響敘事的虛構性，在凸顯說話人及故事存在的同時，反而增強了其擬真性。惟求其真，說話者愈強化其述評功能。所以，我們在古典小說元語言系統中，會經常碰到講話者評述本文的元話語。

其次是推動小說的敘述分層。趙毅衡最早提出「敘述分層」這一理論術語：

> 一部敘述作品，可能不止一個敘述者。這些敘述者可以是平行的，例如《十日談》中的十個敘述者，或像靳凡《公開的情書》的三個敘述者。但更多是情況下他們是多層存在。……高敘述層的任務是為低一層次提供敘述者，也就是說，高敘述層次中的人物是低敘述層次的敘述者。一部作品可以有一個到幾個敘述層次，如果我們在這一系列的敘述層次中確定一個主敘述層次，那麼，向這個主敘述層次提供敘述者的，可以稱為超敘述層次，由主敘述提供敘述者的就是次敘述層次。[18]

唐傳奇以前的筆記小說敘述層次相對簡單，自此以後，古典小說的敘述層次趨於複雜化，往往在主敘述層次之下生成若干次敘述層，而至《紅樓夢》達到高峰。

敘述層次	敘述內容
超超敘述	「作者自云」

---

[18] 引文及表格見《當說者被說的時候》，趙毅衡著，四川人民出版社，2013 年版，第 63 頁。

超敘述	僧道攜石入世，石兄自錄經歷→石兄添「收結話頭」 空空道人首次抄書→空空道人兩次抄書 「曹雪芹」批閱十載→「曹雪芹」笑空空道人
主敘述	賈雨村、甄士隱、林如海故事，以榮寧兩府爲中心的故事
次敘述	（平兒講）石呆子扇子事，（賈政講）林四娘故事，等等

我們可以看到，《紅樓夢》的「超超敘述」是「作者自云」形成的，「超敘述」是石兄、空空道人和「曹雪芹」三人共同完成的敘述層，很明顯，無論「超超敘述」還是「超敘述」，其敘述話語都指向《紅樓夢》本身——關於《紅樓夢》創作過程及其流傳經歷的思考，這是典型的元語言。《紅樓夢》因爲有了這兩個敘述層而更增加了其反映歷史和揭示人物命運的似真性，其虛構世界也因此而具有了無限大的審美張力。可見，古典小說元語言不僅具有敘述和評論的功能，也表現爲一套複雜的敘述手段，服務並促成小說深層意蘊的生成。

六、現代小說元語言

　　現代小說會經常出現一種帶有形式標誌的元語言，比如括弧、破折號、編者注、註腳、章節附註。這些標誌性的符號一經出現，不僅成爲小說審美形式的組成部分，而且還與小說的敘述語式、敘述語調、語體構成了複雜的關係，在文體上生成了新的意義。

　　括弧作爲一種符號，經常出現於其小說語言中，用來解釋語言本身的意義。如果偶爾用之，那不過是一種普通的標記符號而已，但當括弧大量運用，演變爲一種獨特風格，貫穿於語言生產過程中的話，那它就不是單純的形式標誌了。比如，普魯斯特《追憶似水年華》就有很多括

弧，括弧裡的語言獨立地存在，並具有解釋、評論和描述的功能。在新生代小說家群體中，韓東最鍾情於括弧的運用。他不但在詩歌寫作善用括弧（比如〈甲乙〉），而且在小說創作中更是情有獨鍾（比如，其小說集《西天上》），有時候一段文字，接連運用了好幾處，比如：

> 大墳口何以得名，不得而知了，多半以前這裡有一片墳地。它目前的標誌是路邊的一家代銷店，一棟青磚大瓦房，方圓二十里地也就這一處（就是楚趙大隊部的房子也還是草頂泥牆的，更別提農民家了）。當然代銷店不屬於個人，是丁集供銷社在大墳口設的點。櫃檯後面的營業員被稱為「會計」，極受人尊敬，和書記（大隊黨支書）、先生（民辦小學老師）屬一個階級。（韓東〈十把鋼絲槍〉）

括弧的大量使用，給讀者閱讀製造了一種疏離感，甚至產生語義上的破碎感。我們不僅心生疑問：上述括弧裡的文字直接放進正文中不就可以了，何必如此費力不討好地運用括弧？只要翻一翻韓東的文集，我們會經常看到「括弧現象」。很明顯，這是他有意為之的。我們如何解釋這種括弧現象呢？可以肯定，括弧裡的語言是完全獨立於物件語言之外，對其他語詞或語言行為展開評論，因而是元語言。具體到上段內容，第一個括弧的內容是敘述者的評論，明顯帶有某種鮮明的情感色彩，起到的是對前句細節的補充作用。後兩個括弧內的內容是解釋性的，即對「大隊黨支部」和「先生」這兩個語言符號的對等解釋，而且這種解釋性的語言是日常語詞，而非語言學家的「行話」。韓東的小說語言被稱為「裸體語言」，敘述乾淨俐落，中心詞較少與修飾性的形容詞連在一起，這符合其旁觀的、冷靜的、「到語言為止」的修辭策略，括弧的大量使用不但能夠呈現大量的細節，造成一種虛構的擬真性，而且符合其一貫的敘述語調，這樣看，小說中的括弧就不是簡單的符號問題了，而是有著深遠的敘述學意義。此外，換位元表述也是元語言中的一種存在形式。在這

種形式中，元語言構成正文的主體，物件語言在括弧內，與前述元語言相比，其存在形式正好是相反的。物件語言和元語言替換位置，肯定帶來不一樣的語言效果。

元語言也是一種文學語言，它永遠存在於語言中。韓東的括弧，龐貝的編者注和寧肯的注釋，都是小說元語言存在的典型標誌。他們不但以此實現了全新的形式建構，而且培育和生成了新的語言系統。這也都說明，形式是有意義的，其話語功能也是無可限量的。形式可以標誌元語言的存在，但並非說，元語言的存在一定與形式相伴而生，在具體的創作實踐中，這些形式往往被作家有意消除。消除標誌後的元語言一樣具有語言表達上的審美效果。比如：

> 如果用水送進喉管，它將致人死命。水，柔軟、美麗、詩意，有流動的曲線，閃光、變化，富有層次。最寬闊。最深遠。頭向上，沒過頭頂；頭向下，水沒過脖子。（林白《隨風閃爍》）

在這段話中，哪些是物件語言，哪些是元語言，並非一目了然，需要細加分析，方可辨認，而其語言效果也只有在特定的語境中，才能顯示出其獨特性。每個讀者對元語言的認知結果是一致的，但對元語言的體驗則是不同的。我們不妨引入劉恪的分析，並對之略加說明。

> 水進喉管是因，後分句是果，兩個小句本身就是一種互相解釋，這種解釋可以衍生另一種解釋，例如可以說，用小鉤送進喉管。可以解釋是多義的。說完水是殺手後，延續的句子卻是水的美麗漂亮，於是我們可以說水是美麗的謀殺。後面加描寫句正好是對水的一種說明，如果這個說名用括弧，它就是元語言了。

可見，小說中的元語言既迥然不同於普通語言的「專業解釋」（語言學家

的「行話」），也不同於日常生活中的對等解釋，它首先不是約定俗成的局限於實用性資訊交際功能的符號系統，而是帶有鮮明個性的主要是引發想像性的審美功能的言語體系。語言與言語的區別由此可見一斑。小說語言中的元語言與普通語言中的元語言，其根本區別就在於，前者永遠都是文學語言，文學性的有無是衡量其存在的根本標準。總之，用括弧、破折號、編者注、註腳、章節附註、換位元表述作為元語言生在的形式，逐漸得到了新生代小說家的重視。這形式本身具有的敘述學功能及文體意義也逐漸在韓東、李馮、龐貝、寧肯、林白的創作實踐中得到很好的驗證。然而，對元語言形式意義的探索和實踐永遠都是開放而無止境的，當然也就遠不止上述幾種方式，但對元語言形式的探索和運用也必須服從於審美主體的需要，切不可機械照搬，生拉硬套，弄巧成拙。

七、小說元語言的層次關係

　　元語言就存在於語言中，總是針對物件語言而存在，而且，在理論上，可以拓展成「N 次元語言」譜系。元語言和物件語言的區分也是相對的，二者之間可以彼此轉換。那麼，在具體的語言研究與實踐中，物件語言和元語言呈現何種層次關係呢？是包含與被包含關係，還是彼此並列存在的關係？首先可以肯定的是，這種層次關係的區分及意義都是以對方的存在為依據，「對象語言和元語言總是相對而言的，就像主體和客體的關係，都不能脫離對方而存在，它們賦予彼此以意義，所以解釋了一個，另一個自然就明瞭了。」這樣，兩者之間的層次關係可以圖示為以下三種[19]：

---

[19] 李子榮：《作為方法論原則的元語言理論》，黑龍江人民出版社 2006 年版本，第 4 頁。

上述三個圖示表明，元語言和物件語言的關係不僅是包含與被包含的關係，也呈現為並列關係。當然，小說語言中的「元語言」與上述領域中的「元語言」，在指稱物件和表現功能方面，既具有共同性，也具有巨大的差異性。具體到小說元語言，它和物件語言的關係一般是後兩種，且以第二種為主，即主要是一種解釋、說明或補充。中國古典小說中的「套語」，1980年代的元小說中暴露敘述行為的語言，就典型地體現了這種關係。第三個圖示標誌的是在同一自然語言中的包含關係，比如，陳染、林白、徐小斌的文化心理語言，多體現為這種關係，即此時的元語言多是「編外語言」，隱匿於意識的深層。由此，我們也可以看出，在文學語言中，元語言一旦和作家個性化的審美意識融為一體，就轉化為一套複雜的元敘述手段，從而不單具有了普通語言學的指稱功能，也具有了反身自指的審美功能。審美無疑是極具個體性的，從嚴格意義上講，有多少個體就多少種審美風格，那麼，在元語言的實踐中也就表現為無窮多的範式。在後現代寫作中，元語言作為一種重要藝術手段得到小說家們的青睞，他們紛紛實驗，以此建構新穎的審美世界。

講評

◎李雲雷

　　張元珂這篇文章是較難讀的，我順了一下他的思路，這篇文章也是分層次從大方面先談元語言的問題，慢慢切入到小說的藝術。先從哲學家怎麼談、語言學家怎麼談等，分七個層次慢慢切入到小說本身，開始談古典小說、現代小說的元語言問題，然後分析元語言、對象語言之間不同的層層關係，我覺得他的思路很清晰，通過張元珂的介紹，我們也知道他其實也是有自己較新的問題意識──對語言問題感興趣。其實對我們現在當下的作家來說，現在經常聽到大家談現代小說的語言一個不足的地方是「千篇一律」，沒有自己語言的獨特性與個性。我覺得張元珂的文章是針對這樣的問題，從元語言的理論梳理入手，探討怎樣來打破這種千篇一律的問題。

　　並且我認為元語言問題可能在80年代探討得比較多，因為當時先鋒小說較流行，當時元語言的實踐在小說中也較多，這在張元珂的文章裡也提到一些；但是在新世紀以來，我們好像已經遠離了80年代的那個語境，80年代的問題也不再成為我們的問題，所以我覺得這篇文章的價值，是把一個看似久遠的問題又拉回到當下，這對我們當下作家的創作和語言的豐富性具有重要意義，包括語言的問題，也包括哲學、理論與敘述上的問題，這些議題都是我們當下作家創作應該思考的，同時也會對我們文學語言的豐富性有一定的啟發，這是我對這篇文章的理解。

（編按：本文依會議之評論記錄整理）

現實主義：依然廣闊的道路
「路遙現象」對當下長篇小說寫作的啟示

◎魯太光*

當下，中國長篇小說創作，處於一種奇怪的態勢中：一方面，是數量空前，近年，每年正式出版／發表的長篇小說多達四千多部，甚至接近五千部——從國家書號中心的統計數字看，2014 年正式出版的長篇小說約四千一百部，2013 年這一數字更高，達四千八百多部；但另一方面，數量如此龐大的長篇小說，真正有影響力的卻少之又少。因而，「有數量無品質」成爲對近年長篇小說創作的一個流行的客觀概括。

「有數量無品質」！細細體會，就會發現這一評價有多麼嚴厲。

對當下長篇小說創作感到不滿的原因很多，其中一個重要原因就是文體意識不足，也就是說，許多長篇小說作者缺乏文體自覺。客觀地講，現在許多長篇小說雖然動輒數十萬言，厚厚一本，看上去很有「長篇範兒」，但認真追究的話，無論從敘事方式上看還是從小說結構上看，甚至從小說語言上看，這些作品都算不上長篇小說，而只能算作中篇小說，而且還是因爲注了水而顯得格外臃腫的中篇小說。正是出於這個原因，對長篇小說的文體問題進行反思研究十分必要。但值得注意的是，文體問題往往是「結果」，而非「原因」，因而就文體問題談文體問題，固然重要，但也有一定的局限性，所以，需要超越文體問題，從其他角度切入加以考察，以爲反思文體問題提供一個更爲宏觀的視野。在本論文中，筆者打算從「方法論」這一角度入手，從對「現實主義」這一文學方法在中國現當代文學史上的流變，考察其對長篇小說創作的影響，尤其是對長篇小說文體的影響。

---

* 北京大學中國語言文學系博士，現任中國作家協會《長篇小說選刊》雜誌副主編。

　　爲了使考察更有針對性，筆者想從「解剖麻雀」入手。這個「麻雀」，就是因電視劇「平凡的世界」熱播再次引起關注的「路遙現象」。

　　「路遙現象」指的是「新時期」以來中國文學界的一個「怪現象」：已經憑藉中篇小說《人生》確立自己在「新時期」文壇地位的路遙，嘔心瀝血，於 1985 年秋至 1988 年春創作出反映中國自革命年代進入改革年代後十年巨變的三卷本長篇小說《平凡的世界》後，在文學界和讀者間，竟然產生了截然不同的反應──普通讀者十分喜愛這部小說，如果不是狂熱的話；文學界則反應冷淡，如果不是冷漠的話。

　　普通讀者對這部書的喜愛程度，邵燕君在〈《平凡的世界》不平凡〉這篇論文中，通過「幾份令人震動的調查報告」進行了生動再現。

　　第一份讓邵燕君「感到衝擊」的是一項在業內頗受稱道的讀書調查：「1978～1998 大眾讀書生活變遷調查」。這是由中國科學院生態環境研究中心國情研究室受中央電視臺「讀書時間」欄目委託，對 1978 年以來中國公眾的讀書生活及歷史變遷進行的調查研究。邵燕君強調指出，這一調查雖然「範圍限於北京，但調查結果被認為對全國出版業有參考價值」。[1] 該調查中有一項是關於「20 年內對被訪者影響最大的書」的調查，調查方法是分幾個時間段，由被訪者[2]根據回憶列舉出在每個時間段內對自己影響最大的書。調查者根據被訪者所列舉書目進行綜合統計，統計結果是：在 1985～1989 年間，對個人影響最大的書籍居前三位的依次是《紅樓夢》、「金庸作品」、《水滸傳》，「新時期」小說中，入選的唯一作品是《平凡的世界》（第 17 位）。在 1990～1992 年期間，居前三位的依次是《讀者文摘》雜誌、「金庸作品」、《紅樓夢》，共有五部「新時期」小說榜上有名，分別是《平凡的世界》（第 13 位）、「賈

---

[1] 邵燕君：〈《平凡的世界》不平凡〉，《小說評論》，2003 年第 1 期，第 58 頁。以下關於調查情況的文字，除特別注明的外，皆轉引自邵燕君的這篇論文，下文不再一一注明。

[2] 被訪者共有 1000 位，其中 500 位爲街區隨機抽樣訪問，500 位爲書店、書攤隨機攔訪。調查者認爲這樣的抽樣方式可以更準確地呈現出北京人的讀書狀況。

平凹作品」（第 16 位）、《穆斯林的葬禮》（第 19 位）、《白鹿原》（第 24 位）、《曼哈頓的中國女人》（第 28 位）。在 1993～1998 年期間，居前三位的依次是「經濟學書籍」、《中國可以說不》、《讀書》雜誌，《平凡的世界》位置明顯上升，到了第七位，其他被列舉的「新時期」小說還有《曾國藩》（第 17 位）、《白鹿原》（第 29 位）、《穆斯林的葬禮》（第 30 位）、「王朔作品」（第 37 位）、「賈平凹作品」（第 39 位）。在此基礎上評選出來的「到現在為止對被訪者影響最大的書」居前三位的是：《紅樓夢》、《三國演義》、《鋼鐵是怎樣煉成的》。在這個排名中，《平凡的世界》排在第六位——在公布的前 28 部作品中，除《平凡的世界》外，再沒有其他「新時期」以來的當代小說。

　　第二份對邵燕君產生衝擊力的調查是由唐韌、黎超然、呂欣於 1988 年進行的「茅盾文學獎獲獎作品調查」。這是針對茅盾文學獎前四屆 20 部獲獎作品的接受情況所進行的一項全面調查，調查範圍集中在廣西地區，收回有效問卷的 470 位讀者中，大部分為在校文科學生（354 位），也有從事記者、編輯、大中學教師、會計、工程師等，年齡在 30 歲以下的讀者占絕大多數（369 位）。這次調查的重點本來是針對《白鹿原》的接受和評價狀況，但結果卻讓調查者感到「耐人尋味」：調查結果表明，在 20 部獲獎作品中，讀者購買最多的是《平凡的世界》（占讀者總數的 30%），讀者最喜歡的作品也是《平凡的世界》——324 位回答該問題的讀者中，有 145 人將之列為「第一喜歡的作品」，將其列為「最差作品」的僅一人。

　　在邵燕君做的「一手調查」中，情況如出一轍：在北京大學圖書館做的圖書借閱率調查顯示，從 1999 年 7 月至 2002 年 5 月止離當下最近的三個學年，《平凡的世界》這部 1986 年問世的作品，借閱率並不低於在它之後陸續出版的、曾轟動一時或正在轟動的純文學作品：《平凡的世界》平均每套的借閱人次為 21.5，陳忠實的《白鹿原》為 22 人次，賈平凹的《廢都》為 31 人次，余華的《活著》為 24.5 人次，阿來的《塵

埃落定》為 19 人次,王安憶的《長恨歌》為 20 人次。與正在走紅的暢
銷小說相比,《平凡的世界》也相差不遠:張平的《抉擇》為 23 人次,
周梅森的《人間正道》為 17 人次;衛慧的《蝴蝶的尖叫》為 24.5 人次,
池莉的《來來往往》為 34.5 人次。

　　邵燕君於 2002 年 6 月在北京大學一年級的一個數學班中所做的問卷
調查,結果更直觀也更令人震動:47 位接受調查的同學中,超過三分之
一的人(16 人)讀過《平凡的世界》,遠超余華、莫言、蘇童等 1980
年代以來的當紅作家,更遠超張平、周梅森等「反腐作家」。其中,有
五位同學表示「非常喜歡」,並寫下了喜歡的理由。左俊城同學寫道:
「路遙能在平凡中揭示現實生活中的人們所忽視的東西,能有一種感人
至深的震撼,在平凡中告訴我們的卻是不平凡。生活這本書,路遙讀得
很認真,抓住了不為常人所注意的農村的生活現實,然後用樸實的語言
寫出偉大的作品。」李彩豔同學寫道:「最讓人感動的是書中主人公在
艱苦環境中奮鬥不息的精神。它常常在我遇到困難時給我巨大的精神力
量,使我克服它並勇敢地走下去。」[3]

　　針對《平凡的世界》持續的「讀者熱」現象,邵燕君將其命名為「現
實主義常銷書」,並分析說:

　　　　常銷書與暢銷書的主要區別在於,它並不轟動一時,但是在讀者中
　　　有著長久的影響力。這種影響不僅表現在穩定的、「細水長流」的
　　　銷量上,更表現在對讀者認同機制長期、深度的契合上。從時間上
　　　看,讀者對常銷書的認同不僅不會因時間的推移而弱化,相反,隨
　　　著時勢變遷,常銷書原本的基礎內涵會被賦予新的價值,煥發出新
　　　的生機;從認同方式上看,常銷書讀者的認同更多地表現為個體、
　　　一個階層的小群體間潛移默化的認同。其認同不是停留在愉悅、獵
　　　奇等較淺層面上,而是在人生觀、社會觀等深層價值觀念上。通過

---

[3] 邵燕君:〈《平凡的世界》不平凡〉,《小說評論》,2003 年第 1 期,第 60 頁。

一部書的凝聚，個體或小群體的這些觀念和感悟逐漸融合，可能匯成一股「內力深厚」的社會性的文化力量。這正是《平凡的世界》十幾年來在讀者中所展示出的「不平凡的力量」。[4]

新近一些調查資料也印證了《平凡的世界》「讀者熱」持續升溫：2012 年 2 月，山東大學文學院在全國十省城鄉進行「茅盾文學獎獲獎作品」調查，讀過路遙《平凡的世界》的讀者占被調查者的 38.6%，位列所有「茅盾文學獎獲獎作品」第一位；2012 年「文明中國」全民閱讀調查中，《平凡的世界》甚至超越《紅樓夢》，榮獲 2012 年讀者最想讀的圖書第二名；同年，由北京市委宣傳部等 17 家單位組織的「大眾有獎薦書活動」中，《平凡的世界》榮登榜首……[5]

如果說，這些調查的權威性可能存在技術性疑問的話，那麼，對其版本的考察，則進一步凸顯《平凡的世界》之「現實主義常銷書」本色，據黃平通過比較權威的國家圖書館系統查詢，《平凡的世界》大致有如下版本：中國文聯出版公司 1986 年出版（1993 年再版）、陝西人民出版社 1995 年版、華夏出版社 1994 年版（1997 年再版）、陝西旅遊出版社 1999 年版、寧夏人民出版社 2000 年版、中國青年出版社 2000 年版、貴州人民出版社 2002 年版、人民文學出版社 2004 年版、2005 年版（「茅盾文學獎獲獎作品全集」版）、2006 年版（「語文新課標必讀叢書」版），以及最新的十月文藝出版社 2009 年版。而且，各個版本重印率很高，以人民文學出版社的版本為例，2004 年 5 月出版，到 2008 年 12 月已經是第七次印刷，每半年就要加印一次。如果考慮到浩如煙海的盜版市場，則其銷量實在令人吃驚。[6]

對路遙《平凡的世界》持續的「讀者熱」以及伴隨這種「讀者熱」

4　邵燕君：〈《平凡的世界》不平凡〉，《小說評論》，2003 年第 1 期，第 60 頁。
5　厚夫：《路遙傳》，人民文學出版社，2015 年 1 月第 1 版，第 376、377 頁。
6　黃平：〈從「勞動者」到「勞動力」〉，參見程光煒、楊慶祥編《重讀路遙》，北京大學出版社，2013 年 5 月第 1 版，第 76 頁。

而來的「再解讀」，黃平也進行了理性審視，認為諸多從寫作倫理（路遙是真誠的、奉獻的寫作）、寫作物件（路遙是為「普通人」寫作）、寫作方法（路遙是「現實主義」寫作）角度進行的分析，「沒有觸及到《平凡的世界》為流行所觸及的『真問題』：《平凡的世界》為底層讀者提供了一種超越階級限定的想像性的滿足。以往的研究者輕易略過的是，讀者們對於《平凡的世界》的熱愛，不是出於文學的理由，而是首先將其視為『人生之書』。」鑒於此，黃平將對於《平凡的世界》的這種「讀者接受」的方式稱為「勵志型」讀法。[7]他指出，「正是在這種『讀法』的作用下，《平凡的世界》在學界長久的忽視之下，依然保持著特殊的『經典地位』，以及作為『常銷書』典範的巨大銷量。」[8]他分析道：

> 然而，這種一貫被視為「自然」的「讀法」，恰恰是「歷史」的產物，高度關聯著 90 年代以來的「歷史語境」：「市場」叢林法則、城鄉二元對立、貧富差距劇烈、社會福利缺失、資源高度集中、利益集團僵化──底層的「流動」越來越艱難，越來越依賴於「超強度勞動」，「精神」的力量被不斷強化。只要社會結構沒有發生根本性變化，《平凡的世界》就會一直「常銷」。[9]

黃平將《平凡的世界》放在「改革開放 30 年」的歷史脈絡中，加以社會歷史性剖析，這種開放性的解讀確實啟發多多，尤其是將時光「層累」在路遙及其《平凡的世界》上的「意義再生物」加以清理，以再現作家、作品的「原初狀態」。但同樣毋庸諱言的是，這種文化研究式的解讀也在相當程度上回避了諸如「寫作倫理」和「寫作方法」這樣的「純

---

[7] 黃平：〈從「勞動者」到「勞動力」〉，參見程光煒、楊慶祥編《重讀路遙》，北京大學出版社，2013 年 5 月第 1 版，第 79 頁。

[8] 黃平：〈從「勞動者」到「勞動力」〉，參見程光煒、楊慶祥編《重讀路遙》，北京大學出版社，2013 年 5 月第 1 版，第 80 頁。

[9] 黃平：〈從「勞動者」到「勞動力」〉，參見程光煒、楊慶祥編《重讀路遙》，北京大學出版社，2013 年 5 月第 1 版，第 80 頁。

文學」問題，因爲，不對這樣的問題進行深究，我們就無法回答如下問題：首先，爲什麼在那麼多的同時代作品中，唯獨《平凡的世界》吸納了那麼多的社會資訊，以至於必須放在「改革開放 30 年」乃至更寬廣的歷史視野中才能予以把握，而且，這樣的解讀似乎日益迫切？其次，我們承認對《平凡的世界》的閱讀在相當程度上是「勵志型」讀法，不過，即使有 80%的讀者是「勵志型」讀法，但考慮到《平凡的世界》巨大的發行量，在自「新時期」至今的文學界，剩餘的 20%的讀者，依然是一個龐大的讀者群，那麼，他們是怎樣閱讀《平凡的世界》的呢？或者說，吸引他們的，是「文學力量」嗎？如果是的話，那又是怎樣的「文學力量」？再次，儘管 1980 年代的文學界對《平凡的世界》相對冷漠，但其實自《平凡的世界》問世以來，朱寨、蔡葵、曾鎮南等文藝評論家就對其給予較高評價，進入「新世紀」以來，這樣的評價越來越高，特別是 2011 年 6 月 11 日由中國人民大學文藝思潮研究所和美國哥倫比亞大學合辦的「路遙與 80 年代文學的展開」研討會，對路遙及其創作更是進行了全面而又深刻的解讀，這些解讀除了「文學史」意義上的闡發外，也有相當多的「文學」闡釋，而且，這樣的闡釋越來越多，那麼，我們該如何看待這些「文學」闡釋？總之，在面對《平凡的世界》時，我們固然要清醒地看到時光附加其上的「意義再生物」，但也要看到其原初的文學力量，即：我們必須找到使路遙及其《平凡的世界》在時光流轉中形成一股不可忽視的「社會性文化力量」的「基礎內涵」。非如此，不全面。

這樣，我們就又回到了「寫作倫理」這個看似次要的問題上來。

有研究者將「寫作倫理」和「寫作物件」分開論述，筆者更願意合併同類項，將之視爲「寫作倫理」問題，也就是說，筆者認爲「真誠」與否並非考察一位作家「寫作倫理」的核心指標，因爲，即使在寫作商業化程度極高的今天，我們也很難說哪位作家不「真誠」，而且，我們也很難保證「真誠」一定能催生好作品，所以，問題不在於「真誠」與

否,而在於對誰「真誠」──不同的「寫作物件」往往規定了不同的「真誠」物件,因而,「寫作倫理」在相當程度上就是一個「寫作物件」的問題。感謝「微信」的出現,使我們知道「朋友圈」是一種怎樣的存在,而這,有助於我們理解不同的「寫作倫理」。

說得通俗點兒、直白點兒,筆者以爲1980年代中後期流行起來的「現代派」寫作,在相當程度上就是「朋友圈」寫作,這個「朋友圈」就是由新潮作家和評論家──也包括藏身幕後的新潮編輯,結成的小共同體。換個說法就是,當時,這些新潮作家是極其真誠乃至虔誠的,但他們的虔誠不是針對「沉默的大多數」,不是針對「普通讀者」,而是針對極其有限的「精英讀者」──新潮評論家與新潮編輯。就像我們今天發一條微信有朋友「點讚」就心情愉悅一樣,當時,新潮作家期待的就是新潮評論家和新潮編輯的「點讚」。至於這些新潮作家對消費主義文化、對文化市場「暗送秋波」,則是後來的事情了。

「寫作倫理」絕非一個可以忽視的問題,因爲,不同的「寫作倫理」往往帶來不同的「寫作姿態」,而不同的「寫作姿態」往往決定了不同的「寫作方法」,而不同的「寫作方法」帶來的又往往是不同的「文學文本」。鑑於此,有必要再舉一個例子,對此問題進行觀察。

客觀地說,「現代派作家」的「朋友圈」寫作是極其可貴的,因爲,這種寫作釋放出來的更多的是文學真誠與文學雄心,而其實踐也確實極大地拓展了文學的疆域。但是,自1990年代以來,我們又看到了另一種寫作現象──爲獲獎而寫作的現象。自1990年代以來,尤其是進入「新世紀」以來,一些作家敏銳地感覺到了「諾貝爾文學獎」對中國的熱情,因而,「諾貝爾焦慮」格外顯眼。爲了增加自己在這一競爭中的優勢,許多作家針對這一文學獎的「審美趣味」在寫作姿態上進行了有意味的調整:有的進行「政治表態」,有選擇地發表一些「擦邊」言論,以期引起西方評委的注意;有的進行「欲望表態」,在文本中誇大欲望奇觀,以迎合西方評委的現代欲望需求;有的甚至進行「語言表態」,使自己

的寫作在語言上有歐美範兒。這樣的寫作不可謂不真誠，但真誠指向的是獎盃，或者，獎盃背後的評委。

路遙所選擇的，是另一種「寫作倫理」──爲人民寫作。

這一點，只要看看路遙在第三屆「茅盾文學獎」頒獎典禮上代表獲獎作家致辭時說的一段話，就一目了然。在致辭中，路遙如是說：

> 更重要的是，我深切地體會到，如果作品只是順從了某種藝術風潮而博得少數人的叫好但並不被廣大的讀者理睬，那才是真正令人痛苦的。大多數作品只有經得住當代人的檢驗，也才有可能經得住歷史的檢驗。那種蔑視當代作者總體智力而宣稱作品只等未來才大發光輝的清高，是很難令人信服的。因此，寫作過程中與當代廣大的讀者群眾保持心靈的息息相通，是我一貫所珍視的。[10]

他用詩一樣的語言深情禮贊道：

> 藝術勞動應該是一種最誠實的勞動。我相信，作品中任何虛假的聲音可能瞞過批評家的耳朵，但讀者能聽出來的。只要廣大的讀者不拋棄你，藝術創造之火就不會在心中熄滅。人民生活的大樹萬古長青，我們棲息於它的枝頭就會情不自禁地爲此而歌唱。[11]

正是這樣的「寫作倫理」決定了路遙的「寫作方法」：現實主義。對此，路遙同樣有著清醒的認識與自覺。在類似宣言或辭詞的《平凡的世界》創作隨筆〈早晨從中午開始〉中，路遙坦承：

---

[10] 路遙：〈生活的大樹萬古長青〉，參見《生活的大樹》，中國收藏界出版社，2014 年 1 月第 1 版，第 19 頁。
[11] 路遙：〈生活的大樹萬古長青〉，參見《生活的大樹》，中國收藏界出版社，2014 年 1 月第 1 版，第 19 頁。

> 我決定用現實主義手法結構這部規模龐大的作品。當然，我要在前
> 面大師們的偉大實踐和我自己已有的那點微不足道的經驗的基礎
> 上，力圖有現代意義的呈現——現實主義照樣有廣闊的革新前景。[12]

他還進一步解釋自己如此選擇的心理動機：

> 我已經認識到，對於這樣一部費時數年，甚至可能耗盡我一生主要
> 精力的作品，絕不能盲目而任性，如果這是一個小篇幅的作品，我
> 不妨試著趕趕時髦，失敗了往廢紙簍裡一扔了事。而這樣一部以青
> 春和生命做抵押的作品，是不能用「實驗」的態度投入的，它必須
> 在自己認為是較可靠的、能夠把握的條件下進行。老實說，我不敢
> 奢望這部作品的成功，但我也「失敗不起」。[13]

　　對由於自己的「不合時宜」可能帶來的困難，路遙也進行了總結。
他說：

> 我同時意識到，這種冥頑而不識時務的態度，只能在中國當前的文
> 學運動中陷入孤立境地。但我對此有充分的精神準備。孤立有時候
> 不會讓人變得軟弱，甚至可以使人的精神更強大，更振奮。[14]

這段話，與其看做路遙對自己創作理念的夫子自道，毋寧看做路遙的自
我辯護乃至「控訴」，因為這短短的一段話中，包含著路遙無盡的辛酸
與憤怒，而這一切，都與《平凡的世界》波折的命運有關。

---

[12] 路遙：〈早晨從中午開始〉，參見《生活的大樹》，中國收藏界出版社，2014 年 1 月第
　　1 版，第 47 頁。
[13] 路遙：〈早晨從中午開始〉，參見《生活的大樹》，中國收藏界出版社，2014 年 1 月第
　　1 版，第 47 頁。
[14] 路遙：〈早晨從中午開始〉，參見《生活的大樹》，中國收藏界出版社，2014 年 1 月第
　　1 版，第 47 頁。

　　《平凡的世界》（第一部）完稿後，路遙很想在自己的「福地」人民文學出版社主辦的《當代》雜誌上發表，但雜誌社派去的一位年輕編輯只看過一部分書稿後就婉拒了路遙；稍後，中國另一家權威文學出版社作家出版社的一位編輯僅看了三分之一稿件，就直言《平凡的世界》是老一套「戀土派」，直接退稿；後來，在詩人子頁推薦下，廣東花城出版社主辦的《花城》雜誌終於在 1986 年 11 月第 6 期刊發了這部作品，但在由《花城》和《小説評論》於 1987 年 1 月 7 日在北京共同主辦的《平凡的世界》（第一部）座談會上，再遭打擊——出席研討會的文學評論家近三十人，幾乎囊括了國內當時最權威與最優秀的文學評論家，但除了朱寨和蔡葵等少數幾人正面肯定外，其餘的基本上都是尖刻的批評與否定，在出席研討會的白描看來，這次研討會對路遙《平凡的世界》（第一部）幾乎是「全部否定」。[15] 這樣的「冷遇」，路遙之前或許有所感知，但恐怕沒想到這「冷遇」如此劇烈，因而，即使在事後回顧時，路遙的激憤、不平之情仍溢於言表。

　　關於路遙的「現實主義」寫作在「現代主義」氛圍中如孤島對汪洋般的孤獨境遇及其成因，已有諸多反思。譬如，自「新時期」以來始終活躍於中國當代文學現場的文學評論家李陀就認為路遙的《平凡的世界》之所以在讀者和文學批評、研究界產生「冷熱不均」的兩極分化，一個很重要的原因在於在《平凡的世界》的寫作中，路遙有意無意地在客觀上形成了對 1980 年代以來中國當代文學的一個全面挑戰：首先是針對 1980 年代以「朦朧詩」、「實驗小説」、「尋根文學」為代表的新寫作傾向的挑戰；二是對這些「新潮寫作」之外的其他各種寫作傾向和潮流的挑戰，既包括那一時期很火的「改革文學」（比如柯雲路的《新星》），也包括以「寫實」為特色的諸家小説（比如張賢亮的《綠化樹》），甚至包括「陝軍」作家群體（比如陳忠實、賈平凹等的作品），以至於以

---

[15] 參見厚夫：《路遙傳》，人民文學出版社，2015 年 1 月第 1 版，第 208、209、224、225 頁。

「新潮批評」爲旗號崛起的青年批評家群體及躲在他們背後的青年編輯群體形成「默契」，同仇敵愾，共同抵拒。[16]邵燕君更是將其放在「審美領導權」更替的高度上加以反思，在指出幾部相當於「文學法典」的中國當代文學史著作──包括洪子誠的《中國當代文學史》（北京大學出版社，1999 年 8 月版），陳思和主編的《中國當代文學史教程》（復旦大學出版社，1999 年 9 月版），楊匡漢、孟繁華主編的《共和國文學 50 年》（中國社會科學出版社，1999 年 8 月版）中，對路遙的《平凡的世界》要麼不置一詞，要麼一筆帶過，邵燕君分析指出，《平凡的世界》之所以在文學界遭遇「寒潮」，主要原因是：

> 自 80 年代中期起，一向在文學界居於主流地位的「現實主義審美領導權」開始受到嚴峻挑戰。至少在「學院派」的圈子裡，處於實際強勢地位的是另一個集團──這裡姑且稱之為「文學精英集團」。這個集團的核心基本由以「語言學轉型」之後的西方理論為主要資源的批評家和研究者組成，他們與純文學雜誌、出版社編輯、專注於文學形式探索的各種新潮作家一起形成了一個布迪厄所謂的「文學場」。以「回歸文學自身」為旗幟，這個文學場宣稱只遵守文學自身的原則，而在那個特殊的發展階段，所謂「文學自身的原則」在相當大程度上是以西方的文學標準為參照系的。西方的強勢話語有效地支持了中國的「文學場」在與「政治場」的艱難對抗中一步步地分裂出來，但同時，其「話語權力」也對許多不夠「新潮」的研究者和作家形成強大的輻射力和壓制力。[17]

這樣的分析，可謂一針見血。但由於特定的歷史原因，諸多反思往往聚焦於「現代主義」對於路遙的淹沒，卻很少有人注意，路遙其實是

---

[16] 李陀：〈忽視路遙　評論界應該檢討〉，《北京青年報》，2015 年 3 月 13 日，B01 版。
[17] 邵燕君：〈《平凡的世界》不平凡〉，《小說評論》，2003 年第 1 期，第 61 頁。

雙線作戰，因而他的苦惱也是「雙重苦惱」，對此，路遙同樣有清楚的表述。在〈生活的大樹萬古長青〉中，路遙如是說：「我當時的困難還在於某些甚至完全對立的藝術觀點同時對你提出責難，不得不在一種夾縫中艱苦地行走。」[18]路遙筆下「完全對立的藝術觀點」一是「現代主義的文學觀點」，一是公式化概念化的「現實主義觀點」，在《早晨從中午開始》中，路遙在對「現代主義」的藝術觀念進行分析之後聲明：

> 我的觀點是，只有在我們民族偉大歷史文化的土壤上產生出真正具有我們自己特殊性的新文學成果，並讓全世界感到耳目一新的時候，我們的現代表現形式的作品也許才會趨向成熟。[19]

接著，路遙話鋒一轉，在對「現實主義過時論」進行批評後質問道：

> 現在的問題是，如果認真考察一下，現實主義在我國當代文學中是不是已經發展到類似十九世紀俄國和法國現實主義文學在反映我國當代社會生活乃至我們必須重新尋找新的前進途徑？實際上，現實主義文學在那樣偉大的程度，以致我們不間斷的五千年文明史方面，都還沒有令人十分信服的表現。雖然現實主義一直號稱是我們當代文學的主流，但和新近興起的現代主義一樣，根本沒有成熟到可以不再需要的地步。[20]

緊接著，路遙對公式化概念化的「現實主義」文學觀進行了犀利地批評：

---

[18] 路遙：〈早晨從中午開始〉，參見《生活的大樹》，中國收藏界出版社，2014年1月第1版，第19頁。
[19] 路遙：〈早晨從中午開始〉，參見《生活的大樹》，中國收藏界出版社，2014年1月第1版，第45頁。
[20] 路遙：〈早晨從中午開始〉，參見《生活的大樹》，中國收藏界出版社，2014年1月第1版，第45、46頁。

現實主義在文學中的表現，絕不僅僅是一個創作方法問題，而主要
應該是一種精神。從這樣的高度縱觀我們的當代文學，就不難看出，
許多用所謂現實主義方法創作的作品，實際上和文學要求的現實主
義大相徑庭。幾十年的作品我們不必一一指出，僅就「大躍進」前
後乃至文革十年中的作品就足以說明問題。許多標榜「現實主義」
的文學，實際上對現實生活作了根本性的歪曲。這種虛假的「現實
主義」其實應該歸屬「荒誕派」文學，怎麼可以說這就是現實主義
文化呢？而這種假冒現實主義一直侵害著我們的文學，其根系至今
仍未斷絕。[21]

在對「現代主義」和「虛假的現實主義」文學觀進行剖析、批評後，路
遙直言不諱地宣稱：現實主義照樣有廣闊的前景。[22]

「廣闊」。「廣闊的前景」。
「廣闊」。「廣闊的道路」。

在「虛假的現實主義」這個共同的障礙面前，路遙與其「伯樂」秦
兆陽幾乎使用了一模一樣的詞語。這絕非偶然。實際上，秦兆陽之所以
欣賞路遙，在其主編的《當代》雜誌1980年第3期頭條發表其中篇小說
〈驚心動魄的一幕〉，使路遙絕處逢生，並否極泰來——《驚心動魄的
一幕》接連獲得了兩個榮譽極高的獎項：第一屆「全國優秀中篇小說獎」
（即後來的「魯迅文學獎」）和1981年度「《當代》文學榮譽獎」——
這兩個獎項初步奠定了路遙在「新時期」以來當代文壇的地位，在很大
程度上源於兩人「現實主義」文學觀的高度契合。

---

[21] 路遙：〈早晨從中午開始〉，參見《生活的大樹》，中國收藏界出版社，2014年1月第
　　1版，第46頁。

[22] 路遙：〈早晨從中午開始〉，參見《生活的大樹》，中國收藏界出版社，2014年1月第
　　1版，第47頁。

關於這一點，我們只要讀一讀給秦兆陽帶來巨大聲譽也給他帶來巨大傷害的理論名篇〈現實主義——廣闊的道路〉就一目了然，甚至，我們只要擇取其中一兩段讀讀，這種契合感就會浮現出來。譬如，秦兆陽如是批評「虛假的現實主義」：

> 如果違背了或縮小了現實主義真實地反映現實然後才能影響現實的大前提，如果忽視了或違背了現實主義文學的藝術特徵，如果忽視了各個作家本身的某些情況，而單純從主觀願望和政治概念出發，簡單地想用藝術去圖解政治，那結果必然只會產生虛偽的概念化公式化的東西，或者類似普通宣傳品式的東西；那就甚至於連最適宜於迅速反映當前生活的短小的文藝形式，也是很難寫得比較精彩的。[23]

再譬如，秦兆陽如是描述他心目中理想的「現實主義」：

> 現實主義的文學創作，是一種多麼富於創造性的勞動啊！它是現實主義的，但它甚至可以用看起來荒誕不經的人物和故事去表現深刻的現實內容。它甚至可以真實到虛幻的地步。它有多麼廣大的發揮想像的餘地啊！它的集中、概括、誇張——它的典型化的方法能夠發揮到何等驚人的程度啊！[24]

無獨有偶，路遙不也是在〈早晨從中午開始〉中宣稱，要在前面大師們的偉大實踐和自己已有的那點微不足道的經驗的基礎上，力圖以有「現代意義」的手法，去拓展「現實主義」疆域，以使其展現出「廣闊的革

---

[23] 秦兆陽（筆名「何直」）：〈現實主義——廣闊的道路〉，《人民文學》，1956 年 9 月號，第 6 頁。

[24] 秦兆陽（筆名「何直」）：〈現實主義——廣闊的道路〉，《人民文學》，1956 年 9 月號，第 11 頁。

新前景」嗎？[25]

　　換句話說，路遙是在時隔三十多年後力圖重走秦兆陽提倡的「廣闊的道路」──「現實主義」道路，以真實性和藝術性取勝的「現實主義」道路。而這其中又隱含著中國現實主義文學的曲折發展之路：對於中國現當代文學來說，「現實主義」絕非什麼新事物。其實，早在晚清，「現實主義」就以「寫實派」的概念被引入中國，並在五四時期佔據文學主流地位，20 世紀 30 年代，伴隨著左翼文學發展，經過左翼文藝理論家重新編碼，「寫實主義」更名為「現實主義」，並逐漸發展成為中國現當代文學的主潮。由於獨特的歷史語境，在這一文學概念的發展中，一系列諸如文學與政治、文學與宣傳、文學與現實、作家的世界觀與創作方法、主題與題材、內容與形式等問題不斷被納入「現實主義」的討論之中，其間的糾葛可謂千絲萬縷。隨著新中國成立，「唯物辯證法的創作方法」佔據主流，這一創作方法強調世界觀對創作方法的支配作用，甚至用世界觀替代創作方法，忽視了「藝術性」的基本原則，這一創作方法同時要求描寫生活的本質，卻忽視了「真實性」的基本原則，因而，「現實主義」逐漸走上僵化的「窄路」。為了重啟日益窄化的「現實主義」之門，一些文藝理論家對此提出質疑：譬如，在「百花齊放」運動中，時任《人民文學》雜誌社副主編的秦兆陽就發表〈現實主義──廣闊的道路〉，對日益公式化概念化的「現實主義」傾向提出質疑；再譬如，1960 年代初文藝政策調整時，邵荃麟就提倡「寫中間人物」、「現實主義的深化」等，再次質疑公式化概念化的「現實主義」。遺憾的是，這樣的質疑不僅沒有得到認真對待，反而被加以政治清算。實際上，就是在這個過程中，「現實主義」的生命力得到極大遏制，而「現實主義」的聲譽也被極大地醜化了。「文革」結束後，一些文藝理論家試圖重新凝聚「現實主義」理論話語的力量，重新啟動其生命力，但由於僵化、

---

[25] 路遙：〈早晨從中午開始〉，參見《生活的大樹》，中國收藏界出版社，2014 年 1 月第 1 版，第 47 頁。

教條的理論話語禁錮人們的思想已久，隨著「現代主義」話語的引進，特別是隨著徐遲於 1982 年發表著名的〈現代化與現代派〉一文，將「現代派」這一文學思潮與「現代化」這一話語嫁接——儘管是錯誤地嫁接——使「現代派」成為超級理論話語，以至於在相當短的歷史時期內，「西風」迅速壓倒了「東風」，「現代主義」迅速淹沒了「現實主義」——自然，是以潑洗澡水潑掉孩子的非理性方式進行的。[26]

　　知悉了「現實主義」在中國現當代文學中的理論旅行過程，我們才能知悉路遙所奉行的「現實主義」是怎樣的「現實主義」，我們才能知悉路遙在創作《平凡的世界》時胸懷著怎樣的理論雄心和文學抱負。也只有知悉了這一切，我們才能理解路遙苦行僧般的創作——而這一創作，是從異常艱難的準備工作開始的。厚夫在《路遙傳》中以詳實的文字披露了路遙創作《平凡的世界》前所做的準備，除了大量閱讀文學名著以思考作品結構外，大部分精力都用於「深入生活」或「喚醒生活」，最為重要的有兩點：一是為了徹底弄清楚自 1975 年起十年內的社會背景，路遙用最原始的方法——逐年逐月逐日地查閱這十年間的《人民日報》、《光明日報》、《參考消息》、《陝西日報》和《延安報》的合訂本，以總括地瞭解國內外每天發生的重大事件及當時人們生活的一般性反映；二是重返陝北故鄉，進行生活的「重新定位」，加深對農村、城鎮變革的感性體驗。在〈早晨從中午開始〉中，路遙回憶說：

> 我提著一個裝滿書籍資料的大箱子開始在生活中奔波。一切方面的生活都感興趣。鄉村城鎮、工礦企業、學校機關、集貿市場；國營、集體、個體；上至省委書記，下至普通百姓，只要能觸及的，就竭力去觸及。有些生活是過去熟悉的，但為了更確切體察，再一次深入進去——我將此總結為「重新到位」。[27]

---

[26] 參見曠新年：〈現實主義：廣闊的道路，還是窄路？〉，《文藝研究》2014 年第 6 期。
[27] 路遙：〈早晨從中午開始〉，參見《生活的大樹》，中國收藏界出版社，2014 年 1 月第

一個小故事可以旁證路遙在「儲備生活」上是多麼用心：為了解決對高級領導日常生活較為陌生的問題，他曾通過朋友聯繫，趁省委書記及家人外出，家裡只剩下保姆時，到省委書記家進行「參觀」。需要提醒的是，這樣的準備，不僅不是「走馬觀花」，而且更是對已有生活的喚醒和整理。

路遙以柳青為精神導師和文學教父，他特別信奉柳青「文學是愚人的事業」這一教導。在創作《平凡的世界》時，他就像一個真正的「愚人」一樣進行了充足準備，所以他才能吸納海量社會資訊，才能對從 1975 至 1985 年中國大轉型期發生了巨大變化的社會生活有了既宏闊又細緻的把握，為心靈的偉大震顫積蓄了足夠的能量。

接下來，就是如何「結構」的問題了。對此，路遙同樣深思熟慮。在路遙看來：

> 從某種意義上，現實主義長篇小說就是結構的藝術，它要求作家的魄力、想像力和洞察力；要求作家既敢恣意汪洋又能細針密線，以使作品能夠最終借助一磚一瓦而造成磅礴之勢。[28]

基於這樣的思考，路遙進行了理性審視，認為：我國當代現實主義長篇小說大都採用封閉式結構，「因此作品對社會生活的概括和描述都受到相當大的約束。某些點不敢連接為線，而一些線又不敢作廣大的延伸。」「其實，現實主義作品的結構，尤其是大規模的作品，完全可能作開放式結構而未必就『散架』；問題在於結構的中心點或主線應具有強大的『磁場』效應」。[29]基於這樣的文體意識和文體自覺，路遙為《平凡的世

---

　　1 版，第 51 頁。

[28] 路遙：〈早晨從中午開始〉，參見《生活的大樹》，中國收藏界出版社，2014 年 1 月第
　　1 版，第 52 頁。

[29] 路遙：〈早晨從中午開始〉，參見《生活的大樹》，中國收藏界出版社，2014 年 1 月第

界》量身打造了一個既具有巨人的身軀又布滿人類一切細膩血管和神經的有機結構，使小說既能傳達時代的巨大回聲，又能呢喃人物的心靈絮語，因而使《平凡的世界》成爲豐富的文本。具體而言，路遙是通過三個人物來結構《平凡的世界》的：通過田福軍這位開明的改革派官員，將巨變中的中國，在意識形態方面，由村到縣、由縣到市、由市到省，甚至由省到中央地予以鋪陳，爲徐徐展開的城鄉巨變提供了一個不可或缺的宏闊背景，同時，也爲我們提供了一幅中國城市巨變的生動畫卷；通過孫少安這位「農村能人／農民企業家」，將中國農村十年間的巨變一覽無餘地呈現了出來，更呈現出了這一過程中中國農民起起伏伏的命運以及他們悲喜交加的複雜感情；通過孫少平這個「城鄉交叉地帶」的「遊牧者」，串聯起城市與鄉村這兩個壁壘森嚴的世界，更生動地點染出像孫少平一樣、不甘於鄉村生活的農村有爲青年，在奔向城市時拖曳著的巨大的鄉土陰影，以及橫亙於他們面前、同樣巨大的城市的堅硬身影，而他們穿越、奔波其間的扭曲身影，也由此自然而然的呈現開來……更爲重要的是，這三個相對獨立的人物、相對獨立的部分卻又像一部機器有機咬合的三個巨型齒輪，其中一個的轉動必然帶動其他兩個的轉動，而這三個齒輪的轉動，又同時帶動其他許多小齒輪——次要人物——的轉動，使所有人物的故事圍繞著這三個主要人物的故事旋轉不已。由此，這部龐大的「機器」獲得了「人」的稟賦，發出了「生命」的靈音。

　　這就是《平凡的世界》在時光流逝中得以形成一種「社會性文化力量」的「基礎內涵」：讀者在《平凡的世界》中既可以看到其時中國「開放」的時代精神，又能看到這種「開放」的精神隨著歷史的展開而漸次萎縮，甚至凋零，因而，孫少安、孫少平兄弟倆，尤其是孫少平的奮鬥故事，才在其後的時空中產生了「勵志型」效果。不過，關於這一點，需要提醒乃至警惕的是，由於路遙要強的強烈個性，由於其中篇代表作

《人生》中高加林過於濃烈的個人主義色彩，由於讀者在閱讀《平凡的世界》時感受到的往往是孫少平勉力奮鬥的精神魅力，更由於自1980年代以來逐漸形成並日益濃郁的個人主義時代氛圍，諸多讀者將《平凡的世界》解讀爲「勵志寶典」，但實際上，路遙耗盡心血創作這部長篇巨著的出發點，與其說是「個人主義」的，毋寧說是「集體主義」的，與其說是「樂觀」的，毋寧說是「悲劇」的，或者說，正是由於路遙爲這部小說奠定了一個「集體主義」的基調，立足於其上的「奮鬥故事」才能煥發出迷人的光彩，同樣，由於路遙爲這部小說提供了一個「樂觀」的開始，其結局才格外「悲涼」。

之所以這樣說，首先因爲就像路遙坦陳的，「作爲一個農民的兒子」，他對中國農村的狀況和農民命運的關注尤爲深切，而且，這是一種帶著強烈感情色彩的關注，因爲，在他看來，是「生活在大地上這億萬平凡而偉大的人們，創造了我們的歷史，在很大的程度上也決定著我們的現實生活和未來走向」；因爲，在他看來，「無論政治家還是藝術家，只有不喪失普通勞動者的感覺，才有可能把握住社會生活歷史進程的主流，才能使我們所從事的工作具有真正的價值」。[30]

其實，早在1980年，在爲弟弟王天樂跑招工的過程中，路遙就深沉地思考過中國農民的出路問題，尤其是有志有爲農村青年的出路問題。2月22日，他在寫給好友曹谷溪的信中說：

國家現在對農民的政策有嚴重的兩重性，在經濟上扶助，在文化上抑制（廣義的文化──即精神文明）。最起碼可以說顧不得關切農村戶口對於目前更高文明的追求。這造成了千百萬苦惱的年輕人，從長遠看，這構成了國家潛在的危險。這些苦惱的人，同時也是憤憤不平的人。大量有文化的人將限制在土地上，這是不平衡中最大

---

[30] 路遙：〈生活的大樹萬古長青〉，參見《生活的大樹》，中國收藏界出版社，2014年1月第1版，第19、20頁。

的不平衡。如果說調整經濟的目的不是最後達到逐漸消除這種不平衡，情況將會無比嚴重……[31]

　　這段話可視為路遙創作《平凡的世界》的一個關鍵性注腳，他之所以創作《平凡的世界》，一個重要的出發點就是為廣大中國農民，尤其是農村中堅力量——青年農民——爭取權利。在改革開放早期，這或許像他說的那樣，主要表現為「文化權利」，但隨著農村改革的延伸，隨著農村經濟空間的壓縮，始終關注中國農村變化的路遙，自然不會熟視無睹——其實，小說第三部，孫少平的奮鬥就已經較少「文化色彩」了，而更多地具有了「經濟色彩」。從這個角度看，路遙在《平凡的世界》中為農民兄弟所呼喊的，自然包含著「經濟權利」。

　　在這個層面上解讀孫少安和孫少平兄弟倆流汗流淚流血「苦鬥」的故事，就會咀嚼出不一樣的滋味：孫少安和孫少平的故事之所以如此感人，並不主要在於他們的奮鬥之卓絕，而更在於他們的奮鬥中，鼓蕩著千百萬中國農民共同的情感訴求和靈魂呼聲。從這個層面上看，路遙的《平凡的世界》，既是「個」的，更是「群」的。值得一再強調的一點是，路遙通過《平凡的世界》所傳達的對中國農民命運的嚴肅思考，對中國農民經濟權利、文化權利，最終是政治權利的深切籲請，即使在今天看來，不僅沒有過時，而且依然正當其時。這才是真正的「現實主義」傑作的力量之所在：開放的文本，開放的意識。

　　需要注意的另一點是，今天，在變化了的思想文化語境中，一些研究者認可路遙的「現實主義」品格，但又提出更高要求，將路遙及其《平凡的世界》與柳青及其《創業史》比較，認為路遙沒達到「社會主義現實主義」文學所應達到的思想與藝術高度，沒像柳青的《創業史》那樣，將意識到的深度歷史內容傳達出來，因而，使《平凡的世界》淪為改革意識形態的「傳聲筒」，削弱了作品的藝術力量。這樣的批評，看似有

---

[31] 厚夫：《路遙傳》，人民文學出版社，2015 年 1 月第 1 版，第 133 頁。

理，但卻是對路遙及其《平凡的世界》的雙重誤讀。我們討論問題，是要從實際出發，而非從概念出發。如果是這樣的話，則我們可以說，路遙站在一個比柳青更為複雜的起點上，因而，他的創作，可能比柳青更為艱難。之所以這樣說，是因為柳青創作《創業史》，固然付出了苦心孤詣的藝術與現實探索，但實事求是地講，柳青《創業史》集體主義、社會主義的歷史主題已經在漫長的革命鬥爭與建設歲月中呼之欲出，柳青只需用文學的方式為其賦格即可。但路遙創作《平凡的世界時》時，這種集體主義、社會主義的歷史主題已經瓦裂，而新的發展主題也僅僅以「好日子」的模糊形式存在著。在這種情況下，路遙能夠在《平凡的世界》中通過孫少安、孫少平兄弟的故事將「個」與「群」融為一體，在「個人主義」的奮鬥故事中傳達「集體主義」歷史訴求，可視為對柳青《創業史》的繼承與發展。

對這樣的批評，更值得提醒的是，對一部現實主義傑作而言，作家想的是什麼固然重要，但作家寫的是什麼卻更為重要，就像恩格斯在評論巴爾札克及其作品時，認為出色的現實主義品格使其實現了文學對於政治的勝利──作為「正統派」的巴爾札克，對貴族階級寄予了無限同情，但在作品中，他卻把他們寫成了不配有好命運的人，寫出了他們必然滅亡的命運，而他政治上的敵對派則成了「時代英雄」。這樣的「翻轉」，在路遙的《平凡的世界》中同樣發生了。毋庸諱言，在小說中，路遙通過人物的言行，表達了對集體化時期社會狀況的不滿，更表達了對改革開放的憧憬與歡迎，但由於對生活的嚴肅態度，由於對現實主義文學法則的恪守，使他在寫作中往往忘記了自己的「立場」而表達了截然相反的歷史內容。比如，路遙對集體化時期的農村生活持激烈的批判態度，但寫著寫著，就情不自禁地流露出對這個即將消失的時代的無盡緬懷，小說第一部中有一個「打棗節」的故事，打棗時那集體生活的歡聲笑語，就是這樣的無意識的緬懷。再比如，路遙對改革充滿憧憬和嚮往，但寫著寫著，他也往往情不自禁地流露出對這個正在到來的時代的

憂懼和擔心，小說第三部中田五和兒子海民在經濟活動中反目成仇的故事，傳達的就是這樣的遠慮。最重要的是小說主人公孫少安、孫少平兄弟倆命運的「翻轉」。在作家設置的軌道上，這兄弟兩個應該是奔走在「希望的田野」上，但到小說結尾時，我們卻發現，迎接他們的，不僅不是什麼「希望的田野」，而且很可能是更大的危機。考慮到 1990 年代後鄉鎮企業倒閉潮和國企改革下崗潮，孫少安和孫少平的未來不僅不怎麼明亮，反而很有可能是兩手空空，走向黑暗。我們知道，路遙是以三弟王天樂爲原型塑造孫少平這個人物的，我們還知道，在現實中，路遙通過自己的關係，讓王天樂擺脫了底層生活的羈絆，先調到《延安報》，後又調到《陝西日報》工作的，應該說，原型的生活是光明的，但在小說中，路遙卻切斷了孫少平與明亮生活的一切關聯，而將他永遠地留在了黑暗的煤礦生活中。應該說，這樣的安排中隱含著一種巨大的悲劇感。正是這種巨大的悲劇感，使孫少平的奮鬥引發無數讀者淚奔。但作爲研究者的我們必須意識到，正是在這種悲劇感中，路遙通過對革命生活和改革生活的雙重反思，調整了自己的認識。我們甚至可以說，通過對孫少安、孫少平未來的隱喻性安排，路遙重構了歷史。這種文本的深刻性、豐富性和辯證性，恰恰是《平凡的世界》魅力長久的原因之一。

　　1956 年，在《現實主義——廣闊的道路》中，秦兆陽寫了一段意味深長的話：

　　　　只要仔細地去思索一下，你就可以知道，無論哪一本不朽的傑作，無論哪一個成功的作家，都是有著這樣那樣的獨創性的。正因為這樣，所以常常發生這樣的情形：一本好的作品出版以後，除了被一些反動的批評家們百般地詆謗以外，也同時被一些教條主義者所曲解，有的甚至於有被埋沒的危險；如果不是有真知灼見的批評家挽救了它，就一定是由於它在廣大的讀者的土壤裡生了根，任何有意無意的扼殺才不能使它變成「失敗的作品」。有的作品甚至一直流

傳了若干年以後，人們一直還在研究它，還沒有一個有真知灼見的人能夠把它各方面的成就和特點分析得十分透徹。所以這些作家研究和作品研究就成了一種專門性的學問。這些作家和作品，總是在內容上、藝術方法上、技巧上、風格上面，給文學的總寶庫裡帶來一些新鮮的獨特的東西。有些作品，因為有其高度的獨創性，所以多半都有其絕對的不可模仿的性質，它們在這個世界上只能夠出現一回；它被一般讀者所接受，使一般人感動，但它絕對不是一般化的東西……[32]

現在，讀著這段話，感覺格外「魔幻」：秦兆陽好像長了一雙「超前的眼睛」，三十多年前就看到了路遙遭受的困境，因而以火一樣的文字給予其鼓勵。而反過來看，感覺同樣「魔幻」：路遙在三十多年後，以自己的苦心孤詣之作《平凡的世界》重新開啟了「現實主義」的「廣闊道路」，向以秦兆陽為代表的前輩致以崇高敬意。這一「魔幻現實」提醒我們：「從根本上說，任何手法都可能寫出高水準的作品，也可能寫出低下的作品。問題不在於用什麼方法創作，而在於作家如何克服思想和藝術的平庸。」[33]也就是說，對於今天的作家們來說，只要克服了思想與藝術的平庸，「現實主義」依然是一條「廣闊的道路」，而非「窄路」或「死路」，因為，先賢有言：

現實主義文學既是以整個現實生活以及整個文學藝術的特徵為其耕耘的園地，那麼，現實生活有多麼廣闊，它所提供的源泉有多麼豐富，人們認識現實的能力和藝術描寫的能力能夠達到什麼樣的程度，現實主義文學的視野，道路，內容，風格，就可能達到多麼廣

---

[32] 秦兆陽（筆名「何直」）：〈現實主義——廣闊的道路〉，《人民文學》，1956年9月號，第11、12頁。

[33] 路遙：〈早晨從中午開始〉，參見《生活的大樹》，中國收藏界出版社，2014年1月第1版，第46頁。

闊，多麼豐富。[34]

講評

◎郭艷*

　　魯太光博士從「現實主義」的視角闡述了《平凡的世界》作為當代文學經典的價值和意義體系。

　　《平凡的世界》對於當下長篇敘事寫作的意義顯然大於他自身的文學性表達。一、為人民寫作──與建構中國現代人格之間的關係。人民─公民─國民，對於從傳統道現代轉型的中國人而言，從政治主流意識形態的人民概念中逐漸認知自身作為現代民族國家的公民和作為有著個體性的國民，是一個啓蒙和現代智識日漸浸潤的過程。由此，寫作倫理成為談論路遙的一個關鍵字，「為誰寫作」關乎中國傳統詩教，所謂詩可以興觀群怨，同時作為個人主體性欲求日漸彰顯的現代中國人，代言身分與個體精神覺醒是同構的，由此，路遙筆下的孫少平們才會在闡釋主流意識形態的時代變革主題中始終有著人性層面的自醒──所謂帶著倫理價值體系中的善去適應新的時代轉型，一種剛健清新的現代人格精神以勵志的形式滿足了幾十年來中國建立現代民族國家過程中青年人心靈培育的滋養，由此《平凡的世界》在建構理想的現代人格方面，給予當下青年讀者真正意義上的心智與情感的成長指南，而這種陽光清新的、又契合時代節奏的現實主義創作在當時和現在都是闕如的，由此，才會有著對於這部小說持續的熱讀。二、寫作與新潮流行寫作之間的距離──

---

* 中國社會科學院文學所博士，北京師範大學文學博士後研究員，現為魯迅文學院研究員、教研部主任。

一路遙反先鋒寫作姿態對於當下長篇小說寫作的啓示。60 年代作家則在掙脫前輩作家影響的焦慮過程中，熱衷於先鋒探索。當下重要的中青年作家無疑都吸取了先鋒文學的豐厚養分。先鋒文學給中國當代文學帶來了小說形式上的一次反叛，同時解構了主流意識形態對於文學的束縛。但是先鋒作家主體膨脹，並不是說先鋒就一定具有作家個人性，強大的虛構是否能夠達到強烈的真實依然需要甄別。先鋒文學恰恰缺乏正在成長的中國現代人的主體性——或者說現代人格在 1980 年代先鋒文學中依然闕如。由此，我們不難理解《平凡的世界》在先鋒隱遁之後依然能夠一紙風行的原因。

《老生》的歷史敘述

◎徐剛*

摘　要

　　賈平凹的長篇小說《老生》清晰呈現出歷史「重建」與「重述 20 世紀中國」的努力，小說以「多文本」的「去歷史化」的方式，將革命編年史還原成民間野史般的流言蜚語和傳說逸聞，小說在呈現歷史別樣意義的同時，也顯現出諸多問題。具體而言，其歷史敘述試圖通過逃離革命史的方式標示自身的在場，以「去歷史化」方式再度「歷史化」；而小說中唱師這個「遊蕩者」顯示出敘述「權力」，他探索「被壓抑的」歷史主體，卻無法建構一個完整的時代；而作爲一部「去革命化」的文本，小說通過敘述革命的「消失」來隱秘呈現它的「在場」。

關鍵字：歷史敘述、 賈平凹、《老生》、去革命化

* 北京大學中國語言文學系博士，現爲中國社會科學院文學所助理研究員。

　　賈平凹的長篇小說《老生》清晰地呈現出歷史「重建」與「重述 20
世紀中國」的努力，小說以虛構的方式，儀式般地對準「歷史的怪獸」，
以個人經驗「穿越」業已寫就的革命編年史，進而總結「革命世紀」的
腥風血雨，它以「多文本」的「去歷史化」的方式，將革命史還原成民
間野史般的流言蜚語、傳說逸聞，然而在呈現出歷史別樣意義的同時，
其歷史的敘述也顯現出諸多的問題。

一、歷史的「逃離」與「捕獲」

　　倘若在闡釋小說文本時，我們將其「後記」也視爲小說不可分割的
一部分，那麼我們在討論賈平凹的長篇新作《老生》時，自然沒有理由
在小說結束之際，對「附著」在此的這篇聲情並茂的文章視而不見，尤
其是在面對這樣一位慣於在「後記」中說明寫作緣由的作家時更是如此。
我們深知，作者的自敘總會在「辯解」和「補充」之中彌補小說的言之
不足，其中甚至不乏「欺瞞」與「僞裝」的「陷阱」，但對於規定小說
意義生產的方式和方向，預設批評展開的可能路徑，卻具有極爲驚人的
效力。事情往往是這樣，它既是「可貴的引導」，又是「惱人的干擾」。
因此當賈平凹在《老生》後記裡以「曾經的歷史」，「六十年來的命運」
這樣鮮明的字眼，明白無誤地牽出「歷史」問題時，所有圍繞小說《老
生》的批評闡釋，都註定要在「歷史敘述」的周邊小心翼翼地展開，儘
管從某種意義上看，我們面對的可能只是一部並沒有標明特定年代的，
布滿了讖語迷信，巫言傳說的「故事集萃」。

　　賈平凹一再聲稱：「如果把文學變成歷史，那就沒有文學了，就沒
有意思了。」[1]但他的小說卻總是與歷史發生隱秘的關聯。如人所言，自
《廢都》起，「他的每一部長篇，都幾乎是一個時代的關鍵字或照相式

---

[1] 孫若茜：〈賈平凹：原來如此等老生〉，《三聯生活週刊》，2014 年 45 期。

總結」[2]。人們也不得不由他的小說思索歷史、記憶與個人書寫之間的密切聯繫。在《古爐》後記中，賈平凹將《古爐》的寫作與「文革」記憶緊密勾連，「我的記憶更多地回到了少年，我的少年正是上個世紀60年代的中後期，那裡中國正發生著史無前例的『文化大革命』」，「對於『文化大革命』，已經是很久的時間沒人提及了，或許那四十多年，時間在消磨著一切。」，「我想，經歷過『文革』的人，不管在其中迫害過人或被人迫害過，只要人還活著，他必會有記憶。」而一次回鄉的經歷與見聞，使他產生了把記憶寫出來的欲望。而《老生》終究是一次大的「整理」，它試圖寫百餘年中國，即意味著重寫《古爐》中的「文革」、《秦腔》和《帶燈》中的「鄉村」，以及他之前有所涉及，但終究不是重點的「革命」與「暴力」等。這種記憶的總結與「整理」，也自然包含著重新認識和表現「現代中國」的宏大抱負[3]。

　　在賈平凹看來，《老生》的寫作也與一次回鄉的經歷有關。在《老生》「後記」中，60歲的賈平凹將小說寫作歸咎於數年前除夕夜裡到祖墳點燈，跪在祖墳前的他感受到四周的黑暗，也就在那時，他突然有了一個關於生死的感悟。確實，「這是一個人到了既喜歡《離騷》，又必須讀《山海經》的年紀了。」[4]從棣花鎮返回西安，他沉默無語，長時間把自己關在書房裡，什麼都不做，只是抽煙。

> 在灰騰騰的煙霧裡，記憶我所知道的年代，時代風雲激蕩，社會幾經轉型，戰爭、動亂、災荒、革命、運動、改革，為了活得溫飽，活得安生，活出人樣，我的爺爺做了什麼，我的父親做了什麼，故鄉人都做了什麼，我和我的兒孫又做了什麼，哪些是榮光體面，哪

---

[2] 李美皆：〈作家六十歲——以《帶燈》、《日夜書》、《牛鬼蛇神》為例〉，《南方文壇》2013年第5期。

[3] 王堯：〈神話，人話，抑或其他——關於《老生》的閱讀劄記〉，《當代作家評論》2015年第1期。

[4] 賈平凹：《帶燈》「後記」，《收穫》2013年第1期。

> 些是齷齪罪過？太多的變數呵，滄海桑田，沉浮無定，又許許多多
> 的事一閉眼就想起，又許許多多的事總不願去想，又許許多多的事
> 常在講，又許許多多的事總不願去講。能想的能講的已差不多都寫
> 在了我以往的書裡，而不願想不願講的，到我年齡花甲了，卻怎能
> 不想不講啊？！[5]

這是一個動情的時刻，其中自然包含著糾結的寫作者如鯁在喉的鬱悶和
一吐為快的釋然，而在這種重新「想」與「講」之中，紛紛湧來的刻骨
銘心的記憶與革命歷史的「暴力再現」終究令人心驚。

　　在此，一方面在時間的消逝中感慨「世道在變」，進而追憶過往，
這固然是極為普遍的個人動機；但另一方面，小說在講述自己故事的同
時，也試圖記錄一個時代和世紀，並通過他的講述和記錄讓歷史得以銘
刻。《古爐》是這樣，《老生》亦是如此。如果說《古爐》聚焦於「文
革」這個 20 世紀中國歷史的「暴風眼」，那麼《老生》則試圖在更漫長
的歷史裡追溯革命的起源和後革命的餘響，這便是對這個「革命世紀」
的完整呈現。這其實都與作者某種老去的心態有關。即當賈平凹的「祖
輩的歷史」與「中國 20 世紀的歷史」發生重疊同構時，面對「風起雲湧
百年過」的時段，「我有使命不敢怠」的個人敘述便具有了更加急迫的
意義。這也就像陳曉明所指出的「晚鬱時期」，所謂「晚鬱」意在強調
「歷史沉鬱累積的那種能量」，以及由此與「一大批作家『人過中年』
的創作態度的重合」，而其中最為重要的表徵在於，「文學於蒼涼中重
新紮根於歷史，歷史又以這種方式給予文學以魂魄」[6]，而《老生》大概
屬於這樣的寫作。這並不僅僅是一個「一生活得太長」的老者對自己一
生所思所想的總結與回顧，而更有一種「在煙霧裡說著曾經的革命而從

---

[5] 賈平凹：《老生》，人民文學出版社，2014 年，第 291 頁。
[6] 陳曉明：〈漢語文學的「逃離」與自覺──兼論新世紀文學的「晚鬱風格」〉，《當代作家評論》2012 年第 2 期。

此告別革命」的歷史憑弔與感懷。

　　相對於《秦腔》、《古爐》、《帶燈》等賈平凹近期故事一向所主張的，在瑣碎的「細節洪流」中把握物象的「靜」與「慢」，《老生》一反常態地冒險以「小故事」來搏擊「大歷史」，著實令人意外。在《老生》中，賈平凹有意識地疏離那種歷史大事件建構起來的 20 世紀的現代性邏輯，並以此化解「歷史化」的壓力，由此來打開小說新的藝術面向。他嘗試以民間寫史的「去歷史化」方式，試圖「以細辯波紋看水的流深」，實則是充滿了野心勃勃的自我期許——「重述」20 世紀的秦嶺鄉村歷史，重新「捕獲」更爲廣闊的宏觀歷史。

二、「遊蕩者」的「權力」

　　很顯然，賈平凹《老生》的歷史敘述早已溢出了主流意識形態的框架，它敘述著記憶中業已死去的歷史，那些讖緯迷信和稗官野史，隱而不彰的奇談、流言與傳說。當然，這並不是爲了取代舊有的歷史，而只是「補正史之厥」，對主流敘述予以反思。正如王德威所說的，「**小說夾處各種歷史大敘述的縫隙，銘刻歷史不該遺忘的與原該記得的，瑣屑的與塵俗的**」[7]。在此，賈平凹其實也是試圖探索「被壓抑」的歷史主體，因而在此饒有意味的話題便是小說的歷史講述者——「唱師」的功能與意義。

　　《老生》講述故事的視角非常獨特，它以「唱師」這個貫穿性的人物爲中心，在他將死之際，通過聆聽《山海經》，獲得一絲人性的啓發，進而回顧自己一生的見證，敘述人類「在飽聞怪事中逐漸走向無驚的成長史」。「作爲唱師，我不唱的時候在陽間，唱的時候在陰間，陽間陰間裡往來著，這是我幹的也是我能幹的事情。」[8]小說在此虛設了唱師這個「確實是有些妖」的人物，他虛無縹緲，影影綽綽的形象，貫穿了整

---

[7]　王德威：《想像中國的方法》，三聯書店，2003 年，序言第 2 頁。
[8]　賈平凹：《老生》，人民文學出版社，2014 年，第 142 頁。

個故事的始終。他鬼魅般亙古不變的容顏令人心驚，那些陰陽五行，奇門遁甲的小伎倆，正是他得以示人的拿手好戲。唱師見證了無數的死亡，作為神職人員，他一輩子與死者打交道，往來於陰陽兩界之間，沒人知道他多大年紀，但關於他的傳說，卻玄乎得令人難以置信。用小說的話說：

> 二百年來秦嶺的天上地下，天地之間的任何事情，他無所不知，而就塵世裡的事務，他能講秦嶺裡的驛站棧道，響馬土匪，也懂得各處婚嫁喪葬衣食住行以及方言土語，各種飛禽走獸樹木花草的形狀、習性、聲音和顏色，甚至能詳細說出秦嶺裡最大人物匡三的家族史[9]

他知道過去未來，預測吉凶禍福，見證生死繁華，歌唱逝者亡靈，「他活成精了，他是人精呀！」這當然只是作者故弄玄虛的筆法，卻包含著深刻的用意。唱師的出現，使得小說似乎獲得了一種貌似公允客觀的敘事視角，並以民間性的方式見證歷史，窺破著大歷史的神話。就此而言，這唱師是巫，是神，他活在塵世間，卻有著「穿越」陰陽界的能力，這使賈平凹的小說講述變得別開生面，並進一步印證其小說美學「表現了一種西方現代主義文學的精神深度模式和東方神秘主義傳統參煉成一體的嘗試」[10]。

　　然而這位貫穿性的唱師角色，無疑有著複雜的歷史內涵。對於主流意識形態而言，他是「妖孽」；但對於民間話語來說，他又具有某種神性的維度。他就這樣介乎「神」與「妖」之間的位置，作為一位「間離的入戲者」而存在。而這種「間離的入戲者」的位置，其實也是一位寫作者應該具有的位置。小說家要溝通歷史與現實，在陰陽兩界之間往來，

---

[9] 賈平凹：《老生》，人民文學出版社，2014年，第3頁。
[10] 胡河清：〈賈平凹論〉，《當代作家評論》1993年第6期。

因而小說本身的意義，也猶如唱師一樣，它唱著陰歌，把前朝後代的故事編進歌詞裡，像超度亡魂一樣超度歷史。因此將唱師的形象理想化，使之玄之又玄，不僅具有隱喻意義，也具有間離的效果，它使得歷史的真實性被懸置了起來。

　　唱師這位大地上的「遊蕩者」，頗有些類似於本雅明意義上的時代異己者的角色，「*這些人無所事事，身分不明，邁著烏龜一樣的步伐在大街上終日閒逛*」[11]。他既歸屬於他所生活的那個時代，同時又是那個時代的異己者和陌生人。他洞悉著時代的秘密，見證著那些「清白和溫暖」，「混亂和淒苦」，以及所有的「殘酷，血腥，醜惡，荒唐」。他似乎具備在一成不變的歷史之外開闢出新的線索與可能的條件。畢竟，那些被壓抑的歷史主體應該被拯救出來，而新的歷史寫作也必須是同勝利者的歷史寫作格格不入的。伴隨著一種顯而易見的「去革命化」，「去歷史化」的姿態，小說中的革命過程被描述為荒謬的動亂，一次正義泯滅，邪惡叢生的混亂行動。然而，這樣一種概念明確的敘述行動，固然可以把個人從歷史的整合性中解救出來，但這種質疑的歷史敘述姿態，也只能捕捉敘述者將死之時的記憶片段，將之連綴成破碎的歷史，而無法建構一個完整的時代。

　　《老生》將歷史簡化為無聊的陰謀與血腥，荒誕的暴力和殺戮，儘管對於作者而言，一輩子所記取的刻骨銘心的個人記憶可能就在這裡。而將歷史講述為神神鬼鬼、奇門遁甲的巫言，也這是因為它們更具有敘述的快感。但對於以小說寫史而言，其中的問題卻顯而易見。在此，唱師只是一個無所用心的敘述者，他只能敘述那些瑣碎庸常的歷史事件，將歷史簡單地道德化，抽象為「善」與「惡」，或是將歷史描述為絕對的「暴力的再現」，而對於暴力本身缺乏必要的分析。就像評論者所批判的：

---

[11] 汪民安：〈福柯、本雅明與阿甘本：什麼是當代？〉，《馬克思主義與現實》2013 年第 6 期。

> 唱師就是替代性外在視角的行使者，他本身就是一個大歷史的旁觀
> 者或者頂多是被動的參與者。唱師所體現出來的神秘性和鄉民對他
> 的敬畏感，不過是普通民眾對於他者文化、另類世界的畏懼和小心
> 謹慎的疏遠。賈平凹在這裡放棄了寫作者的主體性，將自己的視角
> 等同於敘述視角，也就是說曾經在批判現實主義、革命英雄傳奇、
> 啟蒙歷史敘事中的知識份子視角隱遁了，只有民眾在星羅棋佈、犬
> 牙交錯的村莊進行著蜜蜂寓言式的布朗運動。[12]

賈平凹也正是善於運用「他者化」的歷史主體方式，使自己的講述從容地從某種艱難的敘述境地中逃脫。比如正像楊慶祥的精彩分析所昭示的，《古爐》中「去成人化」的歷史主體，同時也是一個「去罪化」的主體，賈平凹正是通過這種方式將「歷史責任」這一至關重要的寫作倫理擱置起來，而「罪」成了「暴力」的奇觀，對「罪」與「惡」的記憶則「呈現為一種舊式文人式的抒情筆記」[13]。如果說在《古爐》中，歷史寫作的具體性（寫實性）墮落為「日常生活」的拼湊，那麼在《老生》裡，野史、筆記，無從考證的鄉野傳說，以及神神鬼鬼的軼事，則無情填充了革命本該具有的模樣。

　　唱師就這樣以他看似高明的姿態俯瞰芸芸眾生，他如巫師，如神鬼，如佛陀一般，不參與歷史的實踐，只是永遠見證，永遠游離。他見證世間一切暴力與痛苦，卻只是以犬儒式的冷漠打量著，並且放任自流。這不由得讓人想起韓毓海對90年代中國文學的反思：

> 什麼是價值中立呢？尼采說追求價值中立就是佛陀的態度，佛陀的

---

[12] 劉大先：〈小說的歷史觀念問題〉，《文藝報》2014年12月19日，第2版。
[13] 楊慶祥：〈歷史重建及歷史敘事的困境──基於《天香》、《古爐》、《四書》的觀察〉，《文藝研究》2013年第8期。

態度其實就是拒絕對事物表態，拒絕作是非價值的判斷，佛陀的智慧就是對世界閉上眼睛。為什麼？因為要保命、要長生不老，所以就閉起眼來對世界沒有態度，只有價值中立才能長生不老。[14]

故而，唱師的成了長生不老的「妖孽」，他的「一生活得太長了」。

三、革命的「消失」與「在場」

　　《老生》將歷史小說化，進而使得革命敘事淪為讖語和傳說，被還原成暴力與荒謬的夾雜。小說之中，老黑為了女人而起意鬧革命，匡三則鬼使神差成為革命功臣，而他卑微的滑稽史，不啻是對革命正史的解構與顛覆。在此，以歷史還原之名所作的解構工作固然顯示出別樣的意義，但卻只是在 20 世紀 90 年代新歷史的意義上延續革命敘述，並沒有提供全新的歷史哲學。因而賈平凹借唱師之口的講史，固然飽含誠意，但也仍然脫不了「老生常談」的意思。甚至，即使賈平凹自己，也曾在《白朗》、《美穴地》、《五魁》等「匪事」小說中展示過如今《老生》中的革命「野史」，他不過輕易重拾了從前的筆墨。

　　另外，小說對老黑之「黑」的描述，對白土、玉鐲首陽山「不食周粟」的隱喻所包含的悲苦和義憤，以及土改中的基層亂象和「文革」中鄉村政治的描繪，總覺得無法給人全新的「陌生感」。在此，革命起源的神話被無情嘲弄，革命的偉大創舉被敘述成一般意義上的起事和造反，小人物們的興風作浪，而與以往王朝的民亂故事並無太大區別，這種寫法無疑是以「讓革命消失的方式表達了對革命的態度」[15]。而改革開放之後的段落，引人注目的還是那些時政或熱點事件，如「非典」，如「周老虎」事件的直接拼貼，則又多少顯得有些滑稽。正如人所言的，

---

[14] 韓毓海：〈關於九十年代中國文學的反思〉，《粵海風》2008 年第 4 期。

[15] 何吉賢、張翔、周展安：〈「20 世紀中國」的自我表達、重述與再重述——重述「20 世紀中國」三人談之二〉，《21 世紀經濟報導》2015 年 5 月 11 日。

「如果一個作家一意孤行地要與大眾傳媒在社會效果上一較高下，那它必然會像喬伊絲預言的那樣，在進行一場註定要失敗的戰爭。」[16]

　　《老生》著力於呈現和挖掘被壓抑者的歷史，但其歷史觀卻顯得極為簡單，依然秉承的是「去歷史化」與「去革命化」的歷史脈絡，其複雜性描繪當然大為減弱。比如革命者無情的殺戮，就被渲染為絕對倫理意義上的「惡」，而無法包容深廣的歷史內涵。當然如小說所表現的，革命者最初興許真的只是一群烏合之眾，打家劫舍的土匪，然而將歷史道德化，欲望化固然簡單輕率，可貴的是如何寫出歷史的複雜。其實根據研究者的考察，鄉野民間對於革命造反的樸素態度，往往體現為對造反主角超凡能力的讚頌。他們「或是神力驚人，或是步履如飛，或是法術通天，大多身懷絕技，具有上天入地之能」。有的民眾雖然也意識到他們是「草寇」，然而，「這裡無法看到對忠順和反叛的清晰界分，對造反也沒有指責、告誡的意思」。不能說這些傳說在宣揚「造反有理」，但它們的確不去「抹黑」造反者，而「擱置對他們進行政治和道德的評判」，這為造反提供了一個相對「自由」的空間。而這種造反觀為民眾對中共早期革命者的理解和接納，提供了一個值得注意的意識鋪墊，為中共向鄉村的滲透提供了一個基本的紐帶[17]。

　　我們其實是可從《老生》中隱約感受到這種樸素的民間力量。仔細體味小說對老黑的刻畫，其實頗有點像《水滸傳》對人物的描寫。這是一個百無禁忌的「新人」，小說字裡行間雖包含著嘲諷和挖苦，老黑道德上的敗壞也顯而易見，但他參與歷史時依然體現出複雜的韻味，人物身上有一種不屈不撓的活力。這是與賈平凹小說中由來已久的「邪異」的力量一脈相承的。尤其是當老黑、李德勝和雷布最後死去的時候，其實都潛藏著一種歷史的悲壯感。

[16] 格非：《小說敘事研究》，清華大學出版社，2002 年，第 16 頁。
[17] 劉永華：〈造反故事與閩西土地革命〉，見《社會經濟史視野下的中國革命》，《開放時代》2015 年第 2 期。

　　當然就賈平凹筆下的唱師而言，當歷史以「去革命化」之名淪爲流言和傳說之時，巫言，暴力，血腥與死亡就構成了歷史發展的全部奧秘。因此無論是被革命者無辜殺害的普通人，還是革命者自身，最後都無一倖免地走向死亡，而苟活者匡三其實只是卑瑣的革命邊緣人。小說固然通過這樣貌似公允的方式，揭示了革命的無情、無恥與荒誕，卻以恫嚇的方式書寫了造反者的悲慘命運，進而詛咒革命者（或暴亂者）不得善終的結局。然而客觀上，我們也可隱約從中看到革命主體的塑造過程。在這些亂糟糟的妄想與行動之中，可以見出一份荒誕，亦可看到革命的艱辛。正是在無情的殺戮與死亡中，感受革命「爲有犧牲多壯志，敢叫日月換新天」的真諦。

　　中國革命的難題要求我們不斷地回顧魯迅關於「革命混著污穢和血」的提醒，而文學創作也要直面這種難題，因此如何理解革命自身必然攜帶的「污穢和血」，而非簡單地在「重述」歷史的潮流中反過來用「污穢和血」整個地取代了「革命」，這是需要小說寫作者認真思索的問題。

　　《老生》還有一個有意思的地方在於，革命者的「汙名化」是與地主財東的「去汙名化」相映成趣的。小說在其觀念的堅決之中，卻包含著一絲猶疑和衝突。比如對於鄉紳王世貞，小說固然要著意呈現他的「善」，以此相異於老黑的「惡」，但故事卻無法涵蓋他對四鳳毫無來由的迎娶和拋棄中暗藏的「惡」，這究竟算不算我們常說的階級壓迫，小說沒有給出明示。這其實極大程度地破壞了小說「去革命化」的先入之見的理念。我們可以將之理解爲文本敘事自身有著一種內在的堅決力量，但觀念的鮮明，卻不得不服膺於歷史自身的複雜。

　　在《老生》中，賈平凹如此用力的寫作，甚至不惜無視歷史自身的複雜，或許和某種「外向型」寫作模式有關。他需要在小說中清晰呈現可以辨認的中國形象，並以最爲流行的中國經驗，來填充最易理解的中國歷史觀念，以及形式上，最爲傳統的中國文本《山海經》的刻意顯露，這是花甲之年的賈平凹如此急迫的一次人生經驗的自我總結。他或許迫

切需要一部辨識度較高的標誌性文本。在這個意義上，我們似乎就能理解小說通過《山海經》的「強行植入」來展開的一種敘事文學的「多文本策略」。儘管在此，《山海經》的引入有著思維方式相近的「說辭」，即：

> 《山海經》是寫了所經歷過的山與水，《老生》的往事也都是我所見所聞所經歷的。《山海經》是一個山一條水地寫，《老生》是一個村一個時代地寫。《山海經》只寫山水，《老生》只寫人事。[18]

但這種自然與人事的生硬比附，以及希求達致的「寫出了整個中國」的藝術效力，也終究是一種需要作者的「辯詞」才可理解的相關性。而諸如「苦惱的仍是歷史如何歸於文學，敘述又如何在文字間佈滿空隙，讓它有彈性和散發氣味」[19]之類，以參差對照的方式提點故事，通過節奏感的調節，來製造的一種歷史邈遠已逝的氣韻，也是淡漠無定，曖昧不明的模糊感覺。這或許也是南帆所言及的，「一種模糊不定的氛圍，一種氤氳蘊藉，一種空闊寂寥的『虛』」[20]的題中之義。然而，以文本的拼貼製造一種多少顯得微弱的形式美感，也算是賈平凹對於故事寫法的不懈探索，他畢竟是要「以自己的方式寫史，想借此回望人和村莊的來處」[21]，其間的辛酸成敗也難一概否定。總之，《山海經》這部「巫覡、方士之書」，印證了「老生」這個「巫」的存在，並在這個架構裡去考察《老生》的敘述結構。

最後回到一位著名評論者對於賈平凹這批「50 後」作家的尖銳批評，他們「不再是文學變革的推動力量，他們對這個時代的精神困境和難題，

---

18 賈平凹：《老生》後記，《老生》，人民文學出版社，2014 年，第 292-293 頁。
19 賈平凹：《老生》後記，《老生》，人民文學出版社，2014 年，第 291 頁。
20 南帆：〈「水」與《老生》的敘事學〉，當代作家評論 2015 年第 1 期。
21 謝有順、蘇沙麗：〈不僅是傷懷──讀《老生》的隨想〉，《當代作家評論》2015 年第 1 期。

不僅沒有表達的能力，甚至喪失了願望」[22]。確實，倘若不去力求開掘歷史的複雜面向，而一味聽憑唱師看似高明卻不切實際的讖緯巫言，那麼「歷史必將被記憶的浮塵所掩埋，而那些浮塵堆積如山，終有一天會僭越地宣稱它們是我們時代文學對於歷史的真切記憶」[23]。

---

[22] 孟繁華：〈鄉村文明的變異與「50後」的境遇——當下中國文學狀況的一個方面〉，《文藝研究》2012 年第 6 期。

[23] 劉大先：〈小說的歷史觀念問題〉，《文藝報》2014 年 12 月 19 日，第 2 版。

講評

◎郭艷

　　徐剛博士通過對於賈平凹《老生》的闡釋，表達了對於賈平凹近期長篇寫作的諸多洞見，在去歷史化、去革命化的唱師敘事史中，歷史成爲民間俗文化碎片漂浮在充滿建構革命話語歷史的民族國家建構史中，指出其敘事表達的虛妄和無效性。中國當代 50 後作家和共和國共同成長，一同見證和建構主流話語及其價值體系，他們的作品天然地和現代民族國家近 50 年的發展同構，加之對於文章經國之大業的執著寫作，其創作宏大主流，關注國家、政治與歷史的敘事，其人物命運與家族、地域和城市精神史相勾連，無論其評價話語系統還是整體創作實力，都呈現出一派持續繁榮景象。50 後作家的創作形成了當代文學寫作的一種高度與難度，莫言、賈平凹、陳忠實等都是這一高度與難度的代表性作家。但是這種高度與難度也不是不可逾越的。在徐博士對《老生》所做的精彩分析中，其實也可以看出不同時代作家與評論家對於時代精神氣質與整體性社會經驗的不同感受。

　　從代際來考察作家往往爲人所詬病，但中國近三十年社會急遽變革，從這種變革帶來精神結構裂變的角度，代際劃分有著文化身分與精神共同體的意味。中國當下純文學寫作尤其是期刊寫作的主力是中青年作家，或者可以說主要是大批的 70 後作家以及一部分 80 後作家。作爲一個文學批評工作者，有著十年在當代文學現場深度介入的經歷，目睹 70 後成長的共同情感與精神體驗，看到了 80 後整個青春文學高潮，也見證了 70 後作家夾縫中的突圍。當下堅持文學寫作，尤其是期刊寫作的

作者，大多是 70 後作家。我認為，青春文學作為一種類型文學寫作會一直存在，但是作為一種特定文化現象的 80 後青春文學寫作熱潮已經退去。當下依然堅持寫作的 70、80 作家都可以放在中國青年寫作的範疇裡。中國發展太快，以年齡劃分寫作有一定合理性，十年中會產生幾代不同知識結構和文化觀念的寫作者。70 後作家自身文學追求較為純粹，知識結構相對合理。這一批人的精神成長期在 1990 年代，那是一個通過商品經濟和個人化方式去政治化的時代。對於寫作者來說，把文學放在較為常態的姿態來打量，對於中西方文化有著平等的接受。中國 50 年代包括 60 年代很多作家，他們在看西方文化和西方文學的時候是仰視，依然是通過對於西方敘事技術的借鑒來重新敘寫中國。但是 70 後代這一代人採取的是一種平視，以一種平常心看古今中外的傳統與繼承。同時 70 後有一個特別大的知識結構缺陷，這一缺陷恰恰不是西方文化，而和中國傳統文化與文學的隔膜與斷裂。所以他們的寫作一旦寫到進入歷史或者進入現實往往詞不達意，不能如 50 年代作家那樣，有強大主流意識形態支撐堅實的歷史與意義共識。50 年代作家和共和國一起成長，先天帶有宏大敘事特徵。60 年代作家則在掙脫前輩作家影響焦慮過程中，熱衷於先鋒探索。當下重要的中青年作家無疑都吸取了先鋒文學的豐厚養分。先鋒文學給中國當代文學帶來了小說形式上的一次反叛，同時解構了主流意識形態對於文學的束縛。但是先鋒作家主體膨脹，並不是說先鋒就一定具有作家個人性，先鋒文學恰恰缺乏正在成長的中國現代人的主體性——或者說現代人格在 1980 年代先鋒文學中依然闕如。70 後作家開始注重現代日常和個體生存經驗的審美維度，而現代日常經驗的文學性和審美維度的轉換則是一個較為漫長的培育過程。傳統意向在當下天然地具有審美性，傳統經驗就是審美的物件本身。而我們當下的日常生活，越來越陷入被物質遮蔽的境遇，我們怎樣去直擊被遮蔽之後的個

體精神生活？藝術不是發現幽暗，而是在幽暗區域掙扎，在探索中抵達光亮。我們如何找到現代性悖論中光亮性東西，包括意象，也包括意境。這些都是當下中國青年作家一直做的文學工作。70 後作家沒有得到特別好文本的闡釋，包括和文學史同步的經典建構。因為 50 年代、60 年代作家（尤其 50 年代作家）他們成長和文學史同步，優秀作品出來以後立刻就會進入研究者的視野，進而進入文學史。當下中國青年寫作也有很多好作品，但是好作品往往被蕪雜的文學現象所遮蔽，從這個角度上來說，批評家的確必須有著高度的經典和文學史意識。批評家們認真梳理出 70 後作家的經典性文本，使之進入文學史。70 後作家中短篇寫作非常有特點，他們並不是特別追求短篇技術層面的爐火純青，而是更注重讓主體進入個體精神空間，這個精神空間又是日常化，試圖賦予現代生存現代性文學和詩學意味。這種日常化的東西如何和整體社會經驗更多結合起來，整體社會經驗如何通過恰當的小說形式來呈現，對於中國青年寫作來說依然是一個正在完成的方案。

第二場討論會
小說與傳媒

創作‧典藏‧推廣
近二十年來臺灣作家網站的發展

◎詹閔旭[*]

一、前言

　　本屆兩岸青年文學會議的主題訂爲「新世紀兩岸長篇小說觀察」。此主題放在臺灣脈絡顯得格外有意思。國家文化藝術基金會在 2003 年推出「長篇小說創作發表專案」，此舉造成長篇小說蓬勃發展，顯著改變臺灣近十年來的文學生態[1]。儘管近十年來長篇小說勢頭看漲，我們也不可輕忽文學在數位傳媒時代下的影響力確實每況愈下。近幾年，智慧型手機、平板電腦席捲全世界，我們在不同數位平臺收發信件、網路通訊、社群網站維持人際互動或搜尋美食小吃，數位平臺儼然已在人們日常生活扮演相當重要的角色。數位科技發展的趨勢銳不可擋，在此脈絡下，我們不只要關心長篇小說自身的發展，更要思考文學如何在數位時代尋找到自身的位置。如何將文學數位化？文學的數位化有何特色？

　　這篇文章企圖梳理近十年來臺灣作家網站的發展，以此回應臺灣文學數位化的現況、課題及其挑戰。作家網站是推廣作家文學成就與作品的媒介，網站內通常整理典藏某一作家的作品、生平經歷、重要作品、手稿、照片、影像等不同文物，而網站製作者往往需要審視思考如何將這些文物乃至於作品數位化。我之所以選擇分析臺灣作家網站，而非以文學作品爲核心的網站爲考察對象，主要源於臺灣文壇的獨特性。中國

---

[*] 成功大學臺灣文學系博士。本文於會議原以〈台灣作家 A.P.P〉爲題發表，本文題目爲會後修訂。
[1] 陳昌明，〈近十年臺灣小說發展觀察報告〉，《國藝會線上誌》2014 年 1 月號：http://www.ncafroc.org.tw/mag/news1_show.asp?id=158。

的網路文學蓬勃發展，無論作品發表或文學批評論壇皆相關可觀；相形之下，臺灣網路純文學的建置與發展並不成熟，數位原生（born digital）創作不多，反倒是有相當多經費挹注建置的作家網站。文學的數位化仰賴作家品牌與形象，而非文學作品本身所散發的魅力，此爲臺灣一大特色。透過觀察作家數位網站的建置，我將思考臺灣文學在數位時代所面臨的課題。

二、三種數位化實踐

文學如何數位化？我認爲至少有三種截然不同的數位化實踐方式，亦即：典藏（archiving）、創作（production）與推廣（promotion）。首先，數位典藏（digital archiving）是指透過掃瞄、拍照、攝影等數位化方式珍藏實體文物，強調永續保存與傳承的面向。其次，有別於數位典藏將實體作品電子化，數位創作（digital production）則是指在數位平臺直接進行的原生創作。最後，數位推廣（digital promotion）則在思考如何有效地提高數位內容的曝光率、觸及率、使用率，屬於傳播行銷的面向。

接下來，我將以數位創作、數位典藏、數位推廣三種數位化實踐爲切入點，梳理近二十年來臺灣文學作家網站的發展狀況。我認爲臺灣作家網站可粗略區分爲三種類別，一種是由作家本人經營的網站，一種是由政府計畫補助所建置而成的典藏型網站，最後一種則是以文學推廣爲導向的網站。

（一）數位創作

作家網站的建置最早可追溯自1990年代中期，當時不少詩人熱衷於自行動手建置個人網頁，提供作家的簡介自述、最新作品、相關評論，展現作家的數位技術能力，代表性網站如向陽的「向陽工坊」、陳黎的「文學倉庫」、須文蔚的「旅次」、焦桐的「文藝工廠」、陳大爲的「麒

麟之城」等[2]。值得注意的是，此一階段的作家網站除了會將作家原有作品放到網路上，創作者也會在網站放上他們利用數位多媒體技術創作的「數位詩」，善用數位特質，創作只能在數位空間存在的作品。此期展現出作家自行摸索文學數位化、數位創作的嘗試。

約莫在 2000 年以後，個人電子報、新聞臺、部落格慢慢流行起來，作家網站邁入下一階段。有別於 1990 年代作家自行建置網站的高技術門檻，新一波作家網站則可直接套用各大部落格平臺開發出來版型，技術門檻低，操作簡易，廣受作家歡迎，吸引了早期於全國連線 BBS 站臺發表作品的作家[3]。此階段的特色有二：一是作家在這些平臺刊登文學作品、照片、影片，大量使用多媒體媒介來呈現文學創作的豐富性；二是作家除了在網路上分享作品，同時也樂於分享心情，與讀者即時互動的也漸趨頻繁。

數位技術的進步顯然左右了作家網站的內容與取向。我們可以發現，這 20 年來，作家利用網站發表創作的比例越來越低，取而代之的，網站成為作家與讀者互動的平臺。社群網站臉書（facebook）即是顯著案例。目前臉書可說是臺灣作家最常使用的作家自製網站平臺，不但資深作家透過臉書與本地及跨國讀者互動，臉書亦是出版社尋找新進作家的平臺。臉書並非作家發表創作的場域，而是分享生活的空間，於是乎作家的形象不再是遙不可及的文人。「生活化」可說是近幾年作家自行經營網站的核心方針。儘管作家在臉書上的發文可能集結出版為實體書，例如陳雪的《人妻日記》（2012）、駱以軍的《小兒子》（2014），不過，我們別忘了，陳雪和駱以軍皆是知名小說家，但《人妻日記》和《小兒子》不但不是小說，更捨棄美學技術，反璞歸真記錄小說家家庭生活與日常隨筆的散文集。這兩本書映照的是作家的生活，日常的臉。

---

[2] 須文蔚，《臺灣數位文學論》（臺北：二魚文化出版，2003），頁 31-32。
[3] 陳徵蔚，《電子網路科技與文學創意：臺灣數位文學史 1992-2012》（臺南：國立臺灣文學館，2012），頁 44-45。

（二）數位典藏

　　另一個臺灣作家網站類別是以數位典藏爲核心精神，2002年以後不少大型國家數位計畫由上而下挹注經費所推動建置而成的作家網站，均屬於這一類網站。有鑑於全球數位傳播與資訊科技的影響力與日遽增，臺灣的國科會（後改制爲科技部）、文建會（後改制爲文化部）、行政院自2002年起陸續將數位內容產業定爲發展重點[4]。中研院的「數位典藏國家型科技計畫」可謂最大型計畫，以典藏珍貴的中華文化藏品與檔案爲主要精神，同時也催生了許多作家網站，例如臺灣的交通大學藝文數位典藏博物館建置蓉子、羅門、張系國、管管的網站，清華大學的葉榮鐘網站、中山大學的余光中網站等均是受中研院計畫的補助。與此同時，文建會也啓動「國家文化資料庫」，致力於蒐羅保存臺灣民間庶民文化、藝術作品與俗民文獻，賴和紀念館、鍾理和數位博物館屬於文建會計畫補助成果。

　　這一類作家網站的特色有三：（一）典藏型網站與「數位創作」網站不同，典藏型網站通常不是由作家本人或出版社代爲管理，而是計畫執行單位（通常是學術單位）在取得作家授權後，著手蒐集相關資料。因此計畫執行單位如何挑選作家？甚麼樣的作家值得被典藏？依據甚麼樣的原則？這些問題均耐人尋味；（二）既然以典藏爲目的，此類網站所蒐集的資料自然更爲全面、龐雜。更重要的是，在經費挹注的前提下，此類作家網站可聘請專業網站工程師設計技術面較爲複雜的網頁，同時透過數位科技呈顯出不同作家作品的特色，例如作家動畫、時間軸、錄像攝影等；（三）最後一點，也是典藏型計畫的最大致命傷，在於網站的後續維護。因爲典藏型網站是特定計畫經費補助的成果，一旦計畫結束，後續維護與更新通常也宣告中斷。

---

[4] 項潔、涂豐恩，〈導論──甚麼是數位人文〉，項潔主編《從保存到創造：開啓數位人文研究》（臺北：國立臺灣大學，2011），頁14-15。

（三）數位推廣

　　最後，我想談一談數位推廣型的作家網站。這一類型網站以推廣作家或文學作品為核心任務，早期通常由出版社負責此項業務，協助作家成立官方網站、FB 粉絲頁、App，負責轉貼作家最新活動預告、書評、或搭配新書的推廣活動等。隨著數位技術的沿革，數位推廣的模式更為多元豐富。聯合文學與 udn 讀書吧在 2015 年合作推出「數位風華」系列 App 是近期最值得關注的例子。有鑑於行動上網風氣日益普及，數位風華系列替知名作家黃春明、蔣勳、向陽、羅智成等人開發專屬 App，以行動應用程式呈現作家創作年表、臉書粉絲頁連結、訪談影片、電子書試閱、購買等，充分展現作家與新興媒體的結合與碰撞。

　　近年來，協同編輯（collaborative editing）概念逐漸流行，數位推廣型的作家網站發展出一種新方向。作家網站不見得由出版社製作，而是由不同文學愛好者在遼闊網路世界裡各式各樣的資源裡進行挑選、整合、撰寫、再修改，未來作家網站所呈現的作家樣貌將更為複雜且難以預料。最顯著的例子應是維基百科。維基百科是一種多語言的網路百科全書，支援網路使用者共同參與協同寫作，任何使用者均可隨時修改、刪除、新增詞條資料，鮮明反映出即時、開放與方便的網路特色。維基百科已成為一般非專業使用者尋找知識的重要參考。維基百科裡也建置了相當豐富的臺灣作家介紹，以「臺灣小說家」為例，維基百科臺灣版有 135 個作家詞條，英文版亦有 49 個「Taiwanese novelists」詞條。每一個作家詞條均可視為一個作家網站，以維基百科的黃春明詞條為例，上頭包括作家生平、家庭、作品風格、著作目錄、作家引發的爭議事件（黃春明與蔣為文的臺語文事件）、完整年表、網站資料來源、外部連結（作家部落格、基金會）、訪談演講（影音或文字）、作家在維基百科裡的分類連結，可謂相當齊全的作家網站。一旦黃春明有任何新的文學動向，作家粉絲會自發地增添維基百科上的資訊，達到文學宣傳與推廣的效益。

　　Web 2.0 時代所因運而生的各式各樣數位應用套件同樣亦是值得關注的趨勢。網友利用 TimeMapper 數位套件發起「臺灣文學家地圖」[5]是有趣的案例。「臺灣文學家地圖」是一個結合 Timeline JS 和 Google Map 兩個功能的地圖，標示出臺灣作家的出生年、出生地與基本簡介，具有簡明臺灣文學史的功能。此地圖以 Google Drive 作為後臺[6]，開啟線上文書協作編輯，讓任何臺灣文學愛好者都能將自己喜歡的作家編寫進臺灣文學家地圖。

　　這些協同編輯型的作家網站跳脫以往由作家、出版社或政府計畫補助而成的網站，其特色有二：（一）拜各式各樣數位套件所賜，作家網站的技術門檻大幅度降低，吸引更多人加入網站建置的過程。不過，也因其簡便性，作家網站的面貌也不再僵化以特定網站的方式出現；（二）這些網站並不具備特定目的或使命，而是由散落各地的文學愛好者自發建置，在個人閒暇之餘添補資料，深刻流露出文學與日常生活的緊密結合。

三、作家網站如何呈現作家？

　　我在前一節回顧了近二十年來作家網站建置的發展與沿革，並依據不同網站建置目的將之區分為三種數位化實踐，接下來，我打算更深入分析作家網站如何呈現作家，帶入作家在數位空間所形塑出來的形象。實際上，數位典藏、數位創作抑或數位推廣皆屬於數位策展（digital curation）的一環，涉及如何適切地（包括技術與內容）再現與展示的難題。作家網站的迥異呈現，將形塑出大異其趣的作家形象，不得不審慎看待。我希望在「為何數位化？」的論述基礎上，進一步探究「如何數位化」的課題。

　　作家網站之所以呈現出迥異的面貌，技術是關鍵之一。從 Telnet 到

---

5 http://timemap.kuansim.com/esorhjy/taiwan-writer
6 https://docs.google.com/spreadsheet/ccc?key=0AjTe8RrPzgy2dGU2UV8yQ3Y3NkxkcWc0MS
　1vM2J6eEE&usp=sharing#gid=0

Web 再到 Web2.0 的技術演變，從個人網頁到開放式社群網站與協作模式，數位科技革新顯然左右了作家網站的呈現方式。只不過，我認為除了技術以外，不同單位所建置的作家網站同樣也由於不同考量，產生出截然不同的作家的數位呈現。接下來，我將以臺灣文學館、中興大學人文與社會科學研究中心以及美國麻省理工學院（Massachusetts Institute of Technology）所規畫的臺灣作家網站建置計畫為觀察對象，探討作家網站如何呈現作家。

（一）臺灣文學館

目前臺灣文學網並無為作家建置專門網站，但是臺灣文學館利用既有博物館策展資源，將作家實體展覽卸展後的成果轉為線上展覽，實則為另一種型態的作家網站，值得關注。線上展覽置於「臺灣文學網」，臺灣文學館於 2010 年建構「臺灣文學網」，此網站彙整了臺文館自開館以來所執行的計畫成果與作家捐贈文物，數位化上網，希冀使之成為全球臺灣文學資訊的整合性入口網。[7]臺灣文學館前館長李瑞騰表示，臺灣文學網的設計思維以文學史為核心，不但讓使用者能方便檢索到所需資料，更能從宏觀的臺灣文學史角度認識不同時代的作家。[8]網頁設計上，臺灣文學網分為「文學史」、「影音屋」、「展覽場」、「外譯房」等不同區塊。「線上展覽」即置於「展覽場」，目前線上展覽區僅有鍾肇政、林海音、三毛、李潼四位作家的網站，未來可望陸續增加，讓更多網路使用者透過線上展覽認識臺灣作家。

從現有設計來看，線上展覽在網站架構與一般作家網站無異，同樣具備生平簡介、作品介紹、照片等不同資料，讓使用者瞭解作家的文學成就與地位的目的。以鍾肇政線上展覽為例，作家網站定名為「大河浩蕩：鍾肇政文學特展」，主頁面包括下列分頁連結：

[7] 陳秋伶，〈臺文館展覽的虛擬世界〉，《臺灣文學館通訊》第 38 期（2013）：35-6。
[8] 李瑞騰，〈臺灣文學網之夢〉，《臺灣文學館通訊》第 31 期（2011）：8。

分頁標題	分頁內容說明
生長歷程	作家概述與年表大事記
走進文學世界	著作目錄、並展示文學作品裡描寫過的臺灣地景
傳遞火炬的長跑者	文友互動照片與得獎經歷
追溯作家身影	參與社會運動紀錄影像
手稿重現	作品部分手稿及筆跡
臺灣人三部曲	將小說製成互動遊戲及學習單
VR 環場	實體展覽的現場照片與動線
數位博物館連結	桃園市政府文化局製作的鍾肇政數位博物館

　　網站定名為「大河浩蕩」，標舉出鍾肇政在臺灣大河小說寫作脈絡的成就及其經典地位。一進入網站，會先載入 flash 頁面，使用者可看見一幅動畫繪製的大河小說《臺灣人三部曲》故事場景，接著頁首是臺灣文學館商標、搜索、網站地圖、連結與訪客人數，頁尾可看見上述提到的八個分頁連結欄位。網站資料豐富，同時刻意彰顯作家在文學史上的地位，顯見其深具宏大的史觀視野。

　　值得注意的是，鍾肇政作家網站並非堆疊資料的網站，更嵌入多層次數位媒介的結合，其對數位技術的使用不可不注意。例如「生長歷程」以年表、動畫繪製的作家介紹影片、照片讓我們一覽作家生平經歷；又如「文學地圖」透過小說出版資訊、書封、google 地圖的結合，讓使用者感受鍾肇政小說裡人文情感與臺灣土地之間的密切聯繫。多媒體結合是目前作家網站的常見呈現方式，不足為奇，不過，由於臺文館訴求的讀者包括學童，因此鍾肇政網站裡特別增加遊戲互動區、學習單，這是臺灣文學館作家網站的特點與優勢，反映出知識學習朝向平民化、親子化、遊戲化發展的趨勢，落實數位教育與傳承的精神。

　　需要注意的是，由線上展覽轉型而成的作家網站有其限制，最大的

限制在於實體展覽很容易侷限了線上作家網站的作家選樣光譜。臺灣文學館自 2003 年開館以來，規畫多場作家個展，備受參展民眾喜愛。值得注意的是，臺文館所挑選的作家「多數均是臺灣文學發展史上重要而不可或缺的寫作者，透過對他們的描繪、整理並展出，無形中是這些作家『典律化』的一次行動」。[9]仔細檢視線上展覽的作家選樣——素有臺灣大河小說之父的鍾肇政、戰後初期知名作家與主編的林海音、擁有廣大讀者群的三毛、或臺灣少年小說第一人的李潼，這些作家均已是臺灣文學史上的成名經典作家——確實可發現此標準。臺灣文學館選擇他們為策展主題，一方面是希望站在臺灣文學史制高點，勾勒這些作家所佔據的位置；另一方面，也透過經典作家的人氣吸引民眾入館參觀。相形之下，較年輕、缺乏資歷的作家由於作品、資料與名氣累積量不足，難以辦理實體展，間接造成臺文館的線上展覽明顯缺乏年輕作者的成果展示。

　　除了缺乏年輕作家展覽以外，臺灣文學館也很少為爭議作家辦理展覽。臺灣文學館的參觀民眾裡包括不少學生或學齡前兒童，導致實體展場規畫需適合各個年齡層。比方說，鍾肇政特展強調透過作家作品走進臺灣人民的苦難與歷史傷痕。林海音特展以「文壇多青樹」象徵作家，呈現作家個性與作品所散發出來的溫和、素樸與柔軟特質。李潼特展更直接以少年、兒童文學為規畫方針。此種以適合各年齡層為前提的策展思維同樣影響了臺灣文學網裡作家網站的豐富度，例如李昂雖然也是臺灣文學經典作家，作品譯為多國譯本，是目前臺灣作家裡的紀錄保持人，但因為其作品涉及情色、禁忌、血腥暴力等爭議性話題，也讓她無緣進入臺灣文學館的實體與線上作家展覽特區。

（二）中興大學

　　相形之下，由大學所建置的作家網站則顯得較有彈性，彌補了上述

9　簡弘毅，〈向臺灣作家致敬〉，林瑞明等著《觀瀾索源：館務十年》（臺南：臺灣文學館，2013），頁 110。

缺憾。中興大學人文與社會科學研究中心接受中研院計畫補助，自 2014
年開始積極建置作家網站，不只有資深作家吳濁流、王文興、楊牧、李
昂、路寒袖，亦有較年輕的比令亞布、甘耀明等人的網站加入。那麼，
中興大學的作家網站又呈現何種風貌？

　　2002 年以後，不少學校獲得中央政府計畫經費著手建置典藏型網
站，中興大學隸屬於這一波發展，但是，中興大學有兩項特點明顯與其
他學校不同。首先，學校單位建置作家網站時，通常選擇與學校有關連
的作家，例如余光中在 2008 年將其手稿捐贈給他任教多年的中山大學，
中山大學進而建置余光中網站；同樣地，張系國因年少時居住新竹又曾
赴交通大學講學，因此選擇將把手稿託付交大典藏，成立數位典藏博物
館。[10]相較之下，中興大學所挑選的作家顯然不限制學校的地緣關係，而
是放眼臺灣作家，為其規畫統一入口網站，企圖發展為「臺灣文學大典」。

　　其次，由學校主導的作家網站計畫多數是各校圖書館典藏組負責，
首要業務是實體典藏作家的手稿，其次才是建置網站展示典藏成果。相
形之下，中興大學則由人社研究中心主導，目的偏向人文藝術作品的數
位推廣而非典藏，因此在作業過程上略有差異。第一，中興大學並不處
理實體典藏，而是由作家授權掃瞄原件，原件數位化仍歸還作家；第二，
由於中興大學團隊著重作家作品的數位呈現，因而廣邀臺灣文學界的研
究者協力進行文學文本的數位再詮釋，讓網站訪客能走進作家心靈世
界，而不僅是文物掃瞄典藏而已。

　　以中興大學建置的李昂網站為例，該團隊將網站定名為「李昂數位
主題館」[11]，網站規畫以下幾個重點區塊：

---

[10] 蔡孟軒，〈政大、清大、交大、中山大學圖書館作家手稿的徵即與典藏〉，《臺灣文學館
通訊》第 36 期（2012）：22-5。
[11] http://li-angnet.blogspot.tw

分頁標題	分頁內容說明
大事年表	時間軸呈現作家生平，另嵌入照片、影片、文字等
創作手稿	李昂小說的部分手稿，另有〈不見天的鬼〉全文手稿
李昂創作	李昂著作與主編專書之目錄
李昂外譯	李昂歷年小說的外語譯本出版資訊
李昂談李昂	蒐集整理李昂歷年的創作自序
漂流之旅	以《漂流之旅》改編而成的數位文學地圖
珍藏特區	蒐集李昂相關的報導、作品改編成果
研究論文	羅列現有中英文李昂作品的相關論述與訪談
計畫緣起	說明計畫目標與工作團隊
English	本網站的英文版連結，讓英語系網友能認識李昂

　　有別於一般作家網站採取分頁開啟模式，李昂數位典藏將網站重要內容（如作家年表、作家著作、外譯目錄、創作手稿等資料）放在首頁，只要垂直移動捲軸即可載入資訊。就技術面來說，如此網頁設計是為了方便在電腦、手機、筆電等多平臺呈現。但從學術能量的累積來說，本網站是人文領域與資訊工程領域師資一同合作，展現學術單位的跨領域能量結合而成的數位績效。中興大學作家網站建置計畫是中研院經費補助，看重學術能量的展現，企圖展現最新穎、最流行的數位技術。這種對於數位「新」技術的看重，導致在作家網站計畫執行與網站介面規畫上，中興大學作家網站與臺文館與實體展覽結合的作家網站，呈現出大不相同的數位樣態。

　　儘管如此，當我們比較臺文館與中興大學建置的作家網站，仍可發現不少共通性，尤其是對數位媒介的多元運用。兩個網站皆大量內嵌影片、照片、文字等多媒體套件，增進網站使用者的閱讀趣味。舉例來說，「大事年表」採用 Timeline JS 數位應用套件，可同時呈現文字、照片、

影片、地圖等不同元素，讓網站使用者能依照年代順序回顧李昂歷年寫作軌跡的重大片段。

值得注意的是，數位化實踐除了是爲了增加閱讀趣味，更有助於貼近創作者寫作的狀態，這是數位技術的潛力所在。「創作手稿」掃瞄上傳李昂以稿紙寫作的手稿，並採用模擬翻頁式設計的 Youblisher 套件，營造彷彿手指正在翻閱李昂真跡手稿的氛圍。另外，「漂流之旅」取材自《漂流之旅》，這是一本李昂追隨謝雪紅足跡的旅遊文學，因此李昂數位主題館特別擷取書中重要文字，採用結合了 Google Earth 實景、時間軸、影片與圖片的 TimeMapper 套件，帶領讀者再次走訪李昂當年的旅程。文學的篇幅較長，難以全文上傳網路，網站使用者也不見得有興趣與時間細讀文本，因此網站執行單位採用數位形式重新呈現小說家的作品，雖然裁減掉不少作家寫下的文字，但卻也藉由地圖、實景、圖片等多媒體技術的數位呈現，創造出不輸語言文字所構築出來的世界。

不過，正如前面所提及，政府計畫所補助的網站所面臨的最大難題，在於網站的後續維護，一旦計畫結束，後續維護與更新通常也宣告中斷。換言之，永續典藏是否可能？如何可能？

（三）MIT

不同單位、不同目的、不同預設受眾所規畫的作家網站將有截然不同的呈現，最後我提一下美國方面的臺灣作家網站，由於此計畫較小，目前僅有三位作家，因此討論篇幅較短。美國麻省理工學院 2011 年推出「當代華人作家網站計畫」（Contemporary Chinese Writers Website Project），包括李昂、李永平等臺灣作家的網站，網站內容紮實完整，包括作家生平介紹、作品與外語譯本目錄、訪談、研究成果等不同面向。然而，由於此計畫是美國大學所推動的網站建置計畫，希冀把臺灣作家放到世界文學脈絡，網站訪客不見得熟悉臺灣作家，因此特地在網站內設計「賞析」（appreciation）欄位，找了不少非臺灣學者（如 Carlos Rojas、

藤井省三）與國際報紙（如《洛杉磯時報》、《衛報》、《紐約時報》書評）的評語為作者文學成就背書，可見作家在不同網站、不同國家均會出現截然不同的呈現方式。

四、結語

　　我在這篇文章回顧臺灣作家網站近二十年的發展，並舉數個個案分析不同單位如何以大異其趣的方式呈現作家。鑑於銳不可擋的數位化技術發展，臺灣近十幾年來出現越來越多的作家網站，有的是由作家自行架設，有的則是由公部門、學校協助建置。無論是哪一類型的作家網站，我們都需審視思考以下問題：基於何種目的建置作家網站？為了典藏抑或推廣？如何數位化呈現作家網站？這些提問並非技術性考量，更涉及文學知識的生產。當網路使用者僅僅透過網站頁面介紹認識作家及其作品，甚至拜訪完網路以後，網路使用者也不見得會去尋找實體書閱讀，作家網站的數位呈現方式成為一般民眾理解臺灣文學作家的核心管道，知識生產的來源。如何認識作家？我們已不再從文學作品裡認識他們，而是從電視媒體，從活動講座，乃至於從網際網路。

　　透過網路來認識文學作家及其作品，不免讓人憂心忡忡。如何傳達文學深度？如何表現藝術美感？數位化是否等同於片面化？破碎化？這並非文學獨有的問題。蔡家祥舉原住民文化的數位化為例，主張數位科技雖有助於迅速傳播原住民文化及傳統，「但是透過網路呈現的原住民形象，卻很容易造成片面化、破碎、缺乏文化脈絡與深度的符碼」[12]。這是文物脫離背後的社會脈絡以後不得不面對的問題。項潔與涂豐恩也提醒我們，網路除了缺乏深入的知識以外，網路知識傳播的即時、迅速、海量的特質，也充斥錯誤與偏見的資訊。[13]換句話說，純粹透過作家網站

---

[12] 蔡家祥，〈人類文化的數位典藏與侷限：以臺灣原住民為例〉，《新北大史學》第 7 期（2009），頁 26-7。
[13] 項潔、涂豐恩，〈導論——甚麼是數位人文〉，頁 22。

認識作家，無疑有其缺陷。

　　然而，當文字的影響力式微，彷彿只有仰仗影像化、數位化的方式，才能讓民眾重新感受文學所蘊含的深邃思想（即便數位化以後不見得真的能引導讀者回過頭重新翻閱文學文本），恐怕無法全然拒絕、排斥、揚棄文學的數位化。如何有效而又不失深度的呈現作家及其作品的數位風貌？數位化的底限何在？平面化閱讀時代為人文研究者提出了艱難考驗，尚待解決。我們正身處於一個平面閱讀的時代。世界越來越平，平板電腦、手機、筆電、液晶螢幕構築了我們對於世界的認識，於是乎，面對片面、破碎、甚至是錯誤的網路知識，我們的態度除了批判數位的扁平化以外，更需要實際介入數位知識生產的迴路：一方面參與網路知識傳播的詮釋過程[14]；另一方面也需審慎思考如何以數位形式「再脈絡化」文化底蘊與人文美感[15]。這篇文章所提到的作家網站建置個案均屬於具體實踐的嘗試，儘管其數位成果各有利弊，他們的行動本身業已擬造出臺灣文學在數位世界的逐漸清楚浮現的面貌。

---

[14] 同前，頁23。
[15] 蔡家祥，〈人類文化的數位典藏與侷限〉，頁32-3。

參考書目

* 李瑞騰。2011。〈臺灣文學網之夢〉。《臺灣文學館通訊》第 31 期：8-9。

* 陳昌明。2014。〈近十年臺灣小說發展觀察報告〉。《國藝會線上誌》1 月號：http://www.ncafroc.org.tw/mag/news1_show.asp?id=158。

* 陳秋伶。2013。〈臺文館展覽的虛擬世界〉。《臺灣文學館通訊》第 38 期: 35-9。

* 陳徵蔚。2012。《電子網路科技與文學創意：臺灣數位文學史 1992-2012》。臺南：國立臺灣文學館。

* 項潔、涂豐恩。2011。〈導論——甚麼是數位人文〉。項潔主編《從保存到創造：開啟數位人文研究》。臺北：國立臺灣大學。9-28。

* 須文蔚。2003。《臺灣數位文學論》。臺北：二魚文化出版。

* 蔡孟軒。2012。〈政大、清大、交大、中山大學圖書館作家手稿的徵即與典藏〉，《臺灣文學館通訊》第 36 期：22-5。

* 蔡家祥。2009。〈人類文化的數位典藏與侷限：以臺灣原住民為例〉。《新北大史學》第 7 期：25-41。

* 簡弘毅。2013。〈向臺灣作家致敬〉。林瑞明等著《觀瀾索源：館務十年》。臺南：臺灣文學館。

講評

◎梁鴻[*]

　　詹閔旭博士的論文〈臺灣作家 A.P.P〉敏銳地看到了全球範圍內新媒體的廣泛使用對文化傳播、文學閱讀及作家創作的影響。以此角度，他用翔實的材料對臺灣作家作品在網路上的新傳播方式進行了非常有創意的分析。

　　作者創造性地使用了三個概念，典藏（archiving）、推廣（promotion）與呈現（presentation），以分別對應數位化的三種形式。這三個概念清晰、簡潔地總結出了數位時代文化傳播的基本形式、目的和方法。作者圍繞這三種形式，在論文的主體部分以個案為例，回溯到 1990 年代，對臺灣作家網路展示方式的變遷、傾向及在應對新媒體時所寫的努力進行了細緻的、有脈絡的考察和分類，從紛繁雜亂的網路傳播理出線索，並轉化為準確的學術表達。

　　在論文的最後，作者提出了最基本的問題，即「文學深度是否遭到網路平臺的出取消？」當一個讀者在網路上瞭解到作者的基本資訊、作品的基本內容之後，他是否還會去購買書籍？讀者是否還會有興趣去理解文學中所蘊含的更深遠的情感？碎片化、平面化和粗糙的感知是數位化時代文學所必須面對的問題。作者認為，這也是新媒體時代，所有弱勢文化所面臨的問題。

---

* 北京師範大學中文系博士，中國青年政治學院中文系教授。

新媒體時代的怕和愛

◎張曉琴*

一、

　　每代人總會對自己所處的時代進行判斷，或讚歎，或不滿。往往是後一種判斷出現的概率更多。黑塞爲了表達自己對於那個副刊文字的時代的不滿，虛構了一個名叫普里尼烏斯‧切根豪斯的文學史家，借他的話來表達自己的觀點。他認爲，副刊文字時代並非毫無思想的時代，甚至從來不曾缺乏思想。他借切根豪斯之口說：「那個時代對精神思想考慮甚少，或者毋寧說它還不懂得如何恰當地在生活與國家結構之間安排精神思想的地位，並使其發揮作用。」[1]它幾乎是蘊育了以後一切文化的土壤，凡是今天的精神生活無不烙刻著它的標記。因爲這是一個極其市民氣的社會，是一個廣泛屈服於個人主義的時代。在他看來，副刊爲了吸引讀者的眼球，最熱衷寫的題材是著名男人和女人的奇聞逸事或者他們書信所反映的私生活，這些文章都是匆匆忙忙問世的急就章，烙刻著不負責任地大批量生產的印記。與副刊文字同類的文化活動也開始盛行，連許多演說辭也是這種副刊文字的變體。

　　儘管黑塞用一種平靜的口氣掩飾自己的不滿，但還是能看出他著述時的本意。他對副刊以及由此產生的一切持一種批評態度。他試圖清理

---

* 蘭州大學中國語言文學系博士，北京大學中文系博士後研究員，西北師範大學文學院教授，中國現代文學館客座研究員。

[1] [德]黑塞：〈引言──試釋玻璃球遊戲及其歷史〉，《玻璃球遊戲》，張佩芳譯，上海譯文出版社 2001 年版，第 9 頁。據德國研究黑塞的學者推斷，黑塞應當是以普里尼烏斯‧切根豪斯隱喻羅馬作家如烏斯‧普里尼烏斯‧西孔多斯及其批評羅馬文化的思想。

那個時代的文學，因為其時的文化生活是一種因過度生長而耗盡元氣的退化植物，只得以衰敗的枝葉來培植根株繼續生長了。在黑塞的時代，報紙其實就是一種新媒體，這種新媒體讓讀者的目光從經典轉向副刊，讀經典，還是讀副刊？這是個問題。然而，若是黑塞面對我們這個刷屏時代，他的靈魂是否更加紛亂？今天，我們的焦慮已經變成：讀經典，還是被刷屏？

　　每一次新媒體的出現，都會給文學帶來很大影響，甚至恐慌。在此之前，文學就已經遭遇更多的威脅：所謂的副刊文字是第一次，迄今越來越熱的影視是第二次，新世紀興起的網路是第三次。此後是第四次威脅，即手機。手機只是網路的延伸者而已。面對此前的媒體而言，它們就是新媒體。一個有趣的現象就產生了，文學本身是一種藝術，而影視、網路、手機作為承載藝術的媒體，為何它們讓文學如此惶恐？

　　事實上，當人類面對每一種新媒體的時刻，都會產生一個問題：文學活著嗎？它還在新媒體中嗎？

　　這個時候，我想起了雅克‧德里達。他在〈明信片〉中認為新的電信時代的重要特點就是要打破過去在印刷文化時代佔據統治地位的內心與外部世界之間的二分法（inside／outside dichotomies）。其中被希利斯‧米勒引用過的那段話很有名：

　　　　在特定的電信技術王國中（從這個意義上說，政治影響倒在其次），
　　　　整個的所謂文學的時代（即使不是全部）將不復存在。哲學、精神
　　　　分析學都在劫難逃，甚至連情書也不能倖免……

　　當然，這段話是借書中主人公之口說的。解構主義批評的代表人物，耶魯學派代表人物之一J‧希利斯‧米勒這樣表達自己最初的感受：

　　　　這位主人公的話在我心中激起了強烈的反響，有焦慮，有疑惑，也

有擔心，有憤慨，隱隱地或許還有一種渴望，想看一看生活在沒有了文學、情書、哲學、精神分析這些最主要的人文學科的世界裡，將會是什麼樣子。無異於生活在世界的末日！[2]

J‧希利斯‧米勒曾寫過一部書，《文學死了嗎？》[3]，從多個方面來探討文學的存在。書中有一個小標題「印刷時代的終結」大概是我們今天最為椎心而又無可奈何的聲音。這也是我們今天所面臨的尷尬。

世紀之交，中國大陸文學界關於「文學終結」的討論與J‧希利斯‧米勒也有關聯。他在2000年北京召開的國際學術研討會上做了一個長篇發言，並以〈全球化時代文學研究還會繼續存在嗎？〉為題發表於《文學評論》2001年第1期。其中「新的電信時代正在通過改變文學存在的前提和共生因素（concomitants）而把它引向終結」的論調成為引發「文學終結」問題討論的一個重要原因。童慶炳就此發言，他指出無論媒體如何變化，文學不會消亡。因為文學自身也是永遠變化發展的，但變化的根據主要在於人類情感生活變化，而不是媒體的變化。[4]當然，也有學者認為現代科技從根本上更新了藝術活動的媒介、手段、效果以及生產、流通與接受的方式，隨著現代影像技術和音像技術的革命，文學在藝術家族中的媒介優勢逐漸消失。[5]

2006年10月，「梨花體」成為中國大陸網友質疑和批評的一個焦點。這個時候，葉匡政在新浪開博，他在第一篇博文中宣稱：「文學死了！一個互動的文本時代來了！」[6]，文章被新浪編輯推出後，幾天點擊量便達到數萬，並被數千家網站轉載。葉匡政又拋出了〈中國當代文學的十四

---

[2] [美]J‧希利斯‧米勒：〈全球化時代文學研究還會繼續存在嗎？〉，林國榮譯，《文學評論》，2001年第1期。

[3] [美]J‧希利斯‧米勒：《文學死了嗎？》，廣西師範大學出版社2007年版。

[4] 童慶炳：〈文學獨特審美場域與文學人口──與文學終結論者對話〉，《文藝爭鳴》，2005年第3期。

[5] 余虹：〈文學的終結與文學性的蔓延──兼談後現代文學研究的任務〉，《文藝研究》，2002年第6期。

[6] 參見葉匡政博客，網址：http://blog.sina.com.cn/s/blog_489ab6b00100063l.html。

種死狀〉等文章論述文學的死亡。這是文學在新媒體時代的一聲悲歎。

　　這樣看來，文學在新媒體時代遭遇的命運就是消亡。然而，文學自然有它神聖且獨特的地方，一如巫術或宗教對於人類一樣，但巫術仍然隱遁於人類心靈的一個角度，宗教已然也在一變再變。如果我們將文學放在永恆面前，它到底代表了什麼？它是否與永恆伴隨始終？也就是說，當人類一經產生，文學是否就存在呢？或者我們這樣設問：當文學消亡之時，人類也必將消亡嗎？如果不是，那麼，我們就沒必要在這個問題上糾纏不休，非要拉著永恆的衣領，讓他硬把文學的命運與人類的命運放在一起。

二、

　　這樣一來，我們不得不重新思考文學的作者問題，也就不能不提到後殖民主義學者薩義德和他的《知識分子論》。在薩義德以及葛蘭西等人看來，當知識不再被少數人所擁有，當人人都擁有大量知識的時候，知識分子這一概念便顯得異常重要，知識分子也就成為少數擁有人文價值立場、敢於站在權威者的對立面、敢於對一切不正義的行為發出批判的人們。也就是說，當人人都成為大學裡的受教育者，當博士、教授、研究員比比皆是時，知識分子不再是一個寬泛的概念，而是縮小為它最初的意義所指，即為人類的正義、良心和信仰而赴命的人們。於是，知識分子便成為先知、聖人以及與當權者持不同意見的領袖們。薩義德的這樣一種觀點雖然有值得商榷的地方，但其站在第三世界的文化立場對強權文化的反抗，其站在時代的洪流中對人類亙古以來的精英立場的堅持是值得肯定的。

　　網路時代的文學顯然也面臨這樣一種重新選擇的局面，即網路的沒有門檻使人人都成為作家，使所有的書寫都成為文學的一部分時，我們便有必要發問，誰是文學？那些人類由來已久的經典自然不用分辨，但今天產生的大量文本，哪些才是文學？顯然，薩義德的方法與觀點在這

時便派上了用場。

今天的書寫已經失去邊界，在以往時代被文學的倫理禁錮著的魔鬼都被網路解放了。大量粗俗的流氓語言充斥網路，被認爲是文學語言；所有的行爲都可進入書寫的範疇，人類原有的經典被解構一空，一切神聖、正面的價值體系在今天土崩瓦解；審醜、噁心、陰謀、罪惡、殘暴都成爲書寫者們願意精心打造的美學立場，與此相對應的存在則成爲人們恥笑的對象。尤其是在一些超文字的書寫中，線民們將所有的不滿、憤怒、惡語都噴灑在網上。沒有哪一個時代像這個時代這樣價值混亂、美醜難分、善惡難辨、真假顛倒。這就是今天的寫作世相。

在各種文本橫行的今天，那些真正的文學不是多了，而是越來越少了。它們也許越來越趨近於最初的文學本質：解讀真理、教化大眾、以天下爲己任，融文史哲於一體。

有人認爲，網路全媒體時代解放了文學與人，因爲人人都成爲文學的受益者，成爲作者。這樣一種樂觀的態度有其對的一面，因爲它的確使很多有文學夢想的人開始踏上文學之路，也使文學成爲文明時代人類的一種修養。但它其實是對文學提出了更高的要求，即在人人都可以從事文學的時候，文學就不再是傳統意義上的被書寫出來的文本，而是有極高的文學素養，包含著人類終極價值追求、透示著人性之根的那些罕見的文本。它們與知識分子一樣變得稀有。

這的確是一個文本橫行的時代。而一旦談起文本，便不得不談羅蘭・巴特的〈作者已死〉。羅蘭・巴特原本的想法是要告訴人們，當作者將作品呈現給讀者之後，作者就告別了其作品，作品自身有其萬千個命運，而這萬千命運是與讀者共創的。在這個意義上，他宣佈，作者已死，作品因讀者而活著。這樣一種美學觀點一直都有爭議，但放在今天的命題上，似乎有了新的含義。

前面已經述及，網路新媒體的最大特點在於，它沒有門檻，人人都成爲作者。如果我們來分析文學史或作者史的話，將會知道這是人類歷

史上多麼重大的革命。在孔子之前，文字和書寫乃國家所有。孔子之時，天子之書流落民間，民間學術興起，私人寫作方興。也就是說，孔子之時，寫作乃聖人所為。聖人沒後，寫作便由精英知識分子來操持。屈原、司馬遷、李白、杜甫等皆為此列。報業興起之時，恰逢封建制度結束民主思想興起之時，大眾得解放，神學體系瓦解，平民的人學體系建立，這個時候的寫作便已然來到大眾知識分子寫作時期。作家群中，有精英知識分子，也有大眾知識分子。文學史稱其為「人的文學」時期。到了網路時期，精英知識分子被進一步推擠，大眾知識分子開始一統山河，「人的文學」已經演變為「身體寫作」、「欲望寫作」。就像福柯所說的那樣，人被知識、欲望終結了。

傳統意義上的神性寫作者徹底死了。也正是因為他的死亡，舊的寫作倫理才被打破，新的寫作倫理得以確立，而新的書寫者也才產生。這便是大量線民的書寫。從聖人移到精英知識分子，最後到大眾。這顯然是一種下降的趨勢。作者在不同階段都有不同的死亡方式，而其每一次的死亡，便是文學的新生。

但現在，我們要問，在大眾寫作時代，誰才是真正的作者？還有真正的作者嗎？我們也可以這樣來做個判斷：大眾書寫的網路時期，作者已死，無數的書寫者誕生。書寫者不再聽命於神的召喚，也不再堅持精英知識分子的立場，而是隨心所欲的書寫，是娛樂書寫。

與此相關的是讀者的問題。在傳統文學的方式下，文學在維護一種自創世以來延續至今的真理、價值和信仰，所以，讀者也便是在作家的指導下體會道的存在，體會神的意志，接受國家意志與人類一切正面的價值，從而達到自我的完善。但現在，人人都成為書寫者時，人人也便成為讀者。

傳統意義上的讀者也死了。只有當讀者超越這個人人成為書寫者的時代，當他感到無比孤獨時，他就會尋找新的精神護佑，他也就自然與其精神信仰之間簽訂新的合約。也是在那個時候，他才會發現作者並沒

有死去，一切都在那裡，只不過他所站的地方太低而已。

三、

　　如果用這樣一種開放的方式來思考，我們就會輕鬆一些，就會得出一系列讓人類欣喜的而不是痛苦的結論：文學作為人類的一種精神而存在，它或為聲音而存在，或為文字而存在，或為某些符號而存在，甚至或為視覺而存在。文學在為人類立傳，文學在為人類傳承歷久彌新的故事。也許人類學家弗雷澤、心理學家榮格的原型理論早已解決了這個問題。因為在他們看來，人類早期的神話、傳說、民間故事以及那些開創性的經典就已經把人類所要經歷的大概路徑概括完了，文學不過是在經驗上使那些原型故事根深葉茂、日日簇新、細節飽滿。除此之外，它還能有什麼呢？

　　從虛無主義的角度來看，它不過是農耕時代的日日輪迴，是陝北放羊娃的生死輪迴，是吳剛伐木、西西弗斯推巨石上山。它似乎毫無意義。但是，神話時代的吳剛伐木和西西弗斯推巨石上山是有其道德與倫理意義，它是人類生活的一個活生生的細部，它是文學所要講述的好故事。加繆一篇精彩的〈西西弗斯的神話〉把西西弗斯解放了出來，讓西西弗斯將諸神的懲罰拋之腦後，而讓他去重新回歸大地，擁抱山川河流，讓他重新回到擁有正義的現實與日常，於是存在主義文學的價值與意義就此顯現。如果我們將〈西西弗斯的神話〉當成一篇哲學也未嘗不可，但它的的確確是文學，字裡行間迸發著巨大的熱情、通透的生活感受，以及新的人生觀的闡發。這就是文學必然要存在的一個理由。

　　海子說，遠方除了遙遠一無所有。真的如此嗎？相對於人類的精神信仰而言，文學也只是我們獲得精神信仰和自我宣洩的一種載體。由西方的科學主義在對人類的精神進行去魅之時，整個世界就開始失去了想像，失去了光彩。不可否認，經典作品也可以在網路上閱讀，但是一本帶著紙墨香的實實在在的書和電子螢幕滑動過後，哪怕是讀者作了電子

批註的電子文本本質上是不一樣的。然而，如何在新媒體時代繼續尋找文學的那盞燈才是更重要的。

任何一新的媒體出現時都會對已有的媒體和文化形成衝擊，但是毫無疑問，新媒體在加速文學的傳播方面是有益的。新媒體讓文學的傳播變得簡單，此前要讀到一部作品主要通過紙質媒介，而新媒體讓我們很容易讀到原本不太容易讀到的文本。僅就臺灣文學而言，若是沒有新媒體，可能我對臺灣文學的瞭解仍然停留在白先勇、余光中、鄭愁予、席慕蓉等作家詩人處，但是現在我們在網路上瞭解到朱天心、朱天文、張大春、張萬康、楊小濱等作家詩人，並且讀到他們的作品。這中間成名較晚的是被稱作野武士的張萬康，他的中短篇小說充滿了網路時代的氣息，他的主人公可以去異地與網友約會，可以宅在家裡一直上網。有趣的是，他的小說中女性對男性說，我看了你的部落格，這種細節的敘述本身就是對網路時代和線民生活的一種呈現，也是一種新媒體時代作者與讀者關係的呈現。

與此同時，新媒體讓這個時代變成了一個自媒體時代，許多文學作品的傳播是通過博客、微博、微信等來實現的，在這一點上，網路作家的界限開始變得模糊，甚至需要重新審視。

眾所周知，一些優秀的文學作品是在其影視版作品產生影響之後才引起文壇乃至社會廣泛關注的。這樣的例子很多，從 20 世紀 80 年代的路遙、莫言、蘇童、張賢亮，到當前的嚴歌苓、馮唐等，其文學作品的傳播往往與影視作品的傳播緊密關聯，當然，影視作品是否忠實於原著則是另外一件事情。事實上，影視作品有其自身藝術形式、時間（主要是電影）等方面的限制，不能以是否忠實於原著作為衡量其好壞的惟一標準。問題的關鍵在於，換一個方向看，透過影視作品看文學，則會發現真正優秀的影視作品中往往有很強的文學性，比如朱塞佩‧托納多雷導演的電影《海上鋼琴師》，視覺和聽覺的卓越效果背後，深藏著文學性的幽靈，沒有義大利作家亞歷山德羅‧巴里科的同名小說，自然難有這

樣一部優秀的電影。就此，學者陳曉明在十餘年前曾經撰文論述，他認為文學對社會生活進行多方面的滲透，起到潛在的隱蔽的支配作用，所有以符號化形式表現出來的事物都在某種程度上以某種方式被文學幽靈附身，這就是「文學的幽靈化」[7]。

回過頭來，我們要重新去回憶文字未經產生時代的神話傳說、薩滿的神秘語言以及那漫山遍野的咒語。那個時候我們有「文學」這個概念嗎？我們都知道，沒有。當文字產生之後，才有文學，於是，文學繼承了語言的衣缽。影視對文學的解構在於，它用視覺來代替部分文學，使文學的娛樂性更強。這使文學的操持者們驚慌失措。事實上，人們已然忘記了，托爾斯泰的那些白描式的敘述，肖霍洛夫對靜靜的頓河以及平原上廣闊大地的描寫，幾乎就是一個導演在講他如何用攝像機來記錄那一切。事實上，人們也已然忘記了，視覺是人類認識世界的第一個也是最為直接的方式。雖然我們承認，文字乃神授，但難道視覺不是神授？文字需要學習才能得到其秘密，視覺不需要。因此，它和聲音是人類的第一認識方式和表達方式。問題在於，視覺藝術的淺薄被我們誇大為其本質屬性。這是人類的一種反抗，絕非理性判斷。

文學在視覺藝術中就要消失嗎？這才是我們要思考的問題所在。文學對人類心靈的護佑、表達也不會被影視等其它形式消滅。但是，迄今為止我們還不能確信聲音和視覺語言能完全代替文字，反過來講，文字，這一凝練了音、形、義的神秘符號是在聲音和視覺形式不能完全表達人類之時發明、成熟起來的，它也將長期伴隨人類而存在。在人類的意識裡，還沒有完全廢棄文字的可能。因此，新媒體時代雖然不時傳來文學死亡的恐懼之聲，但文學依然存在，以她自己的方式。

---

[7] 陳曉明：〈文學的消失或幽靈化〉，《記憶》2002 年創刊號。

講評

◎梁鴻

　　張曉琴博士的〈新媒體時代的怕和愛〉作者的思維開闊，旁徵博引，對當代思想家關於媒體與文學關係的觀點都非常熟悉，整篇論文有氣勢且有很強的說服力。她從另一角度對「新媒體」與文學的關係進行了歷史化的分析。文章以黑塞時代報刊的流行爲起點，考察了當時媒體對文學的影響、作家的批評性態度及文學在其中的變體，並認爲，文學在任何一個時代都會面臨大眾媒體的挑戰，只有在這一歷史化視野的前提之下，才能夠對「文學終結」這一說法背後所暗藏的文化形態、文學觀念和文學位置的變化有較爲清醒的認知。

　　在這一前提下，作者在論文的第二三部分對「網路全媒體時代」的文學世俗化、知識分子精神的弱化及作者何爲等問題進行了探討。值得注意的是，作者具有非常鮮明的思辨，並沒有簡單對大眾寫作、網路書寫進行批評，而是認爲它們可能也帶來新的寫作倫理的誕生，並且，它們也加速了文學的傳播。作者進一步論述了自媒體時代和視覺時代文學的蕪雜曖昧，而此時，恰恰需要真正的文學來挽救並澄清。

《永生羊》何以「永生」的跨文化理解

◎王敏*

摘　要

　　本文從探討哈薩克族作家葉爾克西・胡爾曼別克的電影《永生羊》中「羊如何永生」入手，以該電影的文本分析爲例，從跨文化的視角詳細剖析並論證羊之所以能夠永生，取決於哈薩克族獨特的文化觀，進而歸納梳理這種文化觀的三種具體表現，即在歷史觀念上主張以空間表徵時間，在倫理觀上主張一切生命至上，在生死觀上認爲生與死是迴圈可逆的，進而認爲《永生羊》的意義在於從差異性文化層面促進了差異文化間的自覺與互相承認。

關鍵字：哈薩克人、草原倫理、《永生羊》、象徵轉換

---

* 新疆大學中文系博士，新疆大學人文學院副教授，現爲新疆大學人文學院影視藝術系主任。

2010 年，哈薩克題材電影《永生羊》在全國院線上映，這部作品改編自哈薩克族女作家葉爾克西‧胡爾曼別克的同名文學作品，與其說是散文，我更願意將其理解爲一種散文化的小說，它的電影改編多少印證了我對該作品的文體判斷。關於其獲獎的消息頻傳而至，各種評論聲音紛至遝來[1]，本文以爲對他者而言，跨文化解讀這部作品的關鍵在於如何理解作品所言說的羊之「永生」。

羊何以永生？對於哈薩克族而言，「羊的永生」體現在牧民生活地理的情感結構（製作）中，體現在牧民的草原倫理認知上，體現在民事民俗諸多儀式的象徵轉換裡，體現在世間萬物可逆迴圈的生命意識裡。換言之，哈薩克人的「羊」正是在遵循哈薩克人製造地理的空間認知中，草原倫理的生命秩序裡，借由轉場、獻祭等一系列「將生命歸還給死亡」、生死可逆的象徵操作而獲得了永生。

一、製造地理、轉場和永生

談及地理的空間觀念，哈薩克族眼裡的地理空間與他者眼中的地理空間格外不同。對他們而言，地理空間是可以表徵時間的，也就是說空間本身就是時間，空間的遷移也就意味著時間的流失。

記得《永生羊》中，紅臉老漢說過一句這樣的話，「時光是烈性的馬／沒有人可以調教得了它」，這句話由於將時間與空間同一，將記憶同烈馬的馳騁相類比，從而獲得一種讓習慣於以流水比喻時間流逝的人們費解的美學效果。在習慣了線性思維的民族看來，哈薩克族這種以空間遷徙表徵時間進程的跳躍思維只能被他們通過想像來把握。其實，造成這兩種思維迥異的原因在於二者對地理空間差異性的認知。

---

[1] 如該片成爲 2010 年加拿大蒙特利爾電影節唯一一部入圍，並進入競賽單元的中國電影；在「北京放映」活動中，成爲今年最受國內外片商們關注的國產影片；在 2011 年中美電影節開幕式暨「金天使獎」頒獎典禮上獲得「金天使獎項」。

　　對於逐水草而居的哈薩克族而言，他們的空間認知，更多的是一種製造地理，而對於長期定居的城鎮居民而言，他們的空間認知，則是一種原生地理、自然地理。哈薩克族的經歷不是在一個固定的地點，而是在一系列循環往復的地點中發生。需要指出的是，作為牧民的哈薩克族，他們的遷徙與遊民的遷移完全不同，「遵循習慣的路線，他從一點走向另一點；他並非無知於點（水點、居住點、聚會點等等）」[2]，而移民則是「從一點走向另一點，即便第二點是不確定的，未曾預見的，或未曾定位的」[3]。在移民的身後往往留下的是一個充滿敵意和蔑視的環境，而在牧民身後留下的只是一個有待回歸的，不曾離開也不願離開的環境（家園）。因此，哈薩克族的遷徙是一種出發是為了回歸的遷徙，是一種起點指向終點的遷徙，是在製造地理所圈定的空間中迴圈遷徙。在此期間，四季遷徙變換的草地（中點），構成他們對時間、對世界的認知，蘊含著他們獨有的情感體驗和生命哲學，進而影響他們一系列的行為方式。換言之，對哈薩克族而言，地理空間是可以通過遷徙來製造，通過情感來圖繪的[4]。這種空間認知使得哈薩克族的時間或者說記憶能夠以空間變換的形式呈現，可以用烈馬馳騁過的空間距離來衡量和表達。

　　因此，《永生羊》的故事並未以時間的線性發展來佈局，而是以牧場的空間轉換來結構，通過四次轉場的空間剪輯，敘述了牧人哈力一家的

---

[2] 汪民安、陳永國：《遊牧思想：吉爾・德勒茲、費利克斯・瓜塔里讀本》，長春：吉林人民出版社 2003 年 12 月，第 316 頁。

[3] 汪民安、陳永國：《遊牧思想：吉爾・德勒茲、費利克斯・瓜塔里讀本》，長春：吉林人民出版社 2003 年 12 月，第 316 頁。

[4] 有一個這樣的故事，講的是一個小姑娘遇了一位博學的地理學家，地理學家讓小姑娘介紹一下她的家鄉。小姑娘描述她的家鄉不大，有三座山，一條河，河邊有一朵小花……嚴肅的地理學家打斷她的話說，我們不記錄花朵。花朵會枯萎，我們只記錄永恆的東西。結果，在地理學家繪製的小姑娘家鄉的地圖上，沒有小姑娘認為重要的花朵。在這個故事裡，小姑娘的敘述中，存在地理的情感結構，對她而言，她的家鄉地理是河邊開著小花的地理繪圖，是一種投射了情感的地理，一種具有情感結構的製造地理，人文地理。而對地理學家而言，我們無法發現這種有關地理的情感結構，僅僅是一條河與三座山的圖示。

人生之旅。人物的情感起伏和際遇變化也是通過四季牧場空間的串聯銜接才得以體現。如春牧場中獲得初生羊羔的喜悅，夏牧場中完成成人禮的自信，秋牧場中目睹烏庫芭拉淒慘經歷的傷感，以及冬牧場中見證叔叔孤獨命運的蕭索。這種鏡頭組接方式並非形式上的一種創新搬演和故弄玄虛，也並非是一種記憶的拼貼，而是一種生活方式決定下的真實的記憶結構方式。對哈薩克族而言，作為製造地理的四季牧場是決定他們生存的一系列地方，正是這些牧場空間構成了他們人生的地理，參與了他們生命的進程，進入了他們人生的內容。從這個意義上講，有論者認為遊牧民族只有地理，沒有歷史的表述不夠嚴謹，應該說，遊牧民族不是沒有歷史，而是用製造地理來敘述歷史。製造地理如何實現？如上文所述，只能通過地理的遷徙來實現。換言之，地理的遷徙構成了哈薩克族的一種存在方式，從而構成了羊的永生。

　　羊群正是在地理的遷徙中獲得生命的連綿，延續和迴圈。所謂地理的遷徙，其實就是牧民的轉場。牧民之所以要轉場，是為了保護被羊過度消耗的草場能夠在來年被羊繼續消耗。對此，胡巴克認為，遊牧民棲居在大地上，他們「造就了荒漠，就如同荒漠造就了他們一樣，他們是解域的向量。他們通過一系列局部運作，不斷變換方向而造就了一片又一片荒漠，一片又一片草原」[5]。也就是說，牧民轉場，其實是將草場還給荒漠，希冀荒漠在牧民轉場回來時再次變成草場，是一種將「**生命歸還死亡**」的行為，從這個意義上講，**轉場**其實也就是波德里亞所說的一種象徵操作，這種象徵操作，通過將生命歸還死亡，繼續生產生命，即通過一種向死而生的交換，實現了生死的可逆迴圈。這種操作形式與製造地理之間的關係，在《永生羊》中的具體表現，如表一所示。

---

[5] 汪民安、陳永國：《遊牧思想：吉爾‧德勒茲、菲力克斯‧瓜塔里讀本》，長春：吉林人民出版社 2003 年 12 月，第 317 頁。

表一：《永生羊》中的製造地理與象徵轉換

製造地理	情節	象徵操作	轉換結果
春牧場	紅臉老漢給了哈力一隻初生的薩爾巴斯[6]	岩畫（男人獻祭一隻羊給女人）	薩爾巴斯獲得新生
夏牧場	哈力的成長儀式 烏庫芭拉與阿赫泰私奔	獻祭（凱斯泰爾獻祭羊、羊被狼咬死）	哈力獲得新生
秋牧場	烏庫芭拉被花騎家族驅逐，改嫁凱斯泰爾	水罰（花旗家族長者對烏庫芭拉施以水罰）羊偶	烏庫芭拉獲得重生
冬牧場	烏庫芭拉思念兩個兒子，離開哈力家	獻祭（凱斯泰爾將凍死的母羊殺死，哈力救了一隻新生的薩爾巴斯）	獲救的薩爾巴斯
春牧場	奶奶離世、哈力成家育子	獻祭（哈力獻祭羊）	新生的哈力之子
牧場遷徙	凱斯泰爾領隊由春牧場遷往夏牧場；莎拉領隊由秋牧場遷往冬牧場，哈力領隊由冬牧場遷往春草地。	轉場（從荒草地遷往新草地）	羊與人的生

　　質言之，羊正是在哈薩克牧民這種**製造地理**的結構中，在轉場的這

---

[6] 哈薩克族認爲薩爾巴斯是指頭頂有著一小撮黃毛的羊，是比較稀有的羊。

種象徵操作裡，綿延不息，子嗣繁衍，通過生命的代際迴圈，獲得了生
命能量的生生不息，而有了羊的永生，才能有與羊相依爲命的人的生與
永生。正如《永生羊》結尾，老年哈力回憶自己的一生時，在畫外音中
所說的那樣：「生命世界原本就是循環往復的。縱使有太多的薩爾巴斯爲
我們犧牲，依然有更多的薩爾巴斯延續著牠的生命」。

二、草原倫理、化身與永生

　　對於哈薩克族而言，人和草原的關係與他者眼裡人和草原的關係
完全不同，在他們看來，人與草原以及包含羊、駱駝、馬在內的整個
草原生態系統，不存在差異和對立，都具有等值的生命能量，彼此之
間存在著親緣關係，甚至血緣關係，也就是說：人＝羊＝駱駝＝馬＝草原
＝生命。

　　《永生羊》中，當哈力的奶奶莎拉屢次將薩爾巴斯稱作「孤兒」，
「可憐的孩子」，提議給牠找一個奶媽時，這種表述恰恰不是將羊比
作人的比喻，也並非是其他的什麼修辭表述，而是一種對人與羊的關
係的真實描述與表達。我們之所以將其理解成爲一種修辭表述，是因
爲我們是以一種人類中心主義的特權意識看待哈薩克族與草原、以及
包括羊、駱駝、馬等生物在內的草原生態系統的關係。也就是說我們
與草原、大地、整個世界的關係是二元對立的關係，遵循一種生物等
級，或曰價值差異秩序；而哈薩克族與草原、大地的關係卻是一種二
元共生關係，遵循一種血緣倫理和親緣倫理關係。這樣我們就能明
白，爲什麼一隻羊一出生就要跪大地，爲什麼秘魯的印第安人在播種
前向地母下跪，爲什麼葉爾克西要把草原比作火母。這是因爲，對他
們而言，在羊和大地／草原，人與大地／草原之間存在著超乎尋常的
血緣關係和親緣關係。哈薩克族，或者說遊牧民族與草原的關係必須
要放在這種血緣和親緣倫理秩序中加以思考才能有效。

　　對哈薩克這樣的草原土著而言，草原絕非是一種單純的自然地理

和自然環境，而是一種生命地理，是母親，是生命的起源，羊、駱駝、馬也絕非一種物化財產，而是他們的親人、家族和部落[7]。從人與草原共生共存的親緣倫理角度來看，世界以人類爲中心是不可思議並且沒有意義的，世界遠比這個要大得多，而在這個大得多的世界親緣譜系裡，需要尊重的不是誰的生命，而是一切生命本身。

當我們從這種草原倫理所獨具的生命意識，而非從人類中心主義決定下的價值差異意識去理解哈薩克族的文化，便會發現《永生羊》中人與羊，與草原的真正關係，才能明白在這種關係中，羊是如何永生的，也才能夠明白葉爾克西作爲一名哈薩克作家，在這部作品中所不斷強調的生命和責任與他者所強調的生命和責任是有著本質區別的。

首先，在這種草原倫理中，由於人與羊、與其他草原動物之間存在著一種血緣關係，一種親緣關係，哈薩克族會認爲人與草原動物是可以互爲化身，並且在某種儀式下，如通過製作羊偶，或者馬偶，是可以相互取代的。《永生羊》中，哈力與薩爾巴斯之間，烏庫芭拉與母駱駝之間，凱斯泰爾與馬之間實則存在的並非僅僅是我們所理解的財產隸屬關係，而是一種互爲化身的關係。在影片中，哈力與薩爾巴斯在草原上一起成長，同吃同玩同睡，形影不離，他們之間的關係更像是兄弟關係，哈力手中有一隻羊偶，就是一種兄弟的化身，同樣，在之後的故事裡，烏庫芭拉的孩子在離開她時也送給她一隻羊偶，作爲自己的化身。烏庫芭拉更是屢次被母駱駝的行爲舉止所影響，她與母駱駝之間的關係更像是姐妹，在她眼裡，母駱駝是一位和她一樣被迫離開自己孩子的母親，她們有著同樣的遭遇，也有著同樣的使命。因此，當母駱駝最終因爲尋找自己的孩子，累死在多牧場的木屋外

---

[7] 這也就是維科所說的詩性思維，或者說主客不分的一種移情心理，當然，當我們用詩性思維來形容遊牧民族看待自己與世界的關係時，恰恰又是一種基於他者知識中心的角度去看待問題的結果，因爲對他者而言是詩性的思維，對遊牧民族而言恰恰是再真實也不過的存在。

時，她一路哭泣，想到自己遠在另一個家族中的孩子，母性意識難以壓抑。或者說，母駱駝為了尋找自己的孩子不惜付出生命的行為，對她形成了巨大的母性道德的壓力。而這種道德壓力，是能夠被同為母親的莎拉所理解的，所以才有了莎拉的默許以及烏庫芭拉的離開。凱斯泰爾與馬之間也存在同樣的親緣關係，他精心為烏庫芭拉做的馬鞍，以及他在烏庫芭拉將要離開時，拴在木屋外的白馬，都有著移情的心理，或者說在他送出去的馬與馬鞍上，有他人格的延續。人與草原動物之間的這種互為化身的關係還集中地體現在哈薩克族的示愛遊戲「姑娘追」中，在這種遊戲中，女性騎馬用皮鞭抽打自己追趕的男性騎手，如果她喜歡對方就輕輕地抽打，如果不喜歡就狠狠地抽打，在這種示愛遊戲中，我們看到的不僅是男女情感的隱晦傳遞，更是人與羊的關係的一種化用，或者更準確的說是男人對羊的一種取代。這在《永生羊》中，也有所體現，在夏牧場，烏庫芭拉用皮鞭抽打凱斯泰爾，由於用力過猛將後者手臂抽打出血，這已經清楚表明烏庫芭拉並不喜歡凱斯泰爾，換言之，凱斯泰爾作為烏庫芭拉的羊的化身，也即作為烏庫芭拉姻親關係的資格在皮鞭狠狠抽打的明示下，被取締了。我們之所以將烏庫芭拉最後的離開理解為一種情感上的背棄，是因為沒有理解哈薩克文化中這種微妙而複雜的草原倫理。而這種草原倫理，熟悉哈薩克文化的王洛賓先生是懂的，所以他才會寫出「我願做一隻小羊跟在她身旁／我願她拿著細細的皮鞭不斷輕輕地打在我身上」（《在那遙遠的地方》）這樣深受哈薩克人認同的歌詞。

其次，在這種生命意識居於中心地位的草原倫理中，一個哈薩克女人在家族中的地位更多地取決於她的母性角色而非她的女性角色。對此，影片《永生羊》一開始的岩畫中已經說的很清楚了，岩畫上畫著一個男人，獻出一隻羊，給一個女人。在哈薩克族的原始信仰中，這個岩畫其實可以看作是獻祭烏麥女神的一個象徵儀式。吸引烏麥女神的目的在於求子，這個儀式通常是這樣的，一般由薩滿在碗中

倒上牛奶，人們用祭祀的方法將一隻白羔羊刺死：

> 樺樹枝上綁著三條長約半米的線，一條是華麗閃光的銀線，第二條
> 是綠絲線，第三條是撚成的白絲線或紅絲線，在另一端分別拴著貨
> 貝、銅紐扣等。有九名童男和七名童女參加這一儀式。[8]

也就是說，這個岩畫的寓意是，一個男人獻出了自己的兄弟和親人，為
的是向女神求得子嗣和部落生命的延續。可見，在哈薩克族的部落記憶
和傳統文化中，一個女人的地位在於她有生育的力量，也就是母性的力
量。而母親的力量無外乎體現在兩個層面，一是具有生育生命的能力，
二是男性敬畏這種神秘的生育能力賦予母親女神（烏麥女神）的崇拜價
值。崇拜母親，崇拜母性與崇拜生命是草原倫理的核心，男性為女性所
迷，女性能夠在家族中獲得認同，是因為其所具有的生育能力被肯定生
命意識的遊牧民族所尊崇。

> 母親生育孩子，因此佔據了起源的位置。引申來說，世間萬物皆源
> 於母親。其次，由於母親標誌著起源，她也同時標誌著回歸。在賦
> 予生命的同時，母親也同時決定了最終的死亡。從象徵意義上說，
> 母親的起源其結果並非模糊不定，作為起源的母親代表了整個生命
> 週期，其終極目的地是死亡[9]

母親是生命的起源和終點，這說明了母親身分對於遊牧民族，對於哈薩
克族的重要性。在《永生羊》中，烏庫芭拉因為生育了兩個孩子，所以
能夠在被丈夫阿赫泰的部落驅逐出去的同時，保有其在該家族的身分和

---

[8] 戴佩麗：《突厥語民族的原始信仰研究》，北京：中央民族大學出版社 2002 年 9 月，第
88 頁。

[9] Lynne Huffer, *Maternal Pasts, Feminist Futures*: Nostalgia, Ethics, and the Question of
Difference（Stanford, CA: Stanford University Press,1998），P7-P113.

地位。她雖然改嫁凱斯泰爾，但是她的身分仍然留在前夫的家族中，無名無分地與凱斯泰爾在一起，意味著她將同時承受著嗣屬焦慮、身分焦慮和母性角色無法實現的焦慮。因此，《永生羊》的結尾，烏庫芭拉執意要離開凱斯泰爾，回到前夫家族中尋找自己的兩個孩子，在這個語境中，不僅合情，而且合理，否則她將不得不承受來自情感的、傳統的、道德的、家族責任的，以及母性身分非合法性的多方壓力。這也就是葉爾克西所說女人的責任：「**女人的天性無非就是要傾其所能，讓後代好好地活下去**」[10]。

在主客體必須分開的價值標準中，或者說在人類中心主義的價值標準中，羊只有死的價值，只有作為食物的價值，是不可能永生的；在女性主義的價值標準中，女人是不能成為生育工具的，甚而要以拒絕生育來反對男權對女性角色的霸權定義，母性角色是模糊的，生命同樣無法保證延續。而只有在草原倫理中，女人才能永遠以追求生命延續為己任，羊才能夠作為一種化身而永存。在這裡，化身（化身為羊偶、馬偶、馬鞍、羊神喬潘）同樣是一種將生命歸於死亡的象徵操作，在這種操作中，羊能夠作為父親、母親、兄弟、姐妹、情人、丈夫、妻子、子女的化身永遠生活在哈薩克人的生活裡，不是活在記憶和愛中，而是活在日常生活的諸種民俗事象裡；不是活在虛幻的想像裡，而是活在生命與生命之間的化身和相互取代裡。

三、象徵轉換、獻祭與永生

對於哈薩克族而言，個人與家族／部落，個體與集體是不對立的，從來沒有「我」，只有「我們」，沒有私人空間和公共空間的對立，任何個人行為都是集體性的、社會性的，這與他者眼中個人與集體的對立，私人空間與公共空間的對立，孩子之於家庭的獨立，「我」之於「我們」

---

[10] 葉爾克西·胡爾曼別克：《草原火母》，烏魯木齊：新疆人民出版社，2006年5月版，第5頁。

的獨立是有區別的。造成二者對待個體與集體之間關係看法差異的原因在於二者對待生死態度的不同。

哈薩克族認為生與死具有同等的絕對價值，所以，生就是死，死也就是生，只有在這種生死觀中，羊才能夠永生；而他者認為只有生具有絕對價值，死亡是虛無和無價值的，在這種生死觀中，只有竭力追求生的價值以逃避死的無價值，而且只有人類的生是一切價值中最大的價值，因此，羊為取悅人的生只有一死。對他者而言，因為有了生的絕對價值，為了謀生，個體要想盡一切辦法拉開與死的距離，個體的身分存在於距離的大小之上，所以就有了個體與個體、集體之間的距離，有了私有財產與公共財產間的距離，個體為建立自己身分的權威將會盡一切努力將這個距離擴大化。但是對哈薩克族而言，因為不存在生死之分，生與死沒有距離，所以，個體與集體也是無距離的，「我」與「我們」沒有距離，個體存在於集體之中才能有身分。所以，在哈薩克族的表述中，「哈薩克」既是「我」也是「我們」，不分彼此。一個哈薩克人很少說「我」，多說「哈薩克」，也很少說「你」，多說「你這個哈薩克」並將個人獲得集體認可作為最大的榮譽。如《永生羊》的主題曲，來自哈薩克詩聖阿拜的詩〈愛的凝望〉，其中的歌詞是這樣寫的：「哈薩克傑出的聖賢／德高望重的元老／有誰比得上你在人中的好人緣……」，可見，哈薩克聖賢的身分在於他與其他人的無距離感。消除個體與集體的差距，這在整個阿拉伯伊斯蘭文化中都是如此，對此，埃納・卡約認為：「使用『我』這個人稱代詞是在同伴面前貶低自己」[11]，質言之，「我」與「你」只有在集體中才有意義，才存在[12]。

綜上而言，取消哈薩克族個體與集體間距離的原因在於生與死距離的取消，那麼，生與死如何取消，如何同一，便成為理解哈薩克族文化

---

[11]〈宗教精神〉，轉見（法）米歇爾・蘇蓋、馬丁・維拉汝斯：《他者的智慧》，劉娟娟、張怡、孫凱譯，北京：北京大學出版社 2008 年 9 月版，第 77 頁。

[12] 這種觀念決定著伊斯蘭民族的命名方式，他們的名字後一定要加很多尾碼，第一個尾碼從其父親的名字開始，依次累加，可以一直追溯到父系家譜的源頭。

集體主義的關鍵，也是理解羊何以永生的關鍵。生與死的同一，生與死的可逆循環，歸根到底是一種象徵操作轉換的結果，在上文中我們已經提到這種將生命歸還死亡的操作的幾種表現形式，如轉場、化身、「水罰」……等等，然而，對於哈薩克族而言，還存有一種需要儀式化的象徵操作，能夠實現生死可逆的轉換，這就是羊的獻祭。《永生羊》中多次描寫並呈現了這一獻祭儀式，如影片開場的岩畫再現了這一儀式；哈力的成長儀式上，在族長的主持下，凱斯泰爾實行了獻祭；路遇凍死的母羊，凱斯泰爾與哈力再次實行了對羊的獻祭；影片結尾，奶奶莎拉去世時，長大成人的哈力實行了羊的獻祭。在這種獻祭儀式中，最關鍵的是要說出：「你死不爲受罪，我生不爲挨餓，原諒我們」這樣的祭祀秘語。

在這種獻祭的象徵操作裡，首先，實現了一種死與生的交換。「你死」交換「我生」，你的「不受罪」交換我的「不挨餓」，通過這種儀式，生與死得到了交換，生與死之間的縫隙、距離和分裂得到了驅逐。對於他者而言，生與死是分裂的，並且生是得到無限美化的，基於一種等價交換的價值邏輯，生與死不可能實現交換，因而也就不可逆，在他們看來，將生命歸於死亡的獻祭與其說是殘忍的，毋寧說是賠本的。然而，在哈薩克族看來，因爲生與死都是絕對價值，死只是生的另外一種形態，生與死可以交換，生與死不存在分裂，所以羊的獻祭交換的是牠在集體中的另一種生。這樣，我們也就理解了，爲什麼哈薩克族會「唱著歌來（生），唱著歌去（死）」。

其次，在這種象徵操作的儀式裡，實現了死的集體共用。羊的死亡通過這個儀式成爲一種集體行爲，一種社會化的行爲，一種像節日一樣的行爲，值得集體歡慶。《永生羊》中，哈力的成長儀式上，羊的獻祭之後是集體跳鷹舞的慶祝場面。在他者看來，死是對生的損害，是不值得分享的，是無法被集體化的。然而，哈薩克族認爲，生與死不存在分裂，在這種獻祭禮中，羊按照一種社會禮儀將生命歸還給牠與死的分裂，獲得了一種道德的完善，實現了生者與死者的結盟，值得被集體分享。

同時，這種儀式之所以能夠使被獻祭的羊獲得一種集體崇拜，是因為，在這種儀式中被獻祭的羊償還了集體的道德負債[13]。既然生與死不可分裂，那麼現實的生就是對死的一種虧欠和負債[14]，將生歸還給死就可視為一種還債，也就是說，羊的獻祭緩解了集體對死的道德負罪感，加強了集體的聯盟。

　　第三，在這種象徵操作儀式中，實現了羊與人地位的交換。在羊的獻祭中，羊受到了人的禮遇，羊相較於人的差異獲得了一種補償，實現了羊與人在集體中同等地位的轉換。在他者看來，羊（還有其他一切動物）是不配得到人的禮儀的，更何況是一種集體的觀禮，在這種觀念中起決定作用的仍然是一種蔑視動物的人類中心主義思維。然而，在哈薩克族的這種獻祭禮儀中，對羊的處死，並非為了去吃牠，羊並非作為一種食物而被獻祭，而是作為集體中的一員替人償還生對死的虧欠。換言之，羊的身分在這種象徵操作中獲得了與人的地位的交換。

　　因此，在羊的獻祭儀式中，羊通過與人的生命的交換，與人的地位的交換，實現了在人的集體中的合法存在，通過使自己的死亡社會化，獲得了集體的認同，並通過被集體食用，將這一認同延續到羊與人的家族的關係之中。《永生羊》中最為明顯的一個例子是烏庫芭拉與凱斯泰爾結婚儀式上，兩家人圍坐在一起分食一隻羊，羊身上各部分的肉被分給家族集體中不同年齡的人，如臉頰給年長者表示尊重，羊耳朵割下給年紀最幼小的孩子以示聽長輩的話，羊的十二根骨頭和其牠部位的肉分配

---

[13] 弗里西里德·皮蓋在一篇名為〈從道德負債到自由，從傳統道德入門生態學〉的文章中提出一種道德負債的觀點，認為道德負債是指「除了他自己以外，人類能生存於世還要感謝其他事物，他對其他養育、教育、愛他，用一個詞來說就是生養他的事物都欠著一份債」，他主張人類除了對人類自身之外，對生態也需負有同樣的道德。轉見（法）米歇爾·蘇蓋·馬丁·維拉汝斯：《他者的智慧》，劉娟娟、張怡、孫凱譯，北京：北京大學出版社 2008 年 9 月版，第 101 頁。

[14] 對此，波德里亞認為，在象徵秩序中，就像其他任何事物一樣，如果生命單向出現，如果它沒被重複並摧毀，沒被饋贈並歸還，沒被歸還死亡，那麼它就是一種罪惡。（法）讓·波德里亞：《象徵交換與死亡》，車槿山譯，南京：譯林出版社 2006 年 4 月版，第 206 頁。

給什麼人也是有一定規矩的。羊的肉身以這樣一種方式被集體角色性地分配和食用，實現了彼此在集體中角色地位的對應和轉換。同時，這種食用禮儀也充分說明哈薩克族的集體觀念，家族中每一個人都不過是一隻羊的一個部位，只有團結起來才能是一隻整體的羊，個體只有在集體中才有自己的意義。

因此，一隻因獻祭而死去的羊換取的是一隻在人的部落中活著的羊，一隻在家族中締結精神聯盟的羊。這也就是《永生羊》結尾時哈力複述作為巫師的紅臉老漢所言：「生命世界原本就是循環往復的。縱使有太多的薩爾巴斯為我們所犧牲，依然有更多的薩爾巴斯延續著牠的生命」的意義，也是羊何以能夠永生的真諦。

誠如我在文章開篇所言，思考羊何以永生，如何實現永生是解讀《永生羊》的重要密碼，也是解讀哈薩克文化的重要依據。同樣是信仰伊斯蘭教的民族，但哈薩克族與維吾爾族卻有著必然的不同。在哈薩克族的民間禮儀和日常行為中，更多受到薩滿教的影響，他們精神信仰的世界還有著來自另外一種傳統的文化記憶和宗教烙印。《永生羊》中岩畫上的痕跡，烏庫芭拉與凱斯泰爾新婚時紅帳上別著的貓頭鷹毛，舉行婚儀時氈房內燃著的篝火中倒入的酥油，以及奶奶去世時紅臉老漢在氈房外做的法事無不透露出薩滿教的文化資訊和記憶線索。當我們將哈薩克族對待一隻羊的行為，代入他們信仰薩滿教的傳統結構中去，我們必然會發現在《永生羊》中存在著能夠實現羊的永生的各種形式條件，也會發現葉爾克西的努力在於「紮根」向一個更遠的傳統，回溯向一個需要口述的年代。

（編按：原文題為〈哈薩克人的製造地理、草原倫理與象徵轉換──從電影《永生羊》何以「永生」的跨文化理解說起〉，載《民族文學研究》2012年第4期PP147-154，略有改動。）

講評

◎楊宗翰[*]

　　王敏此文藉由 2010 年在中國上映的哈薩克題材電影《永生羊》，探討「羊何以永生」及「如何實現永生」，以及在電影改編中哈薩克族呈現的情感結構和文化觀念。王敏指出，哈薩克族在歷史觀念上主張「以空間表徵時間」，在倫理觀上主張「一切生命至上」，在生死觀上主張「生與死迴圈可逆」。文中也清楚把握了逐水草而居的哈薩克族，及定居城鎮的一般居民間的分野——譬如前者的「製造地理」，恰與後者的「原生地理」、「自然地理」相對。總的來說，文中可以看到對電影文本的細密耙梳，對倫理觀、生死論、文化記憶的解讀亦頗具參考價值。

　　謹提供以下三點意見：

　　一、文類的區隔、過渡，甚至跨界，都是可以（也應該）深入探討的。不知何故，論文作者僅以「這部作品改編自哈薩克族女作家葉爾克西‧胡爾曼別克的同名文學作品，與其說是散文，我更願意將其理解爲一種散文化的小說，它的電影改編多少印證了我對該作品的文體判斷。」試問，此句「更願意將其理解爲一種散文化的小說」，有任何論證過程嗎？沒有論證，論文作者只用「願意……理解」、「多少印證」，其實是非常大膽而危險的。散文不是不能改編爲電影，台灣作家劉梓潔〈父後七日〉就是以散文改編成電影的例子，口碑及賣座都很不錯。將近四千字，僅僅十頁篇幅的〈父後七日〉，2006 年便獲得《自由時報》林榮三文學獎散文類首獎。將散文改編爲電影，不需要感到奇怪；最奇怪的是，沒有

＊ 佛光大學文學系博士，《文訊》雜誌行銷企畫總監、東吳大學中文系兼任助理教授。

論證就把文本給「理解爲一種散文化的小說」了。

　　二、論文作者提及，同樣是信仰伊斯蘭教的民族，哈薩克族與維吾爾族卻有著不同之處。這是因爲在哈薩克族的日常行爲中，更多地接受了薩滿教的影響。我很期待看到論文作者從兩族之間的「異」，提供更多關於維吾爾族的資訊，並藉此反思《永生羊》尚未觸及的其他可能議題。

　　三、最後一點跟學術倫理有關，不可不慎。本篇論文在「2015 年兩岸青年文學會議」宣讀前，已公開發表於 2012 年第 4 期《民族文學研究》，改動處不多、題目也雷同。中國大陸的情況我不清楚；在台灣，這是違反學術倫理的。

當代文學史「經典」建構的尷尬與迷局

以曹文軒爲例

◎宋嵩[*]

摘　要

　　文學史的建構過程可以被視爲文學經典的遴選與確定過程（亦可稱爲經典化過程）。曹文軒在當代文壇上以其多重身分而成爲一個獨特的存在，並在當代文學經典化過程中發揮了重要的作用，作爲以兒童文學和成長小說創作爲主的作家，其作品的經典化過程中不僅有文學評獎、評榜敘述、大眾文化傳媒敘述等傳統方式發揮作用，還有一些獨特的宣傳與經典化策略；作爲學者和批評家，他通過獨特的選本理念、培養青春作家等方式爲新時期文學經典化做出貢獻。但他在參與經典化過程中也折射出當下文壇的諸多尷尬，成爲值得文學界深思的現象。

關鍵字：曹文軒、經典化、成長小說、選本活動

* 山東師範大學文學院中國現當代文學博士，現爲中國現代文學館助理研究員。

　　文學史的建構過程可以被視爲文學經典的遴選與確定過程（亦可稱爲經典化過程），對於當前以文學史教育爲文學專業教育主幹的中國大學來說，這一點尤爲重要。因爲在當下的中國，文學史著作基本上都是以充當大學教材爲目的而編寫的。文學史教學（特別是本科教學）已經越來越淡化對於文學思潮的介紹，而將更多的篇幅與教學時間分配到經典作家作品的介紹與分析上；幾乎每一種文學史著作都會有配套的文學作品選存在，所選擇的無疑都是「經典」作品。因此，考察文學史書寫的理論與實踐，不能忽視對文學經典化的考察。

　　具體到「當代文學史」，其與文學經典化的關係就更爲密切了。當代文學學科的正式設立以「文革」後大學開設當代文學課程爲標誌，在經歷了最初的「當代文學能否寫史」的質疑與論爭後，已經逐漸成爲「顯學」。一般來說，文學史是在文學經典化過程大體完成之後所進行的工作。從時間上看，「當代文學」的時間跨度已經超過60年，具備了形成「經典」的基本條件；當代文學研究也已經形成了龐大的學術隊伍和規模，有了較爲成熟的理論資源，這些都足以支撐「當代文學經典」的確認。同時，當代文學史研究本身就是一種參與到文學經典化進程中的研究，相較於現代文學研究「過去時」形態的文學，當代文學研究的重要內容是「現在進行時」的文學現象，本身也在推進和影響文學經典化的進程。當代文學史研究爲了更好地解決與當下文學現象的關係，充分發揮了文學批評的作用，當代文學批評的成果被有效地吸收到當代文學史研究中，而當代文學史研究也積極主動地參與到文學批評活動中。這是當代文學史研究參與文學經典化過程的最具體有效的方式之一。

　　在新時期文壇上，曹文軒以其多重身分成爲一個獨特的存在。他將兩部著作命名爲「文學現象研究」（這兩部書也可視爲「文學斷代史」），卻似乎未曾料到自己會被文學界、出版界當作一種「現象」來

加以研究[1]。提起曹文軒，人們首先想到的是一位久負盛名的兒童文學、「成長小說」作家，其次會意識到他身為北大教授、博士生導師；也許還有不少人知道他身兼多重文學官員身分；資深影迷可能瞭解他在電影編劇方面的成就；而他近年來擔任「新概念作文大賽」評委、力推韓寒等「80 後」寫手、宣導「兒童閱讀」、「分級閱讀」的種種舉措，又使他儼然成為一位青少年語文（文學）教育專家，成為眾多中小學教師、學生和家長追捧的對象……曹文軒已經成為討論中國文壇現狀時不能繞過的人物，但多年來學術界對「曹文軒現象」的關注還只是局限在作者的某（幾）部文學作品或學術著作的成績上，未能深入考察這一現象背後的豐富內涵，尤其是它於新時期文學經典化的特殊意義。

　　在筆者看來，由於曹文軒的多重複雜身分，考察他與新時期文學經典化的關係也應該從多個角度進行，這些角度主要包括：作為作家、學者、批評家的曹文軒的文學觀與經典觀；曹文軒文學作品的經典化過程與策略；曹文軒是如何以學者和批評家的身分參與經典化的。

一、曹文軒的文學觀與經典觀

　　曹文軒的文學觀與經典觀歷來都是人們爭議的熱點。我們可以很容易地挑揀出其文學觀與經典觀的「關鍵字」，例如「純美」、「感動」、「審美」、「形而上」、「悲憫情懷」等等[2]。他自稱「在理性上是個現

---

[1] 朱向前就曾指出：「我認為曹文軒現象值得研究，所謂『曹文軒現象』指的就是他一手寫小說、一手寫理論的『兩支筆』現象。」見朱向前等：〈意象之美與人性之痛——關於長篇小說《天瓢》的對話〉，《當代文壇》2006 年第 4 期。類似的提法還可見易舟：〈「博導作家」創作學術俱豐碩，「曹文軒現象」受關注〉，《文藝報》2003 年 1 月 16 日第 1 版，以及江兵：〈「曹文軒現象」的出版學透視〉，《出版廣角》1999 年第 12 期。

[2] 需要特別指出的是，曹文軒習慣於在自己的文論著作中用黑體字標注自己觀點的關鍵字，但是這種做法本身就頗容易引起爭議，因為在許多當代中國人的記憶中，這種編輯、印刷上的特殊做法主要用於馬克思、恩格斯、毛澤東等領袖人物的經典著作。

代主義者，而在情感和美學趣味上卻是個古典主義者」[3]。有評論家指出：

> 曹文軒的小說以其優美的詩化語言、優雅的寫作姿態、憂鬱悲憫的人文關懷，執著於古典主義的審美情趣。他追求藝術感染的震撼效果，追求文學的永恆魅力，同時也汲取了西方以安徒生童話為代表的悲劇精神[4]

他的創作也因此被視為當代文學「古典美」的典範。然而，他對於當代文學的一些偏激看法也屢屢遭到非議。例如，他反復強調並怒斥當下中國文壇的「粗鄙化」傾向，認為「文學不能轉向審醜」，「文學不能缺少美的特質」，並且將新時期文學總結為「糧食」與「房子」兩大主題，追問作家們：

> 我們可曾想過，這糧食問題與房子問題總有一天是要被解決掉的嗎？如覺得文學確實不能這樣太形而下，便應在這些問題的背後力圖尋找到形而上一些的東西（如人性等）。[5]

這樣的文學觀無疑極大地影響了他的經典觀，進而影響了他對於文學經典的認定與選擇。

在其頗有影響的學術著作《中國八十年代文學現象研究》中，曹文軒列舉並分析了80年代的諸多文學現象後發出了這樣的聲音：「中國，渴望著『紀念碑』式的偉大作品」[6]。明眼人一眼就能看出，這裡的所謂

---

[3] 曹文軒：〈永遠的古典〉（《紅瓦》代後記），《紅瓦》，北京：作家出版社，2003年1月版，第584頁。

[4] 王泉根：〈《曹文軒文集》的學術品質與審美格調〉，《中國圖書評論》2003年第5期。

[5] 曹文軒：〈論發現〉，見《一根燃燒盡了的繩子》，北京：作家出版社，2003年1月版。類似的表述還可見同書的〈他們的意義──《當代大學生文學社團作品選》序〉一文。

[6] 曹文軒：《中國八十年代文學現象研究》，北京：作家出版社，2003年1月版，第375頁。

「『紀念碑』式的偉大作品」，其實就是「經典」的另一種說法。因此在布魯姆的《西方正典》被譯介到國內以後，曹文軒似乎馬上找到了文學觀和經典觀上的知音，並不吝用帶有鮮明個人風格的詩意語言傾訴「遭遇」布魯姆時的欣喜。對所謂「憎恨學派」將審美「意識形態化」的批判，是布魯姆寫作《西方正典》的出發點。在他看來，文學的審美價值無疑是最基本的文學立場和首要的文學觀念。他強調「只有審美的力量才能透入經典，而這力量又主要是一種混合力：嫻熟的形象語言、原創性、認知能力、知識以及豐富的詞彙」，以及「審美只是個人的而非社會的關切」[7]。其實早在讀到《西方正典》前，曹文軒便已經大致形成了與布魯姆相同的經典觀，在隨筆集《一根燃燒盡了的繩子》中收錄的 17 篇對經典作家的解讀中，我們看到，那些或是竭力追求形式美，或是力圖探討形而上問題的 20 世紀西方作家的名字占了多數（他們是：川端康成、普魯斯特、卡夫卡、奧尼爾、瑪律克斯、博爾赫斯、卡爾維諾、納博科夫，米蘭‧昆德拉一人則占了兩篇），而毛姆、陀思妥耶夫斯基、契訶夫三人也是 19 世紀西方文壇上以「形而上」思考和對藝術性追求著稱的作家。在對中國作家的態度上，魯迅因其不可迴避的經典地位入選，但曹文軒基本上是在探討魯迅在藝術上的不朽價值。另外三位中國作家則分別是錢鍾書、沈從文和廢名——其傾向與立場不言自明。至於中國當代作家，則沒有一人進入曹文軒的法眼；相反，他對已經「經典化」的當代作家趙樹理頗有微詞，認為他一生都在關心「當前問題」，開了當代作家執著於「形而下」問題的先河。[8]

　　在積極投身宣導「兒童閱讀」和中小學生「經典閱讀」的活動中，曹文軒終於明確提出了自己的「經典觀」：

[7]〔美〕哈樂德‧布魯姆：《西方正典》，姜甯康譯，南京：譯林出版社，2005 年 4 月版，第 20、12 頁。

[8] 曹文軒：〈沉淪與飛騰——從形而下走向形而上〉，《解放軍藝術學院學報》2002 年第 1 期。

> 所謂的經典就是那樣一種東西，我把它看成是至高無上的。這裡的
> 閱讀是一種仰視，就是事情到這裡為止不能再過去了，就像來到一
> 座高山下面。經典肯定是與時間有關係的，對於現在的東西，我只
> 能這麼說，它可能成為經典。
> 我以為一個正當的、有效的閱讀應當將對經典的閱讀看作是整個閱
> 讀過程中的核心部分。[9]

儘管曹文軒延續了一向使用的詩意語言風格而使得自己的觀點表達得並
不是很明確，但綜合他在其他場合的表述，我們仍然可以推測出，他所
謂「至高無上」、需要「仰視」的經典，就是那些在思想主旨上追求「形
而上」、在藝術上追求「純美」、「唯美」且傾向古典主義和浪漫主義的文
學作品；而「經典」的形成是一個過程，「現在的」「（好）東西」理應成
為將來的經典。

二、曹文軒文學創作的經典化歷程與策略

對於曹文軒的文學創作已經成為「經典」的事實，相信不會存在太
大的疑問，因為已經有不少人宣稱「曹文軒是新時期以來最出色的少年
小說作家之一。自上世紀 80 年代至今，他一直是少年文學創作的標杆性
人物。」[10]曹文軒的文學創作幾乎是與新時期文學同時開始的，因此，曹
文軒作品的經典化過程可以說是貫穿了新時期文學的始終，是考察新時
期文學經典化的一個理想剖面。

提到新時期文學經典化的策略，人們通常會想到文學評獎、評榜敘
述、命名敘述、大眾文化傳媒敘述等路徑。而在這些路徑上我們都能看
到曹文軒的身影。就文學評獎而言[11]，特別值得注意的有兩點，第一，曹

---

[9] 曹文軒：〈閱讀是一種宗教〉，《中華讀書報》2003 年 10 月 22 日。
[10] 《〈草房子〉百次印刷慶典暨曹文軒創作成就研討會在京舉行〉，《出版參考》2010 年 9 月下旬刊。
[11] 在中國作協於 1986 年設立首屆「全國優秀兒童文學獎」時，曹文軒便以短篇小說〈再

文軒一人曾五獲中國兒童文學領域的最高獎——全國優秀兒童文學獎，在中國兒童文學領域無出其右者；第二，在第四屆國家圖書獎的評選中，曹文軒的個人著作榮獲兩項大獎，這在歷屆國家圖書獎的評比中尚屬首次[12]。此外，在曹文軒的自述中，我們還瞭解到《紅瓦》曾參與了第五屆茅盾文學獎的評選，「當年進入茅盾文學獎評獎的終評，直到最後一輪才下來，而且好像就差一票」[13]。羅貝爾‧埃斯卡皮曾說過，「在某一種著名的文學獎中獲得一票或兩票，就會成為一張王牌，人們是不會忘記在書的封套上提上一筆的」[14]。如果我們承認這些由「文學精英集團」頒發的「象徵資本」具有權威性（起碼就當下而言），並且能夠意識到它們在新時期文學經典化過程中所起到無可替代的作用，我們就應該承認曹文軒的文學創作（起碼是獲獎作品）已經具有了成為「新經典」的資格。

　　吳義勤先生在論及文學選本活動時曾指出，「它們從不同的角度提供了一個年度內的中國中、短篇小說被『經典化』的機會。」[15]選本（不僅是年選）和排行榜對於經典化的重大意義並非僅限於中短篇小說領域，對於包括兒童文學在內的一切文學領域都是值得關注的。特別是在中小學生「經典閱讀」之風日盛的當下，曹文軒的作品被選入由「當今國內權威的兒童文學專家」們組成高端評選委員會、費一年多時間選編的帶

見了，我的星星〉獲此殊榮。此後，他更是各種（兒童）文學（圖書）評獎的常客，僅就長篇小說獲得的國家級榮譽而言，就有：《山羊不吃天堂草》獲第三屆宋慶齡文學獎金獎、「五個一工程」獎（1994）、中國作協第二屆全國優秀兒童文學獎；《草房子》獲第四屆國家圖書獎（1999）、「五個一工程」獎（1999）、冰心兒童文學大獎、第五屆宋慶齡兒童文學金獎、第四屆全國優秀兒童文學獎；《細米》獲第六屆全國優秀兒童文學獎；《紅瓦》獲第四屆國家圖書獎提名獎；《青銅葵花》獲第七屆全國優秀兒童文學獎、「五個一工程」獎（2007）等。

[12] 由於國家圖書獎評選規則規定一人不能同時獲兩次國家圖書獎，因此《紅瓦》在評委的協商下被列為國家圖書獎提名獎。

[13] 李冰：〈曹文軒寫《天瓢》熬瘦了 12 斤〉，《深圳特區報》2005 年 6 月 4 日。

[14] 〔法〕羅貝爾‧埃斯卡皮：《文學社會學》，王美華、於沛譯，合肥：安徽文藝出版社，1987 年版，第 94 頁。

[15] 吳義勤：〈「排行榜」是中國小說「經典化」的重要路徑——序《2007 中國小說排行榜》〉，《天津師範大學學報（社會科學版）》2008 年第 5 期。

有鮮明「官方」、「正史」色彩的「百年百部中國兒童文學經典書系」[16]，其「經典」地位的權威性似乎已不容置疑；而諸多民間「經典」選本也紛紛看好曹文軒，將其作品列入選本（如浙江少年兒童出版社的「中國兒童文學分級讀本」）的事實，從另一個方面證實曹文軒作品並非僅被學院派的「經典」眼光看好。

　　在考察新時期文學經典化過程時，文學圖書的發行量是一個不能迴避的話題。特別是在已經進入「暢銷書時代」的今天，越來越多的作家和評論家拋棄了「流行=庸（低）俗」的片面觀點，開始探求既叫好又賣座的文學創作與銷售之路；而全社會文化水準和文學藝術欣賞水準的提高，自然會淘汰那些庸（低）俗的通俗文學出版物，興起高品位閱讀的熱潮。曹文軒的作品幾乎每一種都是圖書市場上的熱門之選。僅《草房子》一書，印刷次數就超過了 100 次，江蘇少年兒童出版社一家的版本銷量就超過 60 萬冊，而包括《草房子》在內的曹文軒「純美小說」系列問世 27 個月的總銷售達到 104 萬冊，被國內出版界驚呼為「奇跡」。為此，江蘇少年兒童出版社專門在北京舉行了「《草房子》百次印刷慶典暨曹文軒創作成就研討會」。曹文軒作品的暢銷與長銷，不由得讓筆者聯想到同樣是以高品位青春小說創作著稱的日本作家村上春樹，而村上作品中文譯者林少華先生的論文〈村上文學的經典化的可能性──以語言或文體為中心〉則力陳村上小說可以列入「經典」的諸多理由：反映了一個時代的風貌和生態；有追問、透視靈魂的自覺和力度；表現了對人類正面價值、對跨越民族和國家的「人類性」的肯定與張揚；對人性的把握和拓展方面有新意；具有個性化的語言或文體[17]。我們發現，曹文軒的

---

[16] 在一篇年度兒童文學出版綜述裡，這套書被稱為「是對近百年來我國兒童文學創作成就的全面回顧與展示」，並引用著名評論家樊發稼的話稱讚說：「這套書系在中國少兒出版史上是開創性的，獨一無二的，堪稱蔚為奇觀的特大少兒出版工程。」見李東華：〈2005：兒童文學的新聲音〉，《文藝報》2005 年 12 月 20 日第 2 版。耐人尋味的是，在由嚴文井、束沛德、樊發稼、王泉根、高洪波等專家組成的「高端評選委員會」名單中，我們又看到了曹文軒的名字。

[17] 林少華：〈村上文學的經典化的可能性──以語言或文體為中心〉，見林精華等編：《文

作品也基本上具備這些特點：《草房子》、《青銅葵花》等對於「文革」時期鄉村生活片段的呈現，作者對人性深入剖析，對人文關懷、「感動」等普世理念的追求，以及富有詩意的語言風格，都使曹文軒的作品成為當代中國文壇上醒目的存在。如今，村上小說能否算作「經典」尚無定論，或許這正符合曹文軒的「經典生成過程論」，但林少華論文中列舉出的那些觀點無疑能帶給我們些許啟示，成為同樣支撐曹文軒文學作品經典化的有力理由。

從《飄》等作品的經典化歷程可以看出，暢銷書有朝著經典或名著的方向發展的可能，或者說經典和名著必須首先是暢銷書，因為「藝術只有作為『為他之物』才能成為『自在之物』，因此，被讀者閱讀和欣賞是藝術作品的重要本質特徵。」、「文藝作品的歷史和現實的生命沒有接受者能動的參與是不可想像的。」[18]當下學界對「暢銷書」的定義眾說紛紜，在陳曉明主編的《現代性與中國當代文學轉型》中，就給出了「在一定時期內銷售量很高、深受讀者歡迎的各類圖書」和「專指一種商業運作意識自覺的商業性圖書」兩種不同的解釋[19]。曹文軒作品比較符合前一種定義，但在其出版發行過程中也可以嗅到濃郁的商業氣息。

相較於成人文學寫作，兒童文學、成長小說（散文）的創作和出版擁有許多先天的優勢。首先，題材選擇上的種種禁忌，使得成人文學經典進入中小學語文教材之路充滿重重關卡，而更貼近未成年人生活的成長小說（散文）則較容易成為教材編選者的優先選擇；除了作品自身的優點之外，課本、教師的權威形象無疑會樹立課文作者在孩子們心中的神聖地位，而他們在進行課外閱讀時自然會更傾向於那些已經熟悉了的作者。其次，成人文學創作倘若流於「模式化」，無疑會為人所詬病，但

學經典化問題研究》，北京：人民文學出版社，2010 年版，第 238-251 頁。

18　〔德〕姚斯：〈文學史作為文學科學的挑戰〉、〈審美經驗與文學闡釋學〉，均轉引自郭宏安、章國鋒、王逢振著《二十世紀西方文論研究》，北京：中國社會科學出版社，1997 年版，第 304 頁。

19　陳曉明主編：《現代性與中國當代文學轉型》，昆明：雲南人民出版社，2003 年版，第 283、285 頁。

曹文軒積極投身兒童文學和「成長小說」創作，便可以開創「曹文軒模式」[20]而被廣爲稱讚。第三，一位嚴肅作家倘若熱衷於四處簽名售書、進行演講，往往會被視爲嘩衆取寵，但對於主攻兒童文學創作的作家來說，由於讀者在年齡和心智發育上的特點，他們必然要塑造一個富有親和力的形象（「楊紅櫻阿姨」、「郁雨君姐姐」就是最典型的例子），這些宣傳與造勢的做法都是必不可少的。正因爲如此，曹文軒才會在出版商的策畫與配合下，進行大張旗鼓的簽售和讀者見面活動；而借「人文進校園」等教育主管部門所舉辦的活動積攢人氣、向鄉村小學和少兒圖書館贈書等做法，無形中塑造出了作家熱心公益事業的形象，相較於許多作家負面新聞不斷的現狀，此舉堪稱成功的宣傳與行銷策略。至於作品的影視改編，由於前人已經廣爲論述，在這裡就不必贅言了。種種事實都表明，在一個所謂「注意力經濟」作用越來越明顯的時代，與各種媒體配合默契程度的大小，或許真的可以影響一個作家及其作品的銷量與受關注程度，進而影響其「經典化」的進程。

在全球化時代，「國際影響」理應成爲文學經典化的重要因素。例如，村上春樹作品的中譯本行銷總數已逾 330 萬冊（截止到 2007 年 10 月），他本人已經成爲最爲中國讀者熟悉的日本作家；而在國際上屢獲大獎也無疑成爲「村上春樹作爲嚴肅文學作家也正在得到承認」的重要證據[21]。曹文軒的許多作品早已走出國門，在韓國、新加坡等地受到追捧。例如，韓國早在 2001 年便翻譯出版了《紅瓦》，該書隨後被韓國全國國語教師協會選爲「國內外最優秀的成長小說」，並入選高一國語教材《我們的語言我們的文字》，成爲寫小說和閱讀的樣板；至 2009 年，曹文軒的長篇小說均已被翻譯爲朝鮮文在韓國出版。而新加坡國家圖書館向全國國民

---

[20] 這一模式由王泉根提出，指扎根現實，直接服務於今天少年兒童精神生命健康成長的需要，同時張揚幻想，崇尙人的情感與欲望，關注人的精神、靈魂與境界，追求藝術永恆與審美感動的創作傾向，總之，「是一種現實型構架與幻想型精神的有機融合」。見王泉根：〈中國原創兒童文學缺乏什麼〉，《文藝報》2005 年 5 月 31 日第 4 版。

[21] 林少華：〈村上文學的經典化的可能性──以語言或文體爲中心〉，見林精華等編：《文學經典化問題研究》，北京：人民文學出版社，2010 年版，第 238-251 頁。

推薦閱讀《草房子》，並規定全國所有國立圖書館均需配備 40 冊《草房子》[22]。國際影響的增強，也為曹文軒作品的經典化進程加分不少。

三、曹文軒是如何以學者和批評家的身分參與經典化的

曹文軒被譽為「國內少有的學者型作家和作家型學者」，以及「有出色才華的文學理論家和批評家」[23]。然而，除了四部學術著作，我們卻很少見到他的學術論著（文），反倒是經常可以看到他為別人的新書作序，或是接受各地各級媒體的訪談，這顯然已經成為曹文軒在新世紀表達自己文學觀點的最主要方式。一位記者曾如此介紹自己眼中的曹文軒：

> 現在，曹文軒說，最大的願望就是能夠有時間靜下心來寫書看書。……然而，他做不到。因為俗事纏身。在記者採訪的一個多小時裡，他接了三個約他講課或當評委的電話……在曹家書房牆上掛的月曆上，九月份 30 天中有 21 天畫著圈，那是對曹文軒必須外出應付的提醒。……光是寫序，曹文軒說他一年到頭就不知要寫多少，這是他頗為頭疼、無奈的事。「外人只看到我寫了多少序，不知道我推掉多少」[24]

這一段描寫或許不僅僅適用於曹文軒，也是當下眾多一線評論界、學術界「名人」生活的真實寫照。但是從另一個角度來考慮，正是這種生活，眾多的「曹文軒們」在一點一滴地促成著新時期文學的「經典化」歷程。

除了撰寫評論，作為學者和評論家的曹文軒也不遺餘力地進行著自己的選本活動，為新時期文學的傳播、教育貢獻著自己的力量。主要表

---

[22] 具體情況見〔韓〕河貞美：《中國當代小說在韓國的接受情況研究——以戴厚英、余華、曹文軒為中心》，北京大學碩士學位論文，2010 年；舒晉瑜：〈曹文軒：激情難以控制〉，《中華讀書報》2007 年 9 月 5 日第 6 版。

[23] 易舟：〈「博導作家」創作學術俱豐碩，「曹文軒現象」受關注〉，《文藝報》2003 年 1 月 16 日第 1 版。

[24] 薛冰：〈濕潤曹文軒〉，《北京日報》2004 年 10 月 24 日。

現有二：一是在新世紀之初主持編選了《20 世紀末中國文學作品選》，二是長期擔任「年度中國小說」、「北大選本」的主編工作。《20 世紀末中國文學作品選》在諸多當代文學作品選本中的獨特地位在於，它選擇了「20 世紀末」這一時段，實際時間期限就是 20 世紀最後的 20 年，也就是一部當時少有的直接針對「新時期文學」的選本。由此不難看出曹文軒在剛剛經歷了 20 年的新時期文學作品中披沙揀金、力求甄選精品樹立經典的意圖。而這一選本與他主持的其他選本一樣，被冠以「學府選本」的名稱，這是編選者理念的集中概括──以「學府」二字彰顯與其他商業化選本不同的純粹性、嚴肅性、學術性、創造性的品質和特性，這在他為該書所作「後記」中也可看出一二（「作為學府選本，這套選集稍微傾向於作品在藝術上的純粹性」）。由此，編選者便毫不避諱明顯的傾向性。從目錄上便可一眼看出，曹文軒對汪曾祺的小說和海子的詩歌作品格外偏好，所選作品篇數大大超過其他作家。而海子的小說〈初戀〉和張承志的詩歌〈《心靈史》第五門尾詩〉的入選則更出人意料──以往的文學史和閱讀經歷已經在讀者心目中形成了「海子是詩人」和「張承志是小說家」的思維定勢，而一旦將他們在自己擅長文體之外的「越界之作」擺出，帶給讀者的心靈震動無疑是巨大的；而當讀者意識到這些「越界之作」也有著相當高的藝術水準時，這種震動便更加劇烈了。此外，曹文軒還捨棄了不少作家原本被公認的「代表作」，而選擇他們並不特別有名但水準與「代表作」不相上下的作品（例如不選鬼子的代表作〈被雨淋濕的河〉而選〈上午打瞌睡的女孩〉）；不避諱作者的名氣，寧可不選那些名氣很大但藝術水準不符合編選標準的作家作品，也要選入一些名氣不大但作品有一定水準的作家（例如許輝及其〈夏天的公事〉罕被文學史提及，倘若不是被這一選本選入，也許就會一直湮沒無聞下去）。而「年度中國小說」、「北大選本」的編選，則是長期以來北大中文系中國現當代文學專業研究生「北大評刊」活動的深入。印在扉頁上的「學院的立場，可信的尺度，嚴格的篩選，切近的點評」點明了這一編

選活動與《20 世紀末中國文學作品選》「學府選本」在藝術追求上的千絲萬縷的血緣關係。更值得注意的是，曹文軒歷來強調「點評式」的小說評論與鑒賞，認為「若干世紀以來，藝術品就是這樣被閱讀的，也正是這樣一種閱讀，使文學成為了文學」，並由此找到了「新批評」代表人物布魯克斯和沃倫的《小說鑒賞》與金聖歎、張竹坡等中國古典批評家的相通之處[25]。而「北大評刊」正是他重振評點式、鑒賞式小說評論的實驗田，彰顯出他力求借助中國古典文藝批評資源參與新時期文學經典化的努力。

　　曹文軒對文學的關注點從成人文學向兒童文學、「成長小說」和青春文學的轉移，或許始自他擔任「新概念作文大賽」評委。作為高等學府的代表，曹文軒等人不僅僅只是一次作文比賽的評委，還肩負著為重點高校遴選保送生源的重任。從此，他的名字便與「新概念」和「保送生」聯繫在了一起。若干年後，曹文軒編選了一套「北大清華高考狀元閱讀書系」，讓六位相當「酷」的北大清華高考「狀元」現身說法，介紹自己的閱讀書單。這一出版選題看似很突然很「無厘頭」，但仔細思索其編選者的背景，便不難得出結論──儘管「新概念」號稱是要探索一條人才選拔的新路，是素質教育對應試教育的一次挑戰，但在當前中國的教育體制下，所謂的「挑戰」無疑是軟弱無力的。曹文軒一方面擢拔出韓寒、郭敬明這樣的「人才」，力圖促使他們完成龍門一躍（但是韓寒似乎並不領情，早早輟學了），從而塑造自己「素質教育先鋒」的形象，另一方面卻又向應試教育的鼓吹者妥協甚至「合謀」，借應試教育最成功者（「高考狀元」）來推廣所謂的「經典閱讀」。兩種做法看似矛盾，但無形中都是在利用手中令無數學子豔羨的高等教育資源書寫著自己的神話，從此，萬千學子只知曹文軒是「青春文學教父」，或是皈依曹氏「經典閱讀」便有成為高考狀元的可能，當下傳媒界極為重視的「讀者忠誠度」由此

---

[25] 王泉根：〈2001 中國兒童文學理論批評年度綜述〉，《淮北煤師院學報（哲學社會科學版）》2002 年第 5 期。

形成，並得以不斷鞏固。一個凡事都要「祛魅」的社會，卻同時又在進行著「增魅」的荒唐舉動。所謂「教父」一詞，閃耀其上的「卡里斯瑪」光芒是否還不夠奪目？而當商業社會力圖將各個領域都「偶像化」時，文學界又豈能免俗？

四、曹文軒「經典化」的尷尬

　　從以上的分析可以看出，曹文軒作品的經典化歷程是各種經典化策略共同作用的結果，在這一過程中，作家、出版商、讀者、批評家、媒體乃至教育部門都有意或無意地參與其中，為我們繪製出一幅紛繁複雜的當代文壇文化全景圖。這無疑是市場經濟體制的控制滲透到社會生活的方方面面、新世紀文化生成語境同新時期之初相比，已經發生了天翻地覆變化的結果。然而，我們應該意識到這樣的文化生成語境亦是一柄雙刃劍，在肯定其對文學經典化起到積極作用的同時，也不能忽視其負面影響，這些影響集中體現在如下「尷尬」中：

　　尷尬之一：中國兒童文學遭遇「馬太效應」。自古以來，在文學經典化過程中就存在著「馬太效應」（Matthew Effect），即所謂「強者愈強、弱者愈弱」的現象，這實際上是「帕累托法則」（Pareto Principle）在發揮作用（即指在任何大系統中，約 80%的結果是由該系統中約 20%的變數產生的）。僅就當下兒童文學領域而言，眾多名家越來越有名，越來越高產，甚至要效仿大仲馬組建「工作室」來滿足市場的需求；然而另一方面，新人卻鮮有出現，或罕被關注。一窩蜂湧向知名作家勢必造成出版資源和出版空間越來越窄，無疑是一種「竭澤而漁」的自殺式發展。「經典」需要我們以敬畏的態度去仰視，但仰視經典的最終目的是爭取創造出足以超越前人的新經典，力爭使經典書單越來越長，這才是文學發展的終極動力。但當前更多的作家在經典面前卻僅知「敬畏」，或是認為自己沒有超越舊經典的能力，或是認為已有的經典無需超越，從而導致創作動力的匱乏。這種文學創作上的「惰性」，是當下中國文壇的通病，值

得每一位中國作家、批評家和文學圖書出版者的警惕。

尷尬之二：曹文軒創作獲獎無數，銷量連創新高，但不買帳者大有人在。或許他的「兒童文學作家」身分便是「原罪」。儘管他開創性地在自己的《中國八十年代文學現象研究》獨闢一章，大談 80 年代中國兒童文學的「覺醒、嬗變、困惑」，但這樣的綜合性文學研究著作和文學史著作顯然還是鳳毛麟角，「兒童文學」似乎成了中國現當代文學版圖中消失的一隅。更嚴重的問題是，兒童文學學科長期在高校學科設置與學位授予中沒有地位，至今還是作為「三級學科」掛靠在中國現當代文學二級學科的名下，全國高校還在堅持開設兒童文學課程的教師屈指可數；許多學生雖然聽說過曹文軒的大名，但讀過其作品的人卻寥寥無幾，大多數人對他的瞭解僅僅停留在「兒童文學作家」的層面上；中文系的學生不讀曹文軒，讀曹文軒的十有八九不是中文系的學生。試問：曹文軒的經典化過程難道基本上是由「外行」們來完成的嗎？我們對於傳統「經典」的過分強調，是否會影響新經典的形成？

尷尬之三：即使已經榮譽滿身，曹文軒仍力求「轉型」，希望獲得主流認可。儘管曹文軒多次聲稱「兒童文學這裡，照樣有著深刻的命題，照樣有著關於終極問題的思考」、「有不適合孩子讀的作品，但沒有不適合成人讀的作品」、「本人與兒童文學是什麼關係？是血濃於水的關係」，儘管他的成長小說《紅瓦》足以跟眾多成人文學長篇競逐茅盾文學獎，但外界的質疑終於促使他推出了一部「轉型之作」《天瓢》，孰料卻引起了持續不斷的爭論，褒者將其與《滄浪之水》、《醜行或浪漫》、《花腔》等一起視為可以代表新世紀長篇小說創作水準的佳作，貶者倒也直言不諱：「這本晦澀的《天瓢》，讀了半年多，也沒有感覺到有多麼濃郁的閱讀快感」，「盛名之下的《天瓢》真的那麼美妙嗎？」「以曹文軒的名氣，再有幾位著名作家的鼓噪，《天瓢》怎能不吸引讀者的眼球呢？只有你認

真讀過之後，才知道它是一道夾生飯。」[26]這部明顯的「成人文學」，其成與敗自有評說，但社會對《天瓢》的評價顯然難以與此前幾部堪稱「經典」的成長小說相比肩。曹文軒在這次不甚成功的的轉型之後又回到了純美成長小說老路上，寫出了《青銅葵花》，而他信心百倍要創作的知識分子題材小說至今未見蹤影。

　　或許曹文軒「經典化」帶來的「尷尬」還有許多，但是，無論他的「經典化」努力是否成功，都有若干值得我們深思之處。深思的結果，可能就是新時期文學經典化的一條成功之路，同時也是一條建構當代文學史的新路。

---

[26] 胡子宏：〈《天瓢》：一鍋夾生飯〉，《溫州日報》2006年1月15日第8版。

講評

◎楊宗翰

　　我個人長期關注文學史與經典建構的問題，故對宋嵩此文深感興趣。我認為此文題目用字雖重，但論文內容確實點破了曹文軒的「尷尬」與「迷局」。但是，我不知道論文作者為何將發表於 2012 年《南方文學》的這篇，直接拿到本次大會來宣讀？與王敏那篇〈《永生羊》何以永生的跨文化理解〉一樣，這若發生在臺灣，是嚴重違反學術倫理的。

　　「兒童小說」與「成長小說」在中國大陸雖享有高銷售量及大眾認可，但在現行高校體制內，依然是沒有地位的。它迄今終究只是一門三級學科，成了中國現當代文學版圖裡消失的一塊。臺灣其實也面臨類似的狀況，只有臺東大學設有兒童文學研究所，招收碩、博士班學生。該所為全臺唯一以培養兒童文學創作人才及提供學術研究資源的學術機構，其他學校最多只能在中文系開一門「兒童文學」課程而已。

　　我因為曾在圖書編輯、發行、版權圈內工作，恰巧經手過曹文軒 2012 年到 2014 年間在臺灣的出版品。這五本書分別是《海邊的屋》、《獨臂男孩》、《黑森林》、《小號傳奇》與《甜橙樹》，皆屬大家熟悉的曹文軒中、短篇小說創作。但這些繁體出版品，完全沒有辦法複製 1998 年《草房子》在臺灣的銷售熱潮，五本書問世後在臺灣讀者間沒有引起什麼討論，遑論市場表現了。建議本篇論文作者，能夠把曹文軒少兒文學、青春文學在臺灣被接受的狀況及其演變，納入本文的討論之中。在考量「經典建構」問題時，若能將繁體版、簡體版的不同狀況並而觀之，對所謂「歷史評價」或「讀者接受」，當會衍生出不一樣的思考及可能。

網路傳媒語境下的「新民間故事」
以網路小說《青囊屍衣》為例

◎房偉[*]

一、

　　經過十餘年發展，大規模利用網路傳媒方式，生產、傳播、銷售小說作品，已成為中國大陸獨特的現象。人們驚歎「網路小說」飛速發展的同時，也產生了諸多困惑：網路並非首倡於中國，為何網路小說在大陸成為獨特風景？網路小說到底是文學現象還是文化現象？網路小說是否具有真正的文學性？如何針對網路小說形成新的認識、評價標準和理論概括？這些問題如果僅做宏觀理論總結，恐怕很難說服讀者和研究者。比如，很早就有研究者將網路文學定義為「賽博空間的新民間文學」[1]，然而，這些年網路小說與研究表現出的，卻是資本營運強化對網路文學生產的控制，消費意識與官方意志結合後，網路文學民間色彩的淡化與刻意遮蔽。關注網路小說，應「有變」又「有常」，既要看到網路媒介對文學的衝擊與改造，也要看到文學形態的傳統延續性，以及中國文化語境的巨大制約性。以下，我將以網路小說《青囊屍衣》為例探討這些問題。

　　為什麼選擇這部小說？首先，該作品有巨大的網路傳播影響。《青囊屍衣》最早在天涯網站「蓮蓬鬼話」欄目連載，被稱為天涯社區歷史上「最火爆」的小說，作者為「魯班尺」，開貼日為 2007 年 7 月 20 日，開貼僅五個月，就獲得七百餘萬點擊量和四萬回覆，截止 2015 年 5 月上旬，累積點擊量達七千四百餘萬，22 萬回覆。《青囊屍衣》的續集〈鬼壺〉

＊ 山東師範大學文學院中國現當代文學博士，山東師範大學副教授。

[1] 歐陽友權，《網路文學的學理形態》，中央文獻出版社，2008 年 2 月版，11 頁。

和〈殘眼〉影響也非常大。〈鬼壺〉2009年7月20日開貼，兩千五百餘萬點擊量，10萬回覆；〈殘眼〉2014年5月10日開貼，點擊量九百二十餘萬，回覆11萬，再加上各種網站轉載，《青囊屍衣》總點擊量已過億。這種驚人的傳播影響，讓研究者不容忽視。不容忽視，並不是簡單地贊成或否定，而是老老實實地承認影響，並探索其背後的因素。

其次，《青囊屍衣》又是一部雖有巨大網路影響，卻被評論家和主流媒介「忽視」的作品。不僅研究網路文學的專家很少提及，且傳統媒體也很少關注該作品及作者。作者魯班尺曝光率低，身分不詳，亦非作協會員，相比身為千萬富豪，頻頻亮相電視娛樂節目，佔據報紙頭條，並已進入主流領域的「網路作家」，魯班尺卻彰顯網路文學的「草根性」和「匿名性」。這種情況要涉及作品生產方式。《青囊屍衣》是「天涯社區」的王牌作品，並非起點、縱橫中文這類收費網站首發推動，由於沒有收費訂閱模式，這種專欄連載主要靠點擊量和回覆積攢高人氣，並與實體出版形成互動。《青囊屍衣》的商業因素不如收費網站作品明顯，但文學自主性和思想自由度更強，更具民間原創性。商業網站推出的小說，有很多優秀之作，也有大量「小白文」，只追求情節刺激性，缺乏整體嚴密構思，高超的想像力，優美的文體意識，缺乏深刻思想和鮮活生動的人物，更匱乏現實指向性與批判性。

再次，《青囊屍衣》還是一部有重要啟示意義的網路小說。從通俗類型角度而言，這是一部集盜墓、巫醫、驚悚、懸疑特徵的網路類型小說，但仔細考察，這又是一部有理想寄寓的「孤憤之作」，是一部既能在內在氣質聯繫傳統文學形態，又能傳承民間精神和網路民主氣質的「新民間故事」。那些看似荒誕不經的「人與屍」的故事，不僅文筆流暢簡潔，故事曲折生動，人物栩栩如生，想像力奇特，知識含量豐富，文化底蘊深厚，且作者也借助這些故事，蘊含對中國現實與歷史的強烈諷刺與批判，甚至在政治意識上屢屢大膽突破禁忌，表現出對自由美好人性的嚮往，對民族國家文明形態的深切思考。

二、

　　《青囊屍衣》主要講述文化大革命末期，江西婺源農村赤腳醫生朱寒生，如何從墓穴得到華佗所著《青囊經》與《屍衣經》，濟世救人、驅鬼鬥巫的故事。故事核心在寒生、吳楚山人、劉今墨等心懷正義與善良的民間醫生或俠士，與京城首長、孟主任、黃建國等貪婪的政治權貴之間，圍繞風水聖地「太極暈」之間的殊死鬥爭。續集延續「民間」對抗「政治」的思路，為阻止京城政治人物尋找「祝由壺」復活偉人，尋找長生不老的藍月亮谷，寒生、沈才華、有良等青年繼續與惡勢力進行戰鬥。小說的歷史背景，巧妙地被放置在文革末期到改革開放的時代之中。我們看不到宏大敘事慣有的進步故事，反而可看到歷史荒誕的聯繫性和雜糅性。高貴者和權力主宰者，如京城首長、黃主任、孟主任、黃建國、鱉老、陽公、宋地翁，甚至歷史曾經的統治者，如黃巢，都受到辛辣嘲諷，民間小人物和奇能異士則受到頌揚。小說利用網路小說的形式，隱祕地實現了作者對歷史和現實的再認知，即統治者愚蠢貪婪，民間有真性情和真人性。

　　解讀這部小說，我們首先要瞭解，作者魯班尺堅持的網路民間虛擬身分：

> 　　魯班尺，又名行者，匿名著書，身世不詳。喜孤身徒步旅行，常年行走於滇藏川黔山區一帶。近年來，曾有人在滇西北香格里拉碧塔海中的島上見過他，此人是一個黝黑的中年男人。小島之上有一座噶瑪噶舉派的寺廟。魯班尺，像謎一般的人。

從傳播策畫角度來看，以筆名示人，掩飾真實身分，古已有之，如《金瓶梅》作者「蘭陵笑笑生」，大多寄託作者不得以的苦衷，以避免政治禍患與人際紛擾。現代文學生產體制下，筆名則更多寄託作者思想和藝術

追求，如魯迅、莫言，並以此形成文化品牌效應，也有利於作者形成流行文化形象，如 90 年代初，流行大陸的言情小說作者「雪米莉」，其實是三位男作者，筆名讓讀者容易將之認同為美麗時髦女性，從而有利作品銷售。而在網路文學異軍突起的今天，「網名」則更多表現作者的平等姿態與自由表達渴望，網名更容易與讀者溝通、交流，但也較少能形成經典符號魅力與高級文化象徵，如「我吃番茄」、「唐家三少」等。而「魯班尺」的自我形象塑造，流浪式旅行，宗教情懷，邊地風情，謎一樣的身世，都讓魯班尺有別於一般網路小說家，兼具「浪漫邊地」行銷魅力、「叛逆隱士」文化符號意義，及「網路寫手」草根性想像。儘管我們還不能印證這些作者設計的形象，到底有多少真實性，但僅就故事而言，就有重要的差異性。作者不願將自己打造成中產雅痞士式的網路成功人士，也不是沉溺幻想的「大玩家」，這值得我們深思網路作家的內在差異性與網路文學本質。

通過作者回帖來看其創作意圖，也與一般網路小說有很大區別，該書的實體出版遭禁，更驗證了這本「談鬼論屍」的小說，有著怎樣的現實批判鋒芒：

2006 年 3 月間，一個綿綿細雨的日子，我默默地站在宜昌三鬥坪罎子嶺上，眺望著煙波浩淼的長江三峽，耳邊迴蕩著黃萬里先生「三峽永不可建」的聲淚俱下的千古哀歎，於是決心寫一篇祭文，由於眾所周知的原因，只能寓意於鬼話之中。縱觀當今靈異論壇，惟天涯「蓮蓬鬼話」矣。由於「蓮蓬鬼話」風格與眾不同，互動性強，誤入其中竟流連忘返起來，更於今年 7 月嘔心瀝血作《青囊屍衣》。我一個人孤獨的沿著茶馬古道西行，堪比當年艾蕪〈南行記〉裡的蒼涼。星漢寥寥，雞聲茅店，青囊屍衣悵然而獨行。夜色溶溶，異鄉難眠此間。低頭俯看只影更孤單，一身孑子，人跡板橋，懸壺濟

世蒼涼竟如斯……[2]

《青囊屍衣》原計劃寫三部，一、二部（「青衣」及「鬼壺」共九本）已在天涯連載完畢，其實重點是在第三部，主角是有良。由於前兩部因涉及眾所周知的原因，實體書只出了前三本便夭折了，甚為遺憾。尺子樂觀的估計，總會有解禁的一天。《青》的某些中醫偏方雖令人作嘔，但畢竟都有據可查，尺子不過是誇張些罷了。書中個別情節噁心了點，卻也是道出人間百態，抒發常年漂泊流浪為城管所追殺的無奈，僅此而已。[3]

　　《青囊屍衣》的「楔子」，頗似舊小說開頭，有說書人的架勢，但第三人稱的全知敘事視角，僅僅出現在開頭就消失了，小說正文則依照第三人稱限制性視角，即寒生的視角展開故事。第二部則主要以血嬰沈才華的視角展開。除了引發懸念的功能外，我們還注意它的「敘事原始」作用，即在小說開端，設計一個能奠定小說整體基調的時空氛圍，即以1700 年時空變幻為注腳，一個簡潔的電影鏡頭式手法，交代「青囊屍衣」的來歷，所付下的暗語，則是權力和醫者仁心的鬥爭。在千年時間速度流之後，以「悠悠歲月，滄海桑田，此事早已湮沒在漫漫塵世之中了」做結，表現了小說整體的思想內涵追求：

> 楔子　建安十三年（西元 208 年），是夜，傾盆大雨，許昌城北死牢。飄忽不定的油燈光下，一個清臞白鬚的老者將一個布包交給牢頭，輕聲道：「此可以活人。」那牢頭悄悄將布包揣入懷中。1700 年後，有遊人至江蘇沛縣華佗廟，廟門前一副對聯曰：醫者剖腹，實別開岐聖門庭，誰知獄吏庸才，致使遺書歸一炬。士貴潔身，豈屑侍奸雄左右，獨憾史臣曲筆，反將廄事謗千秋。的是，當年三國神醫華

---

[2] 引自天涯社區，蓮蓬鬼話欄目，「青囊屍衣」貼，（樓主：魯班尺　時間：2007-12-26 09:07:41）
[3] 引自天涯社區，蓮蓬鬼話欄目，「青囊屍衣」貼，（樓主：魯班尺　時間：2007-12-26 09:07:41）

佗將其畢生心血凝著《青囊經》，臨終前夜傳於牢頭，那人竟不敢接，華佗無奈將其付之一炬，致使該醫經失傳至今，令人扼腕歎息。

悠悠歲月，滄海桑田，此事早已湮沒在漫漫塵世之中了。

這三部小說，都各自有核心推動力（某件寶物），進而將眾多小故事串聯起來，這種「串珠式」結構，頗類似傳統民間故事，如第一部以「太極暈」的發現與爭奪爲中心，又串聯起京城權力鬥爭，明末野拂寶藏、孫立人部下的故事，苗疆巫術鬥法、梅小影與陽公、湘西老叟的故事，雪山活佛預言等；第二部則以風後塚，可逆轉陰陽的祝由鬼壺爲中心，串聯起東北祝由巫術派的故事，有良與妮兒的愛情，沈才華與金剛鸚鵡的探險，緬甸果敢內部權力鬥爭，農安縣蟓頭蠻的故事，野人山戰死的國軍將士鬼魂的故事等。第三部則以尋找長生不老的藍月亮谷爲中心，綴連著有良的鬼門十三針的故事，黃巢復活的故事，鬼城豐都的故事，蟬妖薛道禪的故事等。

這種方式也是「盜墓小說」常見的手法。然而，有所不同的是，盜墓小說大多以不同寶物串聯，每個小故事都可單獨成立，又互相有聯繫，但內在人物性格較類型化，缺乏發展變化，以寶物爲中心，卻極少枝蔓而出，衍生複雜人物和深刻思想，及現實批判的能力，如《鬼吹燈》、《盜墓筆記》基本如此。這些小說的重點大多放在曲折離奇的故事，層出不窮的寶藏和法寶道具。《青囊屍衣》的結構，頗類似《水滸》，以「聚義」爲核心，串聯主要人物，次要人物隨出隨入，但都各有面貌，栩栩如生，不是簡單功能化或類型化，每個小故事雖也能單獨成篇，但都服從「反抗社會、替天行道」的俠義思想。

比如，《青囊屍衣》中，劉今墨出現很早，一直作爲主要人物寒生的「幫手」，有明顯敘事功能，而巫師陽公與官員黃建國則作爲主要阻礙功能出現，但這幾個人物各有性格特色，也各有思想深度，如劉今墨融合心狠手辣的江湖大豪與真性情的赤子與一體：他酷愛飲酒，卻遲遲才懂

得愛情；他曾爲權力迷失，卻幡然醒悟；他功夫陰狠，卻對鬼嬰沈才華有著深沉的愛。而同樣是壞人，陽公的瀟灑不羈，博學多識與他喜食人腦漿、唯利是圖的惡習同在；英俊多情的黃建國，貪婪的政治野心與造福天下，結束文革的使命感並存，權欲支配下的心靈卻依然有割捨不斷的愛情與親情。這些人物，都比《鬼吹燈》的幫手「胖子」等類型化人物要更豐富複雜，也更具魅力與內在深度。

三、

　　《青囊屍衣》是「人與屍」的新民間故事，是一部醫術與巫術之書，也是一部有關「旅行」的小說。小說空間範圍廣泛，涉及很多中外地域性風俗風物，如苗疆落洞女與祝由巫蠱術、貴州趕屍術、東北「老仙兒」、西藏苯教傳統、江西風水堪輿術，甚至是緬甸煉屍術，泰國降頭術。每一處自然景觀，都熔鑄著作者對大自然的熱愛，對文化傳統的獵奇，並與小說人物、情節很好地結合在一起。這些傳統文化冷知識、怪異的神鬼傳說，既不是被啓蒙思想家所貶斥的「封建迷信」，也不是尋根小說帶有純文學探索意味的原始文化，而是將之作爲一種知識體系，民間傳統價值，鑲嵌在文本中，藉以表達自由的文化想像力。

　　如果從巴赫金的小說時空體角度而言，這部小說表面類似「道路時空體」，不同的道路，充當事件偶然性突發地，時間起始之點和結束點，人物在道路相遇，發生故事，又在道路探索中，主要人物經歷考驗，最終成長爲英雄。當然，每部小說都有一個核心空間點，即太極暈，風陵渡，藍月亮谷，以維持故事的緊湊。但在小說敘事中，兩股勢力對峙非常明顯，民間力量與政治權貴的鬥爭，在時空特點上，又接近於拉伯雷時空體，表現爲民間力量的強大，對專制權威的嘲弄，也有著非同尋常的空間規模。而那些出現在小說的空間，往往是民間化的自然，彰顯愛情、性愛、友誼與人性善的力量，聯繫巫術、鬼怪、恐怖、戲謔、屍體和對政治權威的破壞。雖然這部小說較少拉伯雷的「廣場時空」，但它的

民間性非常明顯。正如有的學者所指出，拉伯雷的小說，始終貫穿時空關係的系列組合，這是肉體盛宴，凡肉體所能輻射到的領域無不結成一種毗鄰關係，這種關係在後來官方話語的阻隔下分崩離析，老死不相往來。拉伯雷就是要恢復這種古老關係。這種古老毗鄰關係主要有七大系列：（1）解剖和生理角度的人體系列（2）人的服飾系列（3）食物系列（4）飲酒和醉酒系列（5）性系列（性生活）（6）死人系列（7）大便系列，它們在官方構建的高雅世界裡怪誕不經，但在拉伯雷看來，這七個系列符合肉體的邏輯，符合詼諧的民間精神[4]。

《青囊屍衣》不同於一般盜墓小說，它又一部「重口味」狂歡小說。在「人與屍」的怪異想像中，我們沒有感到恐怖，而是看到神奇詭異的文化想像力，及肉身的大無畏民間力量。這裡「人與屍不分」，人死後尚可以別樣形態存於人間，且擁有非同一般的能力，屍體成了表現作家想像力和民間力量的另類符碼，如頑皮的皮屍，美麗的玉屍，復仇的蔭屍，與常人無異的肉屍，流出治傷聖藥汗青的汗屍，還有神奇的詐屍、毛屍、僵屍、走屍、草屍、血屍、鬥屍、醒屍、石屍、綿屍、甲屍、木屍、茱屍——諸多肉身設計，讓人驚歎不已。小說將粗俗的屎尿屁的戲謔、粗野的性愛故事，民間肉身狂歡，與奇詭的醫術、巫術、鬼魂、神物融為一體。這裡有「人中黃」的惡作劇，神奇功效的童子尿，放臭屁的醫學闡釋；也有瘋狂屍磷蟲，成精的白化巨鼠，關中地臍四神獸，戴月經帶、酷愛拔人毛髮的血蝙蝠；更有肉屍梅小影與湘西老叟的性愛故事，蠶頭蠻刑書記與和紳愛妾郭可兒「超越時空」的性愛，還魂的黃巢與楊妃再續前緣，美女肉屍明月附身醜陋火葬工，卻遭老光棍調戲；峨眉老尼與茅山道士糾纏不休；女扮男裝的老祖，先愛上小姑梅小影，後鍾情於武林高手劉今墨；被移植了豬睪丸的紈絝「官二代」孟紅兵，愛上了母豬；緬共高層黨員鱉老成了無性陰陽人；德高望重的費道長，為得到靈胎，不惜男人產子；風水師吳道明愛上無名老尼，獻上 60 年童子身；因貪婪

---

[4] 王建剛，《狂歡詩學》，三聯書店，2001 年 12 月版，232－233 頁。

而被種蠱毒的農安縣黨委領導班子成員，光著屁股被村民追殺；京城首長借人鬼交媾套取鬼壺秘密，不料陰差陽錯，被女鬼控制了身體……

荒誕不經、粗俗不堪的「人與屍」故事，卻有大量「高雅」與「正能量」的東西，如各類文化與歷史知識，美麗的地理風景描述，善良正直的人類情感。如侏儒女巫小翠花，爲劉今墨跳崖殉情；老右派吳楚山人受到文革迫害，念念不忘尋找走失的妻女；農村青年寒生，勵志懸壺濟世，拒絕京城首長高官厚祿的誘惑，隱居江西鄉野；邪派高手劉今墨，曾爲虎作倀，但在寒生感召下，棄惡從善；香港風水師吳道明，深愛無名老尼，在陽公的威逼下，雙雙殉情；小隊長朱彪，性格懦弱，眼看情人沈茱花慘死，在她死後，終於鼓起勇氣，與狠毒陰險的孟主任同歸於盡；肉屍明月，被黃建國所誘惑，醒悟後不惜性命，救了寒生。

同時，荒誕不經和粗俗，並沒有帶來期待的恐怖感，反有另一種強大功能「笑」。讀者滾滾的笑聲中，我們不僅看到人性的恣意豪放，對道德束縛的蔑視，更看到高貴者的醜陋虛僞，正統歷史的虛假，意識形態話語的非人性。小說也寫了很多令人不寒而慄的惡人惡行，但這些東西，卻常打著光明正大、理直氣壯的名義。孟主任逼死沈茱花，又陷害茱花的情人朱彪；京城首長的兒子，爲登上領袖之位活埋首長；首長被寒生治好病後，卻恩將仇報，以寒生的父親爲人質，妄想控制寒生；農安縣的領導，挖出變成蠕頭蠻的人，以「農安蟲人」爲名搞展覽撈錢；黃建國爲成爲政治領袖，心狠手辣，親手活埋爺爺，威逼利用明月，對京城首長奴顏婢膝，先是不擇手段娶首長的女兒東東，後是不惜充當首長的男寵。小說還寫了很多法術界的敗類，如鱉老、陽公、宋地翁、楚大師等，他們爲達官貴人服務，殘害良善，天良喪盡，生吃活人腦，下蠱毒人，綁架暗殺，無所不用其極。

《青囊屍衣》第三部〈殘眼〉中有一個絕妙情節。蠕頭蠻邢書記以革命理論找人辯論，胡攪蠻纏，但邏輯上言之成理。然而，小說並沒有將之變成丑角，而是一方面顯現他的迂腐可笑，不合時宜，諷刺現實政治

不合時宜的理論錯位；另一方面，邢書記敢恨敢愛，仗義幫助有良，與
那些掌握政治大權，滿嘴仁義道德，內在卻自私自利的政治偽君子，如
首長、宋地翁等形象，形成鮮明對比，又在隱含層面，暗喻當下社會的
話語扭曲。所有話語方式，都只剩下自私的利用價值，而話語本身的正
義和理想色彩，已成為軀殼，被人利用。邢書記和楚大師的辯論，挫敗
了楚大師佔據月亮谷的企圖。而情節中的幾個人，則操持不同話語方式，
邢書記是文革末期話語方式，楚大師是西化主流話語，寒生是民間樸實
語言，郭可兒是數百年前的女鬼的思維，薛道禪則是武則天的面首薛懷
義精魂所化的蟬妖。幾個人的交流，看似自說自話，其實在滑稽場面下，
隱含作者對當下中國文化現實的深刻隱喻：

> 楚大師哈哈一笑，隨即說道：「『藍月亮谷』不屬於任何國家和政府
> 以及個人，它是大自然給予人類的一種恩賜，塵世中的每一個人都
> 相應擁有一份權利，這是天賦人權，任何人都不可以剝奪的。」楚
> 大師振振有辭。
> 「此言大謬，」關鍵時刻邢書記開口「楚大師這番話完全違背馬克
> 思列寧主義無產階級專政學說理論，『天賦人權』是資產階級混淆階
> 級鬥爭，麻痺人民群眾的精神鴉片。什麼是國家？國家是一個階級
> 壓迫另一個階級的暴力機器，只有無產階級的權利，哪兒有資產階
> 級說話的份兒？楚大師人人都有去『藍月亮谷』權利的言論根本就
> 是反動、倒退和別有用心的，是不可忍，孰不可忍！」邢書記這頓
> 文革言論說慷慨激昂，驚世駭俗，竟將楚大師噎在那了。
> 「相公，你真是太有才了。」可兒無限敬仰的抬頭說道。「可兒，以
> 前在縣委禮堂做報告的時候還要厲害呢。」邢書記自豪的回答。
> 「嘻嘻嘻……」薛道禪聞言尖聲笑將起來，邢書記的一番話激起了
> 他的辯論欲望，於是上前說道，「請問邢書記，你的官職是……」「東
> 北一個產糧大縣的縣委書記，一把手。」邢書記蔑視地望著他。「原

來是位七品芝麻官，但不管怎麼說也不能算是無產階級吧？」薛道禪雖然閱遍四書五經、歷朝歷代的典籍，但馬恩列斯毛的著作卻從未涉獵過。「同志，縣委書記首先是一名共產黨員，無論職位高低都是人民勤務員，都是為人民服務的公僕，所以當然是無產階級的一員。」邢書記一臉正氣，擲地有聲。

薛道禪晃了晃腦袋說：「孔聖人云，『天地之道，可一言而盡也，其唯物不貳，則其生物不測。天地之道，博也，厚也，高也，明也，悠也，久也。』孟子曰，『老吾老以及人之老，幼吾幼以及人之幼。』有此虛空豈可占山為王，應普天下共惠之。」

可兒神情緊張的看著邢書記。邢書記大義凜然地說：「呸，你竟然連早些年已經被徹底批臭的『孔孟之道』又從垃圾堆裡翻出來了，難道還幻想著讓地、富、反、壞、右以及牛鬼蛇神堂而皇之的復辟麼？我們必須要消滅一切牛鬼蛇神……」

薛道禪前些年一直躲在衡山藏經閣苦讀佛教經典，對文化大革命知之甚少，邢書記這套理論，裡面還夾雜洋人的東西把他造懵了。最終，他詫異地望著邢書記的脖子，不解地問道：「『蠐頭蠻』不也是牛鬼蛇神麼？」

對基層黨的官員的諷刺，在話語錯位中令人捧腹，正如有學者所言：

傳統中國和毛時代的學者通常認為，中國社會對政治領袖提供並培育一種令人深信不疑的道德框架，以此作為社會和經濟幸福的絕對前提的期待程度上，幾乎是獨一無二的。因此，中國面臨的一個核心問題是，傳統智慧中的這個主要方面是否依然有效。如果還有效，那麼人們現在就必須斷定：中國社會——包括國家的基層幹部——將是一個主要的不穩定的潛在根源。如今，甚至連基層幹部中也少

有人把政治領導層看作道德準則權威。[5]

　　魯班尺在《青囊屍衣》中，以一種民間姿態，隱隱地實現了當代文壇至今無法「正面表達」的政治諷刺性。前兩部小說中，兩個京城首長形象，明顯有歷史政治人物的暗示。但是，這種暗示絕不等於樂觀的網路技術神話，或者說，恰恰相反，是在資本、技術與國家政府，知識分子合謀的數位烏托邦的背面，作者以匿名姿態，反抗的勇氣，共用的魄力，追求心靈的自由表達。歷史與現實，政治與文化，高雅與粗俗，在隨意雜糅中，給我們帶來民間的反抗精神與無畏人性力量。

四、

　　網路文學的一大特點就是「衍生性」，這也符合網路交流快捷，互動性強，經驗轉換虛擬性等特點。不僅網路文本大多具超長度（超級長度已不是現代文學追求的史詩化，而是網路交互速度，文字數位化，文本消費指向導致的），且網路文本主體之外，還存在大量「衍生性文本」。社區式網站點擊回帖方式，不同於豆瓣、貼吧、微信等交流式平臺，也不同於收費型網站打賞、訂閱等方式，點擊回帖與整個正文同處一個交流平臺，讀者既是正文閱讀者，也是衍生性文本閱讀者（儘管並非情願，如網路會出現無回帖的，讀者整理的全正文「整理版」小說），更重要的是，讀者和作者都在一個平臺，利用文字交流互動，這一方面破除了傳統作家的神秘感和儀式性，導致創作的平等互動；另一方面，這種經驗交流的互動性，又是在虛擬中發生，龐大的交互性文字，極有可能溢出文本限制，展現讀者本身在現實生活，受到意識形態壓抑和條件限制，難以表達的欲望訴求。甚至可以說，衍生性文本與正文的相互呼應，我們似乎更能窺見那些難以言明的大眾情緒。整個回帖方式，好像一個「圍

[5] 李侃如，《治理中國：從革命到改革》，胡國成、趙梅譯，中國社會科學出版社，2010 年 1 月版，330 頁。

爐夜話」的網路現場，故事的講述者和傾聽者，都自由平等地交流經驗。現代文學曾被認爲是個人化的神秘創作，而 17 年和文革文學的黨派文藝，文學的意識形態性被推向極致，以至於出現集體創作的情況。而網路共同參與創作的方式，似乎符合麥克盧漢對數字烏托邦的樂觀想像，而奇怪的是，在網路回帖方式中，這種參與並沒有取消創作者的主體性，卻很好地生產附屬文本，並推動文本消費。比如說，讀者的方式有續寫、舉例、仿寫、圖片解釋、評論、重寫，和作者之間的問答等。但不能忽略，所謂平等互動，並非真回到前現代故事講述語境，而是具有不可迴避的「虛擬性」，這種虛擬性，不同於紙質媒介引發的文字想像，而是在大量資訊雜糅交錯中，將種種現實矛盾暴露於網路，這也可以看作回帖式文本的一大特點，高回帖率的帖子，已將交流平臺變作一個類似 QQ 群性質的交往社區。

　　以此考察《青囊屍衣》，它的回覆主要有幾大類，一是作者和讀者對故事情節、細節、人物設置方面的討論，讀者對文本謬誤提出質疑，挑剔情節錯漏，對人物設計不合理提出修改方案，這是讀者參與創作的方式；二是讀者對正文本的評論和模擬，評論有的是追捧，有的是批評，有的則是對正文的戲擬與仿寫；三是讀者的自我訴求表達與讀者之間的交流，訴求可能與文本有關，也可能無關，它是圖片、灌水、謠言、政治表態、經濟廣告、個人文學創作等。具體而言，如：

　　設計故事：
　　寒生對以後故事發展應起到的作用，因為他僅僅是有醫術，沒武功，沒心計，只有善良的心，而身邊的人都有自己的打算，就是說寒生跟身邊人好像沒有什麼利益衝突（除了孟家），那他如何帶動整個故事發展，畢竟小說名字叫「青囊屍衣」，主角成了配角的感覺啊！！！

6

細節漏洞：

有一點需要更正：盧太官應是隸屬於中國遠征軍孫立人將軍麾下38師，官銜為中校團長，而不是杜聿明長官的中將副司令，特此更正。

7

自我推銷：

我叫賈晉蜀，山西偏關縣人，現著有作品《蒼原上的狼嚎》、《有根據頌──一個溫暖的序曲》、《夢之旅》。從2005年開始至今，一直在全國各地賣自己的作品。[8]

現實救助：

1月13日下午，我在雲南省昆明市翠湖小西門旁邊的巷子裡賣書，被七八個城管當場暴打一頓，又被強行按塞上車，在車裡又被暴打了一頓，城管又將車開到北二環路加油站附近的一座小山上，把我拖下車，七八個人又是一頓暴打。我絕不會自殺，我相信正義力量。如果我死了，一定是五華區城管或員警幹的，或他們相互勾結幹的！

9

人際矛盾：

不是我吵，是有人向我挑釁，我忍無可忍，本來我是好心，和尺狂活躍一起這裡氣氛，難怪，嫉妒《青囊屍衣》的流覽量與回覆量的人，肯定會不歡迎我們，在者，我和尺狂在這裡給別人帶來什麼麻煩，只是回貼多些，但是我們從來不做大記號，不發大圖。[10]

讀者創作：

等待成一朵蓮／將前世今生的思念都沉澱／你象蓮上的微風一現／

---

[6]　作者：lh3671 回覆日期：2008-1-20 0:22:00
[7]　作者：80後小妹回覆日期：2008-1-17 11:05:00
[8]　作者：xuboygood回覆日期：2008-1-15 22:47:00
[9]　作者：龍潭蘊秀回覆日期：2008-1-16 12:27:00
[10]　作者：女小豔回覆日期：2007-12-30 17:15:00

掀起我心海裡波濤狂癲／等待成一朵蓮／靜靜伴著你共渡良辰歲月
／紅塵滄桑不再染指心間／縱有悲喜也是在轉瞬間／等待成一朵蓮
等待成一朵蓮／兀自開落在繽紛大千／晨光裡風姿無限 它挺立在
水面／向晚時轉瞬人也不見 花也不見。[11]

社會批評：

1、礦難在檢討中繼續，樓價在控制中上升。2、中國的新聞比小說
還要精彩。3、開發商買不起人民群眾的房子就讓法院強制執行，那
麼人民群眾買不起開發商的房子是否也可以要求法院強制執行？[12]

　　有研究者指出，網路文本經過重重轉帖、援引和拼合，往往成為多
作者的無主文本，傳統作者話語在多重聲音干涉中依稀難辨。作者與讀
者的區分日益模糊，產生了基於電腦網路交流的「寫讀者」（WREDER）。
作品不再只是作者的聲音，讀者也可發言甚至與作者平起平坐，深刻地
介入對話關係建構，它的出現意味著，電腦讀寫產生新型的話語結構與
文學主體形態[13]。然而，「寫讀者」並未真正出現在《青囊屍衣》，或者說，
「寫讀者」只是一種超前的理論預設，並不完全符合中國網路文學生產
現狀。相反，我們看到了讀者與作者的對話，讀者與讀者的對話，也看
到網路對口語表情與書寫感覺造成的隔絕，更看到讀者利用網路傳媒虛
擬性的身分偽裝，以借此表達複雜個人訴求，特別是針對公共空間的多
樣訴求，有關個人生命安全、尊嚴、反腐敗和政治批評。這裡既有現實
矛盾，也有讀者的自我娛樂，而將諸多現實問題和社會批評放在小說的
回帖中，無疑反映了讀者希望借助《青囊屍衣》的火爆關注度，引起交
流關注的焦慮。這些焦慮是現實中國問題複雜的曲折反映，也必然是其

---

[11] 作者：衛斯理 33 回覆日期：2007-12-30 18:54:00
[12] 作者：廈門興漢回覆日期：2008-1-7 22:37:00
[13] D.Bolter, *Writing Space: the computer, Hypertext, and the history of writing* ,(M) Hillsdate, New Jersey:Lawrence Erllbaum, 1991 年，11 頁，轉引自孫海峰，〈網路讀寫的主體重構〉，《深圳大學學報》，2007 年 1 期。

他傳媒方式無法自由釋放的。而且，這些讀者互動交流始終在《青囊屍衣》的衍生性文本發生作用，並沒有威脅作者身分，眾多「尺迷」和「筒粉」的數位狂歡，無論文本還是聲畫，無論是否與主體相關，都只是豐富了帖子關注度，延長文本關注時間長度和內容含量，並未使魯班尺淪為寫讀者。這裡還有中國讀者閱讀慣性和文化心理的作用，也與中國網路文學的特殊現實語境有關係。中國的網路文學讀者，還部分保留傳統的對文學創作的「文字敬畏」（儘管文字在慢慢數位化），但在文學帖子中，大多以粉絲形態出現，並未沉溺於對作者權威的侵蝕，他們追求的是，作者給他們帶來的思想和情感的「代理人」效果，形象和文本價值示範性，更多地想通過回帖平臺，塑造自由表達真實想法的公共空間。

五、

　　如果在通俗小說框架中看，《青囊屍衣》是類型小說，但深究之，《青囊屍衣》又是以「玄怪」為外衣的政治諷刺型「新民間故事」。但問題是，新時期之後，大陸逐漸放開文學市場，港臺的武俠、言情、兇殺、科幻等類型通俗小說非常盛行，但大陸本土通俗文學為何遲遲得不到發展？這種情況一直延續到新世紀後網路的出現才得到宣洩途徑。

　　通俗文學是高雅文學的土壤，具有現實性、民間活力與讀者接受度，而通俗文學常經過文人的提純和雅化，從而走向主流高雅空間。從曲詞的發展、小說的興盛，都能看到文學話語場域的流動。進入現代以來，現代文學得以生根發芽，依然得力於通俗文學「白話形態」。如胡適大力提倡白話文：

　　　　吾每謂今日之文學，其足與世界『第一流』文學比較而無愧色者，
　　　　獨有白話小說（我佛山人、南亭亭長、洪都百煉生三人而已）一項
　　　　──此三百年，中國乃發生一種通俗行遠之文學。文有《水游》《西
　　　　遊》《三國》之類──當是時，中國之文學最近言文合一，白話幾成

文學的語言矣。使此趨勢不受阻遏，則中國乃有「活文學出現」[14]。

《水滸傳》、《西遊記》等白話通俗文學，經過五四現代意識改造，才真正成了「文學正宗」。

　　然而，儘管民間通俗文學不斷受到高雅文學的話語徵用，但現代文學的主流意識不斷增長，會出現主流雅文化與民間通文學的不斷博弈過程。如五四初期對白話文的提倡，抗戰文學對民間文學形式的吸收，延安文藝對中國民族氣派的追求，樣板戲的民間文藝氣息等，都是主流文化主動吸收民間文學因素的例子。這種情況也導致政治意識形態對民間的滲透改造，如陳思和說：

　　封建時代，由於國家意識形態與知識分子的道統合二為一，統治者的意志主要通過知識分子來傳播，除非一些特殊情況，民間文化往往處於自生自滅的狀態。但本世紀以來，尤其中下葉以來，由於文化的三分天下不能圓通以及農民對知識分子傳統的拒絕，國家意識形態不得不倚重民間文化來溝通資訊，這就引出了另一組矛盾：政治意識形態對民間文化的滲透改造以及引起的一系列的衝突。[15]

　　但與此同時，一方面，雅文化對通俗民間文學的複雜性抱有警惕，如陳思和對民間文學「藏垢納污」特性的反思，又如趙毅衡指出，話本小說無論怎樣喧嘩，依然是一個秩序井然的世界：「俗文學實際上是使中國成為一個禮教國家的強大動力。[16]」另一方面，新時期之後，知識分子在現代文學範疇內，越來越追求文學內在性超越，文學場域自主性，如

---

[14] 胡適，〈文學改良芻議〉，《新青年》第二卷第五號，1917 年 1 月 1 日。
[15] 陳思和，〈民間的浮沉：從抗戰到「文革」——文學史的一個解釋〉，《今天》，1993 年 4 期。
[16] 趙毅衡：《禮教下延之後：中國文化批判諸問題》，上海文藝出版社，2001 年版，第 18 頁。

「純文學」概念。這也導致民間文藝因素，越來越難以被主流文藝吸收。這種情況在中國，還導致主流文學的自我反思不足，滿足於官方意識形態與知識分子的結合模式，既喪失活力，無法引發大眾共鳴，又難以自我突破，形成現實批判和形式創新。很多理論家看來，民間只是傳統意義的一種資源，或者說，民間不能自我表達，必須被納入知識分子話語抵抗體系。對民間藝術，魯迅的態度很有代表性，一方面，魯迅熱愛民間文藝，如目連戲，民間文學及其精神成為重要精神資源；另一方面，魯迅卻對鴛鴦蝴蝶派小說和晚清黑幕小說等類型通俗小說大加批判。究其根本，則在於這些民間故事還保留大量前現代痕跡，即故事重點並不在借助故事傳達現代意識，改造人心與國民性，而在於本雅明說的故事複述、轉化與浸潤。故事經驗本身就是意義價值。這是五四啟蒙作家不能忍受的。而中國後發現代，面臨救亡任務的全球化處境，加劇了創傷焦慮，進而加劇意識形態功利性的合法意義。這種心理暗示，一直持續到上世紀90年代末。文壇不斷求新求變，大家也理所當然地認為，小說就是追求創新，哪怕小說故事乏味無比，甚至根本不講故事。而民間故事，那些與作者個人體驗緊密相關，但未經現代文學規訓的東西，只能以《故事會》、《今古傳奇》這類粗糙簡陋的形態存在。

　　例如，莫言等小說家身上，我們還可看到民間資源的作用，但進入90年代，特別是新世紀，主流文壇的長篇小說創作，越來越趨向「史詩化」，追求大跨度時空景觀，歷史風雲滄桑變幻，文化符號的深刻厚重，如《白鹿原》、《古爐》等作品。異質性「民間氣質」，則變得更稀薄了。新時期以來很多標榜「民間寫作」的知識分子化小說，他們的民間沒有現實規定性，變幻成精神幻象與浪漫話語虛擬。其目的在於標明遠離官方與文學秩序，與現實政治拉開距離的價值選擇。他們筆下的民間是清高自傲的知識分子自我把玩，精神世界是封閉的，我們很難找到現實影子和政治關懷。從尋根小說到新生代小說的邊緣斷裂。我們都能看到這種思維。而在底層寫作思潮中，我們依然可以看到這種「虛假」的資源

借貸。

　　可以說，「民間故事」的不發達，可看作現代性的某種症候。民間與知識分子的結合，以一種道德話語，閹割了真正的民間精神。這既是全球化普遍現象，又有特殊的中國意識形態特質。在現代性充分發育的社會，民間因素不斷以異端姿態，成為主流文化敞開自己，容納活力的方式，如美國街舞和黑人靈歌、街頭塗鴉、同性戀亞文化、虐戀亞文化、南方女巫傳說等，而像《青囊屍衣》這類充滿政治諷刺的「民間故事」特異性還在於，以網路的形式贏得令官方和主流文壇瞠目結舌的關注度，這無疑暗示主流審美和思想籲求與大眾審美心理與政治渴求之間，存在著巨大阻隔與無法溝通的焦慮。

　　但是，網路文學卻以新媒介傳播方式，讓我們看到了新民間文學生產的可能性。網路怪異地打破了壁壘森嚴的「區隔」。按布林迪厄的說法，區隔是追求精神資源稀缺性，樹立文學符號榮譽的有效手段：

> 文學把傳統的文學寫作貶值為載道文學，把謀求讀者大眾認可的我能學寫作貶斥為商業文學或者通俗文學，通過對文學場所強加的這種區隔，把它們合法地排斥在文學的神聖殿堂之外，另一個方面，文學家與統治者，在某種程度上，至上在形式上，也變成了對立關係，這樣，從權力觀點看，文學儘管仍然擁有某種程度符號權力，但作為社會主流話語的他者，作為反話語，在現代社會已變成屠龍之技，基本失去了效用。[17]

網路空間內，文學回貼是較早的網路文學傳播方式，和後來收費訂閱方式有所區別，它的讀者參與度更高，也更開放自由。《青囊屍衣》這類「新民間故事」，不是由主流文壇專業作家創作，經文學體制培養的「民間」，

---

[17] 朱國華，《文學與權力：文學合法性的批判性考察》，北京大學出版社，2014 年 7 月版，21 頁。

也並非簡單受到收費網站文化定義，具強烈消費性和政治保守性的網路文本，而是社區型網站，以回帖方式出現的，具民間意義的文化思想表現形態。作者身分匿名，作品發表於共用性公共交流平臺。中國網路文學的特異性還在於，它不僅是新媒介引發的文學形式革命，更是新媒介帶來的文學自由表達空間的可能性。

在此，對中國文學而言，網路新媒介帶來的文學空間的突破意義，遠大於媒介的科技意義。這也是中國網路文學屬於通俗文學的秘密所在。網路空間內，由於交互速度快，傳播速度快，資訊容量大，平臺公共參與性強，管道眾多，強大的官方意志，很難對此進行有效規訓。儘管網路監管日漸嚴密，但相對影視、紙質出版而言，網路依然是相對自由公共空間。主流精英文學，由於紙質媒介的局限與意識形態規約性，很難適應網路書寫方式的變化，這也為通俗文學提供了可能性。即便《二號首長》這類紙媒意義的通俗官場小說，對宏大敘事的消解，對政治人物的辛辣諷刺，對主流意識形態的對抗，強烈個人主體色彩，對現代民族國家文明形態的嚮往，都遠不如《青囊屍衣》這類「網路遊戲之作」。通俗文學又能最快最好地連結大眾，取得經濟效益支援。因此，正如李敬澤所說：

> 網路文學剛出現時，很多人宣稱這是全新的文學，是橫空出世的『將來的文學』。現在，有了足夠的作品放在那裡，網路文學作家和相關從業人員也有了冷靜的自覺，於是，對網路文學的前世今生大致有了共識──它就是通俗文學，其基本形態就是類型小說。[18]

而這種網路通俗小說，也天然地具有對主流意識形態與正統文學的反思與疏離。

例如，西方文化背景下，網路文學始終是精英化，時髦而充滿絢技

---

[18] 李敬澤，〈網路文學：文學自覺和文化自覺〉，《人民日報》，2014年7月25日。

式的後現代文學語言，與科幻、科技、未來、亞文化等元素相關。如上世紀誕生的賽博妄言小說（cyber-punk fiction），雖不是直接的網路文學，但也與網路科技有關，它指的是人的一種對科技與文化的鮮明的前衛態度，他們熱情地擁抱新事物，隨時反叛既定的結構與權威，以便獲得新的經驗並將新的技術訴諸應用[19]。然而，中國大陸的網路小說，大多與科幻故事相差甚遠（也有《三體》這類優秀之作），甚至沒有科技元素和先鋒精神。很多批評家歡呼的後現代主義在中國網路卻接出了「通俗之果」。這再次驗證中國社會多層重疊、現代性、前現代性與後現代雜糅的文化事實，也再次暴露中國文化語境內部，呼喚現代性完整發育的訴求。中國的網路僅是傳播媒介，還沒有，或者說目前並沒有涉及文學本體關注點轉移，人們借助網路形態，傳達更豐富的情感和思想形態，而這些形態，有些甚至相當現代。如《青囊屍衣》雖是通俗文學，但表現出的文學思想，卻有相當強的現代性特色，如對個人價值的充分肯定，對革命意識形態的反思，而這恰是主流文學中發育不全的東西。

作為通俗類型文學，網路小說更接近民間故事，不太追求隱喻風格，主題哲學思考，及語言的難度，而是將關注力放在故事上。然而，本雅明曾說，講故事的藝術行將消亡，古代的故事，其作用更在重述性傳播，轉化與浸潤，藉以傳達人類永恆經驗。而現代小說則以陌生人視角，現代出版傳播途徑中，以陌生經驗引領讀者進入新體驗世界，進而產生情感和思想共鳴[20]。晚清梁啟超大力提倡小說，欲以熏、浸、刺、提等功效，以新一國之民，其目的還在於塑造獨立自主的現代主體，進而塑造現代民族國家，如瓦特所說：

個人主義斷定，整個社會主要是受這樣一種思想的支配，即每個個

---

[19] 道格拉斯・凱爾納，《媒介文化：介於現代與後現代之間的文化研究、認同性與政治》，丁寧翻譯，商務印書館，2013年5月版，511頁。

[20] 本雅明，〈講故事的人──論尼古拉・列斯克夫〉，選自《啟迪：本雅明文選》，漢娜・阿倫特編，張旭東、王斑譯，三聯書店，2008年版，第102頁。

體既內在地獨立於其他個體，也內在地獨立於以傳統這個詞所表示的對過去的思想和行為模式的各種各樣的忠誠──傳統的力量總是社會性的，而不是個體性的。[21]

獨特的自我，必然要求小說在經驗上形成與傳統、他人與環境的巨大分裂。現代書籍讓我們變成了孤獨的人。那些圍著篝火，躺在甲板上講故事的人和聽故事的人都不見了。現代書籍易攜帶，保留某些神聖閱讀儀式感，作家隱身書籍，把自己變成隱秘的傳達者，讀者則在文字延宕效應裡，破譯作家的思想與情感。

然而，中國網路小說的特異性在於，一方面，隨著現代社會發展，我們同樣經歷著故事經驗匱乏的現代體驗；另一方面，我們的現代轉型社會，又出現了豐富複雜的個人經驗，急需故事性的表達。這些故事既有傳統傳承經驗，如《青囊屍衣》的陰陽八卦，風水堪輿，也有現代社會體驗，如城鄉遷徙、權力壓抑等。同時，由於後發現代的境遇，我們的現代性發育經歷救亡壓倒啓蒙，宏大優先於個體的差序性體驗。這也造成個體意識不足的問題。這都使得中國網路小說，既具通俗文學追求消費性與大眾性的類型特徵，又有現代主義的個人化渴望，如自我實現、道德再造與現代民族國家的個體化想像。人們對故事的消費，只是具有民間通俗故事的外在形態，卻較少本雅明意義上故事功能和主題。我們怪異地發現，《青囊屍衣》的網路故事，存在大量現代因素，如個人主義意識（個人尊嚴、自由、權利、幸福、熱愛自然、反抗政治壓迫，個人欲望合法性等），如民族國家意識（作者對緬甸國民黨殘軍非常同情，沈才華送數萬戰死緬甸的抗戰國軍英魂回家的情節，尤爲感人），它用荒誕不經的故事，重述了文革以來的新時期歷史，如港臺經濟和文化意識對大陸的影響，改革後金錢至上對社會的腐蝕，中國社會的價值混亂情況，政治權威事物道德優勢喪失等。如果從符號隱喻的角度看，這些受到歡

---

[21] 瓦特，《小說的興起》，高原董紅鈞譯，三聯書店，1992年6月版，62頁。

迎的「人與屍」的故事，不僅是惡趣味心理作怪，還有某些深層次的社會心理暗示。當革命宏大敘事消失後，人心無法找到價值感，那些死去的幽靈，那些負載著過去傳統價值的鬼魂，就會「借屍還魂地」活過來。

六、

　　批評家南帆指出，網路文學的「內部研究」遠未展開。儘管網路文學面世的字數如此之多，影響如此之大，可是，還沒有哪一個作家如同王蒙、莫言、王安憶那樣得到批評家的完整研究[22]。網路批評的重要問題在於新媒介導致的知識恐慌，輕易地丟棄原有的批評武器。當我們滿心歡喜地期待網路文學的後現代形式實驗，它卻轉過身來，回歸到民間故事傳統，在通俗文學外殼下，表達出很多我們認為已過時，或已完成了的主題。其實，這更是一個契機，讓我們跳出當代文學史慣性思維，跳出現有文學格局來反思自身。在文學外在政治規定性依然強大的今天，文學的使命終結了嗎？那些新時期以來，就存在的文學進化論，到底多大程度反映了生活真實和大眾心靈訴求？甚至包括網路文學的命名，依然是文學進化論的產物，批評家歡呼新媒體的勝利，才發現批判的武器，依然不能替代武器的批判，我們竟無法按原有深度模式，找到可以安置理論的文本。這也成為另一些否定網路文學的批評家的理由。有的批評家則持另一種觀點，即網路小說是商業文學，不需要深度與優美形式，它必須服從快感機制，核心就是「爽」。這其實是為盈利性網站辯護，也低估了作者通過網路表達內心訴求的意願。為什麼不能既好看，又有形式感和思想性？網路小說大致屬於通俗文學，又與精英文學有聯繫性，無論新批評、接受美學、社會學理論、類型學、文化研究、意識形態分析，還是傳播學研究、媒介學理論，都會對網路小說研究產生影響。如果說，網路小說研究有方法論難度，就在於這些方法更加綜合了，而不存在誰無效的問題——無論網路小說，還是傳統小說，都利用漢語表達

---

[22] 南帆，〈網路文學：龐大大物的挑戰〉，《東南學術》，2014 年 6 期。

思想和情感，都天然地在當下中國文化語境之內。

　　當然，網路小說的困境也非常明顯。不可否認，收費型網站與社區型網站，都有著消費運作與商業策畫的主導性，只不過方式和程度存在差異，網路空間在帶給大眾民主機遇的同時，又以虛擬性消解了現實肉身的行動能力和意識形態介入性，儘管麥克盧漢「媒介即資訊」的論斷，似乎以技術樂觀主義宣告人類消除不平等的可能性，但麥克盧漢警告人類，沉浸在心理和感官的網路虛擬衝擊，會導致無肉身化與非軀體化：「各種程度的心理崩潰將是新技術和無止境的資訊而帶來的根絕和氾濫的結果。」除非我們對動力體系有所醒悟，否則我們將進入一個驚駭恐慌的階段，它將「完全適合於一個屬於部落鼓聲，完全相互依存，並強制依存的小世界。」[23] 當我們討論賽博空間的新民間文學，呼喚：

> 這個文學普泛化的世界可能只是俗人的世界，非承擔的世界，一個反詩意的化的世界，但卻是一個尊重個性的世界，一個張揚自由的世界，一個堅守民間立場和文學相容對話的世界[24]

我們絲毫也不能忽視，這種寶貴的民間意識，正經歷資本和主流意識形態的整合、收編、遮蔽與改寫。網路的數位幻覺還在於，它以極大豐盛與極快地更新，使文字變成消費意義「數位流」，湮沒真正的優秀之作，使讀者沉溺其中，弱化審美意志，隔絕現實問題的行動意願。《青囊屍衣》文筆流暢，知識含量豐富，想像力奇特，且有強烈的現代個體意識與現實批判性。然而，即使是這樣優秀的小說，在網路上曾被數千萬人閱讀追捧，在傳媒和文壇依然籍籍無名。在意識形態和資本運營不斷強化干擾機制的情況下，堅持自主獨立的個人化立場，寫出思想性和藝術性俱

---

[23] 克里斯托夫‧霍洛克斯，《麥克盧漢與虛擬實在》，劉千立譯，北京大學出版社，2005年3月版，107-111頁。

[24] 歐陽友權，《網路文學的學理形態》，中央文獻出版社，2008年2月版，243頁。

佳的網路小說，依然面臨嚴峻挑戰。

　　例如，如果從不同傳播媒介的互動效果，及讀者接受的角度考察《青囊屍衣》，會發現一些微妙的情況。比如，該小說雖然火爆於網路，但實體出版卻困難重重，這有的來自小說對意識形態禁忌的大膽突破，導致出版審查的問題，有的則來自媒體版權的經濟利益分配問題。雖然該小說聚集大量讀者，但當讀者需要支付現金購買紙質小說，情況不容樂觀[25]。相比商業型網站以訂閱促銷售，甚至主動斷更以求商業利潤，社區型網站的收益更依賴紙媒出版。同時，這也暗示著網路消費時代，作者地位的進一步下降，寫手很難像現代作家那樣，擁有權威影響力。網路免費共用精神與資本之間的利益衝突，也許會成為網路小說是否闖出新天地的關鍵點。《青囊屍衣》的存在，也提醒批評家注意，要對優秀的網路作品，進行經典化挑選、細讀與分析，不能僅滿足於理論總結，也不能被動地將批評家的職責交給資本運營的網站運營商。網路小說已有近二十年歷史了，批評家鼓吹的平等和諧、個人自由的數位烏托邦似乎並沒有到來。無論「美麗新世界」如何莊嚴許諾：「就像一種自然趨勢，數位化時代無法被拒絕和阻斷，去中心化、全球化、和諧性和向社會賦權的強大特質，一定讓它取得最終勝利」[26]，可是中國的讀者們，看到的是理論與資本的結盟，主流官方迫不及待的收編與富豪化「寫手大神」。正如批評家指出，新自由主義的承諾，導致最草根與反體制的媒介理想主義，與大資本握手言和：

---

[25] 〈從魯班尺的離開，討論網路讀者的惡劣性〉，樓主：布衣大炮，時間：2011-05-29 13:47:23：「魯班尺是我最喜歡的鬼話作家之一，可他離開了，離開了網路小說，這是大家的損失，也是網路小說的損失。最後《青囊屍衣》的出版方編輯，終於忍不住說出了原因，聽了後，我很傷感，接著就是氣憤。我特地去統計了一下，魯班尺的《青囊屍衣》在網路上點擊接近上億，包括其他網站的轉載，可實體書銷售呢？只有可憐的幾千本，上億的點擊和幾千本，反差如何之大啊！眾所周知，《青囊屍衣》頂住了出版社巨大壓力在網路上更新了全本，大家飽了眼福，看過了，爽過了，卻都不肯掏出二十幾塊錢去買一本書支持一下作者，到最後逼得作者不得不遠離網路，這是怎樣的一種無奈！」
[26] 尼葛洛龐帝，《數位化生存》，海南出版社，胡泳等譯，1997年2月版，45頁。

> 賽博迷思與新自由主義的高度契合，表現為政治座標上最遙遠的，彼此蔑視的保守派精英和新公社主義者，如今竟圍繞互聯網政治和新經濟議題，成為彼此捧場的親密戰友。[27]

當每年度「網路作家富豪排行榜」刺激著越來越多的作者投身網路創作，那些一夜暴富的神話，使得網路文學已越來越遠離當初的民間價值立場，也使網路變得越發浮躁功利。而那些文學意義的網路精品，那些在草根中默默掙扎堅守的「魯班尺」們，那些在回帖中為個人維權，傾訴現實不幸和人生夢想的粉絲們，何時才能真正為文學所認知與認可？中國文學建設的未來，需要批評家正視網路文學，探索它的秘密，積極地參與它的經典建構活動。

---

27 王維佳，〈互聯網時代的文化權利與數碼烏托邦〉，《青年文藝論壇》第 43 期，中國藝術研究院馬克思主義文藝理論研究所編，2014 年 12 月。

講評

◎楊宗翰

　　房偉的研究領域很寬，涉及諸多面向，常常可見他對當代文學現象的前瞻探索及長期關注。本次大會以「長篇小說」為主題，房偉這篇論文是唯一探討「網路小說」的。我要對此表示由衷感謝——因為這篇論文，讓擁有巨大傳播影響力的網路小說，總算還是進入了我們這次的會議討論視野。

　　在「天涯社區」上發表的《青囊屍衣》，以破億點擊量廣受網民矚目。但在傳統媒體、甚至大多數網路媒體上，《青囊屍衣》一直遭受忽視。作品內尖銳的政治意識，加上紙質出版的困難，最後作者只能放棄（據統計，2014年中國大陸圖書界竟印行出版了4100部長篇小說）。作者「魯班尺」既不是中國作家協會會員，其筆端又大膽指向對中國現實與歷史的批判，不難想像此途多艱、挫折難避。

　　從論文本身來看，我贊成房偉所言，要注意現今網路文學越來越偏離當初的民間價值立場。房偉這次特別提出應該將《青囊屍衣》定位為「新民間故事」，他的批判不言可喻。我想應該這麼說，房偉是刻意藉《青囊屍衣》來澆自己塊壘，為的是召喚今日幾乎要被遺忘的民間價值立場。

　　網路小說的存在與價值，不容輕易否定或抹煞。我建議論文作者，有沒有可能從文學社會學及讀者接受角度，再對《青囊屍衣》等「新民間故事」加以分析？林芳玫教授當年在美國所撰寫的博士論文，1994年中譯後在時報出版社推出《解讀瓊瑤愛情王國》，這本書我想可以推薦給房偉參考。我很期待有朝一日，看到他寫出以文學社會學、民間立場等種種研究思維，印行成冊的《解讀網路「新民間故事」》。

第三場討論會
小說與城市

記憶香港
董啓章自然史三部曲的書寫意義與歷史回應

◎陳筱筠*

> 我依然相信長篇小說的價值。在這個文學日益衰落的時代，我覺得
> 不妨逆流而上，以最不可能、最不合時宜的長篇小說作最後一搏。
> 從行動的性質來說，這是對無文學的世界發動的自殺式襲擊。不過，
> 從時間的持久來說，寫長篇卻是一場長期戰爭了。[1]

一、書寫香港

1990 年代越接近九七回歸，各地有關香港議題的書寫或論述出現許多有關回歸即將來臨的回應。舉例來說，中國陸續在此時進行香港文學史的編撰；海外學者周蕾（Rey Chow）和阿巴斯（Ackbar Abbas）分別在 1993 年與 1997 年，出版了有關香港研究的專著《寫在家國以外》（*Writing Diaspora: Tactics of Intervention in Contemporary Cultural Studies*）和《香港：消逝的文化與政治》（*Hong Kong: Culture and the politics of disappearance*）；臺灣的文藝雜誌也陸續推出有關於香港文學的專輯：

1992《聯合文學》第 94 期「香港文學專號」

1994《幼獅文藝》第 486 期「1997 與香港文學專輯」

1997《聯合文學》第 153 期「回歸?回憶? ——香港的昨日與明天」

1997《幼獅文藝》第 523 期「九七小輯」

---

* 成功大學臺灣文學系博士候選人。

[1] 此段文字收錄於董啓章和梁文道、廖偉棠的對談中。可參考祝雅妍整理。2010.03.〈小說是建構世界的一種方法：梁文道對談董啓章〉。《印刻文學生活誌》79 期。頁 54-67。

　　除了論述之外，當時有關於書寫香港的小說，比方也斯《記憶的城市‧虛構的城市》（1993）、施叔青香港三部曲（1993、1995、1997）、辛其氏《紅格子酒舖》（1994）、王安憶《香港情與愛》（1994）、西西《飛氈》（1996）、也斯《狂城亂馬》（1996）、董啓章《地圖集》（1997）、鍾玲玲《玫瑰念珠》（1997）、陳慧《拾香紀》（1998）和黃碧雲《烈女圖》（1999）等等，這些小說各有不同的批判位置與角度，包括以地方想像與日常性做爲香港主體的歷史文本，強調香港在地的多元文化與複雜度，突顯了香港在地人或其他移民與香港土地的緊密關聯；強調焦慮與恐懼失城的想像；穿插歷史事件，回溯香港這座城市的記憶；以諧擬嘲諷的敘事手法描繪香港的混雜；或是以香港作爲各地移民的相遇場景，藉此帶出香港的傳奇性與獨特性。而自 2000 年以來，香港的中長篇小說，至少包括董啓章的《體育時期》（2003）、自然史三部曲（2005、2007、2010），黃碧雲的《末日酒店》（2011）、《烈佬傳》（2012）、《微喜重行》（2014），鍾玲玲的《生而爲人》（2014），鍾曉陽的《哀傷紀》（2014），韓麗珠的《灰花》（2009）、《縫身》（2010）、《離心帶》（2013）等。相較於上個世紀 90 年代，21 世紀有關於書寫香港的長篇小說，也有其在新的時代語境脈絡下所要面對的書寫回應與意義。其中，長篇小說當中所刻意呈現的遺忘也許是我們可以切入討論的其中一個角度。韓麗珠小說《離心帶》裡，阿鳥感到自己的記憶像塗抹過久的油漆逐片剝落，而阿了總是忘記自己說過的話（韓麗珠 2013），或是董啓章在自然史三部曲中持續出現忘記／記憶的故事開展皆是我們可以留意的地方。

二、遺忘／記憶

> 1997 年，有人說要在七月一日「見證」歷史，有些人又慨嘆香港人
> 對自己的歷史認識得太少，歷史和考古學者則努力把香港歷史上溯
> 到五千，甚至是六千年前。但從來沒有人問：什麼是「香港歷史」？
> 以至更根本的：什麼是「歷史」（董啟章 2011:40）

　　董啟章自 2005 年～2010 年出版的自然史三部曲[2]，雖然每一部曲的
內容都涉及許多面向，並且以多聲部的敘事方式呈現，但書中仍有一些
部分是佔據了全書的重點，分別是以物件、訪談紀錄、讀書會的學習歷
程這三個主軸作為開展。在這三部曲當中，我們可以發現董啟章時常將
遺忘與重新記憶這兩件事相互並置。

　　在第一部曲中，文字工場裡的栩栩，對於 17 歲之前的學校生活全無
印象，她不記得一切的事物。但透過敘事者在此書的另一聲部，不斷寫
信告訴栩栩有關於董富一家的故事與 V 城的歷史；在第二部曲，已經 17
年未和癱瘓的丈夫獨裁者說話的妻子啞瓷，透過混血女孩維真尼亞的探
訪記錄，重新將那早已漸漸陌生的聲音和她記憶中早已消隱的丈夫形象
聯繫起來；而在第三部曲，小說裡阿中的朋友組成了一個叫做「忘記塔
可夫斯基」的團體，大家聚在一起看電影念詩，雅芝提問何以把團體取
為這個名字，成員之一的大口仔回答：「勁人總是令你沮喪！在他面前你
會覺得自卑，覺得自己沒可能做得這麼勁。所以我們要忘記他！可是，永
遠忘記，忘記完又忘記，也即是不能忘記！（216）」。但接著另一位成
員 PK 卻接著表示，這之中其實也沒有什麼深意的，只是鬧著玩，玩是
他們的唯一宗旨。這樣的遺忘其實是為了記得，但在這個新世代的語境
裡，選擇記憶與遺忘的方式已非一種沉重或悲情的姿態，而是朝向一種
享樂的記得與遺忘。

---

[2] 2014 年的《美德》是自然史三部曲的前言後語，時間設定為 2023 年 6 月和 2024 年 6 月
（鄭政恆 2014: 26）。此文討論範圍主要以《天工開物‧栩栩如真》、《時間繁史‧啞瓷之
光》和《物種源始‧貝貝重生之學習年代》這三本為主。

　　1997年3月～12這段期間，董啓章在《明報》世紀版專欄「七日心情」發表的一系列文章，或是1997年出版的《地圖集》，皆曾針對歷史與建構之間的關係進行過思考。1997年前後香港曾陸續浮現一些有關尋根想像的出土文物，包括青馬大橋下發現戰國時期的青銅劍，或是山東一塊石頭上的花紋與香港的地圖相似，因此而被命名爲回歸石，這塊石頭最後甚至被公開拍賣，並由一名山東商人以三十多萬人民幣買下。與此同時，董啓章在香港藝術中心參與了一個名爲「九七博物館：歷史‧社群‧個人」的展覽計畫，虛構並杜撰了各種歷史故事，透過這些多種歷史的想像，以及歷史博物館如何透過空間、圖表和文字等配置，揭示歷史論述本身所具備的建構意義與其中所可能帶有的權力關係。然而值得留意的是，董啓章並非因此便認爲歷史全不可信，或是建構本身的虛妄，反而他重視的是，由歷史的建構性以及各種「真相」互相競爭和衝撞下，所開拓出來一種新的歷史觀（董啓章 2011: 40-43）。

　　董啓章不斷在自然史三部曲當中，反思有關於忘記所帶來的再記憶，我們除了可以將之視爲是一種延續之前他對於各種有關香港歷史建構的國族敘事解構之外，自然史三部曲所開啓有關於遺忘、記憶、書寫與重述等議題，也可以象徵是董啓章嘗試探討，在香港書寫長篇小說的意義及其回應時代的可能。透過遺忘，有了重拾記憶的可能，透過書寫，將原本遺忘／未知的記憶找回。

三、董啟章的自然史三部曲

　　自2005年～2010年，董啓章陸續出版了他的自然史三部曲。這三部曲雖然可以各自獨立分開閱讀，但彼此之間實則相互關聯。第一部曲《天工開物‧栩栩如真》（二聲部小說），由兩個故事主軸所組成，書中有兩個聲部相互穿插，以阿拉伯數字和羅馬數字分別代表兩個聲部的世界。12組阿拉伯數字是栩栩的世界及其所經歷的故事，而另外12組羅馬數字的標題分則由各種器物組成，是敘事者寫給栩栩的信，敘事者透

過向栩栩介紹這些器物的同時，一併帶出董家三代的故事。在此書的最前面，有一篇名為獨裁者所寫的序，他是這本書的創作者黑的同代人，黑邀請獨裁者為此書寫序，以此回應他的創作。第二部《時間繁史‧啞瓷之光》（三聲部小說）的故事開展，包括獨裁者的妻子啞瓷與訪談者維真尼亞的來訪、由獨裁者和維真尼亞共同整理與合寫有關於未來的世界，以及獨裁者和少女店員恩恩的相遇與書信往來。第三部《物種源始‧貝貝重生之學習年代》上篇，是一位大學畢業生雅芝寫給《天工開物‧栩栩如真》的作者黑的生活報告，以及 12 次的讀書會記錄。書中內容除了書寫讀書會成員一起參與的保衛運動和在 V 城的日常生活，亦包括成員們在讀書會閱讀經典的過程中，所帶出的哲學與現實思辯。這三部曲之所以相互關聯，除了因為書中人物的穿插形成互文對話之外，更重要的是這三部曲之間所相互構築出來的書寫世界、香港的想像，以及對於歷史的回應。

（一）

　　自然史三部曲延續過去董啟章在創作中不斷試探各種書寫可能的特色，在這三部曲中，不管是書序、後記、章節安排與多聲部的敘事相互穿插，都讓小說本身的閱讀順序與方式產生各種可能。第一部曲以阿拉伯數字和羅馬數字整齊地區隔出董富三代的家族故事與栩栩的世界，讀者可以按照小說中的章節安排，讀完一篇栩栩的世界，接續閱讀敘事者寫給栩栩的信進入董家的家族歷史，但亦可以選擇先把所有以羅馬數字標示的章節部分讀完之後，再進入栩栩的世界；類似第一部曲，第二部曲以阿拉伯數字、數學符號和英文單字這三個類別分別代表三個不同的聲部與世界，分別是啞瓷／混血女學生維真尼亞／獨裁者、書店店員恩恩與獨裁者、以及未來世界的維真尼亞，讀者在第二部曲亦可以有多種閱讀方式；第三部曲以標楷體印刷的文字主要是小說中讀書會的討論過程，讀者在閱讀這本小說的時候，可以特別把這一部分獨立出來，它可

以是小說中故事情節的一部分，亦可視作董啓章對於這些經典書籍的重新詮釋。除了章節安排與多聲部之外，書序亦是董啓章試探各種書寫可能的策略之一，原本書序本可以使用作者自己的名字，但董啓章卻選擇用三部曲中的人物作為書序的撰寫者。三部曲中的前兩部曲最前面的序文分別由獨裁者和維真尼亞所寫，這樣的設計看似只是一種後設手法的技巧，但實則更涉及了小說家作為建構者的書寫位置。書寫本來便有建構和記錄的意義存在，但更重要的是書寫者意圖在這個過程中保留下什麼，以及嘗試回應什麼。

第一部曲的開篇起始是關於栩栩的誕生：

> 故事開始前，栩栩並不存在。栩栩誕生於第一個句子：栩栩醒來的時候，發現自己全身赤裸著。（董啟章 2005：17）

文字工場的生命源於書寫，書寫賦予了新生的意義。栩栩看似與董富的家族故事無關，但透過這個書寫而誕生的人物，讓香港的歷史與記憶得以透過書寫與說故事的方式再次浮現，透過書寫所打造出來的「可能世界」，除了重建香港記憶之外，亦是小說介入現實的回應。第一部曲的書序作者獨裁者曾解釋過這個可能世界：

> 小說的「可能世界」是既未成形但又已經確立的，是既存在於想像但又實 踐於體驗的。作者試圖通過「可能」，來聯繫現實和想像……這本書稍為顯出新意的，在於它把創作者的自我置放於多重「可能」的中心，造成自我膨脹，也同時難免於自我分裂。「可能」於是就成為了時間，成為了體驗的本質。它成為了主題，也成為了形式。（董啟章 2005：5－6）

可能世界雖然是一個虛構空間，但卻也是一個介入現實的路徑。這

裡所謂的介入現實，除了包括在文字工場的想像書寫過程裡，敘事者在寫給栩栩的信中不斷透過物件與董富三代的家族故事進行連結，重建香港的歷史之外，也包括持續對於歷史進行解構：

> 對在 V 城成長的後代如我，籍貫這種東西大概在董富一代之後就開始失去 意義，變成了像生物演化後還意外地殘留下來的祖先的退化而無用的器官。而所謂的源始，也許亦不過是為了方便講故事的一個說法。（董啟章 2005：23）

書寫暴露出了有關於個人歷史、身世源頭的虛妄性，然而重建歷史也由此書寫出發。

（二）

過去董啟章曾在一篇談論詞典的文章中提到：

> 詞典負責界定什麼應該被納入一個語言系統中，什麼應該被排拒，所以詞典在作為工具之同時，也包含了一種政治和文化上的立場。根據這些立場，詞典從語言的最基礎單元規畫了一個社會中所有文本的可能的、被容許的 讀法。（董啟章 2011：36-7）

他並以韓少功的《馬橋詞典》作為例子，說明在這個充斥著香港大辭典、回歸叢書等所謂「認識」香港的「工具書」的時代，重掌解釋權的重要性。物件的詮釋也許未像詞典一般，具有較強烈的規範意義，但在對物件重新進行理解的過程中，一方面得以將經驗與情感重新賦予物件更多意義，另一方面也可能透過物件帶出不同時代的記憶和知識。董啟章的自然史三部曲之一《天工開物・栩栩如真》刻意使用明代宋應星《天工開物》的書名並加以延伸，《天工開物》作為一本物之書，有其自

然觀與科學觀，而董啓章的自然史三部曲之一《天工開物·栩栩如真》，亦有其嘗試以物件史所開展出來的想像。[3]小說中以 12 個章節分別敘述收音機、電報、電話和車床等 13 樣物件，並藉此串連起董富三代的香港故事和歷史。由這 12 個章節所組成的篇章不僅僅只是開啓了一個物件史的想像或是跳脫過往家族史以人物爲主軸的敘事方式，在這些物件的描述當中，我們亦可看到當中所涉及的日常性、歷史性，以及物件帶來的知識生產。

日常生活因其日復一日的重複特性而引發諸多討論，有些論述嘗試透過日常生活的行爲進而揭示其中潛藏的暴力，有些則是主張看似平凡的日常生活，實際上卻蘊涵了許多開創力量。在前者的討論裡面，主要是對於日常生活進行批判性的反思，認爲正因爲日常生活所具備的重複特質，往往使人難以察覺潛藏在日常生活中的威脅，或是權力與知識的無所不在，這一類的討論主要是希冀從看似平凡瑣碎的日常生活中，找出在這些重複的背後，其實隱含著龐大的權力運作。而後者的論述同樣不將日常生活視爲平凡或普遍的問題，亦同樣主張用一種再反思的角度觀看日常生活，但不同的是，後者的論述卻是試圖在日常生活的重複與平凡中，找到具有反抗、顛覆的可能性。[4]除了這兩種切入方法討論日常生活之外，我認爲我們還可以把日常性作爲一個概念、方法或策略，思考它可能因此再現了什麼？當敘事者透過日常生活的描繪時，它讓我們看到了什麼樣的生活經驗（陳筱筠 2010）。自然史第一部曲透過董富三代在日常生活中使用的物件開展出另類的 V 城歷史，小說中董富是一個

---

[3] 以物件做爲書寫的對象，過去董啓章也多有嘗試，包括《紀念冊》（1995）、收錄於的《名字的玫瑰》（1997）的〈物語〉和《The Catolog》（1999）等。

[4] 德塞都（Michel de Certeau）在《日常生活的實踐》（*The Practice of Everyday Life*）一書中，相對於傅科（Michel Foucault）在談論社會與文化現象時，多半將視角圍繞在權力的無所不在，德塞都想強調的是日常生活中人類的能動性。他以消費、策略（tactics）等日常實踐行爲的概念，對權力進行挑戰與抗拒（Michel de Certeau 1984：29-42）。有關日常生活的相關理論另可參考海默爾（Ben Highmore）在《日常生活與文化理論》（*Everyday Life and Cultural Theory: An Introduction*）一書中提到對於日常生活相關理論的反思與批判。

無線電技術員，兒子董銑在董富記做零件製作，當他購買並安裝車床時誕生了第一顆螺絲，敘事者「我」是創造栩栩的書寫者，而栩栩的心臟存在著一顆螺絲帽，董富三代和栩栩的生命歷程皆與這些物件緊密相連。

《天工開物・栩栩如真》這本書中所選取的物件大多都具備了傳送或通訊的功能，然而這些物件隨著時代被汰換，總會被遺忘。

> 在漫長而零碎的後記裡，收音機變回一種平平無奇的事物。原理的奧妙，設計的工巧，功能的神奇，很快就會被習慣掩蓋，被更新穎的發明取代，而終至被遺忘。（董啟章 2005：35）

不管是無線電、收音機、電報機、遊戲機或電話，每一種物件都會經過歷史的淘汰與更新，但唯有文字和說故事這件事不會，敘事者我在兒時聆聽祖父董富有關山中無線電波的訊息傳遞，到後來在文字工場寫信告訴栩栩有關他的家族故事，書寫成爲了贖回一切歷史的契機。這些物件所具備的特質，包括通訊、傳遞、召喚、記憶和時代印記等等，其實也正如書寫本身。書寫（長篇小說）這件事，對於現在這個時代的意義與價值是什麼？這個問題是董啓章在自然史三部曲中不斷追問的核心，但他探問的方式並非只是單純的丟出這個疑問，而是透過各種書寫策略讓讀者思考。董啓章未說出一個既定的答案，但是在透過物件史的書寫，將香港的時間空間立體化，並以物件的汰換，追溯 V 城不同時期的歷史與時代精神時，書寫長篇的意義其實早已浮現。

夜裡敘事者透過轉動收音機的頻道，由電波、聲波和雜訊所形成的真實與虛構讓他穿越時空，回溯了戰前香港董富與龍金玉的相遇； 彩色電視機替 V 城帶來了電視史的輝煌時代，經由各式物件的流轉間接帶出香港的移民史與中港兩地的移動：

> 大陸開放之後，媽媽何亞芝跟著姑媽董珍珠，像成千上萬的 V 城人
> 一樣蜂擁回鄉探親。那時候羅湖火車站擠滿了人潮，無論男女老幼
> 也像力士一樣扛著超乎負荷的電器用品，口袋和鞋襪塞滿金器和手
> 錶……董珍珠在廣州和弟弟董鈞重逢，她和何亞芝兩個女人帶來了
> 黑白電視機、卡式錄音機、電飯煲、電風扇和食鬼電子遊戲機。（董
> 啟章 2005：174）

或是回憶兒時到中學這段時期，見證了從維他奶錶過渡到電子石英
錶時代，V 城也在這個潮流下躍身成爲全世界最大的電子錶芯製造中
心，經歷短暫的鐘錶王國歷史。透過對於這些物件的回溯，董啓章的書
寫嘗試並非是一種懷舊，而是一種對於時代的回應。

（三）

隨著物件的展開，小說也串起香港街道的歷史與特色。包括深水埗
的製衣與零件工廠和鴨寮街的電子零件，或是敘事者在向栩栩訴說電報
和電話這些物件時，憶及祖父董富從廣州到 V 城的移動路徑。董富從廣
州搭船到 V 城，定居在香港，起初他在沙頭角租房子，待日軍佔領香港
時期他便搬到九龍位於旺角和大角咀之間的塘尾道，中途又曾因戰爭緣
故在廣州與 V 城之間往返。董富的移動路徑一方面像是許多戰前戰後中
國移民至港的故事縮影，另一方面也串聯了 V 城從英國殖民─日治佔領
期─新一軍進駐 V 城─英國殖民的這一段歷史。

除了將街道與個人記憶、移動路徑和殖民歷史相結合之外，自然史
三部曲亦帶出香港的自然郊野風貌。

> 本來去浪茄最直接是走麥理浩徑，但阿角說可以先看看附近的紅樹
> 林、溪流和鄉村風貌。於是我們便取道北潭涌自然教育徑。這是十
> 分易走的路段，有溪水也有林木，景致清幽。在夏末秋初還有不少

品種的蝴蝶在花間飛舞。……當年工程人員把官門海峽的兩個出口以大壩封堵，建成了這個超級水庫。從內地東江輸送食水到 V 城，是後來的事情。……V 城郊野的美，多少也帶著人為的痕跡。就算是剛才經過的綠樹林蔭，很大部分也是二次世界大戰後殖民地政府大量植樹的成果。（董啟章 2010：194－195）

　　在去西貢進行地質考察的過程中，讀書會的讀物也與 V 城產生關聯。小說中雅芝向阿角提到讀書會其中一本指定讀本《湖濱散記》，她想像如果可以在這個水庫邊搭一間屋子住下來，必定會是很棒的經驗。隨即阿角便說，V 城是個過度管理的地方，根本沒有個人自主的空間，即便一個人想獨自在自然中生活也需要受到監管。

　　歷來香港被強調的一面多半是圍繞在它做為一個全球城市的位置，但實則香港也存在著許多豐富的自然地貌與生物。不過董啟章筆下的香港自然也並非純粹的描寫山水美景，反而強調 V 城郊野的美實際上是與殖民歷史的人為痕跡緊密相關。在第三部曲中的西貢是雅芝與其他人物相遇的地點，也是書中主要角色阿志和阿角等人開書店的所在位置。雅芝和阿角到西貢考察，以及此書最前頭雅芝敘述她進入西貢的路徑，看似只是單純的地理描述，但是透過這個個人的移動路徑與經驗，卻帶出了香港的自然郊野、V 城空間、水庫歷史、殖民記憶和中港關係。

四、結論

　　寫作絕對不是一個人的事。寫作必然在世界中發生，在世界中進行，在世界中結果，在世界中重生。寫作為世界所塑造，但寫作也反過來塑造世界。在世界中寫作，為世界而寫。這是我到現時為止，所能抱有的最大的寫下去的理由。（董啟章 2011：15）

　　自然史三部曲以其超越傳統長篇小說的格局，其字數的總量、大量使用粵語進行對話、並置不同的時空，其所構築的過去、現在和未來、多聲部的安排、以不同章節代表不同時空場景等特色，都可視為是董啓章書寫長篇的實驗過程。[5]這些書寫特點除了豐富長篇小說的內容之外，也讓讀者重新想像，小說可以如何被閱讀？長篇小說中橫跨許多時空並非新穎的手法，但自然史三部曲中由刻意安排的時空錯置及多聲部的穿插，所帶出的多種閱讀方式，提醒了我們事件的多重角度，以及歷史的不連續性與斷裂的無所不在。

　　董啓章曾說過，用小說去構造一個世界，就是構造一個有很多觀點的世界，以及這世界怎樣跟真實的世界形成映照的關係。自然史三部曲透過多聲部的安排與許多人物之間的對話，都是董啓章實踐其書寫實驗的一部分。自然史三部曲除了讓我們產生更多有別於以往對於香港城市的想像之外，這一系列的長篇小說有一個更核心的問題，即是在思考長篇小說這個裝置本身所可能產生的書寫意義。第三部曲《學習年代》中一個來自各個不同學科領域的人所組成的讀書會，透過這個討論過程帶出了小說的兩個概念，一個是兩極擺盪，另一個是中心空洞。

> 在文學世界裡，小說家必須通過兩極擺盪的模式來接近事情的真相。文學不應該站在某一個立場來說話，而應該試圖在虛構世界裡建立跟現實世界一樣的多立場並存互爭的狀態。（董啟章2010：50）

---

[5] 過去董啓章也曾在小說中夾雜許多粵語，在自然史的第二部曲也大量使用粵語進行書寫。董啓章對於這樣的書寫方式曾表示，他明白對於不懂廣東話的讀者而言，這樣的方式會造成嚴重的閱讀障礙，但是全面運用廣東話來表達人物的思辨性對話是從來沒有人試過的，他自覺必須做這樣的一個實踐，並表示往後還是會適量地運用（祝雅妍2010）。值得留意的是，第二部曲書末附有香港常用廣東話話簡譯，這樣的實驗其實也形成了一種語言的知識生產，而更有意思的是，第二部曲在整個三部曲當中所設定的時空是偏向未來史的想像，董啓章選擇在未來史的這一部曲進行大量的粵語書寫，在近年香港反對普教中、撐粵語等語言之於身分認同的建立與想像的語境下，未來史留存粵語的使用有其一定的意義存在。

這個空洞的中心是崩離也是毀壞的顯像。中心空洞和兩極擺盪一樣，都是沒有最終真理的狀況的顯像。它是一個開放的模式，不是去跟從一套既有的教條，而是合力去創設它，而這個創設是持續不斷的，不會有最終完成的一天。（董啟章 2010：59-61）

藉由這個讀書會，董啓章一方面思索書寫和現實的意義，另一方面也顯現出他對於書寫長篇的期許，而這也正是他對於寫作的定義，寫作作為一種行動，它本身是一種社會的解構然後再建構的過程，文學作為一種製作物在這個世界中存在，其實也是建構世界的一種方法。

引用書目

- De Certeau, Michel. 1984. *Making Do: Uses and Tactics*,The Practice of Everyday.Life. Berkeley: University of California Press. 29-42.
- 祝雅妍整理。2010.03。〈小說是建構世界的一種方法：梁文道對談董啓章〉。《印刻文學生活誌》79期。頁54-67。
- 陳筱筠。2010。〈觀看香港的方法：論西西《飛氈》的地方意識與敘事策略〉。《中外文學》39:3=430。頁125-150。
- 鄭政恆採訪。2014.07。〈在世界的劇場書寫《美德》〉。《聯合文學》357期。頁26-29。
- 韓麗珠。2013。《離心帶》。臺北：印刻。
- 董啓章。2005。《天工開物・栩栩如真》。臺北：麥田。
- 董啓章。2007。《時間繁史・啞瓷之光》上、下。臺北：麥田。
- 董啓章。2010。《物種源始・貝貝重生之學習年代》上篇。臺北：麥田。
- 董啓章。2011。《在世界中寫作，為世界而寫》。臺北：聯經。

講評

◎徐偉鋒*

　　幾十年來，香港文學給人的總體印象是：小打小鬧，中短篇小說啊，隨筆啊，時評啊，這些文體比較發達。但是，厚重的長篇小說比較匱乏。董啟章具有非凡的架構才華和宏大的寫作抱負。他的「自然史三部曲」可以說是對香港整個歷史的一次還原努力，他力圖讓這個三部曲成爲紛繁複雜的香港社會的一個對應，而且幾乎是唯一的對應，正如《石頭記》之於「石頭城」。他是一個高度自覺的作家，他對歷史和寫作本身具有深刻的思考。另外，他基本上是個運用全知視角的作家，對作品中的人物、情節和場景都有著絕對的把握和控制，正是這種把控能力使得他的小說設計感特別強，編排極爲複雜。

　　對這樣一部真正的大部頭，要進行深入的理解，並進行有效的闡釋，是無比複雜的一項工作。我沒想到，陳筱筠小姐作爲一名剛剛出道的青年女學者竟然有這份勇氣和才氣，能充分準確而全面地歷數董啟章的思維模式和創作套路。

　　文中精彩地概括了董啟章關於寫作與世界的相互關係的思想，即「寫作爲世界所塑造，但寫作也反過來塑造世界。」作者還嫻熟地應用辯證法思維，更加精彩地點明瞭董啟章在自然史三部曲中關於「忘記和記憶」的關係的全面思考，即「透過遺忘，有了重拾記憶的可能，透過書寫，將原本遺忘／未知的記憶找回。」

　　陳筱筠不僅具有超強的闡釋能力，而且具有敏銳的問題意識。

　　由於「自然史三部曲」又長又雜，對於普通讀者來說，有點高山仰止，望而卻步。這就不得不產生一個問題：像這樣的小說可以如何被閱讀？這個問題提得非常好。

　　其實，我們可以從接受的角度對小說進行分類。羅朗・巴特說，文學文本有兩種：可讀的和可寫的。可讀的，主要是給普通讀者看的。可寫的，主要是給作家們吸取靈感和資源用的。筆者以為，還有一類。可釋的，即給批評家（學者）解的，像喬伊絲的《尤利西斯》就是最好的可釋性文本。普通讀者可能會覺得不忍卒讀，作家們其實也發現不了多少可資模仿的元素；但是，批評家們熱衷於在其中讀出微言大義，從而寫出五花八門的解讀文章。「自然史三部曲」可能也屬於這一類。

　　如果陳筱筠意識到：董啟章是在學喬伊絲把香港當作都柏林，作為他營造文字迷宮的一個基地，她可能就沒有那個疑問了。

文明與倫理的思索
1970－80 世代小說的時代殘像

◎陳國偉*

一、時代的倫理思索

　　似乎不過幾年前，我們還在論辯那既華麗卻又如海市蜃樓的世紀末風景，以及隨之而來的美國 911 事件，究竟是對於文明終結的卡珊德拉（Cassandra）式預言，還是人類對未來思考的重要折返點。但今日，隨著世界經濟秩序的重新組構，資本主義在亞洲踐履出新的權力路徑，卻也誕生了新型態的恐怖主義王國，而在此同時，生態系破壞、極端氣候甚至是能源浩劫所可能帶來生存危機，已經迫在眉睫。「舊的東西在崩壞，新的在滋長中」這句名言已經無法提供任何樂觀的保證，讓我們對這劇烈轉變的時代無動於衷，而文學，當然也無法置身事外。

　　對於筆者而言，書寫者與其所處的世界之間，究竟該建立起怎樣的連結，如何在創作中映射／攝出其所認知的現實（或超現實），是其美學追求的驅力來源，也是其奠定自身獨特性的關鍵選擇。因此在 2012 年筆者應邀爲《聯合文學》雜誌 5 月號專輯「20 Under 40——20 位 40 歲以下最受期待的華文小說家」撰寫導論時，便曾對 1972 年以後出生的作家世代，提出這樣的問題：

> 這個作家世代，是否能夠建立新的文學典律與美學形式，以回應新
> 時代的各種倫理問題？80 年代晚期以來開始逐步被瓦解的世界，該

---

* 中正大學中國文學系博士，中興大學臺灣文學與跨國文化研究所副教授。本文會議原以〈文明之餘，抵達之謎：1970-80 世代小說的時代殘像〉爲題發表，本文題目爲會後修訂。

> 如何在文學中被贖回與重建？臺灣高度國族化的都會，與中國、香
> 港極度資本主義化的城市，如何重建秩序？而面對著現代化衝擊，
> 早已破敗的鄉土，已經沒有了「本源」，無法提供「前現代」田園牧
> 歌與神秘寓言式的多重和聲，鄉土的「失樂園」故事，又該如何再
> 被延續？[1]

不論臺灣或中國的創作者，都同時面對著都市與鄉土、資本與社會、歷
史與國族等不同面向的命題，不同的回應也各自形成其評論與研究體系
中的美學判斷與評價，也組構出如今我們所見的臺灣六、七年級記憶共
同體，[2]以及中國 70、80 後的感覺結構。

　　然而追根究底，這是一場集體性的倫理行動，這些創作所處理的問
題表象，無一不是回歸到關於「倫理」的提問。倫理與道德不同，道德
是建立在人類的風俗模式與價值標準上，所以現代法律的背後必然具有
道德意識型態。然而倫理是在其背後更為根本的人與人關係的主體考
量，涉及了主體如何自處及與社會連結。[3]因此就像王德威指出的，文學
倫理是將文學當作一個不同社會價值、關係與話語交錯碰撞的介面，去
探討「我」如何在此以文字作為象徵的社會媒介或文化建構裡，成為一
個有意識及知識的主體，[4]用劉紀蕙的話來說就是，「倫理與時代性話語
模式有必然關係」。[5]

　　然而，作家們囿於自身的背景、身世與階級，不論回應的是都市、
鄉村還是資本主義，所能呈現的都僅是這時代性的切片，世界整體的「部

<hr>

[1] 陳國偉，〈後 1972 的華文小說書寫：世代與記憶的倫理學〉，《聯合文學》331 期（2012.05），頁 32。
[2] 所謂六、七年級，是以民國紀年為標準的斷代方式，六年級指於民國 60 年代（西元 1971-1980）出生的作家，也就是中國的 70 後作家；而七年級指的是民國 70 年代（西元 1981-1990）出生者，在中國也就是所謂的 80 後作家。
[3] 劉紀蕙，《心之拓樸：1895 事件後的倫理重構》（臺北：行人，2011），頁 27。
[4] 王德威，《現當代文學新論：義理・倫理・地理》（北京：三聯書店，2014），頁 187。
[5] 劉紀蕙，《心之拓樸：1895 事件後的倫理重構》，頁 27。

分」。當然，這「部分」與「整體」之間，存在著永恆的張力關係，彼此不斷地辯證與相互證成，透過「部分」的考掘，我們方能開啓通往「整體」的路徑，最終逼近那真理的「全景」，證成倫理的運作邏輯。

　　也因此，本文透過伊格言、陳栢青、阿乙、郭敬明等作家的長篇小說，探討 1970－80 世代的作家，如何連結他們與現實，重新界定他們跟時代的關係，展現他們作爲六年級／70 後與七年級／80 後的世代意識。

　　綜合脈絡與世代來看，先出版的陳栢青（葉覆鹿）《小城市》[6]，先行丟出了七年級是什麼的大哉問，小說中「失落的一代」，成爲七年級作家存有的情感隱喻；都市雖然對資本主義採取全面的開放，卻封閉了所有個體的出路，日常成爲一種荒蕪的逃逸，而世代敘事的取得成爲救贖的最後可能。而較晚出版的伊格言《零地點 GroundZero》（以下簡稱《零地點》）[7]，對於臺灣第四核能發電廠（以下簡稱核四）問題的介入，使其的小說充滿文學行動主義的色彩，反而爲六年級作家作出了有力的宣示，透過島嶼的災難末世預言，啓動臺灣作家對於現代文明的終極探問。

　　然而在彼岸的 80 後小說家郭敬明，卻以「小時代」系列[8]（以下若非特別提及單冊，則一律統稱爲《小時代》）打造出文學商品化的金字塔，昭告了 80 後對於時代與以西方資本主義文明爲標竿的文明思維，成爲中國的代表；小說最終雖然迎來「大觀園」傾頹的宿命觀，然而卻只是物質文明高度流動下的一枚註腳，仍然無法撼動背後的整體結構與方向。但在此同時，相對於 80 後的義無反顧獻身姿態，70 後的阿乙卻要問的

---

[6]　陳栢青以葉覆鹿爲筆名，出版《小城市》，但爲求統一，本文仍以陳栢青稱之。葉覆鹿，《小城市》（臺北：九歌，2011）。

[7]　伊格言，《零地點》（臺北：麥田，2013）。

[8]　該系列共有三部小說，分別是《小時代 1.0：折紙時代》、《小時代 2.0：虛銅時代》、《小時代 3.0：刺金時代》，分別於 2008、2010、2011 年出版，出版單位均爲長江文藝出版社。但在本文中所引述的版本分別如下：
郭敬明，《小時代 1.0：折紙時代》（上、下）（臺北：本事文化，2012）。
郭敬明，《小時代 2.0：虛銅時代》（修訂本）（武昌：長江文藝出版社，2014）。
郭敬明，《小時代 3.0：刺金時代》（修訂本）（武昌：長江文藝出版社，2014）。

是《下面，我該幹些什麼》[9]，既然已化爲日常的資本主義無處躲避，如果不以身體的極端暴力因應，只能選擇無止盡的逃逸，阿乙透過一個完全無動機、無緣由的殺人事件，展開對自身存在最深沈的反思，似乎所有主體的最終，都只能成爲時代文明操控下的殘破回聲。

二、記憶內爆與倫理承擔：臺灣六、七年級作家

在目前現有的許多論述中，都傾向於把 2000 年之後臺灣的「後鄉土／新鄉土」書寫浪潮，與六年級世代作家的正式崛起，畫上等號。[10]當然六年級作家對於臺灣鄉土書寫的再進化，的確功不可沒，也足以成爲世代重要的標籤，但其實六年級對於臺灣文學史的介入，可以再往前推移到 1990 年代中期以前。隨著酷兒（Queer）論述的翻譯引介，洪凌與紀大偉以新世代之姿，結合既有的學術資本，以及科幻、推理、奇幻等跨類型的敘事聲腔，在文壇掀起一股新感官小說的新／腥風，伴隨著當時四年級作家朱天文《荒人手記》、曹麗娟《童女之舞》，以及五年級作家陳雪《惡女書》等今日被譽爲經典的重量級作品出版，打造出同志文學的太平盛世，這可以說是臺灣六年級作家創作的第一度「高潮」。

然而這股高潮的背後，其實是一股亟欲回應全球跨國資本主義與都市文明的書寫動能，所形構出來的。到了世紀之交第二波崛起的六年級作家手裡，原本作爲主要命題的都市，讓位給了鄉土。也因此包括在吳明益、甘耀明、高翊峰、張耀升、伊格言初期的作品，以及王聰威隨後的轉型，都被編入「後鄉土／新鄉土」的寫作陣容，一直到進入 2010 年代，另一波的轉變才又開始萌芽。

不過正當六年級作家甫站穩腳步之際，臺灣的七年級作家已「成群

---

[9] 阿乙，《下面，我該幹些什麼》（臺北：寶瓶文化，2014）。

[10] 包括范銘如、郝譽翔、陳建忠等學者，都在論述中特別凸顯臺灣六年級作家在「後鄉土／新鄉土」書寫浪潮中的核心地位，詳參范銘如，〈後鄉土小說初探〉，《文學地理》（臺北：麥田，2008），頁 251-290；郝譽翔，〈新鄉土小說的誕生──解讀臺灣六年級小說家〉，《大虛構時代》（臺北：聯合文學，2008），頁 304-312；陳建忠，〈回顧新世紀以來的臺灣長篇小說：幾點觀察與評論〉，《文訊》346 期（2014.08），頁 68-81。

而來」。最早這個世代的浮現，出自於《文訊》雜誌在 2010 年 6 月開始策畫的一系列「浪潮湧進　長流不盡——臺灣文壇新人錄」專輯，以「80後」之名首度呈現了七年級新世代作家的文學風景，[11]但真正他們可以集體性地發聲，還要到 2011 年由楊宗翰策畫出版的「臺灣七年級文學金典系列」，才算是他們在文學史的集體登場。[12]黃崇凱在《臺灣七年級小說金典》後記中指出，也許七年級作家因為本身知識條件、城鄉差距的影響，而使得感覺結構有所差異，但可確定的是，他們一方面承繼著前輩作家的文學系譜，一方面又共享著這個世代特有的集體經驗「網路社群」。[13]

　　作為朱宥勳所稱「重整的世代」的一員，[14]陳栢青（葉覆鹿）同樣也在 2011 年出版《小城市》中，承繼並重整了 1990 年代以來城市文本對於跨國資本主義、大眾電子媒體的關注，結合新世代在網路虛擬介面所體驗的記憶、人際與情感關係，先一步成功地寫出七年級世代對於現代文明思考的代表作。

　　《小城市》是以多線敘述交織構成的小說：主要角色包括因為出版《紅色大書》書寫了綁架案卻造成傷亡、衝擊了警察體制因而神隱，卻被神秘的《新聞報》編輯找到而委託假冒七年級撰寫專欄的作家杜若也。以及直到三個月前才發現自己兒子葉漸漸是因為在捷運站被同學「槓子頭」推落軌道變成植物人，最終導致死亡的母親葉紅蠻。還有即將跟市

---

[11] 「浪潮湧進　長流不盡——臺灣文壇新人錄」專輯共分新詩、散文、小說、戲劇等四篇，從 2010 年 6 月 296 期開始到 2010 年 9 月的 299 號。

[12] 「成群而來」一說，借用自黃崇凱於《臺灣七年級小說金典》的後記篇名，詳參黃崇凱，〈為什麼小說家成群而來〉，朱宥勳、黃崇凱編，《臺灣七年級小說金典》（臺北：釀出版／秀威資訊，2011），頁 300-310。除了該書外，「臺灣七年級文學金典系列」尚包括甘炤文、陳建男主編的《臺灣七年級散文金典》，以及謝三進、廖亮羽主編的《臺灣七年級新詩金典》。根據總策劃楊宗翰的說法，這套書是奠基於七年級作家在剛崛起的階段，在文學大環境不佳、他們在文壇又沒有資源的狀況下，為了「集體展示臺灣文學最新世代的表現及成績」而催生。詳參楊宗翰，〈誰怕七年級！——「臺灣七年級文學金典系列」策劃人語〉，《臺灣七年級小說金典》，頁 2-4。

[13] 黃崇凱，〈為什麼小說家成群而來〉，《臺灣七年級小說金典》，頁 306-310。

[14] 朱宥勳，〈重整的世代——情感與歷史的遭遇〉，《臺灣七年級小說金典》，頁 6-16。

長柳子驥女兒冥婚，卻被刑警鐵兵衛識破是婚姻詐騙準備逃之夭夭，卻意外掉入市政中心抗議封鎖線內的韓歡。

　　然而隨著隨著杜若也對於自己接受的委託的起疑，他突然發現這座城市似乎失去了對於整代人的記憶，最後一屆參加大學聯招的七年級考生全部消失了，隨之出現的是電視節目中關於「紅衣小女孩」都市傳說的流行，但就在此時，報社突然決定要舉辦「七年級同學會」，邀請柳子驥市長擔任特別來賓，並且在現場公布「紅衣小女孩」錄影帶的真相。最後，杜若也終於知道，原來這一切是一場取代城市集體記憶的大規模行動，一組爲全體市民的記憶「重新開機」的「小程式」，由於十年前發生了捷運出軌意外，造成大量參加大學聯考的考生喪生，死者的血液灑遍了半座臺北市，因此高層決定設計出另一個恐怖記憶予以取代，也就是「紅衣小女孩」的都市傳說，透過杜若也假冒的七年級親身體驗，媒體的強力報導，以及七年級同輩間的口耳相傳，最終成功達成任務。而且只要有社會重大的傷亡事件，主政者便可以修改個體記憶，啓動記憶的重新開機，但有時也可能給予當事人救贖。

　　透過這樣一個有如迷宮般，不斷在虛擬與實際層次翻轉的複雜故事，陳栢青展示了我們所居處的城市與社會，是以怎樣的驅動力在運轉，以及在資本主義的運作邏輯下，臺灣已然成爲法國後現代理論家布希亞（Baudrillard）所定義的以「擬象」（simulacre）的生產爲核心的「消費社會」（the consumer society），而身處於其中的七年級，所有的想像與記憶，也被媒體與網路中的視覺影像完全支配與決定。[15]

---

[15] 正如江凌青在評論中所指出的，陳栢青也同樣採用一套「視覺植入」的策略，展現出七年級世代記憶的形構過程。也因此「讀者們在閱讀時會油然興起『原來我們這一代都活在電影裡，無論是走路吃飯搭公車的回憶都是摻了搖滾配樂的畫面』的奇異之感。……未料一本小說忽然向我們招手，把那些回憶裡的皮屑髮膚全拿去回收、再造、更新甚至鑄模。」詳參江凌青，〈從黯淡的慶典到一座不老的城市：《小城市》裡的回憶、想像與敘事〉，「財團法人國家文化藝術基金會・藝評臺」網站，2011.07.12（網址 http://artcriticism.ncafroc.org.tw/article.php?ItemType=browse&no=2562，檢索時間：2015.04.10）。

　　藉由無處不在的電視新聞、監視器、攝影機、媒體影像所生產出來的擬象，主事者得以掌控即將成爲社會主力的這一群七年級生：「接下來的十到二十年，他們將是整個社會的中堅。他們會占據消費、流行時尚、娛樂還有政治的中心。」所以他們要投入所有資源，打造一個七年級的神，「或者說，宣傳神的『福音』。」（頁 43）甚至他們運用捷運站攝影機中的影像，剪輯成一套新的恐怖記憶，用以清洗七年級與社會大眾既有的創傷記憶。而一如柳子驤所說的，「這就是臺北城構成的真相。這是一座記憶之城。」（頁 270）在其中的人們被取消了時間，只需要靠記憶過活。但也因爲如此，七年級世代的感覺結構與集體記憶，終究只能是主體與客體、真實與虛構界線通通取消的內爆（implosion），[16]而可能陷入不斷重新開機的無止盡追索與尋覓中。

　　然而面對近似的城市與文明景觀，稍晚於 2013 年出版《零地點》的伊格言，選擇了當時臺灣最具爭議性的核四興建與否議題，積極地介入了當時的辯論。小說以核四工程師林群浩爲主角，預言 2015 年 10 月 19 日中午 12 時半，由於核四開始運轉引發了事故，由於嚴重的輻射污染透過水源進入人體造成體內暴露，北臺灣成爲重災區，政府遷都臺南，從此封鎖北臺灣。

　　在形式上，小說以兩個時間軸交錯書寫，其一是 2017 年 4 月 27 日，核災後第 556 日，林群浩由於休假，成爲唯一沒有因爲災變而受難的核四工作師，然而由於事前他陸續接收到關於核四運轉危險的相關資訊，在核災後成爲政府監管的對象，定期必須向心理醫生李莉晴報到，進行夢境影像的偵測。在此同時，總統大選仍持續進行，原核安署署長賀陳端方由於組織探勘隊，深入災區有功，以英雄之姿成爲最有勝選可能的執政黨候選人。然而，他卻擔心著林群浩的夢境影像，可能暴露核災不爲人知的真相。其二從 2014 年 10 月 11 日核災前 373 日開始倒數，當時林群浩與女友小蓉感情相當穩定，小蓉原被母親拋棄，因此從小在宜蘭

---

[16] 尚・布希亞（Jean Baudrillard），洪凌譯，《擬仿物與擬象》（臺北：時報，1998），頁 127-151。

頭城的天主教育幼院長大。小蓉對於媒體上曝光的核四安全報告感到疑慮，而林群浩從原本的高度自信，但隨著總體檢的不順利以及無能爲力，以及主任陳弘球透露的政治因素及採購弊案，也愈感到擔憂。陳弘球甚至告訴林群浩，若核四出事，務必要帶走他的手機與電腦，更讓核四極不樂觀，但就在林群浩被告知延後商轉的同時，事故便發生了。

選擇如此貼近現實且敏感的題材，作爲一個具有學術訓練背景，對自我歷史定位有高度意識的創作者，其實伊格言冒著相當大的風險。作爲一個具有文學行動主義的作品，它挑戰時間的多重性：面對現實中因爲政治風向的極度不確定性，因此小說的形成作爲一種真實，必須比核四的商轉現實，還要更早「成真」，才有可能站在「預言」的啓動時刻。理想的狀態是，截斷核四商轉的時間表，讓小說內層的真實因爲現實的未完成而一併崩壞，這是伊格言創作《零地點》的真正意圖。但就小說的本體論而言，這是一種終極的自毀，因爲它將自我的價值架構在確保小說的再現永遠不會實現，也就是當核四停建，末日沒有發生，小說透過虛構完成了它的現實意義，但再也無法確認小說家對現實發展的「推理」是否爲「真理」，而無法證明小說家是否真的有洞見。而在《零地點》書後收錄的伊格言與駱以軍對談中，伊格言顯然非常清楚這一點：

> 我當然不希望《零地點》成爲現實。在這裡，小說和現實的互動是頗具辯證性的，我相信這或許足以延伸小說本身的視野。如果臺灣的未來是盒子裡那隻薛丁格的貓──在那真正的毀滅降臨之前，我想所有的「預言小說」都是這樣的情形：小說本身是預言，而當小說與現實產生互動，小說與現實合看之時，整件事就變成了一個寓言，指向那個非生非死，亦生亦死的狀態。臺灣非生非死，臺灣亦生亦死。在那恐怖的滅絕時刻尚未臨至之時，它尚未塌陷爲單一結

果。我們還有機會。[17]

　　也因此，《零地點》這樣的書寫，其真正價值不在於是否在當下獲得驗證，或是指向一個必然會發生的未來「預言」，而是在於一種自身對未來承擔的倫理啓蒙。關於這點，蔡建鑫透過德希達（Jacques Derrida）著名的〈不要浩劫，現在不要〉（"No Apocalypse, Not Now"）一文，提出了從解構主義的觀點，文學創作指涉的就是自身的毀壞，也就是文學不可能的境況，也因此書寫核災必然是書寫文學的毀滅。但核災對德希達來說只是一個事件，不是未來，因爲未來完全不可知，所以不論是小說的本體，或是其所描繪的對象，都不可能是未來。然而正因爲如此，《零地點》作爲德希達式的「零度寫作」，不是過去也並非未來，是一個促使未來得以到來的事件，一個創發過去和未來的地點。[18]最重要的是，他促使在場（歷史的、時間的、當下的）我們，應該對未來擔負著怎樣的倫理承擔。這是對文明的思考，而且彌足珍貴的是，是臺灣六年級作家式的。

三、物語消費與存在荒蕪：中國 70、80 後作家

　　和臺灣意外地有著近似性，中國現代文學也出現了兩度的「70 後潮」，一次是在 1990 年代中期逐漸開始，自《小說界》於 1996 年開始推出「70 年代以後」專欄後，《山花》、《作家》、《長城》等雜誌也陸續推出，1998 年 7 月的《作家》雜誌中，以女作家爲主要陣容的 70 後作家發表了文學宣言，自稱是「斷裂的一代」，包括魏微、衛慧、周潔茹、棉棉、朱文穎、金仁順、戴來等作家，直到 2000 年，上海文藝出版社首次發行了《七十年代以後小說選》。[19]另一波則是從 21 世紀以來崛起的魯

[17] 伊格言、駱以軍，〈我將介入此事——伊格言對談駱以軍〉，《零地點》，頁 304。
[18] 蔡建鑫，〈知識傳播與小說倫理：以《零地點》爲發端的討論〉，《臺灣文學研究集刊》16 期（2014.08），頁 61-82。
[19] 于文秀，〈物化時代的文學生存——「70 後」、「80 後」作家評析〉，《文藝研究》2014

敏、徐則臣、喬葉、盛可以、馮唐、阿乙、路內等。根據張莉的看法，由於這批作家在 1990 年代以來中國文學解除文化神聖性與嚴肅性的世俗化「除魅」傾向下，轉向現實化與個人化，小說關注的主要是日常生活的再現，青春生命的渲染，歷史感嚴重不足。[20]

　　雖然對於 70 後作家的風格，研究者有著兩極化的態度，但 70 後世代總是染上一層強烈的身處在「歷史夾縫」中、「被遮蔽」的形象，而這跟在世紀之交便強勢登場的 80 後作家，有著密切的關係。[21]若根據孫桂榮的整理，從 1999 年《萌芽》雜誌舉辦「新概念作文」大賽，韓寒、郭敬明、張悅然脫穎而出開始，80 後作家便透過作品出版陸續攻佔市場。2004 年春樹更登上美國《時代》雜誌封面，並在當年的文學銷售榜上，80 後作家在前五名佔了四名，奠定了這個世代作家透過市場改寫文壇遊戲規則的主要趨向。[22]而雖然在 2006 年韓寒與白燁在博客上發生了「韓白之爭」，主流文學與 80 後作家的衝突浮上檯面，但隨著 2007 年郭敬明、張悅然、李傻傻、蔣峰等 10 位作家被中國作協接受「直升」入會，80 後作家在中國主流文壇的體制上，可以說得到相當的承認。[23]

　　這些 80 後作家所展現出來的書寫特色，雖然表面上與 70 後作家有所重疊，但其實有本質上的不同，像是 70 後作家常常透過另類場景表述青春，而 80 後作家將其與日常場景結合；70 後以個人體驗式的「傳奇化」筆觸處理成長、性與情愛，但 80 後則傾向於以「非我」的虛構性、幻想性、超驗性情節來呈現，但同時又著迷於悲涼、憂傷的極端情調，[24]在此之中，郭敬明當然是箇中翹楚。然而相較於韓寒、張悅然等 80 後作

年第 2 期（2014.02），頁 35。

[20] 張莉，〈在逃脫處落網──論 70 後出生小說家的創作〉，《揚子江評論》2010 年第 1 期（2010.01），頁 31。

[21] 孟繁華、張清華，〈「70 後」的身份之謎與文學處境〉，《文藝爭鳴》8 期（2014.08），頁 115-116。

[22] 孫桂榮，〈從「70 後」到「80 後」：「斷裂」的青春表演？〉，《上海文學》2010 年第 9 期（2010.09），頁 111。

[23] 于文秀，〈物化時代的文學生存──「70 後」、「80 後」作家評析〉，頁 40。

[24] 孫桂榮，〈從「70 後」到「80 後」：「斷裂」的青春表演？〉，頁 107-109。

家，郭敬明對於西方資本主義的文化邏輯，有著更爲敏銳的眼光，他近年膾炙人口的作品《小時代》可以說是首屈一指的代表作。

2008 年開始出版的《小時代》，以現在的上海爲故事舞臺，透過主述者林蕭的視角，描述她因爲高中時期同一間宿舍而結識的好姊妹顧里、南湘、唐宛如，大學畢業開始進入社會後，如何在上海這個光鮮亮麗的大都市成長、彼此傷害又和解的故事。小說中大幅度描繪了四個女孩與顧源、宮洺、簡溪、周崇光、席城等年輕男性複雜的恩怨情仇故事，但除了私人情愛外，其中也相當程度呈顯了商業界的不堪與黑暗，而讓上海這個國際都會有著交錯著複雜的光與影面貌。

爲了凸顯這個故事的確是根植於已被編入全球化的資本流動舞臺上海，郭敬明從《小時代 1.0 折紙時代》的一開始就點出「翻開最新一期的《人物與時代》，封面的選題是《上海與香港，誰是未來的經濟中心》──北京早就被甩出去兩百米的距離了，更不要說經濟瘋狂衰敗的臺北。每一天都有無數的人湧入這個飛快旋轉的城市──帶著他們的宏偉藍圖，或者肥皂泡的白日夢想……」（上冊，頁 6）然而既然是身處在這樣全球性的舞臺中，那麼必要的物質配備，是不可或缺的，因此「拎著 Marc Jacobs 包包的年輕白領從地鐵站嘈雜的人群裡用力地擠出來，踩著 10 釐米的高跟鞋飛快地衝上臺階」，在此同時，「星巴克裡無數的東方面孔匆忙地拿起外帶的咖啡袋子推開玻璃門揚長而去。一些人一邊講著電話，一邊從紙袋裡拿出咖啡匆忙喝掉；而另一些人小心地拎著袋子，坐上在路邊等待的黑色轎車，趕往老闆的辦公室。」（上冊，頁 6）所有在現今資本主義文明運作中，能夠表彰身分位階、時尚、都市生活的符號，都必須成爲這個故事舞臺構圖的重要部分。

然而我們都還深刻地記得，同樣以上海爲書寫的土壤的王安憶，曾說過「城市無故事」，那爲何在郭敬明筆下的上海，就有了這麼浪擲青春、有如物質文明夢境般的上海故事呢？因爲這樣的書寫實踐，不僅是郭敬明個人的慾望投射，更重要的，一如所有評論家都注意到讀者對郭敬明

的認同，是要提供給全中國的年輕讀者去幻想、去附會的「故事」。

日本次文化學者大塚英志曾在他的《物語消費論》中提出，無論是戲劇、漫畫或玩具，其實被消費的不只是商品本身，而因為是在商品背後，有著「大敘事」或秩序的部分，這些個別的商品才能擁有價值而被消費。其實消費者消費的，不是商品本身，而是隱藏在背後的系統（大敘事）本身，但因為系統不能販賣，必須要汲取其中一個片段情節，或是物品來呈現，消費者深信透過這樣重複的消費行動，自己就能和「大敘事」更加靠近，而這就是所謂的「物語消費」。[25]

大塚英志的觀點其實給予我們相當大的啟發，因為在本質上，郭敬明粉絲的文學消費，其實就是一種次文化式的物語消費。表面上郭敬明販賣的是小資情調的「小敘事」，但其背後連結的是中國經濟要走向世界，成為龍頭的中國夢，是全球資本主義世代的「大敘事」。《小時代》的上流社會生活，鎖定的不是上流社會的讀者，而是中產階級甚至更下層的民眾，雖然目前中國的經濟發展，已經使中國的人均生產毛額 GDP（Gross Domestic Product），上漲到 2014 年的 6,747 美元，在所有國家排行 81 名，[26]但要能夠過《小時代》裡那樣的生活，其實還有相當的距離。也因此，對於這些無法看到中國資本主義發展「整體」的讀者，郭敬明提供他們一窺部分的可能。透過這種中國資本主義夢的重複消費，他們能夠更貼近這個「大敘事」，以及其背後連結的世界經濟想像。就像《小時代 2.0 虛銅時代》中郭敬明所寫到的這樣：

> 得了吧，顧里，當宮洺走進房間的時候你兩個眼睛都在放光，你夢寐以求的不就是成為他那樣的人嗎，每天坐著私人飛機滿世界折騰，上午在日本喝清酒下午就跑去埃及曬太陽去了，在高級酒店裡

---

[25] 大塚英志，《定本　物語消費論》（東京：角川文庫，2011），頁 7-20。

[26] 根據 IMP 國際貨幣基金組織 2014 年公布的數字，全世界人均 GDP 最高的國家是盧森堡，110,423 美元，而世界平均水準為 10,486 美元。

英文和法文換來換去地說，別人打你的手機永遠都是轉接到語音信箱的狀態，並且身邊隨時都有西裝革履的助理們去幫你完成各種匪夷所思尖酸刻薄的指令或者去幫你從 Hermes 店裡搶 Birkin 包包……你還記得你高中寫的那篇叫做〈我的理想〉的作文麼？你的全文最後一句是：我覺得巴菲特是全世界最大的賤人——可是我愛他！（頁 48－49）

或許我們可以這麼說，資本主義雖然帶給 80 後作家以及跟隨他們的讀者，一場沒有許諾的文明之夢，但卻透過 80 後世代的生產，激發讀者靠近的力量。然而在 70 後作家那裡，也許是有感於被遮蔽在 60 後與 80 後的歷史夾縫中，反而生產出更強烈的遠離驅力，他們無法像 80 後世代那樣毫不保留地對現實篤定，對自己生產的世界絕對的信任，70 後作家對當下的文明景況有太多問題要問，個人化的現實體驗讓他們的是更為疏離與拒絕。

像是警察出身的阿乙，在 2012 年出版的《下面，我該幹些什麼》，描述了一場因為毫無因由的謀殺案。因為求學寄住在嬸子家的 19 歲青年，在高考前夕，誘騙美麗善良而身世堪憐的女同學孔潔到他的住處，不僅毫無原因地殺害了她，還殘忍地棄置她的屍體。孔潔對他毫無保留的信任，但從一開始他就經過縝密的計畫，要殘忍地殺害她，甚至安排好了逃逸路線。然而他的逃亡，也只是為了見那位在父親葬禮上，曾經扮演過母親給予他溫暖的表姊一面。被逮捕之後，教育學會的學者想要為他架構出一個犯罪者的身世，給予可被理解的動機，成為教育的偏差案例；記者想要問出他真正的犯意，好在媒體上形塑出殺人犯的真實奇觀。最後母親找來律師，希望能夠救他一命，但最終他抗拒了扮演一個能夠被理解、同情、符合大眾刻板期待的犯罪者，完成了他最初給予自己命運制訂的藍圖。而對於選擇孔潔殺害，他只是有著單純的念頭：「如果我謀殺的不是這樣一個不允許謀殺的人，謀殺又有何意義？」（頁

188）。

　　一如評論者都注意到的，阿乙可以說是 70 後作家中，最常觸及「犯罪」這個題材的小說家，他一路從《灰故事》（2008）、《鳥，看見我了》（2010）到《模範青年》（2012）、《下面，我該幹些什麼》等作中，高比例地運用推理／犯罪這個類型的形式，很多人都將其連結到他曾經警察的身分，但在阿乙的受訪中，他說道：「犯罪故事就像是一個化學實驗室，能將人性裡的東西，最尖銳的東西，最不可溶解的東西和最容易蒸發的東西，都清晰地淬煉出來。」[27]而那些被淬煉出來的東西，就是人的存在。阿乙曾多次地表示，他最喜愛的西方作家便是卡繆（Albert Camus），所以對他來說，存在的真相是什麼？人如何抵抗存在的荒謬？是他創作中最核心的關懷。[28]的確從這點看來，沒有任何一個文學形式，比推理／犯罪這種「從一具屍體開始」的類型，還要適合呈顯人「作為邁向死亡的存有」這種存在主義式命題的書寫了。

　　不過弔詭的是，在《下面，我該幹些什麼》中，主角雖然對於現實有著相當程度的情緒，但他從殺人到逃亡，一直都沒有真正理清自己的頭緒。直到真正被監禁起來，在一個純粹的空間中面對自己，進行存在的推理與演算，才能夠找到答案，逼近存在的本質：「有時我想在我們人類背後，在那看不見的另一維度，存在一個久睡的人，他生產我們。我試圖用性來否定這種繁殖程序，很快發覺性也是夢出來的，他說要有性，於是人類便有了性。有時我想人類早已滅亡，我們今天之浩大繁複，不過是明朝或宋代一個巫婆投放進鏡中的幻象；有時具體而細微，我想我是十萬個我之中的一個……我就這樣整日整夜躺在複雜而無限的線條裏……」這樣的思考過程，雖然起於對現實的虛無，但卻讓主角釐清自身存有，打開了一個主體辯證的境域。

---

[27] 〈好的創作者依靠敏感與經驗打拼——對話阿乙〉，《東亞週刊》，2013.06.16。

[28] 周明全，〈殘酷的真實與詩意——阿乙小說論〉，《百家評論》2013 年第 3 期（2013.06），頁 115。

然而，即便主角有了這樣的體悟，在認識論層次上，他的存在獲得了確認，但他的肉身仍要被取消，因爲他在現實中摧毀了另一個主體的存在，危害了倫理的絕對性，因此人間的律法必須維護其背後倫理的基本底線，予以極端的懲戒，主體仍必須回到權力體制的境域之內，無法逾越，而這正開啓了下一節的主要討論，也就是在現代文明中，我們都要面臨的生命被支配情境。

四、資本主義文明景觀下的生命存在

> 這是一個以光速往前發展的城市。
> 旋轉的物欲和蓬勃的生機，把城市變成地下迷宮般錯綜複雜。
> 這是一個匕首般鋒利的冷漠時代。
> 財富兩極的迅速分化，活生生把人的靈魂撕成了兩半。
> ——《小時代 1.0 折紙時代（上）》（頁 7－8）
> 雨落在北臺灣這座巨大的，被文明瞬間侵奪了生命的廢城。這人工的華麗荒野。人們已離去許久，流沙之上，文明的殘影曾在此駐留，然而真正存留的終究只是虛無。——《零地點》（頁 298）

不同於其他世代，1970－80 世代的作家，從成長初始，就要遭逢著這個時代的轉身，其所帶來的巨大的時間景觀的崩毀，以及背後不斷劇烈變動的文明景深。他們在面對著臺灣與中國在不同社會發展進程中，所遭遇的資本主義發展、歷史重構與世代衝突問題同時，在各自的世代感覺結構中，他們又必須尋找現實跟文學上的自我定位與出路。面對這種文明景況，他們無法像 1950－70 世代的作家那樣，選擇讚嘆或無力旁觀的姿態，他們必須面對一個重要的事實：自己的生命就是構成這個巨大資本主義文明景觀的一部分，然而他們對於是否存在著整體，其實一無所知。

在傅柯（Michel Foucault）晚期的倫理學討論中，「生命政治」（biopolitics）扮演著非常重要的角色。所謂生命政治，是根基於自由主義與市場經濟的一套國家治理方式，人的生命現象進入知識與權力秩序之中，不論是生育、生活與生存，都被這種秩序給控制，透過論述的話語及社會網絡中的各種「設置」（dispostif），提供人一種主體化（subjectivation）但同時又是客體化（objectification）的方式，而人在此過程中無可逃逸。當人的生命進入「生命的現代性門檻」，政治的邏輯轉而變成了人民究竟「如何生」的概念。然而最爲弔詭之處在於，「生命政治」在促進主體生命的同時，卻也管制了主體生命的表現形式，予以規格化。[29]

然而正如傅柯所指出的，這是根基於市場經濟的國家治理方式，而隨著我們進入「晚期資本主義」（late capitalism）的階段，存在著「有支持某種立場傾向的官僚控制網」，以及政府與跨國企業相互貫穿的「國家資本主義」（state capitalism）[30]的狀況下，政府（government）逐漸退讓爲治理（governance）的位置，更多的主權與權力則爲金錢與象徵資本流動所取代，資本主義文明成爲國家的「整體」，成爲造就人所處的生命狀態的主要權力體制，並發展出無數相應的支援結構。

所以在伊格言的《零地點》中，我們看到驚人的事實，一切的文明浩劫，那些被掩蓋的錯誤應變手段，原來都只是爲了要創造政治的意義，

---

[29] 詳參 Michel Foucault ,*Security, Territory, Population: Lectures at the College de France, 1977-78* .Basingstoke: Palgrave Macmillan, 2007. 轉引自周俊男，〈悲情現代性：由生命政治角度解讀當代臺語流行歌曲中的女性與愛情，以黃乙玲爲例〉，《文山評論：文學與文化》第4卷第2期（2011.06），頁1-26。以及米歇爾・福柯（Michel Foucault），莫偉民、趙偉譯，《生命政治的誕生：法蘭西學院演講系列，1978-1979》（上海：上海人民出版社，2011）。

[30] 具體特徵就是出現超越獨占階段的新企業形式（多國公司、跨國公司）、國際勞力分配、國際銀行業和股票交易（包括第二和第三世界的龐大債務）中的一種令人目眩的新動力、新形式的媒體相互關係（包括貨櫃化這類的運輸系統）、電腦和自動化、生產之遷移到進步的第三世界地區，這些所引發的社會效應：如傳統勞動力的危機、雅痞（yuppies）的出現，和持續在進行中的全球性上流階級化。詳參詹明信（Fredric Jameson），吳美真譯，《後現代主義或晚期資本主義的文化邏輯》（臺北：時報文化，1998），頁13。

延續政治與經濟的共謀而存在，即使人已面臨極端的生存環境，但為了維持那權力體制的存在，人在其中就只能被犧牲、排除，完全地「內爆」：

> 「那是創造政治意義的必經過程。你必須親自去發現翡翠水庫已遭嚴重污染這件事。你必須自己來。」……
>
> 「代價是別人的性命。代價至少是數十萬人的輻射體內暴露。」男人複誦。「但政治意義高於一切。你必須明白，」他的聲音毫無表情：「政治意義高於一切，高過於別人，高過於輻射，甚至，高過於你自身。你的生命。我們別無選擇。」（頁294）

　　然而你身處其中，被權力體制所治理，無從選擇，也無從逃脫，阿乙的《下面，我該幹些什麼》正是一個完完全全的生命政治寓言，你若選擇試探權力體制，那麼它會想盡辦法把你收編回來，然後將你放置在另一個極端處境，重寫你的存在與意義。在《小時代》那裡存在著對資本主義文明大敘事的消費，然而在《下面，我該幹些什麼》裡，你成為權力體制提供出去的「被消費物（語）」，媒體與教育等支援體制，努力地建構你被消費的內在，因為你不能是一個個別事件，「個別和普遍是對立統一的，普遍性寓於個別之中，個別又體現著普遍性。」（頁155）最終讓你可以回歸到日常中，用以宣告大眾：逃逸終究是一場徒勞。

　　文明體制以其自我護衛的機制，將個體排除出來，如果你出聲叩問，尋覓意義，那麼你只能被取消，甚至是整個世代。我們當然不會忘了陳栢青在《小城市》中，所創造出神秘的女孩RED，她出現在不同角色的記憶中，成為綁架案中的小女孩、捷運站的高中生、關鍵時間響起的韓歡電話，她造成了系統的無序跟記憶間的衝突，程式無法排除的存在，她代表著七年級世代的存在，但是必須被系統排除的存在。因為權力體制存在的真實被叩問、被質疑，RED以及七年級的存在太過靠近，它的日常運作受到了威脅。所以作為城市文明，同時是資本主義文明的代理

人的柳子驥必須改寫七年級存在的記憶，不斷重新開機，因爲「七年級生是我們這座島，記憶與創造之間的衝突造物。我想之後，還有許多這樣矛盾，需要你幫忙消除……」（頁 292）而這一切都是，「爲了城市的集體利益著想。」（頁 279）

在巨大的資本主義文明風景中，在龐大的權力體制運作中，我們也許曾經意識到自身的格格不入，知道自己處在怎樣一種境地，但又戀戀不捨，就像《小時代》中其實出身普通的唐宛如和林蕭：

> 她（唐宛如）一邊按著自己胸口的禮服裙防止它掉下來，一邊環顧著周圍金碧輝煌的建築和周圍錦衣華服的人們，激動地說：「這真是一個童話般的世界啊，我看起來真不屬於這裏！」
> 其實，我們誰又曾真正地屬於過那裏呢？（《小時代 3.0 刺金時代》，頁 256－257）

但我們終究讓自己被豢養在其中，成爲文明權力體制界定下，處於人與非人之間，猶似怪物般的存在：

> ……人類現今的文明樣貌其實只是一些歷史上的隨機因素所構成的……這樣的文明包含了美好的成分，而邪惡亦在其中。但總之，它中就是眾多隨機因素的聚合物。而每位成人都是從孩提時期起始便被這樣無因由的文明所豢養出來的——所以，也可以說是一團隨機拼湊的怪物……（《零地點》，頁 168）

然而就今日的發展來看，非常明顯地，這個文明是爲了服務與跨國資本主義結盟的國家機器而存在，我們無可奈何地由它所構成，再任由它的後果在我們的身體底層內爆，我們彷彿成了文明終結的隱喻。

1970－80 世代的作家敏銳地捕捉到我們所處的，進退不得的生命情

境，那是難以驅遣的憂鬱，我們在文明之中，卻又同時遺落在文明之外。我們企圖從「小時代」眺望「大時代」，從「小城市」想像「大文明」，透過物語的消費，從文明之「餘」靠近文明的「整體」。但每一次的消費，只是讓我們更加偏移，重塑我們的記憶，微調對歷史的認知，終究連我們自身的存在，都不再識得。當然我們之中的許多，仍嘗試張望著過去、現在與未來所凝縮的這一刻，提醒自己對未來的倫理承擔，找到「下面我該幹些什麼」，因為畢竟「零地點」不是終結，而可能是全新的開始，正如伊格言講的。

　　我們還有機會。

參考書目

（一）小說文本

- 伊格言，《零地點》（臺北：麥田，2013）。
- 阿乙，《下面，我該幹些什麼》（臺北：寶瓶文化，2014）。
- 郭敬明，《小時代1.0：折紙時代》（上、下）（臺北：本事文化，2012）。
- 郭敬明，《小時代 2.0：虛銅時代》（修訂本）（武昌：長江文藝出版社，2014）。
- 郭敬明，《小時代 3.0：刺金時代》（修訂本）（武昌：長江文藝出版社，2014）。
- 葉覆鹿，《小城市》（臺北：九歌，2011）。

（二）專書

- 大塚英志，《定本　物語消費論》（東京：角川文庫，2011）。
- 王德威，《現當代文學新論：義理‧倫理‧地理》（北京：三聯書店，2014）。
- 朱宥勳、黃崇凱編，《臺灣七年級小說金典》（臺北：釀出版／秀威資訊，2011）。
- 米歇爾‧福柯（Michel Foucault），莫偉民、趙偉譯，《生命政治的誕生：法蘭西學院演講系列，1978-1979》（上海：上海人民出版社，2011）。
- 尚‧布希亞（Jean Baudrillard），洪凌譯，《擬仿物與擬象》（臺北：時報，1998）。
- 范銘如，《文學地理》（臺北：麥田，2008）。
- 郝譽翔，《大虛構時代》（臺北：聯合文學，2008）。
- 詹明信（Fredric Jameson），吳美真譯，《後現代主義或晚期資本主

義的文化邏輯》（臺北：時報文化，1998）。

- 劉紀蕙，《心之拓樸：1895 事件後的倫理重構》（臺北：行人，2011）。

（三）單篇論文及文章

- 〈好的創作者依靠敏感與經驗打拼——對話阿乙〉，《東亞週刊》，2013.06.16。

- 于文秀，〈物化時代的文學生存——「70 後」、「80 後」作家評析〉，《文藝研究》2014 年第 2 期（2014.02），頁 34-42。

- 周明全，〈殘酷的真實與詩意——阿乙小說論〉，《百家評論》2013 年第 3 期（2013.06），頁 114-117。

- 周俊男，〈悲情現代性：由生命政治角度解讀當代臺語流行歌曲中的女性與愛情，以黃乙玲為例〉，《文山評論：文學與文化》第 4 卷第 2 期（2011.06），頁 1-26。

- 孟繁華、張清華，〈「70 後」的身份之謎與文學處境〉，《文藝爭鳴》8 期（2014.08），頁 115-118。

- 孫桂榮，〈從「70 後」到「80 後」：「斷裂」的青春表演？〉，《上海文學》2010 年第 9 期（2010.09），頁 107-112。

- 張莉，〈在逃脫處落網——論 70 後出生小說家的創作〉，《揚子江評論》2010 年第 1 期（2010.01），頁 31-37。

- 陳建忠，〈回顧新世紀以來的臺灣長篇小說：幾點觀察與評論〉，《文訊》346 期（2014.08），頁 68-81。

- 陳國偉，〈後 1972 的華文小說書寫：世代與記憶的倫理學〉，《聯合文學》331 期（2012.05），頁 32-37。

- 蔡建鑫，〈知識傳播與小說倫理：以《零地點》為發端的討論〉，《臺灣文學研究集刊》16 期（2014.08），頁 61-82。

（四）網路資源

- 江凌青，〈從黯淡的慶典到一座不老的城市：《小城市》裡的回憶、想像與敘事〉，「財團法人國家文化藝術基金會‧藝評臺」網站，2011.07.12（網址 http://artcriticism.ncafroc.org.tw/article.php?ItemType=browse&no=2562，檢索時間：2015.04.10）

講評

◎徐偉鋒

　　陳國偉先生這篇文章的題目很大，其實可以寫一本書，一本很厚的書；他涉獵廣泛、博學多聞，文中所涉及的話題甚至可以衍化爲一套叢書。他不愧是來自跨國文化研究所的學者啊。不過呢，像許多年輕學者一樣，我們總想把生平所學，都塞到一篇文章裡去，從而導致文章越寫越長，而其中有些段落，不免顯得空泛甚至離題。

　　我一看到題目中「文明之餘」和「抵達之謎」這兩個詞語組合，就想到奈保爾的兩部小說，即《印度：受傷的文明》和《抵達之謎》。因爲我曾翻譯過奈保爾，對他還算比較熟悉。不知陳國偉先生在用這兩個詞語組合時，是否故意在汲取奈保爾的思想資源？但是，具體到文本中，似乎奈保爾又缺席了。

　　兩岸之間在語文上的差異乃至隔離，在這篇文章中表現得淋漓盡致。這個題目對於我這樣不熟悉臺灣學術術語的大陸讀者來說，本身有點像「謎」。通讀完全文之後，我才知道，「世代」相當於我們大陸說的「年代」。「1970－80 世代小說」指的是 1970 年代和 1980 年代所出生的作家所寫的小說，作者真正要論述的是這些小說與時代的關係。作者從倫理、文明、社會乃至制度等各個層面闡釋了這種關係。可貴的是，他試圖採用大陸與臺灣之間的比較視角。然而，遺憾的是，語文上的兩岸差異幾乎成了這種比較思維的障礙。所以，他在前面洋洋灑灑地談了臺灣的相關小說話題，談得相當深入具體；後面談了大陸的相關話題，顯得勉勉強強，甚至捉襟見肘。在大陸，1970 年代和 1980 年代所出生的小說家內部分野非常厲害，各有千秋，而陳國偉先生妄圖用郭敬明和阿乙等一兩個人的創作來化約群雄逐鹿、眾聲喧嘩的文學場面，不免有以

偏概全之嫌。我真心希望，兩岸學者能有機會坐在一起，先把我們所用的術語盡可能統一一下，否則，難免在這種交流場合，也只能各說各的，融洽不起來。

筆者頗為欣賞作者對現實世界諸多問題的關注，對文明缺憾和社會缺陷的反思。比如，他認為，我們所處的時代是不完整的，因此，反映時代的小說作為鏡像，也只能是殘像。但是，小說，或者說藝術，不僅僅是一種鏡像，還能有補足造化的功效。藝術與現實可以互文互補。

《第七天》中的魯迅幽靈
一則個案，關於「文學傳統與創作新變」

一、

在當下中國人關於文學傳統的意識與視野中，20 世紀中國文學傳統所處的位置最爲尷尬和模糊。對於中國當代作家而言，提起卡夫卡、福克納、昆德拉、卡佛、村上春樹……，往往眉飛色舞信手拈來；20 世紀中國文學（現代漢語文學）傳統則淪爲最不願意認領的「窮親戚」，儘管這是我們最切身的傳統，甚至如同空氣一般須臾不可離。

> 重讀魯迅完全是一個偶然，大概兩三年前，我的一位朋友想拍魯迅作品的電視劇，他請我策劃，我心想改編魯迅還不容易，然後我才發現我的書架上竟然沒有一本魯迅的書，我就去買了人民文學出版社的《魯迅小說集》。我首先讀的就是〈狂人日記〉，我嚇了一跳，讀完〈孔乙己〉後我就給那位朋友打電話，我說你不能改編，魯迅是偉大的作家，偉大的作家不應該被改編成電視劇。[1]

以上是余華自述他對魯迅的發現，這情形仿佛是在無意中打開了一座寶藏，缺乏自覺（「原先幾乎是一種被動接受」），充滿著驚奇（「嚇了一跳」）與偶然。時間是 1998 年，之前余華從西方文學那裡獲得了豐富的啓蒙資源，一系列的代表作紛紛面世，其中的藝術經驗及其面對的傳

---

* 復旦大學中國語言文學系博士，現任教於復旦大學中文系，中國現代文學館第二批客座研究員。
[1] 余華：〈「我只要寫作，就是回家」——與作家楊紹斌的談話〉，《當代作家評論》1999 年第 1 期。

統主要來自西方現代主義文學；直到成名很久之後他才發現了魯迅，卻迅速地產生認同，無意中的發現竟成為新起點的座標，又彷彿長途跋涉的遊子終於找到「定居」的家園，他宣稱：「現在我的閱讀是在魯迅的作品裡定居了」。甚至以相見甚晚為「閱讀中最大的遺憾」：

> 如果我更早幾年讀魯迅的話，我的寫作可能會是另外一種狀態……但是他仍然會對我今後的生活、閱讀和寫作產生影響，我覺得他時刻都會在情感上和思想上支持我。

余華這一個案對於當代作家來說並非孤例，它典型地呈現出當代文學與傳統的曖昧而複雜的關係：首先是文學傳統巨大的歸趨力量，甚至可以說，在傳統面前，沒有一個作家是自由的。其次，我們對自身的文學傳統（其實它如此切近）太隔膜了，整體上所知有限，這是一個讓人悲哀的事實。艾略特早就告示我們傳統不是輕易能夠獲得的，「必須通過艱苦勞動」，首先是歷史意識，「這種歷史意識包括一種感覺，即不僅感覺到過去的過去性，而且也感覺到它的現在性」[2]。不幸我們太缺乏這種「感覺」能力。

余華與魯迅之間的關聯、影響研究，已有不少成果面世，但大多集中於其早年作品。我這裡提供的個案，圍繞其最近的長篇《第七天》。

二、

魯迅是在一個絕望、無力的時代裡寫作，但是他的文學所呈現的並不只是「無力」的感受。或者說，在絕望和希望之間，他對「力」有一種辯證的自覺：捨身到深淵，拒絕任何外在的救濟，但是在深淵裡又有一股陰極陽復的力量；讀魯迅之所以讓人不敢、不甘自棄，總因為有這

---

[2] T・S・艾略特：〈傳統與個人才能〉，李賦寧譯：《艾略特文學論文集》第 2 頁，百花洲文藝出版社 1994 年 9 月。

股力量在，當然這股「力量」未必能實體化。這樣一種「力」，我在《第七天》中是能感受到的。尤其是小說結尾———

　　他問：「那是什麼地方？」
　　我說：「死無葬身之地。」

一部無力的小說寫到這裡並不是無力的延宕、或者「此恨綿綿無絕期」式的無奈……這個收束實在是果決啊，果決中有拔地而起的力量。在創世神話中，上帝在「第七天」「停止一切工作安息了」，不妨說，神／統治者安息了，接下來，「人」（原先被操控、被壓抑）的群體開始獲得「自由意志」、開始行動的時刻來到了。這並不是說楊飛們這一群「被現實『非正常』地轟炸出現實空間的」人要開始造反，但確實在這個亡靈們組成的「異」的空間裡有非比尋常的生機在聚合。比如說張剛和李姓男子，在生前他們是仇恨對立的雙方，就好像今天的城管和小販，所有的媒體管道都只能給出「一面之詞」，這裡幾乎沒有和解的契機。今天現實的情形，就好像余華多年前寫過的〈黃昏裡的男孩〉，我們只注目於那個殘忍懲罰男孩的孫福，而不會去想到孫福曾經的遭遇；而其實對抗的雙方都是弱者。只有在文學、在「異」的世界裡，我們才體貼到了對方的內心生活。正如昆德拉所言，在小說的「領地」裡，「所有人都有被理解的權利」。能夠在「我」的立場之外，保持充分的耐心去傾聽他人內心的聲音；能夠把現實世界中如此堅硬對立的戾氣化解掉，讓張剛和李姓男子坐在一起下棋，這種力量儘管柔弱，但不應該只是單面的「無力」。這種化解對立、聚集生機的力量（這在人們排著「長長的佇列」爲鼠妹淨身的那段裡得到最充分的體現），就好像魯迅的〈故鄉〉中，「我」希望宏兒和水生不要「隔膜」。
　　張新穎先生曾經指出，《第七天》寫出了楊飛的無力和時代的「死氣」，但是，「善良而溫情的余華翻轉了『死無葬身之地』通常的含義，

他翻轉的力量來自愛」[3]。我特別認同這樣的說法:「翻轉的力量來自愛」、「沒有力量才具有偉大力量的愛」。儘管《第七天》面世之後質疑聲蜂起,但它還是打動我的原因也在於此,一方面是誠實地寫出「無力」,另一方面是我從中感受到「翻轉的力量」,也許是引而不發的吧。但之所以是「引」,固然並不是說有力量已經整裝待發,但總能感受到某種潛在的勢能吧,──有沒有這種「引」的感受、「翻轉」的感受,我想是不一樣的。還是聯繫起〈故鄉〉,儘管「希望」是微茫的,「本無所謂有」,但終究是,「地上本沒有路,走的人多了,也便成了路」。楊飛的尋父,讓我想起目連救母之旅[4]──這又是魯迅鍾愛的題材,目連一路上見證了很多現實中無法出現的事情,「不可見之物現於眼前(即便只是片刻),而參與和感知所具有的變革力量也得以呈現與示範」[5],這種力量點點滴滴聚合起來,真的是一無所用嗎?

三、

德國學者莫宜佳曾有考證,「妖魔鬼怪的故事」在中國「能夠自由而又極具藝術水準地發展、成熟」,其形象「遠遠多於西方文學中同類的敘事作品」。幽明兩界的營造確乎是中國古典敘事的拿手好戲。比如蒲松齡的〈促織〉,一部分用現實主義的手法,寫皇帝和官僚樂於「促織之戲」,村民在縣令的刑罰和威脅下不得不進貢,小孩子無意間將一隻上好的促織弄死,因害怕懲罰而投井;另一部分則寫小孩的靈魂奇跡般變成了一隻善鬥的促織……這裡有兩個相反的世界:現實的慘劇,死後的奇跡,奇跡本身成為對現實的抗議,「比『真實』的怨憤更加深刻」

---

[3] 張新穎:〈時代,亡靈,「無力」的敘述──讀余華《第七天》的感受〉,《文學》(2013年秋冬卷)第 118 頁,上海文藝出版社 2014 年 2 月。以下對張新穎評論的引用都來自此文,不再注出。

[4] 孝子尋找離散的父親在明清小說戲曲中也是反覆出現的主題。見商偉:〈禮與十八世紀的文化轉折〉第 77 頁,三聯書店 2012 年 9 月。

[5] 陳琍敏:〈生死紹興:魯迅與戲劇的復活力量〉,《文學》(2013 年秋冬卷)第 185 頁。

6。余華顯然也延續了營造上述「相反世界」的文學批判傳統。在死後的世界裡，沒有毒大米毒奶粉；沒有「只有給他們送錢送禮了，他們才允許你開業」的公安、消防、衛生、工商、稅務部門；「仇恨被阻擋在了那個離去的世界裡」；這裡沒有親疏之分，「那邊入殮時要由親人淨身，這裡我們都是她的親人」……儘管火葬場的貴賓區裡還有富人和官員，但是余華著力書寫的「死無葬身之地」，完全由一群生前被摒棄在利益集團之外，也無力與堅固的社會結構正面抗衡的亡靈所組成，在這裡，楊飛「感到自己像是一顆回到森林的樹，一滴回到河流的水，一粒回到泥土的塵埃」，這是一個由「被侮辱與被損害者」組成的烏托邦共同體。

我們尤其要注意小說中反復出現的「這裡四處遊蕩著沒有墓地的身影」。在中國傳統民間社會，「人」死後進入陰間的「鬼」，一般分為兩類：一類得到子孫祭祀和優厚的供養，同時作為對其供養的回報，保佑陽間子孫的生活平安，其實已具備與「神」相近的品格——這是小說中火葬場貴賓區裡「輕描淡寫地說著自己壽衣價格」的富人們的去處；另一類則因為沒有後嗣——如生前為未婚姑娘或被夫家休棄的女子——而不能獲得祭祀，在陰間得不到安定的生活，徘徊遊蕩於陰陽兩界的邊緣，即「孤魂野鬼」，他們被種種血緣的、宗法的、父制的力量所排斥、所壓迫——也就是小說中今天那群「被侮辱與被損害者」。由此想來，這些個「四處遊蕩」的身影正表現出作家的激越和批判。

再進一步，《第七天》不只是安排了「兩個相反的世界」，而是「三個世界」——一個現實世界，一個「死無葬身之地」，一個「安息之地」。我們不要忘了楊飛有過一段追問，在這個時刻，先前那個看似無力、軟弱的人突然變得執拗起來：

　　我說：「為什麼死後要去安息之地？」

6　莫宜佳：〈中國中短篇敘事文學史〉第 276、282、283 頁，韋淩譯，華東師範大學出版社 2008 年 9 月。

他似乎笑了，他說：「不知道。」

我說：「我不明白為什麼要把自己燒成一小盒灰？」

他說：「這個是規矩。」

我問他：「有墓地的得到安息，沒墓地的得到永生，你說哪個更好？」

……

他……，對我點點頭後起身，離去時對我說：「小子，別想那麼多。」

　　有研究者討論過魯迅文學意識中的「過渡儀式」：「並不是所有的『過渡儀式』都會按部就班地根據三個步驟來進行。我們有理由相信，魯迅更可能是個例外，而不屬於常規。」[7]在《第七天》裡，「死無葬身之地」並不是現實世界與「安息之地」之間的「過渡」，如果一定要把這個特殊空間命名為「過渡」，那麼，「『過渡』未必指向目的；『過渡』本身就是目的」。請注意這裡與楊飛對話的那個「他」，「他」在「死無葬身之地」待得「太久了」，似乎充當著「魔鬼辯護士」的角色，其自斟自飲的孤獨身影以及那一身「寬大的黑色的衣服」，也讓人想起魯迅，正是在與他的對話中，楊飛表達了一番類似「有我所不樂意的在天堂裡，我不願去；有我所不樂意的在地獄裡，我不願去」的態度。「死無葬身之地」絕非順暢地、按部就班地通往「安息之地」的仲介，否則，那就「坐穩」了、歷史也許真的終結了。這個特殊空間頑固地存在，既批判現實世界的不義；同時，它不被「終點」所化約的意義，也分明表達出某種不認同、不「安息」、不馴服，或者借上引楊飛的話來說，「不守規矩」。在傳說中，徘徊於陰陽間的「孤魂野鬼」往往回到人間肆虐復仇，楊飛們不像魯迅筆下凌厲的女吊，但這種「不守規矩」裡多少暗含著還未泯滅的可能性吧。前面我提到小說結尾，那收束真是果決、拔地而起，可能與此有關。

---

[7] 應磊：〈進化論與佛教的相遇：魯迅手植（制）的一粒「雙生種」〉，《文學》（2013年秋冬卷）第246頁。

　　浸沒在無邊的哀傷中，但哀傷與絕望的路途上時不時灑下些許月光，蹦出幾點火花，於是也總想著探出頭來，不敢鬆懈。這大概是一種「創造中的信心」，是好的文學的獨到貢獻，有能力保持對時代黑暗的凝視，也有能力感知黑暗中的光。「創造中的信心」並不是穩如磐石，反倒隨時會被外界風雨所摧折，故而經常需要抵抗住黑暗與虛無而自我扶持。但也正是這份顛撲、搖曳中不絕的信心，讓讀者不鬆懈、振奮自拔。──閱讀《第七天》的總體感受，讓我從余華走向魯迅。其實，或許用不著搬出本文開頭所引余華的自述──魯迅「對我今後的生活、閱讀和寫作產生影響，我覺得他時刻都會在情感上和思想上支持我」，文學傳統往往是精神性的彌散，「在這一意義上，傳統只能是幽靈性的，只能像幽靈一樣顯靈。無處不在，卻又不能被真正肉身化，不能被實在化」[8]，就像那位身著一襲黑衣的「他」，在《第七天》中一閃而過……

---

[8]　陳曉明：〈遺忘與召回：現代傳統與當代作家〉，《當代作家評論》2007 年第 6 期。

講評

◎徐偉鋒

　　關於《第七天》與魯迅的關係，以前也有學者說起過，如梁振華在〈《第七天》：絕望的荒誕〉一文中言及魯迅：「魯迅先生曾說過，惟願攻擊時弊的文字與時弊一同消亡。大半個世紀過去了，這依然只是一個幻想。所以，今時今日，像余華這樣的作家依然只能懷著與俗世『同流合污』的勇氣，在文字中強悍地生存下去。」又如劉玲在〈《第七天》：諱言現實的荒誕與無奈〉中也提到魯迅：「魯迅……『於浩歌狂熱之際中寒，於天上看見深淵，於一切眼中看見無所有，於無所希望中得救』。我想余華大概也是此感吧，在現實世界的荒誕無望中，作家只能在世界盡頭為我們造一個美好的地方，那裡雖是『死無葬身之地』，但人人死而平等。」

　　不過，別的學者都是順帶著談及魯迅對余華這部小說的某個方面的影響。而金理先生在這篇文章中，則力圖專論魯迅對余華的影響，火力集中多了。我首先特別被金理先生的文筆所吸引，華而不麗，細而不膩，從容淡定又別開生面，娓娓道來又學理盎然。

　　作者重點指出：余華對「力」有一種辯證的自覺，而這種能力來自對魯迅的學習；可謂抓住了魯迅對余華影響的「七寸」。的確，余華和魯迅一樣，在絕望和希望之間反復搖擺之後，甘願捨身到深淵，拒絕任何外在的救濟，但是在深淵裡又有一股陰極陽復的力量。

　　作為一個革命文學家，魯迅的革命精神可以說是「置之死地而後生」。那麼，金理先生說的「陰極陽復」是否能等同於這種精神呢？或者說，余華是否也具備這種革命精神呢？我認為，答案是否定的。

　　《第七天》的最後一行是：「死無葬身之地」。這句話來自讓‧保羅‧薩特的著名話劇《死無葬身之地》。薩特的原意是：人在「死無葬身之地」

那樣的極端處境中，依然要有尊嚴和氣節，保持英雄主義的本色和自由主義的意志。

余華顯然不是魯迅和薩特那樣的鬥士。他對這句話的潛在解釋是：「有墓地的得到安息，沒墓地的得到永生，你說哪個更好？」沒墓地的比有墓地的享有更好的結局或前景。這不就是烏托邦嗎？「烏」者「沒」也，「邦」者「地」也。在薩特那裡，「死無葬身之地」近似於地獄處境，而余華將這一處境烏托邦化了，他是否力圖要營造一個「地獄烏托邦」？一個沒有等級、絕對平等的人道世界，一個充滿歡樂的、祥和的幸福世界。但是，我們必須指出，那種世界無非是膚淺幻覺的產物。

這個幻境類似於基督教的天堂想像。因此，我以為，《第七天》受基督教的影響比魯迅的更大。正如扉頁上所引《舊約·創世紀》的文字所說的，這「第七天」原指上帝創造世界之後的那個安息日。雖然有學者指出，其結構方式與敘事框架分明對應著中國傳統葬儀中的「頭七」。然而，從思想境界而言，還是基督教體系起著更大的作用，否則，余華應該把小說的名稱改為「頭七」。

也許正是因為魯迅對《第七天》的影響並沒有如本文作者所設想的那麼大，所以，他的具體闡釋有缺乏實證之嫌。尤其是第三部分離題有點遠。作者自己可能也意識到了這一問題。他在最後通過引用陳曉明等人的話，仿佛是為自己辯解說「文學傳統往往是精神性的彌散」，所以沒必要把魯迅對余華的影響落實到實質性的尋索和爬梳。但是，道成肉身，道成文字，把魯迅幽靈化還不如更多研究和運用魯迅的幽靈敘事，做成具體的比較。

最後，我們必須指出，幽靈敘事亦非魯迅獨創，而是古今中外文學的共式和公產。如果過於強調「精神性的彌散」，我們就很難辨別某種元素是魯迅的而不是他人的。飯後談資可以隨便，學術考證卻需要硬貨支撐。

現實與虛構之間

◎饒翔*

一、何種現實？

　　近年來有兩部小說引起了普遍討論和關注，其影響甚至超出了文學界，它們出自兩位文壇宿將之手：方方的中篇小說《涂自強的個人悲傷》和余華的長篇小說《第七天》。儘管兩部小說的故事發生地均為中國的大城市——武漢和北京，但從嚴格意義上說，它們並非所謂的「城市小說」——在通常的理解中，「城市小說」是以「城市」為主人公的小說，是塑造城市形象、表現城市精神氣質的小說。然而，兩篇小說以各自的方式呈現了當前中國城市的「現實一種」，某種程度上，它們也被理解／闡釋為具有症候性的今日中國之「現實一種」。

　　《涂自強的個人悲傷》延續方方沉鬱頓挫的風格，將貧困農民子弟涂自強的奮鬥自強之路與失敗之路，鋪陳演繹得分外真切動人。相對於多年前《風景》聚焦酷烈的生存「風景」，這部新作的敘事更顯內斂平實，也更具普通性，觸及貧富分化、城鄉差距、階層固化等時代難題。涂自強這樣一個「沒背景、沒外形、沒名牌也沒高學歷」的「普通青年」，僅靠個人努力，在大城市中安身已如此艱難，更何談立命。有不少人將這部 2013 年的長篇小說與上世紀 80 年代初路遙膾炙人口的名篇《人生》做了對比，分析同樣的主題在不同社會時期的不同演繹。同樣作為從農村「自我奮鬥」的個人，《人生》的主人公高加林與方方筆下的涂自強一樣，終究只是城市的一個過客，「失敗

---

* 北京大學中國語言文學系博士，現為《光明日報》文藝部編輯、中國現代文學館客座研究員。

者」是他們共同的命運。然而，誠如論者所言，「路遙在講述高加林這個人物時，他懷著抑制不住的欣賞和激情。高加林給人的感覺是總有一天會東山再起，捲土重來」[1]。而渺小的涂自強被浩渺的都市吞沒的命運卻給人一種無力和無望感。小說沒有渲染人世險惡，而是在普遍的人性善中，以一齣「從未鬆懈，卻也從未得到」的個人悲劇，叩問現實法則：涂自強的悲傷到底是個人的，還是時代的、社會的？

> 濃霧彌漫之時，我走出了出租屋，在空虛混沌的城市裡孑孑而行。我要去的地方名叫殯儀館，這是它現在的名字，它過去的名字叫火葬場。我得到一個通知，讓我早晨九點之前趕到殯儀館，我的火化時間預約在九點半。

余華《第七天》的開篇同樣呈現了一個在「空虛混沌」的城市裡孑孑而行的孤魂形象（讓人聯想起涂自強如螻蟻般淹沒在茫茫都市的孤絕感）。然而，相比於方方的寫實筆法，余華的《第七天》則多了幾分誇張變形的荒誕意味。它的敘事人是一位死者，作為一個買不起墓地的亡靈，他只能遊蕩到「死無葬身之地」，與另一些同樣沒有墓地的亡靈待在一起。原來每個亡靈生前都有一段悲傷的「人間」往事，這些善良的亡靈在一起相互訴說傾聽，相互溫暖慰藉。在「死無葬身之地」，他們卻感受到了苦難人間所少有的溫情。

這兩部作品也產生了廣泛的議論。對《涂自強的個人悲傷》比較有代表性的批評來自青年批評家翟業軍，他在其批評文章中認為，《涂自強的個人悲傷》「像『五四』的『問題小說』一樣浮皮潦草」，文學性上乏善可陳，細節大量失真；他由此斷言：「涂自強的悲傷，您不懂」。

---

[1] 孟繁華：〈從高加林到涂自強——新時期文學「青春」形象的變遷〉，《光明日報》2013年9月3日。

²；支持方方者則認為：

> 方方的價值在於，她是中國當代文壇現實主義文學的一點星火，是
> 九十年代以來的文學長夜中的星火，因為有了這個星火，文學稍稍
> 對這個時代有了回應。至於方方的問題，有，有自身無法超越的，
> 也有時代給予一代作家的，但這不是主流，不妨礙她的價值認定。³

　　雙方爭論的焦點仍然是「現實」，只不過對於「現實」的理解各執
一詞，那麼，究竟誰更能代表「現實」呢？《涂自強的個人悲傷》在網
路上引起了較多的討論，在讀者中口碑相傳。不過從網友們的回饋來看，
它的影響力似乎更多是來自於它所提出的社會問題，這個問題之尖銳引
起了廣泛的共鳴。然而，不免要問：這是「文學」的勝利嗎？

　　評論者對《第七天》的批評多集中在余華虛構上的討巧，大量拼貼
社會新聞、網路段子，如「《第七天》裡對近兩三年內社會新聞的大面
積移用，已幾乎等同於微博大 V 順手為之的轉播和改編」⁴。余華筆下「奇
觀化」的中國現實，或許迎合了西方人的「偏狹趣味」，滿足了他們對
於一個「魔幻中國」的想像認知⁵，但作為中國的讀者，我們卻不免疑惑：
中國的現實難道就是如此嗎？且不論余華所「引用」的「中國故事」的
真實度、可信度，我們所不滿的或許是一名優秀作家對於中國現實如此
皮相的認識：

> 余華說，他「寫下中國的疼痛之時，也寫下了自己的疼痛。因為中
> 國的疼痛，也是我個人的疼痛」，我想他太過自信了，因為他以為

² 翟業軍：〈與方方談《涂自強的個人悲傷》〉，《文學報》2014 年 3 月 27 日。
³ 付豔霞：〈也說方方〉，http://blog.sina.com.cn/s/blog_560898250101qn5u.html。
⁴ 張定浩：〈余華《第七天》：匆匆忙忙地代表著中國〉，《新京報》2013 年 6 月 22 日。
⁵〈余華：為美國讀者寫中國〉這篇報導似乎也可佐證余華的目標讀者群，見《中國青年報》
　2014 年 6 月 10 日。

自己面對的只是異邦人天真好奇的眼睛，就像那些呼嘯於世界各地的「到此一遊」者，匆匆忙忙地代表著中國。[6]

二、如何虛構？

以上兩部小說可以說都是典型的中篇小說的架構（《第七天》可以看做一個拉長了的中篇），以一定的體量和篇幅，較爲完整地呈現一個人物在一定時段內的典型事件。不是所謂生活橫截面（短篇小說），也並非人物線頭眾多的廣闊的社會生活（長篇小說）。就小說文體而言，中篇小說最適合近距離地表現時代和社會問題，提出思考。魯迅的《阿Q正傳》就堪稱中國現代中篇小說的典範。然而，在資訊如此發達，網路事件、新聞熱點令人應接不暇的年代，近距離地表現時代和社會問題，這一特長或許早已讓渡於新聞報導和網路傳播。

所謂「文學的危機」，其實是「虛構的危機」。媒體爆炸的年代，網路微博、微信等自媒體，廣泛傳播資訊，迅速報導事件（如在2011年「7‧23」甬溫線特大鐵路交通事故中，自媒體對事故前線的報導就搶佔了先機）；此外，報紙、新聞週刊的「深度報導」（比如原發在《人物》週刊並在網路上廣爲傳播的該週刊記者王天挺撰寫的「調查報告」〈北京零點後〉，以大量的翔實資料，呈現了一種攝人心魄的、令人透不過氣來的「真實」），以及介於「新聞」與「文學」之間的「非虛構寫作」（如比德‧海斯勒《尋路中國》、《江城》，梁鴻《中國在梁莊》、《出梁莊記》等）都在對小說這種文體構成極大挑戰。

「真實本身是有力量的」。在「現實比小說還精彩」的時代，小說再靠什麼去吸引讀者呢？對此，有人說：「新聞結束的地方，文學開始」。然而，文學又該如何開始，似乎並非不言自明。

就以上這兩部小說所聚焦的現實而言，早已大量見諸報刊網路，從

6 張定浩：〈余華《第七天》：匆匆忙忙地代表著中國〉，《新京報》2013年6月22日。

「拼爹時代」、「屌絲」、「盧瑟」（失敗者）、「強拆」、「賣腎」這些網路熱詞的流行便可知一二。余華的《第七天》中的事件我們也耳熟能詳。然而，與新聞傳播表層的、碎片化的敘事不同，小說需要提供對於時代癥結的完整敘事與深刻思考。

　　一段時間以來，我們的小說創作儘管不乏現實元素，但總的說來，小說從現實生活中後退了。社會生活在小說家的筆下往往呈現爲一些浮光掠影的亂象。對於浮躁的、亂糟糟的現實，一些作家似乎提不起興趣，缺少深入理解現實並將之轉換成美學形式的耐心。一個合格的小說作者，需要在日常新聞所提供的零碎事實中，形成了自己對所處時代的整體性的感知與洞察，進而以虛構的藝術形式，呈現了我們這個時代的「主要的真實」。

　　在喧囂的傳媒話語場中，資訊爆炸和觀點紛爭，既彰顯著價值觀的多元，也常常讓人憂慮於價值觀的混亂。偉大的小說家總是能讓我們從其作品中發現那個強大的作家主體，他的「誠與真」，他充滿勇氣的現實批判，他毫不含糊的價值判斷。相對於新聞報導所要求的「客觀真實」，文學創作的「主觀真實」既構成差異，有時候也構成優勢。

　　在虛構的危機中，如何進行文學虛構？事實上，在馬原的「敘事圈套」風靡中國文壇，及其後的先鋒文學引發敘事革命，至今，中國當代文學可以說已經累積了相當豐厚的美學經驗。關於文學的敘事自覺與「虛構自覺」也早已有深入討論。如在 1993 年出版的《紀實與虛構》中，王安憶說：「我虛構我的歷史，將此視作我的縱向關係……我還虛構我的社會，將此視作我的橫向關係，這則是一種人生性質的關係」。而方方的《風景》至今仍堪稱經典的原因，也是她在這部「新寫實」的小說中，調動了多種敘事手段，包括對先鋒技法的借鑒，以一種令人眼前一亮的新穎手法，展現「棚戶居民」令人震顫的酷烈生存。試問，這些文學虛構財富如何能夠輕易拋棄？若此，虛構還能憑藉什麼與非虛構展開競爭呢？

在如何實現美學轉換上，小說結構性的因素也應予以重視。單一緊抓現實經驗的小說未必能夠充分有效地抵達當下生活背後的精神狀況，結構也許可以借由更多的交錯、省略、不對稱等映照出更多的可能角度。在此，「70後」作家徐則臣的《耶路撒冷》提供了一個範例。作者在主要敘事脈絡的各章之間插入「我們這一代」的專欄文章，雖然拿掉小說中的「專欄」，敘事也是流暢的，但是它的意義就會被縮減了。《耶路撒冷》的問題或許是它的「專欄」與主人公命運之間的張力和互文性還不夠強，作者所懷抱的寫作野心因而尚未充分實現，但它仍然堪稱一部厚重的作品。在這部40萬言的小說中，文體的交叉互補和語言的變化多端形成敘事空間的多重性，嵌套、並置、殘缺、互補，它們在一起構成一張蛛網，隨著人物的歸鄉、出走、逃亡，蛛網上的節點越來越多，它們自我編織和衍生，虛構、記憶、真實交織在一起，挾裹著複雜多義的經驗，最終形成一個包羅萬象但又精確無比的虛構的總體世界。

三、城市的「聲音」

零點之後，北京上空有60條調頻電波和101條中波相互交織在一起，其中調頻103.9兆赫屬於一位叫做楊晨的電臺主持人。在建國門外大街甲14號廣播大廈一間門外有警衛站崗的直播間裡，他主持一檔名叫《有我陪著你》的兩個小時的夜間聊天欄目，在六年時間中，他總共說了3000多次「發送短信HD+內容至10621039」，觸摸電臺儀器的放電棒600多次，上下推拉操控板上的18個鍵位無數次。大多數普通人在深夜的故事是不為人所知的。一個叫林欣的新婚男子在凌晨兩點排隊過戶買房，夜裡太冷，他身邊的排隊者被凍哭了；朝陽區東三環中路的一家星級酒店的大堂經理，曾目瞪口呆地看著一位赤身裸體的女士跑出了門，他不明白究竟發生了什麼。

這是新聞記者王天挺在其流傳較廣的「探索性報導」〈北京零點後〉中的段落，或許爲我們如何「虛構」城市提供了啓示。王天挺的報導力圖以資料的「現實」告知讀者一個「零點後」的北京，一個「深夜」中不爲常人所知的北京。「大多數普通人在深夜的故事是不爲人所知的」，這包括「林欣」的故事，包括那位「赤身裸體的女士」的故事，也包括更多無名者的故事。新聞結束的地方，文學開始。眾人熟睡的時刻，作家還醒著。這些「不爲人知」的故事，或許正是作家們的用武之地。

作家、導演康赫新近出版的長篇小說《人類學》（起初的名字是《入城記》，就是一群人在一座陌生城市北京的故事）提供了如何記錄／虛構城市的堪稱極致樣態的「樣本」。這部以八年的時間寫一部 1345 頁厚、133 萬字之巨的實驗性質的長篇小說幾乎是一件古人幹的事情了（高效高產的網路小說不算），讓人聯想到的是 19 世紀的巴爾札克、托爾斯泰、陀思妥耶夫斯基，或者 20 世紀的詹姆斯、喬伊絲、普魯斯特。這在今天絕對是挑戰讀者，甚至評論家閱讀極限的作品。

與作者之前描寫南方生活的長篇小說《斯巴達》不同，《人類學》把目光指向北方——北京。在九個月裡，一百多人輪番登場，有房東，有大學生，有外交官，有億萬富翁，有文人，有演員，有銀行行長，有藝術家，有跟爸爸賭氣剁了一個手指的從西北來的年輕人等等。在這部宏大而奇譎的小說裡，康赫想記錄下他記憶中的那個 90 年代。爲此，作者在小說中進行了大量的敘事技巧和形式的實踐，這其中包括被認爲向喬伊絲致敬的「意識流」手法的嫺熟運用；也包括多種文體的混雜並陳。

而《人類學》中最重要的探索卻無疑是對於「聲音」的記錄。康赫堪稱這個時代聲音的採集、記錄與創作者，《人類學》記錄的是北京在90 年代的各種聲音。這既包括自然的聲音（如棗子落在方瓦上的聲音），也包括工城市特有的聲音（如垃圾翻滾的聲音等等）。既有後天的人聲（普通話與江浙、陝西、四川、河南等地的方言，小說中有一段一個西北姑娘從西直門到動物園這段路上的一段意識流，西北方言和普通話交

織影響），也有先天的人聲（混沌的不帶「意義」的「噪音」），如小
說第一章開篇：

> 啊。母音中的母音，丹田宗氣推送萬音之母無阻無礙迴旋於蟹殼空
> 腔呃，啊，嗯嗯嗯，被咽喉深處乾澀發癢的小巴屌附近冒出的一小
> 串粗糙的摩擦音意外打斷。可恥。下不為例。麥弓皺了一下眉頭，
> 肉體不可靠，總是率先腐敗拖垮精神。

　　小說的前四章開頭都是母音，除了第八章，每一張開頭第一個字都
是純聲音，這個音可以視作本章的基調。

　　如果說，《第七天》中，余華倚重社會新聞事件去推動小說敘事，
這可以看做是一種城市「外部的聲音」，那麼《人類學》中康赫以人物
獨白、意識流等手法所記錄的聲音，則是一種「內部的聲音」。與新聞
的「外部的聲音」相比，文學的品質正在於「內部的聲音」的記錄與呈
現是否元氣豐沛，是否幽微深入。由此觀之，《第七天》的問題恰恰在
於，其「外部的聲音」過於強大，輕易地蓋過了「內部的聲音」。而康
赫在《人類學》中則以豐富甚至蕪雜的「內部的聲音」力圖呈現城市與
時代的內在肌理，其探索經驗值得評論家們重視。

講評

◎劉乃慈[*]

　　一本嚴肅的文學創作，尤其是熱騰騰剛出爐的作品，應該把它放在什麼樣的批評脈絡下來討論，著實考驗批評家與研究者的專業功力。如果說，身為文學研究者的任務之一，就在於把文本的位置（例如文學史位置、美學位置）精準地標誌出來。那麼作為討論人的職責之一，也應該是將這個研究的批評座標（例如研究者的批評立場、批評史位置）清楚地辨識出來。所以，針對饒翔博士的〈現實與虛構之間〉以及叢治辰教授的〈小說的三重美學空間〉這兩篇文章，我個人淺顯的點評就由此出發。

　　首先我想表達的是，在文學批評越來越走向文化論述的年代，我很感動還有一群耕耘者仍然對文學美學保持高度的關注。〈現實與虛構之間〉與〈小說的三重美學空間〉都是著眼在小說美學的討論，並由此出發再向外連結文學的社會性辯證，或者文學的哲學性思考。這樣的文學研究與批評，可以稍微平衡時下大量偏向意識型態建構的文本詮釋策略趨勢。

　　饒翔的〈現實與虛構之間〉以 2015 年 2 月甫出版的《人類學》為討論對象，文章先點出這部作品在中國當代小說裡的參照位置，繼之分析《人類學》的開創性。文章的第一節與第二節，分別就「何種現實？」「如何虛構？」來辯證小說書寫的現實性與虛構性。文學的社會回應，可以如方方的新寫實小說《涂自強的個人悲傷》，藉由貫穿整部作品的無力與無望感（不再塑造英雄與希望），來叩問現實法

---

* 輔仁大學跨文化所比較文學博士，成功大學臺灣文學系副教授。

則。文學的虛構性，也可以如余華《第七天》的誇張荒誕，經過奇觀化的中國社會說不定比現實要來得更真實。如果上述當代美學創意皆已露出疲態和侷限，那麼小說家還能如何折衝於寫作的現實材料與藝術實驗兩端，甚至殺出重圍，更新文學的活力？先有上述文學座標與評論座標為基礎，再來談《人類學》的貢獻，不僅增加說服力，也開展了文本詮釋的意義網絡。這讓《人類學》的文學定位不再只是狗咬尾巴，繞著作品自身轉圈圈。饒翔敏銳精準的美學判斷以及積累豐厚的文本涵養，也就在舉重若輕的兩小節文字裡，展露無遺。

　　這篇文章的第三節以「城市的聲音」為標題，正式點出《人類學》的獨到之處。在這部耗費八年寫作時間、完成厚達 1345 頁、133 萬字的長篇小說，康赫有意另闢蹊徑來描摹他記憶中的 90 年代，並由此彰顯他對小說形式實驗的企圖。《人類學》的敘事總共歷時九個月的時間跨度，期間有一百多位身分迥異的人物在北京這座古城裡輪番上場，展演他們不同的城市生活際遇。以寫作材料的紀實性而言，《人類學》納含眾生萬相，不但記錄人物事件，還採集各式各樣的「聲音」做為北京城市記憶的基本元素，帶有美學形式開創的企圖。總言之，饒翔認為《人類學》可以「形成一個包羅萬象但又精確無比的虛構的總體世界」。

　　不過關於《人類學》的內在討論，在這篇評論的篇幅裡似乎嫌少，全文亦未深入分析「聲音」在這部北京浮世繪裡的美學延展意義。例如，聲音是否具備元語言的功能？《人類學》以聲音做開場，此舉與其它以人物、事件開展的小說文本，究竟有什麼根本性的意義區別？特別是饒翔在行文最後指出，「如果說，《第七天》……可以看做是一種城市『外部的聲音』」，那麼《人類學》……以人物獨白、意識流等手法所記錄的聲音，則是一種『內部的聲音』」，諸如此類的評斷，應該要有更深入的分析來支撐。不然這種內／外之分，會淪為僅僅是表面差異的分類，內外之分也容易被誤解為優／劣之分。（我相信饒翔

看到的《人類學》優點，應該不會只是其他評論家也看到的，如此而已）。另外，「現實與虛構之間」這個標題，我也覺得無法充分傳達評論家在這篇文章所欲闡述的核心主題。王安憶 1992 年發表的《紀實與虛構》，已然紅遍華文閱讀圈，在往後的 20 年裡，紀實／虛構這類字眼已被過度使用。這篇文章的宏觀視野已在前面兩小節展露無遺，但是第三節才是評論家更應該多所著墨的重點，建議評論者可以再做細緻的分析，進一步提煉這篇評論真正想要標舉的核心意念。

小說的三重美學空間
論寧肯《三個三重奏》

◎叢治辰[*]

一、對權力的知識考古：只是閱讀的起點

閱讀《三個三重奏》時，我不斷想起米蘭・昆德拉。這個前爵士樂手和寧肯一樣，熱衷於用音樂形式結構長篇小說。儘管我對音樂一竅不通，但仍曾長久迷戀昆德拉小說中那種精緻的節奏感：如波浪般不斷推進和累積的力量，不時被跳躍的輕巧片段打斷，而後更為豐富的聲音混雜進來，繼續裹挾著敘事向高潮湧去，最終在輝煌處響起悠久的回聲。儘管寧肯在這部長篇小說中並未採用昆德拉式的交響樂章形式，但是在三個三重奏交疊演奏的迷人音效裡，我再次感覺到那種經過精心設計的節奏之美。

寧肯與昆德拉的相似之處當然不止於此。正如音樂本身即導向一種神秘的美感，像昆德拉一樣，寧肯也對形而上的思考懷有強烈熱情。他們都如此諳熟理論，如此熱衷於對世界——他們身處的世界和他們所創造的世界——進行哲理性分析，他們使寫作成為一種高度理性的行為，他們的激情來自於理性抵達透徹之後的狂喜。在當代中國這樣的小說家並不多見，而這恰恰構成寧肯最可寶貴的特質。

惟其如此，寧肯才有可能正面處理《三個三重奏》的主題，而不至流於庸俗，變成官場小說甚至黑幕奇談。權力，我們當然記得，這也是米蘭・昆德拉的關鍵字，始終貫穿於他的小說創作當中。人們經常容易誤會，這位來自捷克斯洛伐克的作家之所以一再探討權力，乃

* 北京大學中國語言文學系博士，現任教於中共中央黨校文史教研部，中國現代文學館客座研究員。

是因為他曾和他的祖國一起吃過集權主義的苦頭。但實際上，形而上的思維方式早已將他的追問拔離祖國的土地。他關注的不是某個權力，或某種權力，而是權力本身。寧肯同樣如此，《三個三重奏》看似恰逢其時：再也沒有比2014年更合適的時機來出版這樣一部小說了。有哪一個時代能像此時一樣，對權力的濫用如此敏感？但是，又有哪一個時代能像此時一樣，對權力的濫用如此漠然？當我們不斷提及腐敗、瀆職、暴力、道德淪喪與那些驚人的不公正時，它們已逐漸蛻化成為單純的談資而失去了話語的重量。因此寧肯拒絕去書寫那些已經為人們耳熟能詳的權力的細節。他繞開來，深入到權力背後，通過講述權力的側影與背影達至陌生化的效果，讓我們得以在更加形而上的層面上思考權力的內在機制。

在以杜遠方為主題的那支三重奏裡，寧肯並未過多著墨於這個叱吒一時的國企老總如何在官商兩界遊刃有餘，而將其還原到日常生活。在與人性、性的角逐中，我們格外清晰地看到權力的虛弱與強悍，它的複雜性。而在居延澤的故事裡，我們將看到一個曾經有著質樸的熱血與衝動的青年，其主體性如何在歷史、教父與愛人的多重擠壓下逐漸扭曲變形，成為權力網路中一枚心甘情願且洋洋自得的棋子。而更為精彩的倒是從小說注釋中逐漸爬升的那一支三重奏的聲音，另外兩支三重奏中時隱時現的歷史主題在這裡被嘹亮地奏響：究竟是怎樣的歷史褶皺，造成了怎樣的機制與邏輯，使得杜遠方唯有同流合污才能保障企業發展甚至自身安全；使得居延澤唯有在權力場上才能獲得人生實現，而絕不甘心安於平靜的學院？寧肯將時間上推至1980年代，在激情湧動的黃金時代尋找權力畸變的伏線；甚至上溯至更早，以確認黃金時代的內在矛盾與危機。很多論者都注意到1980年代之於《三個三重奏》的重要意義[1]，這並不奇怪，歷史從來都是寧肯揮

---

[1] 參見項靜：〈想像大地上的隕石〉，《上海文化》2014年9月號；孫鬱：〈在沒有光澤的所在尋覓真相〉，《文藝報》2014年12月22日。

之不去的寫作前提，他習慣於回到某個歷史關節點去爲他的人物和情節尋找動機。這種知識考古學般的嚴謹，正是他形而上小說的重要表現方式。

　　然而這樣一種智性寫作傾向同樣會給寧肯帶來米蘭·昆德拉式的尷尬。那些習慣於傳統敘事的讀者總是不斷向昆德拉發問：你所寫的究竟是小說，還是哲學著作？——正如寧肯的《天·藏》曾經招致的質疑一樣。而那些精於哲學訓練的專業批評家對昆德拉的誤讀倒是更爲篤定：他們熟練地從那些哲理化的小說中提煉種種主題，鋪陳長篇大論，然後忘記了昆德拉首先是一個小說家，而非思想者。——正如我如此津津樂道地談論《三個三重奏》對於權力的透徹解析。不應忘記的是，米蘭·昆德拉的形而上思索不僅是關乎外在世界，更多是關乎小說藝術。或者說，他首先是在小說與世界之關係的層面上思考外在世界，是以小說的方式對世界進行形而上探索。因而，他對於小說文體本身的形而上思考可能更爲豐滿有力，他的文論著作如《小說的藝術》、《被背叛的遺囑》等極大開拓了小說藝術的可能。唯有在小說家的身分之中，才可能真正理解米蘭·昆德拉。基於同樣的理由，儘管寧肯對於權力的知識考古已抵達相當深度，但指出這一點或許並不能意味著可以完成對《三個三重奏》的閱讀。毋寧說，這只是一個起點。重要的不是寧肯發現了什麼，而是他如何以小說的方式發現了它，如何在發現它的同時也拓寬了小說的領域。

二、紅塔禮堂、甲四號院與北京城：時間的空間形態

　　因此，請允許我回到閱讀中最具快感的時刻重新開始討論——讀者的閱讀快感所在，或許正是小說美學值得關注之處。那時候三個三重奏的聲音已各自從頓挫沉緩走向高昂，並交相輝映造成真正龐雜而振奮的音效。杜達方的三重奏其實已然結束，只剩下遙遠的動機還將在居延澤的樂章中繼續迴響；而居延澤將作出他人生的重要決定，但

很快這青春最後的衝動將屈服於歷史的主旋律，在權力的合唱中顯得倔強而微弱，像是一支曲調將退居和聲之前最後的跳躍音符。而恰在此時，在小說的第 390 頁，注釋中那支三重奏勢必展開大段有力的獨奏，將整個樂曲推向高潮。在長達 21 頁的注釋中，寧肯需要在關於敘事者「我」的 1980 年代故事中，對小說所有人物及他們時代的來龍去脈作一收束。有趣的是，這一與時間有關的艱巨任務，寧肯選擇通過對兩個空間的塑造來最終完成。

第一個空間是紅塔禮堂。即便今天，禮堂這一特殊的空間形態仍帶有濃重的集體主義色彩，在上世紀七、八十年代之交它當然存留著更多的政治隱喻意義。這座矗立在月壇北街 12 號的蘇式建築「那時也叫國家計委禮堂，帶有國家神秘色彩」，它所在的灰色調國家辦公區域「沒有胡同，也沒有四合院，更沒有棗樹、海棠、大柳樹或老榆樹，也沒有洋槐，沒有街頭巷尾，街談巷議，路過這兒或到這兒辦事的北京人覺得這兒不像北京，像國家」。[2] 然而恰恰是這個最具紅色中國特色的空間，成為向國人與世界展示中國脫色的視窗。斯特恩、梅紐因、小澤征爾，都選擇在這裡舉辦音樂會，開始他們的破冰之旅；而這裡曾經放映過的那些西方經典電影，亦成為一個時代風氣大開的重要表徵。歷史似乎在這一狹小空間的內部突然加速：

> 現在回想起來描述一個時代巨大而清晰的轉型，或許沒有比描述 1979 年前後的紅塔禮堂的演出更富動感的了，那時你從這個禮堂進來可能還是一個舊時代的人，出來時你可能已是一個新人。[3]

寧肯對紅塔禮堂的表述有如電影膠片記錄下的飛奔人影，歷史在這樣的影像中顯得模糊曖昧。過去與未來、藝術與政治、規訓與啟蒙、

---

[2] 寧肯：《三個三重奏》，北京十月文藝出版社 2014 年，第 391-392 頁。
[3] 寧肯：《三個三重奏》，北京十月文藝出版社 2014 年，第 391 頁。

個人體驗與集體空間，統統擠壓在一起，其中所能召喚的複雜性，那種小說特有的複雜性，超過任何一種理論表述。

與紅塔禮堂的躁動活躍相比，寧肯在此塑造的另一個空間顯得格外肅穆，甚至帶有某種永恆的意味。如果說紅塔禮堂呈現出歷史「變」的表像，那麼神秘的甲四號院則昭示出歷史「常」的本質。這座神秘的大院在地理空間上即表現出與世俗生活的格格不入：「我」必須穿過那些尋常百姓的曲折胡同，來到當時北京城市的邊緣地帶，才能找到它；而森嚴的守衛和嚴格的登記制度，更彰顯出威嚴的拒絕姿態。最應具有紅色中國特徵的高級幹部住宅區，卻與大院之外 1980 年代的生活毫不相干，相反卻讓「我」時時想起紅塔禮堂放映的影片中那些國外風光。而高牆與鐵絲網隔開的，不僅是空間，甚至包括時間：「這裡顯然沒有過『文革』，即便有，那痕跡也很快並很容易就被去除了。」[4]客廳牆上康有為題贈的對聯，洋溢著歐陸風情的生日舞會，和從樓梯緩緩走下，與女兒共舞一曲之後登上小車離開的李南父親一起，構成一種奇異的時間感。而更為弔詭的或許是「我」對這一空間的體驗：

> 沒有嫉妒，沒有批判，甚至為中國竟有這樣的地方感到一種寬慰，自豪，國家的自卑感在這兒被給予了莫名的安慰。那時真是有一種深沉的不顧個人的愛國情懷，我們不是一無所有，也有電影中的高貴的生活，感到一種莫名的感動。那時受紅塔禮堂外國電影影響太深了，電影比襯著破敗低矮的中國，讓我感到被世界拋棄的自卑——我以為六、七十年代留下的中國就是我所日常見到的，其實不然，還有這裡。難怪那時高層對改革有信心，這裡的品質決定了未來。[5]

---

[4] 寧肯：《三個三重奏》，北京十月文藝出版社 2014 年，第 400 頁。
[5] 寧肯：《三個三重奏》，北京十月文藝出版社 2014 年，第 400-401 頁。

改革者們究竟是以怎樣的個人經驗與時空體認，去思考一個國家的處境，並確定未來的方向？而 1980 年代的人們又是以怎樣的心態參與其中？從甲四號院這個時間嚴重錯位，意義卻無限豐富的空間形象出發，再次回顧三十餘年來中國的發展進程，歷史自然顯得歧義叢生。

　　而在紅塔禮堂與甲四號院的背後，寧肯著意打開的實際上是一個更為宏闊的空間，那就是北京城。文學研究領域對城市已關注有年，但更多圍繞上海這座歷史短暫的城市，探討中國現代性的發生與流變。其實相比之下，北京的內涵更為豐富，更能呈現中國現代性的曲折複雜。正如寧肯所說：「北京，即使在 1980 年也存在著兩個北京」[6]，實際上又何止兩個北京？家住四合院，祖上是小古董商人的「我」；父母都是鋼院教師，從小在學院裡長大的「雞胸」；部隊大院子弟楊修；以及顯然出身顯赫的李南……每一個人物背後都隱藏著一個獨特空間，這些空間交錯坐落於北京城，既雞犬相聞，又涇渭分明，共同構成北京總體的空間特質。在這些空間的對話、碰撞與交融當中，我們看到不同的歷史記憶與文化特徵被不斷喚起，雜遝重疊，彼此訴說，又相互闡釋。在北京這樣的城市裡，新的行動當中總是閃現著舊的影子——正如「我」、「雞胸」、楊修和李南在天安門廣場這一典型的北京空間集合出發去遠遊的時候，那種意氣風發的姿態與十年前的紅衛兵何其相似——使得看似線性發展的歷史，因此呈現出立體的面貌。未必相關的幾組歷史片段，被想像的力量召喚組合，從而破壞對歷史的孤立解讀，打開更為含混多元的可能，這是唯有在北京這樣的城市才能達致的效果，也是唯有以小說的方式才能達致的效果。在此之前，並非沒有人致力於書寫北京，但是如此有意識地開掘北京城市空間的歷史價值和美學潛力，寧肯是第一人。在此意義上，這樣的北京城堪稱寧肯的發明。

---

[6] 寧肯：《三個三重奏》，北京十月文藝出版社 2014 年，第 399 頁。

在對寧肯筆下的紅塔禮堂、甲四號院和北京城加以考察時，我們當然會一再想起福柯那段廣爲徵引的論述：「我們所居住的空間，把我們從自身中抽出，我們生命、時代與歷史的融蝕均在其中發生，這個緊抓著我們的空間，本身也是異質的。換句話說，我們並非生活在一個我們得以安置個體與事物的虛空中（void），我們並非生活在一個被光線變幻之陰影渲染的虛空中，而是生活在一組關係中……」[7]這似乎再一次證實了寧肯對於理論的迷戀，但對於寧肯而言，出色之處仍然在於他如何以小說家之精巧設計出一個個充滿意義的空間形象，以美學的方式拓展了理論的洞見。在小說的力量抵達頂點處發現寧肯塑造空間的努力之後，重讀《三個三重奏》，我們將發現那種寧肯／福柯式的空間比比皆是。審訊居延澤的純白空間，ZAZ 組所在的31 區，甚至杜遠方如王宮般的辦公室，都凝聚了太多意義，層累了太多歷史。寧肯以一種建築師般的才華，使他筆下的空間形象成爲一個個眾聲喧嘩的敘事現場。

三、讓時間減速並增殖：空間作爲一種小說方式

如果說這些寧肯／福柯式的空間建構都還只是作爲一種形象停留在小說內容層面，那麼當寧肯以空間比喻談及小說注釋的時候，我們分明看到空間之於小說美學更爲內在的意義。前文已多次提及《三個三重奏》的注釋，顯然在小說文體中，注釋佔據如此重要的位置，甚至成爲三個三重奏中或許最爲重要的一支，是相當具有冒犯性的寫作方式。寧肯因此不得不反復對他從《天・藏》開始即大規模使用的敘事性注釋加以解釋，在注釋第三次大段出現在小說中時，寧肯即爲讀者提供了這樣的閱讀指南：

---

[7] 福柯：〈不同空間的正文與上下文〉，《後現代性與地理學的政治》，包亞明主編，上海教育出版社 2001 年，第 21 頁。

如果說現代小說是一個綜合的娛樂場所，一個有著環境設計的建築群，而不僅僅是一個單體的影劇院，那麼您現在正在讀的注釋就相當於外置的走廊，花園，草坪，噴泉。總之這裡是戶外，您不妨出來走走，從外面打量一下建築的主體──也就是影院，或許也是一種選擇。本書某種程度上改變了傳統閱讀方式，但傳統的方式仍給您保留著，不像電影畫外音不聽也得聽。這裡注釋相當於畫外音，但絲毫沒有強迫性。如果您不習慣被打斷，您讀小說願意就像看電影──在一個封閉做夢般的環境中完成閱讀，完全忘掉自己──這是多數人的習慣──那麼，我再說一遍：您完全可以撇開這裡不管。[8]

是否唯有以注釋的形式，才能夠打開小說的立體空間，當然仍可商榷。但這段文字至少為我們理解寧肯的小說觀念提供了通道。在「多數人的習慣」當中，小說正如單體影院裡那場90分鐘左右的幻夢，是封閉空間中的完滿故事，他們「不習慣被打斷」。由於空間如此外在且單一，小說當然被視為關乎時間的藝術，人們關注的是故事的推進和情節的變化，是隨著時間推演的起承轉合。而在寧肯看來，小說是城市綜合體，是立體建築群，是走廊、花園、草坪、噴泉與影院的相互映照與投射。他更熱衷於像把玩積木一樣，一再打斷線性敘事，重新組合、穿插，構成奇異的對話效果，在這個意義上，《三個三重奏》與紅塔禮堂、甲四號院和北京城一樣，成為一種關乎空間的藝術。

惟其如此，我們才能夠理解這部小說所提供的獨特審美體驗。既然寧肯更關注空間美學所呈現的豐富性，當然無需急於推進小說的敘事速度，也無需構造複雜曲折的故事情節。因此我們很難在這部以權力為主題的小說當中，得到類似官場小說的閱讀快感──時間在小說中的重要地位被空間擠佔之後，寧肯終於可以專心致力於經營一種迷人的緩慢。

---

[8]　寧肯：《三個三重奏》，北京十月文藝出版社2014年，第33頁。

很少有小説像《三個三重奏》這樣緩慢，卻又令人讀來興味盎然。在杜遠方的三重奏剛剛響起時，其節奏便極盡緩慢之能事，杜遠方和李敏芬不會超過五分鐘的初次見面，寧肯居然花了七頁的篇幅加以敘述。寧肯以電影慢鏡頭般的細緻，觸摸每一個細小的物件，將杜遠方與李敏芬每一個不經意的動作和表情都放大特寫，賦予意義，從而在短暫的情節裡不斷敲開一個個內部空間。無數過往與未來，從這些內部空間中湧出，使得敘述顯得格外飽滿。

　　更加令人印象深刻的緩慢，當然是寧肯筆下的性。在小説敘述中讓性緩慢下來，其實具有相當難度。以性本身爲目的的色情小説當然不在此列，但在嚴肅敘事當中，性總是如此具有封閉性，與自身之外的一切都格格不入。有時性確乎構成小説的核心秘密，但是性的細節似乎永遠和它的意義無關。這就是爲什麼張賢亮筆下的性總是極其外在，王小波筆下的性也永遠停留於隱喻和理念而無法展開；也是爲什麼，《金瓶梅》中那些活色生香的描寫被清潔殆盡之後，其實並未對閲讀造成多大障礙。而寧肯則有意將性放慢。在杜遠方和李敏芬的關係當中，性是他們最初也是最終的紐帶，然而這性的進程何其緩慢。從杜遠方第一次見面時，不經意觸碰到李敏芬的「那一點」開始，兩人即圍繞性是否發生展開漫長的拉鋸戰。同一屋簷下的警備與試探，生日晚餐的欲拒還迎，以及影院黑暗當中的隱祕動作，兩人不同的生活歷史都在性的進攻與防守當中一點點流露。寧肯不慌不忙，甚至在一切順理成章，李敏芬充滿期待地出浴時，仍讓杜遠方退回自己的房間。杜遠方似乎永遠不會是一個被動的等待者，而要以侵入者的姿態開始這段性關係。寧肯是在寫性，但同時也是在寫權力，不同的空間、不同的意義闖入了性的私密領地，但並不是粗暴的理念移植，而是緩慢地滲透。性行爲的過程依舊緩慢，當然，並不是因爲寧肯作了怎樣細緻的描寫；而是即便在此刻，性也並不純粹。性和關於性的體驗，以及這種體驗所引起的記憶，紛紜湧現，再度構成多重空間的交錯重疊。性的封閉空間因此被打開，從無限接近

死亡的無意義快感當中溢出，與小說的諸多主題嫁接在一起，獲得了更為豐富的內涵。也只有在性被賦予意義之後，我們才能理解，為什麼杜遠方在性行為中的一次倔強的粗暴，會導致李敏芬下定決心離開和出賣他；也才能理解，為什麼在這兩個人的故事裡，從未正面涉及杜遠方的歷史，但我們已經對他與權力之間的關係瞭解得如此深刻。

寧肯正是這樣，通過在單一的時間線條上不斷衍生多重空間，增加了時間的重量與質感，讓極為緩慢的敘述也能夠趣味橫生。對此，作者本人在寫作劄記中的表述更為生動：

> 不要說在現實中，就是在小說中人的心理也是多麼豐富，瞬息萬變！獨自己是無限天地，兩個人更像是對面開來的火車，視窗與視窗的那種交互，映現，飛速，一旦用文字放慢，也像高速攝影機放慢後的情形，多少真實與發現盡在其中。心理，如果準確予以表現，當然不會枯燥，更不會乏味，因為它就像分層的鏡子。[9]

寧肯在此僅僅提及他所打開的心理空間，實際上他從情節當中不斷跳出進行的哲學思辨、歷史回溯，無不構成這樣如對開列車般的效果。將小說視為一種空間藝術，意味著可以不時停下來，以形而上的思辨拓展小說想像，參與小說敘述，靈活小說形態。正是在這一意義上，無論是寧肯還是米蘭·昆德拉，在小說中進行的形而上思考都是屬於小說的，而非屬於哲學的。

四、圖書館與可疑的敘述者：小說空間的可能與限度

而如果我們注意到，寧肯恰恰是在注釋當中對如何閱讀注釋提供說明，則不難發現，寧肯在小說中展開的形而上思考，不僅針對外部世界，而且自反性地關乎小說本身。當寧肯拒絕沉迷於小說的敘事時間當中，

---

[9] 寧肯：《三個三重奏》，北京十月文藝出版社2014年，第478頁。

而將其視爲一種立體空間藝術，小說便被物件化了。通過不斷變換組合走廊、花園、草坪、噴泉與影院的位置關係，他在爲讀者／觀影人提供豐富建築趣味的同時，也在思考建築的邊界。在一次訪談中，寧肯更爲詳盡地論及注釋的意義：

> 有一次我在魯迅文學院講課時講了注釋在《天·藏》中的六種功能，除了居間調動、轉換視角與敘述，我在注釋空間裡植入了大量的情節、某些過於理論化的對話、以及關於本部小說的寫法、人物來源、小說與生活之間關係的元小說的議論。注釋在這部小說裡不是單一的功能，既是敘事也是話語，比起保羅·奧斯特那一個點複雜了太多，事實上成了小說的後臺。讀者不但看到前臺，還更清晰地看到後臺，甚至參與到後臺裡來，成爲一個連通小說內外的空間。這樣對注釋如此「複雜」的徵用是前人沒有過的。它已不是技術，而是世界觀，是怎樣看世界，是對世界的重構，沒有這樣的形式就發現不了一個「這樣」的世界。[10]

既然作者邀請我們進入後臺，則小說劇場上的角色、對白、走位與布景調換都成爲另一空間之物。我們當然可以借此位置更爲清楚地看到小說的寫法、人物來源，但更爲重要的可能是在更爲廣闊的空間範圍裡，去思考小說與生活之間的關係：對於現實而言，小說到底意味著什麼？它能抵達什麼，能召喚什麼，又能夠遮蔽什麼？正是在這樣的追問中，寧肯的元小說敘事終於不再是他所不屑的「把戲」[11]，而真正成爲促發讀

---

[10] 寧肯、王春林：〈長篇小說的魅力——寧肯訪談錄〉，《百家評論》2014年第5期。在小說後記中，寧肯有過類似的論述，但是訪談中的這段話所呈現的信息更爲豐富。

[11] 寧肯：《三個三重奏》，北京十月文藝出版社2014年，第481-482頁。寧肯在此對於表演式的「元小說」姿態頗不以爲然：「雖然也大體知道元小說是在小說裡談小說，在小說裡告訴讀者我寫的是小說，但總覺得這是一種把戲，意思不大。即使理論背景是顛覆、解構也意思不大，顛覆什麼呢？模糊真實與虛構的概念？聽上去新鮮，但還是把戲。」

者思考的起點。

　　實際上在小說一開始，寧肯即向我們展示了這樣一種文本空間結構。那就是敘述者「我」的那座囚房般的圖書館。在小說中寧肯還將幾度提及這座圖書館，博爾赫斯式的圖書館，通天書架環形擺放，又經由博爾赫斯式的鏡子不斷複製，將空間擴大至無限的圖書館。當然還有坐在圖書館中的那個敘述者「我」。寧肯本人對敘述者極為重視：

> 我覺得在長篇小說中製造一個敘述者至關重要，這方面中國的小說似乎不是特別講究，通常作者就是敘述者。製造一個敘述者，作者躲在這個敘述者後面很多東西就方便多了，一切都可推給這個敘述者。[12]

　　而如果如略薩所說，敘述者在小說文本當中佔據著一個奇妙而至關重要的空間位置[13]，則敘述者「我」和圖書館便一起構成了《三個三重奏》的敘述者空間，小說中一切敘述都由此開始，一切空間構造也都由此奠基，而當寧肯將這一空間如此詳盡地虛構出來，它便也成為可供觀察與反思的處所。它才是小說當中，躲在紅塔禮堂、甲四號院、北京城與那些走廊、花園、草坪、噴泉、影院背後的第三重小說美學空間，只不過在這裡流蕩的，是一種自毀式的美學。

　　這座頗具理想色彩的圖書館，顯然是理性與知識的隱喻，在敘述者「我」看來，這一空間如此穩固與完美，它幾乎能夠容納下整個世界。那些「我」在監獄裡認識的人，聽到的故事，都爭相「期待著我，期待著成為我房間裡的一本書」[14]。然而「我」的形象卻何等可疑：一個自願將自己束縛在輪椅上的健全人，本身就不是一種反諷性的隱喻？對於囚

---

[12] 寧肯、王春林：〈長篇小說的魅力──寧肯訪談錄〉，《百家評論》2014 年第 5 期。

[13]〔秘魯〕略薩：〈敘述者空間〉，《中國套盒──致一位青年小說家》，趙德明譯，百花文藝出版社 2000 年。

[14] 寧肯：《三個三重奏》，北京十月文藝出版社 2014 年，第 4 頁。

徒而言，世界就是他所能觸摸到的囚房的模樣。楊修即曾毫不留情地指出「我」從未在本質當中生活過，因而對整個世界一無所知。「我」在那座宇宙般的圖書館裡所有的自信，在楊修的洞若觀火面前都消失不見了。[15]相當程度上，楊修的指責並沒有錯，「我」的所有敘述與思考或許太多依賴於那座自我封閉的圖書館。且不說「我」必須依靠羅伯‧格里耶的《一座幽靈城市的拓撲結構》和博爾赫斯的《圓形廢墟》才能夠與居延澤和杜遠方對話，卻無法從後者那裡得到有效的回應。即便在人物形象塑造上，我們都能輕易看到「我」在不斷從此前的文學傳統中尋找資源。杜遠方活脫脫是張賢亮筆下的那個右派歸來者的變形，而在 1980 年代，他又搖身一變成為改革小說中的喬廠長。這個從文學史經典譜系中抽離出來的人物，穿越 1980 年代以後的蒼茫歷史，最終陷入權力的重重迷霧。杜遠方在文本與歷史當中的雙重旅行，固然揭示出歷史的種種悖謬、反覆與異變，同時也提醒我們，在任何一個時代，文學面對現實與歷史的可能與限度。而當「我」坐在圖書館的輪椅上構造杜遠方和他的旅程，圖書館之外的風景、監獄中杜遠方的陳述與圖書館中那些揮之不去的紙張共同造成了杜遠方的混雜性，也造成了敘述本身的混雜性。「我」的敘述究竟是已經深入楊修所說的本質生活，還是仍舊頑固地帶有圖書館的氣息？《三個三重奏》裡的杜遠方、居延澤是否也和章永麟、喬光樸一樣，說出了一部分歷史，又歪曲了一部分歷史，對更多的歷史斷層永遠看不清楚？

　　有論者將敘述者「我」自我閹割般地依賴輪椅視為知識分子頹敗的表徵，進而質疑形而上的視線究竟在多大程度上打開了現實的角度，並提示那種關於歷史的抽象理論有如小說敘述中的隕石，將影響作品的品質。[16]但在敘述者的問題上，作為作家的寧肯與他所虛構的敘述者「我」是兩相剝離的主體，乃是常識。因此我更願意將這樣一個可疑的敘述者

---

[15] 寧肯：《三個三重奏》，北京十月文藝出版社 2014 年，第 71-79 頁。
[16] 項靜：〈想像大地上的隕石〉，《上海文化》2014 年 9 月號。

視為寧肯有意製造的動盪空間，正因為有這一空間存在，寧肯的那些抽象理論甚至小說藝術本身才成為可供反思的對象，隕石在風化之後或能化作有機的土壤。如果說，米蘭・昆德拉擅長在文論作品中以上帝般的語氣張揚賽凡提斯的遺產，認為小說的藝術遠比笛卡爾所表徵的理性傳統更能幫助人類將「生活的世界」置於永恆光芒之下[17]；那麼寧肯則通過這個可疑的敘述者對賽凡提斯也提出質疑。寧肯當然仍相信小說的力量，並且在此前兩重美學空間的建構中，不斷豐富著這種力量。但任何力量都與虛弱共生，都有其無從著力的盲點。在這一意義上，寧肯對小說藝術本身的形而上反思，較之昆德拉更為絕望，更為謙卑，卻也更為接近昆德拉所說的那種複雜性的小說精神。[18]

（編按：本文發表於《當代作家評論》2015年第3期）

---

[17]〔捷〕米蘭・昆德拉：《小說的藝術》，孟湄譯，生活・讀書・新知三聯書店1995年，第4頁。

[18]〔捷〕米蘭・昆德拉：《小說的藝術》，孟湄譯，生活・讀書・新知三聯書店1995年，第17頁。

講評

◎劉乃慈

　　叢治辰〈小說的三重美學空間〉這篇論文，集中討論寧肯最新作品《三個三重奏》裡的三重空間特質。這三重空間都屬於美學的範疇，但各自有不同的指涉、意義以及功能。研究者從最基礎的小說再現空間及其象徵出發，再進一步探討小說形式的空間延展，最後拉提到「敘述者的空間」，是針對小說敘事之有限性提出的自省式思考。全文論述層次分明，是一篇兼具文本性與美學思辨的研究，研究者對自身論述立場也有高度自省的能力。

　　論文第二節就「紅塔禮堂」、「甲四號院」以及「北京城」三個具有北京歷史代表性的地理場景，闡釋文本的第一重美學空間。「紅塔禮堂」這個空間代表著北京歷史的「變」，「甲四號院」體現北京歷史的「常」，而「北京城」則是濃縮了北京歷史的「繁」。以上是《三個三重奏》裡，作為歷史縮影的象徵空間。論文第三節，從文本裡的象徵空間，跨越到文本的敘事層次，亦即從小說的形式設計來闡釋文本的第二重美學空間。叢治辰認為，《三個三重奏》的形式設計不僅翻轉文體的敘事成規，也挑戰了讀者的閱讀習慣。一個最明顯的例子就是，「注釋」的設計延展了正文的敘事空間，其中一個注釋甚至長達 21 頁的篇幅，不僅對正文的權威性產生喧賓奪主的威脅，這樣的審美體驗也讓敘事速度愈加緩慢，讓以往敘事文體普遍呈現的時空對立關係（時間拉長、空間相對壓縮）變成時空的相生關係（時間減速、空間隨之擴大）。

　　就論述過程來說，這篇文章的二、三小節已完成兩個美學空間的論證，比較大的問題出現在論文的第四節。「圖書館與可疑的敘述者」這一

節所欲辯證的是小說的第三重美學空間──敘述者的空間，我想針對此處指出一個望文生義的問題。叢治辰援引略薩《給青年小說家的一封信》其中一節〈敘述者與敘述空間〉，來支撐他闡釋「敘述者空間」這個子題。需要提醒研究者小心的是，《給青年小說家的一封信》是一本基礎討論文學敘事元素的小品。若根據這本書的上下文脈來判斷，略薩使用「敘述空間」一詞，不過是用來替換或者形容「文本世界」與「敘述視角」而已。換言之，「空間」只是略薩的比喻，不是小說文本裡的美學形式或象徵再現的空間（詳見趙德明譯本，臺北聯經出版，頁71-72、74-75、78）。至於《三個三重奏》裡的圖書館以及可疑的敘述者，事實上是文本的自我指涉功能，藉此彰顯敘事的可能與有限。如果研究者認為這部作品的敘事者及其視角是能夠被「美學空間化」，（希望我對叢文的閱讀沒有太大的誤解），那麼這個重點需要有更詳細、縝密的論證過程。因為叢治辰指出的這個第三重空間，已和前面兩重空間已大不相同。即便是美學空間，也需要經過有意義以及有效的界定，否則「空間」將會有無限上綱之虞。

　　總觀〈現實與虛構之間〉與〈小說的三重美學空間〉這兩篇文章，優點已如上文所述，缺點是都有雷大雨小的疑慮。兩篇文章的論述重點都集中在最後一節，也都在所該言處未盡完全；倉促收筆的結果，給人戛然而止的遺憾。希望未來還有機會再拜讀兩位研究者更詳盡的論著。

第四場討論會

小說與歷史

戰後世代如何敘事？

論吳明益《睡眠的航線》的歷史記（失）憶與敘事位置

◎陳允元[*]

摘　要

　　作為六年級世代之首，吳明益《睡眠的航線》，似乎更接近四、五年級世代「新歷史」小說的格局企圖；然而其對敘事位置的焦慮與反思，卻又更加深刻。作為沒有實際的殖民地‧戰爭經驗的「戰後世代」寫作者，敘事如何成為可能？敘事的位置、價值為何？——這是當他選擇以父輩的戰爭記憶為小說主題時，必須直接面對的難題。

　　這部小說要處理的核心問題，與其說是戰爭、歷史記憶、國族認同，不如說是敘事位置的摸索與敘事意義的成立。本文將分別從記憶的斷裂與世代隔閡、敘事的倫理學、以及敘事作為一種介入三個部分談起，並指出小說中父親的召喚與敘事者的追尋是雙向性的，二者亦是互為媒介的。作為戰後世代的敘事者，必須以父親為媒介才能碰觸戰前時代，並在追尋中獲得自己的敘事位置；父親封存的記憶透過夢的形式，必須藉由敘事者的追尋與敘述，才能被碰觸、被尋得、被訴說，甚至由「自己」訴說。當父親（他人）的故事終於疊合為「我」的故事，敘事的意義於焉完成。

關鍵字：《睡眠的航線》、臺灣少年工、戰後世代、戰爭、敘事

───────────

* 政治大學臺灣文學所博士候選人，政大中文系兼任講師。

一、前言

　　關於解嚴後的 90 年代乃至今天的臺灣小說的發展趨向，陳建忠於〈回顧新世紀以來的臺灣長篇小說：幾點觀察與評論〉（2014）指出：「若說上個世紀末的文學場域中後殖民（本土化運動之延續）與後現代（反鄉土寫實的延續）的書寫競逐乃是重頭戲……隨著 2000 年的跨世紀與第一次政黨輪替，新世紀裡的文化與政治『認同』分歧只怕是於今爲烈」[1]，並提出四、五年級世代「新歷史」—「後遺民」的對位閱讀、以及六年級世代（1971～1980）小說家從「新鄉土」到「新寫實」的轉變軌跡。在陳勾勒出的經緯之中，吳明益（1971～　）的長篇小說《睡眠的航線》（2007），是一個值得進一步深究的案例。作爲六年級世代之首，吳明益在《睡眠的航線》呈現之對父輩記憶的召喚、以及透過自然生態視角對於戰爭與人類文明的思索的高度，其小說負載的歷史重量，較之同輩，似乎更接近於所謂的「新歷史」小說的格局企圖；然而吳明益也是一位對自身之敘事位置極具自覺的作家。作爲沒有實際的殖民地·戰爭經驗的「戰後世代」寫作者，敘事如何成爲可能？敘事的位置、價值爲何？——這是當他選擇以「臺灣少年工」——父輩的戰爭記憶爲小說主題時，不得不直接面對、也必須克服的難題[2]。也因此，吳的小說又偏離了一般「新歷史」小說的再現敘事，而是透過破碎的、不穩定的、充滿縫隙的、夢境式的、詩化的、虛實交錯、雙線進行、甚至多重人稱視角的敘事，試圖逼近歷史現場，進入沉默的父親的內心世界。在小說的後記，吳自陳寫作期間，在臺北影展看了郭亮吟導演拍攝以「臺灣少年工」爲主題

---

[1] 陳建忠，〈回顧新世紀以來的臺灣長篇小說：幾點觀察與評論〉，《文訊》第 346 期（2014 年 8 月），頁 70。

[2] 吳明益在接受誠品好讀採訪時曾謂：「我們離戰爭已經很遠了，我一直在想我這一輩的作家，還能不能寫戰爭？……在我寫之前，覺得最痛苦的地方是我沒有經歷過戰爭、沒看過戰爭的真正場面，我沒有辦法想像如果一個人的手、腳在我面前掉落，那一刻會是什麼心情？」見歐佩佩採訪，〈與二十年後的戰爭對話〉，《誠品好讀》78 期（2007 年 7 月），頁 99。

的紀錄片《綠的海平線》（2006），「**我才突然發現原來自己寫的和『紀錄』根本上是不同的東西……這本書並不在寫一段歷史，而是其他的一些什麼的**」[3]。換言之，在寫作的過程中，吳明益也同樣摸索著自身的寫作位置。除了後記的陳述，就文本呈現而言，若進一步觀察小說的人物角色設定，可以發現：敘事者「我」亦以「敘事」為其的職業──無論是記者，或是他曾想成為的詩人、小說家；除此之外，小說中的白鳥醫師對「夢」的解釋：「**夢其實還必須經過主觀意識的還原。沒有夢是不被『說』出來的**」[4]，也強調了「敘事＝說」扮演的重要位置，從這些設定安排，我們都可以看到吳明益對於敘事及其主體的高度自覺。

　　這部小說真正要處理的問題，我認為，與其說是黃宗潔在〈遠方的戰爭：論《睡眠的航線》中的生態、夢境與記憶〉所指稱的戰爭[5]、或是歷史記憶、國族認同[6]，不如說是戰後世代的敘事者如何克服這一段歷史

---

[3] 吳明益，〈後記〉，《睡眠的航線》（臺北：二魚文化，2007 年），頁 304。粗體為引用者加，後同，不另說明。

[4] 吳明益，《睡眠的航線》，頁 219。

[5] 黃宗潔在〈遠方的戰爭：論《睡眠的航線》中的生態、夢境與記憶〉，認為這部小說的所要處理的主題是戰爭：「小說中一切記憶的建構，都受到戰爭此一巨大外在環境的影響，個人私我的生命經歷、信仰與價值，遂不能自外於大歷史的敘述而存在」。黃也意識到吳明益／小說中的敘事者「我」是不曾經歷戰爭的一代，但她對於吳採取的對於此困境的回應的解釋是：「本書之所以出現如此大量宛若謄寫自歷史文獻的資料……因為未親身經歷，無從敘述『主觀感受』，只能盡量訴諸『客觀史實』，卻也必然導致『疏離感』的產生。……為了『修補戰爭記憶的空缺』（或者說創造新的記憶之可能），『睡眠與夢境』於焉成為小說中最核心的『主導動機』。我認為，吳小說中呈現的疏離與敘述的不可能，並不只是因為戰爭經驗的匱乏，而更在於雙向性的沉默──溝通基礎與動機的匱乏。因此，在小說 11 節，引導「我」穿過現實與夢境的邊界的 Z 即說：「要進入你就必須祈禱」。相關分析後詳。以上引文，黃宗潔部分見《東華漢學》第 13 期（2011 年 6 月），頁 174-175。小說部分見《睡眠的航線》，頁 76。

[6] 關於小說企圖，邱貴芬曾在序文〈面對浩劫的存活之道〉指出一個「雖言之成理，但又太快陷之於既有的書寫／閱讀窠臼，錯失了這部小說想開發的一些新方向」的普遍讀法：「把《睡眠的航線》視為一個『召喚失落的（臺灣、父親的）記憶的過程，透過睡眠來修補敘事者『我』與父親生前無法溝通的鴻溝，為父親召回他壓抑的少年記憶，已成就完整的父親的人生」。見〈面對浩劫的存活之道〉，收入吳明益《睡眠的航線》，頁 13。

空白──溝通基礎及動機的喪失──，尋找進入父親記憶／內心世界的
航路；以及敘事者如何在敘事之中找到自身的位置──或者說，如何把
自己放進故事裡頭，與他所訴說的故事產聯繫。這一篇論文，將分別從
記憶的斷裂與世代隔閡、敘事的倫理學、以及敘事作為一種介入談起。

二、記憶的斷裂與世代隔閡

在開始談吳明益《睡眠的航線》之前，我必須用一些篇幅，談論陳
芳明（1947～）的兩篇散文〈相逢有樂町〉（1987）、〈母親的昭和史〉
（2005），以及馬華旅臺作家龔萬輝（1976～）的短篇小說〈1942 航道
的終端〉（2006）。因為這三篇作品，與《睡眠的航線》共享著類似的時
空經驗與母題：終戰後兩年 1947 年出生的陳芳明的兩篇散文，涉及了戰
前戰後世代歷史記憶斷裂、不能和解的結構性因素；較吳明益再更年輕
一些的馬華旅臺作家龔萬輝，儘管歷史語境有別，然而碰觸了後現代世
代對阿公世代的遲到的追尋。我無意從影響論的角度談論這幾篇作品的
聯繫，但或許因為時空經驗及主題的同質性，它們在某些部分呈現高度
的同構性；這三篇作品亦可用來闡明《睡眠的航線》中基於美學或其他
考量的留白。

陳芳明的〈相逢有樂町〉，與《睡眠的航線》一樣，都有一位生長於
日治時期、而於戰後高度沉默的父親。陳芳明父親的出生年，根據〈母
親的昭和史〉中的記述推算，是 1923 年左右[7]；而《睡眠的航線》中的
三郎，「你記得曾被徵召去新公園放送局當建築工人的多桑說過，臺灣開
始有『放送臺』那年，就是你生日的那年」[8]──也就是生於臺灣總督府

---

[7]　陳芳明在〈母親的昭和史〉寫道：「昭和十七年（一九四二），太平洋戰爭正熾之際，父
　　親十九歲，母親十八歲，兩人決定結婚成家」。由此推算，父親大致生於 1923 年，母親
　　則生於 1924 年。〈母親的昭和史〉，初出：《中國時報》（2005 年 8 月 11 日），收入鍾怡雯
　　編，《九十四年散文選》（臺北：九歌，2006 年），頁 237。

[8]　吳明益，《睡眠的航線》，頁 85。

交通局遞信部臺北放送局（JFAK）正式開臺的 1928 年[9]。儘管兩人年紀略差幾歲，但大致擁有類似殖民地經驗與戰時記憶：他們生於日本的臺灣統治已趨穩定的 1920 年代，接受日本語教育，在戰爭時期度過了他們的少年或青年時期（差別在於：三郎偷偷交出了志願書，到日本大和市的海軍空 C 廠造飛機；陳芳明的父親並沒有接到至南洋作戰的派遣令）；而在終戰以後，必須重新適應另一種國語——戰前是日本語，戰後是北京話，並在國民黨政府的威權統治下逐漸沉默。最重要的，他們的孩子輩，都因爲某些理由而與之疏遠，甚至產生了敵意。

　　父親的沉默，以及世代之間疏離的原因，《睡眠的航線》僅含蓄地透過幾個片段呈現：「你（老年的三郎——引用者註）已經看清楚你人生中迷人或悲傷的重點，原本不曉得有什麼故事可以跟孩子講，但現在知道了……你想跟其他的爸爸一樣對孩子說，我以前的時候啊……。只是沉默性格使你做不成一個會說故事的爸爸，孩子們懼怕你的嚴肅，從來不敢向你要故事」[10]、「你的腦袋已經被一種語言占據，你年少時的憤怒、恐慌、愛情與悲傷都是用那樣的文法、句型與修辭，很難用現在電視上

---

[9] 臺北放送局開臺相關報導，《臺灣教育》第 316 號（1928 年 12 月 1 日）之〈十一月中重要社會記事〉記載：「十一月二十四日　臺北放送局正式放送を開始す」。參閱《日治時期期刊全文影像系統》(http://stfj.ntl.edu.tw/cgi-bin/gs32/gsweb.cgi/login?o=dwebmge，查閱日期：2015 年 4 月 11 日）。小說中三郎的形象，吳明益在接受《誠品好讀》採訪時透露，是以其父爲原型創作。母親珍子／Hitomi 的生年，根據小說中的敘述：「她說故事時常不記得事件發生的正確時間……她曾提到她最早目睹的一個神蹟，第一次說是在她七歲的時候，第二次則說沒那麼小，大概是九歲。在這段故事裡，我母親的年齡大致在七到十歲之間游移，換算成西元則是一九四一到一九四四年之間」（p.108）來推算，約生於 1934 年。此外，關於敘事者的生年，小說中寫道：「妳還記得我爸生我的時候已經四十四歲了吧？」（p.135）推算，敘事者約生於 1972 年，與作者吳明益（1971 年生）接近；至於小說敘事的「現在」時點，從「已經超過七十歲的母親到現在還是這麼說」（p.113）推算，與吳明益小說寫作的時間區段同。以上設定，都與作者吳明益自身高度重疊，換言之，就人物設定而言，這部小說似有一定程度的自傳性色彩。

[10] 吳明益，《睡眠的航線》，頁 88。

用的語言去回憶」[11]，於是，當敘事者之戀人阿莉思問及怎麼很少聽他談到父親，他回答：「我父親從來不說他自己的事，他是一個連自己兄弟父母都不談的人，我記憶中幾乎沒有聽過他說故事或是往事。我是在一個沒有故事的童年裡長大的，對於我父親的故事我無法陳述，只能想像，我甚至沒有動過念頭要問我的父親。……我爸像關得緊緊的蚌殼，以致於現在我有時回憶起我爸的時候，發現自己很難回想起什麼。說實在這點讓我感覺罪惡」[12]。

　　相較於吳明益小說呈現的含蓄，陳芳明的〈相逢有樂町〉與〈母親的昭和史〉則對兩代間的疏離及背後的結構因素，有相當具體的反省與陳述。陳透過這兩篇散文告訴我們，兩個世代的隔閡或決絕，並非僅肇因於殖民地‧戰爭經驗的有無，更是因為國民黨政權發動的二二八屠殺及白色恐怖統治迫使人民噤聲、語言轉換的艱難、特別是黨國體制教育下的中華民族史觀與抗日史觀傷害尤深。陳在〈相逢有樂町〉寫道：

　　　　我被送去受教育之後，接受的價值觀念，可以說與父親的世界扞格不入；甚至可以說，我是被教育來敵視父親的那個時代。我走入了一個讓父親完全感到陌生的天地，一個與他的時代完全疏離、隔閡的天地。當我開始到達塑造人格的年齡時，對於自己早年曾經有過的「日本接觸」，竟產生一種厭煩，一種幾乎是近於輕視的態度。對於他穿越過的扭曲變形的時代。我並沒有學習到絲毫的寬容與諒解。我從書籍知識學來的，從課室黑板上獲得的，便是如何使用貶損的字眼來譴責他的時代。我學會了指控，指控他們那一代是穿著殖民者的服飾，說著殖民者的語言。……我與父親之間的時代斷層，並非只是語言上的，同時也還包括政治、社會、文化、思想上的種

---

[11] 吳明益，《睡眠的航線》，頁89。
[12] 吳明益，《睡眠的航線》，頁131、135-136。

種差距。……。**父親與我，從此分別鎖在各自的時代思考裡**。[13]

吳明益《睡眠的航線》呈現的對於父親的反抗與敵意，則較多是因父親對之的霸道與嚴格——「我爸一直是這個家庭全然的統治者，沉默的統治者，他不用命令我們就了解他的命令」[14]，並沒有將反感直接指向父親身上的日本性。但說到底，父親三郎「結一個日本紳士派頭」的生活習慣、以及對之採取的軍事化的管教方式，便是源自於養成他的日本時代[15]。換言之，日本時代一直存在在父親的身上，並與在戰後受國民黨政府教育的敘事者「我」，在不知不覺間產生了微妙的縫隙。舉例而言，敘事者小時候父親教他唸「一、二、三、四」，發音卻是「一幾、溺、三、夕」（いち、に、さん、し），「**以致於後來我上小學時，覺得自己唸書的腔調很奇怪**」[16]。這樣的語言的重軌性，在小說中並沒有加劇演變成如〈相逢有樂町〉兩種意識型態的對決、或對父親的日本性的敵視，但就像陳在〈母親的昭和史〉裡寫的：「**我可以體會到有兩種時間並置運行於我的家庭裡。一個是民國史，一個是昭和史。……雙軌式的歷史記憶，支配戰後臺灣兩個世代的思惟方式**」[17]，《睡眠的航線》的敘事者，儘管沒有顯露出明顯的國民黨教育下的黨國史觀與意識型態，但他對父親的歷史記憶，顯然是一無所知、亦無心探問的；而沉默又患有重聽的父親，正

---

[13] 陳芳明，〈相逢有樂町〉，初出：《當代》（1987 年 11 月），收入陳芳明，《夢的終點》（臺北：聯合文學，1998 年），頁 19。

[14] 吳明益，《睡眠的航線》，頁 136。

[15] 陳芳明在〈相逢有樂町〉描繪的父親對於孩子的管教，與吳筆下的三郎類似。陳寫道：「父親，是我最早的『日本接觸』。他是在殖民地時代受教育的，談話中，臺語與日語交互使用。對孩子管教，他總是毫不遲疑以鞭子毒打；喝斥的聲音，儼然在指揮軍隊一般。如果這可以稱爲我的『日本經驗』，那實在是不快的，而且也近乎恐懼。然而，父親也有他感性的一面。他酷嗜帶孩子遠行，以旅途中所見來增加我的知識與常識。我之所以能夠較其他兒時的同伴有更多的旅行經驗，純然是父親帶給我的」。頁 16。

[16] 吳明益，《睡眠的航線》，頁 133。

[17] 陳芳明，〈母親的昭和史〉，頁 240。

如其出生年（＝臺灣開始有「放送臺」那年）及職業（電器修理，特別喜歡修收音機）所象徵的，彷彿一臺跟不上時代的舊式收音機，什麼都聽不到，卻收得到「一些像海風一樣神秘遙遠的聲音」[18]。在兩坪大小的狹窄空間裡，竟流動著兩種不同、然而相互封閉的時空[19]。

　　這樣相鄰並置、又相互封閉的時空情境，馬華旅臺作家龔萬輝的短篇小說〈1942 航道的終端〉有傑出的呈現。這篇小說的主人公少年阿魯耽溺於電動玩具「1942」[20]，儘管與阿爺住在一起，卻幾無交談，以致於阿爺在隔壁房間吞安眠藥自殺他卻渾然不知。在阿爺房間的鐵盒中[21]發現阿爺身世的阿魯，一次又一次地投身電玩「1942」，駕著虛擬的戰機，對曾歷經太平洋戰爭、然而封閉在自己的記憶中的阿爺及其時代[22]，展開一場遲到的、無盡的追尋。在小說中，「1942」既是一個戰爭的年代，也是一款電玩遊戲。作為電玩遊戲的「1942」造成爺孫之間的疏離，卻也是聯繫起兩人之間的重要媒介。

　　小說中的阿爺，與《睡眠的航線》、〈相逢有樂町〉、〈母親的昭和史〉

---

[18] 吳明益，《睡眠的航線》，頁 89。

[19] 有趣的是，吳明益《睡眠的航線》及陳芳明〈相逢有樂町〉的敘事者，都透過日本之行試圖靠近父親，以及父親的那個時代。

[20] 電玩「1942」，係 1984 年由日本 CAPCOM 公司製作發行的縱向卷軸射擊遊戲。遊戲以二次世界大戰為背景，玩家操縱美軍的 P-38 閃電式戰鬥機，敵機則是日本風格的虛構機。關卡以太平洋戰爭的戰場為主。無紙本資料參考，參閱維基百科「1942（遊戲）」條目。網址：https://zh.wikipedia.org/wiki/1942_(%E6%B8%B8%E6%88%8F)。參閱日期：2015 年 4 月 18 日。

[21] 吳明益的《睡眠的航線》裡也有類似的橋段。吳明益自述，他是在父親過世後，才在他的遺物中發現了父親從來沒有提起的過去。見〈與二十年後的戰爭對話〉，頁 99。

[22] 太平洋戰爭時期，原為大英帝國殖民地的馬來亞亦為日軍佔領。自 1941 年 12 月 8 日日軍登陸始，1942 年 1 月 11 日吉隆坡陷落，英軍全面敗退，馬來亞於是展開了三年又八個月的日本統治期。阿魯的阿爺在日軍登陸之際，曾參與抗日戰役。小說寫道：「就是那一年呀，日本人踩著腳踏車從泰國入境，整片卡其色的軍服，像搬家的螞蟻仔那樣。天空還不時掠過護航的飛機，引擎聲震得窗子咯咯地亂響。阿魯。哼哼。你不知道。你死去的阿爺，還參加過抗日軍，殺過鬼子的。龔萬輝，〈1942 航道的終端〉，《隔壁的房間》（臺北：寶瓶，2006 年），頁 59-60。

中的沉默的父親形象類似，在阿魯上中學後就沒有再對任何人開口說過
話，兩人習慣了「兩個人各自封閉在兩個框格裡的生活方式」[23]。阿爺的
時間是停滯的，他維持著一種凝固的坐姿望著牆上早就壞掉了卻沒人理
會的老舊時鐘：「整個房子的時間，漸漸地被無聲卻龐大的沉默堵住，無
法流過。最後像白牆上那面時鐘耗盡電池的秒針，房子裡的時間和記憶
都無法再跨越至另一個格子。後來你才知道，你沉陷在重複重複重複的
場景之中，而你的阿爺卻僅以一次無可逆行的自毀，終於將時間嘎然停
下」[24]。隔著一片薄木板卻極端疏離的兩個房間、流著相同血液卻無法互
相理解的祖孫、以及時間與記憶都無法流動的兩個框格，就像像兩個相
鄰的人耽溺於各自的大型機臺電玩，無法連線、對打。遊戲之所以為遊
戲，是因為可以一再重複，電動遊戲裡是沒有時間的。記憶也是。阿魯
與阿爺，徘徊於各自的「1942」的航道，孤獨行進。直到阿爺自殺，阿
魯在阿爺房間的鐵盒發現阿爺身世的秘密，阿魯的「電玩的1942」才逐
漸疊合上阿爺生死交關的1942，成為一條追尋阿公身影、進入其內心的
航道：

> （原來你正努力地尋找你的阿爺當年所經過的航道？）
> 沒有用的，阿魯。你其實已嫻熟於遊戲所有的技巧……然而一關一
> 關地不斷通過，你卻惶然不知到底哪一關才是最後一關。彷彿是因
> 為你錯過了某個最關鍵的轉角，如今猶自迷航在時間的框格之間。[25]

龔萬輝〈1942航道的終端〉，可以看到駱以軍（1967～）〈降生十二星座〉
（1993）影響的影子，特別是技術高超嫻熟的電動玩家在遊戲中尋找隱
藏關卡——他人之心——的情節安排。在駱的〈降生十二星座〉裡有一

---

[23] 龔萬輝，〈1942航道的終端〉，頁56。
[24] 龔萬輝，〈1942航道的終端〉，頁66-67。
[25] 龔萬輝，〈1942航道的終端〉，頁75。

款遊戲叫「道路十六」──玩家駕駛賽車，在由 16 個街區組成的迷宮地圖中一面尋找寶藏，一面躲避警車追緝的遊戲。小說中的《一九八二年電動年鑑》記載，這款遊戲上市三個月後被發現有錯誤（bug）──第四格沒有缺口，無法進入。不知是程式原設計者木漉刻意設下的空白，或是純粹的疏忽。由於木漉在遊戲推出後一星期便在自己的車房內自殺身亡，總公司便找來木漉生前的好友、也是程式設計高手的渡邊試圖修正錯誤，然而第四格被木漉用密碼鎖住了。渡邊於是另外設計了一套進入第四格的入口程式，並將這看不見入口的第四個格子，稱為「直子的心」，渡邊也在遊戲上市一周年的當天在家中自殺。原來渡邊愛上了木漉的妻子，也就是叫做「直子」的女孩[26]。小說中的老電動迷，駕著虛擬的賽車在沒有星號（寶藏）的空格子進行地毯式的繞行，終於無預兆地闖入沒有入口的第四格──「我（＝）渡邊、我的好朋友木漉，以及直子的秘密通道」[27]，解開埋藏於心（＝遊戲關卡）中的秘密。

　　駱以軍〈降生十二星座〉關於此三角戀情的人物情節安排，相當明顯挪用村上春樹（1949～）的長篇小說《挪威的森林》（『ノルウェイの森』，1987）中的人物設定進行再創造。村上的《挪威的森林》，如同駱透過「道路十六」所演示的，探問的是一個人究竟有沒有辦法了解另一個人的內心？《挪威的森林》、〈降生十二星座〉、〈1942 航道的終端〉這三篇有連鎖影響關係的小說，共享同樣的主題；前述陳芳明〈相逢有樂町〉對於父親心情的揣想（以及失落）、以及吳明益《睡眠的航線》戰後世代的兒子對於封印在沉默之中的父親戰前記憶與身影的追索[28]，說到底，觸及的亦是「人能不能／如何互相了解？」的普遍性問題，卻又具

---

[26]　駱以軍，〈降生十二星座〉，初出：《皇冠》（1993 年 10 月號），收入駱以軍，《降生十二星座》（臺北：印刻，2005 年），頁 54-55。

[27]　駱以軍，〈降生十二星座〉，頁 55。

[28]　此外，敘事者「我」帶著挑戰的心情向宗醫師謊稱自己沒有作夢，因為他想知道「一個人可不可能真的了解另一個人腦袋裡的東西」。吳明益，《睡眠的航線》，頁 128。

有臺灣歷史語境特殊意義。《睡眠的航線》即是一部以「追尋」為母題的小說。其追尋的，即是父與子——分受不同語言、文化、意識形態教育的戰前世代與戰後世代——相互了解的入口。

三、旁觀他人之痛苦：戰爭敘事的倫理學

與龔萬輝〈1942 航道的終端〉發現阿爺鐵盒中的遺物才踏上尋找阿公身影之航道的阿魯類同，吳明益自陳，他是在父親過世後，才在父親的遺物中發現了他從來沒有提起的過去，並依循父親留下的線索，自行想像、建構故事，並兩度前往日本尋找父親當年走過的路[29]。吳明益也把這樣的過程寫進——曰「寫成」或許更加恰當——《睡眠的航線》；在人物設定上，也具一定程度的自傳性，並呈現其對於「敘事」的思索。於是這部小說，也成為一部「關於書寫的書寫」。

關於敘事，吳明益在接受《誠品好讀》採訪時曾謂：「我們離戰爭已經很遠了，我一直在想我這一輩的作家，還能不能寫戰爭？」[30]——其牽涉的問題，不僅是技術層面的「沒有殖民地經驗、戰爭經驗該怎麼寫」，更在於敘事的位置與自身的存在、甚至是敘事（或戰爭敘事）的倫理學。小說中有一段關於敘事的文字，特別值得注意：

> 已經有好長一段時間我寫不出任何我母親講的故事了。因為那些故事被我寫出來以後怎麼讀怎麼彆扭怎麼造作，**我發現自己不在故事裡**，我其實不懂媽故事裡想要說的那麼一點，沒有心機的，純屬於她人生的重要環節。想通了這點，我決定安安份份地做我的記者，不要再想當什麼小說家詩人一類的事，記者只要專注在偷別人故事這件事上就行了，裡頭有什麼都無關緊要。誰都知道記者的同情心是假的，而作家還要為了表現所謂「深度」，**偷了故事還要裝作流下**

---

[29] 歐佩佩採訪，〈與二十年後的戰爭對話〉，頁 99。

[30] 歐佩佩採訪，〈與二十年後的戰爭對話〉，頁 99。

兩滴悲憫或了解的眼淚，即使故事的主人是你的父親母親。[31]

相對於完全不提自己的往事的父親三郎，母親珍子較願意談自己的故事，包括折射少女時期恐慌有教訓意味的故事，以及神蹟或神秘事件。小說中，敘事者一度以「獵奇，或偷故事的心態」聽取母親的故事，並將其中一個故事寫成小說，得了文學獎。然而在小說敘事進行的時點，「我」已經有好長一段時間無法寫出母親講的故事。像一個帶著獵奇與偷窺慾的、純粹的旁觀者、故事盜取者，他在故事中找不到自己的存在關連與敘事位置，亦否定了同情與理解的可能——即使故事的主人，是自己的父親母親。對他人經驗、記憶、痛苦的共感是可能的嗎？如果同情是不可能的，亦尋不著與自己的連繫，那麼這樣的敘事的價值、意義何在？書寫他人的故事如何不成為一種消費？這是吳明益透過史料閱讀（他人的故事）進行歷史想像與書寫時，第一個必須面對的問題。

關於敘事，另一個值得注意的地方是：吳明益將小說中的敘事者「我」的職業，設定為文字工作者——主要是新聞從業人員。他曾做過社會線記者，夢想過成為詩人、小說家，也在歷經睡眠異常、赴日尋求治療同時追索父親足跡返臺後動念「想把這段時間的經驗寫成一部小說」[32]。在小說敘事進行的時點，「我」已離開記者職務，成為某八卦雜誌的撰稿人。——無論何者，都是以「敘事」為其工作。他的女友阿莉思的工作性質也相當類似。阿莉思在新聞臺擔任記者，積極投入工作，後來受到重用，成為電視新聞的主播，並在小說最後，以美麗、哀傷的嗓音報導著南亞海嘯的災難新聞。小說中，吳明益安排的敘事者「我」與女友阿莉思的記者身分設定、以及他們關於記者／新聞敘事認知的思辯乃至分歧，其實是試圖對災難敘事的位置及倫理學問題提出的探問。事實上，吳明益寫作《睡眠的航線》的意圖，不僅止於與「逝者」——包括逝去的父親

---

[31] 吳明益，《睡眠的航線》，頁107。

[32] 吳明益，《睡眠的航線》，頁281。

及其時代──溝通的招魂儀式，更是帶有反戰立場的指向「未來」的溝通，他說：「我想要跟下一代的人溝通，因為我父親那一輩的戰爭已經過了幾十年，但下一代的戰爭則還沒有發生。我在想，會不會有任何一個讀者看過我的小說之後，深深覺得戰爭的荒謬與可怕，而永遠變成一個反戰者呢？」[33]

吳明益的小說關懷以及角色設定，不能不讓我們想起蘇珊・桑塔格（Susan Sontag）在《旁觀他人之痛苦》（*Regarding the Pain of Others*）關於戰爭與攝影倫理的討論。桑塔格在該書指出，「做為他國劫難的旁觀者，是一種典型的現代經驗，這經驗是由近一個半世紀以來一種名叫『記者』的特殊專業遊客奉獻給我們的。戰爭如今已成為我們在客廳中的聲色奇觀。有關別處事件的資訊，即所謂『新聞』，重點都在衝突與暴力」[34]。《睡眠的航線》作為一種戰爭敘事，我們不難透過桑塔格這一段與小說設定重疊性極高的文字，檢視吳明益的敘事及其敘事思考。

作為一個沒有經歷過戰爭的戰後世代，如何能夠想像、敘述戰爭？如何透過血腥殺戮的畫面表現戰爭的殘酷與恐怖？──這是吳明益在訪談中透露其創作過程中最大的難題[35]。關於現代人類對戰爭的認知，桑塔格在《旁觀他人之痛苦》提到一個非常重要的觀點：「世人對某些戰爭慘況的知覺其實是建構出來的，而建構的工具主要是攝影機記錄的照片。……今日那些未曾身歷戰爭之人對戰爭的理解，主要都是來自於這些影像的衝擊」[36]。但以這些影像作為想像之基礎的問題在於，這些戰爭「影像」究竟是在什麼樣的機制下被生產出來？它們再現了什麼樣的真實？作為影像──他人之痛苦──的觀看者，我們被撥撩起的感覺是什麼？我們的位置是什麼？我們能做什麼？──最重要的，當作者以這些

---

[33] 歐佩佩採訪，〈與二十年後的戰爭對話〉，頁100。
[34] 蘇珊・桑塔格著，陳耀成譯，《旁觀他人之痛苦》（臺北：麥田，2010年），頁29。
[35] 歐佩佩採訪，〈與二十年後的戰爭對話〉，頁99-100。
[36] 蘇珊・桑塔格，《旁觀他人之痛苦》，頁30-32。

影像資料作為想像及敘事基礎，其希望藉由戰爭敘事（以及什麼樣的戰爭敘事），得到什麼樣的效果？

　　關於戰爭影像的特質及其生產的新聞機制，桑塔格指出：「新聞業徵召影像入伍，正是希望它能逮住人們的注意，令他們驚愕、意外。……影像的追獵，推動著攝影這行，在這個日益視震嚇為有價，為刺激消費之主要指標的文化裡，影像的狩獵已成常態」[37]。吳明益在小說中亦透過敘事者「我」及其女友阿莉思的新聞從業員身分──專挖公眾人物隱私的八卦雜誌記者（將他人之隱私作為一種消費）、新聞臺記者（獵奇的、消費他人之痛苦的。小說中敘事者反駁阿莉思：「比較起來，你們報的新聞才奇怪吧，不痛苦、不古怪的事現在愈來愈難上電視了」[38]），諷刺新聞業之扭曲與異化。小說中，兩人關於「記者／新聞」的認知，亦逐漸產生歧見：原本他們都希望能當一個專門揭發社會不公義事件的稱職記者，但敘事者「我」漸漸質疑起記者的用處與新聞業的價值，變得自我懷疑、甚至犬儒；阿莉思則異常努力，希望有一天能夠坐上主播臺。小說中敘述「我」想起有一次去採訪空難事件的事：

　　一路上我一直催促他加快油門，這或許是一場大災難，死了上百人，說不定可以連續兩、三天，寫上好幾欄的報導。……我看著車窗裡反射的我的臉孔，發現這麼多人的痛苦似乎並沒有令我感到悲傷，我煩惱的是競爭者、別家報社的記者……他們都是要去現場，為了看墜機吧。不過到了現場以後，我幾乎認為我無法在當天寫那篇報導，任何人都無法在那樣的情況下寫出一篇「正常的」報導才對。即使最後我還是寫出了報導。[39]

---

[37] 蘇珊・桑塔格，《旁觀他人之痛苦》，頁 33-34。
[38] 吳明益，《睡眠的航線》，頁 46-47。
[39] 吳明益，《睡眠的航線》，頁 182-183。

面對這麼大的災難，何以「我」能夠毫無共感？到了失事現場，面對他人之苦難，作為記者又傳達了什麼樣的影像及資訊？這在在呈現了新聞業價值的扭曲；此外，在睡眠異常的期間，他也閱讀了二戰的戰爭史，包括各國記者的報告。這讓他發現：

> 看起來像描述同一件事的報導，有時卻像在看不同事件似的。……我這幾年的工作經驗告訴我，寫報導時「真相」這個概念並不是那麼重要，重要的是新聞性，新聞性就是真相，痛楚就是真相。……也因為這樣的想法，這幾年我幾乎放棄在新聞界出人頭地的努力了，我覺得自己只是報導別人的痛楚來獲得生活費的一種人而已。[40]

吳明益透過小說中的敘事者「我」對於母親故事的文學性改寫、對於災難新聞報導，反思了其戰爭敘事可能陷入的倫理誤區──作為一個戰爭經驗匱乏者的戰後世代，其實並不必然構成敘事上的致命傷，畢竟他能夠憑據的影像資料實在太多──從戰爭攝影到戰爭電影，一應俱全；特別是這些影像是依據「震嚇觀看者」──亦即「戲劇性」──的準則而生產的。因此，能否以之為基礎想像、進而呈現戰爭的殘酷與恐怖，以吳明益的文字技術應不是問題。然而至關核心的問題在於，作為作者／敘事者的吳明益，其如何面對他人的苦難，如何將他人的苦難經驗再製成為小說、達到什麼樣的目的，而不僅是消費他人的痛苦供另一群人觀覽？論文稍前曾引述吳的說法，其寫作《睡眠的航線》的目的在於反戰：「會不會有任何一個讀者看過我的小說之後，深深覺得戰爭的荒謬與可怕，而永遠變成一個反戰者呢？」[41]然而若以「反戰」為目的，是否非得透過血腥殺戮的殘酷畫面來呈現不可？──或者說，血腥殺戮的殘酷畫面是否能達到反戰目的？桑塔格已對吳爾芙（Virginia Woolf，1882～

1941）的反戰著作《三畿尼》（*Three Guineas*，1938）的基本預設：殘酷的戰爭受害者的照片的震撼力「不可能不把所有富有善心的人團結起來」[42]，提出質疑。桑塔格認爲：「通過攝影這媒體，現代生活提供了無數機會讓人去旁觀及利用──他人的痛苦。暴行的照片可以引導出南轅北轍的反應。有人呼籲和平。有人聲討血債血還。有人因為源源不斷的照片訊息而模糊地察覺到有些可怕的事情正在發生」[43]。換言之，桑塔格認爲，觀看殘酷的畫面，與能否心生反戰思想之間並沒有必然的正相關。吳明益之所以放棄血腥殺戮（所謂「人殺人」）的敘述，一方面是或許是戰爭經驗匱乏的考量，但更重要的，也許因爲認知戰爭最可怕的地方並不在於血腥，而毋寧在於影響的全面性：「對任何人來說，無論在戰爭裡扮演什麼角色，都逃不出這個大漩渦」[44]。

那麼吳明益希望用什麼樣的敘事位置去敘述戰爭呢？他並沒有在小說中明示，卻安排了一場對災難的新聞播報及閱聽反應，表露其敘事態度。小說的最後，敘事者在母親病房的電視上，看到已與之分手的阿莉思正以主播身分，播報著南亞海嘯的新聞。面對這麼大的災難，病房中的另一個少女病患，竟「百無聊賴地在幾個綜藝節目和偶像劇間跳著轉臺」[45]，見到海嘯新聞（他人之痛苦）又把頻道切回偶像劇，又在廣告時焦躁地不斷轉臺。而新聞臺的主播──包括阿莉思與隔壁頻道的主播，「畫著濃妝，眼神帶著虛僞悲戚情緒」、持續「用她美麗、哀傷的嗓音報導著」[46]他人的痛苦。何以面對海嘯來襲的殘酷畫面，無論是新聞播報者或閱聽人，都能以一種事不關己的淡漠（或虛僞）態度，講述著、或旁觀著他人的痛苦？

---

[42] 蘇珊・桑塔格，《旁觀他人之痛苦》，頁17。

[43] 蘇珊・桑塔格，《旁觀他人之痛苦》，頁24。

[44] 歐佩佩採訪，〈與二十年後的戰爭對話〉，頁100。

[45] 吳明益，《睡眠的航線》，頁298。

[46] 吳明益，《睡眠的航線》，頁298、301。

如此麻木不仁的閱聽人反應——讓我們再一次引述桑塔格《旁觀他人之痛苦》——她認為問題的關鍵，在於作為新聞媒介的「電視」的性質：「觀眾看似淡漠的反應，乃肇自電視藉著不輟的影像撩撥及填灌給觀眾的那種不穩定的注意力。雜沓擁擠的影像令觀眾的專注變得清淡、流逸，不那麼著意內容。川流不息的影像反而讓影像無法脫穎而出。電視的重點就是可以轉臺，於是觀眾自然會轉臺，會變得焦躁、無聊。消費者昏昏欲睡，他們需要不斷刺激、不斷預熱啟動。內容不外就是提供這類刺激的元素。……傳媒不斷將內容濾除，是窒息觀眾情緒的最大禍首」[47]。這樣的讀者反應，顯然不是吳明益要的。為了能夠產生反戰效果，吳明益需要在小說中提供的與其是戰爭場面的再現，毋寧是一個電視新聞所做不到的、讓讀者得以能夠進行如桑塔格所說的「**對內容做出富有反省力的接收**」[48]的專注空間。

此外，關於阿莉思及其他電視新聞臺主播的災難播報，除了對於他人之痛苦的虛偽的同情外，作為災難敘事的反面例子，最大的問題在於那是一種「**沒有我**」的敘事——這與小說前段敘事者帶著獵奇的心態偷取母親的故事改寫成文學、並得到文學獎的「**我不在故事裡**」的敘事一樣。只是，當敘事者「我」發現自己「不在故事裡」——找不到自己的**存在關連與敘事位置**，他便再也無法寫出母親講的故事，陷入一種敘事不能的狀態；主播卻能在電視上繼續侃侃而談。既然沒有共感、找尋不到敘事的意義與自身的位置，曾經他放棄作家「**虛偽的人道主義**」，只願安安分分做他的記者——「記者只要專注在偷別人故事這件事上就行了，裡頭有什麼都無關緊」。然而這樣偽裝客觀、全然棄守作為記述者之**主觀能動性**的報導記述，又讓他覺得「自己只是報導別人的痛楚來獲得生活費的一種人而已」。這麼一來，他幾乎放棄在新聞界出人頭地的努力，並與阿莉思（及以新聞播報為象徵的災難敘事）漸行漸遠。對於此

---

[47] 蘇珊・桑塔格，《旁觀他人之痛苦》，頁 121。
[48] 蘇珊・桑塔格，《旁觀他人之痛苦》，頁 121。

種敘事的棄絕，正如敘事者在日本行的尾聲給阿莉思（當時阿莉思已失聯）的信中寫道：「回臺灣以後我大概會找個地方寫點東西，不，不是報導，我恨透了報導這回事，不管是慈悲的的報導或是戲謔的報導，**我恨透了人以充滿悲憫或自以為是的客觀口吻去陳述世間所發生的任何事**」[49]。

　　無論矯造的悲憫，或冷漠的客觀，說到底，都是一種找不到敘事者位置的、事不關己的敘事。這樣的敘事，都在吳明益的思考中被一一排除。

四、必須被「訴說」的夢境：敘事作為一種介入

　　那麼吳明益自陳寫作期間看了郭亮吟導演拍攝的紀錄片《綠的海平線》，「我才突然發現原來自己寫的和『紀錄』根本上是不同的東西……這本書並不在寫一段歷史，而是其他的一些什麼的」[50]，那「其他的一些什麼」所謂為何？同樣作為戰後世代，郭亮吟的《綠的海平線》，是透過影像史料、學者研究、以及最重要的──臺灣少年工當事人的訪談構成。紀錄片裡，這些曾經歷那個時代的當事人──亦即在場者，以自己為敘事主體，親口訴說那個時代的往事。對於吳明益而言，如果他要寫的是如《綠的海平線》一樣屬於一個時代、一群人的集體記憶，他的敘事條件與郭亮吟一致的；但如果他要寫的是「父親的記憶」，唯一的「在場者」便只有父親本人。但小說裡，以吳父為原型的父親三郎什麼都沒說，且已經失蹤。於是父親的記憶是無法再現的、無法被記錄的；必須借助同時代龐大的一手、二手資料作為歷史材料，透過敘事者的想像、詮釋被重新編成、被敘述出來，且弔詭的是，這必然是各種資料與他人故事的混成體。

　　然而，既然父親的記憶無法再現，何以吳明益又執著於書寫父親的

---

[49] 吳明益，《睡眠的航線》，頁255。

[50] 吳明益，〈後記〉，《睡眠的航線》，頁304。

記憶？根據小說中敘事者「我」將母親故事改編爲小說後導致敘事不能的主因——無法在故事中找自己的位置——判斷，在閱讀大量資料及他人故事後寫成所謂「歷史小說」，本質上與聽取母親故事改編成小說是一樣的，是一種無我無關心的盜取。「我」仍不在故事裡，仍無法在敘事中找到自己的位置。那麼敘述父親的故事呢？我們必須注意父親故事與母親故事的關鍵性差異——母親的故事是由母親親口述說，敘事者進行的充其量只是轉述、以及形式轉換。與此相對，父親的故事是謎，是空白，是沉默，必須由敘事者自己主動「追尋」。敘事者與父親是互為媒介的。作為戰後世代的敘事者，必須以父親作為媒介，才能與戰前時代發生關係；然而父親封存在沉默裡的記憶，在其失蹤後，必須藉由敘事者的追尋，才能被碰觸、被尋得、被訴說，甚至由「自己」訴說。也因敘事者的追尋，在小說的後段（第 46 節），從不談論自己故事的三郎／敘事者的父親，首次以「我」的敘事人稱敘事[51]。同時在下一節（第 47 節），全知全能、卻只能珍視世人祈求、不能實現，亦不能流淚的觀世音菩薩，竟「坐在蓮花座上……掉下了一滴眼淚來」[52]。三郎從被敘述的客體成為敘事主體、全知全能（卻什麼都不能）的菩薩這個純然的觀照者掉下了眼淚（＝動情、感應），都象徵了敘事作為一種「介入」的過程，兩個平行的時代／世代在敘事中得以相互理解、碰觸、疊合，這也就是敘事者找到的敘事位置與意義。

　　也是因為如此，吳明益在小說中安排了「夢境」作爲通往父親內心深處的路徑，並藉由白鳥醫師對「夢」的解釋說出：「夢其實還必須經過主觀意識的還原。沒有夢是不被『說』出來的，而當夢被說出來的時候，夢就跟做夢者的生活產生了聯繫，夢的敘述者會修改夢」[53]。所謂的「說」與「修改」，便是一個介入、詮釋的過程。

---

[51] 吳明益，《睡眠的航線》，頁 290-293。
[52] 吳明益，《睡眠的航線》，頁 296。
[53] 吳明益，《睡眠的航線》，頁 219。

　　然而夢──三郎之心──的入口在哪裡呢？小說中有個重要的環節，容易為作者的調度誤導（儘管那誤導可能是有意的）。無論是邱貴芬的序〈面對浩劫的存活之道〉、抑或黃宗潔的論文〈遠方的戰爭〉，都因作者的敘事調度，誤將小說中敘事者「我」陷入睡眠異常的狀態，僅與目睹難得一見的竹子開花的這件事繫上因果關係[54]，忽略了更重要的線索。事實上，小說後段第43節寫道，在敘事者「我」去參加大學同學會、沙子跟他談起竹子開花的事之前，在光華商場遇見和他在中華商場一起長大的、經營舊書買賣的鄰居阿咪。阿咪交給他一個掬水軒餅乾鐵盒。鐵盒是在中華商場拆除的前幾天──當然，也是老年三郎失蹤的前幾天──，父親三郎連同一箱書帶過來賣的。鐵盒裡裝有47張照片，一本1967年的農民曆，一本封面寫著「留日高座同學會」的通訊錄，兩張飛機素描，一張建築物素描，一卷日文歌曲錄音帶[55]，以及父親親筆寫下的筆記。除了這個鐵盒，敘事者「我」也在父親失蹤後在家裡發現另外一個掬水軒鐵盒。除了大量水電費收據與報稅單[56]，底下還有一疊同樣由「留日高座同學會」寄來的邀請參加同學會的卡片。這兩個鐵盒都間接、或直接訴說了父親一向沉默的戰爭時期。特別是阿咪轉交的鐵盒，父親少年工時期的照片、以及親筆筆記，更是一種父親在場的表徵。與龔萬輝

---

[54] 邱貴芬，〈面對浩劫的存活之道〉：「第一條敘述路線以『我』的敘述觀點呈現『我』如何在看到難得一見的竹林開花後開始出現另一種『睡眠規律』的症狀，……。」，頁12。黃宗潔，〈遠方的戰爭〉：「竹子『開花』不只直接與『我』的睡眠『異常』相呼應，……。」，頁178。

[55] 這卷錄音帶裡的日本歌是並木路子的〈蘋果之歌〉（リンゴの唄）。陳芳明〈相逢有樂町〉中父親常獨自哼唱的，則是フランク永井的〈相逢有樂町〉（有楽町で逢いましょう）。

[56] 這批水電費收據及報稅單，最早的遠在25年前，這個年分的巧合或許埋有些許線索。中華商場拆除──父親失蹤──是在1992年。往前回推25年，便是阿咪轉交的鐵盒中農民曆的1967年。「1967年」對於三郎以及臺灣少年工有什麼特殊意義？我目前還沒有頭緒。臺灣高座臺日交流協會（簡稱臺灣高座會）創立於1987年，日本高座會成立於1964年，而開始聯繫臺灣高座會之成立相關事宜則起於1977年。1967年的象徵意涵，還要進一步追查。

〈1942 航道的終端〉的阿魯在阿爺房間發現鐵盒後確認了阿爺在抗日行動的在場、爲了找出阿爺自殺的真相，「注定毫無退路，只能一次一次地把身上的錢幣接續不斷投進暗昧角落裡那臺『1942』」[57]類似，比起現階段研究者注目的「竹林開花」，鐵盒毋寧更是觸發敘事者「我」想踏上追尋父親身影之航道的啟動點，也是其陷入睡眠異常狀態——通往父親之記憶與內心世界之夢境的入口。

　　以鐵盒爲觸發裝置的被喚醒的這段塵封於父親之沉默裡的記憶，並不僅如邱貴芬謂是敘事者「我」單向地「召喚失落的（臺灣、父親的）記憶的過程，透過睡眠來修補敘述者『我』與父親生前無法溝通的鴻溝，爲父親召回他壓抑的少年記憶，以成就完整的父親的人生」[58]，同時也是父親對敘事者的引導、呼喚。小說第 39 節，敘事者藉赴日尋求白鳥醫師診療其睡眠異常，走訪父親擔任少年工時期的工具宿舍及海軍「空 C 廠」之所在地大和（やまと）市，並前往名古屋後，睡眠恢復正常。「我的感覺卻比較像個力量（我不願意說那個字）把我的睡眠開關扳到一個新的、莫名的規律上去，有一天它又心血來潮地將它扳回來一樣。但在那個睡眠『異常』的時態裡，我好像因此脫離了我的年紀與眼睛，因此看到了一些事。那也許是我這趟旅行最要緊的事」[59]。在父親的引導、呼喚下，敘事者進入睡眠的異常狀態，這也是其得以與父親相遇的奇妙時態。在小說中，不斷出現一個謎一般的象徵性角色「Z」——這個角色至今似乎沒有任何研究與評論提及——：他有著一對萎縮的翅膀、色彩繁複外型擬態單眼的複眼、有著孩子氣笑容的青年[60]，將敘事者帶領至通往父親心底的夢的入口。

　　小說中的第 11 節、第 17 節、第 40 節及第 45 節，都有「Z」的現身。

---

[57] 龔萬輝，〈1942 航道的終端〉，頁 74。

[58] 邱貴芬，〈面對浩劫的存活之道〉頁 13。

[59] 吳明益，《睡眠的航線》，頁 255。

[60] 吳明益，《睡眠的航線》，頁 116。

Z是以引路人──「我的氣息就是你的路標，沒有它你哪裡也不能去」[61]
──的姿態出現的。在第11節，他帶領敘事者穿過一座森林（大和市的
野鳥之森？當敘事者抵達這片森林，他的夢回來了，睡眠也變正常了。
或許這片森林是一個對應的出口，也或許，如同〈1942航道的終端〉最
後在螢幕航道終端微笑的阿爺，當孫／兒踏上追尋的航道時，便是心願
已了、道別的時候），來到一個極其龐大的、「像要深到雲端那樣深度的
黑暗」洞穴入口，並告訴他「要進入你就要祈禱」[62]。第17節，這個洞
穴的深處，是一個像宛若少年工員宿舍的夢中村落，村落的住民只有少
年。洞穴裡有獨自運轉的太陽、月亮與星辰，是另一個獨立的世界。第
45節，Z拿了一條雙頭尖銳的線，一頭刺進光的凹陷處，另一頭刺進敘
事者的胸口。刺進胸口的瞬間，他聽到各種戰場上的聲音──「那些聲
音如此紛雜、急切、充滿期待地被我聽見，以致於我想拒絕所有的聲音」
[63]。Z或許是宗醫師口中的德文「Zeitgeber」──提供生物內在機制判
斷何時睡眠何時清醒的環境因子或線索，原意為時間的給予者[64]──轉轍
器般的象徵；也有可能是記憶的保管者：「Z」第一次出現在敘事者的生
命中，是在敘事者高三騎機車車禍休養的病房裡：「在意識與無意識之
間，我夢見一個黑得像影子背上像是有類似翅膀形狀的男子從一個陰暗
的洞窟走了出來，他貼近我時我聞到一股陰暗的香氣，扳開我的嘴並拔
走我三顆牙齒離開」[65]──在這部小說中，牙齒總象徵著記憶，而記憶又
與夢境有關。但「Z」的象徵角色，或許更接近宗醫師對於夢境‧記憶之
複雜關係的詮釋與敘述：「夢就好像是帶著某些值得記憶的記憶走過一條
森林的小徑，到大腦的新皮質裡，儲存成長期記憶」[66]。當「Z」領著敘

---

[61] 吳明益，《睡眠的航線》，頁74。

[62] 吳明益，《睡眠的航線》，頁76。

[63] 吳明益，《睡眠的航線》，頁280。

[64] 吳明益，《睡眠的航線》，頁51。

[65] 吳明益，《睡眠的航線》，頁258。

[66] 吳明益，《睡眠的航線》，頁55。

事者，穿越現實與夢境來到洞穴入口，敘事者也就進入了父親的記憶與內心世界，成為那不可再現的、不可被記錄的「父親的記憶」的見證者、敘事者。

父親除了透過夢境引導著敘事者進入他的記憶迴路，也扳動他的睡眠時區，藉由處理睡眠異常問題召喚敘事者千里迢迢飛抵日本，來到當年設有工具宿舍以及海軍「空Ｃ廠」的神奈川縣大和市。

儘管敘事的表面平靜無紋，但小說在這裡迎來了最高潮。

當敘事者一面在夢中感應著父親的記憶、在現實中復踏隨著父親的足跡踏入大和市，小說的敘事角度產生了關鍵性的變化。在小說接近尾聲的第46節，總是被以第三人稱敘述的三郎，首次能以「我」的身分敘事。相對的，對於敘事者——作為三郎之子的「我」而言，這也是第一次父親的故事從「他」（＝他人、他者）的故事，親密而溫暖地與「我」相互疊覆、合而為一，終於成為一個「我」的故事。

五、結語

當敘事者與父親的敘事人稱疊合成為同一個「我」，吳明益在後記自述的「並不是在寫一段歷史，而是其他的一些什麼」[67]，那個「什麼」便呼之欲出。敘事者回到臺灣後，友人沙子寄來了一封信，除了告訴他因疏於照顧而崩潰的水族箱生態系如何重建，亦向他更新關於竹子的發現與詮釋：

> 竹子用幾十年開花一次的方法讓自己活下去。只不過那個「自己」的定義跟人類不太一樣而已。……竹林的根和地下莖縱橫交錯，互通養分，它們其實是一棵竹子，但在地面上卻表現得像是毫不相干的個體。……後來我又發現，竹子開花並不一定會全部死去，總有

---

[67] 吳明益，《睡眠的航線》，頁304。

那麼一兩棵強韌地活了下來，它們會重新伸出竹筍，占領了那些沒
有在死亡後迅速重生的竹子的土地。開花後沒有完全死盡的竹子才
是成功的竹子[68]。

友人沙子對竹子生態的這一段觀察，除了呼應小說稍前第 39 節敘事者
「我」在大和市寫給阿莉思的信中對戰爭的思考──儘管是沒有經歷戰
爭的一代，但戰爭記憶與經驗成為基因而在血脈中傳遞[69]；同樣重要的，
竹子的生態也是作為這部小說之敘事結構的模型而存在的：「它們其實是
一棵竹子，但在地面上卻表現得像是毫不相干的個體」──透過父親的
引導、以及敘事者的追尋與實踐，兩個原本極為疏離的個體、無法共享
的歷史記憶、宛若活在平行時空的兩個世代，逐漸發現在地底他們的根
莖縱橫交錯，互通養分，當敘事者與父親的敘事人稱疊合成為同一個
「我」，敘事者與父親三郎作為同樣的「一棵竹子」的形象於焉明朗。於
是我們發現，《睡眠的航線》並不只是一個追尋父親記憶的故事，更是一
個在追尋中不斷反身思索自身的（敘事）位置──亦在摸索之中逐漸改
變自身的，某個意義上的成長小說。只有當敘事者在父親的故事中找到
與自身的連繫，他才能找到自己的敘事位置，戰後世代的敘事──這一
部《睡眠的航線》，即是一個被說出來的夢──終於才成為可能。

---

[68] 吳明益，《睡眠的航線》，頁 279。

[69] 「但我們確確實實是曾經經歷過戰爭的那群人所生下來的一代。我們的父母、祖父母，
都是經過戰爭汰選的人，不管是以殺戮他人來獲得自身生存的，還是以哀求、屈從逃過
殺戮，或是用沉默、躲藏、謊言來避開殺戮的，那都是正確的生存策略。……我們都是
成功的基因，我們都擁有優勢暴力者的遺傳基因，或巧妙在暴力下生存的『避難基因』」。
吳明益，《睡眠的航線》，頁 254。

講評

◎李一鳴[*]

　　戰爭是文學中又一個恒久的主題，古往今來從不乏林林總總的戰爭敘事，戰爭因其對人性的慘烈荼戕，而令與其相關的文學表達更為紛繁熾烈，並無形中仿佛是對人類的補償，從而賦予作者以豁免，即允許作品的多種闡釋，允許作品具有多種揭示，而不僅僅是只有某一種真確的含義。本論文通過對親情離散式理論的深度闡釋，及以此理論完成對文本的全面詮釋，對人性深處情感結構有了高度的覺醒，並因而獲得了一種新的敘事視角。作者用細膩的分析，對文本中個體經歷出離散群體的困惑和訴求，親情深處情感的強烈指向，均賦予了豐富的審美可能。

　　感覺不足有兩點：

　　1、行文有氣息斷裂的意味，尤以文中對其他文本的引述而言，而且是從文本到文本，似缺少作者自我應有的個體經驗之獨立闡發，使整篇論文顯得偶有嫌隙與支離，有損整體意蘊。

　　2、原著的思想指向不僅僅只是對戰爭的質疑、對父輩及自我的精神回溯，應該有更為深刻與神性的「返鄉」情結暗藏其間。作者一路執意對父親靈魂的回返，無異於對自己精神故土的返鄉，猶如荷馬筆下的奧德賽，身體與精神均畢生回返故土的荷爾德林，只是原著中作者執意回返的故土是父親的精神秘域。而這無疑是一個具有世界意義的文學符號，無論從倫理學到神秘主義，「返鄉」均是整個人類的精神財富，值得為之書寫與闡發。

---

* 華中師範大學文學院中國現當代文學博士，中國作家協會魯迅文學院常務副院長、教授。

根與路徑
族裔文學歷史意識的建構與反思

摘　要

　　原住民歷史小說的面貌，聚焦於兩個向度：一是原初社會生活再現的內向歷史觀，另一則從「歷史後設」的角度，呈現從「參與歷史」到「介入歷史」的不同考量。然而，多重族群歷史（racial histories）替代單一歷史（History）的反思，除了一再投射原住民主體之建構，即部落、族語、傳統文化——根（root）的存在與必要，卻無法周全族群主體思索的多重縫隙——那些因著移置、文化混雜的曲折路徑（route）。本論文的出發點，即從根與路徑的思考，關注巴代《巫旅》、Nakao Eki Pacidal《絕島之咒》兩部小說，如何透過遷徙（migration）、移置（displacement）的空間差異，在文化交混的現象與寓意之下，反思「傳統」，也重新審視族群主體與歷史意識建構的路徑。

關鍵詞：文化混雜、傳統、族群主體、歷史意識

---

* 政治大學中國文學系博士、北京中國社科院民族文學所訪問學人，現任清華大學臺灣文學所助理教授。

一、前言

　　學者陳建忠於〈回顧新世紀以來的臺灣長篇小說：幾點觀察與評論〉一文，將長篇小說分成了幾個類型，包括「新歷史小說」、「後移民小說」、「新鄉土小說」、「新寫實小說」。這些類型，不僅回應創作者的風格與書寫關切，也顯現了讀者詮釋小說與歷史之間的各種回應。陳建忠從女性歷史小說之例，如施叔青《行過洛津》揭示「新歷史小說」的定義，女性的私歷史、個人小歷史，是反思並參與歷史建構的核心。「後遺民」之稱，源於 2004 年學者王德威的詮釋，他以朱天心、李永平、舞鶴、駱以軍為例，指稱許多邊緣族群與記憶的書寫，乃是有關「時間、記憶的政治學」，側重反寫實、反認同、反特定霸權的創作範式。「新鄉土小說」，如甘耀明《神祕列車》，讓鄉土成為真正的「傳奇」，創作的素材更甚於問題發掘，呈現後現代的遊戲性質。「新寫實小說」，如東年《城市微光》，力求生活面貌的客觀細節和寫實手法，有別於新鄉土之作的戲謔，以強烈人文關懷為重[1]。陳建忠的論述，呈現了幾個需要進一步討論之命題。不過，筆者最為關注的，乃是「新歷史」、「新鄉土」、「新寫實」與「後移民」名詞中的「新」與「後」，預設了「原本」（original）──即歷史、鄉土、寫實、移民概念之建構。這除了是作家作品的風格變化，還在於一種對「原本」的創作警醒與挑戰。

　　族裔文學的討論中，將「原本」（original）比附為族群文化的原初狀態，為原住民文學論述的一項重要考量。「原本」可詮釋為一個不受外力影響的原初社會，包括人事與空間。卑南族學者孫大川提出「山海文學」之稱，他認為「山海」的意義，不只是部落空間，更是一種結合語言、生活經驗、歷史記憶的載體，是故「山海」的象徵，不僅是空間的，亦是「人性」的[2]。1980 年代原住民社會運動興起，原住民作家以身分認同、

---

[1] 陳建忠〈回顧新世紀以來的臺灣長篇小說：幾點觀察與評論〉《文訊》346 期，臺北：文訊出版社，2014，頁 68-81。

[2] 孫大川〈山海世界──《山海文化》雙月刊創刊號序文〉，收錄於《臺灣原住民漢族文

文化追尋作爲書寫姿態，開啓「山海文學」的起點，不約而同，評論者側重作家作品立於「邊緣」（原鄉、族語與族群認同）向中心發聲的力量。部落，在原運之後被建構爲文化的根（roots），成爲地方感形塑之核心，是原住民族自我認同的土壤，也回應了後殖民理論的積極意義。

　　此思維之延伸，蔚爲學界文壇的討論主流，亦是許多原住民作家致力書寫的主題。奧威尼・卡露斯盎《野百合之歌：魯凱族的生命禮讚》（2001）、《神祕的消失：詩與散文的魯凱》（2006），或是布農族霍斯陸曼・伐伐《玉山魂》，作者設定一個原初的部落時空，書寫族人從出生到死亡的家族故事，生命禮俗與歲時祭儀貫穿其間。再如夏曼・藍波安《黑色的翅膀》（1999）、《老海人》（2009），則從四個達悟小孩的成長故事，帶出蘭嶼傳統知識與（後）現代浪潮的衝突。這些長篇故事，帶出一種「歷史」氛圍，前者是魯凱、布農祖先所經歷的原初生活，後者則將場景拉到現當代，以此反思傳統文化／（後）現代思維的拉扯。這一類小說的歷史意識，乃藉由回溯原初情境，或是與（後）現代文化的反差，確認並探詢族群認同的光譜。相較於此，巴代一系列的歷史長篇小說，如《笛鸛：大巴六九部落之大正年間》（2007）、《走過：一個臺籍原住民老兵的故事》（2010）等，以「歷史後設」筆法形塑的作品，身分認同不再是問題，呈現了從「參與歷史」到「介入歷史」的不同考量。任何介入歷史的書寫策略，皆在一個線性的時間軸上，商榷文化研究者 Hayden White「每一個歷史呈現都有意識形態的作用」之諭示[3]。Hayden White 企圖以多重歷史（histories）的反思，替代單一歷史（History）之陳述，提醒讀者留意敘事者的發言位置，旁及以何種「後設」觀點介入何種歷史論述。「歷史後設」的關懷，一方面顯現多重的歷史詮釋，創作者亦選擇性地回應了現當代的時局變化。

學選集（評論卷）》臺北：印刻，2003，頁 52。
[3] White, Hayden. 1988."Historiography and Historiophoty". *The American Historical Review*, Vol. 93, No. 5. pp. 1193-1199.

　　然而，多重族群歷史（racial histories）替代單一歷史（History）陳述的反思，除了一再投射原住民主體之建構，即部落、族語、傳統文化──根（root）的存在與必要，卻無法周全族群主體思索的多重縫隙──那些因著移置、文化混雜的曲折路徑（route）。學者邱貴芬曾以人類學家James Clifford提出的root／route這對英文中同音異義的辯證，強調文化「旅行」進而傳播的現象[4]，邱貴芬援引此論思考重視「根」、重視在地想像的臺灣文學研究。她指出在臺灣後殖民時空的思辨下，「根」的形成已布滿曲折流動的跨文化「路徑」[5]。邱貴芬透過根／路徑思考臺灣現代派小說的「在地性」，提供一些方法論的反思，讓筆者思考透過書寫、論述所建構的族群主體、歷史意識與認同，在屢次召喚「根」的過程中，是否不易察覺、亦或是刻意忽略了「根」的形塑──某種程度布滿了曲折且曖昧的「路徑」？路徑與根的對應為何？而我們又該如何評價這兩者之間的辯證關係？

　　族裔文學主體性、歷史意識之建構，強調所謂的「根」（部落、祭儀、文化記憶），對長期被汙名化的原住民族群而言，重新確認「根」的意象與意義，具有政治意蘊。然而，在建構族群意識的過程中，文化認同被視為一個固定的客體，一代傳諸一代，具有領域特性，該文化的空間充滿了族群觀念，血脈、部落、祭儀、文化記憶互為交織，形成了血與土的強大結合。這一類族群主義認為文化等同於空間，而空間等同於人民。有關血緣、空間、歷史意義與歸屬的連貫思考，文化地理學者Mike Crang指出其中三個矛盾：

> 文化被想像為單一的（一種文化佔有一個空間），並受該空間框限。
> 其次，文化不再被視為物質與象徵實踐的結果，反而是這些實踐的

[4] Clifford, James. 1997. *Routes: Travel and translation in the late Twentieth Century.* Cambridge, MA: Harvard UP.

[5] 邱貴芬〈「在地性」的生成：從臺灣現代派小說談「根」與「路徑」的辯證〉《中外文學》34卷10期，臺北：中外文學雜誌社，2006，頁129-130。

原因。最後，認為這種本質會遭受外來力量威脅、汙染、稀釋，或甚至是毀滅[6]。

Mike Crang 提出的矛盾，在於國族、族群意識與特定空間（區域）的慣性連結，極有可能忽略了文化在跨界、詮釋建構的複雜性。筆者以此思考目前臺灣原住民族群主體、歷史意識的形塑，多半在族群文化等同於部落、部落等同於原住民族的慣性邏輯之中。事實上，大多數的原住民已移居都市，成為都市原住民[7]之際，也成為「臺灣人」論述的重要部分。移動者既是「座落在」也同時「超越出」客鄉、他鄉，兩地之間也未必是單一方向之收受關係，而呈現彼此互惠的網狀脈絡。跨界移動，對於族裔文學歷史意識之生成，提供了一個空間／地方的表述張力，得以見證土地與族群史觀的另類考慮。

本論文的出發點，即從根與路徑的相關思考，反思族裔文學歷史觀建構的不同可能。有別於多重歷史（histories）之揭示，筆者更關注巴代《巫旅》（2014）、Nakao Eki Pacidal《絕島之咒》（2014）這兩部小說，如何透過遷徙（migration）、移置（displacement）的空間差異，在文化交混的現象與寓意之下，反思「傳統」，也重新審視族群主體與歷史意識建構的路徑。

二、以巫之名：《巫旅》所揭示的異質空間[8]

　　《巫旅》描繪一個 15 歲、定居於都市的卑南族女孩梅婉，面臨國中學測之際，如何面對、思考以及坦然接受被巫師召喚的巫術體質，並展開一連串習巫、成巫的辛苦歷程。在這些試煉中，紅頭法師校長、巫術專家父親、女巫祖母以及在學校遊蕩的鬼魂，都成為梅婉展現自己力量的重要媒介。梅婉從害怕、抗拒到能與鬼魂交談、與樹靈談判，甚至回到 16 世紀確認自身與卑南族女巫傳承系統的連結，最後成功地成為巫師。《巫旅》敘述的起點，存在現當代社會認知與價值評斷的種種考驗，最後，梅婉接受自己的使命，思考巫術傳統與現代社會巫師的角色，亦為一段發現自我的旅程。

　　小說初始，《巫旅》明確地傳達梅婉在巫術召喚、學測考驗之間的衝突情緒：

> 梅婉桌上擺著的是英文教科書，而剛才她眼光焦距落在翻開的書頁時，頁面上的文字正在流動，一列一列扭扭曲曲的流動著，然後像個沙漏一樣往右上角「流」了出去，淨空的頁面跟著漸漸「浮」出了幾段文字，所以她嚇了一跳，不自覺叫了起來[9]。（頁 10－11）
> 像這樣子，我怎麼讀書啊？梅婉想著想著又開始掉淚。她覺得自己在這整件事情上，是異常的孤獨和無力感。她想告訴父母親，卻怕他們擔心，說給老師或朋友們聽，又怕被誤會這是她對課業壓力的逃避說詞。（頁 27）

　　主角梅婉從許多的「幻象」、「幻聽」意識到自身的巫術體質，驚駭與矛盾情緒可見一般。即使是梅婉的祖母阿鄔，從資深巫師的立場都認

下更顯幻覺；一是創造另一個真實而又完美的空間，恰好相對於現實世界雜亂無章的空間。筆者援用「異質空間」對所處社會的映照，思考《巫旅》的言外之意。夏鑄九、王志弘編譯〈不同空間的文本與上下文〉《空間的文化形式與社會理論讀本》臺北：明文書局，2002，頁 399-408。
[9] 巴代《巫旅》臺北：印刻，2014。論文引言，將在其後標示頁數，不另行註解。

為孫女年紀還小，又將面臨考試，火候未到。假如現在成為巫師，需要
足夠時間學習儀式來控制自己的力量，也需要足夠的練習機會習慣與神
靈的接觸，這些都會影響升學功課的準備。因此，梅婉的孤獨和無力感，
在於自己承受成巫徵兆的焦慮，也擔憂在父母與師友的不解下，被解釋
成一種逃避學測、逃避課業壓力的藉口。成為巫師，在卑南族文化情境
是一則重要事件，但在都市生長、接受國民教育的梅婉身上卻是莫大挑
戰。

　　成為一位巫師的必要條件，就是跟著資深巫師們學習，但在巴代所
設定的現代都會，研究成果與田野紀錄竟成為梅婉的修習路徑：

> 她又取出她父親另一本著作《吟唱・祭儀》，裡面有完整的成巫儀式
> 所吟唱的歌謠，除了樂譜，詞意還有一片田野調查的 CD 片提供練
> 習參考。……但是她第七次翻閱了書本之後，終於忍不住聽了 CD
> 片，不知怎地，她總覺得她曾經熟悉這個旋律，在聽完註記「巫者
> 之歌」的前兩首歌謠後，她立刻轉檔存進自己的 ipod。（頁 44）
> 有一回做完數學的演算，她照例取了 ipod 以耳機播放巫歌來聽。才
> 聽到第一首中段，她腦海浮起了一些人像，朦朧的三兩人似乎是站
> 得遠遠地望著她無語。（頁 45）

　　當巫師不在身邊，梅婉以學術研究成果、田調錄製的 CD，運用 ipod
隨時隨地播放，反覆聆聽、練習成巫儀式的某些段落，讓她開始具有成
為一個巫師的雛形與能力。真正的巫師養成是否真能如此？筆者雖然存
疑，卻也理解作者藉此表述都市原住民的日常養成與一般人無異。然而，
城市空間及都市生活範式，的確是梅婉成巫的考驗，這番考驗，源於主
角在現代情境中該如何詮釋巫師身分，又該如何安頓在現代化社會中擁
有力量的古老靈魂。《巫旅》的安排，看似弔詭，卻透露都市原住民不同
世代親近祖先的方式，原本特定、口傳的巫術密授，成為公開、書面的

習巫步驟：田調的書面成果取代口述傳統，留下巫師自我修習的清楚方法，而 ipod 此現代科技，得以播放、反覆吟唱巫禱祭祠，留住祖先語調，成了練習吟唱的重要方式。巴代或許在其中寄予諷刺，卻也揭示巫術傳統與現代知識、科技的一種連結。

現代性的思考，也在梅婉與鬼魂乙古勒、樹魂的互動當中展現。在梅婉習巫、成巫的過程中，為了躲避人群，便找尋校園中最僻靜的地方──1960 年代建校時的三層老舊廁所，進行巫術練習。在此，她遇見了一個被霸凌而溺斃的鬼魂，「那是一個小小半透明的身軀，……那是一個高不過三十公分，粗不過一個大腿粗，人偶似的小人兒」（頁 55）。事實上，乙古勒原本是這所學校三年級的學生，在校成績優異，卻引起班上同學的嫉妒，進而遭受霸凌意外而死。這個鬼魂，忘卻事件原委和自己的身分，因此，不斷找尋記憶與答案，在校園各處晃蕩哭泣。透過乙古勒通靈的眼睛，梅婉才發覺自己周旋在校園中不同的神祕力量：

> 當年……也就是妳來就讀的第一年的開學典禮正在進行，來了一個女巫在圍牆外走動，然後在警衛室外的圍牆邊做了一些什麼的。那一天晚上起，圍牆忽然像鐵牆似的，把校園圈住了，平常那些沒事半夜會走進學校走動的……東西，再也進不來，當然我也出不去了。……大平頭校長來了以後，校內忽然出現了一些力量，然後這半年又多出了幾個女巫跟隨妳進出校園。……一下子這個校園變得這麼多股力量出現，讓我感到不安。（頁 65）

乙古勒的靈界眼光，無意解答了梅婉周遭時而和諧、時而衝突的神秘力量，也解釋了紅頭法師校長、祖母阿鄒、以及一些資深女巫們為了梅婉成巫之事，所代表的不同立場。學校，因而成為梅婉試煉之所。范銘如分析李昂《看得見的鬼》，揭示了鬼魅如何從時間性的產物衍生成為空間象徵，因此，眾女鬼們一一現身，召喚了鹿港的過往歷史與空間記

憶，以此見證這塊土地曾被記載或塗抹的變遷[10]。同理，讀者可從乙古勒的敘述，發覺高雄苓雅這一區校地的建物、歷史變遷，更為有趣的是，「學校」這樣的地方，以及伴隨學校而來的現代化教育、價值評斷與規訓懲戒，成為鬼魂——乙古勒深陷其中的泥淖，直到遇上梅婉，才轉化成為救贖的契機。

不只是乙古勒，梅婉穿越時空的巫術，具有將時間轉化為空間詮釋之思考。她透過田調報告編纂咒語，與乙古勒回到祖先神靈移動的大山，那是距離現當代四百年前的山林。巴代運用泛靈論之信仰，讓這些靈魂不只是烘托異質空間，更在其中寄予族群文化命脈的隱喻。樟樹精與檜木樹靈為了爭奪生存領地，大動干戈，多年對峙的樹魂們將要發動攻擊，而梅婉原本無意介入古老靈魂的紛爭之中，卻因為聽了樹魂們回憶一段千年前請女巫仲裁的故事，而改變態度。

> 那巫師又站了起來說，你們都活了這麼長的歲數，卻依舊沒有體悟到生命發展所存在的法則那些殘酷、血腥與暴力的本質，忽略了事情最初所做的決定與行動生產的後果之間的關聯。你們是植物，扎根在土地上，與時間在漫長的靜默中完成一切，不像短命的動物那樣，可以期待透過協商、或者激烈的爭鬥相互毀滅，來改變各自生長與聚集的區塊。（頁 163）

千年前的女巫，以咒語揚起撼動天地的大地震，地表植披重新歸零，所有樹木各自競長。如今樹魂干戈再起，梅婉莫名出現在這樣的時空，肩負重新仲裁兩方面的紛爭。梅婉思量許久，決定從「後見之明」告訴檜木與樟樹，它們未來注定滅亡的悲劇。「巫師的力量看起來可以左右許多事物，不過人類的文明破壞力更強更廣泛，也更不可預測。」三百年

---

[10] 范銘如〈另眼相看：當代臺灣小說的鬼／地方〉《文學地理：臺灣小說的空間閱讀》臺北：麥田，2008，頁 86。

之後，人類的聰明、貪婪、愈沒有節制地濫墾濫伐，開路墾山之際，早已經完全改變原來的地形地貌，樹魂們眼前的激昂鬥爭，都將在不久的未來灰飛煙滅。

《巫旅》這段情節，一方面是梅婉成巫的試煉，卻也透露巴代對現當代族群關係、自然生態的警覺。自歷史記載以來，臺灣族群為了利益爭奪，在領域、資源掠奪之中，形成對峙的緊張關係，因此，漢人的開發史亦可為原住民族的遷徙史。樹魂之間的勾心鬥角，宛若臺灣族群關係的翻版，然而，眼前的爭權奪利，眾聲喧嘩，終究無法抵擋生態浩劫的全盤毀滅，較之於巫師，人類的貪婪力量宛若末日再現。此段描述，若置於臺灣族群關係現狀，猶如警語。梅婉、乙古勒與樹魂之間的對話，雖是巫術法力之實踐，作者關切的仍是現當代族群命脈與生命安頓的問題。巴代於〈後記〉表示：

> 這是「巫者」在不同時空與價值觀的穿越往返之旅，是藉由「巫術」
> 召喚生魂死靈，展演族群內在精神世界與力量之旅。企圖探討人類
> 對生存環境所伴隨的道德責任，也省思擁有力量者的戒律與限制。
> （頁 301-302）

梅婉的成巫歷程，彷彿一個隱喻。城市校園以及生魂死靈，同樣是梅婉成巫的一面鏡子。透過現代知識建構以及穿越時空法力，梅婉的都市原住民學生處境，以及與乙古勒、樹魂的相遇，皆可察覺「異質空間」所形成的警醒。《巫旅》所探究的歷史意識，圍繞著當今社會如何安頓族群傳統之命題。巫術之習成，並非以擁有強大法力而穿梭自如、我行我素，梅婉所面對的挑戰，是「擁有力量者的戒律與限制」，這份思考，一方面回應理性思維的界線，亦帶出卑南族女巫傳承的現代意義。

三、咒・命・解謎：《絕島之咒》的多重閾境

　　《絕島之咒》的故事場景，設定於四個原住民青年，一對來自東臺灣的阿美族表姊妹高洛洛與里美、一個布農族／鄒族混血的知識青年海樹兒、一個賽夏族的都市原住民苳。四位原住民少年少女，因為追查一則在向天湖畔的離奇死亡事件，一起尋找矮人傳說的可疑之處，卻也因此靠近了遠古詛咒的核心。遠古詛咒（黃金傳說、兄妹之愛）以及相伴而來的禁忌規約，不知不覺影響了四位青年的價值判斷與人生選擇。12 年後，當他們從另一個角度回望自己人生時，那些咒語影響，如高洛洛深陷離奇傳說之執念、苳以文創設計承擔矮人消逝的歷史懸念、里美與海樹兒兄妹之戀的不倫苦楚，無異是他們必須面對、但不一定可以釋懷的人生難題。

　　神話傳說的現代詮釋，已是原住民作家作品的一大共識，曾以布農族精靈故事，形塑臺灣版魔戒的《東谷沙飛傳奇》之作者乜寇，就口述傳統的新意與心意，道出其中思考：

> 神話故事的意義在哪裡？……我認為故事是必須要再繼續說下去的，就像部落耆老堅守民族任務將故事傳述給我們一樣，只是或許說故事的方式必須要更具創意，也必須要在新的時代脈絡下找到新的再現方式，我知道如此做必然很危險，也唯恐曲解了傳說故事的原意，但我認為這是一件值得嘗試的工作，而最重要的是，是否我們可以掌握到說神話故事的那一個主體呢！[11]

　　這段自述，連結了神話傳說與時代意義。「故事是必須要再繼續說下去」的原因，不只是傳承長老智慧，也是維繫族群認同的另一方式。而敘說方式的省思，看似為了順應時代變遷而調整，事實上，此番思維突顯了對「臺灣原住民文學」既定印象的提問，亦是對族群文學「傳統」

---

[11] 乜寇〈關於《東谷沙飛傳奇》（也算自序）〉《東谷沙飛傳奇》，頁 13。

之反思。

　　《絕島之咒》也藉由神話傳說，包括鄒族洪水故事中持弓遠走的 maya、賽夏族滅絕矮黑人的古老傳說、尋覓黃金而離奇死亡的禁忌、以及布農族兄妹成為夫妻的創世神話，傳達原住民青年對「傳統」的思考。這些傳說，在作者 Nakao 的時代新解下，成為小說主角揮之不去的咒語與命運。不過，《絕島之咒》重新思考「傳統」（神話傳說、咒語）並賦予新意，並非創發，有趣的是故事角色之設定，包括混雜族裔背景、不斷移動的敘事空間，刺激小說角色與讀者對「咒」的思考，如此題材，挑戰原住民主體、以及人與土地連結的主流想像，成為反思傳統的另類路徑。

　　圍繞小說眾主角的敘事核心，便是「咒」。咒，原意是禱告、毒罵，亦或是驅鬼除邪的口訣，學者浦忠成認為《絕島之咒》小說中的「咒」，則是強調在某種情況下，有些人受到命定或後天制約、束縛而難以掙脫的一種宿命[12]。阿美族表姊高洛洛具有巫師體質，生性憂鬱，以巫術為碩士論文題目，卻往往陷溺於離奇故事而不可自拔。因此，為了追查友人離奇死亡的答案，以及深山中的黃金傳說，在東華大學、向天湖、花蓮山區不斷奔走，愈靠近謎團核心，也愈靠近死亡危機。表妹里美，雖是阿美族，卻有個謎樣的日本名字，熱愛日本文學與文化的她，與海樹兒相戀，卻發現自己與海樹兒是同父異母的兄妹，不倫禁忌束縛著她，遂前往蘭嶼、南太平洋復活島上尋找平靜，試圖讓海洋撫平混亂的人生。海樹兒為布農／鄒族混血青年，同樣具有巫師體質，因發現與里美不倫戀情的真相，悲傷之餘赴日發展劇場創作，結合布農族金葫蘆花傳說、日本庶民語言的作品，為其生命的出口。芎為都市原住民，對自身賽夏族的文化理解雖然不深，但一同追查離奇死亡事件之後，他願意以後續生命替族人償還屠殺血債。芎以植物為主軸進行各種設計，從家具、飾

---

[12] 浦忠成〈推薦序：解咒、伴咒之旅〉《絕島之咒》臺北：前衛，2014，頁4。

品乃至於室內設計，以「芎」爲品牌，並將生意版圖擴張至日本。這四位原住民青年，生命中的咒時而交織、彼此延伸，該如何解咒？作者 Nakao 不約而同地，與《巫旅》作者巴代安排了相似的橋段。

高洛洛一行人爲了追查阿浪的死因，潛入其宿舍，發現死者生前讀了許多族群調查的報告書，包括《蕃族慣習調查報告書》、《賽夏學概論》、《邵族神話與傳說》，眾人逐一從字裡行間拚湊證據，發覺阿浪的死，與重新追查賽夏族屠殺矮黑人的故事有關。他們一同前往南庄向天湖，展開調查。他們發現「賽夏」之名，源於賽夏族稱呼矮黑人的名字，即用亡者之名作爲對族群贖罪的方式。這個發現，再次召喚的古老咒語，讓四人紛紛身陷死亡險境。最後是由日本學者荒木教授點出高洛洛的執念，化險爲夷：

> 這世上最直接的咒，不是別的，就是名字。⋯⋯但是我今天看到你，感覺你落在一個相當極端的咒裡，而這樣強大的咒，恐怕就是被你的名字所限定的人生的意義[13]。（頁 111-112）

高洛洛之名，源於巫師託夢，卻使其一輩子深陷在神祕力量之中，動輒得咎。教授的建言，讓高洛洛放下名字背後所託付的執念，得以走出咒、走向自己的幸福。Nakao 讓史料文獻、研究原住民口傳文學的荒木教授，成爲解謎推手，田野紀錄與觀察，成爲這群學生們陷入迷茫的關鍵解藥。同樣地，里美與海樹兒因著身世，從情人被迫轉爲兄妹，陷入痛苦執念，也是荒木教授的叮嚀，化解「咒」對兩人的影響：

> 你也知道我研究了一輩子臺灣原住民的文化，幾乎每個民族都有始祖亂倫或涵義類似的傳說。亂倫在現代的社會裡不被接受，但在遠

---

[13] Nakao Eki Pacidal《絕島之咒》臺北：前衛，2014。論文引言，將在其後標示頁數，不另行註解。

古時代，卻是人類血脈延續的唯一手段。（頁206）

　　這份解釋，讓神話傳說成為里美、海樹兒情感的寄託。小說中的原住民青年們，遭逢「咒」的困阨當下，是荒木教授以其研究、理解原住民文化內涵的智慧，協助眾人逃脫咒之絕境。因此，學術研究成果與教授叮嚀，在小說中成為眾人解咒的重要路徑，而非巫師或部落耆老。對這群身為學生的原住民青年而言，部落知識的學習與傳遞，乃透過碩士論文的撰寫、資料收集與師長提示而成，顯現族群主體確立的不同方式。

　　事實上，小說中角色的主體確立，也呈現駁雜的一面，這對原住民文學的「書寫傳統」的確是一大挑戰。諸如鍾愛日本文化的海樹兒，將布農族金葫蘆花的故事和大阪狂言結合，以創作釋放自身的巫術靈感。同樣熱愛日本文化的里美，面對不倫禁忌之戀，以日本文化《陰陽師》「晴明」、「博雅」[14]的比喻，解釋自身的矛盾糾葛。而圍繞在里美身旁、對她有好感的 key，一個在美國生活近三十多年的排灣族人，則以美國式的思維重新認識排灣族的一切。Nakao 筆下的角色們，除了血脈混雜，如里美的阿美／布農血脈、key 的排灣／美國人混血身分之外，還在於知識與人格養成，都跨越部落、甚至是跨越了臺灣。諸如里美從《陰陽師》的「晴明」、「博雅」角色，釋放自己對海樹兒的感情：

　　追尋咒的源頭或許要靠晴明，但是找到了咒的源頭之後，要將咒釋放，卻需要一顆寬大的心，像博雅那樣的男人。（頁259）

---

14 「陰陽師」原為日本古代律令下的官職，從事占術、咒術、祭祀、祈禱、歷法制定等任務。後由夢枕貘改編為小說《陰陽師》（1988），大受歡迎。《陰陽師》中的「晴明」與「博雅」，是日本平安時代的一對好友，晴明在爾虞我詐的宮廷文化中，對人不抱信任，僅能與式神、妖物打交道。博雅心中坦蕩、正直善良，成為晴明在人世間的唯一好友。晴明曾解釋與博雅兩人的關係：博雅這個「咒」，對晴明這個「咒」來說，很可能是成對的另一半。顯示兩人密切且親密的關係。參考網頁 http://siedust.pixnet.net/blog/post/4479722-%5B%E5%B0%8F%E8%AA%AA%（2015.5 查詢）

相較於海樹兒以金葫蘆花的神話傳說，寄託男女同源的隱喻，里美與芎則藉由《陰陽師》小說情境，以及日本文化脈絡中陰陽師的五行觀察，解釋這段不倫之戀。讀者不難理解，Nakao 嘗試讓小說角色們擁有多重血脈、多重文化邏輯以及多重主體，彷彿提示了一個處境：「原住民族」僅是身分，而並非知識與經驗的認同歸屬，也並非面對古老咒語試煉的唯一解藥。相較於原運階段的原住民書寫，帶有強烈的權利（to have）與認同（to be）之時代使命，《絕島之咒》或許代表了下個世代的族群挑戰，在駁雜的主體當中，我──作為一個原住民該如何自處、又該如何善解傳統之命題。

四、小結：該回答哪一個名字？

1970 年中期之後，隨著臺灣外交、政治社會的大幅度變動，民間力量和本土性的省思，提供了原住民自我認同的有利條件[15]。原運時期所出版的刊物，諸如《高山青》（1983）、《原住民》（1985）、《原報》（1989）……等，均為原住民知青透過第一人稱書寫，表達了從靜默到主體確立的過程，內文所述，皆成為時代見證。現當代臺灣原住民以書寫、影像、藝術創作，逐漸化解「我是誰？」的焦慮與掙扎。「我是誰」的面貌，逐漸清朗，不過，「要回答哪一個名字？」對創作者、讀者、評論者而言卻是一個有趣的思考點。眾多名字的背後，帶出紛紜的應答系譜，選擇哪一種姿態回應，不僅反映內在的文化思想、個人情境、接受層次等面向，更突顯一種「對外關係」的思考。

我們可以從《巫旅》、《絕島之咒》的書寫策略，察覺作者對於「要回答哪一個名字」的種種考慮。《巫旅》中的梅婉，一開始的確在傳統巫

---

[15] 1983 年《高山青》雜誌的效應，1984 年原權會成立，組織型態的運動正式展開。1987 年提出十七條「臺灣原住民族權利宣言」，並先後發動反東埔挖墳、湯英伸事件聲援、刪除吳鳳神話、蘭嶼反核廢料、還我土地、回復傳統姓氏、原住民正名、反雛妓、反蘭嶼國家公園等運動，1994 年「原住民」一詞正式入憲。

術召喚／學測之間，有所掙扎拉扯，然而，當她透過田調資料、CD 學習編纂咒語、吟唱頌詞，並透過鬼魂乙古勒、穿越時空確認自己的巫術體質時，她（及其家人）已然安頓自身處境。有別於回歸部落，都市原住民的後代子孫透過現代知識與校園靈魅，既是習巫的重要步驟，也折射反思「傳統」的不同面向。如同《巫旅》，《絕島之咒》的主要角色設定，依舊為學生，面對一則離奇的死亡事件，高洛洛、里美、海樹兒以及芎透過日治時期文獻、學者研究與實地田調訪談，試圖捕捉賽夏族屠殺矮黑人的謎團。當眾人身陷「咒」的束縛，日本人類學者荒木教授的叮嚀與告誡成為解咒的重要關鍵。在此，兩部小說靠近「傳統」（巫術、祭祀、口述傳統）的方式，已非口耳相傳，閱讀史料、研究成果與學術專業，成為這群學生吸收族群文化的路徑。不過，主角們並非只透過路徑吸收文化思維，也進一步反思族群文化的「傳統」：梅婉成巫，亦是一段省思「*擁有力量者的戒律與限制*」的過程，而高洛洛等人驚覺賽夏族屠殺矮黑人的隱情，回應了現今世界種族屠殺的殘酷。

　　兩部小說所反映的歷史姿態皆抽離族人與部落土地的主要連結，而讓移置、流動與混雜的日常生活經驗，形塑了小說主角的面貌，也成為他們詮釋「根」的不同方式。筆者以為這不只是題材上的選擇，置於臺灣原住民文學的發展脈絡中，這些作品回應的是「書寫傳統」、「論述傳統」之命題。學者 Arif Dirlik 的提醒尤為切要，他指出族裔文學的評論者多半強調作品的認同傾向，將背後的意義簡單化、功能化，對於其中的藝術成就和創造力的觀察，相對不足[16]。為了突顯族群主體認同，「根」的形塑對應許多功能，有其歷史緣由，這是屬於臺灣的族群故事，然而，當流動與混雜成為原住民生活的一部分，如何顯示族裔文學與評論的歷史意義，《巫旅》、《絕島之咒》的嘗試，提供我們進一步思考之空間。

---

[16] Arif Dirlik(2002) ” Literature／Identity：Transnationalism , Narrative and Representation” in *The Review of Education*、*Pedagogy and cultural Studies* 24，p.223、226。

參考資料

- Arif Dirlik. 2002 ＂ Literature ／ Identity ： Transnationalism ， Narrative and Representation＂ in *The Review of Education*、 *Pedagogy and cultural Studies 24.*

- Clifford, James. 1997. *Routes: Travel and translation in the late Twentieth Century.* Cambridge, MA: Harvard UP.

- White, Hayden. 1988."Historiography and Historiophoty" in *The American Historical Review*, Vol. 93, No 5.

- Michel Foucault 著、夏鑄九、王志弘編譯〈不同空間的文本與上下文〉《空間的文化形式與社會理論讀本》臺北：明文書局，2002。

- Mike Crang 著，王志弘、余佳玲、方淑惠譯《文化地理學》臺北：巨流，2003。

- Nakao Eki Pacidal《絕島之咒》臺北：前衛，2014。

- 乜寇〈關於《東谷沙飛傳奇》（也算自序）〉《東谷沙飛傳奇》臺北：印刻，2007。

- 巴代《巫旅》臺北：印刻，2014。

- 范銘如〈另眼相看：當代臺灣小說的鬼／地方〉《文學地理：臺灣小說的空間閱讀》臺北：麥田，2008。

- 邱貴芬〈「在地性」的生成：從臺灣現代派小說談「根」與「路徑」的辯證〉《中外文學》34 卷 10 期，臺北：中外文學雜誌社，2006。

- 孫大川〈山海世界－《山海文化》雙月刊創刊號序文〉《臺灣原住民漢族文學選集（評論卷）》臺北：印刻，2003。

- 陳建忠〈回顧新世紀以來的臺灣長篇小說：幾點觀察與評論〉《文訊》346 期，臺北：文訊出版社，2014。

- 蔡明哲主編《臺灣原住民史：都市原住民史篇》南投：國史館臺灣文獻館，2001。
- http://siedust.pixnet.net/blog/post/4479722-%5B%E5%B0%8F%E8%AA%AA%

講評

◎李一鳴

　　關於巫，《漢語大字典》的解釋是：「古代從事祈禱、蔔筮、星占，並兼用藥物爲人求福、卻災、治病的人。」事實上巫不止僅存於古代，巫是人類社會一直以來專事巫術，以祈禱、降神、感應等神秘行爲爲人驅災、求吉、治病、表達心願，並且爲自己謀求生存的人。在世界文化的語境中，巫是神秘主義的一部分，是對魔法、巫術、靈異等行爲與現象之統稱，是人類文明中最爲炫彩的一部分，甚至是最爲重要的那一部分。人類一直沒有停止過對此的各種書寫，世界上幾乎所有經典的神話作品，皆是以此作爲作品的源頭與靈魂，或者是以此貫穿作品的全境。而「咒」作爲「巫」的一種表現形式與必要手段，更是與「巫」形影之間。作者以兩篇關於「巫」和「咒」的作品爲論述架構，對族裔文學的歷史意義進行建構與反思，並以此回溯到臺灣原住民的精神之根與文化路徑，立意新異，揭示出其文化奇幻的力量本質，將歷史的沉重神話化，這是一種智慧的敘事策略，並完成了一種將神話與世界、神話與生命內化的具體經驗。

　　幾點不足：

　　1、對族裔文學歷史意義的建構與反思，顯然是個宏大的命題，僅以「巫」、「咒」來構想一種深刻的文化詮釋，顯然是不夠的，應該有更爲寬泛豐富的審美關照。

　　2、行文堅實有餘而靈動不足，所指有餘而能指不足，與整個論文詮釋的主題缺乏節奏上的氣蘊，因過於貼近文本，而導致了審視上的狹隘。

　　3、同樣有掌握資料不足的現象，致使論述時而陷於淺顯。「參考文獻」中的專著部分缺乏權威、經典引證，如英國作家的《金枝》，世界最經典作品之一，其間對全世界的巫術做了最為深入全面的探究與思考，神秘絢爛，蔚為壯觀，似應為「參考文獻」的重要文檔之一。

在殖民、父權與資本主義的夾縫中
從里慕伊‧阿紀的《懷鄉》，思考臺灣原住民女性的生存處境

◎林運鴻[*]

摘　要

　　里慕伊‧阿紀的《懷鄉》，儘管並未正面觸碰關聯於政治變遷或經濟發展的那種「歷史」，卻透過主角懷湘的經歷，勾勒了平凡原住民女性的生命現場。本文試著從個人生命史的背後，去閱讀作為該小說背景的宏觀社會結構，並思考原住民女性在現代父權資本主義社會中，所可能遭遇的機運及限制。本文主要從數個部分進行思考：一、透過命名與語言的線索，思考原住民文化中被留下的殖民印記。二、原住民族的傳統社會結構，在現代化壓力下逐漸分崩離析之過程。三、部落社會裡的父權傳統，與泰雅族女性之間複雜的連結。四、對於戰後臺灣的原住民族女性來說，在現代資本主義經濟下所體驗的、充滿性別意味的勞動經驗。總結而言，《懷鄉》謹慎地採取貼近庶民女性的視角，在這本小說裡，除了描述原住民女性必須面對的多重權力結構外，還可以看到，各種主導的意識形態也常常深刻融入底層女性的身體習性與身分認同，其政治利益很難被單一的立場所界定。

關鍵字：原住民女性、文化殖民、性別化勞動、資本主義、生命史

* 東華大學中國語文學系博士，現為永和社區大學講師。

一、部落女性的平凡人生

　　中生代原住民小說家里慕伊・阿紀（Rimuy Aki），在2014年出版的長篇小說《懷鄉》，是改寫自她早年的短篇〈懷湘〉。該書說的是泰雅族女性懷湘，國中時因懷孕而提早踏入婚姻，一直到小女兒長大成人爲止的大半生故事。雖然寫的是個人生命經驗，但這本書讀起來其實頗爲驚心動魄，內容觸及了早婚原住民女性在家暴、窮困、家族糾紛、酒店生涯等等難關之下奮力生存的生命史，雖然，主角懷湘在中年以後，因爲自己的努力以及宗教的慰藉，最終獲得了某種平靜。

　　儘管平凡原住民女性的生命，竟是如此波濤洶湧，但有趣的是，做爲這本小說之背景的「當代臺灣社會」，卻並不容易在小說中被辨識出來。整本小說中，完全沒有提及任何一次的宏觀政治經濟事件（應是作者蓄意爲之）。但讀者還是可以推測，當故事結束時，應該很接近該書出版的時間，這時懷湘小女兒已在航空公司任職三年，懷湘大約六十歲左右。因此，1950年代出生的懷湘，她確實經歷了戒嚴、白色恐怖、臺灣經濟起飛、保釣事件、黨外運動、政治民主化、總統直選等等重大史實，然而，懷湘她那卑微簡單的生命，卻似乎不曾與這些「國家大事」有所牽扯。故而，在這本缺乏記年的小說中，懷湘始終活在自己的私人時間之內（家族和有限朋友之中），幾乎不曾與做爲集體的「臺灣社會」彼此交錯。

　　如果對照身爲知識分子、關注族群文化保存的作者里慕伊・阿紀本身，小說《懷鄉》的主角懷湘，反而是一位高度「去政治」的底層女性。對於僅僅生存於柴米油鹽之中的懷湘來說，她沒有機會思考母語存續問題、沒有激進的性別自覺，當然更加無從反思自己以不同方式販售肉體勞動的背後，存在的是怎樣的資本主義經濟機制。然而，即使部落女性並未意識到自己與「社會結構」或「歷史潮流」的聯繫，但如果我們對比整體臺灣社會與小說中的私人女性經驗，那是耐人尋

味的，一方面，懷湘她的生命現場基本上反映了在第三世界的快速現
代化社會中，原住民女性的典型困境，另一方面，這「政治缺席」也
指明了，在許多面向上，原住民女性都與「公共領域」或是任何體制
化的政治機構之間發生著巨大疏離。原因當然很複雜，也許是弱勢性
別與弱勢族裔在現代資本社會中特殊的勞動性質，這些原住民女性往
往被封閉於私領域的家務勞動、或是親密關係的性勞動當中，自然便
避開了與政治、國家、社團接觸的機會[1]。

　　本文所要探究的是，《懷鄉》這樣一本書寫原住民女性生活現場
的作品，儘管並未正面碰觸「政治」，但是主角懷湘的經歷，其實必
須從政治經濟學的角度來切入，以思考原住民女性在現代父權資本主
義社會中，遭遇的機運與限制。接下來我們將分成數個部分來討論此
一問題，在第二節，我們思考語言所留下的殖民印記。而第三節，則
是思考部落傳統同時在社會組織與文化上面臨的解體過程。在本文第
四節，我則是嘗試討論這本小說裡呈現的父權制度與原住民傳統的連
結。第五節則是，思考那些捲入現代資本主義經濟的原住民族，以及
原住民女性所具有的，充滿性別意味的特殊勞動經驗。在最後，我們
將要綜合思考，在這樣的文學作品中，其寫作姿態的獨特性：《懷鄉》
謹慎地繞開了知識分子的批判視角，並且為我們呈現一種在政治上複
雜且共存的底層階級觀點。對原住民女性來說，傳統、現代、父權，
甚至是資本主義等各種意識形態，都成為其因應嚴峻的生命而不可或
缺的某種資源與習性（儘管這些面向同時也帶來壓迫）。

二、刻印於語言中的權力印記

---

[1] 范銘如對於女性書寫的看法也很有意思：女性在鄉土書寫的缺席，其實關聯於都市空間
與性別身分的親緣性。從這個角度來說，「底層原住民女性」和較大的政治場域或經濟場
域存在著明顯斷裂，那似乎也是可預期的事情，因為這樣一個多重弱勢的身分，難以進
入權力集中運作的世界，而只能在柴米油鹽中掙扎。參考范銘如，〈女性為什麼不寫鄉
土〉，《臺灣文學學報》23 期（2013.12）。

　　《懷鄉》一書的泰雅族女主角名為「懷湘」，這名字本身就有些
諷刺。在故事裡，懷湘的家族其實漢化程度較深，父親磊幸是職業軍
人，叔叔瓦旦是鄉公所的公務員，因此當懷湘出世時，父親磊幸請託
湖南籍的營長幫忙取名，才有「懷湘」之名。

　　在小說中，多數對話都同時附上族語原文，可見在當時的日常生
活，部落的人們仍舊浸潤於母語的養分。好幾次，父親磊幸在爭執或
衝突中都用族名自稱，並且這種自稱往往聯繫於「磊幸」這個名字在
泰雅社會裡的地位與尊嚴。然而，對此我們可以歷史地去提問，雖然
通篇小說應該是有意識地，不去提懷湘家族的（被殖民者強加的）「漢
姓」，但是以「磊幸」之名深深自豪的父親，到底在他所任職的中華
民國軍隊中，是不是也能夠抬頭挺胸地說出自己真正的名字呢？小說
完全沒有提及這個部分，但是對照國民黨政權強制性的原住民改名政
策[2]，可以合理推測，儘管磊幸在家中，在族人面前，都以族名自稱，
但事實上，在官方的戶籍資料裡，男子漢磊幸必然有一個不為讀者所
知，但卻能履行中華民國「公民」機能的漢族姓名。

　　所以，當我們更謙卑地去反省姓名的殖民史，那麼重新展開小說
中懷湘家族的「系譜」，就會對我們有了新的意義。在父母那一輩，
是磊幸（Lesing）、叔叔瓦旦（Watan）、嬸嬸米內（Mine）、母親哈娜
（Hana）、繼母比黛（Pitay）；在懷湘這一輩，就已經是「懷湘」，異
父弟妹「湘怡」、「湘晴」、異母妹妹「玉鳳」、「玉婷」、「嘉明」，以及
丈夫馬瀨（Maray）；再下一代，則是兒女們「夢涵」、「志文」、「志豪」、
「小竹」。無庸置疑的事實是，短短三代之間，在這本小說所聚焦的
那種尋常到不能更尋常的庶民日常生活裡，「族名」不只是無法保留
在戶籍中，甚至也不再保留於口語的實踐之中。在小說中，還有許多

---

[2]　原住民歷經過兩任殖民政府的強制改名政策。1944年時，日本政府全面要求原住民族改
　　換日本姓名；而國民政府來臺後，亦於1946年頒布的《修正臺灣省人名回復原本姓名辦
　　法》中，強制原住民使用漢姓漢名。

簡單的生活對話也透露出母語衰亡的現象，例如小說中這兩句尋常的日常對白：「rasawmisumita 瀑布 ha（我先帶你去看瀑布）」[3]「懷湘，nyuxsqanipilaru 健保卡 niyabasu, aras（懷湘，這裡有錢和你爸爸的健保卡，帶去）」[4]。我們必須留意，一個「語言」是否保有生命力、是否能與特定族群的文化緊緊相繫，其實就是這個語言在日常生活中的使用。然而，從上面舉的兩例我們卻看到，一些雖然普通但是在日常生活中不可或缺的語詞，「瀑布」、「健保卡」等等，已經沒有母語的詞彙來對應，故而族人們自然而然使用北京話來代替，這自然也反映出了泰雅族語的黃昏。

　　姓名在世代之間的變化、日常生活中母語的不足，這些現象當然平行於泰雅傳統所遭受的文化侵略。而且，名字不只反映了「名稱」的變化，也反映了意識形態的改變。我們看到，當懷湘嫁入山上葛拉亞部落後，儘管夫家的窮困、丈夫的暴躁與懶惰，都是當初始料未及，但是在生產後，懷湘卻「幫女兒取了瓊瑤小說的名字，叫做『夢涵』」[5]。把這樣不食煙火的名字對照懷湘艱苦的婚姻生活，似乎就揭示了性別意識形態和原住民女性處境之間的差距：儘管懷湘並非漢人，也不生活在封建時代的中國，更不是言情小說文類典型的都市中產階級讀者，然而她卻熱切渴望言情小說文類所許諾的浪漫愛與白馬王子（這願望也是懷湘一再踏入錯誤婚姻的重要原因）[6]。即使在飽經憂患以後，當人近中年的懷湘遇見第二任丈夫阿發，她又一次地相信包裝父權意識形態的「幸福小女人」糖衣：她沉醉於在阿發懷中聽見的「我會給你一個溫暖的家，照顧你，疼你」承諾裡。儘管，事實上，懷湘比任何她接觸的男人都還要堅強能幹的多。

---

[3] RimuyAki，《懷鄉》（臺北：麥田出版，2014），頁 41

[4] RimuyAki，《懷鄉》（臺北：麥田出版，2014），頁 157

[5] RimuyAki，《懷鄉》（臺北：麥田出版，2014），頁 89。

[6] 故事中清楚提及懷湘「喜愛讀瓊瑤言情小說」。儘管如此，言情小說背後那種一夫一妻、舉案齊眉的保守異性戀愛情觀，卻讓懷湘沒有勇氣或是知識，去反省進而結束自己與馬瀨的婚姻、或是積極接受她生命中唯一的好男人卜大。

　　這裡當然不是譴責受害者的意思，不過，透過「瓊瑤式命名」所顯露出來自我矮化的「女性意識」，其實反映了，弱勢族群往往被動地服從主流語言以及該語言的意識形態。對原住民女性而言，言情小說勾勒的夢幻泡影，雖然有牢固的階級與族群偏好，也跟部落現實存在高度斷裂，但對懷湘而言，仍然有著極大感染力[7]。還有一處地方值得一提：在懷湘與馬瀨的婚禮前夕，來幫忙化妝的大伯母烏巴赫，是一邊說著日語的。確實，更早的日本殖民者，同樣也在原住民的「日常生活語言」內部留下的深刻印記，在里慕伊‧阿紀另一本長篇《山櫻花的故鄉》，也寫到父親堡奈跟當兵的兒子「交換語言」，堡奈讓兒子修改自己的中文信件，而自己幫兒子訂正日文信件。事實上，在老一輩原住民那裡，許多人並不會講國民政府帶來的北京話，但日語卻相當流利。這樣的語言現象可能不只是殖民歷史的遺跡，同時也反映了，對於邊緣族群而言，他們不只是常常要屈從於統治者的語言，而且，因為他們資源較少，因此更新當權者語言的速度，比起主流族群就會更緩慢也更困難，因此在國民統治時期，他們學習北京化的速度，也要比一般臺籍漢人更慢（其實勞工階級學習外語也是相似的情況，比起上層階級，他們較少資源去從小培育外語技能）。

　　微妙的是，懷湘投注最多關愛，並且是唯一一個始終在自己照顧下長大的孩子小竹，高中畢業後考上臺大外文系，並且因為學歷與外貌而錄取空姐。我們必須把小竹的「成就」，與其他包括大女兒夢涵在內的子女們互相對比，因為懷湘早年顛沛的生活，懷湘其他子女都未能脫離（被現代性擠壓變形後的）「當代部落」生活：夢涵遭遇失

---

[7]「瓊瑤小說」這樣的大眾文化符碼，在當代臺灣的多重殖民情境中，很可能是有階級性的，因為社經地位較高的階層，可能更偏好歐美或日本的大眾文化。這裡我想偏離文本，說一個日常生活的例子：身為常常去租書店看日本漫畫的宅男，從我有限的觀察，我發現外表看起來像大學生的消費者，通常看的是輕小說或是日本漫畫；而較本土的大眾文類例如「武俠、玄幻、言情」，其顧客則看來有著強烈的勞工階級氣質。儘管這樣的日常觀察說不上嚴謹，但我會猜測，在當代臺灣，「帶有中國傳統符號的大眾文化意識形態」，對於階級較低的讀者，吸引力是較高的。

業與離婚、志文打零工維生、而阿豪則是跟父親馬瀨一樣遊手好閒並
且酗酒。也因爲對其他子女的虧欠，懷湘加倍補償這個唯一留在身邊
的女兒小竹，在她中年經濟較安定後，盡力給付小竹最好的物質生
活，也因此造就了一個努力上進，對於文化資本敏銳的女兒。可以說，
比起不大會說北京話、說話中夾雜日語的伯母嬸母，或是比起「染著
金黃色頭髮，抽著煙，她完全無能爲力」[8]的兩個兒子（被可以想見
在新竹打零工維生的志文志豪，他們的臺語都相當流利），我們可以
從「熟悉的語言」這一點上去管窺泰雅族人的社會地位：國中後便去
臺北念書、並考上一流大學外文系的小竹，她的階級晉身之路，恐怕
絕非偶然，因爲小竹所選擇的語言技能，同步於資本體制下的語言市
場裡的語言階序──英語當然比母語更加有「產值」。事實上她也依
賴了語言能力而獲取了她的母親與兄長完全無法企及的職業。這是幸
或不幸呢？就小竹個人而言，外語確實比起母語能提供更佳的求職機
會，然而對整個母語文化而言，這裡反映的則是，隨著臺灣社會的發
展，族語在整個語言市場中反而是越趨貶值和邊緣。

三、家庭破碎與傳統解組

　　懷湘與子女們的命運，當然反映了原住民文化的衰弱，然而，這
一狀況更深地植根於整個「部落社會」之解體。在故事中段，當懷湘
因爲不幸的婚姻而耗盡大半積蓄後，她終於決定返回家鄉從頭開始。
然而，此時懷湘發現，儘管父親磊幸曾經在族人面前公開宣布，把最
肥沃的土地留給自己，可是精明的繼母比黛，早在十年前瞞著懷湘替
她辦理拋棄繼承，而把土地留給自己的孩子[9]。

　　麻煩還不止此，當父親與繼母相繼過世，雖然懷湘遵循泰雅傳

---

[8] RimuyAki，《懷鄉》（臺北：麥田出版，2014），頁 220。

[9] 這裡我有個細節上的小疑問：就臺灣法律而言，「拋棄繼承」必須本人到場，很難在本人
不知情的情況下受理。不過，也許當時的官僚體系普遍有後門可走（想一想跟現在也差
不多），或是其他情況？

統，共同分擔喪葬費用，但是，同父異母的弟妹們卻毫不打算將奠儀與保險金與懷湘均分，甚至，當懷湘想要在父親故居頂樓加蓋一個屬於自己的房間，都遭到異母弟妹的刁難。

在重視私有財產的漢人社會裡，親兄弟也要明算帳，這並不是不能預料的事情，然而，對照小說中再三提及的，「原住民傳統文化是分享的文化」，這些來自親人的自私算盤，就顯得格外諷刺。顯然，傳統的「家族」，早已經禁不起時代的考驗。即使親如姐妹，妹妹玉婷對懷湘仍是有便宜就佔，毫不手軟。

其實在懷湘的早年生涯，部落社會的崩解已顯露端倪。當我們去追索為何少女時代的懷湘，那麼快與學長馬瀨陷入熱戀、進而懷孕結婚的原因，就能發現，在父母離異後，一直不被母親允許叫「媽媽」的懷湘，其實極度渴望家庭。她之所以對愛情抱有憧憬，其實是因為「想要一個自己的家」。那麼，懷湘原本的家，發生了什麼事呢？父親磊幸與母親哈娜之所以婚姻破裂，雖然直接導因於父親自身的脾氣與善妒，但是磊幸他那不平衡的心理，其實是社會性的：「『清流園之花』哈娜嫁到拉號部落，相對於她的家鄉，拉號實在是偏遠的不毛之地……『ungatpila……ungatpila……』（沒錢……沒錢……），變成他（磊幸）最常從哈娜口中聽到的話」[10]。換句話說，對於自小在富裕的烏來觀光區長大的母親來說，新竹拉號部落實在太落後窮困了，因此無法適應。這就解釋了有時原住民男性所具有的那種粗暴情感的根源，他們感覺到，自己在現代社會中，竟然是次人一等，並且也把這種失落的憤怒，轉嫁給自己的親密伴侶。

不僅是經濟匱乏帶來夫妻失和，在傳統上，部落裡緊密連結的家族組織，也隨著「現代化」轉變為核心小家庭。我們還可以觀察，儘管母親很早便改嫁，但是跟懷湘情同母女的嬸嬸（亞大米內），一直

---

[10] RimuyAki，《懷鄉》（臺北：麥田出版，2014），頁34。

都給予懷湘無可取代的愛護。然而，在父親再娶亞大比黛之後，懷湘就被接回磊幸與比黛的小家庭中，並且失去了其他家族成員的關愛。在這個情況下，繼母與懷湘之間無法紓緩的緊張，加深了懷湘無依的處境，這也讓之後的懷湘因為極度渴望歸屬，而被戀愛牽著走。

　　這其實是現代臺灣原住民族的另一普遍困難，過往的部落社會中維持穩定的家族紐帶，往往不再能發揮功用。例如蔡友月對達悟族的研究就指出，臺灣原住民族之所以有較漢人比例為高的精神失序或是心理問題，其中一個原因，就是來自於傳統部落不再提供社會支持。尤其是，隨著部落人際網路的式微與解體，較年輕一輩的原住民更不容易從親屬連帶中取得庇護[11]。儘管《懷鄉》的故事發生在泰雅族，情況不一定與達悟相同[12]，但我們仍然可以試著去思考，在懷湘生命中縈繞不去的那種孤寂，並不是來自於個人的多愁善感，而是其邊緣身分（單親與原住民）所導致。我們還可以對照里慕伊・阿紀另一短篇〈小公主〉，故事中那位居住在平地、家境富裕，但卻極度不快樂的泰雅族小女孩田甜，其實非常羨慕自己那些仍然生活在部落中的同學們，能夠與親愛的家人朋友每天生活在一起。從〈小公主〉的情節安排看來，田甜之所以與懷湘一樣極度渴望「屬於自己」的家庭，最大的原因恐怕還是，田甜家庭的富裕與高度現代化，同時也導致了田甜父母的離異，並在這位天真的小女孩心中留下難以抹滅的傷痕。

四、男性暴力

---

[11] 蔡友月，〈遷移、挫折與現代性：蘭嶼達悟人精神失序受苦的社會根源〉，《臺灣社會學》第 13 期（2007.06），頁 47-49。

[12] 當然，臺灣原住民的各族傳統不同，因此每一族的傳統社會網路與互動模式，所能提供的社群支持自然有程度上的差異。在許木柱與鄭泰安的研究中，「泰雅族」就比起「阿美族」更受疏離所導致的精神疾病的困擾。當然，在《懷鄉》這樣的生命傳記中，我們比較少看到主角與其他族之間發生交往關係，故而無從比較懷湘的孤獨感是否部分也來自於泰雅傳統。參考許木柱、鄭泰安，〈社會文化因素與輕型精神症狀——泰雅與阿美兩族比較〉，《中央研究院民族學研究所集刊》第 71 期（1991 年春季）。

　　雖然傳統生活型態及其所提供的社會支持的崩解，是現代臺灣原住民的基本難題，但是我們不可忘記，正如主角秀氣的名字「懷湘」所透露的，懷湘不只是個「漢化的泰雅族」，她同時也還是「女人」。因此，在她的生命中，除了殖民體制與現代性所帶來的傷痕之外，她還必須負擔從屬的性別位置。正如孫大川在序言中所說，懷湘「做為一個女人」，與其原住民身分存在某種緊張。[13]

　　當然，「女人」的身分，首先有其生理特性。在小說開頭，還在就讀國中的懷湘，告訴馬瀨自己的月事已經數個月沒有來，這時馬瀨「傻住了一點主意都沒有，瞬間變成甚麼事都不懂的小鬼」。接著馬瀨雖然笨拙地想要安慰女友，但是懷湘「某種說不出的厭惡的感覺油然而生」、接著男友馬瀨「被她嫌惡的揮開」。懷湘個性順從溫和，這是她在書中少有的幾次強烈的情緒反應。原因很清楚：與戀愛或是婚姻不同，「懷孕」終究是女性身體獨有的強烈負擔、「撫養子女」也將深深限制部落女性的生命空間。雖然當時懷湘年紀尚幼，不能預見未來，但隨著故事展開，我們很清楚的看到，懷湘的前後兩任丈夫，在親職方面是完全的無能，而且這兩個男人連「賺錢養家」這一男性氣概的基本要求，都無法履行。

　　觀察懷湘與馬瀨之間漫長而痛苦的婚姻，我們發現，馬瀨幾乎集所有負面男性氣質之大成，好吃懶做、出軌外遇、毆打妻小、善妒、自卑引起的自大、言語上的精神虐待……也因此，對懷湘來說，唯一能夠稍微制衡這個失格丈夫的，只有另外一個更陽剛更公正的男人，就是父親磊幸。從經濟的庇護到心靈的安慰，父親在很多方面都介入了懷湘的婚姻生活：提供工作和居住、幫忙照顧外孫、重新解釋 gaga（部落禮俗規矩）以要求出軌的馬瀨道歉等等。

　　然而，不能只是從女兒的角度來看父親，我們也必須檢視同時也

---

[13] 孫大川，〈推薦序〉，RimuyAki，《懷鄉》（臺北：麥田出版，2014），頁7。

身為丈夫與家長的磊幸。前面已經提過，父親磊幸與母親哈娜的婚姻失敗，恐怕父親要付更多責任，他甚至因為男性的虛榮，喝醉酒時去哈娜娘家興師問罪，甚至與妻舅大打了一架。而磊幸在第二次婚姻裡，也沒有因此得到教訓，仍是極度強勢的大男人。在得知懷湘未婚懷孕後，磊幸是這樣對待繼母比黛：「房裡不時傳來捶打牆壁、摔家具的聲音……照例的，在父親盛怒之下，再兇悍的女人也知道這時應該逃離現場」[14]。從父親對比黛的責備來看，似乎磊幸絲毫不覺得自己在管教方面應有更多責任（他才是懷湘生父而非比黛）。因此，可以這麼說，對於女兒懷湘來說主持正義的父親，在妻子比黛那邊就未必是同一回事。如果對比於小說中丈夫馬瀨習以為常的暴力行為，那麼，懷湘其實跟自己的繼母一樣，每次夫妻爭吵（其實是單方面的施暴），最後都只能夠在三更半夜一個人逃出家門去，在深山的芒草叢中，抱著小狗過夜。即使磊幸與馬瀨個性人品均有顯著的差異，但重點是，在部落女性所生存的那個家庭世界，男女之間的衝突，最後就是交給身體暴力來裁斷。

　　這就觸及了「部落傳統」中，根深蒂固的性別界限。不能把馬瀨的暴力，視為單一個案。在婚禮上，懷湘曾經看見亞大們（母系長輩）不捨的淚水，儘管當時的她還未曾完全明白，在部落中生活，女人要當母親與妻子是多麼不容易的事情。等到懷湘自己也經歷過馬瀨「踩狗屎」事件，懷湘終於恍然大悟，在亞大們的眼淚背後，很可能是部落女性的集體經驗（包括婚內強暴、無償家務勞動、懶惰丈夫、壞公公、男方出軌），那些也是上一代泰雅女人的切身之痛。

　　此外，從馬瀨「踩狗屎」一事，還能看出一些有趣的地方。首先，在懷湘因為馬瀨的不貞憤而回娘家時，她原本不願意告訴父親，因為懷湘認為這椿婚姻本來就是讓家族蒙羞，而且，磊幸也憤怒地表達過

---

[14] RimuyAki，《懷鄉》（臺北：麥田出版，2014），頁59。

「沒想到我磊幸的孩子也會做出這種 hmiriq（破壞）gaga（禁忌、禮俗、祭儀、規範……的總稱）……以後不管妳在那裡的生活怎樣，都不要回來抱怨！」[15]為什麼與馬瀨的戀愛，對於家族是這麼大的羞辱呢？

這裡我們必須考慮，傳統氏族的親屬關係，其實也依循某種「禮物交換」的原則。家族中的女人，其實就是不同的男性權力集團之間，最為珍貴的一種財產。「女人的交易」（exchange of women），是原始社會中的首要父權統治形式，透過通婚，不同的氏族方能成為禮物交換後的夥伴[16]。因此，懷湘擅自與屬於敵對氏族的馬瀨戀愛[17]，這關係到了父權團體之間最基本的政治資源的分配，於是，自由戀愛其實不能牴觸於「經由婚姻達成的最高級禮物交換」這一更高的原則，也因此是身為女人的懷鄉所不能置喙的。我們看到，觸犯了這一深層規則的懷湘，因此滿懷負疚。有趣的一點是，在現代化的臺灣社會，原住民社會的親屬關係之神聖性當然要大打折扣，雖然從磊幸的暴怒可以看出，通婚權力的神聖性，仍然以「傳統很重要」這樣的潛意識形式存在於原住民生活中。這裡也存在著傳統與現代的對立，追根究柢，懷湘與馬瀨這對年輕戀人，是在「學校」這一現代性機構中相遇的，從現代國家的角度來說，部落之間的傳統敵對關係，必須是無關緊要的事情，重點是能否將這些不同傳統的子民都透過學校重新塑造為「均質的現代公民」，這是懷湘與馬瀨相遇的結構原因，也是部落的父權傳統與「公民平等」現代意識形態之間，在懷湘的早熟戀愛中，即將被引爆的衝突。

考慮到懷湘婚姻背後深層的父權結構，那麼就能夠說明，當懷湘

---

[15] RimuyAki，《懷鄉》（臺北：麥田出版，2014），頁64。

[16] Rubin, Gayle. " The Traffic in Women: Notes on the Political Economy of sex" in *Toward an anthropology of women*, edited by Rayna R. Reiter（New York : Monthly Review Press, 1975）, p.171-177.

[17] 小說中有說明，懷湘家族是「麼勒光（mrqwang）」、而馬瀨家是「葛那基（knazi）」，兩族在過去因為仇殺而互不通婚。

因為「踩狗屎」而回娘家後，面對本來應該是對自己疼愛有加的父親，她卻並未把委屈坦白告訴，而是透過亞大米內來間接傳達。從女性的立場來觀察，雖然《懷鄉》一書的長程文化關懷，包括了原住民族文化的復興，但我們也能看到，該書並沒有迴避傳統中仍存在的強固的父權問題，因此，《懷鄉》也著重描寫了懷湘與亞大米內之間的專屬女性的溝通管道，在這裡「女人之間」好像有某種更重要更能相通的東西勝過「親子之間」。另外一些情節也回應了無關族群的「女人身分」，可能可以建立起來的更深刻的同盟或同情：例如，雖然小時候，懷湘對於遺棄自己的母親和苛待自己的繼母，都存在著怨懟，但是當她自己也被迫與夢涵等孩子分離之後，她多少體諒到了「媽媽離開她之後的冷淡疏離」、也多少理解繼母比黛在父系社會中的辛苦與挫折（故而由此衍生對前妻留下的孩子的苛薄）。小說中似乎還描述了一個更為純粹的女性空間，懷湘在餐廳工作時認識的漢人朋友秀芳，始終對懷湘不離不棄，一直做為忠實的朋友伴隨懷湘的整個生命。從小說提供的蛛絲馬跡我們可以看出，秀芳對懷湘可能是一直抱持愛慕之意的，並且由此提供了無私慷慨的心理與經濟的支援。也許上述這些「女性空間」，對於泰雅族裡強大的男性權力，終究提供了相當程度的保護也說不一定。

五、資本主義經濟與性別化的勞動型態

在懷湘初嫁入馬瀨家，上山前往葛拉亞部落時，體驗了一次奇異的經歷：載運送嫁親友的兩輛計程車，加起來居然一共裝進了 17 人。這很可能是山上部落普遍的現象，在前面提過的《山櫻花的故鄉》，也描寫了類似的狀況。我們只要對這過度擁擠的載運量稍作思考，便能辨認在擁擠的車廂背後，是排山倒海的現代經濟壓力：一方面因為原住民必須頻繁下山採買或工作，部落自然對現代運輸有所需求，但另一方面，偏僻的部落又沒有夠大的市場，無從吸引規格化的運輸服

務，故而只能允許不可思議的負載量來維持汽車交通的運作[18]。

　　儘管原住民完全受到「現代化」的經濟力量（下山去賺錢）所誘
惑，但在他們生活的地方，能提供給市場進行交換的產出實在太稀少
了，也因此現代交通沒有足夠誘因深入部落。然而，就算運輸如此困
難，但隨著當代臺灣社會越發與資本主義水乳交融，部落居民也早已
脫離了農耕游牧和以物易物的生產模式，而必須接受貨幣經濟。這也
意味著，對原住民來說，為了獲得金錢，他們必須在市場上出賣他們
唯一的貨品，也就是便宜的原住民勞動力，以脫離「前現代」的「貧
困」生活。然而，考慮到商業社會所需要的勞動力特質，相對上教育
較低、語言多少存在障礙的原住民族，更沒機會取得層級較高的工作
[19]。因此，在現代社會，原住民族就業的結構特徵，更傾向於臨時性
的、體力的、無升遷機會的、待遇低的工作類型[20]。在小說中，林務
局提供給葛拉亞部落的「採樹子」、「種香菇」等季節性工作，就是屬
於這種類型。

　　這種供需上的不平衡，自然很容易轉化為精神上的壓力，而在日
常生活中顯示出來。前面已經說過磊幸在前妻哈娜跟前感到的自卑，
多少就屬於這一情形；而在更懶惰、更沒能力的馬瀨那裡，「低人一
等」的情緒更是直接地發酵成失業男性的家庭暴力。故事中頻繁更換
工作、後來乾脆每天窩在家中喝悶酒的馬瀨，「總是做沒兩天就先把
老闆給辭了，不是嫌工作太操勞，就是老闆太摳，同事太爛」[21]。當
然，由於本書採取懷湘的視角，讀者當然很容易認為這些都只是馬瀨

---

[18] 這種缺乏又亟需交通的情況，其實也可以變成外地資本壓榨本地住民的機會，例如蔡友
　　月的田野經驗裡，就注意到，蘭嶼的航空業者常常「吃定」有急事必須前往臺灣島的達
　　悟族人，惡意哄抬價錢。蔡友月，〈遷移、挫折與現代性：蘭嶼達悟人精神失序受苦的
　　社會根源〉，《臺灣社會學》第13期，頁3。

[19] 傅仰止，〈臺灣原住民困境的歸因解釋〉，《中央研究院民族學研究所集刊》第77期（1994
　　年春季），頁41-45。

[20] 李亦園，〈社會文化變遷中的臺灣高山族青少年問題：五個村落的初步比較研究〉，《中
　　央研究院民族學研究所集刊》（1979年春季）第48期。

[21] RimuyAki，《懷鄉》（臺北：麥田出版，2014），頁147。

的藉口，然而從結構面的角度來說，從小在後山部落長大的馬瀨，如今到了山下「呷頭路」，確實也會有許多難以克服的困難，包括原住民口音的國語、還未被完全整合進市場經濟的勞動習慣、不習慣與爾虞我詐的平地人相處等等。

不過，除了考慮原住民勞動者在現代經濟中必然感到的額外不適之外，我們還必須考慮懷湘的性別位置。儘管從馬克思主義的觀點看來，無論是自由或不自由的勞動者，他們共通的命運都是必須付出多於生存必須的勞動時間，以維持資本家的富裕生活[22]，但是，並不是所有「出賣勞動力的人」，他們被壓迫的狀況都是平等的，那些更加「不自由」的勞動者，往往會被資本家以外的權力者給二次搾取。在臺灣這個父權並未消逝的「現代社會」裡，「女人」除了跟男人一樣必須從事薪資勞動之外，她們還必須同時負擔家務勞動（這也是維持男性家長生活所必需的勞動時間）[23]，也因此，女性處於雙重的不利狀態。

由是，懷湘在故事裡的「勞動經驗」，就很能夠說明，弱勢性別位置所帶給她的多餘負擔。我們看到，在馬瀨還願意去工作的時候，懷湘每天從餐廳回家，仍需一手打理所有的家事，包括好言好語去服侍因為上班的疲倦而更加暴躁的丈夫。懷湘在家庭領域與家事勞動中所建立起來的，關係到情緒安撫、打掃整理的熟練技巧，其實也跟她在職場上的角色分配密切相關：從餐廳女侍、酒家女、一直到中年後檳榔攤、旅館櫃檯等等工作，我們都能看到，這些工作多半屬於強烈的「情緒勞動」，是一種「延伸自服侍（男）人的傳統女性家務角色」

---

[22] Karl Marx，〈資本論第一卷（節選）〉，中共中央馬克思、恩格斯、列寧、斯大林著作編譯局編，《馬克思恩格斯選集》第 2 卷（北京：人民出版社，1995），頁 197。

[23] 在臺灣，女性這種同時負擔兩種勞動的情況，很可能隨著階級條件而惡化，中產階級的女性較有可能專心當家庭主婦，而階級上越是低下的女性，則越有可能以幫忙家庭企業、或是從事家庭手工這類的方式被二次剝削。林津如，〈追尋與徘徊：百年臺灣家庭與親密關係之變遷〉，黃金麟、汪宏倫、黃崇憲編，《帝國邊緣：臺灣現代性的考察》（臺北：群學出版社，2010），頁 297。

24。

因此，在《懷鄉》所描述的世界，原住民女人儘管同樣必須出賣勞動力，但他們的勞動力的品質被視爲「女性的」，是私領域家務勞動的延伸。在書中的一個關鍵情節是這樣的：懷湘在逃離馬瀨激烈瘋狂的家暴後，原本打算去投靠「在桃園工廠工作」的異母妹妹玉鳳，但她很快地發現，玉鳳對家中有所隱瞞，她其實是在酒店上班。也因爲這樣，當時身無長物的懷湘，跟著「下海」，開始她化名爲「可辛」的酒女生涯。我們接下來就看到，懷湘過去在夫家伏低做小的歷練，顯然對於酒店工作大有幫助，許多客人都被懷湘的善解人意所打動，她很快的就成爲酒店的紅牌。

當然，這個段落是臺灣某一時期的真實寫照，原住民女性其實是「臺灣奇蹟」背後無名的犧牲者。懷湘跟玉鳳多少還是出於自由意志，但不可否認的，在 1970、1980 年代，許多年輕原住民女孩，因爲家庭窮困的緣故，而被推入火坑[25]，就算懷湘在書中能夠保有一定程度的自主性，那也是個人的幸運，我們仍不能忘記性工作這一特殊勞動型態也存在著宰制性的性別關係本質。在資本主義體制內，出賣身體這件事情，其實是透過看似平等的金錢交易，來肯定男人對於「女人的性」享有合法權利[26]。

不過，即使原住民女性確實被迫投入勞動市場，並且可能在此一過程中喪失自我、喪失對身體的控制權，然而，這一過程仍有其兩面性。以《懷鄉》故事本身而言，當女人離開家庭，進入職場，她其實反而因爲經濟上獲得自主，因此多少擁有了以前不曾有的力量和自由

---

[24] 藍佩嘉，〈銷售女體，女體勞動：百貨專櫃化妝品女銷售員的身體勞動〉，陳信行編，《工人開基祖：臺設勞工研究讀本》（臺北：臺灣社會研究雜誌社，2010），頁 376。

[25] 在 1980 年代，原住民進入都市所從事的行業，依序是製造業、娼妓及個人服務業、漁業、礦業、營造業、拆船業等等。從娼居然是第二大的工作類型，由此可以想見原住民女性在這方面的困境。李亦園編，《山地行政政策之研究與評估報告書》（臺北：臺灣省政府民政廳，1983）。

[26] Pateman, Carol. *The Sexual Contract*（Cambridge: Polity Press, 1988），p.200.

（雖然在資本體制內部還是被被剝削）[27]。我們看到，在懷湘婚後，她完全失去了自我的空間：馬瀨的家中較為窮困，因此全家人都一起睡在通鋪上，但是需索無度的馬瀨常常不管身邊就是父親與小孩，強迫懷湘與其發生關係。這讓懷湘非常痛苦，甚至開始對性感到厭惡。

然而事情的轉機，就在懷湘開始從鄰居或是林務局那邊，接到山上包水梨、種香菇、採松果等等工作。雖然一開始，高度的體力勞動使身為女性的懷湘感到吃力，但是，離開了家，尤其是晚上必須在深山工寮睡覺，這反而讓懷湘終於可以感到放鬆，睡一個只屬於自己的好覺。當然，很難說這臨時性的工寮能夠提供真正屬於女性的「自己的房間」，但是對比於家中公公的監視、丈夫的需索還有無時無刻看顧幼子的壓力，起碼年輕的原住民母親可以從喘不過氣的家務與母職之中稍微脫離，這可能也是農村女性在經濟現代化過程中，很重要的一種經歷：她們第一次從家庭裡解放出來。

小說還有一個可以對照現實臺灣地方，值得我們思索：作為勞動力，懷湘進入勞動市場的地理軌跡，是耐人尋味的。最早，懷湘出於貼補家用的心情，接了主要是農事的「山上的工作」；然後，懷湘夫妻遷居到平地，在餐廳洗碗端盤子；接著因為逃離家暴，前往基隆的酒家工作；最後，結束了與阿發失敗的第二次婚姻後，中年的懷湘回到家鄉，開起檳榔攤；晚年並在旅店擔任櫃檯服務。循此我們能發現，在原住民勞動者年輕力盛的時候，她們逐漸被都市吸引，進入城市出賣勞動，但是，隨著年紀漸長，身體無法再負擔高強度勞動（酒家工作更是如此），原住民勞動力便只能「回到」故鄉，另謀生計。這其實反映出了原住民在當代臺灣社會的另一困境，也就是在結構性的失業之後（不管是臺灣產業轉型導致的、或是政府引進便宜外籍勞工取代原住民勞動力導致的），曾經離鄉背井的部落游子們，最終出於無

---

[27] 這本書其實沒有批判資本主義體制。對懷湘而言，問題不是勞動本身，她主要的困擾多半來自家庭之內，尤其是婚姻。

奈只能「返回故鄉」[28]。儘管本書名爲《懷鄉》，但仔細觀察懷湘最後「回到山上」的決定，經濟因素恐怕還是最重要的原因：與阿發的婚姻使懷湘耗盡儲蓄，而已屆中年的她又沒有本錢重新回到過去工作的酒家，於是只好回到熟悉的家園。這一情節其實也勾勒出原住民女性與現代資本主義經濟碰撞的一個側面：市場貪婪地吸收年輕原住民的勞動力，但是當他們在工作中年華老去、或是因爲職災而無以爲繼的時候，「山下的世界」對這些離鄉背井進入都市的原住民勞動者又從來不曾提供任何保障。最後，她們還是得回到自己的家鄉，讓本來就不富裕的部落，去承受這些在現代經濟分工中耗損疲憊後的身軀。

六、結論

在臺灣的原住民族，所經歷的是從明鄭時代迄今的極爲漫長的殖民歷史。然而，相較於大多數原住民小說作品中，那些激切真摯的控訴，《懷鄉》裡的這位教育程度不高、從事過性工作、受制於家庭暴力、也不能免於現代資本主義經濟剝削的泰雅族女性「懷湘」，儘管苦苦糾纏於各種邊緣身分，但在整本書中，卻未曾見到女主角「批判地」去反思原住民女性的社會處境。懷湘很少有義憤或吶喊的情緒，更多時候，她對於身邊的人與事，總是充滿感激與體諒。

然而，並不能夠將里慕伊‧阿紀在本書中採取的這一寫作策略，視爲是政治上的保守。相反的，這更讓我們去進一步思索，與知識分子大相逕庭的，當有血有肉的底層原住民女性，她們在面對制度層面的權力運作時，所發展出來的那種，有別於抗爭、批判的因應之道。我們必須考慮到，像懷湘這樣，身處多重弱勢位置的交叉處，必須面對的是不同「身分」之間的深刻矛盾：有時候故事中的族群、階級位置，甚至不一定符合身爲女性的利益（反之亦然）。

---

[28] 張瑋琦，〈原住民成爲有機專業農歷程的省思：知識、食物主權與身體規訓〉，《臺灣原住民研究論叢》第12期（2012.12），頁247-248。

　　例如，儘管母親哈娜在離婚後選擇了外省男人作為最後的婚姻對象，但是從專橫的磊幸，投向溫柔的外省丈夫，這對於身為女人的哈娜而言，很可能是一種解脫（儘管與漢人通婚當然造成族群存續的危機）。另一個例子則是，這本小說雖然與主角懷湘的勞動經驗密切相關，但是，卻幾乎不曾出現對雇傭勞動體制的批判，相反的，「資方」還常常對懷湘這位來自部落的姑娘，顯示出溫情友善的一面。在小說中，雇用原住民的林務局的形象是通情達理的、而懷湘在酒家「金船」的老闆趙媽，對待懷湘也是親切關懷備至。而懷湘的經濟狀況之所以一度得到根本的改善，更是因為懷湘自己成為酒家的股東（從勞動者上升為資本家）。

　　當然，可以爭辯說，像懷湘這樣的女人們，被迫進入現代資本主義經濟，從來都不曾真正解決問題[29]。一方面，她的勞動成果仍然必須供養家中那個不工作的男人，另一方面，懷湘也確實未曾因此脫離她的父權家庭。在懷湘生命後期的許多悲傷與糾葛，也依舊來自於破碎的原生家庭。我們還可以追本溯源：部落女性之所以進退失據，甚至必須在沒有專業技能的情形下，只能以性勞動來養活自己，那終究還是因為資本主義入侵、整個部落傳統的消逝，使得原住民只剩下肉體可以供給市場。

　　同樣的，父權與女性的關係也充滿曖昧，我們也別忘記，儘管對懷湘與她的母系長輩來說，婚姻中動輒拳腳交加的男性暴力永遠是迫切難題，然而在故事中，父系家族的力量，也曾改善懷湘的生存處境。當懷湘得知馬瀨「踩狗屎」後，儘管丈夫與公公認為懷湘的憤怒反應「不合泰雅族的 gaga」，但是這個時候，回娘家求援的懷湘，反而在傳統中找到了與夫家協商的籌碼：在兩個家族的協調會上，當懷湘的

---

[29] 雖然僅從小說文本而言，進入平地工作這件事情，對懷湘本人來說利大於弊，但是「進入平地工作」仍存在有性別差異必須被我們注意：懷湘其他的泰雅族男性親屬，都因為原住民的低劣勞動條件，而深深感受抑鬱或自卑。

叔伯兄弟們一字排開[30]，終究成功迫使公公道歉、而丈夫也在接下來一段時間之內「還稍微會尊重她的意願」。

這些地方都顯示出了，《懷鄉》所勾勒的那種「底層原住民女性的生命經驗」，有其特殊性與複雜性：在戰後臺灣，原住民女性捲入急切工業化、資本主義化的現代社會這一歷史背景下，個人生命與宰制結構那種複雜交錯的關係。我們看到，懷湘的利益是很難清楚界定的，資本與父權在壓迫的同時也提供了庇護、漢人雖然是殖民體制的加害者，但是真正進入其生命時又常常是比部落同胞更溫暖慷慨的朋友。更甚至，上述這些宏觀的權力結構，構成了女主角的生命中不能分離的東西，例如她對於浪漫愛的嚮往或是對於家族榮譽的堅持，儘管這樣的情感很可能是特定權力體制強加於被統治者的，但它們也深深被懷湘喜歡、想念、認可，並且也是她情感習性的源頭、或底層女性用以安頓生命的某種重要意識形態。

儘管並未發展出回應權力的清晰政治意識，甚至其意識常常與壓迫者的道德或美學交織在一起，但是也因為如此，在族群、性別、階級三方面皆為弱勢的懷湘，她能夠運用父權傳統保護處身不堪婚姻中的自己，或是利用長袖善舞的女性氣質在性勞動市場中求生。回顧懷湘的一生，面對著結構的力量，底層原住民女性並非被動，她努力的活過了雖難免有遺憾，但是仍舊堪稱精彩的一生。

---

[30] 馬瀨打懷湘時也是說：「家族兄弟多了不起啊？」這可以看出在當代泰雅社會中，「父系家族」仍然是一個重要的力量，起碼對馬瀨而言，懷湘的繁盛家族也是他妒恨的對象。

參考資料

* 里慕伊・阿紀（RimuyAki），《懷鄉》（臺北：麥田出版社，2014）。

* ---，《山櫻花的故鄉》（臺北：麥田出版社，2010）。

* ---，〈懷湘〉，《臺灣原住民族漢語文學選集小說卷》（臺北：印刻出版社，2003）。

* ---，〈小公主〉，《臺灣原住民族漢語文學選集小說卷》（臺北：印刻出版社，2003）。

* 林津如，〈追尋與徘徊：百年臺灣家庭與親密關係之變遷〉，黃金麟、汪宏倫、黃崇憲編，《帝國邊緣：臺灣現代性的考察》（臺北：群學出版社，2010）。

* 李亦園，〈社會文化變遷中的臺灣高山族青少年問題：五個村落的初步比較研究〉，《中央研究院民族學研究所集刊》（1979 年春季）第 48 期。

* 許木柱、鄭泰安，〈社會文化因素與輕型精神症狀—泰雅與阿美兩族比較〉，《中央研究院民族學研究所集刊》第 71 期（1991 年春季）。

* 范銘如，〈女性為什麼不寫鄉土〉，《臺灣文學學報》23 期（2013.12）。

* 孫大川，〈推薦序〉，Rimuy Aki，《懷鄉》（臺北：麥田出版，2014）。

* 張瑋琦，〈原住民成為有機專業農歷程的省思：知識、食物主權與身體規訓〉，《臺灣原住民研究論叢》第 12 期（2012.12）。

* 傅仰止，〈臺灣原住民困境的歸因解釋〉，《中央研究院民族學研究所集刊》第 77 期（1994 年春季）。

* 蔡友月，〈遷移、挫折與現代性：蘭嶼達悟人精神失序受苦的社會根源〉，《臺灣社會學》（2007.06）第 13 期。

* 藍佩嘉，〈銷售女體，女體勞動：百貨專櫃化妝品女銷售員的身

體勞動〉，陳信行編，《工人開基祖：臺設勞工研究讀本》（臺北：臺灣社會研究雜誌社，2010）。

- Karl Marx，〈資本論第一卷（節選）〉，中共中央馬克思、恩格斯、列寧、斯大林著作編譯局編，《馬克思恩格斯選集》第 2 卷（北京：人民出版社，1995）。

- Rubin, Gayle. *" The Traffic in Women: Notes on the Political Economy of sex" in Toward an anthropology of women*, edited by Rayna R. Reiter, New York : Monthly Review Press, 1975.

- Pateman, Carol. *The Sexual Contract*,Cambridge: Polity Press, 1988.

講評

◎李一鳴

　　眾所周知，臺灣原住民是在中華民族的大家庭中不可缺少的一個組成部分，而近年越來越受到學術界及文學界重視的原住民文化，同樣是是中華文明的一部分。中華民族史研究會會長史式曾說，作為古越人後裔的臺灣先住民他們很早就離開大陸，移居臺灣，他們走的時候中華文明剛剛起步，也可以說還處在童年時期，但是他們走的時候還是帶走了不少早期的中華文明，也就是南方文明中的一些特點，例如崇拜祖先、群體意識濃厚、非常勤勞、愛好和平等等，均有著值得深入探尋的歷史與文化價值。在這樣的語境和學術背景下，該論文對原著的解讀與詮釋顯得尤有深意。其立意與視角較有高度和份量，結構與行文從容規範，其中通過作品對原住民文化、原住民女性生存處境的精心闡釋貼近主題，對此文化的研究及讀者均有著源自主體的重新建構之意義。

　　論文不足之處：

　　1、論點和引證有時略顯邏輯不清，如在「結論」中：「像懷湘這樣的女人們，被迫進入現代資本主義經濟，從來都不曾真正解決問題」，此論證與作者一直秉持的論點似有含混。

　　2、論述語境尚缺乏大膽與新意，對材料的掌握缺乏寬泛度，原著以對女性生命的主體書寫為主體結構，那麼無疑論文中應該有對女性精神意義與價值取向的形而上闡發，因此以下重要經典著述似也應該列入「參考文獻」：蘇珊・桑塔格文集《在美國》，伍爾芙的《牆上的斑點》，尤其是西蒙・波伏瓦的《第二性》。因《第二性》堪稱俯瞰整個女性世

界的百科全書，波伏瓦更是揭開了婦女文化運動向久遠的「性別歧視」
開戰的序幕，方使整個女性世界在這個男權社會有所覺醒。

「百年」書寫

嚴歌苓《陸犯焉識》與蔣曉雲《百年好合》中的「民國」再現

◎張俐璇*

摘　要

　　新世紀以來，「民國文學」的討論，在兩岸文學場域備受關注。如果說，「民國文學」的提出，在中國大陸是橫向擴展了「現代文學」既有的研究範疇；那麼，在臺灣則是縱向深化了對戒嚴時期國民黨文藝政策的認識。在兩岸既有的研究基礎上，本文另闢蹊徑，聚焦「海外華文」書寫中的「民國」再現問題。嚴歌苓與蔣曉雲，兩位同樣具有中國大陸、臺灣、美國經驗的女性作家，同在 2011 年「辛亥百年」以及「民國百年」之際，推出長篇小說。本文認為，嚴歌苓的《陸犯焉識》在「進步左翼」與「民族右翼」之外，再現了「自由主義者」視野的民國；而蔣曉雲的《百年好合》的視角，則來自民國時期的「小人物」，以及 1949 年後身在海外的民國「士大夫」，再現的是「僑居者」的民國。本文指出，兩部小說分別是「民國機制」與「民國範兒」的體現；期望「海外」書寫的分析，讓「民國文學」的討論，益發完整。

關鍵字：民國文學、蔣曉雲、嚴歌苓、長篇小說、海外華文

---

* 成功大學臺灣文學系博士，致理技術學院通識教育中心專案助理教授。

一、從 2011「百年」紀念談起

2011 年，旅美作家嚴歌苓（1958～）在父親嚴敦勳1辭世之際，以祖父嚴春恩爲原型，塑造角色——民國時期上海的舊家公子——「陸焉識」，書寫長篇小說《陸犯焉識》；民國百年，蔣曉雲（1954～）自美國回到出生地臺灣長住，並完成「民國素人誌」第一卷《百年好合》。

這一年，中國大陸與臺灣在「共產黨和國民黨這對世紀冤家」[2]的主導下，分別有「辛亥革命」與「民國成立」的百年紀念活動；同年，也是「陸生元年」，首屆 928 位中國大陸學生，到臺灣攻讀學位。隨著兩岸的交流日趨頻繁，以及「百年」的紀念風潮，共和國的「民國熱」日趨興盛[3]。

而在文學領域，新世紀以來，有關「民國文學」的討論，絡繹不絕。歷經十年醞釀，2011 年，成都「巴蜀書社」所出版的《現代中國文化與文學》新闢有「文學的『民國機制』研究」專欄[4]。2012 年臺北的《國文天地》期刊制定有「民國機制與民國文學史」專輯、花木蘭出版社陸續推出「民國文化與文學研究文叢」[5]；北京師大成立有「民國歷史文化與文學研究中心」、召開「民國社會歷史與中國現代文學學術研討會」。2013 年，臺灣政治大學成立「民國歷史文化與文學研究中心」。2014 年，中國社會科學出版社出版《民國文學討論集》、花城出版社「民國文學史論」六卷[6]，總匯近十數年來「現代文學」的「民國視野」討論；臺灣的《中

---

[1] 嚴敦勳（1930～2011），筆名蕭馬，著有《破壁記》、《鐵梨花》等長篇小說及電影劇本多部。

[2] 蘭桃、黃重豪、賈士麟、葉家興著，〈陸生的公民學分〉，《陸生元年》（台北：秀威資訊科技，2013），頁 260。

[3] 這股熱潮其實早在台北慶祝「建國百年」；北京慶祝「辛亥百年」之前數年，便在影視戲劇，先行「登陸」。張登及，〈解讀北京的民國熱〉，《中國時報》，2011 年 10 月 4 日，A14 版。

[4] 毛迅、李怡主編，《現代中國文化與文學》第 9 輯（成都：巴蜀書社，2011）。

[5] 截至目前爲止，出版四編 72 冊，作者均爲中國學者。

[6] 包含《民國政治經濟形態與文學》、《民族國家概念與民國文學》、《民國文學：概念解讀與個案分析》、《民國文學史料考論》、《國民黨文學思想研究》、《中國共產黨的文化戰略與延安時期的文學生產》（廣州：花城出版社，2014）。

國現代文學》半年刊，也製作有「民國史觀及民國文學史的建構」專題。時至 2015 年，南京大學集合兩岸四地學者發行「中華民國專題史」18卷。

　　無論是中國史觀抑或是臺灣史觀下的「民國」，「民國文學」的提出，至少讓既有的「現代文學」討論，重新留意到「民國文學的生態系統」，是一「左翼文學與自由主義文學、民主主義文學、民族主義文學同時並存」[7]的複合關係，一如抗戰時期，淪陷區、解放區、國統區，在政體結構與文藝政策上的「三權」鼎立狀態。就中國現代文學研究方面，「民國文學」（1912～1949）的討論，可說是一「右翼視野的復歸」[8]，在時間上與意義上，擴展了現代文學（1919～1948）既有的範疇與題材；而在臺灣文學研究中，納入「民國視野」，顯影的，則是「民國」從南京、重慶到臺北，幾度遷移，政策相隨。誠如 1949 年後，「延安精神」是「共產中國」的重要組成；「重慶經驗」是「自由中國」文藝體制的建立基礎。在臺灣的「三民主義文藝」和「民族主義文藝」政策，幾乎是「民國文學機制」的延續物種。1949 年後，「民族主義文藝」承繼了過去「抗日」與「整合國、共差異」的經驗，在遷臺後，更新為「反共」與「調和省籍矛盾」的治理效用；而在「三民主義文藝」政策主導下，小說書寫則體現一由「建設復興基地」到「家在臺北」的演繹歷程[9]。

　　換句話說，兩岸分由「民國文學」的詮釋框架，重新納入過去各自的黨國所缺乏的左、右翼觀點，重新正視曾疏漏的一段歷史。從這樣的研究基礎上出發，2011 年出版的兩部長篇小說《陸犯焉識》[10]與《百年好合》，在兩岸觀點之外，提供另一種討論「民國文學」的「海外華人」

---

[7]　秦弓（張中良），〈三論現代文學與民國史視角〉，李怡、羅維斯、李俊杰編，《民國文學討論集》（北京：中國社會科學出版社，2014），頁 276。

[8]　張俐璇，〈共和國看民國──書評《民國文學討論集》〉，國立政治大學《民國文學與文化研究》創刊號（2015 年夏天待刊）。

[9]　張俐璇，〈重慶之民，自由之國：「後 1949」台灣小說中「民國文學機制」的承繼與演繹〉，《中國現代文學》26 期（2014 年 12 月），頁 89-106。

[10]　簡體字版在 2011 年 10 月由北京作家出版社出版。

視角，嚴歌苓與蔣曉雲兩位「既出身兩岸、來去兩岸，但又不在兩岸」
的「旅美」作家[11]，如何分別在「辛亥百年」與「民國百年」之際，書寫
與再現怎樣的「民國」？

二、「民國機制」：「陸犯焉識」對「自由」的尋索

　　2011年是中國共產黨建黨90周年，也是辛亥革命100周年；嚴歌
苓在此時推出《陸犯焉識》，實是一種婉轉曲折的回應。《陸犯焉識》的
出版，主打的是「家族史」與「知識分子的自我探尋」，這些「正是當下
熱門而不犯忌的文學主題」[12]；但每一部家族史，往往是一個時代的縮影；
小我的努力，往往攸關大我的際遇。因此單是書名，便可以這樣來看，
就字面上來說，「陸犯焉識」說的是「名叫陸焉識的犯人」，其中，單獨
「焉識」二字，又指向「如何知其所以？」[13]的意思，一方面說的是，作
為留美的海歸知識分子陸焉識，不知道該如何解釋他在1942～1944年和
1954～1976年間，分別因國民黨與共產黨兩度入獄的究竟緣由，換句話
說，「焉識」「他是個犯人，他犯的什麼罪呢？」，整個故事都在追問「焉
識」，也就是「怎麼能夠認識」[14]；另一方面，說的則是陸焉識的妻子馮
婉喻，當陸焉識終於在1979年「歸來」，兩人久別「重逢」於上海之際，
馮婉喻已經患上失憶症，「焉識」眼前人了。「婉喻」這個人物的名字原
來就影射曲折婉轉的比喻。[15]因此，書名「陸犯焉識」就字面下的意義而

---

[11] 兩位女作家同時也是台灣兩大報文學獎常勝軍：蔣曉雲以短篇小說〈掉傘天〉、〈樂山
　　行〉、中篇小說〈姻緣路〉分獲第一（1976）、二、四屆聯合報小說獎；嚴歌苓則有短篇
　　小說〈海那邊〉（1994）、長篇小說《扶桑》（1995）獲聯合報文學獎，以及短篇小說〈紅
　　羅裙〉（1994）、長篇小說《人寰》獲時報文學獎。張俐璇，《兩大報文學獎與台灣文學
　　生態之形構》（台南：台南市政府文化局，2010）。

[12] 李伯勇，〈嚴歌苓《陸犯焉識》的「頭輕腳重」問題〉，《新地文學》24期（2013年6月），
　　頁71。

[13] 王德威，〈從「裸命」到自由人──嚴歌苓的《陸犯焉識》〉，《陸犯焉識》（台北：麥田
　　出版社，2014），頁8。

[14] 周志雄、叢治辰語。龔自強、陳曉明等，〈20世紀中國知識分子的磨難史──嚴歌苓《陸
　　犯焉識》討論〉，《小說評論》2012年第4期。

[15] 王德威，〈從「裸命」到自由人──嚴歌苓的《陸犯焉識》〉，《陸犯焉識》（台北：麥田

言，也就是蘊含著「大陸犯的錯誤該如何認識」之意[16]；又或者是，我們該當「如何認識（過去與現在的）中國大陸」？

《陸犯焉識》至少記錄了三種歷史：陸家的家族史、知識分子精神史，以及 20 世紀中國歷史。[17]小說的大半篇幅，是陸焉識在西北大荒草漠的勞改生活，及期間對過去的追憶，從小說如是設定來看，有很大的篇幅著墨在 1950 年代以後，中國大陸走過鎮反、土改、反右、文革的歷程；而就評論的部分來看，多數論者也將其定位在知青、文革敘事的「後傷痕文學」[18]。與此不同的是，本篇論文的問題設定，將關注的時間範疇，往前挪移，聚焦於陸焉識的民國時期：小說在書寫陸焉識個人與家族的時候，再現了怎樣的民國？

（一）在新舊之間

關於「民國」，李怡曾經在 2010 年時候，提出「民國機制」的說法：

> 民國機制就是從清王朝覆滅開始，在新的社會體制下，逐步形成的，推動社會文化與文學發展的諸種社會力量的綜合，這裡有社會政治的結構性因素，有民國經濟方式的保證與限制，也有民國社會的文化環境的圍合，甚至還包括與民國社會所形成的獨特的精神導向[19]

身處在「民國機制」裡，陸焉識面對的「諸種社會力量」，首當其衝的，是舊式家庭的封建禮教。從小到大的陸焉識「像所有中國人家的長

出版社，2014），頁 14。
[16] 賈荃，〈再陽剛的太監也是太監〉，香港《蘋果日報》，2014 年 5 月 22 日。
[17] 龔自強語。龔自強、陳曉明等，〈20 世紀中國知識分子的磨難史——嚴歌苓《陸犯焉識》討論〉，《小說評論》2012 年第 4 期。
[18] 龔自強認為，「後傷痕文學」已試著跨越社會面上的「傾訴」，走向對於存在的探索。
[19] 李怡，〈民國機制：中國現代文學的一種闡釋框架〉，李怡、羅維斯、李俊杰編，《民國文學討論集》（北京：中國社會科學出版社，2014），頁 248。

子長孫一樣，像所有中國讀書人家的男孩子一樣，他從來就沒有過足夠的自由。」[20]在《陸犯焉識》中，嚴歌苓緊扣的關鍵詞就是「自由」[21]。陸焉識 14 歲的時候，父親去世，年僅 24 歲的繼母馮儀芳撲簌簌的眼淚，哭軟了這個未來小當家的心腸，「見不得別人為難的」[22]陸焉識，做主留下了這個年輕寡婦，但是「恩娘自從被焉識留在了陸家，就像一個大蜘蛛，吐出千絲萬縷，要把焉識纏裹住[23]」，其中的一根絲，便是安排了自己大哥的女兒馮婉喻，作為焉識的妻子，以便繼續掌控陸家。因為繼母「恩准」了陸焉識投考官費留學美國，許他高飛的自由，因此焉識以「妻馮婉喻」作為回報。

六年的美國留學生活，對於陸焉識來說，這份自由，太難能可貴，於是盡情地放浪形骸。相較於枷鎖式的婚姻，他與一名義大利姑娘熱戀，享受戀愛的自由，有所選擇的自由。因此學成之後，認命歸國的陸焉識，在返家的旅程上，眼眶泛潮，「不是哭他的義大利姑娘，是哭他的自由」[24]。返回上海老家的陸焉識，以人子與人夫的身分，周折於恩娘與婉喻兩位舊式女子的情感爭奪之間。1937 年，礙於恩娘不願意自己單獨被留在上海，強留婉喻在身邊，於是陸焉識「單身赴任」，與任職的學校遷徙到「大後方」。八年抗戰，陸焉識的八年假性單身生活。1940 年，他結識了為教育部工作的重慶女子韓念痕，很快地過起抗戰夫妻的日子。不過他有時也質疑「怕自己愛念痕是假，愛自己的自由是真」[25]。

年輕的陸焉識，不見得不愛妻子馮婉喻，他抗拒的是馮婉喻所代表的「被推到眼前來的包辦婚姻」，這讓他沒有選擇的「自由」；年輕的陸焉識，也不見得真愛義大利姑娘和韓念痕，可以說，從海外戀人到「抗

---

[20] 嚴歌苓，〈恩娘〉，《陸犯焉識》（台北：麥田出版社，2014），頁 64-65。

[21] 王德威，〈從「裸命」到自由人──嚴歌苓的《陸犯焉識》〉，《陸犯焉識》（台北：麥田出版社，2014），頁 15。

[22] 嚴歌苓，〈上海一九三六〉，《陸犯焉識》（台北：麥田出版社，2014），頁 163。

[23] 嚴歌苓，〈恩娘〉，《陸犯焉識》（台北：麥田出版社，2014），頁 56。

[24] 嚴歌苓，〈恩娘〉，《陸犯焉識》（台北：麥田出版社，2014），頁 64。

[25] 嚴歌苓，〈重慶女子〉，《陸犯焉識》（台北：麥田出版社，2014），頁 199。

戰夫人」的存在，兩段「婚外情」，更多的是徘徊在「新舊」之間，植基於對舊式家庭包辦婚姻的反叛，追索具有新時代意義戀愛「自由」的結果。

而這種來自封建舊式家庭的束縛，隨著恩娘在 1948 年的去世，宣告終結。「舊」社會與「民國」一起來到了尾聲，「新」中國即將到來。

（二）在左右之間

「民國機制」最常被論及的，還是左翼與右翼的角力關係。過去的中國現代文學研究，論及 20 世紀 30 年代，多以「左翼文學」爲主潮；因爲「民國史視角」的提出，肯定「民主主義思潮與自由主義思潮」、「民族主義文學」的影響論述漸多，正視諸種思潮並存並相互碰撞，共構 30 年代的文學主潮[26]。而《陸犯焉識》所呈現的，正是當時代在左、右之間都不討好的自由主義知識分子身影。

陸焉識在美國留學的六年裡，除了在愛情上，充分揮灑他的「自由」，在時事上、議題上，他也是「一個語言好戰分子」，諸如「蘇維埃是恐怖還是福音；日美因中國而發生的爭端；段祺瑞和日本的秘密協約……」，凡此種種，國家社稷，沒有陸焉識發不上話的議題。在美時期的陸焉識，充分享受回國以後將不可及的「自由」，因此當同爲留學生的大衛·章，試圖說服陸焉識參加哪個組織或俱樂部的時候，他一併謝絕，因爲「*他知道自己無法讓大衛明白，他所剩的自由不多了，他不願意輕易再交一部分給某個組織。*[27]」陸焉識之所以拒絕所有組織的理由，如此的個人，如此的簡單，沒有意識形態認同與否的糾葛。

但是當陸焉識在 30 年代海歸，他很快就（被）捲入左、右翼知

---

[26] 秦弓（張中良），〈三論現代文學與民國史視角〉，李怡、羅維斯、李俊杰編，《民國文學討論集》（北京：中國社會科學出版社，2014），頁 274-276。
[27] 嚴歌苓，〈恩娘〉，《陸犯焉識》（台北：麥田出版社，2014），頁 62。

識分子的文墨大戰。為了避開家中婆媳／姑姪以他為核心的角力，陸
焉識經常長時間蝸居在圖書館或咖啡館裡，寫就他一篇篇的論文或隨
筆，不過他也漸發現：

> 刊登文章已不再是樂事。就連最純粹的學術文章刊登之後也會引起
> 這一派那一派的爭執，他總是不知道自己怎樣就進了圈套，糊裡糊
> 塗已經在一場場文字罵架中陷得很深。上海天天發生文字戰爭，文
> 人們各有各的報刊雜誌做陣地，你不可以在他們中間走自己的路。
> 但焉識還是盡量走自己的路。家裡他是沒有自由的。因此他整天混
> 在外面。外面他還有什麼？也就剩這點自由了。[28]

大抵因為「真正的上海人民族大節比較馬虎，卻都是和平主義者[29]」，所
以 1930 年代的上海，不僅兼容來自四面八方的各國各地的「寄居者」，
並蓄三教九流，更成為共產黨社會主義、新月派等自由主義，以及國民
黨三民主義與民族主義，「三個思想鼎足而立」的地方。上海人陸焉識，
只想要簡單的民主自由和平，他的專業是「應用語言學」，精通四國語言，
看似是最為「中性」的語言，偏偏也最容易「左右不是人」：

> 凌博士和大衛‧韋除了相互間開戰也從來不放過路焉識，彼此打糊
> 塗了，就會突然間一齊朝陸焉識開火。陸焉識發表的有關比較語言
> 的學術性文章都是他們的靶子。[30]

就像是面對恩娘與婉喻，夾在凌博士和大衛‧韋的意識形態與話語權爭
奪之間，因為陸焉識總是「見不得別人為難」，於是「一不留心，他失去

---

[28] 嚴歌苓，〈馮婉喻〉，《陸犯焉識》（台北：麥田出版社，2014），頁 135-136。
[29] 嚴歌苓，〈第一章〉，《寄居者》（台北：三民書局，2009），頁 3。2009 年，共和國建國
60 年。
[30] 嚴歌苓，〈上海一九三六〉，《陸犯焉識》（台北：麥田出版社，2014），頁 173。

了最後的自由。[31]」

　　隨著學校撤遷「大後方」，遠離上海到重慶的陸焉識，依舊沒有擺脫「民國機制」的社會政治結構，甚至更無法「獨善其身」，因為「人們本來分散在全國各地，現在幾乎都集中到西南，因此政治是濃縮的政治，政治恐怖也提煉了濃度」[32]。陸焉識在重慶的這一段生活，小說寫來是「偏右」的。在上海時期的陸焉識，還能在左、右之間游移；在重慶時候的陸教授，則完全受到右翼的壓制。尤其是民族危難時候，「教育部陳立夫部長為學生們的思想健康擔憂，收回了大部分學生們選修課的自由」，並且為了思想統一，建立教案審查制度；但陸焉識非但沒有可供上報審批的教案，甚至沒有教科書，「而是按照自己腦子帶來的課本上課」[33]，並且談論自由主義、民主主義，其後便是遭到學校的秘密特務舉報、入獄。

　　作為自由主義知識分子，「焉識沒有像李公僕、聞一多那樣，在昆明給暗殺，沒有像臺灣二・二八的本土人一樣，被接收大員們成片屠殺，已經是非凡幸運了。」[34]小說中，1940 年代的國民黨形象，實在欠佳，相較於陸焉識在 1942～1944 年被關押重慶；1947 年臺北的「劫收」屠殺，是更為「精進」了。而到了 1949 年：

　　　　解放軍幾乎不遇任何抵抗地攻向上海，國民黨軍向後跑總是神速，
　　　　沿途都是被放棄的建築精良的工事。就像一九三七年日軍幾乎不遇
　　　　任何抵抗地從上海一路攻向南京，德國人替國民黨軍設計和建築的
　　　　一座座鋼筋水泥工事都嶄新地被遺棄。[35]

站在「共和國」的立場，中國大陸「解放」了；而在「民國」的立場，

---

[31] 嚴歌苓，〈上海一九三六〉，《陸犯焉識》（台北：麥田出版社，2014），頁 162。
[32] 嚴歌苓，〈重慶女子〉，《陸犯焉識》（台北：麥田出版社，2014），頁 201。
[33] 嚴歌苓，〈重慶女子〉，《陸犯焉識》（台北：麥田出版社，2014），頁 199、200。
[34] 嚴歌苓，〈還鄉〉，《陸犯焉識》（台北：麥田出版社，2014），頁 254。
[35] 嚴歌苓，〈懺悔〉，《陸犯焉識》（台北：麥田出版社，2014），頁 300。

大陸「淪陷」了。當陸焉識的生活裡，列寧裝和工裝褲，開始代替了
旗袍，「民國」已遠。

三、「民國範兒」：《百年好合》的離散與賡續

不過，「民國」沒有消失，它在《百年好合》這裡，存續下來了。

2011 年，民國百年在臺灣。對於許多臺灣人來說，其實有點奇妙，
因為所謂的「民國經驗」是打從 1949 年開始的，因此認真來說，關於民
國，不過 62 年。這是兩岸非常不同的地方，民國在臺灣從 38 年算起；
而《百年好合》以簡體字版登「陸」時候，則面臨「民國幾年」要改西
元，最後「爭取到保留民國三十八年之前不改[36]」的狀況。

選在民國百年返回臺北定居的蔣曉雲，計畫性書寫的「民國素人
誌」，「謹守女主角生年必須落在民國一年到三十八年的取材條件」[37]，每
一年一位，預期書寫 38 位女性、計分三卷的「民國素人誌」，朱天文稱
之「是小人物的民國史」[38]。如果比照前文對「陸犯焉識」的分析，我們
可以這樣對「百年好合」進行「書目解題」：「百年」是對「民國」的祝
壽，而「百年好合」是祝人夫妻感情長久不變的結婚誌喜賀詞；但「百
年好合」在蔣曉雲的用法，更為接近張愛玲的《傾城之戀》[39]：真心與愛
情是其次，重點在於，這一批隨著 1949 年往外移民的族群，如何把日子
（體面地）過下去。

（一）後「臺北人」

---

[36] 蔣曉雲，〈搞文藝的〉，《啞謎道場之君自何處來》（台北：印刻文學，2014），頁 237。

[37] 蔣曉雲，〈一個壽桃〉，《紅柳娃》（台北：印刻文學，2013），頁 7。

[38] 蔣曉雲補述，因為「大人物有歷史替他們造謠」。湯舒雯記錄整理，〈以幽默的角度寫悲傷的事：朱天文對談蔣曉雲〉，《印刻文學生活誌》第陸卷第拾貳期（2010 年 8 月），頁 69。

[39] 除開書名的別意，朱天文認為蔣曉雲的文字「最重要的是那份屬於中文的美感，令人感受到閱讀中文的愉悅。尤其像是張愛玲散文裡頭的幽默、詼諧，那樣的中文現在已經很少見了」。湯舒雯記錄整理，〈以幽默的角度寫悲傷的事：朱天文對談蔣曉雲〉，《印刻文學生活誌》第陸卷第拾貳期（2010 年 8 月），頁 67。

　　為什麼在 2011 年回頭書寫「民國史」？來自於作者自身穿梭兩岸而後感：2006 年，蔣曉雲由美國矽谷奉派至上海三年多[40]，期間漫遊書城，赫見「元、明、清、民各有專櫃，中華民國在上海「被」走入歷史。[41]」當「大陸人漸漸把『民國』當成前朝」，原籍湖南、出生臺北、僑居美國的蔣曉雲有話：「明明民國人還在我身邊哪！」[42]另一方面，新世紀以來，臺灣因為眷村陸續拆除，又逢 2009 年是中華民國「大江大海一甲子」的周年紀念，因此先後有舞臺劇《寶島一村》、電視劇《光陰的故事》等系列「眷村成長故事」的播映演出，戲劇熱潮帶來至少兩種文化效應，一是「眷村」的「暴紅」；二是跟著「民國」來到臺灣的「外省人」[43]，幾乎被與「眷村」畫上了等號。所謂的「眷村」，是國共戰爭下，經過國民黨安頓規畫，在臺灣「造家」、「造村」的結果[44]，所形成的軍人家庭聚落。反過來說就是：並非所有外省人都住過眷村。因此蔣曉雲書寫「民國」的動機之一，便在於對「眷村外的外省人」的關注，意在「**讓後人知道臺灣的外省人不是千人一面，『軍區大院』外面也有異鄉人的血淚斑斑。**」[45]

　　也因此，蔣曉雲書寫「民國」同時是對兩岸當代文化現象的回應。這與白先勇在 1965～1971 年間書寫「臺北人」時的寫作背景，因而有重疊亦有歧趣，本文在這裡稱之為「後臺北人」：既有與此前相仿的「臺北人」身影，但重點更在於「後來」，與「民國」相生與共的這些人，「後來」都怎麼了？他們與「民國」如何走下去？

---

[40] 季季，〈當「台灣老頭」遇到大陸「小紅」：評介蔣曉雲《桃花井》〉，《文訊》314 期（2011 年 12 月），頁 125。

[41] 蔣曉雲，〈中華民國在上海〉，《啞謎道場之香夢長圓》（台北：印刻文學，2012），頁 163。

[42] 蔣曉雲語，林欣誼，〈蔣曉雲《百年好合》寫民國女性的風風火火〉，《中國時報》，2012 年 1 月 18 日，A11 版。

[43] 「外省人」一詞，通常特別指稱 1945~1955 年間的渡海遷台者。1955 年，大陳島軍民撤退後，每年來台的外省人口驟減。高格孚，〈第一章：歷史、政治背景與情況〉，《風和日暖：台灣外省人與國家認同的轉變》（台北：允晨文化，2004），頁 26。

[44] 張茂桂，〈想像台灣「眷村」一、二〉，張翰璧，《扶桑花與家園想像》（台北：群學出版社，2011），頁 286。

[45] 蔣曉雲，〈都是因為王偉忠〉，《聯合報》，2010 年 3 月 19 日，D3 版。

　　出於寫作動機使然，蔣曉雲筆下，來到臺灣的民國「素人」，嚴格來
說，特指沒有任何黨、政、軍色彩的「眷村外的外省人」。諸如《百年好
合》中的許多民國女子，因為各式各樣的理由，渡海成為在臺北的「外
省」姑娘。有〈鳳求凰〉裡的麵館老闆娘古麗和女兒琪曼。古麗是回族
的穆斯林婦女，本是依附丈夫國清親戚任職的輪船公司，到臺灣辦事處
工作，未料剛到臺灣，上海易幟，船公司倒閉，就這麼與女兒琪曼一家
三口，落地成家做臺北人。也有〈北國有佳人〉中的上海舞小姐「英子」
喬淑英，因為情郎的勢力資本家庭，借上海變天設局，棒打鴛鴦，於是
帶著非婚生女兒愛芬，另與昔日的追求者，隨著難民潮到了臺灣。〈昨宵
綺帳〉中的應雪燕，更是向白先勇〈永遠的尹雪豔〉致敬之作。上海灘
紅牌舞女「小北京」應雪燕，是「大北京」喬淑英的表妹；1949年初，
接受恩客陸永棠的招待，和陸永棠的小姨子金舜美到臺灣度假，未料年
底國共隔海對峙，應雪燕等於是「卡」在了宣布戒嚴的臺灣，歸滬無期。
[46]這些「臺北人」，大抵和白先勇筆下的「臺北人」有著相似的「出身」：
因為自願與非自願的理由，大江大海落戶臺北；只不過，蔣曉雲寫來更
加的人間煙火、鑼鼓喧天。因為1949年來自中國各地的人馬匯聚臺灣，
於是乎：

> 在地通行的「國語」得以吸收方言詞彙，增添豐富。我是不會說父
> 母家鄉話的「國語人」，卻常不自覺地在作文時摻進不辨來自何處的
> 方言俚語；大陸讀者說是有「民國風」，我倒覺得挺「臺」。[47]

「民國風」與「臺」之間的曖昧難辨，正來自1949年後「臺北人」的多
元組成，另外則還有出於中國對臺灣的「陌生化」（defamiliarization）想
像。民國將臺灣民國化，但隨著土地改革等「民生主義」的實施，從「鄉

---

[46] 蔣曉雲，〈昨宵綺帳〉，《百年好合》（台北：印刻文學，2011），頁169、170。
[47] 蔣曉雲，〈說文解「爺」〉，《啞謎道場之君自何處來》（台北：印刻文學，2014），頁297。

土」而「本土」的發展歷程，特別是「臺灣脫離農業社會轉型都市化、經濟由戰後的蕭條漸奔小康」[48]，民國也漸次臺灣化[49]。

　　例如《百年好合》到了〈珍珠衫〉，故事再現的是另一種「臺北人」。〈珍珠衫〉借用馮夢龍「三言」之一《古今小說》裡「蔣興哥重會珍珠衫」的典故[50]，是古典小說裡少數「有好下場的女人外遇事件」[51]。這裡說的是愛芬，幼年跟母親商淑英從上海到臺灣，成年一嫁美國成為「華美人」太太，初老之際二嫁回臺。二婚的老夫婿朔平，因為在美國任職的公司，大幅度改組，已是高層的朔平，終究是亞裔身分，升遷空間有限，便辭職另行受聘入駐當時還是一片荒涼的臺灣電子工業園區；於是乎，朔平雖然在國共開戰時期，就已移居美國，過去「和臺灣素無淵源，少年時候也沒少聽過國民黨政府的壞話[52]」，但在 1990 年代成為「後臺北人」，趕上也見證「臺灣錢淹腳目」的好時光。

　　也因此，民國素人誌三部曲，或可視為另一種「大河」小說，承載著民國的階段性變化。《百年好合》中的「民國女子」，〈鳳求凰〉裡的古麗，在「十年生聚」後，搬進了中華商場；〈昨宵綺帳〉中的「女二」金舜美，上海千金，「民國」公務人員退休，領有「十八趴」優利，終老臺灣。到了《紅柳娃》故事裡的七位素人女角，已有四位是在臺灣長大的「新臺灣人」，一位是本省姑娘。而其他的「民國女子」呢？在《百年好合》中，有許多成為「後紐約客」了。

（二）後「紐約客」

[48] 蔣曉雲，〈一個壽桃〉，《紅柳娃》（台北：印刻文學，2013），頁 7-8。2014 年，《百年好合》在中國新星出版社簡體字出版時，包含 12 個故事，為正體字版《百年好合》與《紅柳娃》的合集，故本文將民國素人誌的前兩卷並置討論。
[49] 張俐璇，〈重慶之民，自由之國：「後 1949」台灣小說中「民國文學機制」的承繼與演繹〉，《中國現代文學》26 期（2014 年 12 月），頁 101-102。
[50] 蔣曉雲，〈家喻戶不曉〉，《啞謎道場之君自何處來》（台北：印刻文學，2014），頁 31。
[51] 蔣曉雲，〈珍珠衫〉，《百年好合》（台北：印刻文學，2011），頁 136。
[52] 蔣曉雲，〈珍珠衫〉，《百年好合》（台北：印刻文學，2011），頁 145。

　　當年白先勇筆下「永遠的尹雪豔」，後來怎麼了？在蔣曉雲的致敬之作〈昨宵綺帳〉中，應雪燕後來嫁到美國去了[53]。〈北國有佳人〉和〈珍珠衫〉兩篇的母女，淑英因為難中夫婿後來得罪國民黨失蹤，為稻粱謀之故，另嫁在美華僑；女兒愛芬在母親安排下「盲婚」成為「出口新娘」，在美與母親團聚。因為寫作取材的設定，「民國素人」的書寫起點是「中華民國」而非「中華民國在臺灣」[54]，因此有許多人「**在天下大亂時沒有去臺灣，他們直接去到了世界各地**[55]」，而其中的「世界各地」，又特別是美國。例如開卷之首的〈百年好合〉和〈女兒心〉兩篇，祖上是參贊洋務「遺老」的上海小姐金蘭熹，難中到了香港；其後為了「在『逃難』之中維持排場」，為「在國共內戰中損失慘重的家族」，「攀一門當門對戶」[56]，因此將18歲女兒陸貞霓，遠嫁同是「海派」出身、早一步移居美國的「豪門」。這一些「去了世界各地」的「民國素人」，或謂「華僑」，實則有相當的比例是「資產階級」，因為是「或有文憑，或有技能」的「民國士大夫」，因此，即使是在難中，也有餘力繼續「生活」[57]。

　　之所以談「後臺北人」與「後紐約客」，在於本文想討論的，關於「民國範兒」這件事。隨著「民國熱」在中國的興盛，「還在使用民國紀元的臺灣，被大陸人民認定承襲了民國範兒。」[58]何謂「範兒」？依據蔣曉雲自己的理解是：

　　「範兒」應該是北方用語，我的理解是類似南方人說的「派頭」。……

---

[53]「蔣曉雲聽說這個原型的時候，老太太已經80多歲了，『住在舊金山豪宅區，還有個90歲的男朋友，瞞著100歲的太太去看她』。」記者洪瑋，〈蔣曉雲：素人歸來〉，《南都周刊》2014年度第8期（3月13日）。

[54] 蔣曉雲，〈革命之母〉，《啞謎道場之君自何處來》（台北：印刻文學，2014），頁115。

[55] 蔣曉雲，〈自序等到民國一百年〉，《百年好合：民國素人誌第一卷》（台北：印刻文學，2011），頁9。

[56] 蔣曉雲，〈女兒心〉，《百年好合》（台北：印刻文學，2011），頁37、38。

[57] 蔣曉雲，〈自序等到民國一百年〉，《百年好合：民國素人誌第一卷》（台北：印刻文學，2011），頁7、8。

[58] 葉家興，〈想我陸生夥伴們：台灣還有沒有「民國範兒」？〉，Yahoo奇摩新聞，2013年5月13日。

不過用「範兒」好像比「派頭」多了份氣勢、氣度，還是氣質啥的。[59]

　　簡單來說，「範兒」可以形容外在的穿著打扮，就像是臺灣說的「有型」；「範兒」也可以指稱精神氣質，譬如說，民初如蔡元培等具有文人風骨的學者，會被稱爲「很有民國範兒」[60]。

　　本文認爲，1950 年代，因爲黨國文藝政策「橫的移植」，「民國範兒」可能一度在臺灣；但真正賡續「民國範兒」的，更多是在僑鄉[61]。這在「民國素人誌」的第一篇〈百年好合〉大抵已有定調，男主角陸永棠（大陸版圖永似秋海棠）是早年「海歸」上海的華僑，因爲父親在僑居地發了財，所以他被送回家鄉、迎娶名門淑女，「負責爲三代平民家庭『洗底』[62]」，提高出身階級。陸永棠和金蘭熹各懷心思地順利在民國 25 年「百年好合」。因爲華洋富豪的出身，這對精通洋文的「商人夫婦對時機感覺敏銳，並不輕信站在臺上大聲疾呼跟他走才算愛國愛民的任何一邊，在關鍵時刻望風而行，比難民大流早走一步。[63]」而這一類維持民國世家排場的「婚姻中介」，一直持續到民國素人誌的第二卷，五、六〇年代的「華美人」多半是世家子弟，並且陽盛陰衰，因此四處尋覓華裔「閨秀」，維持排場與血緣純正地傳宗接代；然而「大陸老家的門讓共產黨關起來了」，於是「只能指望小小『自由中國』的官小姐來遠水救火。[64]」也因此，許多具有臺灣經驗的民國女子，婚後在僑鄉。

　　「她說的才是我想像中的上海嘛。[65]」不只是官小姐，前文所提及的舞女「小北京」商淑英，因爲生活故，也輾轉成爲旅美華人；70 歲的時

---

[59] 蔣曉雲，〈領導的範兒〉，《啞謎道場之香夢長圓》（台北：印刻文學，2012），頁 146。

[60] 羅印沖，〈兩岸快譯通：範兒風格〉，《聯合報》，2012 年 5 月 24 日，A14 版。

[61] 一如李安《色戒》中的「假香港」、「真檳城」，僑鄉反而保留了更多過去的元素。

[62] 蔣曉雲，〈女兒心〉，《百年好合》（台北：印刻文學，2011），頁 37-38。

[63] 蔣曉雲，〈女兒心〉，《百年好合》（台北：印刻文學，2011），頁 30。

[64] 蔣曉雲，〈朝聖之旅〉，《紅柳娃》（台北：印刻文學，2013），頁 48。

[65] 蔣曉雲，〈北國有佳人〉，《百年好合》（台北：印刻文學，2011），頁 79。

候，重遊上海，跟團員講述當年十里洋場風光，儼然是一「民國」導遊。甚至商淑英後來在美經營、取名爲「法租界」的餐廳，也帶有那麼一絲類百樂門的「民國」味道。換句話說，關於「民國」的記憶，由僑居者賡續了下來。這也是爲什麼「民國素人誌」評價兩極：樂之者，認爲取材不同一般，深有「國際觀」；憂之者，認爲是「爲僑民立傳」[66]，題材離臺灣人心太遠。

而這大抵是「民國」與「臺灣」的距離。作者「**當年臺灣小姑娘出國，幾十年後華僑老太太還鄉**[67]」，從海外的民國回到臺灣，對於藍綠兩黨皆不做七七紀念，十分不以爲然；因爲「七七事變」雖然中國最後只是「慘勝」，但「畢竟是國民黨自推翻帝制以來最正面的領導事蹟」[68]。從海外的民國回到上海，卻見「民國」已成「前朝」，君不見、均不復見記憶中的民國。

四、從「陸焉識」到「陸永棠」：自由主義者與僑居者的民國

從「陸焉識」到「陸永棠」，同在 2011 年出版的《陸犯焉識》和《百年好合》，分別再現了「自由主義者」以及「僑居者」的民國。在嚴歌苓的民國，是對「自由」的辯證，是一種「拆解」的認識（焉識）；而在蔣曉雲的民國，是華僑走向世界的開始，是民國士大夫的海外延續，是一種意欲「完整」的拼圖（永棠）。《陸犯焉識》重現了上海與重慶的「民國機制」；《百年好合》則揭示了「民國範兒」在僑鄉。

「1949 年，『舊社會』、『舊語言』、『舊情義』都隨國民黨政府從大陸退守到了臺灣」[69]，賈樟柯追憶侯孝賢在 1989 年的電影《悲情城市》

---

[66] 蔣曉雲，〈革命之母〉，《啞謎道場之君自何處來》（台北：印刻文學，2014），頁 114。

[67] 蔣曉雲，〈咁都得？點都得！〉，《啞謎道場之君自何處來》（台北：印刻文學，2014），頁 160。據作者解釋，篇名爲廣東口語，翻成台普就是「醬子也行？」。

[68] 蔣曉雲，〈一個壽桃〉，《紅柳娃》（台北：印刻文學，2013），頁 6。

[69] 賈樟柯，〈侯導，孝賢〉，《大方雜誌》，2011 年 3 月。

的時候，曾經說過這麼一段話。這段話，或可作爲關於「民國範兒」想像的註腳。誠如小說家嚴歌苓與蔣曉雲有其意欲回應的時代課題，本論文的寫作，也意圖拆解「民國熱，臺灣尋」的現象。特別是隨著歲月遞嬗、時光荏苒，從「臺灣民國化」走向「民國臺灣化」[70]以後，保留「民國範兒」的，更多的可能是在僑鄉。

對於「民國範兒」的回應，是本文意圖的其一；其二則是意圖擴充「民國文學」議題的範疇。截至目前的「民國文學」討論，大抵仍與「現代文學」有著剪不斷理還亂的關係，本文希望藉由對兩位「旅美作家」「海外書寫」的分析，能提供另一種關於「民國文學」的思索。

---

[70] 張俐璇，〈重慶之民，自由之國：「後 1949」台灣小說中「民國文學機制」的承繼與演繹〉，《中國現代文學》26 期（2014 年 12 月），頁 101-102。

參考資料

一、作家文本

- 蔣曉雲，《百年好合：民國素人誌第一卷》（臺北：印刻文學，2011）。
- 蔣曉雲，《紅柳娃：民國素人誌第二卷》（臺北：印刻文學，2013）。
- 蔣曉雲，《啞謎道場之香夢長圓》（臺北：印刻文學，2012）。
- 蔣曉雲，《啞謎道場之君自何處來》（臺北：印刻文學，2014）。
- 嚴歌苓，《寄居者》（臺北：三民書局，2009）。
- 嚴歌苓，《陸犯焉識》（臺北：麥田出版社，2014）。

二、論述專著

- 李怡、羅維斯、李俊杰編，《民國文學討論集》（北京：中國社會科學出版社，2014）。
- 高格孚，《風和日暖：臺灣外省人與國家認同的轉變》（臺北：允晨文化，2004）。
- 藺桃、黃重豪、賈士麟、葉家興著，《陸生元年》（臺北：秀威資訊科技，2013）。

三、報章雜誌

- 李伯勇，〈嚴歌苓《陸犯焉識》的「頭輕腳重」問題〉，《新地文學》24期（2013年6月）。
- 季季，〈當「臺灣老頭」遇到大陸「小紅」：評介蔣曉雲《桃花井》〉，《文訊》314期（2011年12月）。

- 張俐璇，〈共和國看民國——書評《民國文學討論集》〉，國立政治大學《民國文學與文化研究》創刊號（2015 年夏季）。
- 張俐璇，〈重慶之民，自由之國：「後 1949」臺灣小說中「民國文學機制」的承繼與演繹〉，《中國現代文學》26 期（2014 年 12 月）。
- 張登及，〈解讀北京的民國熱〉，《中國時報》，2011 年 10 月 4 日，A14 版。
- 湯舒雯記錄整理，〈以幽默的角度寫悲傷的事：朱天文對談蔣曉雲〉，《印刻文學生活誌》第陸卷第拾貳期（2010 年 8 月）。
- 葉家興，〈想我陸生夥伴們：臺灣還有沒有「民國範兒」？〉，Yahoo 奇摩新聞，2013 年 5 月 13 日。
- 賈荃，〈再陽剛的太監也是太監〉，香港《蘋果日報》，2014 年 5 月 22 日。
- 賈樟柯，〈侯導，孝賢〉，《大方雜誌》，2011 年 3 月。
- 龔自強、陳曉明等，〈20 世紀中國知識分子的磨難史——嚴歌苓《陸犯焉識》討論〉，《小說評論》2012 年第 4 期。

講評

◎郝慶軍[*]

　　張俐璇的論文從新世紀以來討論熱烈的「民國文學」範疇出發，以嚴歌苓的長篇小說《陸犯焉識》和蔣曉雲的《百年好合》作為考察個案，對民國機制和民國範兒這兩個論題進行了較為詳盡的論述。論文認為，嚴歌苓的《陸犯焉識》在「進步左翼」與「民族右翼」之外，再現了「自由主義者」視野的民國；而蔣曉雲的《百年好合》的視角，則來自民國時期的「小人物」，以及1949年後身在海外的民國「士大夫」，再現了「僑居者」的民國。

　　我認為，張俐璇的這篇論文首先提出了一個重要的命題，即站在新世紀的價值立場，如何超越不同意識形態的思想預設，探討富有生機和活力的「民國文學」。這個命題富有建設性，亦有挑戰性，這恐怕是整個中國現當代文學研究領域共同關注的問題。對這個問題的破解，哪怕是提出任何一種解決思路，都會對學界做出貢獻。張俐璇的起點是高的，問題的提出一下子抓住了整個學界普遍關心的重大問題，膽識和魄力是可嘉許的。那麼，張俐璇如何破解這個難題的呢？我認為，作者在嚴歌苓和蔣曉雲的故事中，分別找到了兩種民國書寫和民國敘事。前者重構了一種民國想像，即進步左翼和民族右翼之外的自由主義的「民國機制」；而後者則把空間意義上的民國延伸到海外，這個民國已經出離了地

---

[*]　中國社會科學院文學博士，現為中國藝術研究院《傳記文學》主編、中國藝術研究院副研究員。

說，嚴歌苓的民國想像超越了意識形態觀念的束縛，突破左右之爭，還原一個自由主義者的獨特話語，蔣曉雲則突破大陸、臺灣的民國概念的局限，把民國想像成一種文化，一種行為方式，一種調調，而這種文化、行為方式和調調，已經延續到海外的僑鄉，再造了另一個民國。

　　我們不得不佩服張俐璇的精巧運思和四兩撥千斤的敘述功力，也為她對兩岸學界關於「民國文學」討論的精細梳理並生髮自己的獨立思考，她的論述是扎實的，可信的，令人耳目一新的，她找到了解決問題的一種思路，而且這個思路對當前的關於民國文學的研究是有啟發性的。當然，如果作者在文本細讀之外展開一些理論方面的演繹和推斷，對提出的兩個重要命題（民國機制和民國範兒）的分析上再詳盡和周致一些可能會更有說服力。

「新方志」書寫：對「地方性」的有限招魂

賈平凹長篇作品《老生》研究

◎陳思*

摘　要

　　論文試圖完成對賈平凹《老生》中「新方志」書寫的命名與評價。本文首先論述《山海經》作爲全書結構樞紐所勾連起的中國方志傳統，其次在標示出小說風格奇幻到寫實的斷裂後，從這一裂口入手去挖掘作品對於物質之「名」（地名、物產、禮俗、器物）、「關係」和「鄉村經紀」等地方性知識的呈現，深入剖析文本隱藏的「國家—地方」認知結構。在充分肯定這種重建「地方」進而重寫中國故事的努力之後，文章指出小說所呈現的地方的殘缺性與局限性，例如對陝南早期革命與土改經驗歷史還原不足，受限於「國家—地方」二元視角之後對「地方」內部的塊莖化關係呈現不足等。

關鍵字：新方志書寫、《老生》、地方、《山海經》、物質之名、關係、鄉村經紀

---

* 北京大學中國語言文學系博士，現爲中國社會科學院文學研究所助理研究員，中國現代文學館客座研究員。

在 80 年代新啟蒙知識話語崛起、經歷了 80 年代「尋根」文學到 90 年代「新歷史主義」的文學浪潮之後，我們如何想像 20 世紀中國的歷史？在當下語境中，如何正心誠意、鉤沉歷史，擺脫「常識」話語的覆蓋與壓抑，並以此爲基礎來重新書寫關於中國的故事，這是擺在作家和批評家面前的任務。

正是在這樣的意義上，賈平凹繼《秦腔》、《古爐》和《帶燈》之後推出的長篇小說《老生》[1]，爲困境中的小說家與研究者隱約提供了樣本和方向。

本文將賈平凹在《老生》中展現的書寫形態命名爲「新方志」書寫。「新方志」書寫在我們現成觀念燭照不到的地層之下開始運作，試圖從最汙濁混沌的「經驗」層面形成一道自下而上的微薄的光線，最終重返在我們各種觀念型構之外的「地方」。正是通過從物質文化知識層面去想像某種位於國家、革命之外「地方性」，小說家表達了對 20 世紀以來的現代民族國家視角，以及 80 年代以來逐漸形成的文學習慣的挑戰。在充分肯定這種書寫意義的前提下，假如我們將這一文學文本重新放置在歷史材料構成的整體空間內，也能看到作家對「地方」經驗的理解仍存限制。

一、方志書寫：《山海經》與中國地方志傳統

《老生》在雲霧繚繞的秦嶺中展開。開篇是秦嶺中一條倒流河，120 里外有上元鎮，一座棒槌般的空空山，山上有石洞，凡有貴人經過，石洞就往外流水。貴人是匡三，未卜先知石洞流水的奇人是給往

---

[1] 《老生》發表於《當代》2014 年第 5 期。小說發表之後，繼《帶燈》之後蟬聯了「《當代》長篇小說（2014）年度獎」、獲新浪評選「2014 年度十大好書」之首。批評界也做出了積極主動的反應。比如，2014 年 10 月 27 日下午，李敬澤、李莎、陳曉明、賈平凹在北京大學舉行「中國歷史的文化記憶──賈平凹長篇新作《老生》讀者見面會暨名家論壇」進行對談；2014 年 12 月 6 日，在復旦大學欒梅健主持下，陳思和、陳曉明、吳義勤等來自北京、遼寧、陝西、湖北、江蘇、上海的二十多位評論家在復旦大學舉行賈平凹《老生》學術研討會。

生者唱陰歌爲生的歌師。閱遍人世滄桑的歌師終於病重，看護歌師的少年請來古文教師傳授《山海經》。因此小說的主體分成四大塊，分別由教師領讀四段《山海經》開頭。垂死的歌師伴隨《山海經》的教誦，回憶起自己的一生。借此，《老生》在陝南商洛地區的百年歷史中截取了四個段落。第一個段落是 30 年代初期、隨著劉志丹等紅軍經過陝南之後到紅二十五軍北上的一段歷史。第二個段落起止是從 50 年代初陝西開展農村土改到 1956 年農業合作化之前。第三個段落相對模糊一些，應該是 60 年代中期往後。第四個段落從 90 年代寫到 21 世紀初，影射了包括「周正龍」事件和傳染病疫情等社會熱點問題。

在人物設計上，四位主人公從「老」黑，到馬「生」、墓「生」和戲「生」，形成由「老」到「生」的序列。這一序列，一方面與小說線索人物歌師的身分相配，構成了死與生的首尾相接之感；另一方面也完成了農民自我意識的辯證完成：從好勇鬥狠、不分黑白的老黑（非善非惡），到鑽營弄權、賣村求榮的馬生（非善），再到兩面討好、但求自保的墓生（非惡），最後出賣鄉村而又獻身鄉村的鄉村能人戲生（亦善亦惡），四個首尾相接的人物既代表了 20 世紀以來農民的四種形象，又勾勒出農民在鄉村自我認知與自我意識發展的過程。此外，在小說後兩個故事當中，名字帶「老」和名字帶「生」的人物還會同時出現，例如老皮與墓生、老余與戲生。因此，「老」與「生」除了形成的死亡與生命的對子，同時還形成了強者與弱者（國家與地方）的對子。

上文對於小說主要內容和結構看似周全的概括首先忽略了一個非常重要的問題：《山海經》作爲小說的組織框架，對於它所統攝的四段故事具有怎樣的提示作用？

一般說來，當下批評家大多將作爲小說結構中樞的《山海經》解釋成：「接續《紅樓夢》等古典小說的『荒唐言』傳統」、「爲歷史敘

述的主觀性張目」[2]，或者我們只能理解爲是一種權宜之計或敗筆──即小說家應結構完整性的需要而做的技術處理。即使並未明說，出於對「山海經」作爲想像文本的預設，批評家往往也容易過快地跳躍到肯定小說家對 20 世紀「中國」歷史的「告別革命」式的個人化理解[3]，而對於小說著力夯實的陝南經驗缺乏足夠的辨析和承認。但事實上，要真正理解《山海經》對於小說意圖的暗示，我們必須澄清如下兩點。

首先，《山海經》的整體性質是什麼，以及如何進一步理解《山海經》自身所連帶出的思想傳統。《山海經》成書時間大約是從戰國初年到漢代初年[4]，著者姓名人數不詳[5]，經西漢劉向、劉歆父子編校時，才合編在一起。通常認爲，《山海經》共 18 卷，分爲「山經」五篇、「海外經」四篇、「海內經」四篇、「大荒經」五篇。「山經」主要記載山川地理，動植物和礦物等的分布情況；《海經》中的「海外經」記述海外各國的奇異風貌；「海內經」刊載海內神奇事物；「大荒經」記錄黃帝、女媧、夸父、大禹等神話傳說。

學術史上歷來對《山海經》的定位聚訟不休，它是博物志、歷史書、地理志，還是奇談怪論？有些人認爲《山海經》開啓了一條狂想性文學的傳統──學者傾向於將它視爲神話故事集和對異域空間的想像。葛兆光就認爲它和《穆天子傳》一樣是「半是神話半是博物的傳說」[6]，可以包括在這一譜系之內的還有歷代圖像，如梁元帝的「職

---

[2] 參見李敬澤和李莎的觀點，載〈賈平凹、李敬澤、陳曉明、李莎對談：從長篇小說《老生》看中國歷史、個人記憶和文學傳承〉，訪談全文見鳳凰讀書網：
http://book.ifeng.com/shusheng/jiapingwa/index.shtml

[3] 參見陳曉明：〈賈平凹長篇小說《老生》：告別 20 世紀的悲愴之歌〉，《文藝報》，2014 年 12 月 19 日。

[4] 《山海經》各篇著作年代都存在爭議。陸侃如、蒙文通、袁珂、顧頡剛、袁行霈、呂思勉等學者觀點不盡相同。但整體上，多數學者同意創作年代大致在戰國到秦漢。

[5] 傳統的「禹、益說」固然不可信，包括劉師培「鄒衍說」、衛聚賢「隨巢子」說、顧頡剛「周秦河漢間人說」、茅盾「東周洛陽人說」、袁珂「楚人說」、蒙文通「蜀人說」和「東方早期方士說」也都並無充足證據。

[6] 葛兆光：《宅茲中國：重建有關「中國」的歷史論述》，中華書局，2011 年版，68 頁。

貢圖」、唐代周昉的「蠻夷執貢圖」、北宋趙光輔的「蕃王禮佛圖」。
歷史學家葛兆光其實強調的是《山海經》（尤其是「海經」）對於上古
時期和海外生活的想像部分，因此他還舉出《莊子》、《十洲記》、《搜
神記》、《史記》和《漢書》對於異域的描寫，南宋周去非的《嶺外代
答》、南宋趙汝適的《諸蕃志》，明代馬歡的《瀛涯勝覽》、費信的《星
槎勝覽》、黃衷《海語》、游樸《諸夷考》，還有明代鞏珍記載鄭和下
西洋的《西洋番國志》。而《山海經》的想像文字也的確蔓延到後世
諸多文獻之內，例如「女人國」就出現在包括《三國志魏志東夷傳》、
《後漢書東夷傳》、《梁書諸夷傳》等正式史書以及《博物志》、《杜陽
雜編》、《太平禦覽》、《冊府元龜》、《事林廣記》等博物志之中，這也
印證了葛兆光自己對中國史地文獻半真半假、半親歷半想像的判斷[7]。

　　本文理解《山海經》的方式是強調其作為知識（地理學和博物學）
的一面[8]。由於歷朝歷代的歷史背景不同，對於《山海經》的闡釋框
架也發生變動，比如漢代司馬遷在《史記》雖有質疑，卻總體肯定其
權威，魏晉神仙學背景下又有不同，到了宋代學者多質疑其地理志的
真實性，明代世俗化浪潮中則高舉其文學文化價值，具體討論過程此
處從略[9]。宋以後出現朱熹這樣從儒學立場肯定「山經」、批判其餘「荒
誕不經」部分的言論[10]。期間，中國方志基本定型，除了總志之外，
地方上出現了大量編修縣志的舉動[11]。可以說，從宋代以後，《山海經》

---

[7] 參見葛兆光：〈宅茲中國：重建有關「中國」的歷史論述〉，中華書局，2011 年版，68-75
　　頁。
[8] 20 世紀一些學者轉為強調《山海經》記載的真實性和可信性，與強調「神話」、「志怪」、
　　「文學性」的說法截然不同。參見小川琢治：〈山海經考〉，見江俠庵編譯《先秦經籍考》
　　（下），商務印書館，1933 年，第 90 頁；徐旭生：《中國古史的傳說時代‧讀《山海經》
　　劄記》，廣西師範大學出版社，2003 年，第 351 頁；譚其驤：〈《五藏山經》的地域範圍
　　提要〉，見《山海經新探》，四川省社會科學院出版社，1986 年，第 13 頁。
[9] 關於《山海經》在中國歷代學術史不同背景下的闡釋，參見陳連山：《山海經學術史考論》，
　　北京大學出版社，2012 年版。
[10] 朱熹基本肯定了《山經》作為地理志的可信性。朱熹在《朱子語類》卷 138 回答弟子問
　　題時，認為《山經》是寫實的，那些異獸則描自漢室宮廷的壁畫：「一卷說山川者好。
　　如說禽獸之形，往往是記錄漢家宮室中所畫者也。如說南向、北向，可知其為畫本也。」
[11] 到了宋代，方志輯錄的內容除了地理還包括人物和藝文，確立了此後的形態。此前輿地

（特別是「山經」）向下接續了一條中國地理方志的譜系，而這一條地方志傳統的興盛又與中國宋以降漸趨形成的地方─國家二元結構有關。《老生》刻意排除掉了「大荒經」等虛幻想像色彩更濃厚的部分，單獨選擇「山經」的段落，意在與中國特有的史學傳統而非神話傳統形成延續。

其次，我們可以更進一步提問，作者爲什麼獨獨選擇「山經」中的「南山經」、「西山經」、「北山經」，而不選《山海經》包括「山經」的其他幾個部分呢？

上文已經辨析，《山海經》可以總體上當做中國歷史方志的源頭性作品，而《山海經》內部最接近這一傳統的就是「山經」。「山經」的結構並不按時間順序，而按照空間排列。「山經」從南方開始，接著是西方，隨後是北方、再到東方，最後寫到中州──構成一條從邊境向中土匯聚、收攏的敘事線索。

《老生》只採納了「山經」當中的南山經、西山經、北山經。首先，它拒絕了象徵著主流和中原的「東方」與「中州」：「南山」、「西山」、「北山」是「中國」的邊緣。同時，這種「邊緣」又不是海外──小說家同樣不會採納「海外經」這樣徹底描寫國土之外的文字。另外，這種「邊緣」又是可理解，不是全然無稽之談的──例如「山經」之外的「大荒經」、「海內經」中的「怪力亂神」。因此，只選擇「南山」、「西山」與「北山」，說明小說家意圖描繪的是相對於中國海內邊地（「西南」──陝南地區）的地方經驗，這種「地方」不是海外的、也不是純然奇幻的，而是可以通過「教師」來翻譯的。

那麼，除了以《山海經》提綱挈領地暗示文本對於方志傳統的延

之書與隋唐盛行的圖經被取代。當時較有代表性的地方志有《太平寰宇記》、《元豐九域志》，以及《乾道臨安志》、《淳祐臨安志》、《咸淳臨安志》等。明代志書約有一千五百餘種，現存四百餘種。清代是修志極盛時期，乾嘉之際三修《大清一統志》，形成舉國上下修輯方志的高潮。從宋代到明清兩代，除了官修方志外，許多地方鄉紳開始介入地方志的撰寫編修。參見劉緯毅、諸葛計、高生記、董劍雲：《中國方志史》，山西出版社，2010 年版。

續性，《老生》對於方志傳統資源還做了哪些實際上的吸收？

二、回到物質之「名」：地名、物產、禮俗、器物

正是在《山海經》的脈絡上，《老生》以命名的方式，讓一般常識之外的事物在語言結構當中出場，釋放那些被壓抑的經驗。小說主體的四個故事篇幅不一，最長、最厚實、最充滿細節的是第四個部分。我們先從前三個故事入手，初步勾勒小說與地方志傳統的關聯性。

在第一段山海經所引領的段落裡，財東王世貞的家丁老黑一路當上保安隊的排長，他在共產黨員李得勝的發動下，拉杆子，率領三海、雷布加入游擊隊，這支隊伍覺悟不高，從劫富濟貧、占山為王，到復仇、脅迫、逃亡，又與地方武裝（保安隊）來回拉鋸，最後幾位首腦因為各種意外慘烈犧牲，幾乎全軍覆沒，只留下最不成器的匡三跟隨部隊跑去延安，竟當上了大司令。

第二段故事由「南山經」的「南次三山系」引出解放初陝南新區土改的經過。空間主要局限在嶺寧城破敗後的老城村[12]。流氓無產者馬生在鄉村弄權，以農會副主任的身分主宰土改，架空農會主任中農洪拴勞，在丈量土地、登記財產、劃分成分、訂立階級、劃分耕地牲畜等土改環節當中，逼死逼瘋地主王財東、張高桂。這樣的「土改」一直持續到這一年春耕開始。第二年馬生更加張狂，曲解「動兩頭、定中間」的土改政策，為了多分土地將工匠李長夏從富農升為地主、沒收其土地家產，又為了沒收寺廟公地，害死與諸多村婦有染的宣淨和尚，逼瘋中農媳婦白荣。在應付土改檢查團之後，在大批鬥當中逼

---

[12] 查《丹鳳縣誌》可知，丹鳳縣的古商縣城恰名「古城村」：「古商縣城在今縣城（龍駒寨鎮）西 2.5 公里的古城村，為秦孝公十一年（前 351）『城商塞』（古商城）之城址，系今商洛地區最早之城池。秦孝公二十二年（前 340）該縣為商鞅封邑邑治；秦始皇二十六年（前 221）後，為商縣縣治；隋開皇四年（584）至唐武德二年（619），為商洛縣縣治。自戰國曆秦、兩漢、三國、西晉、北魏、西魏、北周、隋、唐，凡 970 年。城垣南北長 1500 米，東西寬 1000 米。」另一個「老城村」的來歷，也可能受到民國時期李長有血洗龍駒寨鎮、造成這一商貿集中地一蹶不振這一材料的啟發。

死王財東、逼瘋地主媳婦玉鐲。隨後線索轉到老實本分的貧雇農白土。小說並未大量渲染貧雇農在土改中得到的實惠。拴勞等農會負責人讓白土和瘋了的玉鐲成婚，以便解決後者生計問題，但馬生還是照樣來找玉鐲。馬生還設計扳倒了老實巴交的農會主任洪拴勞。原來洪拴勞之所以總被老婆打罵就是因為強姦了養女翠翠。馬生與拴勞媳婦暗通款曲，使計讓拴勞被抓，從此讓大權獨攬。

第三個故事的起因是歌師經獨眼龍徐副縣長介紹到縣文工團當勤雜工，又因為匡三司令要求重新編寫秦嶺革命鬥爭史被調任編寫小組。這一段故事的空間主要固定在三臺縣過風樓鎮。過風樓公社書記老皮，是匡三司令還在山陰縣當兵役局長時秘書的表弟。伺候書記的墓生成分不好，但乖巧伶俐，漸漸在行事之中左右搖擺，成為了一隻善於偽裝的「竹節蟲」。公社中排名最後的幹部劉學仁是另一種類型的「竹節蟲」，他沒有實際本事，但是善於溜鬚拍馬、滿嘴政治名詞，主要抓公社宣傳工作。棋盤村的村長馮蟹也是「竹節蟲」，獨斷專行、頗有老黑遺風。他與劉學仁通力合作，勵精圖治，帶領棋盤村修梯田、統一髮型，在棋盤村「發現」匡三司令的「革命杏樹」、成立革命歷史教育基地、購買勞動服和土豆，讓村民集體勞動和進餐。三年自然災害期間，馮蟹平定了村民吃死人的事件，平穩度過了最艱難的二月和八月，得到了老皮獎勵的救濟糧。兩人又在割資本主義尾巴的時候通力合作，劉學仁設檢舉箱、挑起民眾之間的猜忌，分化了基層。棋盤村的經驗得到推廣，老皮又整頓了琉璃瓦村，以此引出這一階段農村生活中最具暴力性的所謂「學習班」。「學習班」在黑龍口窯廠，凡是犯有政治錯誤的人都受到閆立本設計的酷刑虐待。墓生對老皮、劉學仁、馮蟹這樣從公社到村莊的基層弄權者抵觸進一步加深，卻無能為力。最後，墓生在收紅旗的時候意外跌落死去，喪事潦草冷清。

關鍵在於，在敘述上面這些「情節」的時候，小說節奏是很緩慢的。這種敘述上的緩慢、徘徊，很大程度是因為小說家割捨不掉許多

具有地方色彩的事物。這些事與物直接以「名」的形式在人物周圍出場，構成了小說的在地感。名詞是根據習慣而有意義的聲音，它是無時間性的。[13]特殊名詞的重新出現一定會順藤摸瓜地牽扯起背後的地方傳統，從而隱微地表達了作家鉤沉地方歷史的欲望。

　　小說對於空間精確性具有格外的追求，我們首先注意到許多標明空間地點的詞彙。比如在第一段故事裡，游擊隊不斷在鄉村移動，村名、地名、山名、河川、廟宇鱗次畢現。「清風驛」上吃錢錢肉要在「閆記店」和「德發店」，李得勝家鄉在「萬灣坪」，老黑起了反意是在「青檁塢」，謊稱剿匪的地方是「黑水溝」，與王世貞火拚在「正陽鎮」，游擊隊轉戰「熊耳山」、「麥溪溝」，匪三成長於「花家砭」的戰鬥，李得勝在「皇甫街」敗走麥城，之後在「黃柏岔村」休養生息，在官道邊的「澗子寨」設立新據點。在第一則故事完成對陝南商洛地區幾個縣的空間描摹之後，第二、三、四則故事的空間相對集中，雖涉及到老城村、過風樓鎮、回龍寨鎮、當歸村、上灣村、祁家村、下灣村、鞏家砭等空間，但每一則故事的人物基本在「鎮」的範圍內活動。對地理空間的偏執，使得小說很大程度像是某個村鎮在某個時段的生活記錄。

　　除了山川地形之外，土地物產也得到足夠耐心的呈現。老黑加入游擊隊在青檁塢，起因則是李得勝想吃糍粑──陝西一種土豆為原料的吃食。老鄉在潰敗的游擊隊脅迫下拿出的是包穀糝子胡湯，還熬了一鍋土豆南瓜。第二個以馬生為主線的故事裡，老城村見慣的吃食是辣湯肥腸。第三個故事裡老皮愛喝煮得其濃無比的濃茶，墓生偷偷幫著村民通風報信：「**於是他們就趁機拿了土特產如雞蛋、蜂蜜、核桃、柿餅去縣城或黑市上出賣，也有把自家碾出的大米拿到更深的山裡與那裡的人換包穀或土豆。**」我們尚未涉及到的第四個關於戲生的故事，一定先從地理物產說起：

---

[13]亞里斯多德：《範疇篇 解釋篇》，商務印書館，1959年版，第55頁。

秦嶺裡有二千三百二十一種草都能入藥，山陰縣主要產桔梗、連翹、黃芪、黃連、車前子、石葦，三臺縣主要產金銀花、山萸、赤芍、淫羊藿、旱蓮、益母，嶺寧縣主要產甘草、柴胡、蒼術、半夏、厚樸、大黃、豬茯苓、卷柏、紫花地丁。最有名的是雙鳳縣的庚參，相當的珍貴，據說民國時期便一棵能換一頭牛的。

戲生以採藥引出，經營農副業（豆芽、黃瓜、番茄、黃瓜、韭菜、魔芋、柿餅、核桃仁）受挫，又以培植藥材（當歸）登上事業巔峰。

小說的方志書寫同時是對日常起居（包括禮俗和器物）的記錄。第一個故事裡寫到抽打龍王求雨的鄉俗、女兒出嫁必須拿上的米麵碗，而清風驛保安隊提親、老黑半夜把四鳳接走、王世貞看完黃花閨女就休妻的舉動則是對禮俗最粗暴的破壞。在第二個關於新區土改的故事中，小說家將許多器物嵌入歷史過程當中的：

有了農會，老城村就開始了土改，入冊各家各戶的土地面積，房屋間數，雇用過多少長工和短工，短工裡有多少是忙工，忙工包括春秋二季收穫莊稼、蓋房砌院、打墓拱墳和紅白喜事時的幫廚。再是清點山林和門前屋後的樹木，家裡大養的如牛、馬、驢，小養的如豬、羊、雞、狗。還有主要的農具，牛車呀，犁杖呀，樓耬呀，以及日用的大件傢俱，如板櫃，箱子，方桌，織布機，紡車，八鬥甕，笸籃，豆腐磨子，餄餎床子。

地主張高桂的後院「亂得像雜貨鋪，堆放的全是他收攏來的破爛，如各種舊柳條筐子、竹簍子，長長短短的麻繩、木棍子、柴墩子、沒了底的鐵皮盆、瓦片、鐵絲圈、扒釘，門閂，卷了刃的鐮刀、斧頭、竹篾子、棉花套子。」一旦抽象的政治運動被落實為日常生活的調整，

歷史運動中的農民所受到影響的切身性和切膚感就能被順利傳達出來。

三、寫法的斷裂：從「關係」「鄉村經紀」到「地方」

儘管總體上靠攏了方志書寫的特色，但是小說內部依然存在寫法上的輕微斷裂。小說魔幻色彩在第四個故事中大幅度降低，取而代之的是越來越瑣碎、龐雜的現實線索。第一個講述 30 年代陝南革命的故事，在老黑的經歷中大量填塞了駭人聽聞的慘事、光怪陸離的傳說與非理性的想像，有通靈巨蟒、牛豹相鬥、畫符燒須、王朗化狼報恩等等傳奇事件。雖然後面幾段故事也穿插了首陽山上的石階、有靈性的地軟、墓生的幻聽等等傳奇段落，但總的說來，奇幻色彩大多集中在第一個故事，因此讀來尤其暢快，此後閱讀漸趨艱難。尤其到第四個故事裡，取代狂想的是對現實關係的大量複寫，更讓讀者不得不慢下來。這種寫法上「由虛到實」的過渡，使得小說的方志色彩更加濃厚，也使得小說最後一部分成為整個作品最有代表性、也最需要細讀的部分。

故事從「西次四山之首」開始，空間集中在回龍灣鎮。先從地理物產說起，從採藥引出當歸村的矮子戲生。戲生是改革開放後的大能人，革命先烈「擺擺」之孫，地方皮影戲簽手「烏龜」之子，能下狠心，能使得手腕。在農村經濟大開發的浪潮中，雞冠山（下轄八個村）開發金礦、搬遷村莊、收購耕地、道路拓展、新店鋪開張。與此同時，回龍灣鎮不斷出現死亡事故。上灣村、祁家村、下灣村、鞏家砭，炸山時候炸藥故障、村間械鬥、推土機翻車、磚瓦窯塌方。在這樣的背景下，鎮政府新來的文書老余成為左右戲生命運的大手。雖然他官職不高，卻仍然是國家與地方銜接的樞紐，是國家政令之所必經的最下級實施者。尤其，老余的父親是縣人大主任、匡三司令內弟的本家侄子，而這內弟又是省發改委的副主任。盤根錯節的關係網、不平衡的

城鄉關係和上下級關係，是戲生必須委身和利用的。

　　值得注意的是，在小說中分別構成「國家vs.地方」、「強者vs.弱者」這一對子的老余和戲生，其行動不是直線的，而是以迂迴的方式去打交道、做交換；同時人物的語言與行動往往並非開門見山，而是十分間接地指向了意義。可見，人物處於鄉村習慣、親緣關係、宗族宗教等杜贊奇所謂的「權力的文化網路」[14]之中。杜贊奇的考察範圍主要是在晚清到40年代的華北，而這一種基層自治形態在建國後的50至70年代遭到破壞，其在改革開放後的重生形態正是小說描寫的物件。老余與戲生在一次次打交道，我們都可見他們的情誼在迂迴的表達當中鞏固下來，申請軍烈屬、請老余到家裡吃飯、送參、領扶貧款，戲生因爲成爲國家在鄉村的仲介，成爲了新語境下的鄉村能人。

　　隨著經濟開發對環境的破壞，秦嶺的藥材越來越少，傳統藥材採集經濟陷入困境，小說穿插了瀕臨破產的當歸村組織起來到外地撿破爛和偷竊的情節。回龍灣鎮在開發金礦後貧富差距拉大，鎮政府採用了幹部包村的方法，老余包下了當歸村，讓戲生當村長，要將當歸村發展成全鎮的農副產品基地。老余動用其父權力關係，讓村子學習外地山陰縣土特產的培育養殖辦法，戲生作爲中間人，壟斷經營農藥、化肥和種子，在村子整體經濟發展中大撈一筆。憑著政績，老余提拔爲副鎮長，繼續包下當歸村。致力於仕途的老余，並不貪圖村中集體資金或者女色，他貪戀的只是權力，回村的時候只是在戲生家設宴豪飲，使戲生家成爲村子的權力中心和社交中心。戲生組織村里給老余

----

[14]　杜贊奇認爲：「這一文化網路包括不斷相互交錯影響作用的等級組織（hierarchical organization）和非正式相互關聯網（networks of informal relations）。諸如市場、宗族、宗教和水利控制的等級組織，以及諸如庇護人與被庇護者、親戚朋友間的相互關係，構成了施展權力和權威的基礎。『文化網路』中的『文化』一詞是指扎根於這些組織中、爲組織成員所認同的象徵和規範（symbols and norms）。這些規範包括宗教信仰、內心愛憎、親親仇仇等，它們由文化網路中的制度與網結交織維繫在一起。這些組織攀援依附於各種象徵價值（symbolic values），從而賦予文化網路以一定的權威，使它能夠成爲地方社會中領導權具有合法性的表現場所。」參見杜贊奇：《文化、權力與國家：1900-1948年的華北農村》，王福明譯，江蘇人民出版社，2010年版，第4-5頁。

建接待站，既鞏固自己的權勢、霸佔了一塊宅基地又從中獲得了經濟補償。好景不長，急功近利致富帶來一系列問題，柿餅造成孕婦流產，豆芽、蕃茄、黃瓜、韭菜等副產品導致人拉肚子和頭暈，縣藥監局和工商局暗中調查，結果是當歸村的農副產品生產嚴重違法，農藥殘餘嚴重超標、飼料中拌有避孕藥、激素和安眠藥，連核桃仁也是泡過福馬林的。戲生第一次垮臺。

老余又介紹戲生去雞冠山的礦區看守礦石。小說藉機展現了基層礦山的生活細節，司機來偷礦石，利用妓女和金錢賄賂看守礦石的戲生。正當戲生委身礦區、壓抑無聊的時候，轉機來了，老余的爹住進了當歸村。老余的爹成為村子的太上皇，在家裡修了鱉池子養著別人進貢來的甲魚，後來報應不爽，因為小樓失火而死。偷礦的司機給戲生帶來的治療皮膚病的藥水，後來因為礦難而死，戲生頗為難過，頹然回村。新一輪事件開始醞釀，匡三司令的內弟當了省林業廳長，準備謊報秦嶺華南虎的消息，以便獲取大量省里政策和資金支援[15]。戲生成為這一齣政績工程的演員和受害者，扮演老虎的發現者。把戲戳穿，戲生第二次倒臺。

老余再次提出種植藥材方案，戲生通過與老余的關係，獨家育苗、經銷農藥、收購全村藥材、開藥店、搞批發，成為鎮上首富。終於，戲生成為致富模範，到市里領獎，也到熱心地到各個村莊推廣種植經驗，站在了一個農民所能達到的頂峰。就在這時，他提出見匡三司令。見到匡三司令的時候，原本言談甚歡，滿以為受到接納的戲生張狂起來，便即興表演起拿手好戲───邊唱著情歌一邊剪紙朝司令靠近，竟被警衛員一腳踢開。這種農民對革命、國家和權力單方獻媚的行為受到了挫傷，戲生心灰意冷。偏偏此時秦嶺地區發生瘟疫，戲

---

[15] 這一段情節顯然脫胎自 2007 年沸沸揚揚的陝西農民周正龍「假華南虎」事件。值得注意的是小說家以一個「國家─地方」的認識框架重新解釋了這一事件。這不是農民個體行為，而是地方政府向國家索要財政經費的伎倆。

生對「國家」失望，擔當起鄉村社會的保護者。在被登記、隔離、檢查、觀察之後，戲生籌集板藍根，試圖挽救鄉村。此時的鄉村在大災大患面前人心渙散、人情涼薄，老余無暇顧及戲生。最終戲生犧牲在對抗瘟疫的第一線，完成了對鄉村的獻祭與對自我的救贖。

　　在上文的概括當中，「關係」成為最醒目的關鍵字。正是實然的種種「關係」，擠掉了小說前半部分佔有分量的「奇想」。賈平凹自己在後記裡說到：「如果從某個角度上講，文學就是記憶的，那麼生活就是關係的。要在現實生活中活得自如，必須得處理好關係，而記憶是有著分辨，有著你我的對立。當文學在敘述記憶時，表達的是生活，表達生活當然就要寫關係。」[16]學者南帆指出，從《秦腔》到《古爐》，賈平凹小說不斷積累起了某種「細節的洪流」[17]。筆者以為，這些細節包括了上文所述的作為方志所記載山川、物產、日常器物等等，更重要的是包括了對日常人際關係的記錄。小說之所以可以稱為一種新式的方志書寫，這種新意就在於對基層人際關係的表現[18]。

　　在小說開篇處，存在一種對「關係」的膚淺理解：

匡三的大堂弟是先當的市長又到鄰省當的副省長。大堂弟的秘書也在山陰縣當了縣長。匡三的二堂弟當的是省司法廳長，媳婦是省婦聯主任。匡三的外甥是市公安局長，其妻侄是三臺縣武裝部長。匡三的老表是省民政廳長，其秘書是嶺甯縣交通局長，其妻哥是省政府副秘書長。……這個家族共出過十二位廳局級以上的幹部，尤其秦嶺裡十個縣，先後有八位在縣的五套班子裡任過職，而一百四十三個鄉鎮裡有七十六個鄉鎮的領導也都與匡家有關係。

---

[16] 賈平凹：〈《老生》後記〉，《當代》 2014 年第 5 期，103-105 頁。

[17] 參見南帆：〈找不到歷史——《秦腔》閱讀劄記〉，《當代作家評論》，2006 年第 7 期；南帆：〈剩餘的細節〉，《當代作家評論》，2011 年第 9 期。

[18] 但假如比較賈平凹此前的作品《帶燈》，《老生》對「關係」的呈現力度與深度卻要削弱許多。參見拙文：〈現實感、細節與關係主義——「中國故事」的一條可能路徑〉，《南方文壇》，2014 年第 5 期。

　　這種介紹性的文字，是對於「關係」最為粗疏和容易的概括。進入這一關係網之中的個人，仿佛就能單獨構成了某個特權階級，行使法外之法──這種理解恰是小說中最薄弱流俗的部分之一。

　　小說中存在著的另一種理解是：關係是中性的，是可以創造性地利用的，同時更是人生存的基本狀態。恰如梁漱溟所說：「人一生下來，便有與他相關係之仁（父母、兄弟等），人生且將始終在與人相關係中而生活（不能離社會），如此則知，人生實存於各種關係之上。」[19]這種「關係」主要出現在第四則故事之中。前三則故事裡，「強人意志」（如第一、三則故事的老黑、老皮，包括第二則故事裡隻手遮天的馬生）都大大壓倒了「關係」──敘事是以人物個人意志來推進，而不是靠多個人物之間的斡旋中和來展開[20]。第四則故事中，「生」與「老」形成了某種呼應和平衡。戲生是鄉村的強人──但已經失去了《浮躁》中金狗那股唯意志論式的自信；「老余」與之前的老黑、老皮不同，他的強大不在於個人手中的權力或超人的體力、毅力，而在於他對「關係」的尊重與積累。「關係」的積累過程歸納起來很簡單：當戲生以歌師為跳板為爺爺擺擺索要烈屬身分時，老余認可戲生的「懂事」，主動到戲生家中吃飯。因為「家中來了幹部」，戲生在鄉村地位提高。隨後戲生對老余主動獻出秦參，老余利用權力將扶貧款撥

---

[19] 梁漱溟：〈中國文化要義〉，載梁漱溟：《梁漱溟全集》（卷3），山東人民出版社，2005年版，81頁。

[20] 第一則關於老黑的故事裡，強人的個人意志凌駕於傳統關係之上。比如，王世貞以其「強人意志」摧毀了熟人社會以鄉俗、契約為形態構成的「關係」──在娶四鳳、休四鳳一節，他所屬的鄉紳階級拋棄了保護鄉村的責任，蛻變為惡霸化的地主。但這一段落仍能找到一個讓人印象深刻的細節：老黑為主家取中山裝時忍不住試穿一下，被王世貞的姨太太瞧見，姨太太非常間接地提醒王世貞穿衣服之前「揮一揮」。姨太太在不驚動王世貞的前提下提醒老黑注意主僕之分，而這種對老黑的示威又必須以「姨太太」這樣的身份等級來發出，決不能開門見山地指出。老黑為了表示自己對姨太太的服膺，跟王世貞請命冒險去取獨木橋對面的蟒蛇皮為姨太太做胡琴，這卻又是以盡忠的方式來向姨太太示弱／示威。「姨太太」和「下人」的較勁就在財東王世貞的眼皮子底下進行，最終「下人」戰勝了「姨太太」，取得了信任。

給戲生，他又獲得了經濟實惠。在鎮幹部包村協助發展的契機中，老余以鎮文書的身分包下當歸村，讓戲生當上村長。戲生執行老余的發展農副業的思路，鞏固自己在鄉村的核心社會、經濟地位。在急功近利、弄虛作假的農副業垮臺後，老余利用戲生造假老虎消息，協助親戚林業廳長創造政績、套取經費。假老虎把戲戳穿後，老余再次讓戲生組織藥材種植，隨著當歸村擺脫急功近利的原始積累，老余也當上了副縣長。

「關係」更涉及到文化象徵秩序與情感的再生產。獻參一節值得在此引述：

> 好事傳到鎮街，老余便再次來找戲生，提出他要收購。戲生是要便宜賣給老余的，老余卻說，他買這棵秦參要孝敬他爹的，肯定是他爹再孝敬省政法委副主任，副主任也再孝敬匡三司令的。戲生說：「哦，哦，我去上個廁所。」戲生去了廁所，卻叫喊蕎蕎給他拿張紙來。蕎蕎說：「那裡沒土疙瘩了？！」老余笑著從自己口袋掏了紙讓蕎蕎送去。蕎蕎去了，戲生嘰嘰咕咕給她說了一堆話，蕎蕎有些不高興，轉身到廚房去了，戲生提著褲子回到上屋，便給老余說秦參的錢他就不收了，老余待他有恩，這秦參就是值百萬，他都要送老余的。老余說：「上個廁所就不收錢了？」戲生說：「錢算個啥？吃瞎吃好還不是一泡屎！」老余說：「啊你豪氣，我不虧下苦人！」就以扶貧款的名義給了戲生五萬元，只是讓戲生在一張收據上簽名按印。

梁漱溟曾討論過，英美屬於「個人本位」、蘇聯屬於「社會本位」，而中國屬於「關係本位」的社會。懂關係的人是「油」的，但未必就是「壞」的，因為關係之中始終滲透著平衡物質主義的「人情」。老余索要禮物的方式並不是直白的，而他以要向上送禮為藉口──這種

說法又半是誇張半是哄騙。戲生要爭取時間思考其中利害，藉口是「上廁所」，而要與老婆商量的藉口則是「拿張紙來」。不明就裡的蕎蕎隨口說一句「那裡沒土疙瘩了」，就暴露了戲生的意圖。老余一下明白過來，所以「笑著」「掏了紙讓蕎蕎送去」，從情理鄉俗上給戲生留下了面子。戲生的不明說，老余的不戳破、留面子，既是小說對人際「關係」的現象學式呈現，又內涵了對中國傳統社會「禮品經濟」的忠實呈現。

「關係」當中存在義務性和對強權的約束。美國學者楊美惠認為，「關係學」強調相互約束的權力和人際關係的感情和倫理特徵。它強調的是權力以特定儀式的方式運行，權力雙方彼此制衡、互惠，這其中既有自願又有強迫，既混雜了物質利益又包含了情感與倫理的再生產。[21] 即使在老余和戲生這種上下等級關係之中，一種非常容易被忽視的義務性隱然可見。在西方現代性洗禮之後的法理社會這往往被視為索賄和行賄，然而未必無「理」。

> 吾人親切相關之情，發乎天倫骨肉，以至於一切相與之仁，隨其相與之深淺久暫，而莫不自然有其情分。因有情而有義……倫理關係，即是情誼關係，亦即是其相互間的一種義務關係。倫理之「理」，蓋即於此情此義上見之。

根據梁漱溟的說法，這些人與人之間的關係，強調的是「義務」——這裡的義務就不是利用，而是回報與尊重。傳統上，這種義務在經濟上體現為贍養、顧恤，包括義田、義莊、義學等；政治上則是「父父子子」「人人在倫理關係各自到好處」「天下自然得其治」。[22]

21　楊美惠：《禮物、關係學與國家：中國人際關係與主體性建構》，趙旭東、孫珉合譯，江蘇人民出版社，2009 年版，第 4-5 頁。

22　參見梁漱溟：〈中國文化要義〉，載梁漱溟：《梁漱溟全集》（卷 3），山東人民出版社，2005 年版，79-115 頁。

從戲生與老余的「關係」、「關係學」，我們很容易聯想到杜贊奇所謂的晚清到 40 年代的「華北經紀模型」[23]。戲生這個人物的複雜性在於，他不能簡單用好人或壞人來概括[24]，甚至他是介乎杜贊奇意義上的保護型經紀和贏利型經紀之間的特殊群體。戲生的「壞」是 20 世紀西方現代性視野下的「假公濟私」的「壞」；而這種「壞」（或者「私心」）在中國傳統鄉村結構當中是被容許的，是「保護型經紀」（例如明清以降的鄉紳）存在的前提。戲生從幫助村子發展農副業到藥材種植業，他就始終牢牢把持農藥、育苗、種子、銷售等各個管道，從村子整體致富的大潮當中首先為自己狠狠撈了一筆──他從操持村子集體事務當中獲得報償；老余的私心體現在權力而不是金錢，他將當歸村的成功作為自己的進身之階，獲得行政級別的提升──老余與杜贊奇筆下的胥吏有著本質的不同，並不以經濟利益作為目的。鄉村的「公」與「私」自有一套邏輯，當鄉村面臨毀滅性的危機時，戲生就要行使鄉村「保護型經紀」的義務，承擔起了鄉村自救的功能。

我們還可以更進一步追問，戲生牽扯起了怎樣的譜系？在 30 年代的陝南，老黑唱了主角，不存在以「生」字命名的人物，殘暴的劣紳王財東與鄉紳周百華分別構成鄉村經紀的兩副面孔；到了 50 年代，傳統鄉紳（例如被逼死的地主王家芳）退出基層政治舞臺，馬生在地方與國家的博弈當中徹底出賣地方；在 60 至 70 年代，隨著中央自上而下權力體制的完善，鄉村經紀活動空間全盤壓縮，除了墓生這樣出身不好、心地善良但仍然試圖保護鄉村的保護人之外，還有劉學

---

[23] 「經紀模型」是杜贊奇為分析中國農村社會變遷而創造的另一概念。杜贊奇將官府藉以統治鄉村社會的「經紀人」（或稱「仲介人」）分為兩類，一類為「保護型經紀」，他代表社區利益，並保護社區免遭國家政權的侵犯。該經紀同社區的關係比較密切，社區有點類似於「鄉村共同體」。另一類為「贏利型經紀」或「掠奪型經紀」，他們並不代表社區利益，也不代表國家利益，而只是鄉村社會的貪婪掠奪者。參見杜贊奇：《文化、權力與國家──1900-1942 年的華北農村》，王福明譯，江蘇人民出版社，2010 年版。

[24] 陳思和在發言中提到：「《老生》裡有一個壞人，我一開始覺得他必定結局悲慘，沒想到最後他因為搶救瘟疫感染成了英雄，這樣的結局給人一團暖氣。」參加陳思和：〈從《紅樓夢》到「法自然」的現實主義〉，

仁這樣熟悉鄉村、鉗制鄉村的近乎贏利型經紀的幹部。可以說，戲生作爲最後一個亦善亦惡的主人公，其鄉村經紀人的譜系可以上溯到王財東、馬生、劉學仁這樣的贏利型經紀，也可以追溯到周百華、墓生這樣的傳統鄉村保護人。

這樣，我們的研究視野就從日常倫理學上的「關係」進一步抵達了政治學意義上的「地方」。《老生》在塑造一系列鄉村經紀人的同時，預設了地方與國家的二元對立結構。民國之前，中國傳統政權結構是「皇權不下縣」。「地方」指的是縣以下的自治空間。民國時期在華北設「區」，抗日戰爭期間日僞政權在華北推行「大鄉制」，都是爲了更好地完成中央財政對於地方資源的有效汲取，打破由鄉紳把持的「鄉里空間」。在杜贊奇筆下，這種溝口雄三理想中的「鄉里空間」[25]，在晚清「新政」、民國政府、日僞政權的壓力下瀕臨破產，越來越多保護型經紀退出，取而代之以贏利型經紀，形成國家汲取越多、贏利性經紀越發達的惡性循環的「政權內卷化」[26]。羅崗認爲，在漫長曲折的過程中，鄉紳逐漸變成權紳、劣紳，武裝地主轉化爲惡霸、軍閥，團練轉化爲武裝割據[27]，因而革命的動力變成革命的物件，辛亥革命

---

[25] 溝口雄三認爲，由明清鄉紳把持的地方自治空間是辛亥革命的社會基礎與思想策源地，「16、17 世紀明末清初的『鄉裡空間』乃是『地方公論』展開的空間，其規模由明末的縣一級擴充至清末的省的範圍。『各省之力』成熟的軌跡，顯見於這一地方力量擴大、充實的過程。然而，這一傳統的軌跡卻被『現代化』史觀或『革命』史觀所遮蔽，因而被隱而不見。」參見溝口雄三：〈辛亥革命新論〉，載《重新思考中國革命──溝口雄三的思想與方法》，陳光興、孫歌、劉雅芳編，臺灣社會研究雜誌社，2010 年版，第 110 頁。

[26] 關於政權內卷化，杜贊奇認爲：「國家政權內卷化在財政方面的最充分表現是，國家財政每增加一分，都伴隨著非正式機構收入的增加，而國家對這些機構缺乏控制力。換句話說，內卷化的國家政權無能力建立有效的官僚機構從而取締非正式機構的貪汙中飽──後者正是國家政權對鄉村社會增加榨取的必然結果。」更廣泛地說，國家政權內卷化是指國家機構不是靠提高舊有或新增（此處指人際或其他行政資源）機構的效益，而是靠複製或擴大舊有的國家與社會關係──如中國舊有的贏利型經紀體制──來擴大其行政職能。20 世紀當中國政權依賴經紀體制來擴大其控制力時，這不僅使舊的經紀層擴大，而且使經紀制深入到社會的最底層──村莊。」參見杜贊奇：《文化、權力與國家──1900-1942 年的華北農村》，王福明譯，江蘇人民出版社，2010 年版，第 67 頁。

[27] 相關論述參見羅崗：《人民至上──從「人民當家作主」到「社會共同富裕」》，上海人民出版社，2012 年版，31-60 頁。

的「聯省自治」必然走向新民主主義革命。建國之後，隨著清匪反霸、
土改、鎮反等運動，以及隨之而來的農業合作化運動，中央政權對於
地方的控制達到空前的程度，表面上幾乎不存在所謂的「地方自治」，
也就基本不存在地方經紀體制。隨著 1956 年人民公社化運動，一直
到 1984 年前後完成的「撤社設鄉」，「國家」權力比起民國時期大爲
拓展，覆蓋到了縣以下的鄉鎮一級。相應的，在建國之後，「地方」
縮小到人民公社和鄉鎮下面的村莊。而在改革開放之後，國家對於村
莊的控制是逐漸放鬆的，鼓勵鄉村「能人」帶頭致富，地方經濟體制
以一種豐富的形態重新出現。

因此，作爲「地方」的代表，小說人物從未真正征服「縣城」這
一「國家」的象徵，他們只能在「國家」觸角抵達不到的邊緣地帶遊
走。小說中，30 年代的老黑作爲游擊隊的領袖，始終未曾攻佔縣城，
永遠只能在集鎮間流竄；50 年代的馬生只能擔當農會副主任，在村
一級活動；60 年代的墓生活動範圍僅僅相當於縣級以下的過風樓公
社；而作爲全書收束的戲生始終未曾擔任任何國家幹部，勢力範圍局
限於村莊，而以鎮文書身分登場的老余則代表了國家──鄉鎮是目前
國家最基礎的政權組織。作家劃出了一條地方與國家之間的分割線，
通過這些主人公的行動，想像出了「地方」如何應對「國家」的整個
博弈過程。從而，正是從 20 世紀民族國家立場的對面來書寫「地方」，
構成了賈平凹《老生》的「新方志書寫」的最大特徵與成就。

四、結論：殘缺的「地方」與有限的「招魂」

正如上文所描述的那樣，《老生》試圖建構一種與《山海經》開
啓的史傳傳統聲氣相通的「新方志」書寫：在向中國本土歷史地理志
資源學習的過程中，小說在敘述故事的時候努力回歸物質之「名」，
對地名、物產、禮俗和器物進行記載；隨著敘述的進行，小說第四個
故事幾乎驅逐前面的魔幻色彩，展開了中國陝南「地方」與「國家」

之間彼此博弈的種種「關係」，對 20 世紀末期地方經紀體制的運作進行了一定的描述，完成了站在 20 世紀民族國家對面來書寫「地方」的任務。

文學史上，著名的作品往往與一個特定空間的文化邏輯緊密關聯：老舍的北京，狄更斯的倫敦，沈從文的湘西，巴爾札克的巴黎，張愛玲和茅盾的上海，周立波的元茂屯，柳青的皇甫村……但是當下中國文學寫作，已經很難辨認出獨特的「地方」，更多的是籠統的城市／鄉村二分法，尤其包括莫言、余華、閻連科、方方等人最近的創作，也在有意無意地避免對「地方性」的落實。這種對地方性的抹擦同時伴隨一種對「中國性」的自覺代入。反覆吮吸 80 年代有限的思想資源、不斷套用對中國社會的慣性判斷，並不能生產更新鮮的文學作品。因此，新方志書寫的意義不僅僅在於書寫了某個具體空間，更在於表達了思考「地方」的努力與誠意，為如何重新面對真實經驗、書寫真正的中國故事提供了借鑒意義。

同時，我們必須清醒地認識到，就《老生》自身的完成度而言，它只是初步提供了通過「關係」回到「地方」的辦法。在小說中，作家由於世界觀與歷史觀的負累，無法真正還原如「地方」本身所吞吐出來的資訊，更難以窮盡歷史層疊當中更為鮮豔跳動的關係。首先，關於陝南商洛地區早期革命的情況，小說並未放置在當地歷史的內部問題之內（土地集中[28]、地租剝削[29]、高利貸[30]、苛捐雜稅[31]、匪患[32]、

---

[28] 據 1950 年減租反霸摸底，丹鳳縣可劃地主 493 戶 2826 人，佔有土地 1.39 萬畝；可劃半地主或富農 196 戶 1119 人，佔有土地 3702.9 畝，他們平均每人佔有土地 4.5 畝，且多為平地。而貧苦農民 3.4 萬戶 16.18 萬人，共佔有土地 34.07 萬畝，平均每人佔有土地 2.1 畝，多為山坡薄地，折合標準畝僅一畝多。參見《丹鳳縣誌》。

[29] 地租方面，常見的是主佃對分及押租。《丹鳳縣誌》記載：武關地主田子瑞，一戶年收地租 500 餘石，土地分佈於武關、鐵峪鋪、寺底鋪、桃花鋪及商南縣。其主要剝削手段為「分莊」，收穫的糧食對分。其後，佃農除交一半外，又須另向地主交納羈佃押金，按每畝地銀幣三、五、八元計，有的甚至高達二十多元。交不起押金者，每畝地每季要多交一鬥租子。

[30] 查《丹鳳縣誌》可知，商鎮顯神廟地主王炳放帳初為「加一利」（一元月利一角），到期不還，就將利作本，謂之「驢打滾」、「圪塔利」，債戶還不起就用房屋、土地抵押。放

軍閥滋擾[33]、地方武裝團體的犬牙交錯[34]），同時迴避了中共作為政黨在鄉村所做的基層動員工作，將革命原因歸究於滿足個人權力欲望的「拉杆子」。在敘述 50 年代早期「土改」的時候，也遮罩了中共自身清理壞幹部的整黨整風[35]、建設基層組織的思想工作，對當時幾大社會政治運動（鎮反、整黨）造成的人心波動全然遮罩，對「土改」從陝南「剿匪肅特」、「二五減租」到正式土改、「查田定產」，從試點到展開的「點、推、跳」的具體細膩過程[36]幾乎不提，而且忽略了土地

糧，今秋借包穀一鬥，翌夏還小麥一鬥。如夏季未還，延至秋季須還包穀二鬥。事實上，解放前由於農村資金匱乏、借貸困難、農業生產的週期性、農業生活的脆弱性，高利貸相當普遍，即使是土地出產豐盈的蘇南地區，也盛行「粒半頭」這樣的高利貸形式。參見張一平，《地權變動與社會重構：蘇南地區土地改革研究（1949-1952）》，上海：上海世紀出版集團，2009 年版。

[31] 1927 年陝西陸軍第五混成旅長姚震乾進駐丹鳳近鄰山陽縣，每月索取八千餘元，田賦增至三十餘倍。同時產生一系列抗捐抗租鬥爭，1927 年 11 月，由於中共龍駒寨特支的影響，境內桃坪，梨園岔一帶農民在李忠元等率領下到縣城「繳農器」（示威）。在巒莊街打死豪紳朱某等 4 人。省府委員前來談判，答應當地免捐。參見《山陽縣誌》。

[32] 查商洛地區的山陽縣、商南縣和丹鳳縣等地縣誌，我們會發現從 20 年代開始「豫匪」變成當地突出的問題。豫匪有名的有陳四爹、「老洋人」、石玉泉、李長有等。其中 20 年代石玉泉駐紮縣城，令農民種植鴉片，抽取 10 元每畝作軍需，縣財政局長王志敦為虎作倀，發行「豐陽塔官帖」代貨幣，套取銀幣，造成通脹，民不聊生。1931 年河南巨匪李長有率眾數千佔據丹鳳縣城（龍駒寨鎮），男女老幼綁架為「葉子」，勒索銀元煙土，三天燒毀民房 30 間，十年縣城未能恢復。

[33] 1920 年，豫軍郭金榜被省督閣相文收編，駐軍山陽、鎮安，拉票攤捐、苛捐勒索。造成夏天小河口的大刀會與鎮安皂河溝「神團」聯合反抗。北洋陸軍第七師團長魏明山騷擾地方。此外，靖國軍和鎮嵩軍也是兩股滋擾地方的軍閥勢力。

[34] 由於匪患，還會引起紅槍會、大刀會等民間武裝力量和鄉紳組織的民團、民國政府組織的保安團的興起，有時候地方上還要借助軍閥的力量。這些武裝力量，在之後彼此合作或者交鋒，使陝南地區的情況遠比小說自身呈現的複雜。例如，阮開科的紅槍會就是在反抗 1930 年起家的商縣夜半唐靖匪兵勢力成長起來的。1930 年，唐靖千人駐紮縣城，楊虎城派員將土匪收編，委「陝鄂邊防軍司令」。1935 年，紅二十五軍西征主力從黑山到達小河，收編阮英臣大刀會為鄂陝抗捐軍第四遊擊師，阮開科紅槍會為鄂陝抗捐軍第九遊擊師，領導農民土地革命。問題在於，紅槍會為班底的第九遊擊師攜帶了遊民習氣，阮帶有農民武裝習氣，生活自由散漫、與親信明爭暗奪、假公濟私，在籌措給養等問題上與紅軍幹部李洪章積累矛盾，後密謀殺李，攜首級去縣城請功。

[35] 1951 年 6 月，山陽縣委貫徹全國首次組織工作會議精神，進行整黨建黨。中心環節是對照黨綱黨章，逐個審查黨員。劃分為四類，一類是具備黨員條件的，二是有較嚴重毛病必須加以改造的，三是不夠條件的消極落後分子，四是混入黨內的壞分子、階級異己分子、叛變分子、投機分子、蛻化變質分子。全縣 459 人參加，清除了 24 名三、四類黨員。

[36] 1949 年 10 月中共丹鳳縣委、縣人民民主政府在全縣實行「二五減租」（租糧不得超 25%）。

政策與民間鄉土文化內在的親和性與互動性，使得「土改」變成國家單方面強制、農民被動接受、過程粗暴疏漏、容易被流氓掌控的政治運動。在一種「告別革命」的情緒下面，小說試圖完成對中國革命的探討與辨證，可惜的是這種辨析由於情緒上的抵觸，依然外在於 30 至 50 年代陝南經驗自身的過程與邏輯，從而沒有提出真正有力的問題。

同樣遺憾的是，小說在終點處才真正揭開了中國基層生活的內部肌體，而這種揭示又是不夠充分的。單就第四則故事而言，關係網都是圍繞老余—戲生這一自上而下的樹須狀結構來呈現，而很少展現戲生和蕎蕎、蕎蕎與老余、戲生與新村長、戲生與司機、戲生與當歸村其他村民之間的橫向結構。

> 與具有交流和預設通道的等級模式的中心化制度（甚至是多中心化的）相比，我們可以發現，關係網是一個非中心的、非等級的、沒有首領也沒有有組織的記憶或者說中心自律的指涉系統，僅僅是靠流的回圈來定義的。[37]

德勒茲和瓜塔里的論述往往被當做抽象的哲學著作來對待，其實這段在人類學界頗為有名的論述恰恰幫助我們看到了小說的不徹底性：小說受限於自身預設的「國家—地方」二元關係之內，大多篇幅去寫「地方」與「國家」的關係，並沒有充分展現當下「地方」內部以塊莖化形態出現的無中心關係網。這樣看來，小說中所著力描繪的「地方性」，仍然是殘缺的。《老生》對「地方」的招魂，也就仍然有

1951 年 9 月，在老君鄉試點，後分兩期在全縣開展土地改革運動。共劃地主 610 戶、富農 196 戶。第一期土改從 1951 年 10 月 7 日開始，12 月上旬結束。包括西起棣花東至武關的 25 個鄉九萬多人，約占全縣總人數 66%。第二期從 1951 年 12 月 23 日開始，1952 年 3 月 5 日結束。

[37] Gilles Deleuze and Felix Guattari，*A Thounsand Plateaus: Capitalism and Schizophrenia.* Translated by Brian Massumi，Minneapolis: University of Minnesota Press，1987，p.21.

待進一步展開。

講評

◎郝慶軍

賈平凹是一位以勤勉多產而又才華非凡的當代作家，有人預言，他是是繼莫言之後可能再次獲得諾貝爾文學獎的中國當代作家之一，而且是處在這個可能再獲諾獎作家名單前列的作家。賈平凹的新作《老生》出版之後，引起批評界的普遍好評，而陳思的這篇論文，自然是這些好評和研究之中的比較突出的一個重要成果，因為他有不同意見。

誠如論文摘要中所言，這篇論文首先論述《山海經》作為全書結構樞紐所勾連起的中國方志傳統，其次在標示出小說風格奇幻到寫實的斷裂後，從這一裂口入手去挖掘作品對於物質之「名」（地名、物產、禮俗、器物）、「關係」和「鄉村經紀」等地方性知識的呈現，深入剖析文本隱藏的「國家─地方」認知結構。在充分肯定這種重建「地方」進而重寫中國故事的努力之後，文章指出小說所呈現的地方的殘缺性與局限性，例如對陝南早期革命與土改經驗歷史還原不足，受限於「國家─地方」二元視角之後對「地方」內部的塊莖化關係呈現不足等。

我認為，論文的優長並不在於作者借鑒了吉爾茲關於「地方性知識」的理論框架去闡釋一部小說如何突破宏大話語的局限，書寫鄉村獨特美學意蘊的開創之功，而在於對賈平凹創作文本中蘊涵的名物、關係與鄉村經紀中體現出的突破國家話語的能力的解析，試圖找到賈平凹小說創作的某些新變和突破，也發現一個老作家的某些根深蒂固的缺憾與局限。

眾所周知，就對鄉村經驗的觀察和基層權力結構的認知而言，賈平凹是最見功力和最為深刻的的中國作家之一，這不只是因為他的長期觀察和日積月累的體驗，重要的是他的這種興趣多年來化作源源不斷的創作動力，促使他不斷寫作，不斷有新作品出現。儘管如此，由於作家個

人認識能力和思想視野的某種定勢與局限，即便像賈平凹這樣的作家也難免出現創作上的偏差和誤區。陳思的過人之處在於他從賈平凹的《老生》中看到了這個問題，並細緻入微地分析了這個問題的成因和重要表現。陳思認為，在一種「告別革命」的情緒下面，小說試圖完成對中國革命的探討與辨證，可惜的是這種辨析由於情緒上的抵觸，依然外在於30至50年代陝南經驗自身的過程與邏輯，從而沒有提出真正有力的問題。因此，陳思為賈平凹殘缺的地方性描述感到遺憾。

　　我認為，指出這一點，正是這篇論文最為可貴的建設性意見；對賈平凹而言，這些話正是在眾多肯定性評價中的非常有價值的知言與諍言。

作家自述

我與語言的私密關係

◎付秀瑩

　　寫小說就是寫語言。這是汪曾祺先生的一個著名的論斷。有點偏執，近乎一種偏執的真理。最初看到這句話，覺得這老先生實在是厲害，一句話就道破了小說的奧秘。談小說的文章實在太多了，用汗牛充棟來形容，亦不爲過。獨獨這句話，簡直就像一個武林高手，一劍封喉。小說是語言的藝術。寫小說，可不就是寫語言麼。

　　如果說，某作家的語言好。我更願意把這句話理解爲，某作家的小說好。在這裡，語言就是內容，就是思想，就是審美，就是情緒，就是文化，就是風格，就是作家的思維方式——語言幾乎就是一切。相對於一篇小說，語言的重要性，似乎怎麼說都不爲過。

　　作家和語言之間的私密關係，有點像，怎麼說，情人——我不知道這個比喻是不是恰切。作家和語言，是相互之間的尋找，是彼此的給予，也是彼此的饋贈。幾乎在第一秒鐘裡，偶爾對視，只需一個眼神，便懂得了。悠然心會，妙處難與君說。那一種與生俱來的默契，教人心旌搖盪。歡喜的，得意的，緊繃的，忐忑的，像是一場約會漸漸逼近，一個人在小路的某個拐彎處等待一個人。寫作的過程，就是去赴約的過程。是探索，也是發現。一顆心怦怦亂跳著。風吹過來，撫摸著微燙的臉頰。手心裡濕漉漉的，額角上出了細細的一層汗。

　　這是一次美妙的，百感交集的旅程。顫慄，痛楚，動盪，期待。作家坐在家裡的書桌旁，他微笑了。甜蜜的，羞澀的，不安的，有一點緊張，也算中年人了，莫名其妙的，竟仿佛一個青澀的少年，懷揣著縹緲的心事，隔著窗子，看那窗外的天空，雲彩閑閑的，一朵一朵

的亂飛。花木繁茂，隨著風的起伏高高下下。他像是看見了，又像是什麼都沒有看見。也不知道，他的心飛到哪裡去了。

這個時候，倘若家人過來遞茶，他多半是不理的。同他說話，也等於是對牛彈琴。他兀自在那條小路上走著，走著，越走越遠。忽然，路邊的草叢裡飛起一隻蝶子，他好奇心動，竟然一路隨著那蝶子去了。蝶子停停落落，像一個五彩斑斕的謎。交叉的小路出現了。等待的人在這邊，他卻被吸引到了另一邊。小說敘事開始出現了動盪，傾斜，起伏，枝葉從樹幹上斜逸出來了，作家卻顧不得修剪。茂盛的枝葉紛披下來，垂到河面上，撫弄起一圈一圈的漣漪，久久不去。作家在那一河的漣漪面前，癡立，出神。他順手端起那一杯茶，慢慢啜一口，卻早是涼茶了。這才驚覺，他已經被那只蝶子吸引著，走了很遠。

這是一場作家和他的語言的約會。是吸引和拒斥，是蠱惑和逃離，是拯救和被拯救，是修辭和被修辭。這是作家和語言的私密關係。

前一段，在一個訪談裡，也被問到語言。老實說，在語言上，我大多時候是幸運的。或許是對語言有一種天然的敏感，在我這裡，語言好像總是知心的。知冷暖，知甘苦，它懂得我隱秘的心事。語言之於我，更像是一個熟稔的情人。體貼，溫暖，隨意，卻又激情暗湧。我們之間，總是不缺少美好繾綣的時刻：靈犀一點，便是自由的飛翔。至少，直到現在，只要我願意坐在電腦面前，只要我敲起我的鍵盤，約會便開始了。不同的是，是語言找到了我，而不是我找到了語言。我驚訝地看著，那些人物，他們各自說著各自的話，在我的筆下一個一個地活過來。那些茂盛的細節，在我的筆下漸漸發芽，生長，閃閃發亮。語言，在我毫無準備的情況下，突襲了我，直教人且驚且喜。這是語言的饋贈，也是生命的饋贈。我也曾經深以為奇，但這是真的。語言，或者說靈感，直到現在，總是記得眷顧我這個愚鈍的人，願意在出其不意的時候，來敲響我簡陋的單薄的門。要知道，並不是每個傢伙都能夠有這樣的幸運。除了感恩和珍惜，我還能夠做些什麼？

　　或許，這也同自己的精神氣質有關。我說過，在寫作這件事上，我不是一個理性的人。我幾乎從來不做計畫。除了坐在電腦前，對著螢幕的時候，我幾乎從來不想我的小說。我喜歡在小說裡恣意妄為，這是語言上的恣意妄為，是放肆，也是狂歡。我很少有過那種苦思冥想的時刻。在寫作上，我不是那種「吟安一個字，拈斷數莖鬚」的苦吟派。總覺得，這樣的狀態，這樣狀態下出來的文字，是可疑的。左右斟酌不定，鬍子都拈斷了多少根，想來，那該是多麼枯澀艱難的語言。固然，也有可能是精緻的，卻恐怕少了那一種毛茸茸的新鮮的質地。有時候，木頭的剖面不見得光滑，那些毛刺，那些粗糙的茬子，那些天然的不規則的紋理，也是美的吧。

　　我說過，我不是技術派。藝術是需要技術的嗎。或許是，也或許不是。相對於技術，我更願意相信，藝術是審美的情感的產物。有時候，說一個小說技法老到，活兒幹得特別漂亮，可是這小說偏偏沒有打動人心的力量。究竟是哪裡出了問題呢？我想這或許是一個捨本逐末的例子。無技之技方為大技。技術，終究是其次的事情。所謂的羚羊掛角，無跡可尋，所謂的鹽在水中，是不是也是這個道理？

　　還有，我不喜歡修改。寫了就寫了。寫了就好了。寫了就完成了。我非常享受那種一揮而就的痛快。那種滿足感，完成感，創造感，成就感，教人覺得，這世界上，至少有一部分，是自己可以把握的。或許也是因為這個，我更迷戀寫短篇。短篇小說，因為短，一切都來不及。來不及說出一句完整的話，來不及做一個完整的手勢，來不及呈現一個完整的命運，甚至，來不及發出一聲綿長的歎息。一切，還沒有開始，就已經結束了。就像偶然路過一個園子，透過半掩的小門，只來得及一瞥，便走過去了。那門縫裡的風景，轉瞬即逝。然而就是那驚鴻般的一瞥，卻有很多偶然的事物，不經意落入眼裡。半堵牆，幾棵薔薇，一隻老貓懶懶地臥著，夕陽下，簾子半捲，一個女子落寞的影子，在地上忽明忽暗。或許，這一瞥之下，便藏匿著生活的某個

秘密，藏匿著一個命運的暗示，藏匿著一個，需要用語言來栽植和培育的故事。我們不得不承認，這隨意的一瞥，便有可能註定了一個短篇小說的誕生。

短篇，也因為它的短，空間逼仄，令人不得任意揮霍，卻實在是對一個作家才情的考驗。長篇和中篇，允許心有旁鶩，允許泥沙俱下，部分的小範圍的流連或者遊蕩，都是於宏旨沒有大礙的。它有足夠的容量，等著你迂迴，等著你轉身，等著你浪子回頭，自圓其說。短篇卻不然。它容不得人犯錯，也從來不給人改正的機會。有時候，一句話錯了，便全錯了。一句話足可以毀掉一個短篇。同樣地，一句話也足可以成就一個短篇。在短篇小說裡，語言就是一切。這幾乎是一個真理。短篇沒有完整的故事吸引你，沒有激盪的命運抓住你。短篇小說，幾乎全憑藉語言這把利斧，披荊斬棘，為作家，為讀者，也是為小說自己，殺出一條生路。

短篇是決絕的。我喜歡這種決絕，不知道是不是和我的性格有關。在日常生活中，我不是一個決絕的人，殺伐決斷，拿得起放得下。相反地，在有些時候，在有些事情上，我有那麼一點優柔寡斷。也或者，在我的骨子裡，其實是有一種堅硬剛絕的東西。它只在我的內心深處隱藏著，像是一個自己也參不透的謎底，卻被我的語言猜破了。

我不喜歡修改。修改是什麼？是對既有的事情提出質疑，是動搖，是遲疑，也是悔悟。我願意信賴我的語言。我幾乎對它百依百順。在小說裡，我一任自己的語言恣意生長，我從不勸阻它們。我喜歡那種近乎冒犯的快感──不顧一切，懷著某種破壞般的欲望，以及摧毀一切堅硬事物的豪情。也可能是因為，在現實生活中，過於四平八穩，在世俗的條條框框裡，規行矩步，被束縛久了，苦了，在文字中，便要享受難得的放縱。是誰說的，寫作是對現實缺憾的彌補，或者修正。我覺得很是。

我理想中的寫作狀態是，流淌。語言不顧一切地流淌。沒有刻意

的修飾，也沒有苦心的打磨，沒有枯竭，沒有停頓，也沒有中斷。敲擊鍵盤的速度跟不上語言流淌的速度。誰來了就是誰。我幾乎不假思索。我只管把它們敲下來，敲下來。這是寫作最過癮的時候，也是最心醉神迷的時候。這個時候，幾乎，這個世上所有的奧秘，都向我敞開了。我看到了，我寫下了。我在語言的世界裡放縱，在這個世界裡，我是我的王。我用語言，重建了一個世界，是虛擬的，也是真實的。是有限的，也是無限的。這是我的疆土。我策馬奔騰，衣袂飛揚。風吹過來，吹落了臉上的汗水，還有淚水。一個人，無論在生活中多麼的卑微，有著所有小人物都有的，真切的痛楚，以及瑣碎的悲傷，可是，語言拯救了他，最終拯救了他。這實在是一種寫作的巔峰體驗。

　　一個作家，甘願放棄那麼多世俗的享受，只把自己關在書房裡，面對著空白的文檔，像一頭困獸，一個瘋子，寫啊寫。是不是，正是這樣的巔峰體驗，教人不捨？教人甘心受苦，化作筆下無數個人物，在別人的命運起伏裡，度過一生，或者幾生？

　　有時候，也懷疑這種紙上生活的虛妄。覺得，紅塵滾滾，有那麼多繁華熱鬧，聲色欲望，為什麼一定要這樣選擇呢，選擇這樣一種孤獨的事情？寫作，是一個人的戰爭，一場沒有輸贏的戰爭，是一個人的自言自語。寫作，其實也是一種孤單的內心生活。然而，這個世上，有誰不是孤單的孩子？

　　好在，還有語言。這個時候，語言是最忠貞的伴侶，是癡心的情人。語言一聲不響，卻構建了一個喧嘩紛繁的世界。白紙黑字，它是我們曾經來過的痕跡，是血與肉的證詞。是不是可以這樣說，沒有語言，就沒有這種紙上生活？

　　我熱愛語言。我和語言惺惺相惜。拯救和被拯救，這是我和語言的私密關係。

或許也能搶救誰

◎神小風

我喜歡的台灣作家張亦絢，曾經在她的隨筆裡提到「聖維克多山」這個地點，這座位於法國南部的山脈，是畫家賽尚重複畫過多次的山，意指一個創作者一生不斷重複拜訪的主題。我深深的記住了。張亦絢以日本作家三浦綾子的小說《冰點》作例子，指涉一種被猥褻者的「類死亡」，或許也指涉了她自己，那是屬於她寫作上的「聖維克多山」吧──但對我來說，日本小說《冰點》是我的性啓蒙讀物，是國中時的我每逢過年，在親戚家的櫥櫃找出唯一一本吸引我的書，藏在帶去的參考書底下偷偷地看：日本人妻頸上暗紫的吻痕，少女午睡時露出的纖白大腿，雪地裡的互視，那種愛一個人又期待被命運毀滅的關係，讓我心神蕩漾到足以忽視一切，忽視每年拜訪親戚，都在餐桌上被數落一頓的羞辱感。那時的我功課很差，書永遠讀不完，坐在課堂上就開始放空，不知怎麼跟一個人交朋友，偶爾交到了可能過幾個禮拜就被絕交。因爲沒有朋友，所以每到午休剩一個人，就走過操場到另一端的圖書館裡，隨便窩進一座書架，在那裡我讀完古龍的全部作品，看了大量的三毛流浪故事，以及雜七雜八的翻譯小說，我是借閱名單上永遠的前三名，雖然沒有什麼人因此誇獎我。

但當時，沒有一本書像《冰點》那樣，重重的將我和現實區隔開來；那是個我所無法觸摸到的世界，不斷下著細雪的日本島國，被凍得臉頰紅通通的少女陽子，正背負著無法抗拒的命運向前走。她的未來讓我的腦袋快速轉動，忍不住爲她鋪排接下來的情節，這想法將我

從餐桌上解救出來。親戚的數落是不會結束的,而且多半都是抱著「就是要看你哭」的心眼在,功課差的小孩沒有快樂的必要。在我母親覺得養這個小孩好丟臉,在廚房邊洗碗邊忍不住擰我手臂時我想著:好想趕快趕快去看下一頁啊。

在那樣成人的暴力裡,我被故事所搶救了,並且一直持續被搶救到現在。我不是一個被所謂「小說之神」所眷顧的人,但我絕對是被祂所搶救的人之一,進而抱著「或許也能搶救誰」的渺小希望,試著開始寫點什麼。大多數時候的寫,其實沒什麼別的原因,就是想寫而已。我老是覺得,特別去述說自己在寫些什麼,為何要寫等等,是一件很奇怪的事,我以為那個「開始」往往都是單純的念頭;也就是那樣單純而迷惑,試著想要釐清問題的「起點」,讓自己在寫作中逐步被淘洗,產生了各種或大或小的想法,才漸漸把事物捏得更尖銳或更飽滿一點。大多數時候的寫,或許都是失敗的,那比較近似草稿或練習一類的東西,但重要的是在那之中,找到前往聖維克多山的路徑。相較於那些了不起的偉大文學作品,我比較喜歡在普世裡尋找文學性,例如一個新聞事件,一列即將廢棄的火車或一座不存在的公寓,裡面可能有某種人性的狹縫,正是那許許多多的 99%,才會跳出那唯一的 1%來,足以被淬煉出更多的什麼,讓人去再現一個世界而不偏向創造,那種走著走著就漸漸走岔了路子的時刻,以及「我們怎麼會變成這樣呢?」的故事,總特別迷人。當然,我們總會說,故事不等於小說。

故事當然不等於小說,兩者不應該被畫上等號。因為好的故事總是讓人遠離現實,而好的小說,往往讓人正視現實。

這兩者都令人著迷,我想要跟這兩者好好相處,有時左偏一點有時右移,試著多靠近一些,竭盡全力去奪取那裡面的「什麼」,再變化成自己的東西;讓下一個人讀到時,也能變化成他的東西。日本青春電影《聽說桐島退社了》裡,主角宏樹問電影社社長前田,拍電影

是想拿奧斯卡嗎？前田說：「不是，只是我覺得，偶爾我們喜歡的電影和我們在做的事能產生某種聯繫，即使只是一瞬間……」前田沒有把話說完，我想他要說的是：那不是太棒了嗎。

　　如果真能和誰產生聯繫，真的能夠搶救誰，那不是太棒了嗎。

小說我的小說

◎**許正平**

　　寫作多年，緣於自己的貪心和不滿足吧，寫散文、寫小說、寫舞台劇本，多方涉獵的結果，是如今成書出版者，只得散文、小說和劇本集各一冊，彷彿一個學步的孩子，在踏出生命中的第一步之後，料想著接續該有第二、第三步之時，卻又繞回原點，一再重來。以小說論，2005年出版《少女之夜》以後，除了零星的發表，遲遲竟未能將計畫中的下一個小說主題以書的形式實踐完成。如此之貧薄，要談論風格、特色或美學，恐怕都只能付之闕如了。儘管隨著筆耕日久，我越來越懶得去界定自己筆下各種文類的風貌的界限與分別，反而在意如何將自己可能有的文字特長與主題關懷貫徹到每一個必須以文類界定的作品中去，但，既然我們仍然必須指稱已完成的那些：這是散文、這是小說、這是劇本，此際，就讓我思考一下：我為什麼寫小說吧？

　　最初，我寫的是散文。什麼是散文？散文能做什麼？對我來說是這樣的，在這個所有的經驗和感受都被迫片段化、輕薄化、制式化的時代，散文的抒情特長，讓所有拒絕被簡約歸納的生命經驗得以綿長，得以高亢或低迴，得以進入感受的深層內裡，而後完整述說，就像是，繪製一幅巨大的長河式的畫卷（在這個什麼都可以輕易滑過去的當下）。然而，散文畢竟是一個敘事主體高度等同於作者的文類，這種私密而親暱的寫讀關係，卻也讓散文寫作輕易在某種自我展演的意識影響下，成為一種篩選或潤飾過的述說。有此自覺，雖然我努力避免誇張或美化，意圖回

歸七情六慾的日常，總仍有未竟全功之感。或者我竟是一個虛無與悲觀之人，甚至沾染著一些敗德的色彩，但那樣的生命質地，在散文面前，像是黑暗總見不得光，找不到表達的方法。於是我開始思考小說的可能。

　　情慾和暴力。那時，對我來說，兩者大概是散文中最難以容納的真實，卻又是年輕寫作者的體驗中最洶湧澎湃的部分。一夜情、不倫、同志、異化的情慾，以及隨之而來的強暴與拳腳相向，輪番上陣，構成我從散文的抒情言說跨足小說後的殘酷劇場，散文閣樓裡攬鏡不敢自照的，全都溢流到小說大街上來。並不是譁眾取寵，務求奇觀，反而那是，我這種平庸世代最寫實的景況了，我以為，世紀末到世紀初，台灣從經濟起飛和解嚴而盛世，卻又被預言一切即將衰敗，彼時初出茅廬的我們就在那道光的尾巴，不似前一代全員被壓抑得必須上街革命，也不像後一輩集體苦悶地想起身衝鋒，我們淺嚐自由和解放的滋味，情慾派對政治嘉年華 101 摩天大廈，預感中的荒蕪與失落將來而未來。於是，我在小說裡說的，都是不夠偉大的、小小的爆炸，攀不上一個大時代的、個人化的悲哀。

　　〈少女之夜〉裡，一個白領中年男子在網路聊天室搭上了某位未成年少女，以為一夜艷遇，卻以霸王硬上弓的強暴照見自己年華已逝理想傾圮的不堪；〈大路〉借用費里尼的片名，畢業即失業、退伍回鄉的文青大學生，戀上家鄉的高中少女，私奔，自認展開一趟波希米亞式的浪漫流浪，最終親手在城市邊陲的出租套房結束了少女的花樣年華；〈籃球〉中的同志少年愛上同班的體育男孩，一次一起做功課的邀約，讓他有了或許將有幸福射進他身體裡的幻覺，而結果是一記重擊、一頓拳腳餵飽了他的腦袋；〈假期生活〉裡，全家人在父親退休後終於迎來一趟期盼已久的家庭旅行，但目的地還沒到達，整個家庭早已出走的出走，落跑的落跑，分崩離析……。

　　這些，無法被我的散文剪裁容納的故事和題材，因為小說虛構的權利，終於找到發聲的話筒，得以向世界播送。有時，我覺得他們比散文來得更加赤裸、真實。或有人謂，我的散文抒情感傷，小說世界卻暴力吶喊體液橫流，而我以為是一體兩面，殊途同歸，抒情與感傷是為了以綿長對抗碎片化的世界對人之完整存在的無情消解，暴力和情色則是想用痛的實感和遠遠超過身體感受界限的極端慾望，抵銷這個平庸世代的無重力生命狀態。

　　後來，我進入學院主修劇本創作，我以為，這對我後來想寫、能寫小說，有著莫大影響。劇本寫作所必須動用的文字語言，和散文有著截然不同的質地，散文的敘述聲音通常是單面、單向的（於我通常是抒情到底），劇本卻是眾多敘事聲音的交互作用所構成，聲音與聲音之間各有各的語言風格和策略，甚至以彼此之間的歧異、衝突做為敘事推進的力量。編劇必須有能力去串演不同的聲音，出入其間，這讓我注意到相異的敘述主體之間參差的權力關係（是的，即使他們在談戀愛），同時也得架設更遠更深的景框，就像電影中的長鏡頭、遠鏡頭，來容納接受這些紛陳雜揉的異質元素。而這些，恰巧也是我以為一個小說作者所必備的：化成各式各樣的角色進行敘事（儘管那個角色仍然時常是「我」），卻又不耽溺其中，反之，拉出一個觀察的距離，靜定看著角色們在故事與空間中的所有行動。如此被拉大加深的景框，讓我自覺在小說裡能夠遠比散文更多地呈現複雜曖昧的人性，幽微難明的人生暗影。

　　再從劇本所需的舞台感來說，相較於電影，古老的劇場舞台顯得像是一種肉感渾厚的生命體，一切俱得由現場製造生成，然而，卻也因為這個純粹的物理性空間，舞台故事的敘述難以像電影那般流動輕盈。但在當代，譬如我偏愛且崇拜的德國劇作家羅蘭・希梅芬尼，在他的劇本《阿拉伯之夜》或《金龍》中，卻能另闢蹊徑，不靠換景，單以敘述切

換時空，將德國的大都會和中東沙漠並置在共時的舞台全景之中，將一個家族成員閒言碎語的場景放在一個離家之人的蛀牙孔洞裡，或是，寫實的情節突然轉成魔幻荒謬，或反之。種種看似僅形式技巧的寫作巧思，或對固有文類的突破，對我而言，卻是再妥貼不過的對現代人生的隱喻，科技革命帶動的，超人體負荷的，超連結超展開的人生移動與滑動，此刻寫實，下秒荒謬，此時冰雪，轉瞬炎陽，蝴蝶效應，就彷彿，人生舞台上，我們演著悲劇，也同時演著喜劇。這讓我想起，自己的小說中時常出現的魔幻或奇幻情節，在一路看似寫實的情節推演中，突然一轉，進入難以常理理解的超現實空間裡去。〈少女之夜〉中，妄想一夜情的中年男子最後演變成強暴未成年少女，並且把她給弄壞了──原來少女是一具機器人形；〈夜間遷移〉裡，一次尋常的搭夜車返鄉的幾小時行程，卻在時空錯接之後，變成漫長一生，「少小離家老大回」的流浪和離散；〈工廠夜裡有人〉中國中剛畢業的少年，則在暑假無所事事的閒晃中，結識了多年前意外死去的叔叔年輕的鬼魂，無有恐怖和尖叫，兩人只是像死黨般共同度過整個夏天的成長洗禮。是的，奇幻在我的小說裡，不是為了賣弄奇詭的想像，它們通常發生得那樣突然，但並不引發太多驚愕，接著化做平庸人生裡的某個片段，很快地被角色所接受，生命要如此平淡無奇地繼續，奇幻的最後也只是日常。那些曾讓我們激動地翻攪體內血液，握緊拳頭揮出吃奶力氣的，一切一切，都要化成光陰裡逐漸淡去的影子，如同這世上所有的事物。

　　這是我目前所寫下的小說。

動靜一源

◎葛亮

　　祖父在遺著《擄幾曾看》中評郭熙的〈早春圖〉，曰：「動靜一源，往復無際。」引自《華嚴經》。如今看來，多半也是自喻。那個時代的空闊與豐盛，有很大的包容。於個人的動靜之辯，則如飛鳥擊空，斷水無痕。

　　大約太早參透「用大」之道，深知人於世間的微渺，祖父一生與時代不即不離。由杭州國立藝專時期至中央大學教授任上，確乎「往復無際」。其最為重要的著作於 1940 年代撰成，始自少年時舅父的濡染，「予自北平舅氏歸，乃知書畫有益，可以樂吾生也。」這幾乎為他此後的人生定下了基調。然而，舅父前半生的開闊，卻也讓他深對這世界抱有謹慎。晚年時，隱居四川江津鶴山坪。雖至遲暮，依稀仍有氣盛之意，書贈小詩予祖父：「何處鄉關感亂離，蜀江如幾好棲遲。相逢鬢髮垂垂老，且喜疏狂性未移。」不久後，這位舅父溘然去世，為生前的不甘，畫上了一個悽愴的句點。同時間，也從此造就了一個青年「獨善其身」的性情。江津時期，祖父「終日習書，殆廢寢食」，「略記平生清賞。遑言著錄」。祖父一生，無涉政治。修齊治平，為深沉的君子之道。對他而言，可無愧於其一，已為至善。祖父的家國之念，入微於為兒女取名，我大伯乳名「雙七」，記「七七事變」國殤之日。而父親則曜稱「拾子」，誕生時值 1945 年，取〈滿江紅〉「待從頭，收拾舊山河」之意。這些時間的節點，成為他與世代間的聯絡，最清晰而簡潔的註腳。

　　及至多年後，祖父的編輯，寄了陳寅恪女兒所著《也同歡樂也同

愁》等作品給我，希望我從家人的角度，寫一本書，關於爺爺的過往與時代。我終於躊躇。細想想，作為一個小說的作者，或許有許多的理由。一則祖父是面目謹嚴的學者，生平跌宕，卻一步一趍、中規中矩；二則他同時代的友好或同窗，如王世襄、李可染等，皆已故去，考證功夫變得相對龐雜，落筆維艱。但我其實十分清楚，真正的原因，來自我面前的一幀小像。年輕時的祖父，瘦高的身形將長衫穿出了一派蕭條。背景是北海，周遭的風物也是日常的。然而，他的眉宇間，有一種我所無法讀懂的神情，清冷而自足，猶如內心的壁壘。

以血緣論，相較對祖父的敬畏，母系於我的感知與記憶，則要親近得多。外公，曾是他所在的城市最年輕的資本家。這一身分，並未為他帶來榮耀與成就，而成為他一生的背負。但是，與祖父不同的是，他天性中，隱含與人生和解的能力。簡而言之，便是「認命」。這使得他，得以開放的姿態善待他的周遭。包括拜時代所賜，將他性格中「出世」的一面，拋進「入世」漩渦，橫加歷練。然而，自始至終，他不願也終未成為一個長袖善舞的人。卻也如水滴石穿，以他與生俱來的柔韌，洞貫了時世的外殼。且行且進，收穫了常人未見的風景，也經歷了許多的故事。這其間，包括了與我外婆的聯姻。守舊的士紳家族，樹欲靜而風不止，於大時代中的跌宕，是必然。若存了降尊紆貴的心，在矜持與無奈間粉墨登場，是遠不及放開來演一齣戲痛快。我便寫了一個真正唱大戲的人，與這家族中的牽連。繁花盛景，奼紫嫣紅，賞心樂事誰家院。倏忽間，她便唱完了，雖只唱了個囫圇。謝幕之時，也正是這時代落幕之日。

本無意鉤沉史海，但躬身返照，因「家」與「國」之間千絲萬縷的聯絡，還是做了許多的考據工作。中國近代史風雲迭轉。人的起落，卻是朝夕間事。這其中，有許多的枝蔓，藏在歲月的肌理之中，裂痕一般。陽光下似乎觸目驚心，但在晦暗之處，便了無痕跡。這是有關歷史的藏匿。

　　寫了一群叫做「寓公」的人。這些人的存在，若說起來，或代表時代轉折間，輝煌之後的頹唐。小說中是我外祖的父輩。外公幼時住在天津的姨丈家中。這姨丈時任直隸省長兼軍務督辦，是直魯聯軍的統領之一，亦是頗具爭議的人物。於他，民間有許多傳說，多與風月相關。1930年代，鴛蝴派作家秦瘦鷗，曾寫過一部《秋海棠》，其中的軍閥袁寶藩，以其為原型。此人身後甚為慘澹，橫死於非命。整個家族的命運自然也隨之由潮頭邊落，瓜果飄落。少年外公隨母親就此寓居於天津意租界，做起了「寓公」。「租界」僅五大道地區，已有海納百川之狀，前清的王公貴族，下野的軍閥官僚，甚至失勢的國外公使。對這偏安的生活，有服氣的，有不服氣的。其間有許多的砥礪，文化上的，階層與國族之間的。只是同為天涯淪落人，一來二去，便都安於了現狀。

　　這段生活，事關上世紀二、三十年代的中國。北地禮俗與市井的風貌，大至政經地理、人文節慶，小至民間的穿衣飲食，無不需要落實。案頭功夫便不可缺少。一時一事，皆具精神。在外公家見過一張面目陳舊的紙幣，問起來，說是沙俄在中國東北發行的盧布，叫做「羌貼」。我輕輕摩挲，質感堅硬而厚實，知道背後亦有一段故事。復原的工作，史實為散落的碎片，虛構則為粘合劑，砌圖的工作雖耗去時間與精力，亦富含趣味。

　　與以往的寫作不同，此時亦更為在意文字所勾勒的場景。那個時代，於人於世，有大開大闔的推動，但我所寫，已然是大浪淘沙後的沉澱。政客、軍閥、文人、商人、伶人，皆在時光的罅隙中漸漸認清自己，所謂「獨樂」，是一個象徵。鏡花水月之後，「兼濟天下」的宏遠終難得償，「獨善其身」或許也是奢侈。

　　再說〈動靜一源〉，小說中的兩個主人公，一靜一動，皆自根本。「無我原非你」。在這瀚邈時代的背景中，他們或不過是工筆點墨，因對彼此的守望，成就故事中不離不棄的綿延。時世，於他們的成長

同觀，或許彼時是聽不清，也看不清的。但因為有一點寄盼，此番經年，終水落石出。記得祖父談畫意畫品：「當求一敗牆，張絹素迄，朝夕觀之。觀之既久，隔素見敗牆之上，高平曲折皆成山水之象。」於時代的觀望，何嘗不若此，需要的是耐心。歷久之後，洞若觀火，柳暗花明。

近讀曹寅《廢藝齋集稿》。曹公之明達，在深諳「授人以魚不如授人以漁」之道。字裡行間，坐言起行。雖是殘本，散佚有時，終得見天日。管窺之下，是久藏的民間真精神。

這就是大時代，總有一方可容納華美而落拓的碎裂。現時的人，總應該感恩，對這包容，對這包容中鏗鏘之後的默然。

小說創作斷想三則

◎伊格言

一、所有創作都是個人化的

　　在《伊莉莎白·卡斯特洛》中，藉由伊莉莎白這位睿智、尖銳、刻薄、機車無比的作家，柯慈（J. M. Coetzee）批判了某些「自我異國情調化」的寫作。事情是這樣的：大作家（同時也是老作家）伊莉莎白·卡斯特洛在郵輪上遇見了一位同行，一位舊識，一位非洲作家伊曼紐爾。與伊莉莎白相同，伊曼紐爾同樣受邀發表演說，講題為「非洲的小說」。何謂「非洲小說」？伊曼紐爾認為，非洲基本上並無小說傳統，真正興盛的是所謂的「口語傳統」。非洲人並不慣於在候車亭、在茶館裡、在書房裡、在長程郵輪上、在空閒獨處時打開一本所謂「小說」來看──如果他們真有閒暇之日，他們傾向於聚在一起聊天打屁，他們傾向於一種「在場性、演示性的敘事」（《伊莉莎白·卡斯特洛》：「一個法國作家或英國作家的身後有著數千年的文字傳統……而我們繼承的是口語傳統」）。也因此，非洲作家伊曼紐爾表示，「非洲小說，真正的非洲小說，是口語小說。在書頁上，它處於休眠狀態，只有一半的生命；在我們身體的深處有一個聲音，只有當這個聲音把生命吹入詞語，小說才會甦醒過來，才會把話說出來。」

　　這有趣極了；且毫無疑問啟人疑竇。我們不禁想提問：如果多數台灣人有空，他們會習於「打開一本小說來讀」嗎？我當然不這麼覺得；我覺得台灣人也比較喜歡聚在一起（在熱炒店，在咖啡

館，在辣子雞丁與苦瓜鹹蛋之間）聊天打屁，或議論是非，或闔家觀賞政論節目中無日無之的爭吵作戲兼且議論是非（但當然，說台灣人和非洲人相近，我想多數台灣人都會氣得彈出來）。如果多數中國人有空，他們會習於「打開一本小說來看」嗎？我想也相當可疑。台灣人有所謂「數千年的文字傳統」嗎？華人有所謂「數千年的文字傳統」嗎？顯然是有的；那麼，「數千年的小說傳統」呢？

這或許不是新鮮話題。張大春在《小說稗類》中已然明示：現今所謂小說形制，大抵全屬西方製造；而與中國文學傳統意義上的「小說」並不相類。「中國小說」，或說華文文學傳統之下的小說，是唐傳奇（〈杜子春〉、〈聶隱娘〉），是說部（《水滸傳》），是筆記（《世說新語》），是「三言二拍」；非為西方所謂「story」或「novel」之範疇所能概括。我們當然也不難直接指出某些華文作家試圖繼承這樣的華文小說傳統——舉例，阿城的《遍地風流》（筆記傳統）、汪曾祺（筆記傳統）、金庸（說部傳統）、張大春自己的部分創作等。然而，《伊莉莎白‧卡斯特洛》中這位不識相兼且無禮貌的女作家（我們難免將之視為柯慈的化身——可以預期，或許柯慈本人也頗樂在其中）如此譏嘲「非洲作家」伊曼紐爾：

> 至於他所鍾愛的口語小說——他已經靠這個建立了他作為演說家的職業基礎，伊莉莎白發現，這個觀念連核心都被弄混了。她寧可說，「一部小說如果講的是那些生活於口語文化中的人，那它未必就是口語小說。正如一部關於女人的小說並不就是女性小說。」

她（伊莉莎白、柯慈）的看法是對的嗎？我認為是對的。問題在於，難道不能以接近口語的形式書寫一本口語小說嗎？這又有何不可？

我想我們或許接近結論了（伊莉莎白的尖酸刻薄令我們獲益良多；

而柯慈極可能並不知道，張愛玲的尖酸刻薄同樣曾令深處華文語境的我們獲益良多）——所有的文化遺產、文化元素：中國的、異國的、華文的、世界的、台灣的，無論來自何方，理論上原本即可爲人所用，爲小說家所用。小說家當然可以口語的形式書寫一部關乎口語文化的小說，也可以「小說慣用書面語」之形式創造一部關乎口語文化的小說。作者有他自己的個人成分，這關乎個人癖性、文化養成，甚至可能關乎市場需求。但無論如何，站在一個藝術家的角度，當我們討論一部作爲或優秀或拙劣的藝術品之小說，重點畢竟是一個個人化的深沉視野，個人化的特色，而不在作者的身分，也不在於作者對於任何文化傳統的「繼承」。以小說藝術觀點而言，任何所謂「繼承」，並不比一個個人化的獨特視野、或小說家如何「化用」那些「繼承」以創造此一獨特視野來得更重要。沒有什麼比一個觀點、一個視野的深邃豐富更重要的了。一部小說並不會因爲它繼承（或不繼承）了什麼而變得更優秀，但一部小說絕對會因爲它提供（或無法提供）一個獨特而深邃的個人視野而關鍵性地決定了它的藝術高度。真正無可迴避的是，所有創作都必然是個人化的。這是我的看法。

二、終極悖謬

有一種昆德拉式的情節公式是這樣的：一向沒有明確政治立場的主角 A 某天意外被人檢舉了——檢舉人或者出於誤會，或者出於私怨，遂向有關當局告發主角 A 密謀叛逃，或對組織有二心，或意圖顛覆政府，等等等等。環境或因不同作品篇章而略有相異——我們暫且將之想像爲一社會主義教條國家好了。教條國之所以被稱爲教條國必然不能愧對其名；組織上級聞之如臨大敵，遂展開調查，愈調查愈覺 A 形跡可疑。於是審問與羅織開始了。審問與羅織必然同步發生，因爲魔鬼

藏在細節裡，既然意圖對主角 A 進行思想檢查，這些檢查人員們自然有本事在 A 各種雞毛蒜皮的個人歷史中發現（或說發明）A 思想不純潔的證據。而在交手過程中，原本滿不在乎的 A（作爲一位無辜者，一開始滿不在乎是極合理的）驀然驚覺，自己竟真有可能就此被誣陷羅織下獄。A 無法忍受，爲了自保，只好密謀叛逃──叛逃成功後，A 遂名副其實地成爲一叛國者，完全吻合有關當局最初的指控──無比諷刺且無比意外地。這是其一。

而在《小說的藝術》中，昆德拉提出了屬於他自己的小說本體論（是的，本體論，請姑且容我以此暫名之）：昆德拉認爲，好小說的義務是指出生活中的「終極悖謬」，是「發現唯有小說才能發現的東西」；而此一「終極悖謬」的意義即是「在那裡，所有存在的範疇突然改變了它們的意義」。

「存在的範疇」──這話有些拗口，但並非不可解。以上舉昆德拉情節公式爲例：「不關心政治者」是某種「存在的範疇」（某種生命形式），然而隨著小說往前邁進，這範疇卻搖身一變，成爲了「叛國者」──「在那裡，所有存在的範疇突然改變了它們的意義」，此意即「終極悖謬」。

個人認爲，這確實是昆德拉對小說之本體論一獨具慧眼之論述。我不諳法文，或許沒有能力判斷昆德拉「終極悖謬」之準確意義，但大致如此。然而我必須說，「悖謬」此一詞彙或許極易令人聯想至「對立面」──原本毫無政治自覺且毫無謀反意圖的主角 A 最終成了叛逃者，這看來確實是情節上一次鬼使神差的急行軍──向原初狀態的對立面。但事實上，優秀的小說（之可能性）遠遠不僅於此。有時你不見得一定要走到原初狀態的對立面（180 度大轉彎）。多數時候，或許你只要走到另一個範疇（30 度、60 度、90 度、120 度），也同樣足以呈現生

命本身的荒謬與神秘了。

三、人物個性鮮明？

　　傳統上對於小說中的人物有個一點也不新鮮的要求：個性鮮明。我認為這概念直覺上看來正確（誰喜歡看一本人物個性輪廓模糊的小說呢？），挖掘下去卻難免千瘡百孔。因為小說中的人物本質上並非真實人物，在該篇小說之前，該人物並不存在；而在該篇小說之後，人物也終究無法續存。人們之所以希望小說人物個性鮮明，那也終究只是「模擬論」作祟而已。

　　「模擬論」何也？這可能值得另寫一篇論文；但此處容我暫且採用一種最粗淺的，「技術上」的說法：「模擬論」就是，希望作者遵守與讀者之間一不成文之默契──「讓我們暫且把這一切當作是真的」。這非常合理，因為這本來就是讀小說的默契之一；也因此，讀者們希望在小說中遇見「活生生的、個性鮮明的、彷彿你在日常生活中便會遇到的人物」也就理所當然了。

　　但很不幸地，事實並非如此。首先，你在生活中遇見的「活生生的人物」，並非個個性格鮮明。就有那麼些人（而且可能還不少）彷彿集中庸之大成──他可能不特別帥、不特別美、不特別有情、不特別無情、不特別聰明、不特別笨、不特別高尚、不特別低劣；一言以蔽之，不特別有個性。第二，小說中人物的呈現形象，其實與其戲分高度相關：戲分多，事情多，衝突多，個性自然易於凸顯；要是戲分少，甚或只是個龍套，那麼非但個性難以鮮明，甚且即使個性鮮明（把握出場的極短暫時刻做了些令人印象深刻之事──一詞狀之曰：搶戲）也不見得是好事──因為龍套過度搶戲本來就不必然是好事。第三，由第二點延伸而來的推論是，小說人物個性是否鮮明，也直接相關於小說篇幅。長

篇小說主角容易凸顯其個性；而短篇小說配角則不易凸顯其個性。而無論以上一二三點，全然與小說的藝術成就無直接關係。

　　於是我們終究得問：那麼這樣約定俗成的看法（小說人物必須個性鮮明）究竟由何而來？個人認為原因有二：其一，基於「好看」——人物個性鮮明，因之令人印象深刻，亦因此令讀者感覺小說好看。其二，基於寫實主義傳統。換言之，在許多現代主義小說中（如：卡夫卡），較之於寫實主義小說，要找出個性較為鮮明的角色是困難得多了。

　　以上是我對此一概念的個人思索。

語言讓我舌尖無法安穩

◎甫躍輝

2008 年「十一假期」（中國國慶 10 月 1 日至 7 日連假），弟弟從北京到上海找我。那是弟弟第一次到上海。我們去了人民廣場，去了外灘，去了崇明島，本打算到東灘看海，到了才發現，根本看不到海，茫茫無盡的，是蘆葦。那夜我們住在一家農家樂，走出門去，看到好多排小洋房。不少人在門口納涼，聽他們聊天，說的並不是上海話，一問之下，他們竟是當年修三峽大壩時，從壩區搬遷來的。問他們，回去過麼？有個老人想了想說，回不去了，家都在水底下了。

從崇明島返回市區，買好了船票，在碼頭等船時，我和弟弟在一個走廊裡有一搭沒一搭地聊天。當然，我們說的是老家的方言。忽然，一個中年男人站到我們面前，問，你們是施甸人嗎？我是施甸姚關的。

好多年過去了，我已經忘記那位大叔叫什麼名字了，但我始終記得那一刻，我是何等的驚訝，又是何等的欣喜。在距離老家幾千里外的上海崇明江邊，一個人準確地在無數聲音中認出了故鄉。

2003 年至今，我到上海 12 年了。每年都會回老家雲南保山施甸縣。每次到家，我都會立馬說回方言。——最初幾年，我並不能夠很快在兩種語言之間奔波。在家裡，偶爾會蹦出一兩句普通話；回到上海，偶爾又會蹦出幾句方言。大概要三四天，我才能讓自己在一種語言裡完全安穩下來。在什麼地方說什麼地方的話，本是理所應當——除非我不會說那地方的話，但老家人聽到我一口方言，多少都會有些吃驚。因為村裡

有些人到外面讀書了，或者打工了，回來後說的，便不再是純正的方言，多多少少會夾雜一些怪異語言。他們在潛意識裡，或許是要藉此獲得某種對村裡人的俯視感吧。他們的舉動，或許令人發噱。但類似的舉動並非鄉里人獨有，城裡人也一樣。我就見過一位飽學的上海年輕人，到美國幾年，回來後便在談話中不時夾入英語單詞。

很多時候，我們總在逃離故鄉。不單單讓身體逃離故鄉，也要讓語言逃離故鄉。身體的逃離比較容易，語言的逃離卻是最最困難的。但逃離之後呢，往往是回歸。當我們試圖回歸故鄉，卻發現，故鄉消失了。故鄉先是從現實層面上消失的，接著是從我們的語言中消失的。鄉音未改鬢毛衰，是非常不容易的事兒。就像我，雖然堅持回到老家就說方言，可終究，那些真正讓這門語言區別於其他語言的東西，正難以挽回地在改變。

雲南話屬於北方方言，和普通話並沒有多麼巨大的差異，但這兩種語言呈現出來的世界是不一樣的。有些東西，永遠只能用普通話表達；有些東西，則永遠只能用雲南方言表達。

故鄉，在一定程度上說，就是那只能用方言表達的所在。

多少人感慨，我們這個時代的列車行駛得太快。我們坐在這疾馳的列車上，不知道奔向何方。故鄉語言呈現出來的那個世界，正在迅速遠去。

很早就聽說，老家施甸縣有不少契丹後裔。今天又偶然看到一則微信，題目叫做〈強悍的契丹民族消失的原因〉，文末說，有人認為契丹流落到了雲南。在雲南施甸縣，發現了不少刻有契丹語的墓碑，祠堂裡發現了篆刻有「耶律」二字的牌匾，種種的遺跡都表明，契丹來到了這兒，這兒有契丹的子孫，但「畢竟漠北和雲南相隔萬里，在沒有確切的證據之前，學術界始終未能給這個自稱契丹後裔的族群正名」。我想，所謂「確

切的證據」，或許應該在語言裡吧？不知道還有沒有施甸人能說契丹語？或許沒有了吧。但我相信，總有一些契丹詞語，仍舊堅固地嵌在施甸人現今的語言裡。那是昭示我們身分的隱秘符號。

　　拉拉雜雜說這麼多，都是和我寫過的一則短篇小說〈普通話〉有關的。關於故鄉，關於語言，關於在不同地域——尤其是不同語言間奔波的人，都是我想在〈普通話〉這篇小說裡說的。那個叫顧零洲的人，他和我一樣，從雲南來到上海，從說雲南方言的雲南來到說上海話的上海，而他呢，卻在上海說著普通話，在雲南總被人想著會說普通話。他在不同的語言間輾轉，試圖尋找一個立足地，安放自己的身體，也安放自己的靈魂。

　　舌尖上的中國，最主要的不是飲食，而是語言。

2015 年 4 月 27 日

最初的作者

◎黃崇凱

一、

　　高二的時候，我們班只有十個男生。這在偏遠地區的私立高中社會組很正常。可能雄性激素不那麼多，相較隔壁自然組，班上平靜得像在午休。那時我跟一起住校的同班同學老丁混，他總有花樣搖晃出生活的泡泡。最早是他教我解讀 NBA 球員卡的數據縮寫，帶來專業的球員卡雜誌，一一指出怎樣的卡片比較值錢。他會找幾個住宿生集資到校外的文具行買整盒球員卡來拆，主掌橫跨國、高中部的球員卡市場，幫忙鑑定球員卡的交易價值。那時我們都看過一點日劇《東京愛情故事》，只有他可以完整唱出主題曲，因為他一邊反覆聽歌，一邊用注音記下來。他的國文、地理和歷史特別好，我看他時常沒有聽課，不是打瞌睡就是在課本亂畫一通。老丁的作文總是很高分，我常跟他借來觀摩。

　　另個我常觀摩的同學是黑狗。我每星期都要借他的週記看看。其實不只我，黑狗的週記有如漫畫週刊在班上傳閱，往往我們導師是全班最後一個讀者。有次黑狗寫：某天走在回家路上，看到以前的同學走在前面，我就抽出書包的隔板，從他屁股刷卡下去，快跑離開。我看到導師批改畫了幾個紅色問號，追問「然後呢」。這是我唯一還記得的黑狗週記，其他都忘了，只記得每次讀都很愉快。

　　老丁也喜歡讀黑狗週記，我們三個常常打屁聊籃球和小本的。老丁

總會說他父母高壓管教的故事。他跟大多男生一樣愛打電動，可是國中以後不能光明正大地玩，他只好偶爾在外面玩大型機台，過年時偷偷挪用壓歲錢買掌上型遊戲機 Game Boy。他的房間不能鎖，爸媽隨時會突擊檢查，得一直換地方藏。平日在家只能假裝去大便時，躲在廁所玩一下。他沒意識到自己大便時間越來越長，已經引起爸媽疑心。某次他又坐在馬桶上打電動，玩得正嗨，他爸急急敲門問他在幹嘛為什麼這麼久趕快出來讓他進去。他驚恐發現廁所沒地方藏 Game Boy，趕忙丟進水箱，沖水出來。他爸帶著人贓俱獲的眼神等他開門，卻沒抓到證據。老丁說，我多痛啊，買不到一個月欸，兩千多塊啊。

後來老丁在作文簿寫故事，把班上某個他看不順眼的女生故意寫成美女，再把某個好脾氣的男生湊成對，變成奇情小說。每個角色都影射某個同學，除了被寫到的人，大家看得樂不可支，最後這篇作文居然還登上校刊。我很羨慕老丁，也寫了篇故事，大意是雙胞胎兄弟某天交換身分去上學之類的老哏，當然沒他的有趣。

高中畢業的時候，老丁、黑狗、金庸、李敖依序是我讀最多的作者。

二、

大學一年級規定必修國文，我因為想逃避文言文，選了現代小說課。老師不希望修課人數太多，刻意開很多必買書單，降低吸引力。第一篇小說讀的是芥川龍之介〈竹藪中〉。我的閱讀經驗完全沒法應付這樣的小說。老師又提問又講解，有些同學在發言時，滿口我從沒聽過的術語。接著我們讀白先勇〈遊園驚夢〉和〈永遠的尹雪豔〉，又有很厲害的同學能跟老師在空中比劃，我只能一旁跟姓尹的男同學說「哎呀，你祖先不就是強姦小龍女的尹志平嗎」這種爛玩笑。

老師規定的學期作業是交六篇一千字的課堂小說讀後心得，或者交

一篇五千字以上的小說創作。我常常蹺課，學期末只能選擇寫一篇小說。那時我忙著適應大學生活，要打系籃球隊，參加返鄉服務社團，沒花多少心思在課業。等到非得交小說作業不可了，由於借不到電腦，只好買來一疊稿紙，胡亂湊出一篇小說。故事梗概是某天一對兄妹醒來發現彼此交換了身體。這顯然是高中那篇故事的變奏。學期最後一次上課，老師講評所有小說作業，他對我那篇故事的唯一評語就是角色塑造失敗，兩個主角好像只有罵不罵髒話的區別。分數自然不高，但夠我過關。

三、

　　有幾年，我想成為歷史學者。鎮日在故紙堆鑽研一批批少有人知的史料，試著把某些線索串連起來，拼湊出一點圖像，加上推測猜想，釐清某件距離遙遠的事。這感覺像是被丟進一座博物館，卻只能握著手電筒的窄小光源，認識動線和展覽品。讀史倦了，我就讀小說來轉換心情。大一國文修完後，我沒再寫任何故事。某天我一時興起參加文藝營，想見識作家本人。這並不是因為雞蛋好吃，想去看下蛋的雞長什麼樣子，單純就是看熱鬧，聽聽下蛋的雞怎麼說自己下蛋。幾乎沒認識什麼朋友地從文藝營歸來，我繼續過研究生日子，想幾個自以為重要的題目，努力炮製能過關的論文。但我發覺自己關注起報紙副刊，隨意讀的文學作品越來越多，竟然也開始投起稿來。因為投稿參賽，我意外認識幾個長我七、八歲乃至十歲的作家。他們之中有人當雜誌編輯，偶爾分派記錄稿件、方塊文章給我，協助他們辦文藝營，我的身邊漸漸有了同輩的寫作朋友。我們趕集似的參加這裡那裡的文學獎比賽，派出一篇篇稿子輪流出征，有時僥倖得獎，更多槓龜收場。

　　那段時日，人生的其他可能也在發生，我逐漸習慣用虛構的世界作為抵抗沮喪、痛苦和並不持久的快樂。於是我寫得比較多，偶爾想想寫

作的意義是什麼。等到某天我赫然發現，房間那一大堆書，文學的比例超出了史學和社科書籍，那就認真試試吧。

退伍後有段時間，我在一所高中代課教歷史。我沒修過教育學程，沒教師證，從來不想當老師，但那是當時唯一可以讓我有更多時間和穩定收入寫出第一本書的辦法。寫完第一本書不久，有份文學雜誌編輯的工作意外掉在我眼前。那種感覺很像漫無目的走在路上的流浪漢低頭看見鈔票，除了撿起來換東西吃，不做二想。就去做了編輯。

我從來沒想過自己會去做編輯，所有編輯所需的技能，一律欠奉。我甚至不怎麼看雜誌，對雜誌版面的編排，主題發想以至架構的設置，全都外行。但也這麼編起雜誌，一邊犯錯一邊學，伺候很多好稿子、壞稿子，試著在每天工作之餘，擠出點時間寫小說。最多的情況是，下班後到某家咖啡店，上起自己的小說班，飽餐之後只覺得睏，勉力寫個五十、一百字，精神好點就幾百上千字，想像這些字同樣一字一塊，只要寫超過一杯咖啡錢就覺得自己賺到。就這樣寫出第二本書。我印了十本分送朋友，期待他們告訴我一點讀者的感受。

四、

艾恩·瓦特在《小說的興起》闡明18世紀英國讀者與小說興起的關聯，那時的物質條件造就一批閱讀大眾，促使文學重心轉移到小說。他把笛福《魯濱遜漂流記》視為西方現代小說的起點（這一向有爭議，有人認為是福樓拜，有人認為是更遙遠的塞凡提斯），而小說在近三百年的歷程中，被視為與個人主義和個人經驗的拓展密切相關。瓦特定義下的小說旨在書寫「現在」。比如笛福不從歷史、傳奇中取材，直寫他所處的當下，虛構出真實。而這必然要求小說含括的人事時地物樣樣清楚，彼此之間的關聯、座標和狀態有如一張巨網。小說家需要陳設、擺置的藝

術和技術；讀者則在閱讀小說間，進入模擬實境，拋進一連串的情節運算，來回兌換自己與他人。

　　有時我會想到讀者跟作者之間的關係。我不清楚當作者是什麼感覺，但我一直是個讀者。高中同學老丁和黑狗是我生命中最先接觸到的作者。他們當年那些設置暗碼的嘲諷作文和週記，幫我在乏味的高中生活鑽出一個洞，從小小的洞眼裡，讓我知道現實在經過一番擺弄後，有可能長成完全不同的模樣。我沒問他們為什麼那樣寫，讀完就歸還。借閱過程中，有些感受清淡或頑強地儲存下來，我甚至沒意識自己是等待連載的讀者。

五、

　　讀者現在有許多選擇，偶爾才當讀者。達爾文搭著小獵犬號遠遊時，發現厄瓜多附近的加拉巴哥群島由於與世隔絕，演化出許多其他地方沒有的特有種。現代小說旅行到各地，在適應種種環境中產生變異和獨有品種。每個小說家都像迷你的加拉巴哥群島那樣，在世界一隅獨自寫著，等待下一個達爾文。

與世界單打獨鬥

◎黃麗群

　　我並非有意識地開始寫作，這句子聽起來很怪，好像患夢遊症或鬼上身（雖然說的確，任何創作活動多半有夢遊或鬼上身的成分），但你明白我的意思。從小我是班上那個不說多說不動強動的女生，是那個寫國語作業勝過製作美勞或做實驗的前十名，是那個讓家長安心參加家長會的小孩。凡事最多也就是在課本上亂塗鴉或者懶得抄筆記。學期末成績單上一般有四字點評，每年我收到的都是些簡直不知在說誰的「循規蹈矩」、「溫文儒雅」、「知書達禮」；當然偶爾忘了帶手帕衛生紙，也會被竹條抽手心，被抽過手心也會大發恨願：「以後我也要當老師，你小孩就不要被我教到，我天天打他。」

　　就是這樣一般般地長大的，因此實在難以解釋為何會走在這條不算康莊的道路上。或者也可以說根本沒想過自己要去哪裡。我明白世俗價值長著一張怎麼樣的嘴，我合理而小心地滿足它的牙齒，得以避開大部分的咀嚼或唾吐，想一想它對我也還不錯，也有一些趣味，未必都是厭倦，但我內心不帶什麼表情。英文有時說：「Life's a bitch.」（生活是個賤貨），現實種種之於我而言也是個賤貨，我們彼此皮笑肉不笑，我們彼此各取所需，一概貌合神離。

　　然而在這不關心又深深無可避免之中，有一天我忽然發現，也有一件事，也有一種方式，讓世界無從介入，不可介入，即使是人類侵略性這麼強的同類都難以剝奪，無論是敵是友都只好隔岸觀火，這件事叫做

創造，它最原始的形式是生殖，以自己的基因造出新機體，攜帶各種最微小徵兆在時間裡漫長地傳遞或突變，世界上畢竟不會有同一張臉，不會開同一簇花，但它們的訊號一直都在，堆成人類生活神光離合的沙丘，成爲三千年後一念想，五百年後一回頭。我想，包括寫作，任何創作活動，無非都是這樣一件事。

那是 1997 年，網際網路行世未久，google 要一年後才成立，facebook 七年後才草創，筆記電腦是非常貴的商務用品，擁有行動電話者十不過三四；我剛上大學，選讀哲學系，上過幾個禮拜的課後發覺不大有興趣，學校與同儕規規矩矩，沒什麼不好，但我與環境之間似乎也無話可說。

我常常翹課，應該說是幾乎不去上課，六年來書念得很支絀。沒錯是六年，因爲中間爲了避免成績太差遭到退學，技術性地休學過兩次；同屆同學碩士都讀完我才領到大學畢業證書。說起來也是少壯不努力，日後想想也有點後悔，那時若用功一點，今日學問也不至於這麼差。六年過去我就是無系統勉強讀了點自己喜歡的東西，在家裡上網，東看看西看看，偶爾打開電腦的純文字記事簿寫點東西。那總是在半夜，電腦鍵盤敲下去一鍵一響都是黑影踩涉腦海的震動音。寫了有時會張貼給認識的朋友看（例如當年還在遠流出版社工作、才三十出頭的傅月庵先生。我們也是「網友」起家的……）有時也未必，一個檔案開始了，結束了，隨手輕飄飄覆在電腦桌面。

說起來，寫作上我與同輩相對算是非常晚熟，歷程也短，簡直雜亂無章，沒有師門或背景可言，也不曾參與青年的文藝活動或因此認識互相開啓知覺的朋友。的確是網路這東西製造了破口，某程度抹平舊有的線性傳承結構，也接受了一個像我這樣常在狀況外的自了漢。2000 年傅月庵慫恿我把大學幾年的稿子交給他出版，出了之後我自己也是撠爪

就忘，繼續瞎混，畢業，進入職場。業餘時間一點一點地寫，有一搭沒一搭胡鬧三五年後心中茫然，試著把手上寫的小說稿子投給文學獎，運氣很好得到幾次，便比較明白這之間技術上的操練不是全無結果。就這樣直到現在。

然而寫作這整件事，是可以像此時此刻如此「被詮釋」、「被寫作」的嗎？這兩年因應一些邀稿與場合，的確寫過一兩次這類稿子，但只是愈來愈懷疑，愈感到徒勞，也很心虛。我一路寫得其實不多，過去十多年也一直有正職工作，之所以未曾選擇成為一個全職的寫作者，一個原因是我不認為讀者或市場在供養或支持創作者上有道德義務，那麼，作為一個基本的個人，入世，盡力理解世人與世人的行事（不管你喜不喜歡），以及保持自立的能力和條件（不管你需不需要），或許都是比獻身於創作更優先的事，同時我自己也沒有膽量在物質上陷入過於不安或依賴的狀態。做一個依賴的人實在過於大膽。近年我對「專職／職業創作者」的「職業」有比較清晰的理解，既然稱為職業，就代表有老闆，它或者是國家，或者是讀者，或者就是自己（當然也可能混合持股）。我選擇了最後的自己，不服務任何對象，那麼，分身賺點錢自行贍養這個「創作者」，似乎也是合理的吧。

另一個原因是生活完全抽空現實空氣，或許並非好事。創作不能被「養」得太好，太安閑，太尊貴；但也不能太折損，太潦倒，太孤絕，像小說或電影藝術家窮到吃土，沒有暖氣，每天只喝一碗清湯粥，被房東趕出去，一隻眼睛已瞎，牙齒掉好幾顆，最後的支離病骨燃燒出壯絕作品如流星撞擊地球……大概因為這典型的想像既充滿奇麗戲劇性，又具備安全的滿足感，實在難以割捨，畢竟別人的犧牲總是最有參考價值，導致創作者常擔心自己若不忍痛吃苦反而成為一種倫理缺陷，但或許……健康好一點也沒關係吧，生活條件穩定一點也沒關係吧，讓生命

慢一些長一些，持續地去抵觸，去愛去恨，去記去忘，去成為一根尖刺，但也去成為一場擁抱。

　　所以創作的最大難處，對我而言，就是如何不斷在這各種現實條件中調度，找出適切的抵抗位置，持續地代表自己向世界頂嘴。向世界頂嘴並不意謂要不斷反射地即時地對各種現象發言（啊這臉書時代），它其實極可能非常沉默，是意志裡一磚一瓦的築堤，只為了預備抵抗某一天某一刻，世界忽焉而來的滅頂與侵略。抵抗。創作者的心多半有一層抵抗，問他們抵抗什麼？往往有各種答案，抵抗威權或極權，抵抗不認可的價值，抵抗庸俗，抵抗慣性，抵抗遺忘，其實抵抗什麼並不太重要，創作者之所以被看重的關鍵終究是那顆逆賊反亂，捉拿現世破綻之心。

　　每個有機個體終究經歷的是剝極不復的過程，時間真少，性命真短，人類生活真孤獨，意義太虛空，因此我想，關於我的寫作其實也沒有什麼玄而明之的道理，無非就是在各種可能的時候，全力爭取不為世人世事所縛的一段口吻，爭取一種堅硬態度，誰也幫不上忙，誰也不必幫忙。大多時候那當然很痛苦，並不快樂，也並不享受，因為寫作就是像個瘋子一樣自己為自己穿上束縛衣，在精神的密室中爭戰矛盾廝殺，攻擊思想，掠奪意義，但是，做為一個人，我以為，與世界單打獨鬥是種高貴的練習。

第一人稱的終結

◎鄭小驢

在我剛開始寫作的時候，一位年長的老師曾意味深長地問我，當你寫作激情消失時怎麼辦？我當時正處在與寫作的熱戀期，每天靈感信手拈來，左右逢源，每天和世界都有許多的話要說。所以很不以為然。直到有一天，想和世界說的東西越來越少，而世界要和我說的話卻越來越多，這才猛然醒悟老師的深意。「有話要和世界說」，和「世界有話要對我說」的區別在於，前者是私人的，是「小我」，是小說家言；而後者是非虛構。前者代表自我的想像，充滿著主觀的認知，天馬行空，是牛頓頭頂上正在往下掉的那只蘋果；而後者則冷靜得多，腳踏實地，是冰冷的現實，是物質，是物理，顯然牛頓的那只蘋果已經落了地，摔得稀爛，失去了審美的想像。

這些年，我不得不去面對這個沮喪的現實，怎樣描述這個摔成稀爛的蘋果？當想像之「輕」不再與文字之「重」形成對應關係時，現實主義才是我們必須面對和解決的主題。審美是容易的，充滿著飛翔的質感；審醜才是我們這一代青年作家的畢業考試。它可能是貧窮，是愚昧，是狡詐，是黑暗，是不公……要將這些東西準確合理地進行文學表達，考驗著我們到底能走多遠。

如果你不想重複別人的，那就只能走自己的道路。可在寫作資源日趨同質化的今天，要個性鮮明去講述一個故事，變得越來越困難。我慶幸在18歲之前，一直生活在鄉村。鄉土生活讓我更為熟悉泥土，和大地

建立情感，接上「地氣」。為此，在寫作上，我多了一種維度。我最初的一些小說，大多數以鄉土作為題材，我要感謝故鄉，很長一段時間裡給我提供了綿綿不斷的寫作素材。這些寶貴的「第一人稱」記憶，是我踏上寫作道路的基石。也是我「和世界有話要說」的彈藥庫。寫作之初，我一點也不懷疑這個彈藥庫的儲藏量。覺得它是可再生資源，永不枯竭。當我狂妄自大，寫上幾年後，才發現這個世界遠非我所想像的樣子。儲藏的「第一人稱」記憶，人生最為珍貴的礦產，因為濫採濫挖，很快被我揮霍一空。我想起前不久韓少功老師和我聊天說的，一個人的寫作大概分兩個階段，畢業前和畢業後的寫作。他說很多人第一階段寫得很精彩，可畢業後很快就消失了，再也寫不出好東西來。我也同樣面臨這樣的窘迫，吃光了自己的老本，怎樣去表達相對陌生的「第三人稱」的經驗？我從18歲到現在，這些年，天南地北，分別在南昌、昆明、北京、長沙、海南學習或工作過。這些居無定所的生活和經歷讓我品嘗到生活的不易，也讓我付出了代價，但無疑它給我增加了生活的寬度和厚度。讓我看待「第三人稱」時，更加理解什麼是「他、他們甚至整個世界」。生活虧欠我，寫作補償我。對於喜歡寫作的人來說，這並不是一件虧本的事。就像寫這篇小說〈讚美詩〉，靈感就來自於我在昆明時的經歷。這種經歷既屬於時間的，也可以屬於物理上的空間。我喜歡生活在充滿反差的空間和地域裡，因為它能帶給我不同的生活體驗，同時也能讓我更細緻地觀察社會，積累更多「第三人稱」的寫作素材。儘管這些故事和素材，已經和我沒有多大關係，但畢竟這不是從社會新聞、網路、晚報上得到的靈感，對我來說，它是有溫度和記憶的，有時還帶著痛疼感。

相比50、60後作家的人生經歷，我們這一代顯得相形見絀。我們沒有經歷過文革、知青、上山下鄉、1989年……當我們有自我感知能力的時候，世界已經過度到了一個平庸的商業化時期。就像孫郁老師說的，「也

許只有在 80 後這一代年輕人這裡，我們才能看到歷史虛無主義居然可以如此矯飾，華麗上演，如此沒有痛苦感」。這種歷史虛無主義當然反映在我們的小說中，最為明顯的特徵就是歷史之「重」在我們這代人身上明顯「輕」化，處於失焦的狀態。今天要討論精神，討論自由，討論過去背負在父輩們身上的沉重的十字架，好像顯得過於嚴肅，甚至矯情和做作，遠不如討論現實生活那麼及物和吸引眼球。這是一個相對平庸的時代，要想準確地描述這個時代的精神狀況，比起我們父輩們顯得更為複雜和困難些。就像海明威之於門羅，前者擁有豐富的寫作素材和人生體驗，從歐洲戰場到中國和古巴乃至非洲……然而奧康納批評海明威說，「他不過是示範了一種到處尋找題材的技巧」，顯然門羅中產階級婦女閒聊錄式的生活要進行文學表達，更具難度一些。

我們從最初開始的青春校園文學，寫到今天，「第一人稱」是否可以宣告終結？當「我和世界有話要說」到「世界有話要和我說」時，牛頓頭上的那只蘋果已經掉落在地上。怎樣去表達「第三人稱」，表達我們共同的情緒和經驗，這不是我一個人在面臨的問題，而是我們這一代人都在思索的問題。而描述這只摔爛了的蘋果，正是我們當前面臨的現實。

2015／4／24 海口

變形記

◎呂志鵬

　　筆者最早創作的小說應該是在大學時期，起步實在可算慢的了，第一篇作品好像是叫〈獎項〉，為短篇小說，事緣是從前參加了某個比賽，結果僥倖獲獎了（或許不是僥倖也說不定），但按信函所述，規定一律不發獎金，而且為了出版的需要，更要自己把錢寄去，支持支持才能成事。後來隨著年紀漸大，加之付款後，出書之事仍杳如黃鶴，大概也猜到這是一場赤裸裸的文學騙局，但騙局歸騙局，我個人心理素質還算良好，所謂失之東隅收之桑榆，於是便把這故事變成我第一個小說的素材，投稿於報刊。而後來傾盡心血來拓展我的小說版圖，也是源起於這次的「文學不幸」，這時期我所創作的小說，說真的，多以諷刺為主，感情直率豪邁，時刻高舉良心旗幟。我信仰用斑斑的血的現實陳列，必定會在最直觀上形成類似精神的圖騰讓人們信仰。可惜的是，良不良心不是問題，諷不諷刺也不是問題，問題是太直白，主題太清晰，太有刻意的說理性，結果小說總與凡俗和傳道糾纏不清。

　　這是合情合理的，回首往事，那時期我還沒有真正看過什麼小說，古典只能勉強算看過《三國演義》、《水滸傳》，現代的只通讀過金庸、古龍和衛斯理的作品，縱然高舉了什麼良心之作，但小說內語言的粗糙和視域的狹窄卻像是無解的謎題，令人困擾非常。而〈消失國〉，大概可以算是這時期的成熟模仿之作，其參照對象是衛斯理的科幻作品，套路大致是少數人的協會，一段失踪的奇案，為世界某個現象作新的解讀，個

人殊相就是整體的共相，而最後得出結論，相對於茫茫宇宙大千世界，人無論怎樣幹，並沒有太大差異，因為依然渺小得不得了。主軸就是如此，但在創作上，則出現了「悲劇」的色彩，我稱之為「悲苦」的追求，起初我還沒有發現自己有這種創作傾向，但幾篇下來，無論是求發表的，又或是隨意創作自娛的，都或多或少出現此情況，彷彿已成規律，只差程度深淺而已。這真有點令人百思不得其解，難道就是《三國演義》和《水滸傳》英雄都沒有好下場，所以不自覺地喜歡上悲劇？的確有這種可能，但後來在我無意之間，把學習的書單一列，我便發現答案了，原來這時期的中文系布置的課外書單倒不少，但已經讀了的有以下這些，包括余華《活著》、谷崎潤一郎〈惡魔〉及《痴人之愛》、莎士比亞《王子復仇記》、約翰・沃爾夫岡・馮・歌德《少年維特的煩惱》、張愛玲〈心經〉、郁達夫〈沉淪〉……大家一看就知道了，清一色的悲劇，若然說創作〈消失國〉是青少年時期的經驗結晶，並同時染了一些悲劇感的話，那麼當〈在迷失國度下被遺忘了的自白錄〉和〈女人？選擇？從來就沒有……〉這兩篇澳門文學獎的獲獎作品出現之時，便標誌著這種悲劇感的無限放大，這時筆者覺得只有傾心投身「悲痛」才是詮釋世界的不二法門，當然這種「悲」的構建並不是單獨個體與世界發生矛盾關係而獲得的，而是多個單獨個體交織下再與世界發生矛盾關係而獲得的，正如上述兩篇作品我都是利用了兩男一女的配搭，正如畢達哥拉斯學派說，「三」這個數字就是世界的形狀。但在我看來，兩男一女的組成彷彿說明了世界形狀的不確定性。至於悲劇的內核，則多受西方唯美主義的影響，探討醜惡、畸形、病態與美的共生關係問題。正如谷崎潤一郎描寫乞丐，指出她的五官，無論眼耳口鼻，單獨來看都是十分美的，但不知為何生在同一張臉上則顯得極醜，在這時期筆者多有思索，任何人在主觀上都在信奉美，追尋美，實現美，但當每人都將自身的美置在同一維

度之下，個體與個體之間便會出現微妙的變化，美同時亦受到干擾，甚至超越個體，生出比醜更醜的東西。

由我愛上唯美主義開始，我便閉門造車地創作了〈性的剪影〉，這部小說顧名思義就是以性作切入點，務求將個人的病態和隱私推向極致，並且努力地與群體割裂。由這作品開始，我感覺到自身創作的急促轉型，其主要表現有兩點，一是語言的私密性，簡單地說就是一味自戀地製造個體的特異，標榜個體高於一切；二是沉溺在幻想之中，故事的發展幾乎不依靠外部世界的事件來推動，而是單靠主人公的感覺率性而行。雖然這裡的確創造了不同一般的可能性，但與社會的連接和聯繫卻面臨斷裂。但這類型的創作並不是結束，反而只是開始，所謂「法無定法，然後知非法法也」，往後這時期創作的〈無我〉、〈只有你懂〉及〈天書〉等等，都可以說是創造「非法之法」的歷程，它們都執拗地與小說的創作常識和規律相對抗，刻意的多種互逆，反對單向線性的發展，筆者那時美其名為無限創新，但由於小說內容過分片段化，語言亦運用了非常跳躍的方法，甚至大段大段地插入詩句、歌詞，而這種無節制的即興，以及對陌生化的追求，最終導致創作主題的失焦，說白了就是形式大於一切的後遺症。雖然這時在創作上或許已失去足夠清醒，甚至形式顯得有些輕慢，但骨子裡依然是期望重鑄經典，所以主題都屬於沉重的生命探討。

現在回過頭看，筆者在這段時期還是頗有得益，就是相對地拓展了自我創作的外沿，就好比一幅門戶大開的實驗田，其內雖然雜亂無章，但勝在品種多元，作物儘管還是見不得人，但起碼各有生存空間，而我這個田主亦了解到什麼才是自身的優質作物。

創作停頓是每個作者必經的階段，最簡單的原因就是寫無可寫，面對這種情況，有人會轉寫其他文類，如寫寫詩歌、散文，有人會轉移嗜好，如寫點書法，有人則會潛心在本行中苦讀，希望能在無涯的創作之

海造舟成功，而我？我那段時期什麼都沒有做，既沒有什麼新的嗜好出現，也沒有讀什麼小說來提升創作力。只是無無聊聊地去讀了個博士，而且還是兼讀的，修讀的方向是文學史，選題是澳門中文新詩發展史研究，還記得導師陳子善教授問我，為什麼要讀博士？與工作有關？我記得當年就是直截了當地回答：「毫不相關。」陳老師對此回應有點意外，我解釋：「只是興趣，因寫了很多年新詩，所以想無拘無束地研究一下這個問題。」

　　大家看到這裡總想，不是在談小說創作嗎？走題了嗎？雖然說實在的，這學術型的研究並沒有與小說創作有任何相關之處，亦不是在那些如山海的新詩中令我產生了什麼觸類旁通。那不是扯談嗎？不，這段學習經歷為我日後的小說創作提供了方法，以及心理上的轉變，而這兩方面的影響都是非常巨大的。首先是發掘新的文學史料，這裡無論是透過人與人的對談口述而獲得，還是透過民間去搜尋，都需要非常大的耐性，而且為求真實面的呈現，都必須去找更多的補充資料，由這基本的文學史訓練中，我漸漸形成了搜集資料寫小說的習慣，過去要寫一個小販，一個醫生，寫起來都是十分平面的，因為其形象一般就來自影視或其他文學作品，但現在可以說都是來源於真實的調查，直接來源生活之中了。而且透過一些特定的語言，如「靚仔加色」（註：白飯加豉油），又或者職業的獨特經歷，如警察用武力控制示威者，這些可以令我創作的小說人物層次更加豐富。除了這特點外，不得不談到的是心理上的轉變，這時期我寫了三個中篇小說，包括〈外面〉、〈異寶〉、〈傳承〉和兩個短篇小說〈小店〉及〈古伯〉，雖然故事及社會切入點有所不同，但都反映社會和時代的轉變，這是從文學史研究所引出的心理認受問題，既然逝者已矣，是不是應該把創作目光集中在新與舊的轉變之中？因為這是最豐富，同時又是最富矛盾的場景，所以澳門回歸前的社會狀態對人性的扭

曲，傳統舊區老店的轉型求存，父輩與我輩對親情的看法，都成了我劍指的主題。

　　礙於篇幅，我無法將太多的創作觀細化與大家分享，最後想說的是，多年前詩人葦鳴曾對筆者說：「求變，每一個階段都求變，甚至乎是每一次新的創作時，都要存一顆求變的心，這就是藝術創作的終極要義。」直至此刻，在小說創作道路上，筆者從不敢相忘，努力地在變形……

天盡頭

◎笛安

我記得高中時候，遇到過一位非常棒的語文老師，講唐詩宋詞的時候，他率先承認說，詩詞的意蘊真正動人的地方是不能言傳的，言傳是一件很蠢的事兒。但是他又問我們：如果硬要言傳，你該怎麼說？

我至今仍舊回答不了，只是寫了一些年的小說之後，我越來越清晰地感受到，語言總有無能為力的時候。

我向來不信任那些一張嘴就說自己只為自己內心寫作從不考慮讀者的作家——因為這種標榜至少有一個邏輯上的漏洞，人類會有語言這個東西，本身就是為了彼此交流，無論是生存還是精神的需要——寫作既然是一種使用語言的行為，那就天然隱含著一重尋求交流的意義——哪怕寫了以後壓在抽屜裡私藏，讀者也至少是不同時間段的「自己」。熱愛寫作的少年人，像失去理智的情人那樣，牢牢地抓緊從自己手裡流淌出來的句子，生來敏感，感覺世界危機四伏，自己的語言就像是一把相依為命的劍，靠它行走天涯，它會變成自己身體的一部分，殺到天昏地暗一片狼藉，獲取一點自身的存在感，寂寞時候擦拭著它，擦掉斑斑血跡——他人的血，還有自己的。

有一天我突然發現，在我認真地擦拭血跡的時候，滿心的寂寞，依舊無法用語言形容。我凝望著手裡那把寒光凜冽日益鋒利的老朋友，我們只能相對無言。「語言」終究還是遇到了障礙物，因為每一個「個體」，能夠把握到的世界永遠只有那麼一點點。

也就是從那一刻開始，我學習著，不再把我的語言奉若神明，不再認為鍛造和使用我的語言是人生在世最重要的任務，不再把寫小說當成是和人間相處抗衡的唯一方式──也就漸漸地，不再那麼在乎自己的感受。世界無垠，人最終要學著讓「自我」的邊界逐漸模糊，這不是多了不起的事情，而是某種隱秘的自然規律。

到了這種時候，「寫作」對於我，似乎變成了某個途徑，某種手段，而不再是唯一的意義。我想，這種變化必然還是通過某個微妙的方式，逐漸滲透到我寫的小說裡來，感謝上帝，我自覺目前的作品跟曾經比起來，好像略微豐富了那麼一點點。而這個豐富，恰好來源於對「語言」的放棄。

當我意識到語言總有到達不了的地方的時候，我發現，在我構思我的某一篇小說的時候，我開始在意的，想要達成的，也變成了一種難以用語言歸納或者總結的東西──如果硬要言傳大概也是可以，但是總還是不言傳的好些。雖然我做得還不夠好，但我覺得，這終歸是個對的方向。

所以我才寫了〈胡不歸〉，這算是我為數不多的短篇小說裡，我唯一真正滿意的一篇。因為我一邊寫，一邊感覺到了某種語言之上的力量。其實最初我不過是想寫一個人如何面對死亡，其實「死亡」是一個我無論如何無法想像的東西，所以我只能描寫一個普通人的恐懼，一個被恐懼變得尊嚴盡失的普通人──那個無法通過想像去表述的「死亡」恰好助我一臂之力，讓我帶著我的語言，好像略微眺望到了一點語言之外的，遙遠的海岸線。

現在我相信，一個真正優秀的作家，最後的終點必然是：不再寫。

我也許沒有那麼優秀，所以我還希望自己能一直寫下去，但是至少，我發現了那個用沉默來恪守的秘密。

這感覺，很好。

我的命運也僅是旁聽

◎童偉格

> 在老城舊街的深巷裡，若是彷徨良久，而並沒有一個了解你的維吾
> 爾家庭，人會覺得難忍的孤單。我聽說過葉文福（他才算得上是詩
> 人）的一個故事。他從喀什到烏魯木齊的長途車上，和滿滿一車維
> 吾爾人同路。維吾爾人唱了一路，照例唱得瘋瘋癲癲。而葉沒有語
> 言，也不熟悉他們。他枯坐一路，那時的喀什路要走六天。車到烏
> 魯木齊，滿車的維吾爾心滿意足地下車了，沒有人理睬他。等到葉
> 跟蹌下了車，他抱住一棵樹，號啕大哭起來。
>
> ——張承志，〈音樂履歷〉

　　在練習寫作的路上，一些時日過去，我聽聞得愈多，能肯定的就愈少。這時我明白，話語國度裡沒有神，我只敬畏人的堅定。如現代主義鍾情者，理論家伊格頓（Terry Eagleton），對古希臘悲劇的簡要說明。在《生命的意義是爵士樂團》一書裡，他主張「最傑出的悲劇，反映了人類對其存在之基本性質的勇氣」，此話庸常，比較有趣的，是他接著判定，悲劇的「源頭」，「是古希臘文化中認為生命脆弱、危險到令人噁心的生命觀」。他描述這群作者置身的，宛如布滿暗雷之戰區的現實世界，在其中，「虛弱的理性只能斷斷續續地穿透世界」，而「過去的包袱重重壓著現在的熱情志向，要趁它剛出生時就把它掐死」，於是人若「想要苟活，惟有在穿過生命的地雷區時小心看著腳下，並且向殘酷又善變的神明致

敬，儘管祂們幾乎不值得人類尊敬，更遑論宗教崇拜」。現世這般難測，行路如此艱險，這群作者為何還能穩確創作？為何不放棄直面那些永無答案的問題？對此，理論家小結，「或許，惟一的答案只存在面對這些問題的抗壓性，以及將它們化為藝術的藝術性與深度」。

我敬畏伊格頓的簡答，因對我而言，他在論述時，也展現了一種與他所論述的悲劇作者相似的，直面存有之基本性質的「勇氣」。他隱匿古希臘悲劇的社會目的論，完全無涉悲劇付諸公共展演時的「鎮暴」效力：若像劇場運動家波瓦（Augusto Boal）一樣思索此點，則古希臘悲劇，與其如伊格頓所指稱的，「是沒有答案的問題，刻意剝奪我們經常拿來安慰自己的意識型態」，毋寧更可能是完全相反的東西：作為大眾節慶的固定娛樂，悲劇展演，重複提供現世所有難題以惟一解答，強化惘惘存在眾人心中、聊以自我安慰的意識型態；它總是在教育「我」，「我」對自己生命惟一正確的自治工程，就是對無解的無明世道，再更多的寬諒，與忍辱意志。

一種鄉愁：或許，像許多傑出的虛構體裁作者，伊格頓終究想以論述堅定建造的，借巴赫金（M. M. Bakhtin）的話說，是「某種兼表價值和時間的等級範疇」的「絕對過去」。或許，必須明白這無可商榷的情感認同，我們才能跟上伊格頓的思路，理解他多麼誠摯地想藉過去的片磚塊瓦，安頓一整代在話語歷史中佚散的作者亡靈如活體，以虛構的秩序，加贈他們思考的一致性印記，於是居然，早在歐洲的「現代文學」啓動之前的那遙遠上古，在當時的歐洲中心，他指認出了最早熟的現代主義者，他敬愛的同伴：那將一切存有的艱難，都「化為藝術的藝術性與深度」的古希臘悲劇作者群。

「虛弱的理性」如何「穿過生命的地雷區」？在話語國度裡，理論家展演一種可能：堅定相信混沌過往是必可破譯的，因一切正以一種對

「我」獨具意義的形式持續下去；是以，伊格頓以一整部小書論證：有持恆意義的不是內容，而毋寧是對一能裝載、調和內容的活體形式，在自我生命限度內，在不放棄對人及其同伴，「我輩」之存有的情感認同下，永不放棄去求索，聆聽，與相應變化；所謂「爵士樂團」。人們當然能說：這亦是一種「執哲學意義核心的友誼」，在話語國度裡，或許是獨有人類印記的一種情誼；不過當然，就像所有人世情誼一樣，即便是這樣的友誼，也難免盲目與虛妄。就這點而言，傑出的虛構，總一併指涉了傑出的盲域。我們難以想像的只是：許多在久遠未來，就我們論證，「理應」發生的事，不無可能，其實都已發生過了。

於是，我有時會想像：萬一，離奇錯置到有些不幸，在伊格頓所描述的那個上古雷區裡，真的存在過一位超早熟的、本本分分的現代主義者，在時空湮茫阻隔後，他能否被識見呢？我猜想，這會非常困難，就像人類要跨過渺遠星系，窺見外星人那般困難。主要因為那時代的藝術展演，需求審美機制的龐大資助：沒有任何一位作品能流諸後世的悲劇作者，是能拒絕向機制自我行銷、並通過審查，以獲得向後世廣播的強波器的。主要也因那是一個印刷與文本保留技術極端薄弱的，人類的童年時代，於是，這位早熟的現代主義者，字字句句本衷於心、只面向個人的創作，無論它們可能如何更純粹地，達到理論家所形容的「藝術性與深度」，恐怕，都會形同寫在空中，或者水上：時間將平靜追剿他的哀慟；他的蹤跡轉瞬不存。他會是不被「我輩」友誼合歌的那位失蹤者，雖然，伊格頓誠摯寫下的，事關書寫之精神性的話語，字字句句都將更適於指涉他，而非任何已為我們識見的悲劇作者。

這個想像使我困惑。於是，我頗想也仿效理論家，動用一點後來者的盲視特權，刻意簡省對時代癥狀、地域文化等「後現代情境」的理論運用，隱沒所有別具深意的差異，想像長久以後，當人類時間過盡，而

我必須向外星人說明所謂「文學創作者」是什麼時，我也許就能歡快地這麼說：所謂「文學創作者」，在這星球上，是一種奇怪的存有；像所有人，他屬於人類時間的造物，但就最符合倫理學的角度，他只能期待自己，永遠是名新人。

或長或短，他將度過一段摸索期，在那時期，寫作尚未對他形成準確意義，他將以相對單純的情感，及個人所能運用的，一切對虛構體裁的技術理解，嘗試以話語勞作，對他人發聲。很自然地，這些勞作帶有某種他個人素樸的、未盡深思，卻可能再難複製的印記，而這印記同時既是個人的，也是時代的。幸運的話，他將及時被歸類、認識與解讀，也從此對自己，有了多一點的參照性理解。更幸運的話，這可能會是面向現世之個人創作的真實「源頭」：或遲或早，他會對書寫作為一種保留或替代記憶之技術，同時存在深深的信任，與不信任。悖論始於一個更廣漠的威脅：面臨生命限度摧枯拉朽、取消一切記憶與情感的暴力，似乎所有人，都難免要為人為己，嘗試提供一種無可如何的和解。這暴力最內裡的核心是：以存活之姿，跟這世界和解，通常意味著，別無辦法地對世界交出個人的獨特性；而在這星球上，往往不是人人都能理解的是：比之傷逝，這可能令倖存的生者更憤怒。

於是，所謂「文學創作」，若能就其本質簡要說明，可能之一是這樣的：每一種嘗試處理人類回憶、或在行使回憶保存之技術的寫作，在內裡，對作者同時存在著刺痛的嘲弄與僭越。對作者而言，那像行走於懸索之上：他惟一依憑的寫作路徑，可能在下一步，銷毀他走過的所有步伐。特別，是當他所對應的，是一整個隨著亡者消失的過往世界，某種特定的生活方式時。他所依憑的寫作意義，有一種與日俱增的反作用力，即對個人書寫之意義的深刻懷疑。最最幸運的情況下，他會像理論家所期許的，找到一種能調和上述一切困頓內容的意義形式，也許，就在那

前赴節慶的，歡樂高歌，容其同坐的陌生人群中；或稍晚一點，在他意識到自己的痛哭，和他能寫下的所有話語一樣，有極大機率，穿不透現世時間層層砌造的靜默無風帶之後。

　　在那之後，他可能就是一名像「文學創作者」的本質那樣奇怪的作者了，能聽聞在那終將順時湮滅的宇宙裡，惟有在場的他，能聽聞的。來自更長久「之後」的我，若能獻上某種類同友誼的祝福，我希望他有勇氣，做好一名不在點名單上的盡責旁聽生，盡他所能，就已出生存世的一切，把能理解的寫下來，在水上，在空中。或至少，跟自己商量得再好一點；倘若就他所知，這是惟一能做的事。

聲音‧知識‧敘事

◎楊富閔

　　我從小周邊的人物都姓楊——全校有三分之二姓楊，以我家古厝爲中心輻輳五百公尺全是自己的親戚，我記得以前清晨隨我阿嬤到荣場，一個外地前來兜售鍋碗瓢盆的生意人，汗衫短褲，站在車上捏著小蜜蜂喊叫，他說各位楊太太、楊太太看過來！各位是台語，楊太太講的是國語，一時現場婦女集體看了過去，我也跟著視線看過去，感到不可思議，天啊，因爲他們真的全是楊太太。

　　一樣的，類似的，牽牽扯扯總能生出關係的日常生活，兩三百年前我的祖先自福建來台，沿曾文溪而上在現今台南大內拓墾生根，至今衍生十多代。從小我也生在一穩固的敘事架構中，小學時代聽模範生候選人在司令台自我介紹，發表政見，坐在操場的我覺得怎麼大家故事這樣像——實則全台各地皆有大家族發跡的歷史，也就有什麼吸鴉片廢家產敗家子、或富甲一方、田地遍及南部七縣市奢華故事，或風水師敗地理，一夕家道中落的傳說……我覺得四肢難以伸展，我需要鍛鍊想像力，努力找尋新說法。

　　找尋新說法就是尋找新詞彙、新文法、新意象、新的聲調、新的翻譯……在曾文溪中游的台南偏鄉，我度過童年生活，完成小學教育，最後在父親人事安排下進入以升學著名的私立學校。父親從小牛頭班讀上去，他希望我能是會讀書的小孩，會讀書並不困難，只是我們父子都沒察覺到，萬一沒書能讀怎麼辦？

　　國中第一次作文考試，題目叫「逛書店」。膽小的我呆在座位腦袋發白，全身發抖，我正在親身經歷什麼叫城鄉差距，什麼叫資源落後，因我的故鄉沒有書店。而在那雲集台南縣境多數縣長獎的校園，對從小像放山雞的我來說簡直是場災難：同儕競爭、考試壓力、一人離家的孤苦，我不敢向家人求援，因學費很貴，放學躲在房間看書掉淚，那是1999年，我的身高143公分，連發育都不如人，鎮日清晨六點揹著沉甸甸書包，搭乘的校車破霧離開大內，1999年也發生許多事：九二一大地震、曾祖母過世，一個大家族終於散了，我身邊的人不停消失，全台都在撲殺流浪狗，我也生了一場大病，我相信那將是創作場景終將不停回返的一年，關鍵的一年。

　　人因意識自身有限而感到痛苦，從小我就是神經質的孩子，初上國一，天天我東注意西注意同儕桌上的新奇讀物，別人有什麼，我就要什麼，我被妒恨幽魂纏身，落後的焦慮像山區雲霧糾纏著我。比如剛知世上竟有《大家說英語》這種英文教材，就發現不少同學早已自修到《空中英語教室》；或大家公訂自修教材，都會額外添購版本奇異的參考書，那是一綱多本、多元入學的年代，而我住在有錢也沒書可買的偏鄉。

　　偏鄉沒有書店，從小購書機會除了到善化鎮的尚上書局，就是每年春節前夕的採買，通常那是永康鹽行的家樂福，以及仍叫鴻利多的愛買。我在大賣場花車替自己買了親子教養的書叫《怎樣保護自己》，兩本《玫瑰之夜鬼故事》。前者封面是一個大眼阿妹仔在路口回眸，內容是教育學童防身知識，什麼小心陌生人搭訕，不要隨便透漏住家地址；後者是當時台視電視節目出版品，封面是主持人澎恰恰和曾慶瑜，主要收錄來賓講述的鬼故事，前面幾頁是彩頁，刊登多張著名靈異照片。我就拿這兩種書當小學三年級暑假的閱讀作業。我記得那時也有一台流浪書車中午時間在百年榕樹下擺攤，營養午餐用畢，全校一百多名學生，蜂似繞著

廂型車嗡嗡嗡，像營養不良的挨餓孩童，自己的讀物自己買，我買過世一出版的注音故事書，什麼《日本鬼故事》、《一休機智的故事》、《辛巴達冒險記》，國語課也開始寫作文，也就順勢買什麼《中年級作文》、《高年級作文》，還回頭去買《低年級作文》。

　　一個有趣的故事是，小學三年級參加查字典比賽，記得平地與山區的小學生都到齊了，地點在大內鄉圖書館，多像在測驗偏鄉孩童的識字率，請問這裡還有沒有文盲？——作答限時 40 分鐘，100 個生詞，考場學生各自獲贈一本字典當工具，為了怕學生偷懶不認部首，注音檢索的頁數全部釘起來，是誰規定認字得從認部首開始呢？我沒比賽概念，只知火力全開，答題方式不單找出部首，還要算出總筆畫、最後再造一個詞，第一題考並且的「並」，我沾沾自喜寫下並的部首是「一」，好像悟道天機，那天雷陣雨非常狂妄，落雷就在圖書館近處，讓人想到天雨粟、鬼夜哭，我們這群孩子正在造字。比賽結束走出圖書館，雷更大、雨更狂，我的傘骨將要折損，衣物全濕，天不怕地不怕的我一手擎傘、腋下緊夾著獎品獎狀往家門走去，母親父親都下班了，現在閉眼我還能看到母親急著喚我洗熱水澡，忙著擦拭我的頭髮的神情，吹風機的高溫；也看到父親又驚又喜讀著毛筆字尚未全乾的獎狀，那才是我第一個文藝獎，查字典比賽全鄉總冠軍，我拿到 74 分。

　　父親驚喜，我也被自己嚇到，74 是高分還是低分？家中沒出會讀書的孩子，藏書更不可能，也就不會有書櫃，牆上鑿成的壁櫥立著薄薄冊冊，有本棗紅色的《濟公傳》被我恣意塗鴉，畫到脫頁，是台中一間鸞堂印製的，小時候父親常邊開車，邊說投胎轉世的果報故事給我聽，後來進廟我就養成添香油，拿善書回家的習慣；有本《中國成語的故事》，是短期住宿我家的親戚留下來，我曾為了查詢「一寸光陰一寸金」是成語還是諺語翻過一次；此外就剩《棒球規則》、《職棒五年的故事》，以及

相關養鴿指南……幾乎沒有純文學書籍，連一般家庭常見通俗讀物半本都無。我生在一個跟文字沾不上邊的家庭，我心中對於文學的饑渴無人明白，心靈枯竭一如冬季曾文溪河床。

　　為此有字的物事都讓人欣喜：春聯、路標、學生刺繡、婚喪祭祀符號、廟宇楹聯、考試卷、參考書，連我家廚房的花磚都看得出神，有一本電話簿是我的最愛，其實它就是農民曆，前半本是生肖運勢與二十四節氣，白底黑字，我不喜歡，我喜歡白底紅字最後的幾頁，紙質摸起來很特別，內容是全鄉十村的電話資料，電話分類以村為單位，寫的都是戶長的名字，這裡有更多楊先生，楊太太倒是比較少，戶長多是男性，所以遇到女名總是又驚又喜，都在猜是不是招贅或是夫死。夏天來了我在客廳念電話簿給阿嬤聽，一個人物繫著一組數字，一組數字就是一組故事。

　　阿嬤那時行動不便，她就從我報出的姓名，向我做人物介紹。我都用台語念，阿拉伯數字念成「幾冷山戲喔」……阿嬤有時把人物形容的傳神，隔天我就騎著車找出現址，想像這個那個就是某某某，這屋那屋那就他的居所，全天然的讀物，活跳跳的，我的戶外寫作生活。唸到阿嬤娘家的曲溪村，她聽得特別認真，聽到幾個名字說是她公學校同窗；唸到我們居住的鄰里快速翻頁，太熟了；唸到特別的姓氏比如買、潘、毛，阿嬤就說平埔族人，通常那是頭社村或環湖村，西拉雅族的根據地；有個姓陶的是外省人，台語念起來像「德」，這是阿嬤教我的。並不是每個名字阿嬤都聽懂，平日大家稱呼都是輩分或小名，根本不知本名，比如有個老乩童大家都喊他「樂咖啊」，就是很高的意思，他的原名是楊家和，差太遠了吧！電話簿許多名字只是單字，有個楊花印成楊〇花，這是要念楊玲花、楊零花，還是楊歐花呢？印象最深的是有名字沒電話，我就開始猜是不是散赤人，也才意識到不是每個家庭都有裝電話。

　　從姓名號碼出發，不對，是從聲音出發，人物、情節、場景依序生出來，以後我就用電話簿當成分析小說寫作的開場白。

創作自述

◎朱宥勳

　　最早，我們都是從現代主義開始的。三十多年來，台灣的純文學小說寫作者，一定都會熟悉下述規格：五千字到一萬五千字的短篇小說，在有限的人物和少數的場景之間，試著設定一個核心情感，用所有篇幅反覆挖掘；如果可以的話，盡可能為這個作品添上一個精巧的象徵體系。這份規格書成形自 1980 年代，台灣最大的兩個文學副刊（《中國時報》的「人間」和《聯合報》的「聯副」）所舉辦的文學獎。它成為指標性的獎項，是讓小說寫作者「一舉成名天下知」的特殊空間。時至今日，無論哪一個文學獎都不復有當年的影響力和市場號召力，但台灣每年仍然有數十上百的文學獎，繼續運作這份規格書上的指導語，持續用這種不滿意、但無可如何的方式篩選出新進的小說寫作者。

　　如果我們稍微留個心，或許還能發現，這份規格書還有著更長遠一點的血緣。其中包含了 1960 年代，著名的文學社團「現代文學」從西方翻譯小說引進、奠定的，重視內在挖掘而非劇烈的外部情節變化的傳統，其中最常見的關鍵字包含疏離、荒謬、存在、寂寞、傷害與陌生化等。同時，它還吸納了橫越日治時代的寫實主義和鄉土文學傳統，兩相拉鋸後，使得這份規格書指導下產出的小說，多少還像是有個「故事」的樣子，而非全然裂解。用戰後第一代作家鍾肇政的話說，這或許是一種「土俗加現代」的風格——這具體實現在陳映真、郭松棻、黃春明、王禎和，乃至於更年輕的袁哲生、童偉格的作品裡。

　　我和我的同伴、前輩們，大多數都是在這種折衷的現代主義中開始小說寫作的。

　　因為台灣的純文學小說寫作者，幾乎只有透過文學獎引起注意一途，才有出版的機會。因此，無論個人稟賦之間的差異多大，所有純文學小說寫作者，都必須學會這套東西的操作方式。而在我們這個文學獎影響力日益下跌的末法時代──也就是說，不能再「靠一個首獎吃二十年」──這個操練過程會變得十分漫長。一個獎不夠，你可能要得十個、二十個，得到終於簽下第一本書的合約為止。

　　我很難簡單說清楚這對台灣純文學小說的發展造成了什麼樣的影響。可以立即想到的至少有：這幾乎促成了我們半世紀以來短篇小說精緻、長篇小說貧弱的局面（畢竟前者有大量的獎項作為磨刀場合）；它也很可能在篩選的過程中，誤殺了剛好天分不在此的小說新人（試想，如果有人生來就是為了寫長篇小說）；但從某個角度上來說，它的反覆操演，似乎也為台灣留下了非常珍貴的，關於「純文學」的，「現代主義」的，某種珍稀的感性和思路。那種東西，在 1990 年代之後的商業市場、2000 年之後的網路浪潮中，毫無疑問是不被大眾讀者需要的東西。時至今日，即使是台灣最負盛名的純文學小說家，其影響力都沒有辦法超出都市的中產階級當中；不，這麼說吧，我們幾乎可以說，影響力根本無法及於這個階層的半數。可是，「文學獎」此一保守、僵化、缺乏變通、失去效能與榮耀的制度，卻僵而不死地守住了一小片淨土，容納了一小群「別人搞不懂你在幹什麼」的人。

　　我想，我算是幸運的，生在一個有這樣的「保護」的時空下。我從來不認為自己是一個有天分的寫作者。我喜歡用故事思考，習慣性在任何場合，心底暗暗揣摩剛剛某人的某句話，有沒有更清楚的敘述方式。對我來說，沒有事件推進的文字敘述是很無聊的，我喜歡抓住事情的因

果鏈，因為 A 所以 B，但是因為 C，所以 B 不會變成 D。但是，我知道我所寫、所能寫的，全都是經過一定程序的練習，都是由一套可以複製的方法所驅動。我時常可以篤定地告訴學生，想要寫小說，不必害怕沒有天分、學不會；因為我很清楚知道，大部分的事情沒有學不會的。而台灣純文學小說、在文學獎誘導刺激下形成的「規格書」，對我這樣的人來說，無疑是好消息。只要抓住規格，只要抓對方法，我就可以開始學，開始寫，開始用這套形式來和世界溝通。

因此，我的第一本短篇小說集《誤遞》中許多篇章，就保留不少這類「打磨」的痕跡。甘耀明將之定位為「現代主義」，無疑是合適的。縱然不是只有我有這樣的特徵，但是很明顯的，在我比較早的小說裡，這種現代主義質素是驅動我小說的主要「心法」。從最早成篇的〈晚安，兒子〉、〈竹雞〉，一直到我自己覺得比較成熟的〈倒數零點四三二秒〉和〈墨色格子〉，都可以見到上述「規格書」的影子。當然，不是每一篇小說都是那麼工工整整照著框架描下來的，但我也清楚，毋須誇大那些「不合規格」的部分；那並不是真的多麼原創的創意，毋寧說是人本來就不可能做到全然精確，多少會有一些情感上的任性吧。

現在回顧起來，我覺得第二本短篇小說集《堊觀》，才是比較完整開始在文學寫作中，講出自己要說的話。這系列短篇以〈堊觀〉為中心，討論記憶、遺忘、符號與書寫之間的關係，形式上是向黃錦樹〈死在南方〉致敬的後設小說。系列中的各短篇在情節上或概念上，都連回〈堊觀〉裡，雖然形式上是各自獨立的短篇小說，但也埋藏了一些後設的機關在裡面。在這些小說裡，我試著將這些「泛記憶」的主題，和台灣的歷史、台灣社會廣泛的精神狀態連結在一起。在 1980 年代，台灣曾經也掀起一陣後設小說的熱潮，雖然也有一些創作成果，但最終的「共識」似乎就停留在「後設小說只是一種語言遊戲」的想法，並且往

往滑坡成為「因為是遊戲，所以不誠懇，沒有情感上的深度」，無論評論者還是寫作者，對此似乎都沒有更進一步的興趣了。然而，真是如此嗎？後設小說沒有別的可能嗎？沒有辦法達至某種深刻的抒情嗎？透過這一整本集子，我不只想問這些問題，更想動手做做看。而〈康老師的錄音帶〉雖然是寫在《惡觀》成書之後，在思路上應該還是要列入這個系列的一部分。

而在最近出版的長篇小說《暗影》，則是我對小說創作的另一方向的嘗試──甚至可以說，幾乎是與《惡觀》正好背道而馳的領域。這個長篇以台灣特有的現象「職棒簽賭」為題材（職業球員在比賽中故意輸球，以之在賽外的賭局獲取高額利潤；或者是開設賭局的黑道勢力威脅利誘球員，以操縱比賽勝負的行為），我要求自己盡可能不取巧的採取較古典的戲劇形式，去經營一個封閉的、從開頭到轉折到結尾，都確實清晰寫出來的完整敘事。毋庸諱言，前述的現代主義形式，雖然能夠探索比較深刻的內心流動，但是卻也很容易給予寫作者「方便」，去閃躲、避開對外部情節的經營。──一直在角色的內心裡打轉，當然也就沒有什麼篇幅去打造曲折的故事。在台灣，確實有一部分的小說寫作者陷入了「沒有故事就等於藝術性」的迷思裡；但這並不總是對的。

我認為，如果我們對文學的社會功能還有一絲期待，那就不應該放棄用故事來和讀者溝通的可能。故事的戲劇性及其功能，在台灣的純文學小說裡真的被低估太久了，特別是在台灣的長篇小說。小巧騰挪的短篇小說，在「冰山理論」的流行下，給予了創作者把「沒想清楚」當作是「留白」的空間，可是長篇小說是沒有太多閃躲空間的。一個章節沒扣緊，下一個章節就找不到敘事的動力，後面就通通垮掉。而早年的純文學長篇小說，則發展出了另外一套框架來應對，即以家族史來展開的「大河小說」。這或許是我個人的偏見，但我真心覺得這種寫法毒害台

灣長篇小說甚深,因為它讓許多小說寫作者有了不去用心佈局的理由。這是否一定會產出「不好」的小說,我無法下定論;但站在小說創作者的立場來看,我很清楚這很容易掩護「懶惰」的小說。

　　一個首尾具足的故事,一系列代表各種信念或立場的人物,以及這些人物最後的結局。我仍然相信這樣的形式,在當代社會,還是有非常強大的溝通能力的。在這樣單純直截的語言結構裡,小說創作者對於社會議題的觀察和思索,能夠形成一種有力的印象。當然,並不是說所有小說都應該追求這種印象,但是,如果一個文化圈內的小說都放棄了這件事,那想必是不太正常的。

　　最早,我們都是從文學獎的現代主義教養開始的。然而,離開起點之後……我還沒翻到結局那頁,我還不能確定地說「之後」會怎樣。可以確定的是,至少不會是開始那樣。我仍然感謝那些給我機會的「規格書」,但那似乎遠遠不夠,不夠我們面對眼前的世界和我們自己了。我相信我們正站在某條分岔的路口,國境的邊界,分水的嶺脊邊緣;不一樣的東西,很快就要在混雜之中出現了。

花事了

◎言叔夏

我童年時識字極晚，是到了小學以後才學會寫自己的名字。識字多了，總覺得每個字都是一個人的形貌，不可隨意搬動，具有絕對性。瘦長胖短。花字就是兩枝插在瓶裡的花，童字上的立字則是小學生戴了頂黃帽子。有時字看得久了，筆畫撇捺全火柴般地散了開來，忽然不像那字了，童年時的我經常盯著寶特瓶上的一兩個字看，把它們看成不像它們自己後再全部丟棄，這是我孤僻的年紀裡只有我自己一個人知道的遊戲。

長大以後我搭車，常在國道上看那些路上的汽車。那些車子的車燈久看也像一張臉，而且真的是各有憤怒或急躁的表情。有些車一看是老好人，果然闖起紅燈也慢吞吞地。常言說文如其人，我卻常覺得車子有車子自己的心，不是車肚子裡的我所能知道的。

而長年在鍵盤上駕駛著字的我，又是什麼呢？我常把這兩件事搞混在一起，把自己弄得糾結莫名。不知為何打字這件事對我來說總有一種開車的感覺。我常覺得字裡洞開著一個體腔，既屬於我，有時又不屬於我。有時這體腔黏膜黏合著我，使我變成它的一部分，我也就變成了字的心，駕駛著它。車速快了，犁了田，把自己弄得痛了。是字使我疼痛。如同跳舞。你該如何去分辨跳舞的是腳還是你自己？也許類似一種體操。我日日面對的一片反光的空白 Word 就是操場。書寫是勞動的一種。

長成需要工作的年紀，實是難以向人去交代這究竟是一種怎麼樣的

勞動。他人看你勞而不獲，老向你究極字的價值與意義。學生時代仍可蒙混過去，畢了業，踏出校門，總有一張切切實實的表要填。表格上的抽屜各自歸納著某一時期你所做過的所有事。然而這勞動實絕大多數時光皆如卡夫卡的絕食表演者，日常裡做著那叫不出名字的演出。表演什麼？表演飢餓吧。絕食表演者說如果我還能表演別的，我絕不表演餓。每天我起床，切開熱水瓶的加熱按鍵，在書桌前聽那滾沸的聲音慢慢醒來，在蒸氣的霧裡觸摸字，感覺一種腔調慢慢降臨。這究竟是一種工作？抑或是一種日常生活？我寧願比較好的說法是這是生活裡刨挖開來的一個凹洞，把我一根肥大渾圓白色蘿蔔般地密密鑲嵌洞裡。沒有縫隙。我的裡面就是外面。於是我是如此眷戀著那些寫作時光裡房子裡的一切物事。屋房不必華美，但需要密閉如同箱子。箱中洞開一個體腔，我可以俄羅斯娃娃般地打開一個又一個字做的罐子，把心一層一層地掩埋起來。如同信號。夏日開一小扇窗，能眺望晴而高的天空。冬日則必有暖爐。不爲溫暖，而是爐子裡發散的昏黃光線之故。地板必須有貓長年橫躺癱瘓，最好昏迷。我每日買回一冰箱的優格與茶葉袋，沖泡式濃湯（這東西在某次京都旅行的超市偶然被我帶回了整整一行李箱），便利商店水煮茶葉蛋（啊我有時真的過份依賴這個便利的蛋白質），保我永世無須出門，不用超渡。某一自給自足地。

　　我最好的寫作時光，是在木柵深處的一條河旁。無有友朋，無有應酬。想來那奢侈的兩年沒寫出多少字來，但真是把時間當作紙鈔那樣日日揮金似土地，一日一張地耗費著的。晨時入睡，黃昏起床。在夜半的河邊散一小段長長的步，直到動物園的長頸鹿煙囪底下，再頂著整片星星的夜空回家。什麼都沒寫的夜晚，卻感覺什麼都已經寫了。說到底書寫不過是一種立地。是腳下的一方土地踏踏實實地站得穩了，說自己的話。成不成佛端看放不放得下屠刀。又或者刀刀砍的最終是自己，箱裡

來的箱裡去。

於是那箱子表面的雕花紋路，便是用這日日敲打的十根指頭，一根一根地踩踏出來的。有時伴隨著痛感或快感，更多時候是一種暈眩的旋轉。我想起小時候喜愛的音樂盒子，打開來就有一個站立著的芭蕾舞者，永遠旋轉，永遠歌唱。在蓋上箱子的瞬間，她安靜了。

她安靜得像是從來沒有存在過。喉頭鎖得很緊。齒輪鬆脫。那麼我又是誰呢不唱歌的時候？這問題如同音樂盒裡的一顆齒輪去問芭蕾舞者：我是不是你的心呢？桃樂絲的夥伴機器人。體腔封閉著體腔。如果心是聲音。我最喜歡的歌手唱到了 36 歲，灑脫揮手：如果我不唱了，請把我忘了。

最後一首曲子停留在花事了。唱盤的指針停滯，畢竟開到了荼蘼，便是意義的終局了。如同那些遺留下來的字，在幾次搬家的紙箱裡，被河流般地流送到下一個房間。像是大隊接力。像小時候綜藝節目裡玩的一個遊戲：將一句話從隊伍的最前方不斷傳下去，啊多麼 90 年代的笑點啊它們最終在話裡變成了另一句話。像是從黑色的魔術箱子裡抓出了鴿子與兔。那變化本身比傢俱更為堅固，有時像是回憶的一種骨架。你曾經愛過的人想起他的五官起伏如同等高線地形圖，他的臉像一句話被從隊伍的最前端傳來，每回憶一次他的鼻樑便傾塌了一度。但他老舊的灰色 Mango 毛衣沾染著紙菸的氣味，袖口髒汙的顏色，黑顏色的兩個髮旋，不知為何，卻像是一個謊般地被留存下來了。我年輕時代的糾結：字最終不過是一種比較清澈的謊，帶來一種比較清澈的罪。它們日日在我童年的日記裡遊戲，編造天氣。不存在的晴日的郊遊，體育課的短跑比賽，永遠無人出局的躲避球遊戲，一個未曾謀面的朋友。如今想來，那或許是寫字的開始？但我想不起童年時代的某一個下午，我究竟把最初的心，像時空膠囊般地存放到哪一個字裡去了。如今那字散落凌亂地遍佈

在我日日操演的稿紙之上，像面塗白粉的能劇之人，混進了愈來愈多的棋子般的臉裡，使我愈發混亂而分辨不出了。

寫作既不衛生又不安全

◎陳栢青

我已經打定主意再也不要寫了。

接著我被派往菲律賓。

在那麼新的國度裡，對他的印象還很舊，此刻城市建設正興，從視覺面短兵相接開始，腦子裡一切都像機場裡登機板上文字在啪啪翻面在改寫。可這樣的刺激也不曾激發我什麼，我已經打定主意了，我終究是會離開的。像是一名滯留的旅客，無論是對那座城，或是對自己的人生。同住的室友說：「你太世故了。要年輕一點，活潑點。」單位裡領導的老太太則說：「你還太嫩了，不要以為自己裝滿了，要把自己倒掉。要吸收。」有時候我覺得他們真的看到了我，有時候我則覺得自己是一面鏡子，他們只是看到自己。而當他們看到自己的時候，就看到我。原來我真的是一面鏡子，裡頭什麼都沒有。什麼都不是。只是堅硬。只是反映。

駐紮在不同單位的同僚神秘兮兮跑來探望我，他說，欸，有好玩的耶。要不要去試試看？

他說：「走，哥帶你去按摩。」

我說：「按摩有什麼好玩的呢？」

「你按過嗎？」他問。

「那倒是沒有。」

「那你怎知道沒有好玩的？」

「我知道。」

　　從他說「好玩的」的那刻，我就已經知道會發生什麼了。他越是說得眉飛色舞，傾盡一切修辭，我越是感覺那後頭有一種乾癟，也就是嘗到幾次鮮，便以爲熟門熟戶像連後頭的管線配置都了然於心，其實只是讓台前的慾望顯得很孤單。當他轉換策略，隱隱的說，像退到簾幕後，打手影，講雙關，時不眨眼挺眉，一切都意在言外，我倒感覺，那些都已經發生過了。這一切，湯湯水水，多複雜的動作與機關，算計，誘引，推離，碰觸，分開，延遲，加速，那哽在喉頭的嘶喊與噴射，多遠呢，還是滴在腳邊，這就是我們人類所能描述的性。這就是我們全部的人類史，那都已經發生過了。在我的腦海裡。在別人的故事裡。

　　而別人的故事，那一切。關於書寫。我都已經知道了。

　　那些都已經發生過了。被寫過了。或者我們以爲它已經發生，很多時候，不是在寫字，只是用字在寫，也只有字在寫，很精緻地思考，抓到感覺，抓到情緒，然後吹著他漲，沿著他攀，膨大了，飄起來了，接下來會一個帶一個。誰都愛看這個，誰都可以看這個。不看也無所謂。不寫也無所謂。不是你寫也無所謂。一切只是細節變化的問題。一切只是順序排列的問題。

　　不是我老了。不是世界老了。也不是書寫。我只是覺得他們舊而已。老真好，有種熬出來的智慧，舊了只是舊了，也不是壞，在汰換和持續的邊緣，卻始終拿不定主意，一切只好將就將就。

　　他說你去不去呢？我說當然是不去的。拒絕得多不假思索，這才讓後續前往的腳步像是被迫的，都推說只是將就。

　　按摩院座落在馬尼拉的 Makati，什麼年代了也早不時興叫按摩院，嫌老土，現在都喚作 Spa。Makati 是馬尼拉有名的風俗區，多開放，什麼都能容，熱帶午後的雨在水泥街道上還未乾，黃昏的霓虹燈已經點亮，水窪裡紅紅綠綠，等人一腳來踩破，空氣裡有一種潮溼的氣味，腥黏黏

的，似乎怎樣洗都不乾淨。

　　所以，接下來的活兒，到底還有什麼好說的？我跟著他走進去了。但這一切我都已經知道了，事前的講數與按摩師選擇（「這裡只有男按摩師喔」，他們像是盡了告知義務卻又一副「你知道我而我也瞭你」的促狹眼神）、店裡的裝潢（藍光冷調標榜科技與未來感，拐個彎接上小房間裡土土帶著民俗風情的成串珠簾與木片躺椅。空氣裡播放 New age 輕音樂，奇怪卻你想到台灣高速公路上的休息站，整個 90 年代都是小野麗莎或恩雅。一切都透露一種不搭嘎，一種假，但連這種假，你都已經知道了。），脫衣穿衣，他們給你一種紙作的浴衣換，短得你幾乎套不下去，但反正你知道，很快就會被脫下來。你什麼都知道了。知道了還是要去做。

　　慢慢的，我開始發現樂趣所在了。正因為按摩師知道你期待什麼，他知道你已經知道，所以他所有的技術，都是為了回應你的知道。他按壓，他撩撥，每一次觸摸，身體的碰撞，都帶著一種暗示。像問你，要不要，敢不敢。你知道自己遲早會被帶走，你知道自己終將會應允，理智發散到很遙遠的地方，只留下身體說話。而樂趣就在這裡，在大撤退的預感前，樂趣在於扮演。要那麼不當一回事兒，面對種種叼，種種刁難，面對那千手佛像手指或捻或扣或扭或招作大風車轉作萬千伏魔手印，我一方面知道，知道他知道我的知道，一方面又要違逆一切知道。一副遊客走錯了地方「唉呦，這回是唐僧進了蜘蛛洞」凸顯小鮮肉索索顫動的愕然，一方面又表現出一點退讓，一點動搖，一種「其實也未嘗不可」的猶豫再三。那多有樂趣，我這一生也不過如此，不停的扮演，扮演不會扮演，扮生裝懵，乃至有那麼一刻，我自己都困惑了，困惑於我知道我不知道。或我其實不知道我知道……

　　但你知道的，他終將開始喊價。從一千起跳。

你給我啊？不，這話是我在心底喊的。

八百。

我搖頭。

四百。

我緊閉唇部，腿都不張開一下。

四百五。四百二。不能再低了。

空氣裡的熱度正隨著價錢不停的往下降。

而在金額沒得談之前，更早之前，他的手指早離開我的身體。這一會兒，他甚至沒了聲音。

我想，是吧，結局就是這樣。

這我也早已經知道了。

但就算知道了，可實在等得太久了，我想，總該告訴我，該怎麼收尾吧，怎好意思讓我顛著兩塊屁股蛋兒光涼涼在這躺滿時數？於是，我回頭去看。

但結果卻是那樣。

在那樣幽暗的燈光下，我看到前一刻還商人那般精刮在嘴上小心調教數字微距的男人，這一刻，兩眼通紅，雙手在他自己胯下忙不更易地活動著。

甚且在我轉頭的那一刻，弄得我一頭一臉的。

不，我不知道怎麼說，但忽然之間，我想到，如果有一天，碰到一個人，你們根本不認識。你們之間什麼都沒有，不，甚至更糟，你們之間有了，卻也沒什麼，只是明買明賣，但是，他卻對著你發射他的所有，你要求的，他不給，但他給出你想不到的，他給你更多。

我這一生，從來沒有那一刻，那麼危險，又那麼安全。誰都沒有武裝，誰都不硬了，之後只會一直軟下去。但那也許是我這一生，第一次，

接近一種純粹，接近一種，我無法命名，但知道他存在的東西。

那會不會，是一種愛呢？

以後也不可能了。再也沒有那樣的機會了。

我再也，再也不會像這一刻，被人慾望，被人愛著了。不知道為什麼，在那個夜裡，我嗚嗚地哭了起來。

這是一個秘密，我沒有辦法告訴別人。關於色情，汙穢，抑鬱。陰暗。人類所有的性。以及，愛。

如果可以重來。

如果可以重新體驗。

如果可以反覆。如果記憶。如果有所謂召喚。如果有降靈。如果震顫。如果能逼近。如果沒有如果。

如果我能創造。

「第二天起床，振保改過自新，又變了個好人。」

而第二天，我拿起筆，又重新開始寫作。

寫每一篇小說都像渡一條河

◎蔡東

　　真正開始系統讀書並確定以寫作為志業，是考入大學中文系之後。高考結束選專業時，本可以選擇更具有現實感的專業，法律金融小語種，但我毫無猶疑地選擇了中文，沒有任何煎熬和搖擺。對水瓶座來說，這得有多難呀！

　　我至今都欣賞那個 18 歲時的自己。

　　閒來作小說——我以之為人生最大的幸運。它讓我有機會過上內心寧定的生活，它為我提供的奢侈品太多了：安寧、滿足、坦然，體味種種細碎美妙的不麻木的心境。我何其幸運，能藉由書寫化解心底淤積的無名腫毒，能自內向外地安靜下來。很多個夜晚，我看到小說正發光，光芒在幽暗的寫作室裡微微跳動，給予我秘不可宣的快樂。

　　我也曾因寫作而失眠、脾氣暴躁、三餐不規律，與之十年磨合，總會有一些疼痛的記憶。現在，我更懂得享受它了。有時等待一篇小說，一等就是半年，無須著急上火，看看書，把零碎的想法記在筆記本上，一天天地養，等它的輪廓一點點變得清晰。我試著將寫作日常化，或許也只有這樣，才能長長遠遠地寫下去吧。《紅樓夢》最打動我的地方，就在於作家那麼用心、那麼鄭重其事地面對日常生活，又用如此精妙的方式完成了這部日常生活之書。《紅樓夢》沒有多少跌宕的情節，但這部小說裡有中國人最詩意的生活場景，有中國人最纖敏柔嫩的感情。比如下雨天，賈寶玉去探望黛玉，這場景裡就包蘊著某種特別溫暖、特別讓人

安心的東西，生活的平實，平實中又猛不丁地美一下，真是搖曳生姿。

我渴望自己的小說也具備柔韌不折的力量，同時，它的某個部分又是尖利的，能進入到內裡的幽深之處。〈木蘭辭〉裡有個食蟹、品茶的女人邵琴，她為自己設計了古典高貴的形象，散發出遠逝已久的林下風度，然後靜立一旁，請君入甕。她用我們這個時代裡罕見的、甚至根本不存在的某種品質來偽飾自己。人們對邵琴的傾慕，不過是緣木求魚，但反過來想，驚慌失措的我們，平庸惡俗的我們，是否從未放棄過對閒情逸致和詩意生活的敬重？是否明知有詐，明知會幻滅，也不憚於全身心地親近擁抱，甘之若飴地上這個當。風雅的生活藝術家邵琴，之所以魅惑眾生無往不利，是因為人們骨子裡還迷戀好東西，這多少也算明滅著些希望吧。其實，我也欣賞那些孱弱失意的中年男人，比如〈無岸〉中的童家羽，〈淨塵山〉中的張亭軒，〈木蘭辭〉裡的陳江流，〈出入〉裡的林君，我喜歡他們未蒙塵時的潔淨，我期盼他們別再勉強自己。早期的小說中，我著迷於情感的那種複雜又單純的奇妙摻雜的質地，致力於美好碎裂後的彌合，比如說〈天堂口〉裡的愛情，〈結髮〉裡少年夫妻的恩義，那敘說裡是有一份癡心的。現在，我更願意深究人生之苦，女人，男人，老人，不再嘗試修復些什麼。我想抓住的，是幻滅過程中的撼人心魄的慘傷的美，如此，幻滅便也有了價值。

〈通天橋〉是我珍愛的小說，它緣起於秋天的一次出行。在城市的邊緣地帶，我看到一座凌空飛架的天橋，以及，天橋上的一堵牆。這飛逝而過的一幕，讓彼時彼刻的我激動不已，並在此後的一個月裡，持續地向我發出強烈的聲響：這是一篇小說！除了一幅定格在心底的畫面，我再沒有其他的材料，然而，又已經足夠多了。接著，我來到虛構的秘境，一點點找到節奏感，從現實裡幻化出小說。我跟〈通天橋〉裡的人們一樣，藉由一座橋，渡過一條河。我在橋上也會遇到各種障礙，技術

的，藝術的，表層故事的，內核思想的。我覺得，能否抵達對岸，就在於小說有沒有涵藏住一股氣。我很喜歡觀察麵包烘烤的過程，隔著玻璃門，能看到麵包的表皮繃得緊緊的，向上繃出一個美妙的弧度。透過這拱橋一般的美妙弧度，我似乎能感受到它內部的充盈飽滿。它內部有一股氣，一股鼓脹的氣──來自於此前默默發酵時蘊蓄的能量。〈通天橋〉是深圳又一次慷慨地向我展示出其文學性，它盛產耐人尋味的細節，足以發動起一篇小說，它也不斷地豐富著我對世界的認識，對人的認識。

　　有文學上的需求、才分又一般的人，其寫作和生活最好是彼此浸潤的。我理想的寫作生活，是寫作來到生活中時，宛若液體滲入液體，宛如濃墨徐徐滴入水中，它們具有不同的色彩和密度，緩慢地洇了開來，試探著容納了對方，終至渾然一色，無分彼此。我是生活的信徒，從沒停止過向生活賦魅。收集貌美的杯盤，在清晨午後的某些時刻講究儀式感和器具之美：生活中需要這樣的時刻，哪怕有些做作，哪怕心知肚明這不是常態。茶几下軟布覆蓋的茶具，抽屜裡閒置的烤盤，陽臺角落蒙塵的方盆，是喝茶、烘焙和種菜的殘留，也是我努力生活的痕跡。我盡量讓一切變得更自然，嘗試減弱創作對生活的影響，警惕寫作者的自我幽閉和受難情結，並時刻準備著枯澀之後的坦然面對。

大會演講

為何長篇？如何長篇？

生命與文學的曖昧交界之處

◎楊照

　　將近九十年前，劍橋大學地位崇高的「克拉克講座」邀請了小說家佛斯特（E.M.Forster）主講，他給這八場講座訂了一個簡單的主題——What Is the Novel？八場講座的內容，後來結集成書，書名叫 *Aspects of the Novel*，一般中文譯作《小說面面觀》。但注意：英文中的「the novel」並不等於中文裡的「小說」。Novel 是長篇小說。佛斯特要說明、要解釋的，是長篇小說究竟是甚麼。而且 novel 這個字當名詞，指的是長篇小說，換當形容詞用時，意思卻是「新鮮的、新奇的」。

　　的確，長篇小說是個新鮮玩意，不是開天闢地就有，不是人類歷史文明中的固有之物，也不是天上掉下來的。長篇小說是有來歷的。

　　透過佛斯特的整理，我們清楚了長篇小說在歐洲的兩項重要來歷。第一是源自現代生活、都市生活刺激出的一份好奇。現代都會生活最大的特色，尤其是和傳統環境相比，是其多元性。傳統環境中，生活少有變化，一個人不必對自己的鄰居的生活有甚麼好奇，也不必對自己的父親、祖父過往的生活有甚麼好奇。他們的生活都和他自己的生活沒有太大的兩樣。然而換到新興都市中，這樣一個人卻無可避免會感到困惑、暈眩。他無法理所當然地想像隔壁鄰居的生活，他明明白白知道隔一個街區所住的新興中產階級、再隔一個街區所住的沒落貴族、再隔一個街區所住的工業資本家，他們的生活必定很不一樣。但如何不一樣法？他

們怎麼吃、怎麼穿、怎麼娛樂、怎麼交談、怎麼處理愛恨情仇？他好奇想知道。

另一項來歷則是源自上帝地位貶值之後，人心中燃起的野心。過去，關於人不知道的事，都推給上帝就好了，事情都是上帝決定的，你不需要知道那麼多，相信上帝、接受上帝給予的安排，是最好的答案，也是最好的態度。但現在，人不再如此相信上帝、接受上帝了，於是人有了想要知道更多、掌握更多的野心。不管是福是禍，都不能就想「這就是上帝的安排」，而是燃起胸中強烈的問題感與求知慾：「這到底是怎麼回事？有誰、有甚麼力量介入其中，使得這種事如此發生，乃至發生在我身上？」弄清楚了這樣的來歷，也就弄清楚了為甚麼會是長篇小說，為什麼要寫得那麼長，還有，為什麼要用虛構的「小說」形式來表達。

長篇，因為必須鉅細靡遺描寫生活，才能滿足新興讀者的好奇心。他要知道的，不只是甚麼戲劇性的情節或發生在隔壁街區的家庭裡，他更想要知道隔壁街區的人究竟是甚麼樣的人，過甚麼樣的生活，和他自己到底有多大的差距。每一本長篇小說，都是一幅切片的社會風俗畫，一定要有夠長的篇幅來鋪陳生活的描述。

虛構，因為只有虛構想像，才能突破現實單一視角的限制，呈現事情的全貌，滿足新興讀者的野心。他們不只想要知道表面上發生了甚麼事，他們更需要對於這些事的內在解釋。一對情人分手了，他們要知道男的想甚麼、女的想甚麼，要知道男的和女的之間有甚麼誤會，還要知道在他們背後是不是別人在陰謀破壞，這些陰謀在甚麼地方成功了，可能又在別的地方產生了非預期的效果。

這些，不是我們在正常現實裡能全面掌握的。女朋友和你分手，你不會知道她在想甚麼，就算她說了，你所聽到、所認知的不見得就真是她的意思，你察覺不了自己的誤會。你更不可能知道女友身邊可能有個閨密一直在說你的壞話。同樣的，你的女友也不可能確知你身上所發生的事、你的內在想法。誰會知道？只有那個扮演上帝，可以任意進出情

境，還能任意進出所有人內在心理的小說家，一個具備虛構本事，所以能夠把所有門都打開，讓我們看到門後現象的人。

佛斯特在 1927 年談長篇小說，正因爲累積了 18、19 世紀近兩百年的發展，到這時，novel 終於不再是 novel 的了，長篇小說不再是件新鮮、新奇的事，有了可以整理描述的清楚個性了。《小說面面觀》是個里程碑，也是個轉捩點。佛斯特對於不再新鮮的 novel 文類進行整理統納時，一群新興的小說作者，正在尋求讓小說、長篇小說可以繼續新鮮的寫法，積極、勇敢地嘗試開創不在佛斯特歸納範圍中的長篇小說可能性。甚至不妨這樣說，他們以《小說面面觀》作爲假想敵，挑戰、逆反佛斯特對於長篇小說的種種看法。

一波大浪潮質疑爲什麼小說非寫內在，不能停留在表面？一波大浪潮質疑小說爲什麼必須、甚至爲什麼可以提供現實裡人無法得到的答案？小說爲什麼、憑什麼從全知角度提供完整的解釋？小說爲什麼不能是片斷、混淆的？又有一波大浪潮挑戰佛斯特認定的大禁忌，就是在小說裡跑出寫小說的人，跟讀者揭露他怎樣寫小說。還有一波大浪潮，刻意拉近小說與故事，反對小說應該在故事以外多加些什麼，要讓小說家重新回去當講故事的人。我們甚至也可以這樣說，理解 20 世紀「新小說」的捷徑之一，就是將佛斯特的《小說面面觀》頭上腳下翻轉過來。他說小說是什麼，「新小說」就要偏偏不要那樣寫小說；他說小說不應該怎麼寫，「新小說」就興致勃勃地往那些方向去探索、去試驗。佛斯特及其《小說面面觀》成了 20 世紀寫小說的人，必定要努力跨越的大石頭，跨過去了，才能看到新風景。

今天要討論新世紀海峽兩岸的長篇小說，最好還是能把佛斯特和《小說面面觀》放回我們的意識裡，比較容易找到觀察與討論的基礎。讓我們願意去問簡單而根本的問題：「長篇小說究竟是甚麼？爲何要寫長篇小說？在新的時代與社會背景下，長篇小說扮演怎樣的功能、有甚麼樣的意義？」把佛斯特放回來，很容易理解：長篇小說沒有那麼理所當然。

因應不同的定性與定位,看待、評判長篇小說就會有不同的標準。換個方式看,也就是如果不願或不能釐清長篇小說的定性與定位,我們要如何設定評斷長篇小說好壞的標準?又如何心安地找到選擇怎樣的現象是值得觀察討論的標準?

要問「為何長篇」,才能進而追問「如何長篇」,然後,將「為何長篇」、「如何長篇」的答案放在心中,才能合理地解釋:為什麼我們選擇這些作品、這些現象來進行研究,如此選擇將會對新世紀的長篇小說創作與閱讀產生怎樣的影響衝擊?今日的現實條件,使得「為何長篇」、「如何長篇」的問題格外嚴峻,更加不容逃避。在影音內容排山倒海淹沒生活的環境中,在每個人的平均意識專注力愈來愈短暫的情況下,為什麼還要用文字、還要鋪排那麼多的文字來寫長篇小說?甚麼樣的力量支持作者寫作長篇小說?又是甚麼樣的讀者及讀者價值意念讓他們閱讀長篇小說呢?

敏銳、深入地探索兩岸長篇小說,應該不只是讓兩邊彼此多認識一些作者和作品而已,也應該不只是用分析批評的角度來看待某些重要文本而已,只要我們願意,我們可以從長篇小說中清楚讀出兩岸社會不同的文學意識與文學體制,進一步比對兩岸社會的幽微差異及深層的互動。

最後容我引用一句名言作為結語,這句話,在場的大陸朋友應該都知道出處。話的前半句說:「世界是你們的,也是我們的……」怪了,幹嘛要這樣囉嗦,直接放在一起說:「世界是我們大家的」,不就結了?

不,以我現在的身分與立場,十分明白為什麼說:「世界是你們的,也是我們的」。以極少數不是「青年」的年紀,出席「青年文學會議」,作為「長輩」來說話,不管我喜不喜歡,這就必然有了「你們」和「我們」的差別。

世界是你們的,「也是」我們的,這「也是」兩字帶著點無奈。現在,世界接下來要長甚麼樣子,愈來愈不是「我們」能決定的,交到了「你們」青年手中,由你們來創造。如果你們創造了一個光亮的盛世,

那麼這樣一個盛世必然同樣「也是」我們的，我們也活在其中得了享受。倒過來看，要是你們創造的是個破落頹唐、貧乏無聊的世界，唉，那樣的世界「也是」我們的，我們也都要跟著倒楣、跟著被折磨。我期待未來「也是」我們的那個世界，至少繼續有長篇小說，有熱鬧的長篇小說創作存在，那就表示人活著還有來自文字刺激的複雜美好想像力，表示生命中還有多樣多層次錯縱的故事，值得記錄傳述，而且只能用文字來記錄傳述。

　　這句名言，還有後半句，就恕我不再引用了，在座來自台灣的朋友如果不知道那後半句是甚麼，可以轉頭問問身邊大陸的朋友，或許就能如此開啟一段關於世界、關於青年的兩岸對話。

從「人」的故事到「生靈」的文學

長篇小說路向之一種

◎施戰軍

　　繼剛才楊老師的演講之後，又身爲一個前輩上臺跟大家囉唆，我有一種特別的感慨。大概是在 2007 年時候，我接受封德屛女士的邀請，代表大陸去臺灣參加「兩岸青年文學會議」，那時候我還在山東大學工作。那一路我的印象非常深刻，那次會議特別紮實，從而知道對岸文學創作的基本狀況，尤其瞭解臺灣的網絡文學創作狀況，讓我非常震驚。最難忘的是，行程到後半的時候，來到中央大學，跟李瑞騰老師深夜長談，他很瞭解整個中國文學，包括對中國當代的創作情況，使我們有很多共同的話題，那次赴臺可說是我一個專業蛻變的契機。

　　之後不久，我的工作單位變換爲中國作家協會的魯迅文學院，我下了決心，做了一件事——編一套「這世代文叢」，請臺灣的吳婉茹女士同任主編，把兩岸有代表性的青年作家作品放在一起，兩岸同時出版。做這件事情非常艱苦，我們知道兩岸體制不一樣，在臺灣談版權很難，最後我們出了九本書，大陸五本，臺灣四本，這邊交由人民教育出版社和重慶出版社聯合出版。兩邊的版型特別漂亮，那套書得到很多重視。而爲什麼要做這樣的事？我內心焦慮的是，大陸讀者所熟知的臺灣作家，都是中老年作家，最年輕的也就是朱天文、朱天心、張大春，後來才漸漸知道原來還有駱以軍他們這些人在寫作。但是除了駱以軍之外，大家也不太知道別的年輕作家；但事實上臺灣文學很豐富，很多文學獎獲獎的青年作家也很優秀。這邊創作是更加的繁榮與豐富、更加複雜，各種各樣的面貌亟需我們對岸、同樣讀漢字、同樣有中華文化傳統的讀

者們能瞭解他們，所以編了那麼一套叢書。那套書大概是 2008～2009 年之間出版完成，本來想變成一系列，但很難持續運作，不過我希望這件事能一直延續下去，這是我說話的一個引子。

今天我提出「從『人』的故事到『生靈』的文學」這個題目和長篇小說有關，也和我們整個的文學觀有關。大約是在八○年以前，現代文學史上重要的人物周作人，曾經有一個綱領式的、影響整個百年來中國文學的一篇文章──〈人的文學〉。在這篇文章裡面，他很明確地說「人的靈肉二重的生活」是我們文學要關注的重點。他說「肉的一面，是獸性的遺傳，靈的一面，是神性的發端。」好的文學就應該發掘和展現「獸性與神性，合起來便是人性」，現在看來，這個結論有點簡單，但當年確實指出了現代文學創作的一個關鍵路徑。在這個結論下麵，我們能夠明顯感覺到，人類優越主義的傾向。人做爲高級動物，比其它生靈更高很多倍的存在：人的優越感，正如莎翁在戲劇裡那句著名的臺詞：人是「宇宙的菁華，萬物的靈長」。我們看到，他把人置於宇宙當中最菁華的位置，萬物當中的靈長那樣的地位，這是人類對於自身認識的一個極端自大的驕傲感。

在這種極端認識下，在所謂的「現代主義」開啓之後，尤其是在「現代主義中國化」之後，我們的創作就越來越縮略到人本身的故事。人和人組成的叫做「社會」，人和人往前走的那個時段，叫做「時代」；社會，時代，還有人自身的那一點點生活，就成了我們所有文學家最傾力去描繪的內容。我們幽遠的、古老的傳統，過去那樣從「道生一、一生二、二生三、三生萬物」這種認識邏輯，從「人法地、地法天、天法道、道法自然」，從「天人合一」這樣的邏輯而來的思想，那樣認識世界的方式，經由「知行合一」的人學、心學的偉大縮略，到現在得到最大程度的修改和刪除。

我們看到，在中國現代文學史到中國當代文學史，長篇小說所描繪的大多是，或說基本是、甚至是絕對是，人的那點故事──人與社會的

故事、人間的遭遇，還有個人的喜怒哀樂恩怨情仇。從人類的優越到人的故事本身描繪，使我們喪失了對周作人所說的「神性」和「獸性」的來處的敏感思量。我們不得不使用參照系的表達法，在描繪人性的時候，不得不借助「獸性」、「神性」這樣的辭彙來表達。「獸性」和「神性」來自於哪裡？來自於自然，來自於萬物生靈。所謂「神啟」，沒有一個神啟是從人類內部自產而來的，我們閱讀任何一個宗教文獻，都會有這樣的認識。把人視為一個最優越的存在之後，「自聖」就愈演愈烈了。人最後的絕境就是「自聖」時代，把自我當成一個最大的神聖，因而也就自絕於萬物生靈。從此，對於生命的來處的感恩和敏銳，對於他所依託的萬物生靈的智性，讓一種自傲而來的孤絕而斷送。所以我們的文學越寫越無趣，以自我心碎痛不欲生或者自暴自棄放浪形骸的形態，傲慢地喊著自由而咎由自取，遺世獨大向死而生。這是我們從周作人的結論說起所觀察到的現象。

里爾克在從古典向現代過渡的時期，曾提出過一個論斷，他說「人用地讚美天，當他全心的渴望要認識天的時候，他就熟識了地」。里爾克和我們對古代那些通神的智者的認識一致，他把人放在天地的維度裡。做為詩人、做為寫作者，我們為什麼要寫作，只是表達人本身嗎？未必是。熟識了地，當然，就熟識了人，但是，里爾克提醒我們，我們的初心也就是全新渴望的，並非看透地上的人，而是認識天。

在很多大師級文學家的導引認識之下，我們要重新梳理關於「人的故事如何講」、「人的故事向何處去」這樣根本性的問題。事實上，百年多的中國文學所要解決的是什麼呢？我們一直在追問。大多數人追問的是「社會是什麼」、「時代是什麼」。我們寫了太多關於時代風雲的故事，文學和歷史學往往產生一種合體效應，或者說是一種互映效應、互補效應——「文學為歷史服務」這樣的效應。人在社會中、人在歷史的長河當中，往往我們得意於某個人物形象或者形象群，填補了這個社會、政治或其它方面的認識缺失，對於當時社會的認識，文學起到了先

鋒和預言的作用。這樣的文學有沒有意義？有，但是更多的，它是一種史學的意義、社會認識價值層面的意義，而不是文學本身的意義。

後來我們一直繞著這個問題，1980 年代之後，人們對世界文學的想像重新回到了最原初的一個命題──即「人是什麼」，而開始展現人本身。我們還記得宗璞一部小說《我是誰》，這個「我是誰」的框架，有哲學追問，但依然還是處在對社會的控訴之中，表達知識分子在動盪時代面臨的困境──人找不到自身。我們對於人的認識還是沒有脫離過去那種關於歷史的、社會的、時代的依附性，人是那些元素作用於其上的被動的人。事實是，我們通過 1980 年代對於文學的反思之後，認知到一個問題，有的時候我們在傾力的去描繪時代的風雲變幻，不是不可以用巨著來描繪它，殘酷的是，過了若干年，當初筆下的時代風雲，或者說承載著時代風雲的這些巨著，已成為過眼煙雲。一個未來的時代，往往不會去為已經過去的那個時代本身留下感觸和紀念。留下的不是「時代」，留下的是對那個時候「人的處境」，人在那個時候如何經歷過來，人在那個時候如何變成那個樣子，更加感興趣。而不是對那個歷史的時代大事感興趣，這是文學給我們的教訓。當「人是什麼」這樣一個問題，在 1980 年代被逼問出來，後來我們漸漸發現，僅僅去從一個角度來逼問「人是什麼」依然不夠，還要有「人何以如此」等等滲透到情境的審美探照。事實上我們都是在重組文學史上不斷出現的問題。

第二個切入的問題就是「人在哪兒」，就是「處境的問題」。我記得很清楚，在我們唸書的時候，引進來雅斯貝爾斯一個關於時代精神處境的小冊子，在當年引起非常大的反響。他是一位哲學家，用文學的筆法講了一個故事：我們重新排莎翁的戲，到處去招募能夠演哈姆雷特、馬克白的演員，結果找不到。每個人到臺上演出的不是那種莊嚴、威嚴，而是滑稽，一上臺，演員做出的動作、說出的臺詞，就讓人覺得虛偽。相反的，若我們找一個吝嗇鬼、小偷、流氓，隨便拉一個人上臺就活龍活現。這就是我們時代的精神處境的寫照。從這個處境開始，給我們一

個提示，我們的文學由單純的、對於人內心的開掘，開始拓展到人關於處境的思考。這個處境是誰造成的呢？是人的「窄化」和「矮化」造成的，就是只看到人本身和人本身所構成的場域。在這一個單純的場域裡，在這一個剔除了很多豐富的維度的場域裡，人的認識就出現了自我造像的滑稽。人本身對於莊嚴、對於正經、對於偉大，這類辭彙的表述和表演，出現了巨大的表情難題，出了現內心虛飾的問題。在這樣的問題底下，人文主義者告訴我們，人走出這樣的精神處境，不僅僅是要回到傳統，要注意仍存在人類生存歷史當中，曾經遺落的一切好東西。事實上也包括飽含萬種生命關聯性的人間，對人之外的其它生靈的關注和比照。這是關於人的故事的重新出發的節點。

　　隨著我們的文學觀慢慢調整，這些年來，由過去寫鬥爭、歷史運動、不同區域中生命的掙紮等主題，我們漸漸在向「人和他所在的世界之間的關係」當中，尋求人的位置。在尋求過程中，可以看到我們曾經有過的一些不成功的文學探索，或者是某些文學探索上的遺憾。例如，回頭看近二、三十年來的文學，有很多居住於城市的作家，經常會對鄉村進行臆想和妄斷式的表達，很多長篇小說都是這樣的產品。城中的作家，曾經有過記憶，有過鄉村經歷妄斷的臆想，帶著狹窄趣味的因數。例如過去的田園牧歌中，那種以德服人的故事；後來翻轉過來，寫關於頹敗、凋敝、秩序倫理淪喪的故事，鄉村就是這兩種故事。再一個就是描繪進城的打工族、農民工，作家往往願意對他們的生活產生一種猜想，對之進行代言。作家所描繪的底層人士，大幅面地處在同一種狀態——受壓迫的、找不到出路的、沒有快樂的、沒有安慰與成就感的人群。

　　有些作家對於城市的認知，是用自己簡單的判斷附著在鮮活的生命體上，從先驗的判斷，開始觀察人們的生活；而這些人為了達到生命的樂趣與指望，進行充滿幹勁的努力，作家卻視而不見。因為前面有老舍的《駱駝祥子》，使大家認為做為進城民工的祥子，終究沒有好下場，而這樣的小說是經典的。作家今天在描繪這類人，一位進城以後成為巴

爾札克筆下的拉斯蒂涅那樣人物的人，似乎就是假的。因此，作家寧願相信想像當中的真實性，也要拋棄事實存在的、有可能的另一種活生生的真實性。

所以不少作家對文明鄉村的表達或是城市的表達，往往都是摸不到門徑、沒有質感、找不到門把手的胡亂表達。而最擅長的口吻是批判，多少年來就是批判，我們經常會反思，多少年以前中國曾有過一場運動，那場運動就是由批判的方式引起的。而我們認識今天的歷史，認識那件事本身，也依然用了同樣的批判方式來進行，這就是我們在文學上所受到的認識限制。事實上，這種批判方式是上不著天、下不著地的對於人群內部互毆史的家常八卦式的認識。

再有就是描繪人的具體生活，例如寫城市。我們想到人在城市中的生存、精神狀態，往往都是一種茫茫無著、模糊不清的形象。想像城裡的人都是疲累的、沒精打采的、滿懷野心但卻四處碰壁的，他們在事業上一事無成、在家庭裡毫無溫暖、在愛情上四分五裂，所以只有一條路，就是下墜和墮落。作家用文學、用各種故事，來為這種下墜和墮落找到無數的憤世嫉俗的合理性。從世界文學經典找到無數的參照，可以從契訶夫以及俄羅斯文學裡的「多餘人」找到參照，證明自己創作的合理性、合法性，但是卻看不到另一種合理性與合法性，就是──文學永遠都會針對人的存在與現實感來下筆，而作家體恤包括人在內的每一個生命。

人的存在感與現實感，其中包含著「格局」。不僅僅是人那一點螞蟻式的小動作、小心思，它和「格局」聯結在一起，和對這個世界的「看法」聯結在一起，這才是「人的故事」。好的「人的故事」應該是生靈的文學。有些寫作者無緣看到更廣大的生命世界，但是風雨雷電大小生物光顧過任何地方。而有的寫作者天然就是生在開闊地。尤其是在邊地生活的作家，給中國文學帶來很多豐富的元素。我經常給魯迅文學院的學生舉例，哈薩克族有一位作家叫朱瑪拜，將他的作品與俄羅斯一些大師級作家的作品並列在一起，毫不遜色，但是我們對他的認識卻根本不

足；又例如內蒙古有一位作家叫阿雲嘎，他寫了無數的中短篇小説和長篇小説，有非同尋常的審美格局；更有一位藏族作家用漢語寫作──阿來。阿來從最早的詩集開始，包括他的散文《大地的階梯》，尤其長篇小説《空山》，真是將現實的憂患和天地人的聯繫處理的十分高妙。阿來今年在《人民文學》發表一篇小説〈三隻蟲草〉，敘述一個孩子逃學，因為他要跟父母在蟲草假時去挖蟲草。他遇到很多人，包括狡黠的貪官、粗心的老師等等。這部小説敘述的是一個生長在自然世界中的孩子，但對現代文明充滿熱情的嚮往。他在思考自己未來的人生，是要做一位好的喇嘛？或是要做一個到城裡去的人？他最後決定到從百科全書中所看到的那個世界去，未來首先要做的是要走出這個雖然開闊但與全景相去甚遠的地方。阿來沒有迴避，沒有像某些作家那樣，讓孩子作很艱難的、虛偽的選擇──跟山水在一起的牧民、喇嘛、學者這樣的角色。小説以客觀的情境遭遇，讓孩子選擇嚮往的方位，從而也拋卻了以邊地優越反對現代文明的二元對立的舊思路。

　　類似阿來這樣的作家，中國還有不少。我們發現這些作家的筆觸在形容人內心活動狀態時，是非常自然的、貼切的，從一個物件、從某次相遇裡面看到自然生靈和人生活在一起的景象。例如阿來寫這個孩子逃學，翻牆出校園，翻過一座溝坎時，因為慌張被一個石頭絆倒了，倒在地上索性想歇一會兒，側著頭發現下麵有一個東西，再仔細一看，是半截蟲草。阿來描繪這個動作的小段落，文字不僅優美，還很清新自然。一個孩子倒在地上看見蟲草的剎那，將老師、同學對他的評價或其它人會給他的壓力，全拋到腦後。就在這刻，他決定不再猶豫立即回家。

　　時間所限，關於從陀思妥耶夫斯基開始的向人間縱深追索、神經質式的對於人界的探察的路向，只能留待以後展開來談了。

　　考驗一位長篇小説作家功力有兩個方面很重要，一個是和人相關──描寫「細節」方面的功夫，甚至寫一個動作、一個眼神、一句話，因為實在難以從人自身的構件來準確自洽，因而有時特別需要以精當的

"明物"加以喻指；另外一方面是關於「時間的轉換」。我們很多長篇小說要跨過很大的時間段，例如餘華寫七天的生活，七天是一個很長的時間段，從白天到晚上也是一個很長的時間段。但是，時間如何進行、如何轉換，這個問題真是難倒了作家們尤其在大長篇裡。我們可以看見，作家一旦遇到這種時間轉換的時候，交代性的句子、非文學性的句子就出現了。作家爲了省事就會說「20 年後，他怎麼怎麼樣」，非常笨、非常非文學。我提醒大家去注意一下，少數民族作家的文學是如何轉換時間的，他們有很多妙招。而這些妙招都出自於對自然世界的融入、對於生靈世界的親和和敬畏。自然與生靈世界教會我們對這個世界認識和表達的很多方法，而人類對人自身的表達，往往已經黔驢技窮，找不到新的招數，就只能了無生趣地報數。

從人間小世相，向更豐富的生命氣象進發──從人的故事到生靈的文學的轉型正在發生，「生靈復興」的文學時代已經來了。

觀察報告

兩岸交流再出發
「2015 兩岸青年文學會議」觀察報告 1

◎趙稀方

　　聽完會議，覺得自己已經 out 了。自己是研究臺港澳華文文學的，但很多年輕的面孔都不認識。前不久，我也剛從美國三藩市參加一個海外華文文學的會議回來，也讓我擔任會議學術總評，大抵走到這個地步，缺乏創造力，就只好來總結別人了。這大概就是前面幾位老師所說的，被迫成爲前輩了。

　　不過，我還是很高興能在兩岸青年文學會議上做評議，也真有一些感受。我曾跟朋友說過，我對臺灣的熟悉，超過中國大陸的任何一個省份。我自己的家鄉在安徽省，安徽很許多地方我都沒去過，臺灣卻大體都去了，也去過臺灣幾乎一半以上的高校。就整體上說，大陸學界對臺灣文學的瞭解確實是不夠，所以我想《文訊》和文學館舉辦這樣的交流活動是非常必要的。我平時在會議上，也經常宣傳臺、港的文學成就。

　　今年一個 80 後新生代作家霍豔，來做我的博士後，她當年是新概念作文大賽得主。我建議她做海外新生代作家的研究。她有一個基本判斷，即認爲海外（臺灣、香港等）新生代作家的文學成就，整體上超過大陸，原因是大陸的年輕作家比較容易受市場誘惑，反而是臺、港等海外作家在文學上的實驗和創新上投注了更多心力。我本人也覺得臺灣作家有很多值得我們學習的地方，比如說上午施戰軍先生的演講談到「從以『人』爲中心到以『生靈』爲中心的文學」，這裡涉及到一個自然寫作的問題。我們知道在中國，總理李克強的夫人程

虹就是研究自然寫作的，但是她是研究美國的自然寫作，而中國大學學程中基本上是沒有「自然寫作」這類課程的。

我在客座東華大學的時候，我的同事吳明益就是教「自然寫作」的。從與他的交談中，我學到很多東西。他在花蓮東華大學附近買了塊地，讓土地不再連年被耕種，特意讓它空著，給野生動物棲息。他還由花蓮一路往北步行走到臺北，沿路觀察，據說連鞋子都磨破了。他對於大自然的這種堅持與觀念，在大陸幾乎是沒有的。大陸青年評論家李雲雷在評論有關吳明益《複眼人》那篇論文時，說他沒看過這部小說，這本小說其實在臺灣很流行，我在東華大學的時候，一進圖書館，大廳裡擺的全是《複眼人》。在臺灣如此流行，並且獲得國際聲譽的這樣一部臺灣文學作品，在大陸，別說是一般讀者陌生，像李雲雷這種優秀的青年評論家都沒讀過。由此可見，我想兩岸文學交流還是非常必要的。

從理論上來說，對於臺港澳海外外華文文學大體上有兩種敘事方式，一種是中國大陸的「世界華文文學」，比較強調同一性，強調中心對於邊緣的吸收；還有一種則是海外學者常說的「華語語系文學（Sinophone Literature）」，較強調差異性，強調邊緣對於中心的抵抗。在我看來，「同一性」與「差異性」是同時存在的，需要彼此的對話和交流。

我還有一個希望。今日看大家的發言，發現兩此閱讀的對象顯然是有差別的，所以我希望日後若還有類似的會議，雙方能夠「對評」，即是大陸的評論家評論臺灣的文學作品，臺灣的學者也能評大陸的作品，這樣互動性較強。比如中國大陸評論家談路遙，臺灣的學者都不太瞭解，這樣就很難有對話性。也許現在條件還不夠，雙方共用閱讀的東西還很少，特別是臺灣的書很多在大陸是買不到的，只有常去香港、臺灣的人才有機會買到，而且價格也相對較貴，較有負擔。

後天，5月30日，我們社科院文學所臺港澳文學與文化研究室

的師生將過來和大家交流。我覺得雙方在知識結構上有不少差異，彼此的思想交流和衝撞應該是很令人期待的。

交錯還是交流？
「2015 兩岸青年文學會議」觀察報告 2

◎朱宥勳

　　會議開始的第一天，走進北京現代文學館的議事廳，第一眼看到的是廳堂上方的橫幅布條：「文學傳統與創作新變——新世紀以來兩岸長篇小說之觀察」。我第一反應是愣了一下。長篇小說？我怎麼好像沒有聽說是這個主題？那時我還不知道，接下來幾天，我將會有好幾個「第一反應是愣了一下」的文化衝擊瞬間。

　　或許是兩岸對於彼此「交流」的想像，有著看似同文其實異種的差距，這股疑惑幾乎貫穿了我參與這場會議的大部分時間。整場會裡，精彩的論文迭出，比如第一天宋嵩談曹文軒、房偉談網路小說《青囊屍衣》，選材與切入都很有趣。第二天會議叢治辰〈小說的三重美學空間——論寧肯《三個三重奏》〉、陳思〈「新方志」書寫：對「地方性」的有限招魂——賈平凹長篇作品《老生》研究〉都展示了理論、方法和文本分析的細膩度，是中國與會學者當中，我覺得最好看的論文。（臺灣學者方面，我們應該都多少熟稔他們所談的文本、以及他們的學術取徑了，就不贅述）不過，相較於兩岸學者在發表論文上的全力施為，論文評論人的表現著實令我震驚。也許真是國情不同，也許我過度期待一個「研討會」的形式，我很難不去注意到第二天部分中國學者擔任評論人時，絲毫不敬業的胡混行為。願意從遙遠的地方風塵僕僕赴會，這份心意令人感動，但如果只是人到了，論文卻顯然沒讀，那不如開放底下聽眾就剛才的發表提問或討論，心意我們心領就好，倒是不必這麼「認真」撐完十多分鐘。

　　交流也者，在我的想像裡，應當有交鋒、有交往、有流動、有對流，不過會議本身的流程設計，似乎讓這樣的交流幾乎不可能，只能有點可惜的形成一種「交錯」。比如魯太光談到路遙《平凡的世界》，從通俗與否這個點來切入，引起了我的興趣。回臺灣之後找來一讀，才覺可惜──因為對我來說通俗與否根本不是重點，重點是那篇小說本身就水準不高，無論就技術或思想來說都是。而這種觀點差異，正是交流的關節處，然而在會議流程裡，大概也是沒有時間說出來的。主要是會議時程太滿，每一場次時間只夠「各言爾志」，在臺灣研討會裡面的「作者答辯」或「聽眾提問」這樣最富交流意義的節目，只能略過。同樣的狀況也發生在作家座談上，兩岸作家大概也只能陳述一輪自己的說法，即便同臺說話，彼此也幾無交集。黃崇凱在他的那場，曾經試著縮短自己的談話，試著換取「第二輪對話」的空間，最後也是沒辦法逆轉活動設計的外骨骼。

　　因此，在第二天最後的觀察報告裡，我提出了幾個活動設計的建議，希望往後的主辦單位可以參考。一、論文發表還是必須預留作者答辯和聽眾提問的時間。二、作家座談也應當限制發言時間，促成每場至少兩輪以上的對話。三、如同論文發表各場次訂有主題（如「小說與城市」之類的），每場作家座談應該也有題綱，方便主持人穿針引線、聚焦討論。這些都不必多花經費，只需要花心思、花時間，寧可減少場次來幾場紮紮實實的辯論，也比這樣船過無痕的交錯要好得多。

　　而要交流什麼呢？以這次會議的主題「長篇小說」來說，我認為有幾個關鍵概念，是很適合兩岸互相比較、思考彼此異同的。一、當我們談到「長篇小說」，勢必要處理所謂的通俗小說、類型小說或大眾小說，而兩岸在這個方面的發展軌跡有很大的關係。比如說，臺灣早期的通俗小說天后瓊瑤、穿越小說的祖師奶奶于晴，其作品在臺灣紅極一時乃至退燒，但真正發揚他們發展出來的次類型影響力的，恐怕是中國的「晉江文學網」和「起點中文網」。此消彼長，因素何在？二、寫實主

義與現代主義的拮抗，一直是戰後臺灣文學的主要潮流，但中國方面的「先鋒派」卻似乎未能動搖寫實主義的主流地位，導致兩岸的小說美學標準有著極大的落差，為什麼？或許借鑑對方的發展過程，可以重新把彼此認為理所當然的歷史軌跡重新問題化。三、在臺灣，如果要抓出三個文學小說的關鍵詞，概括不同小說家的發展傾向的話，或許可以簡化為「抒情」（表達深刻情感）、「哲學」（探究人性的存在本質）、「公共」（面向社會議題）三種向度。而在臺灣，本來作為小說主流地位的「抒情」日漸疲軟，「哲學」也緩慢削減，「公共」一端漸次加強，這樣的軌跡和中國的小說發展是否有可比之處？

當然，這只是就我自己的觀察，所提供的一些看法。兩岸各自的文學體系、歷史發展、社會脈絡千頭萬緒，能交流的當然不只如此數端──當然，如果可以的話，希望不要只交流到活動設計的經驗就是了。

會議側記

新世紀兩岸小說創作圖景

「2015 兩岸青年文學會議」側記

◎李筱涵記錄整理

　　文學創作因不同地域、世代面貌各異，生命經驗和成長環境皆影響創作者之書寫視角與向度。兩岸相同文學世代對於長篇小說的文學觀念與創作表現有何差異，兩岸文學發展又反映出怎樣的時代縮影？

　　兩岸青年文學會議於 2011 年以「創作者與評論者的對話」為主題，臺灣學者、作家組團赴北京召開。2013 年則邀請大陸作家、學者來臺，以「新鄉・故土」為題舉辦會議，為延續兩岸文學交流豐碩之成果；此次 2015 年 5 月 28、29 日（星期四、五），由國立臺灣文學館與中國作家協會港澳臺辦公室共同主辦，中國現代文學館合辦，文訊雜誌社執行之 2015「兩岸青年文學會議」，以「文學傳統與創作新變──新世紀以來兩岸長篇小說之觀察」為主題，於北京的中國現代文學館召開。本次會議以「長篇小說」為核心，論文主題涵蓋「文體與敘事」、「小說與傳媒」、「小說與城市」、「小說與歷史」四個面向，聚焦於 1970 年代出生的青年學者作家的研究與創作，共展開四個場次，發表 20 篇論文，分別探討兩岸小說生成的內因外緣與敘事美學。

　　為何「長篇」，如何「長篇」？兩岸新世代作家在創作歷程中如何應對、看待長短篇小說的差異？在文學記憶與文字技藝等多層次交織的思辯中，兩岸又各自結出怎樣的文學花果？關於兩岸長篇小說觀察的論證，皆於兩天會議中形成多種對話空間。

序幕：定位「長篇小說」

　　首日會議在中國作家協會港澳臺辦公室主任張濤主持中拉開序幕，開幕式由中國作協書記處書記閻晶明率先致詞，他表示在兩岸文學界的努力下，2011年於北京舉辦「兩岸青年文學會議」以來，即開啓兩岸青年作家、評論家的對話，乃至2013年在臺灣舉辦第二次「兩岸青年文學會議」更深入了解對方文學發展，也奠定後續兩岸文學交流擴大合作的基礎。而今到2015年，「兩岸青年文學會議」始終是兩岸文學交流中具指標性意義的活動；他認爲從本次會議論文與作家創作自述中，無論從文學史析論小說創作流變，或從具體作品見微知著地探究小說發展現象，皆呈現出兩岸文學豐富的樣貌，並期待通過兩岸青年評論家、作家在評論與創作理念的交鋒中，將得到更多深刻精彩的對話。

　　國立臺灣文學館副館長蕭淑貞則表示，中國大陸對於臺灣文學新銳作家的作品和臺灣文學界的發展認知往往受限於書籍流通的限制，感謝文訊雜誌社實現「兩岸青年文學會議」這個溝通平臺，讓兩岸青年文學評論者、作家彼此有深刻的接觸；她更期待這場會議中對於新世紀媒體所產生的新興文學現象等相關研究成果能延續與下一世代的文學創作者、評論者持續對話，也廣邀大家到臺灣文學館參觀。

　　中國現代文學館副館長梁海春表示熱烈歡迎兩岸精銳青年作家、評論家參與本次會議，從2011年「兩岸青年文學會議」開展至今，兩岸青年作家、評論家所經歷的文學現場與交流成果，獲得兩岸文學學術界與創作界廣大肯定，所有與會者皆來自兩岸各省分精銳文學創作者、評論家，或者各學院學者、博士等青年才俊，此次會議也讓他對未來兩岸文學發展寄予深厚期待。開幕式最後，由國立臺灣文學館副館長蕭淑貞代表敬贈「臺灣文學史長編」、「臺灣文學年鑑」等套書給中國現代文學館典藏，內容包含臺灣現當代作家作品、研究相關資料，希望促進兩岸文學研究發展。

　　雙方贈書儀式後，緊接著大會演講。首先由資深評論家兼作家楊

照以「爲何長篇？如何長篇？──生命與文學的曖昧交接之處」爲題展開，整個演說從佛斯特（E.M. Forster）的《小說面面觀》談起，由定義「長篇小說」的淵源，闡釋「虛構的小說」形式表達的意義，推演出「長篇小說」所存在的性質與藝術價值，由此詮釋從「爲何長篇」到「如何長篇」漸遞層次的文學實踐。在楊照演講之後，由中國大陸代表施戰軍接著演講「從『人』的故事到『生靈』的文學──長篇小說路向之一種」，從長篇小說切入思考整個中國當代的文學觀轉變，談及中國從 1980 年代以來，創作核心圍繞著關於「人」所延伸的問題探討。施戰軍並期許兩岸未來長篇小說創作者能將對這個世界的「看法」和「格局」相聯結，從自然的循環中凸顯小說人物更真實的情感位置，以回應「包含生靈」的文學本質。

第一場討論會──「文體與敘事」

　　小說樣貌與敘事語言息息相關，形式美學織就文體美感呈現；第一場論文發表會由文訊雜誌社行銷企畫總監、東吳大學中國文學系兼任助理教授楊宗翰主持，五篇論文針對主題「文體與敘事」，各自從文本分析、敘述語言、形式結構與文學現象的觀察爲視角發表論述。

　　第一位發表人爲成功大學臺灣文學系博士生蔡佩均，她發表〈盜火者的末日寓言──吳明益《複眼人》中的生態與記憶書寫〉一文，從敘事結構、環境意識與記憶辯證三個層次，由外而內地層層剖析吳明益長篇小說《複眼人》所隱含對臺灣整體環境的省思與關懷，並認爲文本中記憶的解構與毀壞，正是小說向世人傳遞末日寓言的象徵。

　　第二位由中國作家協會創研部助理研究員岳雯發表〈從何開始──當下長篇小說的開頭研究〉，以敘事學角度從巴爾札克、福樓拜的小說爲發想，引用盧卡奇的理論談周大新《曲終人在》、余華《第七天》、金宇澄《繁花》、賈平凹《帶燈》、徐則臣《耶路撒冷》等幾部大陸長篇小說的開頭，指出各種「小說開頭」在結構中所凸顯的敘事

特徵。

第三位發表人為中國現代文學館助理研究員張元珂，他的文章〈作為方法論原則的小說元語言〉，從「元語言（meta-）」的概念（編按：臺灣譯為「後設語言」）出發，先闡釋語言學定義，再考察小說中的元語言使用以說明「小說元語言」在敘述學上的意義，並分梳古典小說與現代小說中的元語言表現形式差異，由此分梳元語言與對象語言的多層次關係，從形式美學切入小說分析。

前三篇文章由《文藝理論與批評》雜誌社副主編李雷雲講評，他首先指出蔡佩均〈盜火者的末日寓言〉文本剖析深刻，全文分成「小說敘事、環境意識、記憶辯證」三重問題，透過文本分析直指核心，是別具層次感的論文。李雲雷認為第二篇岳雯〈從何開始──當下長篇小說的開頭研究〉這篇論題很吸引人，他指出岳雯透過一般人常忽略的「小說開頭」入手，觀察幾部新世紀長篇小說，通過形式分析觸及時代、敘事的問題，尤以融入理論思考所形成的問題意識，更觸發當前相關研究新視野。關於第三篇張元珂的文章〈作為方法論原則的小說元語言〉，李雲雷認為該文從「元語言」的定義切入小說的藝術，從古典、現代小說中談元語言的問題，分三層次漸次論述，顯現論者思路清晰，且對「語言」議題深感興趣。他認為這篇論文正可從理論角度的分析和梳理中，找到打破千篇一律談論當代小說的方式。他覺得「元語言」的問題早在80年代受「先鋒小說」流行的影響而受到高度關注與討論，但到了新世紀就較少提及，這篇文章將久遠的議題拉到新世紀小說的討論中，啟發大家對文學語言的豐富性思考。李雲雷認為這三篇論文都有很新穎的問題意識，這場「文體與敘事」的專場討論，從文學語言與敘事角度所提出的相關思考，確實對兩岸文學發展有著推動的作用。

第四位接著由北京大學中國語言文學系博士魯太光發表〈現實主義：依然廣闊的道路──「路遙現象」對當下長篇小說寫作的啟示〉，

從大陸讀者對路遙《平凡的世界》的熱議現象分析一般讀者與學院閱讀反應呈現大幅落差現象的背後成因，就此闡述路遙式敘述的接受現象所形成大陸讀者對長篇小說的想像。

第五位發表人為中國社會科學院文學研究所助理研究員徐剛以〈《老生》的歷史敘述〉為題發表，認為賈平凹長篇小說《老生》試圖以民間小故事「重述」大歷史的敘事結構，揉合「去歷史化」、「去革命化」的歷史敘事特質，一改過去在《秦腔》、《古爐》、《帶燈》中細微而完整的歷史呈現，以建立自己辨識度較高的標誌性文本，這部小說也因此從中展現出一些民間的活力。

本場次後兩篇論文由魯迅文學院研究員、教研部主任郭艷講評，她認為這兩篇論文基本上都涉及當下長篇寫作幾個重要的問題。魯太光的論文從現代主義視角闡述《平凡的世界》，認為此書做為現當代文學經典的價值和意義顯然大於它本身文學性的表達，在這篇論文中，「寫作倫理」成為談路遙的關鍵詞，這篇論文的價值在於，它點出路遙「為人民寫作」的觀點，正與個人主體性日漸彰顯的現代中國人在精神覺醒的狀態上相互同構，使人了解路遙為何持續受到眾多讀者青睞的原因。

第一場作家座談

午後由中國作家協會創研部研究員李朝全主持的第一場作家座談，緩和上午嚴肅的論文發表氛圍。

首先由臺灣作家許正平談自己由散文、小說到踏入劇本寫作的創作歷程，由劇本眾多敘事聲音的交互作用，聲音與聲音之間各種歧異的語言風格和策略做為後來他小說敘事推進的力量，形成他小說風格的轉變。

接著第二位由臺灣作家神小風與大家分享自己的文學啟蒙與踏入小說創作的初衷，她自陳在書寫第一部長篇小說《少女核》的歷程

中開始摸索小說的形貌，並從中確認寫作對她的意義，由此完成現實中無法達到的幻想與實踐。

　　第三位由北京作家協會簽約作家付秀瑩談語言與自身創作的私密關係。她表示理想中的寫作是讓語言不顧一切地流淌，沒有中斷的流動狀態，用語言重建一個既虛擬又真實的世界，以此建構她的書寫觀。

　　本場作家座談第四位是現居香港的作家葛亮，由最近完成關於民國題材的長篇小說談起，其寫作機緣來自於自己父祖輩的時代背景與家族命運，促使他透過書寫去追溯大時代的歷史記憶。

第二場討論會──「小說與傳媒」

　　聽過在場四位來自臺灣、大陸與香港作家的創作自述後，第二場論文發表會則聚焦於新世紀傳媒所帶來的文學變革；由於近年來網路與智慧型手機發展迅速，連帶產生文學創作形式與內容上的變革，本場次五篇文章，分別從新媒體程式、網路與小說形式的變革和文學傳播現象等各自闡述。

　　本場次會議由《文藝報》總編輯梁鴻鷹主持，首先由成功大學臺灣文學系博士詹閔旭發表〈臺灣作家 A.P.P〉，論者表示 App 除了表示智慧型手機的應用程式 application 之外，同時是典藏（archiving）、推廣（promotion）與呈現（presentation）三個概念縮寫的合稱，指涉三種不同的文學數位化實踐。他爬梳近二十年來臺灣文學作家網站發展，並比對臺灣文學館、中興大學人文與社會科學研究中心，及麻省理工學院的臺灣作家網站在文學推廣上所形成的成效與限制，指出透過作家網站認識作家與作品的形式，不僅使讀者接收的訊息破碎平面，同時也容易陷入受謬誤與偏見資訊誤導的危機。如何以目前的文學數位化成果，省思未來將「再脈絡化」文化底蘊與文學美感以形成更好的數位化形式，可能是當前臺灣文學數位化所面臨的課題。

　　第二位由西北師範大學文學院教授、中國現代文學館客座研究員張曉琴發表〈新媒體時代的怕和愛〉，指出新媒體讓文學傳播變得簡單，大陸讀者透過網路知道朱天文、朱天心、張萬康等臺灣作家，通過博客、微博和微信，甚至透過電影的改編，可以輕易地把文學推向大眾，然而論者要提出的探問是，新媒體改變了讀者的閱讀習慣，但難道在視覺藝術爲主導的主流文化中，純粹的文字描述將無法續存嗎？張曉琴認爲，文學最終會以它自己的形式持續存在。

　　本場次前兩篇論文由中國青年政治學院中文系教授梁鴻講評，她表示，研究者們都從歷史的眼光來梳理、面對「新媒體的時代，文學該怎麼辦？」這個問題。多數人面臨新媒體的衝擊時，總引發文學將消亡的悲壯情緒而影響詮釋視角，但這幾篇論述深具理性思維。她認爲詹閔旭〈臺灣作家　A.P.P〉從文學數位化的發展觀察臺灣文學如何因應新媒體時代的變化，有助於她了解臺灣文學網路概況；她指出文章提到作家及其文本在文學網站呈現上的變化，及不同單位文學網站的性質差異等相關議題，相當具前瞻性。由此重新看待「作家」如何透過網路的形式存在於社會，可進一步探討網路媒體，如何重新看待、想像、甚至創作文學與作家。梁鴻接著講評第二篇張曉琴〈新媒體時代的怕和愛〉，指出題目中的「怕」與「愛」都是人重要的心理狀態，研究者梳理每個時代文學對新媒體的反應，並探討視覺藝術對文學創作產生的影響，認爲張曉琴在論文中擴張了文學存在的空間，是相當有意義的探討，不過仍需再謹慎定義文學邊界的問題。梁鴻表示，讀這兩篇文章使她反思未來如何在新媒體時代詮釋文學新樣態，而它是否還是文學的範疇，將是文學從業人員需要與時俱進思考的課題。

　　第三位論文發表人是新疆大學人文學院影視藝術系系主任王敏，她發表〈《永生羊》何以「永生」的跨文化理解〉，從哈薩克作家葉爾克西‧胡爾曼別克的同名小說改編之電影《永生羊》中之空間觀

與永生概念詮釋哈薩克族集體的社會空間性,並指出哈薩克族在歷史觀念上主張「以空間表徵時間」,在倫理觀上主張「一切生命至上」,在生死觀上主張「生與死迴圈可逆」這種取消生死距離的永生輪迴觀;王敏認為讀者必須要回到他們的自然體系思考,才能精確詮釋《永生羊》的意蘊。

第四位由中國現代文學館助理研究員宋嵩發表〈當代文學史「經典」建構的尷尬與迷局──以曹文軒為例〉,提出曹文軒的作品及其身分在大陸經典化的過程,認為這種經典化歷程或許能借鑒為一條建構當代文學史的新路。

第五篇論文〈網路傳媒語境下的「新民間故事」──以網路小說《青囊屍衣》為例〉由山東師範大學文學院副教授房偉發表,此文指出在「天涯社區」網路平臺上發表的《青囊屍衣》,以破億點擊量廣受網民矚目,可是它在傳統媒體上始終遭受忽視;雖然它以近似通俗文學的形式呈現,但房偉將其定位成「新民間故事」,並稱許《青囊屍衣》對個人價值的肯定。

本場次後三篇論文由楊宗翰講評,他認為從〈《永生羊》何以永生的跨文化理解〉一文中可看到王敏對電影文本的細密耙梳,對倫理觀、生死論、文化記憶的解讀亦頗具參考價值,但他同時提出一些建言,如:關於《永生羊》是「散文化的小說」這個論點,應該再增加更多論證。他認為同樣是信仰伊斯蘭教的民族,哈薩克族與維吾爾族卻有著不同之處,表示更期待看到論文作者從兩族之間的「異」中反思《永生羊》其他尚未觸及的議題。關於第二篇宋嵩的文章,楊宗翰建議本篇論文作者可嘗試進一步把曹文軒少兒文學、青春文學在臺灣被接受的狀況及其演變,納入本文討論中,而在考量「經典建構」問題時,若能將繁、簡體兩版的不同狀況並而觀之,對所謂「歷史評價」或「讀者接受」,應會衍生出更多的思考及可能。針對王敏與宋嵩的文章,楊宗翰特別提出關於學術倫理的問題,他表示此兩文在「2015

年兩岸青年文學會議」宣讀前，已公開發表於期刊，他雖不了解中國大陸的情況，但這在臺灣是違反學術倫理的。最後關於房偉的論文〈網路傳媒語境下的「新民間故事」——以網路小說《青囊屍衣》為例〉，楊宗翰建議論文作者可從文學社會學及讀者接受角度，再對《青囊屍衣》等「新民間故事」加以分析，並期待看到論者從文學社會學、民間立場等種種研究思維撰寫更多有關網路文學與「新民間故事」的相關研究。

第二場作家座談

　　首日會議下午第二場作家座談，由文訊雜誌社社長封德屏主持，分別由三位臺灣作家伊格言、黃麗群、黃崇凱，與兩位大陸作家鄭小驢、甫躍輝與大家分享自己的創作歷程。

　　第一位由黃崇凱講述自身「如何開始寫作」，同時也在言談中追索自己「如何成為一個好讀者」的歷程，隨著閱讀經驗的累積，開始渴望貼近找回最初最美好的閱讀經驗，於是嘗試在書寫中找尋，慢慢成為了一個寫作者，但其實自己仍是一個永恆的讀者。

　　第二位由黃麗群自述創作經驗，她說自己的文學養成並不像其他同輩寫作者出身於本科系。她從少女時代就不覺得人應該受到任何規範或指導，當時唯一能寄託自己「對世界頂嘴的方式」的空間就只有電腦與仍然荒涼的網路世界，於是自然而然地一直寫下去，直到現在。曾有許多人問她：「為何不做一個專職的作家？」使她意識到臺灣的寫作者常常是野生野長，沒有特定的組織結構；他們往往在跟人群與社會的抵觸歷程中，產生一種無法消耗的能量，而不得不寫。身為臺灣的寫作者，她常思索是否能在臺灣的本土性、個人性與社會性中找到一個空間，用自己的語言表達出自己的世界。

　　第三位由伊格言發言，他認為大家期待在小說中看到人物個性鮮明的預設，基本上是謬誤的，事實上許多人在生活中是外表不起眼、

個性也不鮮明的人；然而從現代主義以來，寫實主義小說所帶來的習慣，使讀者對於人物的真實性預設始終存在於小說閱讀中，但後來寫作者們開始意識到這其實是非必然的存在，並由此闡述自己的創作觀，語末向前輩作家強調：「這個世界是你們的，也是我們的。」

第四位發言者鄭小驢把創作比喻為一個孤獨的長跑歷程，他感到創作最初啟程時，總有許多人很熱鬧地跟著跑，但到最後只會剩下自己一人，孤獨地持續著。一如剛開始寫作的時候，每個人都有很多話想對世界說，直到個人經驗在書寫中被耗盡，自己也開始困惑：「我該如何面對這個世界？世界要對我說的是什麼？是否我的寫作會陷入某種偏頗、片面的危機？」從而反思自己身為80後世代在社會中的書寫位置。

第五位由甫躍輝分享創作體驗，講述自己過往曾被別人從口音中認出原鄉的經驗中，驚覺「語言」背後的文化差異；這讓他聯想到新世代的反抗，也許都先源自於「我」的形成。於是他回返思索「我」在定義與成形之初，打從出生於原鄉起，所有的語言習慣累積之初，就開始移情、累積出「我」與這個世界的聯繫，因此，是「語言」回應著「我」的存在，並照亮這個世界。

最後由黃崇凱回應前述幾位作家發言。他認為臺灣80後作家所處的環境，在「世代論」的脈絡下存有盲點，忽略一些問題是整個社會該一起承擔，而並非僅單一世代所需要去面對的。1960年代拉丁美洲文學爆炸時期以來，許多作家受到馬奎斯影響，但也不免忽略同時期北美洲有一群科幻小說作家；當馬奎斯一類純文學作家在重新面對整個歷史時代的重述、創造與再現時，這些科幻小說家卻往後想像人類未來的生活情境。黃崇凱覺得，無論是往前或往後的時代書寫，其實都映照並投射出人們當下現實生活的處境及對未來的想像。從甫躍輝的發言中，他感到「普通話」與「方言」正處在一個「現代」與「前現代」的位置，而創作者如何在這雙重性的語言中取得安身立命

的空間，也是個不易解決的核心問題。他也提到鄭小驢的小說場景，在網路上與未曾謀面的在現實中相約碰面，以演算某種未知的未來，這樣的故事情境也只能發生在新世紀。這當中，回到個體去經歷層層人生關卡，彷彿又回應了伊格言所談——所有的創作都是很個人的；也同時呼應黃麗群所言，無論你面臨什麼樣蒼茫的時代與環境，寫作者終將以自我的創作姿態，「和這個世界單打獨鬥」。

首日觀察報告

　　首日會議末場由中國社會科學院研究員趙稀方為觀察評論人，他表示自己應是相對較熟悉臺灣文學的人，也曾與臺灣多所學校交流過，基於這樣的情感，他很高興能擔任本次會議總結，抒發一些感受。趙稀方覺得大陸學界對於臺灣文壇的了解尚且相對缺乏，因此像「兩岸青年文學會議」這樣的交流仍相當有意義。他認為，施戰軍在大會演講提及從「人」為中心到以「生靈」為中心的文學議題，其實是「自然寫作」的問題，他談到在臺灣東華大學客座時與吳明益彼此熟識，言談中了解臺灣作家如何形成自然書寫的意識，相對而言，大陸就缺乏這類型創作。他當時在東華大學發現很多人翻閱吳明益小說《複眼人》，換言之，在臺灣文壇、學界討論度相當高的作品，但大陸青年學者卻不見得有幾人知道，因此兩岸交流還是相當必要的。

　　另外他觀察首日整體會議發現，大家雖然在語體與文體上討論深刻，但卻不甚了解彼此閱讀的對象，所以建議日後雙方能對評彼此的文學文本，如此一來將增強雙方學者、作家的互動性對話。特別是大陸不易取得臺灣文學著作，兩岸在學術知識的訓練養成也有差異，透過這樣的交流機會，彼此交換意見，接受文學研究領域相關的新思想刺激與衝撞，其實仍具發展性意義。

第三場討論會——「小說與城市」

　　第二天第一場論文會議主題以「小說與城市」為核心，由《文藝報》總編輯梁鴻鷹主持，首先由成功大學臺灣文學系博士候選人陳筱筠發表〈記憶香港——董啓章自然史三部曲的書寫意義與歷史回應〉，主要從董啓章於 2005 年至 2010 年間出版的自然三部曲：《天工開物・栩栩如真》、《時間繁史・啞瓷之光》和《物種源始・貝貝重生之學習年代》為主要分析文本，認為這三部曲間彼此內容相關，提出書中人物穿插形成的互文對話所相互構築出來的書寫世界、香港想像，及其對於歷史的回應；並闡釋書中多聲部的敘事手法，將差異時空並置所形成多觀點閱讀模式，皆為作者書寫實驗的實踐。最後如此詮釋董啓章對於寫作的定義——寫作作為一種行動，本身是一種對社會解構、再建構的過程，文學作為一種製作物在這個世界中存在，其實也是建構世界的一種方法。

　　第二位論文發表人為中興大學臺灣文學與跨國文化研究所副教授陳國偉，文章題目為〈文明之餘，抵達之謎——1970-80 世代小說的時代殘像〉，論者透過伊格言、陳栢青、郭敬明、阿乙等幾個 1970～80 世代青年作家的長篇小說《零地點》、《小城市》、《小時代》、《下面，我該幹些什麼》之文本分析，從臺灣與中國雙方青年小說文本的探討、比較中產生可能的對話空間，並從相關理論詮釋兩地 1970～80 世代青年作家透過書寫呈顯出對當代社會片面或整體世界之生命情境的回應。

　　第三位由復旦大學中國語言文學系副教授金理發表〈《第七天》中的魯迅幽靈———則個案，關於「文學傳統與創作新變」〉，從余華的長篇小說《第七天》中探究其對魯迅小說筆法與時代回應之承襲，並指出小說中反覆出現的「這裡四處遊蕩著沒有墓地的身影」，即「孤魂野鬼」被種種血緣、宗法和父權的力量所壓迫，論者認為這些「四處遊蕩」的身影正表現出作家的批判。

　　第二天首場會議前三篇論文由中國現代文學館研究員徐偉鋒評

論，他表示「小説與城市」並不與他研究領域相關，所以他對這個主題相對陌生，故僅就自己的觀點提出一些感想。首先他提到金理〈《第七天》中的魯迅幽靈———一則個案，關於「文學傳統與創作新變」〉這篇論文，他肯定此文的思想性及其論證工夫，並認同文中提出余華在「力」的辯證上承襲自魯迅，認爲此分析精準到位。此外，他覺得金理提出「幽靈敍事」這個新穎的觀點，或可再進一步分析作家對於宗教、死亡的思想探究。徐偉鋒接著評論陳筱筠〈記憶香港〉一文，他認爲研究者的辯證性思維強，能精確把握小説中記憶與遺忘、歷史與還原的辯證關係。最後評論陳國偉論文〈文明之餘，抵達之謎〉，認爲該文題目龐雜博大可成一本專書，他指出這篇論文可貴之處在於對集體記憶的辯證性思考及其對城市文明的思索。不過徐偉鋒認爲，在閱讀論文中所遇到更大的問題卻是兩岸術語、用詞的差異，如「年級」、「世代」在大陸用法不同於臺灣，這篇文章在一篇論文裡有兩套話語用法，建議之後能建立論文話語的通約性。

第四位論文發表人爲《光明日報》文藝部編輯、中國現代文學館客座研究員饒翔，他發表〈現實與虛構之間〉，從「何種現實」、「如何虛構」與「城市的『聲音』」三個方面，以方方的《涂自強的個人悲傷》、余華的《第七天》、徐則臣《耶路撒冷》與康赫新《人類學》並置考察分析；研究者指出《第七天》中，余華倚重社會新聞事件去推動小説敍事的「外部聲音」多於以人物獨白、意識流等手法所記錄的「內部聲音」的形式，由此觀之，過於強大的「外部聲音」反而形成多數評論者對《第七天》的批評——過於魔幻中國的想像現實。

第五位論文發表人爲中國現代文學館客座研究員叢治辰，他發表〈小説的三重美學空間——論寧肯《三個三重奏》〉，從元語言（後設語言）的角度析論小説文本內打破時間序列的空間化敍事，並從小説中所描述的幾個特殊空間（紅塔禮堂、甲四號院、北京城）切入詮釋文本內部空間呈現，細緻描繪單一時間線上的多重空間，及被賦與多

重意義的空間交疊意涵，論者認為此敘事空間正呈現了寧肯對小說藝術的形而上反思，更接近昆德拉的「小說精神」。

　　這兩篇論文由臺灣成功大學臺灣文學系副教授劉乃慈講評，她表示一本嚴肅的文學創作應該置於怎樣的脈絡下討論，著實考驗批評家與研究者的專業。在文學批評越來越走向文化論述的年代，她很感動還有一群耕耘者仍然對文學美學保持高度關注。〈現實與虛構之間〉與〈小說的三重美學空間〉這兩篇文章都著眼於小說美學討論，並由此向外連結文學的社會性辯證，或哲學性思考。她認為這樣的文學研究與批評，可稍微平衡時下大量偏向意識型態建構的文本詮釋策略趨勢。她先從饒翔的〈現實與虛構之間〉談起，認為作者以《人類學》為討論對象，文章先點出這部作品在中國當代小說裡的參照位置，繼之分析《人類學》的開創性，從方方、余華的小說對照鋪陳，乃至於第三節以「城市的聲音」為標題，正式點出《人類學》的獨到之處。不過她認為關於《人類學》內在討論的篇幅似乎偏少，全文亦未深入分析「聲音」在這部小說裡的美學意義，她建議可進一步探析文本裡的「聲音」是否帶有元語言的性質，更深入思考、發展關於聲音敘事的論述。劉乃慈接下來講評叢治辰的論文，表示該文集中討論寧肯《三個三重奏》裡的三重空間各自有不同的指涉、意義以及功能，並隱含哲學的叩問。她認為此文從小說再現空間及象徵出發，探討小說形式的空間延展，最後針對敘事之有限性提出「敘述者的空間」展開自省式的思考，論述層次分明，是一篇兼具文本性與美學思辨的研究。但她也提出關於空間的論述開展到該文第四節倒數第二段的時候，出現了論述上的限度，若能將寧肯高度自覺的空間敘事意識再扣回前述的分析之中，則論文結構便相當嚴謹完整。

第三場作家座談

　　次日會議上午的第三場作家座談由封德屏主持，由於主辦單位臨

時得知大陸作家蔣峰不克出席會議，故本場次共四位作家登場，分別為二位臺灣作家童偉格、楊富閔與一位大陸作家笛安，一位澳門作家呂志鵬登臺暢談自我創作歷程。

　　首先由童偉格敘述他認為「文學創作」的可能樣貌開始。他說起自己在北京飯店的房內用窗簾隔出吸菸區，在煙霧繚繞的氛圍中思索如何言說「文學創作」，他翻閱本次會議作家們的創作自述，感覺大家所談的創作核心相似——寫作其實是個人的事。就像是他與他的避難室之間的事，他們在那個空間裡展開一種協商，盡可能地透露自己對於世界的看法，也盡可能地希望它保持在不受外界干擾的狀態。他回應朱宥勳的創作自述，認為也許臺灣的創作者就在一個別無選擇的情況下，選擇以現代主義做為我們對文學、對於這個世界最初理解的那扇窗戶，然而寫作，其實就只是這麼自我的事情。身為一個文學創作者，童偉格認為每一個寫作者都只能有一個他自己，無論在發動言語之前或之後都會是沉默，他說：「當我們不再持續去寫的時候，終歸那個沉默會把我們沒收掉。」因為文學是這樣一個在誤解之中求取理解的東西，所有的寫作者都盼望以自己所有能夠取得的經典、技術與種種，使自己不湮沒在那片沉默之中。對他而言，所有的文學都是「人的文學」，寫作者透過每次閱讀、評論與嘗試獻出作品的歷程中保存自己，這也是在文學國度中唯一存在的方法。

　　第二位由從小成長於農村的楊富閔與大家分享他的創作經驗，他談自己的文學啓蒙相對於其他創作者較晚，從小成長於多人同姓氏的鄉間小村裡，形成一種人際網緊密的生活經驗，這種封閉的環境經驗很自然地融入創作，同時他在兒時對於知識匱乏的恐慌與追求啓蒙的渴望，也一路推進著他的求學和寫作之路。

　　第三位發言的是笛安，她提到自己在創作路途始終來回反覆思索現實與虛構之間的問題，她談起自第一部長篇小說出版乃至於後面的作品出版，都不斷有讀者問她小說中有多少自己的故事，這使她意識

到現代作者與讀者間的距離相近，若非要說其中的區別，可能是所有寫作者都共同在分享一種很難言傳的魔法，她認為這就是「虛構的能力與意義」，就好比「屠龍之技」，練技之前你必須先相信「龍」是存在的。她始終認為每個人的寫作最初不免以自己為核心，但最了不起的小說，其本質應該是去除作者「我執」的存在，作者本身的聲音會越來越消減，而作品本身會提供讀者一個更豐富的世界；一個寫作者必須有能力創造能比現實生活好上這麼一點點的、全新的世界。

第四位與談作家是來自澳門的呂志鵬，他表示本次參與會議的有學者、作家與文藝工作者，但其實自己並不屬於前述哪一類人，就只是個在澳門的平凡人，過著不太好也不太壞的生活，由於家庭經濟的關係，而開始自己的投稿生涯，以稿費自養、展開創作。他自言澳門實在是個太小的地方，全部才 60 萬人，閱讀人口最多 10 萬，有多少澳門人讀本土作家的作品？這就形成澳門人往往回歸一種平淡的生活，寫自己的世界。

第四場作家座談

由於第四場論文發表點評人中國作家協會創研部主任何向陽臨時有事，主辦單位另安排一位講評人中國藝術研究院《傳記文學》主編郝慶軍替代，但由於郝先生由其他縣市趕來赴會途中適逢北京交通尖峰期，故主辦單位決議將第四場作家座談提前，以維持會議流程進行。第四場作家座談由中國作家協會創研部研究員李朝全主持，由三位臺灣作家陳栢青、言叔夏、朱宥勳及一位大陸作家蔡東向大家分享創作自述。

第一位由陳栢青從「算命」經驗談起，他認為大家都在小說中處理巨大的命運衝突、愛恨之間悖論的抉擇，而某次算命使他猛然意識到人生此際竟如此迫近那麼黑暗的命運。這讓他想起寫作，大家似乎都試圖在演算每一種人生的可能，不斷在尋找那個想像中的世界、各

種可能的途徑。他感覺在書寫那些更好的人或更壞的人在各種喜怒哀樂的情緒中昇華或隨之墮落的過程裡，都讓他感受到自己與那些人物是一體的，在創作的過程中那種與命運搏鬥、更想看清這個世界的慾望是非常強烈而痛苦的，但歷經寫作卻讓他心中舒坦。陳栢青將一件Topman花襯衫比喻爲小說創作的世界，而他自喻爲其中一塊色調，說明一個創作者如何巧妙地以自身協調出整個世界的模樣、主導這個世界，甚至變成這個世界本身。

　　第二位發言的作家是言叔夏，她從黃錦樹的小說開始思索「我的意識」的產生與消亡，進而聯想到死亡與童年成長於偏鄉的疏離經驗。對她而言，兒時故鄉經驗中的灰暗、晦澀與遠離家鄉到遠方求學的生命歷程，使她覺得自己透過某個語言、知識的系統就通到另一個位置，得以找到自身的定位，但跨越這條似換日線的語言界線後，就很難再回到與故鄉的那種聯結。寫作對她來說是一件寂寞又美好的事情，就好比築巢的過程中挖掘出某些地道通向自己或外界，到最後構成像蜂窩般的結構物而成爲她寫作的整體。

　　第三位發言的作家是朱宥勳，他從身爲一個創作者、評論者與文學研究者的身分定位，思考這當中可能交錯重疊的現象。就朱宥勳的觀點來說，學術研究者可以有多種方式切進文本，但一個創作者必然要通過美學實踐以達成其目標；而處於學術研究者與創作者雙重身分間的拉扯，更使他意識到兩者比重不應失衡。就臺灣的狀況而言，此兩端無法媒合的因素在於應做爲中介橋樑的文學評論者已然消失，因此他與同仁創辦文學評論電子期刊《秘密讀者》以期填補這個文學循環的空缺。他反思整個文學在基礎建設上所形成的問題，從高中校園到大學、出社會的階段裡，喜歡寫作與閱讀的人數大幅銳減，這樣的現象顯示整個文學體制上確實有某些問題存在而亟需解決，他期望未來持續進行文學推廣的基礎建設工作。

　　第四位由蔡東回顧自己12年的創作生涯，她自陳大學時期的書

寫經驗相當懵懂且無法脫離自身經驗，並在寫作素材快速枯竭的情況下忽然失去了飢欲創作的渴求。她認為寫作要長遠，必須融入日常生活，通常是有排毒的需求時，她才會自然地書寫。她說也許日後將以閱讀取代寫作，此時此刻，對她而言，閱讀的樂趣似乎大於創作；而她已曾深刻體驗過專注創作時，那種暢快淋漓的附體經驗，此生無憾。

第四場討論會──「小說與歷史」

　　本研討會最後一場論文發表會議以「小說與歷史」為中心，輻輳出關於戰後世代的記憶與敘事、族裔文學的歷史意識、臺灣原住民的生存處境、「民國」再現，及「新方志」書寫等相關議題的探討。

　　本場次會議由劉乃慈主持，首先由於第一位發表人政大中國文學系兼任講師陳允元因有要事不克出席，由學者作家言叔夏代為宣讀。陳允元〈戰後世代如何敘事？──論吳明益《睡眠的航線》的歷史記（失）憶與敘事位置〉這篇論文，分別從記憶的斷裂與世代隔閡、敘事的倫理學，以及敘事作為一種介入談起；陳允元將陳芳明、龔萬輝的散文與《睡眠的航線》並置，詮釋出「追尋」的共同母題，並從文本敘事者所表現出戰爭敘事的位置析論文本敘事的形式，最後論者將這種敘事模式視為一種「介入」，透過父子間記憶的召喚與敘事視角轉換，明確指向這部小說的敘事位置。

　　第二位論文發表由清華大學臺灣文學所助理教授陳芷凡發表〈根與路徑──族裔文學歷史意識的建構與反思〉，該文聚焦於長篇小說的歷史、空間兩個向度，以巴代《巫旅》、Nakao《絕島之咒》兩篇小說為主，探討族裔文學之歷史觀建構。論者首先從《巫旅》分析中指出，女主角成巫歷程所面臨現代與前現代交互滲透的異質空間性；再從《絕島之咒》中詮釋「咒」所連結之眾人命運中，歸結出兩部小說所反映的歷史姿態，終將呈顯原住民書寫所面臨更加流動而複雜的尋根歷程與認同議題。

　　第三篇論文發表人為東華大學中國語文學系博士林運鴻，他發表〈在殖民、父權與資本主義的夾縫中──從里慕伊‧阿紀的《懷鄉》，思考臺灣原住民女性的生存處境〉，此文以里慕伊‧阿紀的小說《懷鄉》為主，分成語言殖民印記、原住民社會之現代化衝擊、父權制度與原住民傳統的連結，及無可避免捲入資本主義社會等各方面分析普遍原住民女性處於文化殖民、父權體系中多重邊緣位置的處境，和其在此多重權力結構中難以界定的擺動立場。

　　前三篇論文由中國作家協會魯迅文學院常務副院長、教授李一鳴講評，他表示十分榮幸能參與這個會議。關於第一篇論文陳允元〈戰後世代如何敘事？──論吳明益《睡眠的航線》的歷史記（失）憶與敘事位置〉的評論，他表示文中並與其他散文、小說作品對照，進行細膩的文本分析，無論在視野或切入觀點都有其獨到之處，不過他覺得《睡眠的航線》所意蘊的內涵不僅止於對戰爭的質疑，對父輩與自我的精神回溯，應有深沉的返鄉情結暗藏其中，這篇論文可就此方面做更深入的闡發。接著李一鳴講評第二篇陳芷凡〈根與路徑──族裔文學歷史意識的建構與反思〉，他表示該文以兩篇關於巫的小說作品為論述框架，對族裔文學的歷史意義進行建構與反思，以此回溯到臺灣原住民的精神之根，不僅立意新穎，更揭示文化力量的奇幻本質。他認為這篇文章對於族裔文學與歷史建構的反思，的確是個宏大的命題，但應有其更豐富的審美觀照，若能將英國的《金枝》納入參照，應該有更多論述發展空間。第三篇講評林運鴻〈在殖民、父權與資本主義的夾縫中〉，認為該文感覺視野開闊卻無新意，論文對文本的解讀與詮釋立意視角有高度分量，結構行文從容規範，其中通過作品對原住民文化、女性生存處境精心闡釋，有著對於主體重新建構的意義。他認為該文可就女性精神價值意義之形而上的部分再做深入分析，故可將蘇珊‧桑塔格《在美國》、吳爾芙《牆上的斑點》與西蒙波娃《第二性》這三本論著納入論述脈絡，或可更充分展開論述。

　　第四篇論文由成功大學臺灣文學系博士、致理技術學院通識教育中心專案助理教授張俐璇發表〈「百年」書寫──嚴歌苓《陸犯焉識》與蔣曉雲《百年好合》中的「民國」再現〉從海外華文創作重新觀察「民國文學」的再現問題，分別以「民國機制」、「民國範兒」定義嚴歌苓《陸犯焉識》與蔣曉雲《百年好合》中的「民國」再現，這當中又分別再現出「自由主義者」與「僑居者」的民國，論者希望透過這對兩位旅美作家的討論，能突破目前民國文學研究僅繫連於現代文學的詮釋現況。

　　第五篇論文由為中國社會科學院文學所助理研究員陳思發表〈「新方志」書寫：對「地方性」的有限招魂──賈平凹長篇作品《老生》研究〉，論文考察賈平凹長篇作品《老生》對《山海經》的化用，並從小說劇情、空間與百姓日常起居的描繪中，包含它斷裂、瑣碎的現時書寫，皆呈現出「地方志」的書寫色彩。論者認為《老生》試圖建構一種與《山海經》這種史傳敘述類似的「新方志」書寫，其敘述卻受限於「地方─國家」的二元關係中，而無法還原更真實完整的「地方性」，使得小說中所欲招魂的「地方性」辯證更顯付之闕如。

　　後兩篇論文由中國藝術研究院《傳記文學》主編郝慶軍講評，他表示雖臨危受命從山東驅車趕來北京赴會，但十分高興能閱讀到高質量的研究成果，他表示讀到張俐璇〈「百年」書寫〉這篇論文時，感到十分驚喜，民國文學是目前中國現代文學學術界最熱門的議題，張俐璇不僅嫻熟地梳理了中國這十年來民國文學的研究歷程與成果，並為整個中國文學界提出：「民國機制」與「民國範兒」這兩個深具啟發的觀點。換言之，他認為闡述民國文學最困難的並非其語言形式，而是背後深層的意識形態。這篇文章非常機智地以兩部長篇小說化解了這個難題，該文透過對小說在民族情感上的細緻分析和足以撐起一部專書的結構，織就出一篇十分好的論文。李一鳴講評第二篇陳思〈「新方志」書寫：對「地方性」的有限招魂〉對賈平凹小說之研究，

認為陳思任職地方官的經驗有助於他深刻理解地方志書寫，使得研究者對地方行政狀況的詮釋與其他學者想像式的詮釋完全不同，故能掌握中國底層鄉村現實經驗，從地方志的書寫特質考察賈平凹之小說呈現，他表示此文除了顯示作者學術語言的熟練外，更能看出一個學者誠懇而深入的研究成果。

次日觀察報告

次日會議末場由臺灣作家朱宥勳做觀察報告。他認為這兩天聽下來的感覺，第二天會議整體水準較高。他表示在臺灣大家熟悉的研討會情況是當學者發表完論文後，無論是評論者或觀眾，大家會針對有興趣的論題熱烈地提出意見，相互辯論、討論。然而這次由於時間緊湊，雙方幾乎沒機會交流；大致上，他認為這次論文本身整體表現精彩，但講評大致都落在寬範的範圍客氣地討論，他建議下次主辦單位能安排多幾次雙方交鋒的機會，更具體針對論文本身討論關於各種形式結構或論點相關的問題。作家座談若能提供主持人一個提綱，請諸位作家共同討論一些問題與穿針引線的提示，或許能更有效地聽到不同的意見交流。另一方面，他表示如果雙方論文討論的對象，兩地學者、作家對此不熟悉，便難以發現論文是否在論述上有哪些瑕疵或漏洞，也無法形成雙方交流的討論。

並且他提出三點觀察，其一是本次會議主題為「長篇小說觀察」，但卻無針對「長篇小說」這個文體探討的文章，大部分論文所探討的議題在短篇小說中也可以進行；他認為當兩岸學者在談長篇小說時，常常會忽略一些問題，比如幾乎所有的大眾文學都是長篇，但幾乎很少大眾文學被討論。第二點是，他認為現代主義在臺灣毫無疑問是主流，所有評斷文學創作優劣的規範多以此為本；但在中國大陸它就只像一陣風經過，就像臺灣後設小說在文學界所掀起的短暫風潮。他同時觀察到，大陸的小說作品呈現，在臺灣學者作家眼中看來似乎是

四、五十歲那輩的作家之筆，是一種近似於單純探討人情的那種寫實主義；若能多一些論文去探討兩岸彼此的寫作差異，想必會有更多東西可以談論。最後，他提出對於臺灣長篇小說的觀察，他認為在 2000年以前，臺灣的長篇小說成就遠低於短篇小說跟現代詩，然而，近十年長篇小說卻在創作端則有明顯的復興趨勢，某種程度上反映文學與公共議題、環境互動的結果，開始從抒情離開而向公共議題靠近；而抒情逐漸抽離的結果，或許是文學終將朝向一個哲學化的人性思考而非面向大眾。因此，「公共」、「抒情」與「哲學」這三個觀察向度，可做為未來觀察臺灣小說發展的關鍵。

尾聲：兩岸文學交流的瓶頸與展望

　　為期兩天的學術研討會閉幕儀式由梁海春主持，封德屏致詞時表示，感謝中國作家協會、中國現代文學館與臺灣文學館對此活動的支持。兩場專題演講、四場論文發表與四場作家座談，兩天的會議中可看到雙方在文學研究與創作上的論點差異，也能彼此相互刺激觸發一些感想及思索。由於近年來兩岸在文學交流的頻率漸增，文章量多但質停留於某個層次停滯的狀況，是否能重新思考兩岸文學交流活動所遇到的瓶頸？如嘗試讓兩岸青年學者閱讀、評論對方重要作家的文學作品，以展開深入對話，並將會議論文發表於某些文學刊物，讓兩岸的讀者更易於接觸、認識雙方文學發展的現況，或許更能促進、深化兩岸文學交流的具體內涵。「兩岸青年文學會議」若能就形式與內容上做策略性的討論與變革，讓更多人能參與其中、加入討論，這個活動將會更有發展性的意義。她同時也感謝在場所有與會的兩岸學者與作家精彩的分享及參與，期待兩岸青年文學會議將整裝再出發。

　　梁海春副館長也表示，參與這兩天會議使他對兩岸青年的創作、研究都印象深刻，尤其是臺灣的青年評論家發言風趣、幽默且具深刻思考性，使他受益匪淺。本次會議形式以作家座談與論文會議的穿

插，四場論文主題幾乎含蓋所有長篇小說所涉及的問題，希望以人文為前題的文學交流能透過網路的形式將對話邊界無限擴大。此外，他特別感謝臺灣文學館贈予「臺灣文學史長編」與「臺灣文學年鑑」兩套書，有助於中國大陸研究者在研究臺灣文學方面有更深刻的認識，期待中國作家協會、中國現代文學館與臺灣文學館日後也能舉辦「兩岸青年文學會議」，持續進行兩岸密切而良好的互動，兩日交流會議也在中國現代文學館副館長對未來的殷切期許中圓滿落幕。

附錄

5 月 28 日　第一天議程

時間	內容	開幕致詞與大會演講		
09：00－09：20	開幕式 主持：張濤	致詞：閻晶明、蕭淑貞、梁海春		
09：30－10：30	大會演講 主持：李洱	楊　照	爲何長篇？如何長篇？ ——生命與文學的曖昧交界之處	
		施戰軍	從「人」的故事到「生靈」的文學 ——長篇小說路向之一種	

時間	內容	發表		講評
10：40－12：00	文體與敘事 主持：楊宗翰	蔡佩均	盜火者的末日寓言 ——吳明益《複眼人》中的生態與記憶書寫	李雲雷
		岳　雯	從何開始 ——當下長篇小說的開頭研究	李雲雷
		張元珂	作爲方法論原則的小說元語言	李雲雷
		魯太光	現實主義：依然廣闊的道路 ——「路遙現象」對當下長篇小說寫作的啓示	郭　艷
		徐　剛	《老生》的歷史敘述	郭　艷
13：30－14：30	作家座談 1 主持：李朝全	許正平、神小風、付秀瑩、葛亮		
14：40－16：00	小說與傳媒 主持：梁鴻鷹	詹閔旭	臺灣作家 A.P.P	梁　鴻
		張曉琴	新媒體時代的怕和愛	梁　鴻
		王　敏	《永生羊》何以「永生」的跨文化理解	楊宗翰
		宋　嵩	當代文學史「經典」建構的尷尬與迷局 ——以曹文軒爲例	楊宗翰
		房　偉	網路傳媒語境下的「新民間故事」 ——以網路小說《青囊屍衣》爲例	楊宗翰
16：10－17：10	作家座談 2 主持：封德屏	黃崇凱、黃麗群、伊格言、鄭小驢、甫躍輝		
17：20－17：50	觀察評論	趙稀方		

5月29日 第二天議程

時間	內容		發表	講評
09：30－10：30	小說與城市 主持：梁鴻鷹	陳筱筠	記憶香港 ——董啓章自然史三部曲的書寫意義與歷史回應	徐偉鋒
		陳國偉	文明之餘，抵達之謎 ——1970-80 世代小說的時代殘像	徐偉鋒
		金　理	《第七天》中的魯迅幽靈 ——一則個案，關於「文學傳統與創作新變」	徐偉鋒
		饒　翔	現實與虛構之間	劉乃慈
		叢治辰	小說的三重美學空間 ——論寧肯《三個三重奏》	劉乃慈
10：40－12：00	作家座談 3 主持：封德屏		童偉格、楊富閔、笛安、呂志鵬	
13：30－14：30	作家座談 4 主持：李朝全		陳栢青、言叔夏、朱宥勳、蔡東	
14：40－16：00	小說與歷史 主持：劉乃慈	陳允元	戰後世代如何敘事？ ——論吳明益《睡眠的航線》的歷史記（失）憶與敘事位置	李一鳴
		陳芷凡	根與路徑 ——族裔文學歷史意識的建構與反思	李一鳴
		林運鴻	在殖民、父權與資本主義的夾縫中 ——從里慕伊·阿紀的《懷鄉》，思考臺灣原住民女性的生存處境	李一鳴
		張俐璇	「百年」書寫 ——嚴歌苓《陸犯焉識》與蔣曉雲《百年好合》中的「民國」再現	郝慶軍
		陳　思	「新方志」書寫：對「地方性」的有限招魂 ——賈平凹長篇作品《老生》研究	郝慶軍
16：10－16：40	觀察評論		朱宥勳	
16：40－17：00	閉幕式		致詞：梁海春、封德屏	

與會者簡介（依場次序）

◆開幕式致詞

閻晶明　四川大學文學與新聞學院文學碩士，曾任中國作家協會《文藝報》總編輯、中國作協會員、《重慶理工大學學報（社會科學）》編委等，現職為中國作家協會書記處書記。著有《十年流變——新時期文學側面觀》、《批評的策略》、《魯迅的文化視野》、《我願小說氣勢如虹》等，主編有《魯迅演講集》、《新批評文叢》、「大西部長篇小說叢書」等。

蕭淑貞　輔仁大學圖書館學系學士，於文化部（包括其前身文建會）服務 14 年，公務行政資歷 24 年，曾任文化部影視及流行音樂發展司科長，現為臺灣文學館副館長。

梁海春　曾於北京衛戍區警衛一師服役，畢業於石家莊陸軍學院。曾任職於中國作家協會人事部、中國作家出版集團辦公室主任，現為中國現代文學館副館長、黨支部書記。

◆大會演講

楊　照　臺灣大學歷史系學士，美國哈佛大學博士候選人。歷任《明日報》總主筆、臺北藝術大學兼任講師、《新新聞》週報總編輯、總主筆及副社長等職。現為新匯流基金會董事長，主持電臺節目，擔任公視《人間相對論》節目主持人，並固定在「誠品講堂」、「敏隆講堂」、「趨勢講堂」及「天下文化人文空間」開設長期課程。著有長篇小說《吹薩克斯風的革命者》，中短篇小說集《往事追憶錄》、《背過身的瞬間》，散文

《軍旅札記》、《迷路的詩》、《尋路青春》，文學文化評論集
《文學、社會與歷史想像》、《在閱讀的密林中》，現代經典
細讀系列等幾十種。

施戰軍 山東大學文學與新聞傳播學院文學博士，北京大學中國語言
文學系博士後。曾任中國作協會員，國作家協會魯迅文學院
副院長等，現任《人民文學》主編。著有《世紀末夜晚的手
寫》、《碎時光》、《愛與痛惜》等。

◆主持人

張　濤 武漢大學中國語言文學系學士，中國作家協會成員、港澳臺
辦公室主任，兼任丹東市文聯《滿族文學》主編、丹東市作
協副主席，省作協主席團成員，省政協委員等職。曾獲第四
屆東北文學獎長篇小說獎、遼寧省曹雪芹長篇小說獎等，著
有長篇小說《窯地》、短篇小說集《地老天荒》、散文集《孤
山獨白》。

李　洱 華東師範大學中國語言文學系學士，《莽原》雜誌副主編、
中國現代文學館研究部副主任、華東師範大學中文系教授及
河南省作家協會副主席。曾獲首屆「21世紀鼎鈞文學獎」、
第十屆「莊重文文學獎」、入圍第六屆茅盾文學獎等，作品
譯成德、義、法、英等多種語言，著有小說《饒舌的啞巴》、
《遺忘》、《夜遊圖書館》、《花腔》等。

楊宗翰 佛光大學文學系博士，現為《文訊》雜誌行銷企畫總監、東
吳大學中文系兼任助理教授。主編《逾越：臺灣跨界詩歌
選》、《跨國界詩想：世華新詩評析》，著有評論集《臺灣新
詩評論：歷史與轉型》、《臺灣現代詩史：批判的閱讀》、《臺

灣文學的當代視野》等。

李朝全　北京大學中文系文學碩士，現爲中國作家協會創研部研究
　　　　員、理論處處長。著有理論批評專著《文藝創作與國家形
　　　　象》、傳記《世紀知交——巴金與冰心》等，主編《新中國
　　　　60 年文學大系・報告文學卷》、《中國最佳紀實文學
　　　　2000-2011》等。

梁鴻鷹　原名梁紅鷹，筆名文羽、桑文，南開大學中文系世界文學碩
　　　　士，中國作家協會會員。曾於蒙古大學任教，現爲《文藝報》
　　　　總編輯。著有譯著《聖經中的猶太行跡——聖經文學導論》、
　　　　《阿西莫夫詮釋人類萬年》，翻譯小說《致命的冒險》等。

封德屏　淡江大學中國文學系博士，現爲文訊雜誌社社長兼總編輯、
　　　　財團法人臺灣文學發展基金會執行長。曾任「中華民國作家
　　　　作品目錄 1999」、1996～1999「臺灣文學年鑑」、「2007 臺灣
　　　　作家作品目錄編印暨資料庫建置計畫」、「臺灣現當代作家研
　　　　究資料彙編」等專案計畫主持人。著有《荊棘裡的亮光》。

劉乃慈　輔仁大學跨文化所比較文學博士，現爲成功大學臺文系副教
　　　　授。研究方向爲臺灣當代小說、臺灣／中國女性文學、文學
　　　　理論與批評。近期發表〈日常的非常——《流水帳》的抒情
　　　　鄉土與敘事〉、〈佔位與區隔：八〇年代李昂的作家形象與文
　　　　學表現〉、〈輕與抒情——袁哲生的小說美學〉等期刊論文，
　　　　著有《再脈絡——臺灣當代女性小說研究》、《奢華美學與臺
　　　　灣當代小說生產（1987-2005）》等。

◆論文發表人

蔡佩均　成功大學臺灣文學系博士生，研究方向爲日據時期臺灣文

　　　　　學、「滿洲國」文學。著有《想像大眾讀者：《風月報》、《南方》中的白話小說與大眾文化建構》，書評散見於月刊《秘密讀者》。

岳　雯　北京師範大學文藝學所博士，現爲中國作家協會創研部助理研究員。曾獲第一屆紫金人民文學之星文學理論評論獎、《南方文壇》年度優秀論文獎。著有評論集《沉默所在》。

張元珂　山東師範大學文學院中國現當代文學博士，中國現代文學館助理研究員。研究方向爲新文學史料（版本、書信、期刊）、中國當代小說語言。作品散見《中國現代文學叢刊》、《文藝理論與批評》、《文藝報》、《大家》、《朔方》等期刊或報紙。著有《論左聯書刊出版策略與傳播效果》、《1936：左翼期刊的創刊與左翼思潮的再興起》、《論中國新文學文本改寫的向度、難度和限度》等。

魯太光　北京大學中國語言文學系博士，現任中國作家協會《長篇小說選刊》雜誌副主編。文學評論散見《中國現代文學研究叢刊》、《文藝理論與批評》、《文藝報》、《書城》等報刊。

徐　剛　北京大學中國語言文學系博士，曾擔任《西湖》雜誌和《新文學視野》雜誌專欄評論，現職中國藝術研究院、中國社會科學院文學研究所助理研究員。論著散見《文藝爭鳴》、《文藝研究》、《南方文壇》、《人民日報》、《文藝報》等雜誌報刊，著有《想像城市的方法》和論文集《後革命時代的焦慮》。

詹閔旭　成功大學臺灣文學系博士。曾獲臺灣科技部千里馬計畫擔任UCLA亞洲語言與文化系 Fulbright 訪問學人。主要研究包括臺灣現當代文學、全球華人文學與研究、比較文學理論、

移民與種族研究、數位人文研究。著作散見《中外文學》、《臺大文史哲學報》、《電影欣賞研究》等學術期刊，著有《認同與恥辱：華語語系脈絡下的當代臺灣文學生產》。

張曉琴　蘭州大學中國語言文學系博士，北京大學中文系博士後研究員。現爲西北師範大學文學院教授、西北師範大學西部文學與當代文學研究中心主任、甘肅省當代文學研究會副秘書長，中國現代文學館第三批客座研究員。曾獲甘肅省第 13 屆哲學社會科學獎、甘肅省高校社科成果獎等獎項。文藝理論、創作散見於《中國現代文學研究叢刊》、《文藝爭鳴》、《人民日報》、《光明日報》、《小說評論》、《文藝報》等報刊。著有《中國當代生態文學研究》、《直抵存在之困》等。

王　敏　筆名伽藍，新疆大學中文系博士。現任新疆大學人文學院副教授、影視藝術系主任、中國現代文學館第三批客座研究員等職。曾獲各類教學科研獎項、鼓勵與榮譽 21 項，文學評論散見《文學評論》、《文藝爭鳴》、《西北民族研究》等學術期刊，《文藝報》、《光明日報》、《中國民族報》等報紙，出版《新疆改革開放文學三十年》、《與 101 位女作家的私人約會》等學術著作八部。

宋　嵩　山東師範大學文學院中國現當代文學博士，現爲中國現代文學館助理研究員。評論、論文散見《中國現代文學研究叢刊》、《南方文壇》、《小說評論》、《文藝報》等報刊，參與編撰 2009、2012 年度《中國當代文學年鑒》。

房　偉　山東師範大學文學院中國現當代文學博士，現爲山東師範大學文學院副教授，中國現代文學館第一批客座研究員。曾獲山東省優秀博士論文獎，國家優秀博士論文提名獎，第 19 屆

世界詩人大會銅獎等。文論及詩歌、小說散見於《文學評論》、《中國現代文學研究叢刊》、《文藝爭鳴》、《當代作家評論》、《南方文壇》、《詩刊》等，著有《批評的表情》、《文化悖論與文學創新》、《影視作品分析》、《風景的誘惑》等學術著作，歷史專著《屠刀下的花季──南京1937》、長篇小說《英雄時代》等。

陳筱筠　清華大學臺灣文學所碩士，現為成功大學臺文系博士候選人。曾任職臺灣女性影像學會女性影展行政編輯。主要研究領域：臺灣文學、香港文學、電影與紀錄片研究。曾獲交換甄選至香港浸會大學、科技部人文與社會科學領域博士候選人獎助。論著發表於《中外文學》、《臺灣文學研究》、《字花》、《電影欣賞學刊》等。

陳國偉　中正大學中國文學系博士，現為中興大學臺灣文學與跨國文化研究所副教授、亞洲大眾文化與新興媒介研究室主持人。研究領域為臺灣現當代文學、大眾文學、推理小說、流行文化。曾獲科技部人文及社會科學專書與國立編譯館學術論著出版獎助、賴和臺灣文學研究論文獎等。著有專書《越境與譯徑：當代臺灣推理小說的身體翻譯與跨國生成》、《類型風景：戰後臺灣大眾文學》、《想像臺灣：當代小說中的族群書寫》等，並主編《小說今視界──臺灣新世代小說讀本》。

金　理　復旦大學中國語言文學系博士，復旦大學歷史系博士後，現為復旦大學中文系副教授，中國現代文學館第二批客座研究員。曾獲「第一屆全國青年作家、批評家主題峰會」之「2012年度青年批評家」、《當代作家評論》及《南方文壇》年度優秀論文獎。著有《從蘭社到〈現代〉：以施蟄存、戴望舒、

杜衡及劉吶鷗爲核心的社團研究》、《歷史中誕生：1980 年
代以來中國當代小說中的青年構形》等。

饒　翔　北京大學中國語言文學系博士，現爲《光明日報》文藝部編
輯，中國作家協會會員，中國現代文學館第三批客座研究
員。入選 2014 年度「21 世紀文學之星」，出版文學評論集
《重回文學本身》。

叢治辰　北京大學中國語言文學系博士，現任教於中共中央黨校文史
教研部，中國現代文學館第三批客座研究員。主要從事中國
現當代文學與文化研究、城市研究、中國當代文學評論。曾
獲《上海文學》理論獎、「紫金・人民文學之星」評論佳作
獎等。論文、評論散見《聯合文學》、《南方文壇》、《當代作
家評論》、《小說評論》、《人民日報》等學術期刊、報紙。

陳允元　臺灣大學臺灣文學所碩士、早稻田大學政治學研究科外國人
研究員（2014～2015）。現爲政治大學臺灣文學所博士候選
人，政治大學中文系、真理大學臺文系兼任講師。主要研究
方向爲戰前東亞現代主義文學、戰後臺灣現代詩及小說。著
有〈臺灣風土、異國情調與現代主義——以楊熾昌的詩與詩
論爲中心〉、〈在帝國的延長線上——1927 年劉吶鷗的越境、
閱讀與「上海憧憬」〉、〈問題化「後現代」——以八〇年代
中期臺灣的「後現代詩」爲觀察中心〉、〈對抗前行代的咒語：
在「盛世」中就戰鬥位置——從世代觀點論鴻鴻的詩觀轉折
與《衛生紙詩刊+》〉等單篇論文。

陳芷凡　政治大學中國文學系博士、北京中國社科院民族文學所訪問
學人，現任清華大學臺灣文學所助理教授。研究領域爲族裔
文學與文化、原住民族文獻、口傳文學與田野調查等。編著

有 *The Anthology of Taiwan Indigenous Literature*：*1951-2014*，期刊論文〈「第三空間」的辯證：再探《野百合之歌》與《笛鸛》之後殖民視域〉、〈異己再現的系譜：十九世紀來臺西人的民族學觀察〉、〈歷史書寫與數位傳播：臺灣原住民「文學」論述的兩種思維〉等數篇。專著有《臺灣原住民族一百年影像暨史料特展專刊》。

林運鴻　東華大學中國語文學系博士，現爲永和社區大學講師。主要研究興趣在於戰後台灣小說、台灣文學裡的階級意識、台灣島上的各種民族主義，以及文學史與文化史的知識論。近期發表論文包括〈照耀民族主義的外國月亮──細讀藤井省三《「大東亞戰爭」時期的皇民文學》，兼及文學史研究的一點理論性自省〉、〈統治者那無中生有的鄉愁──現代性、文化霸權與台灣文學中的中國民族主義〉、〈左翼知識分子賴和：殖民現代性與本土抵抗〉等。

張俐璇　成功大學臺灣文學系博士，現任致理技術學院通識教育中心專案助理教授。主要研究領域爲臺灣現當代小說、文學數位內容研究。曾獲臺灣教授協會、新臺灣和平基金會論文獎，近期發表〈臺灣文學文本轉換爲數位學習內容的案例分析〉、〈重慶之民，自由之國：「後 1949」臺灣小說中「民國文學機制」的承繼與演繹〉、〈問題化「寫實主義」：以《飛燕去來》與《家在臺北》的臺北（人）再現爲例〉等期刊論文。著有《兩大報文學獎與臺灣文學生態之形構》。

陳　思　北京大學中國語言文學系博士，，2011～2012 年曾在哈佛大學東亞語言與文明系（EALC）訪學交流。現爲中國社會科學院文學研究所助理研究員，中國現代文學館第三批客座研

究員。論文散見《光明日報》、《文藝爭鳴》、《南方文壇》、《文學自由談》、《藝術評論》、《人民大學複印報刊資料》等刊物，著有《現實的多重皺褶》。

◆論文講評

李雲雷　北京大學中國語言文學系博士，現職中國藝術研究院《文藝理論與批評》雜誌社副主編，業餘從事創作與電影編劇。主要研究方向為當代文學與當代文化研究，單篇論文有〈如何講述中國的故事？〉、〈底層寫作的誤區與新左翼文學的可能性〉、〈《秦腔》與鄉土中國敘事〉、〈我們應該站在何處？〉等。

郭　艷　中國社會科學院文學所博士，北京師範大學文學博士後研究員，現為魯迅文學院研究員、教研部主任。主編《21 世紀中國文學大系——2007 年青春文學》卷，論文散見《中國現當代文學叢刊》、《南方文壇》、《天涯》、《小說評論》、《當代文壇》、《新文學史料》和《文藝報》等報刊，出版長篇小說《小霓裳》。

梁　鴻　北京師範大學中文系博士，人民大學博士後，美國杜克大學（Duke University）訪問學者。現為中國青年政治學院中文系教授，曾任職於北京師範大學、現代文學館客座研究員。曾獲華語文學傳媒大獎年度散文家、《南方文壇》優秀論文獎、年度當代作家評論獎、人民文學獎等。著有《外省筆記：20 世紀河南文學》、《靈光的消逝：當代文學敘事美學的嬗變》、《巫婆的紅筷子——作家與文學博士對話錄》、《出梁莊記》、《中國在梁莊》等。

徐偉鋒　筆名北塔，詩人、學者、翻譯家，生於蘇州吳江，中國作家協會現代文學館、中國社會科學院研究員，兼任世界詩人大會常務副秘書長、執行委員兼中國辦事處主任和中國外國文學研究會莎士比亞研究分會秘書長等職，曾在國內外多次獲獎，受邀赴美國、荷蘭、蒙古等二十餘國參加各類文學、學術活動，曾率中國詩歌代表團前往墨西哥、匈牙利、以色列等十餘國訪問交流並參加詩會。出版詩集《滾石有苔》、學術專著《一個詩人的考辨——中國現當代文學論集》和譯著《八堂課》等各類著譯約三十種，作品曾被譯成英文、德文等十餘種外文。

李一鳴　華中師範大學文學院中國現當代文學博士，作家、評論家，現任中國作家協會魯迅文學院常務副院長、教授，中國作家協會會員、中國散文學會會員。曾獲首屆山東省十佳青年散文家、第六屆冰心散文獎散文理論獎等。著有《中國現代遊記散文整體性研究》。

郝慶軍　中國社會科學院文學所博士，現為中國藝術研究院《傳記文學》主編、中國藝術研究院副研究員。曾獲「全國創新型教師」、「富民興莘」五一勞動獎章等，論文散見《文學評論》、《中國現代文學研究叢刊》、《文藝報》、《文藝理論與批評》等報刊，著有《詩學與政治：魯迅晚期雜文研究（1933-1936）》、《魯迅的抵抗空間》等著作。

◆作家座談

付秀瑩　北京語言大學中國語文學系碩士，任職於《小說選刊》編輯部。曾獲中國作家出版集團優秀作品獎、優秀編輯獎、茅臺盃《小說選刊》年度大獎、《十月》文學獎、《中國作家》鄂

爾多斯文學獎、蒲松齡短篇小說獎等，作品被譯介到國外。
著有小說集《愛情到處流傳》、《朱顏記》、《花好月圓》等。

神小風　東華大學創作與英語文學所碩士，曾獲教育部文藝創作獎、
時報文學獎散文組評審獎、林榮三文學獎、梁實秋文學獎
等。著有長篇小說《背對背活下去》、《少女核》，散文集《百
分之九十八的平庸少女》等。

許正平　臺北藝術大學戲劇所戲劇創作組碩士，現為清華大學中國文
學系博士生，兼任中正大學、高雄大學、國立戲曲學院講師。
曾獲聯合報與時報文學獎、臺灣文學獎、臺北文學獎等。著
有散文集《煙火旅館》、短篇小說集《少女之夜》、舞臺劇本
集《旅行生活》、《家庭生活》、《愛情生活》和電影劇本《盛
夏光年》，與吳明倫、蔡明璇合著《阮劇團 2013 劇本農場劇
作選》等。

葛　亮　香港大學中文系博士。曾獲 2008 年度香港藝術發展獎、香
港書獎、臺灣梁實秋文學獎、臺灣聯合文學小說獎首獎、香
港青年文學獎、亞洲週刊 2009 年全球華人十大小說等，著
有長篇小說《朱雀》、小說集《七聲》、《謎鴉》、《浣熊》、《戲
年》、《相忘江湖的魚》，隨筆《繪色》等。

伊格言　淡江大學中國文學系碩士。曾獲聯合文學小說新人獎、林榮
三文學獎、吳濁流文學獎長篇小說獎、曼氏亞洲文學獎（The
Man Asian Literary Prize）入圍、歐康納國際小說獎（Frank
O'Connor International Short Story Award）入圍等。著有小說
集《甕中人》、《拜訪糖果阿姨》，長篇小說《噬夢人》、《零
地點 Ground Zero》，詩集《你是穿入我瞳孔的光》，評論集
《幻事錄：伊格言的現代小說經典十六講》。

甫躍輝　復旦大學首屆文學寫作專業研究生，小說創作師從王安憶。曾獲《上海文學》短篇小說新人獎、華語傳媒年度新人提名獎、郁達夫小說獎。出版長篇小說《刻舟記》，小說集《少年游》、《動物園》、《魚王》、《散佚的族譜》、《狐狸序曲》等，《少年游》入選中國作家協會「21 世紀文學之星叢書」。

黃崇凱　臺灣大學歷史系碩士。曾獲曾獲臺北文學獎、耕莘文學獎、全國學生文學獎、聯合文學小說新人獎、吳濁流文藝獎、國藝會創作補助等。曾與朱宥勳合編《臺灣七年級小說金典》，著有短篇小說集《靴子腿》，長篇小說《比冥王星更遠的地方》、《壞掉的人》、《黃色小說》，《黃色小說》並獲開卷十大好書獎。

黃麗群　政治大學哲學系學士。曾獲時報文學獎、聯合報文學獎、林榮三文學獎等，著有小說集《海邊的房間》、散文集《背後歌》、《感覺有點奢侈的事》，與郭英聲合著《寂境：看見郭英聲》。

鄭小驢　現為北京作家協會簽約作家、《天涯》雜誌編輯、《深圳特區報》、《方圓》等報紙雜誌專欄作家。曾獲希望杯・中國文學創作新人獎、上海文學新人佳作獎、華語文學傳媒大獎年度最具潛力新人獎提名、騰訊書院文學獎年度新銳作家提名等。著有小說集《1921 年的童謠》、《癢》、《少兒不宜》，長篇小說《西洲曲》等。

呂志鵬　暨南大學歷史系碩士，華東師範大學中國語言文學系博士生。曾獲第三屆澳門文學獎、澳門藝術節徵文賽冠軍、澳門文學獎（戲劇組、散文組、詩歌組）等。著有小說《異寶》，詩集《黑白之間》，論著《澳門中文新詩發展史研究 1938─

2008》，選集《甲子之路──〈澳門學生〉文學作品選輯》等。

笛　安　巴黎索邦大學社會學學士、巴黎法國高等社會科學院社會學碩士。現為最世文化簽約作家，《文藝風賞》雜誌主編。曾獲「華語文學傳媒大獎」最具潛力新人獎。出版中篇小說集《懷念小龍女》，長篇小說《告別天堂》、《芙蓉如面柳如眉》、《西決》、《東霓》、《南音》、《南方有令秧》等。

童偉格　臺灣大學外國語文學系學士，臺北藝術大學戲劇系碩士。為2013 年愛荷華國際作家工作坊訪問作家，曾獲聯合報文學獎、全國大專學生文學獎、臺灣省文學獎、臺北文學獎、臺灣文學獎圖書類金典獎等。著有短篇小說集《王考》，長篇小說《無傷時代》、《西北雨》，舞臺劇本《小事》，評論集《童話故事》。

楊富閔　臺灣大學臺灣文學所博士生。曾獲「2010 博客來年度新秀作家」、林榮三文學獎小說首獎、2013 臺灣文學年鑑焦點人物、多次入圍臺北國際書展大獎等，寫作《中國時報》、《印刻文學生活誌》、《自由時報》等專欄，出版小說《花甲男孩》、散文集《解嚴後臺灣囝仔心靈小史》、《休書──我的臺南戶外寫作生活》。

朱宥勳　清華大學臺灣文學所碩士。曾獲林榮三文學獎、國藝會創作補助、全國學生文學獎、臺積電青年文學獎等。2013 年與友人共同創辦電子期刊《祕密讀者》，與黃崇凱合編《臺灣七年級小說金典》，著有短篇小說集《誤遞》，長篇小說《堊觀》、《暗影》，評論集《學校不敢教的小說》等。

言叔夏　東華大學中國語文學系碩士，政治大學臺灣文學所博士。現
　　　　　爲靜宜大學臺文系兼任助理教授。曾獲花蓮文學獎、臺北文
　　　　　學獎、全國學生文學獎、林榮三文學獎等，著有散文集《白
　　　　　馬走過天亮》。

陳栢青　臺灣大學臺灣文學所碩士。曾獲全球華文青年文學獎、聯合
　　　　　報文學獎、中國時報文學獎、林榮三文學獎、全國學生文學
　　　　　獎、臺灣文學獎、梁實秋文學獎等。曾以筆名「葉覆鹿」出
　　　　　版長篇小說《小城市》，此書並獲第三屆全球華語科幻星雲
　　　　　獎最佳長篇科幻小說獎銀獎。

蔡　東　山東師範大學文學院中國現當代文學碩士，現執教於深圳職
　　　　　業技術學院。創作散見《人民文學》、《收穫》、《當代》、《天
　　　　　涯》、《光明日報》、《中國作家》、《青年文學》等刊物，部分
　　　　　作品被轉載和選入「年度選本」，著有中短篇小說集《木蘭
　　　　　辭》。

◆觀察報告

趙稀方　中國社會科學院文學所博士。曾於英國劍橋大學東方所和三
　　　　　一學院等地訪問研究，於臺灣成功大學臺文系、東華大學華
　　　　　文系擔任客座教授。曾任中國社科院文學所學位委員，《文
　　　　　學評論》編委、世界華文文學學會常務理事、暨南大學海外
　　　　　華文文學與華語傳媒研究中心兼職教授等。著有《存在與虛
　　　　　無》、《小說香港》、《翻譯與新時期話語實踐》、《後殖民理論
　　　　　與臺灣文學》等。

國家圖書館出版品預行編目資料

文學傳統與創作新變：新世紀以來兩岸長篇小說之觀察
：兩岸青年文學會議論文集. 2015／封德屏主編. --
初版. -- 臺南市 : 臺灣文學館, 2015.07
　面；　　公分. --（臺文館叢刊；39）
ISBN 978-986-04-5512-0(平裝)

1.中國文學 2.長篇小說 3.文學評論

820.7　　　　　　　　　　　　　　104014125

文學傳統與創作新變：新世紀以來兩岸長篇小說之觀察
2015 兩岸青年文學會議論文集

發 行 人　翁誌聰
指導單位　文化部
出版單位　國立臺灣文學館
地　　址　70041臺南市中西區中正路1號
電　　話　06-2217201　　　　　　傳　　真　06-2218952
網　　址　www.nmtl.gov.tw　　　　電子信箱　pba@nmtl.gov.tw

總 策 劃　翁誌聰
叢書主編　許素蘭
主　　編　封德屏
執行編輯　李筱涵
編輯製作　文訊雜誌社
封面設計　翁國鈞・不倒翁視覺創意
印　　刷　松霖印刷事業股份有限公司
著作財產權人　國立臺灣文學館
　　　　　本書保留所有權利。欲利用本書全部或部分內容者，須徵求著作財產權人
　　　　　同意或書面授權。請洽承辦單位研典組（電話：06-2217201）

經銷展售　國家書店松江門市（02-25180207）
　　　　　國立臺灣文學館—雪芙瑞文學咖啡坊（06-2214632）
　　　　　南天書局（02-23620190）　　唐山出版社（02-23633072）
　　　　　府城舊冊店（06-2763093）　　臺灣的店（02-23625799）
　　　　　三民書局（02-23617511）　　草祭二手書店（06-2216872）
　　　　　五南文化廣場（04-22260330）

初　版／2015年7月
GPN／ 1010401200
ISBN／ 978-986-04-5512-0
定　價／新臺幣500元整